insel taschenbuch 4973
Clarisse Sabard
Das Licht unserer Tage

Clarisse Sabard

DAS LICHT UNSERER TAGE

Roman

Aus dem Französischen von
Claudia Feldmann und Sabine Schwenk

INSEL VERLAG

Die Originalausgabe erschien 2021 unter dem Titel
À la lumière de nos jours bei Charleston, Paris.

Erste Auflage 2023
insel taschenbuch 4973
Deutsche Erstausgabe
© der deutschsprachigen Ausgabe Insel Verlag
Anton Kippenberg GmbH & Co. KG, Berlin, 2023
© Charleston, une marque des éditions Leducs, 2021
Alle Rechte vorbehalten. Wir behalten uns auch eine Nutzung des
Werks für Text und Data Mining im Sinne von § 44b UrhG vor.
Umschlaggestaltung: zero-media.net, München
Umschlagabbildungen: FinePic®, München
Satz: Satz-Offizin Hümmer GmbH, Waldbüttelbrunn
Druck: C. H. Beck, Nördlingen
Printed in Germany
ISBN 978-3-458-68273-8

www.insel-verlag.de

DAS LICHT
UNSERER TAGE

*Für Laury-Anne, Freundin, Lektorin
und Liebhaberin exquisiten Gebäcks – danke, dass du
ein neuntes Mal daran geglaubt hast.*

»Leben heißt darauf bestehen,
eine Erinnerung zu vollenden.«

René Char

»Die Zukunft mag schöner erwachen
als die Vergangenheit.«

George Sand: *Aldo le rimeur*

PROLOG

12. Juli 1977

Es war einer jener langen, heißen Sommernachmittage. Thomas fuhr auf seinem nagelneuen blauen Fahrrad, das er zu seinem dreizehnten Geburtstag bekommen hatte. Wie schnell dieses Rad war, fast so, als hätte man Flügel! Während er der alten Eisenbahnstrecke folgte, stellte er sich vor, er wäre bei der Tour de France. Mit diesem Flitzer würde er bestimmt das gelbe Trikot bekommen, da würde Bernard Thévenet sich aber umschauen!

Bei der Kreuzung wechselte Thomas auf den Weg, der am Fluss entlangführte. Unter dem leuchtend grünen Laub der Bäume zirpten die Grillen, und die Wasseroberfläche kräuselte sich im leichten Wind. Am anderen Ufer wiegte sich das hohe Gras der Wiesen. Was für ein schöner Tag! Er trat schneller in die Pedale, als er die Glocken des Kirchturms drei Uhr schlagen hörte. Doch der Untergrund wurde immer unwegsamer, sodass er schließlich abstieg und sein Rad den Rest des Weges schob. Er verspürte ein seltsames, fiebriges Kribbeln im Bauch, und das nicht ohne Grund: Delphine Girard wartete im Schatten einer Pappel auf ihn, verborgen vor neugierigen Blicken. Danach würden sie ihn hoffentlich endlich respektieren, ihn, den Dicken aus der letzten Reihe. Nachts hatte er kaum schlafen können, aber er war trotzdem bester Laune aufgestanden. Dass ein Mädchen wie sie ein Auge auf ihn geworfen hatte! Und Delphine war so hübsch mit ihren dichten blonden Locken, die ihr bis auf die Schultern fielen, ein bisschen wie die von Lindsay Wagner in *Die Sieben-Millionen-Dollar-Frau*. Sie hatte auch wunderschöne blaue Augen, und jedes Mal wenn Thomas sie sah, bekam er

Lust, *Come and Get Your Love* von Redbone zu singen, seinen Lieblingssong, den er schon so oft gehört hatte, dass die Schallplatte fast zerbröselte. Oh, er wusste natürlich, dass er nicht der einzige Junge war, der sie anhimmelte. Er hatte sich sogar bemüht, sich nichts anmerken zu lassen, weil er überzeugt war, dass er ohnehin keine Chance hatte. Doch nun war er den anderen einen Schritt voraus ... Die würden Augen machen!

Als er sich der Stelle näherte, wo sie sich treffen wollten, spürte Thomas, dass er feuchte Hände bekam. Na, aber er würde doch jetzt keinen Rückzieher machen, dachte er und pustete sich die kastanienbraunen Haarsträhnen aus der Stirn. Er legte sein Fahrrad ins hohe Gras und atmete tief durch. Kneifen kam nicht in Frage, zumal er und seine Mutter in drei Tagen in die Ferien aufbrechen würden. Er freute sich schon sehr darauf, endlich den Strand und das weite Meer wiederzusehen. Saint-Palais-sur-Mer. Er liebte es, diesen Namen auszusprechen, der jeden Sommerurlaub wie eine Expedition klingen ließ. Sonnencreme mit Kokosduft, die warmen Priele zwischen den Felsen, Kinder, die die Möwen fütterten, und bergeweise Moules Frites für ihn und seine Mutter!

»Ah, Thomas! Ich dachte schon, du kommst nicht!«

Er war so in seine Gedanken versunken, dass er vor Schreck zusammenfuhr. Da war Delphine, direkt vor ihm, sonnengebräunt, in einem geblümten Kleid, eine Zeitschrift neben ihr auf der Erde. Sie duftete nach Vanille und reifem Weizen. Thomas lächelte nervös und gab ihr einen Kuss auf die Wange.

»Setz dich doch«, sagte sie und fuhr sich mit der Hand durchs Haar. »Alles klar?«

Er nickte und starrte das Foto von Claude François auf dem Titelblatt der Zeitschrift an. Plötzlich war es, als hätte er die Sprache verloren.

»In drei Tagen fahre ich ans Meer«, brachte er schließlich heraus.

»Das ist schön«, erwiderte sie nur und warf ihm aus dem Augenwinkel einen Blick zu.

Sie wirkte genauso befangen wie er.

»Wir fahren zu Jean-Marc«, fügte sie hinzu.

Thomas konnte kaum den Blick von ihren langen Beinen lösen.

»Das ist dein ältester Bruder, nicht?«

Delphine war die Tochter des Schuldirektors und die Jüngste in der großen Familie. Wie Mémé, seine Großmutter, immer voll Bewunderung sagte, genügte ein Blick von ihrem Mann, und schon war Marinette Girard schwanger. Sie hatte mit siebzehn geheiratet und sieben Kinder zur Welt gebracht, von denen eins bei der Geburt gestorben war. Zwanzig Jahre trennten Delphine von ihrem ältesten Bruder.

»Ja, genau«, bestätigte das junge Mädchen. »Weißt du, dass er geschieden ist? Er will hierher zurückkommen und mit seiner neuen Freundin Corinne zusammenleben.«

Natürlich wusste Thomas davon. Einer aus ihrem Ort, der sich scheiden ließ, das sorgte für reichlich Gerede. Doch er verkniff sich jeden Kommentar und schluckte mühsam. Was würde er jetzt um eine Pfefferminzlimonade geben!

»Du wolltest, dass wir uns treffen ...«, sagte er nach einer Pause, die ihm wie eine Ewigkeit vorkam.

Delphine blickte sich nach allen Seiten um, dann erwiderte sie mit etwas festerer Stimme: »Ja, ich dachte, wir könnten vielleicht ... miteinander gehen.«

»Miteinander gehen?« Thomas starrte sie mit offenem Mund an.

»Wieso, gefalle ich dir nicht?«, fragte sie, ehrlich überrascht.

Mist, das hatte sie falsch verstanden! Er stellte sich aber auch zu blöd an!

»Doch, doch, du gefällst mir sogar sehr«, stammelte er und wischte sich die schwitzigen Hände an seiner kurzen Hose ab.

»Du ... Du bist schön wie die Sonne.«

Den Satz hatte er heimlich in einem der Liebesromane gelesen, die seine Großmutter so gerne las. In dem Moment hatte er gedacht, einem Mädchen so etwas zu sagen, würde es bestimmt umhauen. Jetzt jedoch kam er sich lächerlich vor. Aber Delphine lächelte.

»Wenn du willst, kannst du mich küssen«, ermunterte sie ihn.

»Wirklich?«

Statt einer Antwort zuckte sie nur mit den Schultern. Mit seinen dreizehn Jahren hatte Thomas noch nie ein Mädchen geküsst, aber vielleicht wusste Delphine ja, wie es ging. Er beugte sich vor, doch in dem Moment raschelte es im hohen Gras, und hinter ihm ertönte ein boshaftes Lachen.

»Hast du das wirklich geglaubt, du Fettwanst?«

Der Kleine Jacques und seine Bande. Da waren sie, alle drei: Jacques, Thierry und Luc. Sofort ging in Thomas' Kopf eine Alarmglocke los. Wenn die Kerle auftauchten, gab es Ärger, zumal sie mit ihren siebzehn Jahren viel stärker waren als die Schüler, die sie piesackten. Und nicht nur die drei verhöhnten ihn, auch Delphine kicherte. Er wäre am liebsten vor Scham im Boden versunken.

»Wusstest du etwa, dass sie kommen würden?«

Er kniff die Augen zu, begriff nicht, wie das möglich war. Ihr verlegenes Schweigen war grausamer als jedes Geständnis.

»Warum tust du so was?«

Sie blickte nur betreten zu Boden. Die Enttäuschung, als er begriff, dass sie sich nur über ihn lustig gemacht hatte, war furchtbar.

Die drei Jungen kamen auf ihn zu, und Jacques, der Anführer, grinste Thomas schief an.

»Was soll sie denn mit einer Schwuchtel wie dir?«, provozierte er ihn.

Thomas stand auf, gefolgt von Delphine, die sich mechanisch den Staub vom Rock klopfte.

»Lass ihn, Jacques«, sagte sie ohne große Überzeugung. Doch der scherte sich nicht darum. Er schüttelte den Kopf und schnalzte missbilligend. »Wusstet ihr, dass sein Großvater was mit einem Deutschen hatte? Schwuchteln, allesamt, und so was will einem Mädchen seine Zunge in den Mund schieben!«

Das war zu viel! Thomas sah rot und versetzte Jacques einen Stoß, dass der das Gleichgewicht verlor und rücklings im Wasser landete. Die anderen standen einen Moment reglos da, bis ihr Anführer sich aufrappelte und das Signal gab.

»Jetzt bist du fällig, du kleiner Scheißer!«

Thomas rannte los, doch die drei Jungen waren ihm dicht auf den Fersen. Er dachte nicht mal daran, sich auf sein Rad zu schwingen, um schneller zu sein. Er wollte einfach nur weg, weit weg, zurück in die Rue Lavoir, wo seine Mutter ihm ein Kakaobrot machen würde. Der Schweiß lief ihm übers Gesicht und brannte in den Augen. Er wusste, dass er ihnen nicht entkommen würde. Sie hörten niemals auf, solange nicht ein Erwachsener dazwischenging. Wie sein Spitzname vermuten ließ, war Jacques nicht sehr groß, aber dafür umso gefährlicher.

Keuchend versuchte Thomas, schneller zu laufen. Seine Turnschuhe donnerten auf dem harten, unebenen Weg, und sie fühlten sich an, als wögen sie eine Tonne. Er würde es nie bis zum Ort schaffen. Die anderen, die sportlicher waren als er, kamen immer näher. Im Laufen bemerkte er eine Eidechse, die am Stamm einer Eiche hochlief. Ohne nachzudenken, kletterte er in den Baum und klammerte sich an die Äste, als wären es Rettungsringe.

»Komm da runter!«, rief Jacques, der kaum außer Atem war.

»Haut ab!«, schnaufte Thomas.

»Wir könnten hier unten ein Feuerchen machen«, drohte Luc.

Um seine Absicht zu unterstreichen, nahm er aus der Tasche seines roten Hemds ein Feuerzeug, das er vermutlich seinem Vater geklaut hatte, und begann damit herumzuspielen. Thomas schlug das Herz bis zum Hals, und er merkte, wie ihm die Tränen kamen. Doch er würde ihnen nicht noch mehr Grund geben, sich über ihn lustig zu machen! Er kletterte noch ein wenig höher. Ihm taten die Zehen weh, weil er sie so sehr anspannte, aber er musste sich gut festhalten. Er wusste, was ihn erwartete, wenn er hinunterstieg. Die drei würden ihn nicht umbringen, das trauten sie sich nicht, aber sie würden ihm eine Abreibung verpassen. Und er würde wieder seine Mutter anlügen müssen, um ihr keinen Kummer zu bereiten. Wenn die Zeit doch nur schneller verginge, bis er endlich alt genug war, um in die Lehre zu gehen, und diesen Mistkerlen nie wieder begegnen musste!

Unten tauchte nun auch Delphine auf. »Lasst es gut sein«, bat sie. »Ihr habt doch gesagt, es wäre nur ein Streich.«

Jetzt lag Mitgefühl in ihren Augen. Im Grunde ihres Herzens war Delphine nett, daran hatte Thomas nie gezweifelt.

»Misch dich gefälligst nicht ein«, herrschte Jacques sie an und rüttelte grob an ihrem Arm.

Sie stand einen Moment wie erstarrt da, dann wandte sie sich um und lief davon. Thomas wusste, dass ihm niemand helfen würde.

Come and Get Your Love ...

Delphine hatte ihn verraten, und er hatte immer noch diesen bescheuerten Song im Kopf, als suchte sein Verstand nach einer Zuflucht. Plötzlich setzte Thierry an, ebenfalls auf den Baum zu klettern.

»Lasst mich in Frieden!«, brüllte Thomas und zog sich noch ein Stück höher.

»Heulsuse! Fettwanst!«

Egal, wer ihn beleidigte, er hätte sich am liebsten die Ohren zugehalten. Als er sich ein Stück vorbeugte, um zu sehen, wo die drei sich befanden, wurde ihm schwindelig. Erschrocken tastete er nach einem festeren Halt, doch sein Fuß rutschte weg. Voller Panik versuchte er, sich an einen dicken Ast zu klammern –

vergeblich. Thomas hörte drei überraschte Ausrufe, und in dem Moment begriff er, dass er tatsächlich aus der alten Eiche fiel. Es ging ganz schnell und zugleich ganz langsam, als würde man sich selbst dabei zusehen, wie man eine Treppe hinunterfällt, nur viel gefährlicher.

Unmittelbar vor dem Aufprall dachte Thomas noch: *Arme Maman, jetzt verderbe ich ihr die Ferien.*

Dann verschlang ihn die Dunkelheit.

I

Julia, 2013

»Wie schön, dass du gekommen bist!«

Strahlend umarmte mich Aurélie, als hätten wir uns ein halbes Jahr nicht gesehen. Ich brachte nur ein schwaches Lächeln zustande. Zum Glück hatte sie offenbar niemanden außer mir eingeladen.

»Ehrlich gesagt bin ich froh, dass wir nur zu zweit sind«, gestand ich ihr, nachdem der Kellner unsere Bestellung aufgenommen hatte.

Mir war überhaupt nicht danach, meinen Geburtstag zu feiern, aber Aurélie freute sich so, dass mir meine Bemerkung sofort leidtat.

»Entschuldige, ich wollte nicht die Stimmung verderben.«

Sie legte sanft die Speisekarte aus der Hand.

»Schon gut«, sagte sie. »Ich kann mir denken, dass es nicht leicht für dich ist.«

Unsere Cocktails kamen. Ein Aperol Spritz für mich und ein alkoholfreier für meine Freundin, die im siebten Monat schwanger war. Sie erhob ihr Glas, um mit mir anzustoßen.

»Auf deinen Vierunddreißigsten! Ich bin sicher, du wirst diese schwere Zeit gut überstehen.«

»Danke«, erwiderte ich. »Es ist schon eine seltsame Vorstellung – mein erster Geburtstag ohne sie.«

»Immerhin kapselst du dich nicht völlig ab. Es ist wichtig, darüber zu sprechen und nach vorne zu schauen.«

Doch an diesem Abend hatte ich überhaupt nicht das Gefühl, nach vorne zu schauen. Obwohl ich so liebe Menschen um mich hatte, fühlte ich mich schrecklich einsam.

»Ich will dich nicht noch mehr runterziehen, aber im Moment kommt es mir eher so vor, als würde ich in der Luft hängen, ohne irgendeinen festen Halt.«

»Das Leben hat dich in den letzten Monaten ganz schön durchgerüttelt. Aber ich bin sicher, dass die fröhliche Julia, die ich kenne, wieder die Oberhand gewinnt.«

Das hoffte ich auch. Nur dass ich die Bedienungsanleitung verloren hatte. Ich tastete mich blindlings vor, kämpfte mich durch trübes Wasser. Ich wusste nicht, wie es weitergehen sollte, und das war schwer auszuhalten. Innerhalb von sechs Wochen hatte ich meine Arbeit und meine Mutter verloren – meinen Lebensinhalt im Dezember, meinen Hafen im Februar –, und ich fühlte mich vollkommen verloren.

»Das wird schon wieder«, sagte Aurélie, als hätte sie meine Gedanken gelesen.

»Danke.« Nur mit Mühe unterdrückte ich die Tränen, und während des Essens lenkte ich das Gespräch auf ihre Schwangerschaft. Aurélie plauderte munter drauflos, und normalerweise war ihre gute Laune ansteckend, doch ich hörte ihr nur mit halbem Ohr zu. Am Nachmittag hatte mich der Notar meiner Mutter gebeten, in seine Kanzlei zu kommen, und ich war mit einem Knoten im Bauch dorthin gegangen, überzeugt, dass damit das Kapitel endgültig abgeschlossen, aber auch der Schmerz erneut wachgerufen werden würde. Stattdessen hatte mich eine Überraschung erwartet.

Maman ... Was hast du da bloß ausgeheckt?

Es war jetzt vier Monate her, dass sie ihren letzten Atemzug getan hatte. Ihr Tod war umso schmerzlicher gewesen, weil alles so schnell gegangen war. Als die Ärzte bei ihr Bauchspeicheldrüsenkrebs festgestellt hatten, schwebte bereits der Schatten des Todes über ihr. Maman hatte mit aller Kraft dagegen angekämpft, aber es war zu spät gewesen. Innerhalb weniger Wochen hatte der Krebs sie mit sich in einen tiefen, dunklen Ozean gezogen und mich hilflos wie ein kleines Kind zurückgelassen. Trotz aller eindeutigen Erklärungen der Ärzte hatte ich mich geweigert, die Möglichkeit ihres Todes in Betracht zu ziehen. Für mich war es einfach unmöglich – eine einstige Rettungssanitäterin konnte sich doch nicht vom Krebs besiegen lassen. Ihre Aufgabe bestand darin, anderen das Leben zu retten, nicht, ihr eigenes zu verlieren. Ihr Tod war ein furchtbarer Schock gewesen.

»Huhu, bist du noch da?«

Aurélie schnippte vor meinem Gesicht mit den Fingern und riss mich aus meinen Gedanken. Ich hatte kein Wort von dem mitbekommen, was sie mir erzählt hatte ... Sie gab sich Mühe, mich abzulenken, und so dankte ich es ihr!

»Entschuldige, ich war nicht bei der Sache.«

»Das habe ich gemerkt!«, schnaubte sie. »Es geht um den Namen. Ich finde, als künftige Patentante hast du da ein Mitspracherecht. Romain steht auf klassische Namen wie Gustave oder Jeanne. Ich hingegen hätte lieber –«

»Etwas japanisch Angehauchtes?«, riet ich.

Aurélie hegte eine grenzenlose Leidenschaft für alles, was mit dem Land der aufgehenden Sonne zusammenhing, wo sie am Ende unserer Studienzeit ein Jahr verbracht hatte.

»Ich wusste, du würdest mich verstehen!«, rief sie triumphierend. »Aber das ist jetzt nicht so wichtig ... Du machst wieder diese komische Sache mit deinem Mund, also sag mir, was dich beschäftigt.«

»Was? Ich mache doch gar nichts!«

»Doch. Du kaust auf deiner Unterlippe herum, wie jedes Mal, wenn du nervös bist. Und daraus schließe ich, dass es noch um etwas anderes geht als deinen ersten Geburtstag ohne deine Mutter. Jetzt erzähl schon.«

Ihre Freundlichkeit schnürte mir die Kehle zu. Aurélie kannte mich nicht nur in- und auswendig, sie verübelte mir mein Verhalten auch nicht. Dass ihr Baby bald kommen würde, war mir keineswegs gleichgültig, im Gegenteil, ich freute mich sogar darauf, Patentante zu werden. Aber an diesem Abend beschäftigte mich etwas anderes, und sie verdiente es, dass ich ihr wenigstens erklärte, warum ich mich nicht auf unser Gespräch konzentrieren konnte.

»Ich war vorhin beim Notar.«

»Die Wohnung ist also verkauft?«

»Nein ... Beziehungsweise sie wird sicher bald verkauft, denn er hat ein Angebot bekommen.«

Aurélie runzelte die Stirn. »Okay, aber was wollte er dann von dir?«

»Maman hatte ihn gebeten, mir einen Brief zu geben. Und zwar heute.«

Voller Mitgefühl beugte sie sich vor. »O Julia, ich verstehe, dass du durcheinander bist! Hast du ihn gelesen?«

Ich wich ihrem Blick aus. »Nein ... noch nicht.«

»Was?« Aurélie starrte mich überrascht an. »Wo ist denn deine sonst so zügellose Neugier geblieben? Womöglich steht da drin, dass sie eine Million Euro in einer Höhle auf Belle-Île-en-Mer versteckt hat!«

Ihre Reaktion brachte mich immerhin zum Lächeln. »Ich weiß nicht ... Ich will keine Wunde aufreißen, die kaum vernarbt ist.«

Bisweilen überkamen mich immer noch Wellen von Fassungslosigkeit und Zorn, wenn ich daran dachte, dass Maman für immer achtundsechzig bleiben würde. Es war so ungerecht, dass sie auf diese Weise gehen musste, obwohl ihr bei der heutigen Lebenserwartung noch etliche Jahre zugestanden hätten! Aurélie sah, wie mir die Tränen in die Augen stiegen, und legte ihre Hand auf meine.

»Es ist doch ganz normal, dass du traurig bist, Julia. Frédérique war eine wunderbare Frau«, sagte sie voller Wärme. »Aber sie hätte nicht gewollt, dass du so leidest.«

Ich trank ein Glas Wasser, um meine Gefühle in den Griff zu kriegen.

»Ich weiß ... Aber ich habe einfach Schiss davor, ihre letzten Worte zu lesen. Sie hat sich nach meinem beruflichen Desaster große Sorgen gemacht. Was ist, wenn darin lauter Vorwürfe stehen?«

Irgendwie wurde ich den Gedanken nicht los, dass meine Mutter ohne diese zusätzliche Belastung die Krankheit vielleicht besiegt hätte. Und deswegen hatte ich Schuldgefühle.

»Ein Grund mehr, ihn zu lesen!«, gab Aurélie zurück. »Dann weißt du wenigstens, woran du bist. Hast du ihn dabei?«

Ich schüttelte den Kopf. Ich hatte ihn absichtlich zu Hause gelassen, weil ich sonst womöglich den ganzen Abend mit dem Umschlag in der Hand in der Restauranttoilette gehockt und überlegt hätte, ob ich ihn nun öffnen soll oder nicht.

»Nun ja«, sagte Aurélie nach einer kurzen Pause, »vielleicht ist es auch besser, wenn du das in Ruhe und allein tust. Und wenn du reden willst, kannst du mich jederzeit anrufen.«

Ein wenig aufgemuntert nickte ich. Der Kellner brachte uns den Nachtisch. Als er gegangen war, gab Aurélie mir mein Geburtstagsgeschenk, einen Gutschein für einen gemeinsamen Tag im Spa, einzulösen nach der Geburt.

»Ich dachte mir, das tut uns beiden gut«, erklärte sie, als ich mich bei ihr bedankte. »Zum Beispiel wenn ich nach zwei schlaflosen Monaten auf dem Zahnfleisch gehe.«

»Unsinn!«, zog ich sie auf. »Du wirst so hin und weg von deinem Baby sein, dass ich dich mit Gewalt von ihm loseisen muss, um dich in das Spa zu kriegen.«

Aurélie lachte und kostete dann ihren Moelleux au Chocolat.

»Mmh, der ist gut, aber mir fehlen deine Leckereien«, sagte sie. »Dabei hatte ich mich darauf verlassen, dass du für ein paar von meinen Schwangerschaftskilos sorgst.«

Die Patisserie war schon immer eine große Leidenschaft von

mir gewesen. Doch leider hatte sie mich anscheinend ohne Vorwarnung im Stich gelassen.

»Ich habe schon seit Monaten nichts mehr gebacken«, murmelte ich. »Ich kann es nicht mehr.«

»Ehrlich gesagt hätte ich mir Gedanken um deine geistige Gesundheit gemacht, wenn du nach allem, was passiert ist, wie eine Besessene Kuchen produziert hättest. Warum gehst du nicht erst mal zur Bank zurück? Ich bin sicher, dass sie dich wieder einstellen würden.«

Autsch. Das dornige Thema, das ich um jeden Preis vermeiden wollte.

»Ich werde darüber nachdenken«, versprach ich ihr, während ich dem Kellner ein Zeichen gab, dass er uns die Rechnung bringen sollte.

Tatsächlich hatte ich keine Ahnung, wie es weitergehen sollte. Es wäre vernünftig, ihren Rat zu befolgen, aber ich hatte keine Lust auf das herablassende Mitgefühl meiner früheren Kollegen und erst recht nicht auf das Getuschel hinter vorgehaltener Hand. Auf diese Weise zurückzukehren, nachdem ich alles hingeschmissen hatte, überstieg meine Kraft. Aber einen Plan B hatte ich auch nicht, also würde mir wohl nichts anderes übrigbleiben.

Nach dem Essen ging ich mit dem quälenden Gefühl nach Hause, eine Versagerin zu sein. Wenn ich vor zwei Jahren, als ich eingewilligt hatte, für einen großen Fernsehsender zu arbeiten, geahnt hätte, was für ein Abgrund sich unter mir auftun würde, hätte ich es mir zweimal überlegt. Aber ich war ja so geschmeichelt gewesen, weil sie wegen meines erfolgreichen YouTube-Kanals auf mich zugekommen waren! Tagsüber Anlageberaterin bei der Bank, war ich abends meiner Leidenschaft für die Patisserie nachgegangen und hatte regelmäßig Rezepte gepostet, die lecker, ästhetisch ansprechend und gleichzeitig für jeden nachvollziehbar waren. Im Handumdrehen hatte ich Tausende von Followern, und von allen Seiten wurde ich mit Anfragen überschüttet. Die Produktionsfirma, die mich kontaktiert hatte, suchte damals jemanden wie mich für eine neue Sendung. Es ging darum, zusammen mit dem großen Willy Dolenc, der durch seine französischen Patisserien, die er in London eröffnet hatte, berühmt geworden war, die Kreationen von Amateuren zu beurteilen. Der Gewinner bekam eine ansehnliche Geldsumme, um sich damit selbstständig zu machen, es lohnte sich also. Mir wiederum hatten sie für zwölf Folgen zur besten Sendezeit eine überaus großzügige Gage angeboten. Es war der perfekte nächste Schritt, ein wahrgewordener Traum. Bis sie mich vor die Tür gesetzt hatten. Und zwei Wochen später hatte ich erfahren, dass meine Mutter krank war ...

Ich lag auf dem Bett und presste die Faust auf den Mund, um nicht vor Verzweiflung aufzuheulen. Die Versuchung war groß, eine Tablette zu nehmen, um mich für ein paar Stunden in den Schlaf zu flüchten. Wieder sah ich das Gesicht von Isa vor mir, einer der PR-Managerinnen für die Sendung. Sie hatte eingewilligt, sich mit mir in einem Café in der Nähe des Gare d'Austerlitz zu treffen, bevor sie mit dem Zug nach Toulouse fuhr. Ich hatte mich verteidigt, wollte nicht einfach aufgeben. Doch Isa war gekommen, um mir klarzumachen, dass die Entscheidung der Produzenten endgültig war. Solange ich den Sender – und vor allem Dolenc – nicht öffentlich kritisierte, würde ich keinerlei Schwierigkeiten bekommen. Das sagte sie natürlich nicht offen, aber es schwang unterschwellig mit.

»Und es ist ja nicht so, als ob du auf der Straße stündest«, fügte sie hinzu. »Sie haben dir eine ordentliche Abfindung gegeben.«

Ich konnte es nicht fassen, dass sie mich auf diese Weise vor die Tür setzten. Das empfand ich als zutiefst ungerecht.

»Das war's also? Ihr werft mich einfach raus?«

»Du musst dir etwas anderes suchen, Julia. Ohne diese Plagiatsvorwürfe ...«

Sie ließ den Satz unbeendet in der Luft hängen, obwohl sie wusste, dass an der Sache nichts dran war. Rein gar nichts.

»Ich habe nie irgendwen des Plagiats beschuldigt, das weißt du genauso gut wie ich.«

Mein einziger Fehler war, dass ich Fabien ins Herz geschlossen hatte, einen jungen Legastheniker, der am Schulsystem gescheitert war. Doch dann hatte er eines Tages erkannt, dass das Kuchenbacken sein Ding war. Jeder in der Jury sollte einen Kandidaten auswählen, an den er besonders glaubte, und ich hatte beschlossen, Fabien unter meine Fittiche zu nehmen. Das war den Produzenten nicht entgangen, und es hatte ihnen nicht gepasst. Deshalb hatten sie mich unvorteilhaft gezeigt und nur die Sequenzen behalten, in denen ich meinem Schützling Ratschläge gab oder skeptisch die Kreationen der anderen Kandidaten musterte. Ich war plötzlich die Zicke, und das Ganze wurde immer schlimmer, bis ich am Abend des Halbfinales zu Céline, dem Publikumsliebling, sagte, ihr Mango-Passionsfrucht-Dessert erinnere mich an das eines berühmten Patissiers. Es war als Kompliment gemeint, aber so, wie die Szene geschnitten war, klang es, als hätte ich sie des Plagiats bezichtigt – was noch durch Willy Dolenc verstärkt wurde, der auf meine Bemerkung hin die Augen verdrehte. Die Zuschauer zogen ihre Schlüsse daraus, auf Twitter brodelte die Gerüchteküche, und meine Werte auf der Beliebtheitsskala rutschten in den Keller. Laut den großen Entscheidern gab es nur eine Lösung: mich rauswerfen, um die Zuschauer bei Laune zu halten. Heute ein Star, morgen der letzte Dreck. Aurélie und meine Mutter waren überzeugt, dass Dolenc seine Finger im Spiel gehabt hatte, vielleicht aus Angst, dass ich ihn in den Schatten stellte. Dabei sah ich mich gar nicht als seine Rivalin. Im Gegenteil, vor dieser ganzen Affäre hatte ich ihn trotz seines miesen Charakters bewundert.

All das ist vorbei. Hör auf, immer wieder darüber nachzugrübeln.

Mit einem Seufzen drehte ich mich auf die Seite und erschrak, als mein Blick auf den Wecker fiel. Es war schon fast zwei, und ich schlief immer noch nicht. Noch vor kurzem hätte ich in so einer Situation irgendwas gebacken, um zur Ruhe zu kommen. Doch jetzt war es das Letzte, wozu ich Lust hatte. Schließlich kapitulierte ich genervt und stand auf. Meine Schritte führten mich zum Schreibtisch, wo der Brief lag, den mir der Notar gegeben hatte.

Für Julia.

Beim Anblick dieser wenigen elegant geschriebenen Buchstaben hörte ich im Geist sofort Mamans Stimme. Ich ließ den Brief noch einen Moment liegen und sah zur Wand, wo ich ein buntes Durcheinander von Fotos aufgehängt hatte. Sofort fand ich das Porträt meiner Mutter, das ich drei Jahre zuvor in Sauzon aufgenommen hatte, einer der vier Gemeinden auf Belle-Île-en-Mer. Sie hockte neben einem blauen Boot und sah aufs Meer hinaus, verträumt und nicht ahnend, dass die Krankheit bereits in ihrem Körper nistete. Das Grün ihrer Augen war so sanft wie ein Streicheln. Ich hatte sie immer darum beneidet, denn meine hatten den Braunton meiner Großmutter väterlicherseits. Kognakfarben, wie ein Barkeeper, mit dem ich mal kurze Zeit zusammen gewesen war, wenig schmeichelhaft gesagt hatte.

Maman ... In dieser Nacht vermisste ich sie besonders. Sie hatte Sauzon so geliebt, war jeden Sommer dorthin gefahren und hatte vorgehabt, sich ganz dort niederzulassen.

»Versprich mir, dass du meine Asche in den Atlantik streust.«

Dieses Versprechen hatte sie mir abgenommen, als ihr klar wurde, dass sie nicht mehr lange genug leben würde, um sich auf diesem kleinen Fleckchen Erde mitten im Meer ein Haus kaufen zu können. Und ich hatte noch nicht den Mut aufgebracht, es einzulösen ... Hatte sie mir deshalb geschrieben, um mich daran zu erinnern?

Mit den Fingerspitzen strich ich über ihre Schrift auf dem Umschlag. Wer weiß, vielleicht würde mir dieser Brief ja ein wenig Trost spenden. Ich holte tief Luft und riss ihn auf.

Mein Schatz,
  wenn Du diese Worte liest, dann ist es der 3. Juni, und ich bin nicht mehr da, um Dir zum Geburtstag zu gratulieren. Zumindest haben die Ärzte es so vorhergesagt, und ich kenne diese Kerle ziemlich gut – was das angeht, irren sie sich selten. Ich bin also fort, dahin, entfleucht, bye-bye, Frédérique. Aber Du hast doch wohl nicht geglaubt, dass ich ohne ein Wort zu Deinem Vierunddreißigsten von der Bühne abtrete? Ich weiß, Du findest das vielleicht grausam und ungerecht. Aber ich möchte wenigstens versuchen, Dir meine Gründe darzulegen.
  Gestern Abend lief eine Wiederholung von Pâtissiers Amateurs, *und zwar die Folge, in der Du diesem grässlichen Dolenc erklärst, dass Dir der Apfelkuchen deiner Großmutter besser schmeckt als der von Céline, der Kandidatin, um die es diesmal ging. Er hat nur herablassend gelächelt, aber das war Dir ganz egal. Deine Augen strahlten vor genießerischer Freude und glücklicher Erinnerung. Ach, dieser Kuchen! Wir haben ihn nie genauso hinbekommen, obwohl Deine Großmutter uns das Rezept gegeben hat. Aber ich glaube, ich habe das Geheimnis gelüftet: Meiner Meinung nach ist das, was ihn so einzigartig macht, ganz einfach die Tatsache, dass es ihrer ist. Verstehst Du, was ich meine? Wie auch immer, als ich Dich von diesem Apfelkuchen schwärmen hörte, hat es bei mir plötzlich Klick gemacht. Du hast ein angeborenes Talent fürs Backen, und ich muss völlig vernagelt gewesen sein, als ich Dir damals an den Kopf geworfen habe, Du hättest etwas Besseres verdient. Das war kurz bevor Du aufs Gymnasium gekommen bist, weißt Du noch? Wir hatten Macarons gekauft, und Du hast zu mir gesagt, dass Du davon träumst, Patissière zu werden. Wie dumm ich war!*
  Du fragst dich bestimmt, worauf ich hinauswill, also höre ich

auf, um den heißen Brei herumzureden: Ich möchte, dass Du Deinem Vater verzeihst. Nein, verdreh jetzt nicht die Augen, die Medikamente haben mir nicht den Verstand geraubt. Ich bin vollkommen klar im Kopf, und ich bitte Dich, lies weiter und nimm dies als meinen letzten Willen (das mit der Asche gilt weiterhin, falls Du Dich das fragst).

Wenn ich in den letzten Monaten eins gelernt habe, dann, wie zerbrechlich und kostbar unsere Existenz ist. Ich möchte nicht, dass Du eines Tages voller Reue aufwachst und denkst, es ist zu spät. Glaub mir, ich weiß, wovon ich spreche. Ich gebe mir Mühe, wenn Du mich besuchen kommst, ich spiele die Mutige, aber in Wirklichkeit habe ich Angst. Ich weiß, wie wütend Du auf Deinen Vater bist, und ich bedaure, dass ich Dich nicht schon eher in seine Richtung geschubst habe. Du ärgerst dich jetzt sicher, schließlich war ich es, die Dich von ihm getrennt, der Familie Lagarde entrissen und nach Paris verpflanzt hat. Das war meine Schuld. Aber das Leben geht weiter, unsere Ansichten verändern sich. Ich mache mir Vorwürfe, weil ich Dich entwurzelt habe. Die Angst lässt uns manchmal die größten Dummheiten begehen. Und doch ... Jetzt ist die Angst an Deinen Körper gekettet. Du versuchst, es vor mir zu verbergen, aber ich sehe, dass das Licht in Deinen hübschen Augen matter geworden und Dein Lächeln zusammen mit Deinen letzten Rundungen dahingeschmolzen ist. Diese Mistkerle vom Fernsehen haben Dich unglücklich gemacht, und meine Krankheit lähmt Dich. Da ich noch nicht weiß, ob es Engel und Geister gibt, schicke ich Dir meinen Rat sicherheitshalber, solange mein Herz noch schlägt. Vorwärts gehen kannst Du nur, wenn Du ein wenig zurücktrittst. Wenn wir das Gefühl haben, gegen widrige Winde zu kämpfen, liegt die Lösung für unsere Probleme meist in unseren Wurzeln.

Geh diesen ersten Schritt auf Deinen Vater zu, Julia. Er wird es sich niemals trauen, denn er hat noch mehr Angst, als ich damals gehabt habe. Gebt euch die Chance, euch neu kennenzu-

lernen. Bitte ihn, Dir von Marcel und Eugénie zu erzählen, den ersten Patissiers in unserer Familie, denen Du diese Leidenschaft verdankst.

Jetzt, mein Herz, mein Glückskind, bin ich müde. Die Krankheit erschöpft mich, meine Kräfte lassen sehr schnell nach. Ich hoffe, dass ich diese Zeilen nicht vergeblich geschrieben habe und dass Du Dir die Zeit nimmst, sie zu lesen, auch wenn Du wütend auf mich bist (fast freue ich mich, dass ich Deine Schimpfkanonade nicht mehr mitbekomme!). Du sollst wissen, dass Du der Stolz meines Lebens bist, mein größter und schönster Erfolg.

Das Leben macht uns bisweilen wunderbare Geschenke. Zweifle nie daran.

Alles Gute zum Geburtstag!
Ich hab Dich lieb.
Maman

PS: Falls Du inzwischen schon Kontakt mit Deinem Vater aufgenommen hast und es Dir wieder besser geht, kannst Du diesen Brief natürlich verbrennen und vergessen. Falls nicht, pack deinen Koffer und fahr zu ihm, sonst komme ich zurück, das schwöre ich Dir. Und zwar nicht, um Dir zu erzählen, dass es da oben lauter zauberhafte bretonische Inseln gibt, sondern um Dir einen Tritt in den Hintern zu verpassen.

Mit zitternden Händen faltete ich den Bogen wieder zusammen und schloss die Augen. Ein Schluchzen stieg in meiner Kehle auf, und Tränen liefen mir über die Wangen. Maman hatte viel mehr verstanden, als ich gedacht hatte, und ihre Worte trafen mich im tiefsten Kern. Wie naiv ich gewesen war, mir irgendeinen Trost zu erhoffen. Die Zukunft erschien mir ungewisser als je zuvor. Ich las mir ihre Anweisungen noch einmal durch. Ich sollte mich mit meinem Vater versöhnen? Ich verstand gar nichts mehr. Seit er mir den Abend meines zwanzigsten Geburtstags verdorben hatte, ging ich ihm aus dem Weg; unser Kontakt beschränkte sich auf ein paar kurze SMS zu Weihnachten und an den Geburtstagen. Ich erwartete nichts mehr von ihm und er auch nichts von mir. Was sollte das also?

Schönen Dank auch, Maman. Das ist nicht gerade nett von dir.

»Wenn wir das Gefühl haben, gegen widrige Winde zu kämpfen, liegt die Lösung für unsere Probleme meist in unseren Wurzeln.«

Unsere Wurzeln ... Meine bestanden nur noch aus Erinnerungen. Ich hatte keine Lust, mich mit ihnen zu befassen, aber sie scherten sich nicht darum und verhöhnten mich trotzdem. Die hölzerne Windmühle gegenüber unserem Haus. Die Feldwege, über die ich so oft mit dem Rad gefahren war. Das Café du Sport mit seinen Stammgästen, die Häkelgardine hinter der Tür, die alte Bank am Fluss. Mein Cousin und ich, immerzu irgendwo draußen und dabei, eine Hütte zu bauen. Das sonntägliche Brathähnchen bei meiner Großmutter und natürlich ihr Apfelkuchen. Die Schwarzweißfotos, die wir uns nach dem Essen oft angesehen hatten, aus der Zeit, als mein Vater Kind gewesen war. Das fröhliche Gelächter im Hintergrund oder das Knistern einer alten Schallplatte. Ich auf den Schultern von Pépé Arthur, der für mich *Ma p'tite Julia* von Pierre Perret sang, bis ich eines Tages begriff, dass es darin um eine Ziege ging, und wütend wurde. Das war das Leben davor, als noch alles leicht und glücklich war. Vor dem Moment, als alles in tausend Scherben zerbrach.

Wieder spürte ich einen dicken Kloß im Hals. Dem schwindelerregenden Pfad der Vergangenheit zu folgen, war keine gute Idee. Ich hatte ewig nicht mehr an all das gedacht, und jetzt genügte ein Brief, um mich völlig aus dem Lot zu bringen. Ich riss das Fenster auf, um frische Luft zu schnappen. Um diese Zeit waren die Bistros geschlossen und keine Leute mehr unterwegs, außer einem Paar, das laut lachend unten am Haus vorbeiging. Der ganze Boulevard Pasteur lag in tiefem Schlaf, außer mir. Es war idiotisch, mich so aufwühlen zu lassen.

Geh ins Bett, meine Gute. Morgen geht's dir wieder besser.
Ich wischte mir die Tränen weg und versuchte, meine Angst im Zaum zu halten. Als ich am Schreibtisch vorbeiging, warf ich noch einen Blick auf den Brief, bevor ich mich auf mein Kissen sinken ließ. Doch ich wälzte mich weiter hin und her und kam einfach nicht zur Ruhe. Ich hatte das Gefühl, mit Geistern zu tanzen, in einem Wirbel gefangen zu sein, während die Stimme meiner Mutter mich ermahnte, einen Schritt zurückzutreten. Um sechs wachte ich schweißgebadet auf, überrascht, dass ich schließlich doch noch eingeschlafen war. Seltsamerweise war ich hellwach und ein bisschen aufgeregt, wie vor einer Reise. Während ich sonst morgens gerne noch ein paar Minuten liegen blieb, sprang ich jetzt aus dem Bett und machte mir einen starken Kaffee. Eine kalte Dusche, dann noch ein Kaffee. Der Brief lag immer noch auf dem Schreibtisch, und ich las ihn erneut, um mich zu vergewissern, dass der Wortlaut sich nicht verändert hatte. Ich begriff immer noch nicht, wozu es gut sein sollte, in die Touraine zurückzukehren, aber offensichtlich war meine Mutter überzeugt, dass es mir helfen würde. Amüsierte sie sich da oben über das Chaos, das sie in meinem Kopf angerichtet hatte?

Meinetwegen, dann werde ich deinen letzten Willen halt ausführen!

Entschlossen ging ich ins Schlafzimmer und stopfte ein paar Sachen in den Koffer. Als mein Blick auf das Handy fiel, hielt ich inne. Ich sollte meinem Vater wohl Bescheid sagen, dass ich kam. Aber ich hatte keine Lust, ihm alles zu erklären und am Ende doch nur zu hören, dass ich besser in Paris bleiben sollte. Egal, dann würde ich ihn eben überraschen. Wahrscheinlich lief ich nur gegen eine Wand, aber ich hatte ja nichts zu verlieren. Schließlich zwang mich nichts, länger als ein paar Tage zu bleiben. Und selbst wenn nichts dabei herauskam, hatte ich zumindest mein Gewissen beruhigt.

Unten warf ich einen letzten Blick in den Hinterhof mit seinen Blumen und Fahrrädern. Über dem Quartier Montparnasse ging sanft die Sonne auf, aber der Tag würde grau werden, wenn ich hierbliebe. In Paris gab es nichts zu tun, nichts, was ich verpassen würde. Es war Zeit, dass ich meinen Mut zusammennahm und herausfand, was meine Wurzeln für mich bedeuteten.

2

Ah, tu verras, tu verras / Tout recommencera, tu verras, tu verras / L'amour est fait pour ça, tu verras, tu verras ...

Ich bog auf einen Feldweg ab und stellte den Motor aus. Das Radio verstummte, und mit ihm Claude Nougaro. Für manche Dinge war ich noch nicht bereit, und das Lieblingslied meiner Mutter zu hören, war eines davon. Ich war drei Stunden am Stück gefahren und hatte keine Pause gemacht, aus Angst, dass ich meine Meinung ändern und umkehren könnte. Ich wusste, dass ich meinen Seelenfrieden nie wiederfinden würde, wenn ich Mamans letzten Wunsch nicht befolgte. Dennoch wurden die Zweifel mit jedem Kilometer stärker. War das, was ich hier tat, nicht vollkommen verrückt? Und jetzt auch noch Nougaro, der Salz in meine Wunden streute ... Entschlossen, nicht weiter darüber nachzudenken, schaltete ich mein Handy ein. Eine Nachricht von Aurélie. Sie hätte in dem Chanson auch ein Zeichen gesehen. Doch sie wollte nur wissen, wie es mir ging; sie wusste ja noch nicht, dass ich dreihundert Kilometer von ihr entfernt war.

Ich stieg aus, um die Landschaft um mich herum mit neuem Blick zu betrachten. Im warmen Frühsommerlicht breiteten sich, durchzogen von kleinen Waldstücken, die Felder aus. Die Erde, die noch feucht vom nächtlichen Regen war, verströmte einen leisen Duft. In der Ferne konnte ich den Fluss sehen und oberhalb davon das Dorf mit seinem spitzen Kirchturm. Kein Zweifel: Ich war tatsächlich wieder in Cressigny, dem kleinen, von Wald umschlossenen Marktflecken im Herzen der Touraine. Hier tauschte man beim Zeitungskauf seine Neuigkeiten aus, und kleinere Geschwindigkeitsverstöße wurden mit einer Flasche Ricard geregelt. Was für ein seltsames Gefühl, wieder hier zu sein! Obwohl ich die Gegend in- und auswendig kannte, fühlte es sich so an, als würde ich einen Sprung ins Nichts wagen. Was würde mich bei meiner Ankunft erwarten? Ich ging ein paar Schritte, bis mein Handy ausreichend Empfang hatte. Ein kleiner Plausch mit Aurélie würde mir helfen, meine Aufregung abzumildern.

»Hallo, meine Schöne«, meldete sie sich. »Na, was gibt's Neues?«

»Du errätst nie, wo ich bin ...«

»Vor der Patisserie von Dolenc, um eine Bombe hineinzuwerfen?«

Ich musste lachen, aber es klang ein wenig zittrig.

»Viel besser! Ich stehe inmitten von Feldern. Du hältst mich wahrscheinlich für verrückt, aber ich muss zurück in das Dorf meiner Kindheit.«

»Was?«, rief sie aus. »Wie kommt's? Du hast dich doch seit Monaten kaum aus dem Haus bewegt.«

»Ich habe den Brief gelesen.« Ich schilderte ihr kurz den Inhalt. »Einen Moment lang habe ich mich ernsthaft gefragt, ob meine Mutter was geraucht hatte.«

»Wow, das ist ja ein Ding!«, sagte Aurélie. »Zurück zu den Ursprüngen ... Und wie fühlst du dich?«

Zögernd gab ich zu, wie nervös ich war. »Ich würde mich ja gerne darauf freuen, aber so ist es nicht, ganz im Gegenteil. Wenn Maman zu ihren Lebzeiten damit gekommen wäre, hätte ich mich nie darauf eingelassen ... Ich bin schon ewig nicht mehr hier gewesen.«

Das letzte Mal war vier Jahre her. Damals hatte ich nur einen Kurzbesuch gemacht, als meine Großmutter einen Schlaganfall gehabt hatte. Sobald ich sie in guten Händen wusste, war ich nach Paris zurückgekehrt.

Aurélie sagte, dass sie meine Befürchtungen verstand. Ich hatte ihr gegenüber nie einen Hehl daraus gemacht, wie sehr meine Mutter und ich unter dem Verhalten meines Vaters gelitten hatten.

»Aber weißt du«, fuhr sie fort, »selbst wenn dir die Bitte deiner Mutter verrückt erscheint, es tut dir bestimmt gut, mal ein bisschen rauszukommen.«

Da hatte ich so meine Zweifel, aber das behielt ich für mich. »Wahrscheinlich hast du recht. Solange ich hier bin und versuche, mich mit meinem Vater zu versöhnen, hocke ich wenigstens nicht grübelnd in meiner Wohnung. Übrigens kannst du dir gerne alles aus meinem Kühlschrank holen, weil ich noch nicht weiß, wann ich wieder da bin.«

»Sind da noch welche von diesen göttlichen Tiramisu-Joghurts?«

»Ich glaube schon.«

»Ich wusste doch, dass ich die Richtige als Patentante gewählt habe! Fährst du direkt zu deinem Vater?«

»Erst schaue ich noch bei meiner Tante Méline vorbei. Ich halte dich auf dem Laufenden.«

»Ich bitte darum! Insbesondere falls du plötzlich wie im Kitschroman eine Eingebung hast und beschließt, nach Japan zu gehen, um die weißen Katzen im Tempel von Setagaya anzubeten.«

»Das ist *dein* großer Traum!«, gab ich lachend zurück. »Mich lockt es ja eher an die Strände Thailands.«

»Warum fliegst du nicht hin?«

»Weil ich immer noch nicht weiß, wie meine Zukunft aussehen wird, und bis dahin werfe ich mein Geld lieber nicht aus dem Fenster. Die Touraine belastet das Budget nicht so.«

»Kluge Entscheidung. Melde dich bald wieder, ja?«

Ich beendete das Gespräch mit deutlich besserer Laune. Im Grunde war ich fast froh, meinem täglichen Elend zu entkommen.

Ich setzte mich wieder ins Auto und fuhr direkt in den Ort, bis zu einer schmalen, blumengeschmückten Straße mit dem hübschen Namen Impasse des Dames. Dort wohnten meine Tante und mein Onkel, in einem bezaubernden Haus mit veilchenblauen Fensterläden, dessen Steinfassade mit Kletterrosen bewachsen war. Ich parkte neben dem kleinen, weiß gestrichenen Eisentor und ging den Weg zum Haus hinauf. Doch als ich den Türklopfer betätigte, rührte sich nichts. Mist ... Ich wollte wirklich gerne erst mit Méline sprechen, bevor ich mich mit meinem Vater auseinandersetzte. Sie würde mich auf den neuesten Stand bringen, mir sagen, was mich erwartete. Nur sie konnte mir den nötigen Mut geben. Eine große graue Katze kam um die Hausecke und rieb sich an meinem Bein. Ich bückte mich, um ihr den Rücken zu streicheln, den sie mir schnurrend entgegenwölbte.

»Na, du? Haben sie dich aus Japan hergeschickt?«, fragte ich sie in Erinnerung an Aurélies Bemerkung. »Wo ist denn dein Frauchen?«

Statt einer Antwort verschwand die Katze ebenso schnell, wie sie aufgetaucht war. Da ich nicht wusste, was ich sonst tun sollte, ging ich nach hinten in den Garten, in der Hoffnung, Méline dort zu finden. Und tatsächlich! Sie stand am Vogelhäuschen und war dabei, Brot zu zerkrümeln. Allein ihr Anblick war Balsam für meine Seele. Meine Tante war die Einzige aus der Familie meines Vaters, die zur Beerdigung meiner Mutter gekommen war. Sie war mir eine große Stütze gewesen und hatte mich mit ihren lieben Worten und ihren Gemüsegratins getröstet. Im Gegensatz zu meinem Vater, ihrem älteren Bruder, war Méline eine strahlende Frau. Jemand, bei dem man sich auf Anhieb wohlfühlte. Sie besaß eine unerschöpfliche Geduld, und in ihren Augen lag immer ein Lächeln. Für mich war sie der Inbegriff des Lebens in all seiner Schönheit, des Lebens, das sang und prickelte. Mir fiel auf, dass sie einen gelben Rock trug. Gelb war ihre Lieblingsfarbe, und in ihrer Kleidung war immer etwas Gelbes, weil es sie an die Sonne erinnerte.

»Hallo, Méline!«, rief ich voller Freude.

»Julia?« Verdutzt drehte sie sich um. »Das ist ja eine Überraschung!«

Sie klopfte sich die Hände an der Schürze ab und umarmte mich.

»Wie schön, dich zu sehen, meine Liebe!«, sagte sie. »Aber warum hast du denn nicht vorher angerufen?«

»Na ja, es war ein ziemlich spontaner Entschluss.«

Meine Tante musterte mich einen Moment, als fragte sie sich, ob womöglich etwas Schlimmes passiert war.

»Du siehst müde aus«, bemerkte sie. »Willst du mir bei einem Kaffee erzählen, was los ist?«

Ich folgte ihr, und wir gingen durch den Hintereingang in die Küche, die rustikal, aber gemütlich eingerichtet war. Sie setzte den Kaffee auf, dann drehte sie sich zu mir um.

»Steht dir gut, so ganz natürlich. Du bist hübsch.«

Hübsch? Als ich mich vorhin im Rückspiegel gesehen hatte, war ich mir eher fade vorgekommen mit meinen feinen, langweilig braunen Haaren und dem ungeschminkten Gesicht.

»Danke«, murmelte ich wenig überzeugt. »Obwohl ich nicht weiß, wie du darauf kommst.«

»Unsinn!«, sagte sie und reichte mir die Tasse, die sie gerade gefüllt hatte. »Du bist das Ebenbild deiner Großmutter.«

Die Katze, der ich ein paar Minuten zuvor begegnet war, kam leise herein und sprang mir schnurrend auf den Schoß, was Méline amüsierte.

»Wie ich sehe, hast du Grisette bereits kennengelernt.«

»Beim letzten Mal war sie doch noch nicht da, oder?«, fragte ich.

»Paul hat sie vor zwei Jahren im Wald gefunden. Die Ärmste war vollkommen abgemagert. Sie tat uns leid, also haben wir sie behalten.«

Als sie meinen Onkel erwähnte, fiel mir auf, dass ich ihn gar nicht gesehen hatte. »Wo ist er denn überhaupt?«

»Ein paar Sachen für den Garten besorgen.«

»Ich schließe daraus, dass es mit eurem Projekt vorangeht?«

Méline und Paul planten, ein Bed and Breakfast aufzumachen. Sie hatten in der oberen Etage zwei Zimmer, die sie nicht nutzten, und da sie schon immer gerne Gäste gehabt hatten, war es eine ausgezeichnete Möglichkeit, Gesellschaft zu haben und gleichzeitig ihre Rente ein wenig aufzubessern. Ihr Haus, das aus dem achtzehnten Jahrhundert stammte, war dafür wie geschaffen. Sie hatten es kurz nach ihrer Heirat gekauft und nach und nach renoviert. Beide liebten alte Steine, das hatte sie sogar zusammengebracht. Eines Tages war Paul auf dem Weg zu seinen Eltern, die er besuchen wollte, auf ein Bier ins Café du Sport gegangen, die Bar meiner Großeltern, wo meine Tante damals arbeitete. Er suchte ein altes Haus, das er wieder herrichten wollte, und Méline hatte ihm mit Begeisterung dabei geholfen. Das war 1976 gewesen, und Paul hatte Cressigny nie wieder verlassen.

Méline trank einen Schluck von ihrem Kaffee, bevor sie mir mit ihrer warmen, sanften Stimme antwortete: »Ja, es geht voran, aber wir liegen etwas hinter dem Zeitplan zurück. Jetzt erzähl doch mal, was führt dich hierher?«

Ich beschloss, nicht lange um den heißen Brei herumzureden. »Meine Mutter.«

Sie zog fragend die Augenbraue hoch, und ich nahm den Brief aus meiner Handtasche und schob ihn ihr hin.

»Den hat mir der Notar gestern gegeben«, erklärte ich.

»So? Wie eigenartig!«

Neugierig setzte Méline ihre Brille auf und faltete den Bogen auseinander. Ich beobachtete sie, während sie die Worte las, die mich am Tag zuvor so aufgewühlt hatten. Mit ihren neunundsechzig Jahren hatte meine Tante einige Falten um die Augen und den Mund, doch das beeinträchtigte ihre Schönheit nicht, im Gegenteil, es unterstrich noch die ruhige Kraft, die sie ausstrahlte.

»Was für ein wunderbarer Brief«, sagte sie und legte ihn wieder hin.

Ihre Augen, die vom gleichen Braun waren wie meine, glitzerten feucht. Mir wurde ganz eng in der Kehle, und ich musste schlucken, bevor ich ihr die Frage stellen konnte, die mich beschäftigte.

»Meinst du, es war richtig zu kommen?«

»Du wärst nicht hier, wenn du die Antwort in deinem Herzen nicht schon wüsstest.«

Das entsprach dem, was Aurélie zu mir gesagt hatte. Wenn meine Zweifel doch nur so leicht auszuräumen gewesen wären! Ich rieb mir die müden Augen. Mit einem Mal schien sich mein Wille, nicht länger Trübsal zu blasen, in Luft aufgelöst zu haben.

»Ich weiß einfach nicht mehr weiter, Méline. Egal, was ich tue, ich habe das Gefühl, rückwärts zu gehen.«

Sofort stand sie auf und ging um den Tisch herum zu mir.

»Das tut mir so leid für dich!«, sagte sie voller Mitgefühl und legte den Arm um mich. »Bist du in Behandlung?«

»Nein. So schlimm ist es auch wieder nicht, dass ich mich umbringen will. Mir ist nur, als würde ich vor einer Wand stehen.«

Sie wirkte erleichtert. »Ich mag keine Klischees, Julia, aber manchmal muss man erst hinfallen, um wieder aufstehen zu können. Und wir fallen alle irgendwann. Du bist eine bemerkenswerte junge Frau, und dir fehlt es weder an Klugheit noch an Fantasie. Irgendwann wirst du wieder klarer sehen.«

Das waren keine leeren Floskeln – wenn Méline so etwas sagte, dann war sie auch davon überzeugt. Ich seufzte.

»Mein Gejammer ist schrecklich, nicht? Andere Leute machen viel Schlimmeres durch und kämpfen sich trotzdem vorwärts.«

»So darfst du nicht denken. Es gibt unterschiedliche Arten von Schmerz und alle möglichen Ursachen. Aber das Gefühl ist dasselbe. Du hast das Recht, unglücklich zu sein und in Ruhe deinen Weg zu suchen. Das wird schon, und wir sind für dich da.« Sie strich mir sanft über die Wange.

»*Du* bist für mich da«, korrigierte ich sie, denn ich wusste ja noch nicht, wie mein Vater reagieren würde, wenn ich bei ihm auftauchte.

Ich fragte sie, ob sie ihn in letzter Zeit mal gesehen hatte. Méline kehrte auf ihren Platz zurück und erwiderte, dass er kaum noch das Haus verließ.

»Eine Nachbarin putzt jede Woche bei ihm. Und ich sorge dafür, dass er sich vernünftig ernährt.«

Ich schüttelte verdutzt den Kopf. Wie konnte es mit meinem Vater, dem angesehenen einstigen Tierarzt, so weit gekommen sein?

»Er macht sich große Vorwürfe, weil er dir und Frédérique solchen Kummer bereitet hat«, fuhr Méline fort. »Die Vergangenheit ist hier an jeder Ecke gegenwärtig, und er denkt, wenn er sich zu Hause verkriecht, schützt ihn das vor dem Schmerz.«

»Und das funktioniert so gut, dass er sich betrinken muss, um an nichts mehr zu denken«, murmelte ich verbittert.

Dabei hatte ihn doch niemand gezwungen, alles kaputtzumachen! Die Geschichte meiner Eltern war so traurig wie klassisch. Zwei Jahre vor meiner Geburt hatten sie sich in Paris kennengelernt. Meine Mutter war nach der Nachtschicht auf dem Heimweg, froh, endlich schlafen gehen zu können. Mein Vater wiederum musste in die Tierklinik und war schon spät dran, deshalb beeilte er sich und passte nicht richtig auf. An der Ecke der Avenue de Breteuil stießen sie zusammen, und anstatt sich zu streiten, wessen Schuld das war, fanden sie sich sympathisch und verabredeten sich. Als Maman mit mir schwanger war, beschlossen sie, sich in der Touraine niederzulassen, wo seine Familie lebte. Alles lief wunderbar – bis zum Sommer 1990, als meine Mutter meinen Vater mit einer anderen Frau im Bett erwischte. Sie reichte sofort die Scheidung ein und zog mit mir nach Paris. Seitdem hatte mein Vater sich in einer Art Dauer-Unglück eingerichtet und angefangen zu trinken. Und ich nahm es ihm übel, dass er das Opfer spielte, obwohl er ganz allein schuld an allem war.

Meine Tante lächelte milde. »Er hat seit einem halben Jahr keinen Tropfen Alkohol mehr getrunken.«

»Wirklich? Er hat mir gestern eine SMS zum Geburtstag geschrieben, aber davon hat er nichts erzählt.«

Es machte mich traurig, dass er es nicht mal über sich gebracht hatte, mir eine solche Nachricht mitzuteilen.

»Mein Bruder war schon immer eher verschlossen. Lass ihm Zeit. Wie lange bleibst du?«

»Ich weiß nicht, das hängt davon ab, wie es weitergeht. Maman war offenbar wichtig, dass Papa mir von Marcel und Eugénie erzählt«, antwortete ich und tippte auf den Brief. »Aber ich verstehe nicht, was sie mit dem Ganzen zu tun haben. Das ist doch seltsam, oder?«

»So seltsam auch wieder nicht. Schließlich hat unsere Geschichte mit ihnen angefangen, und Serge hatte sie immer sehr gerne.«

Dieser Gedanke war mir nie gekommen. Für mich waren meine Urgroßeltern nur unscharfe Gesichter auf alten Fotos. Marcel hatte ich nie kennengelernt, er war bereits mehrere Jahre vor meiner Geburt gestorben, und bei Eugénies Tod war ich gerade mal sechs gewesen.

»Gut, ich werde ja sehen, ob er Lust hat, über die Vergangenheit zu reden ... Kann ich vielleicht hier übernachten?«, fragte ich schüchtern.

Méline verzog das Gesicht, und sofort bereute ich meine Frage. »Ich will euch natürlich nicht stören.«

»Das ist es nicht, Liebes, du bist uns immer willkommen. Aber im Moment ist es etwas kompliziert. Alexandre ist wieder hier eingezogen, deshalb geht es mit unseren Plänen auch nicht weiter.«

Verdattert starrte ich sie an. »Alex? Haben er und Tania sich getrennt?«

Die beiden hatten immer wie ein gutes Paar gewirkt. Sie hatten jung geheiratet und waren erst zweiundzwanzig gewesen, als Léonore, die Frucht ihrer Liebe, zur Welt gekommen war. Und sie hatten immer zueinandergehalten, selbst als Tanias Eltern, beide Anwälte in einem Unternehmen, ihnen zu verstehen gegeben hatten, dass sie sich für ihre Tochter eine bessere Partie wünschten.

»Die Boulangerie ist pleitegegangen«, sagte Méline traurig. »Sie haben sich in eine unmögliche Situation manövriert, und die Gerichtsvollzieher haben das Haus beschlagnahmt, um ihre Schulden zu begleichen. Bis sie sich berappelt haben, wohnen sie bei uns.«

Du liebe Güte! Davon hatte ich keine Ahnung gehabt. Mein Cousin, gelernter Patissier, hatte in Tours ein Ladengeschäft gekauft, um sich selbstständig zu machen. Ich war überzeugt gewesen, dass alles rund lief, denn er und Tania konnten gut anpacken. Wann hatte ich eigentlich aufgehört, mich für meine Familie zu interessieren?

Vermutlich seit du deine Karriere über alles andere gestellt hast.

»Das tut mir leid für die beiden. Was ist denn schiefgelaufen?«

»Schwer zu sagen. Ein ungünstiger Standort, die Erschöpfung ... Anstatt jemanden dafür einzustellen, hat Alex sich in den Kopf gesetzt, selbst auch Brot zu backen. Das hat ihn so viel Kraft und Zeit gekostet, dass er bei der Patisserie Abstriche gemacht hat.«

»Ich verstehe. Er hat Tiefkühlware genommen ...«

Méline nickte. »Und die hat nicht dieselbe Qualität wie das, was er selbst herstellt. Tania hat sich um die Kasse und die Kunden gekümmert, aber das liegt ihr nicht, und das hat man auch gespürt. Schließlich sind die Leute anderswohin gegangen.«

»Das ist ja schrecklich. Haben sie denn wieder Arbeit gefunden?«

Sie nickte erneut. »Alexandre ist bei Delorme in Descartes untergekommen. Das ist nicht toll, aber besser als nichts. Und Tania arbeitet wieder als Haushaltshilfe; in dem Bereich werden immer Leute gebraucht.«

Ich mochte mir gar nicht vorstellen, wie viele Stunden die beiden täglich schufteten, um ihre Schulden abzuzahlen.

»Und wie geht es Léonore damit?«

Bei der Erwähnung ihrer Enkelin fand meine Tante zu ihrem Lächeln zurück. »Ah, unsere Léo! Sie ist eine reine Freude! Sie hat sich schnell in ihrer neuen Schule eingefunden. Und sie arbeitet gerne mit deinem Onkel im Gemüsegarten, das macht ihr Spaß. Außerdem ist sie eine richtige Leseratte; im Moment verschlingt sie meine alten Agatha-Christie-Krimis. Du wirst staunen, wie klug und selbstständig sie schon ist, fast wie du damals in dem Alter.«

»Sie muss groß geworden sein. Als ich sie das letzte Mal gesehen habe, war sie noch ein Dreikäsehoch.«

»Du wirst sie nicht wiedererkennen. Apropos: Komm doch morgen noch mal vorbei. Mittwochs hat Alex seinen freien Nachmittag.«

Der Vorschlag war verlockend. Mein Cousin und ich waren uns als Kinder sehr nah gewesen, jedenfalls, bis meine Mutter mit mir nach Paris gegangen war. Als Heranwachsende waren meine Interessen großstädtischer geworden, und ich war nicht länger der verkappte Junge, den Alex gekannt hatte. Statt auf Bäume zu klettern, hockte ich stundenlang in meinem Zimmer, hörte Musik und träumte vor mich hin. Der Abstand zwischen uns war größer geworden, und wir hatten uns nur noch aus der Ferne gesehen, jeder mit seinem eigenen Leben beschäftigt. Und die Gelegenheiten, bei denen wir uns sahen, waren immer seltener geworden.

»Sehr gerne«, sagte ich.

Méline strahlte. »Wir könnten ja zusammen Suzette einen kleinen Besuch abstatten«, schlug sie vor. »Sie würde sich auch sehr freuen, dich mal wiederzusehen.«

Suzette war meine Großmutter. Leider hatte ich mich, wie beim Rest meiner Familie, in der letzten Zeit auch bei ihr kaum gemeldet. Seit ihrem Schlaganfall lebte sie in einem Pflegeheim. Ich nickte und versuchte, all die neuen Informationen zu verdauen. Die Müdigkeit holte mich wieder ein, dabei war der Tag noch lange nicht zu Ende.

Ich schob meinen Stuhl zurück. »Tja, ich muss jetzt wohl mal zu Papa. Das Schwerste steht mir noch bevor.«

Méline deutete mit dem Kinn zum Telefon, das auf dem Tisch lag. »Soll ich ihm Bescheid sagen, dass du kommst?«

Ihre Hilfsbereitschaft rührte mich, aber das hier wollte ich allein schaffen.

»Danke, aber das ist nicht nötig. Dann bis morgen«, sagte ich und gab ihr einen Kuss auf die Wange.

»Bis morgen, Liebes. Und ein guter Rat: Hab Geduld mit deinem Vater.«

Von allen Szenarien, die ich mir ausmalte, stand das nicht gerade oben auf der Liste. Im Gegenteil, allein bei der Vorstellung, mit ihm unter einem Dach zu hausen, bekam ich Depressionen. Aber was blieb mir anderes übrig?

3

Nach der Scheidung hatte mein Vater das Haus behalten, das unterhalb des Dorfes lag, am Hang, der zum Fluss hinunterführte. Es war nicht sehr groß, drei Zimmer im Erdgeschoss und zwei im oberen Stock. Meine Eltern hatten es gekauft, als mein Vater sich als Tierarzt im Dorf niederließ. Dort hatte ich meine ersten Schritte gemacht und meine ersten Worte gesprochen. Dort hatte ich mir mit neun das Handgelenk gebrochen, als ich wie Mary Poppins das Treppengeländer hinuntergerutscht war. Dort hatte ich meine ersten Kuchen gebacken und meine Geburtstage gefeiert. In diesem Haus hatte ich die schönsten Momente meiner Kindheit erlebt, hatte mit meinem Cousin im Garten Hütten gebaut und Äpfel und Haselnüsse direkt vom Baum gegessen. Zweifellos hatte dieser Ort eine Seele – von der jedoch nicht allzu viel übriggeblieben war, wie ich feststellte, als ich vor dem halb verrosteten Gittertor stand. Der Hauseingang sah nicht viel besser aus, und der Boden war fast überall von Ackerwinde überwuchert. Wäre nicht aus einem halb geöffneten Fenster der Fernseher zu hören gewesen, hätte man glauben können, das Haus wäre seit langem verlassen. Offensichtlich kümmerte sich mein Vater um nichts.

Hätte ich mir doch bloß ein Hotelzimmer genommen! Gereizt drückte ich auf die Klingel. Kurz darauf wurde die Tür geöffnet, und vor mir stand ein Mann mit unrasiertem Gesicht, schütterem grauem Haar, matten braunen Augen und von geplatzten Äderchen überzogener Nase: Mein Vater, der immer so robust gewesen war, war nur noch ein Schatten seiner selbst. Ich war völlig perplex. Und er offenbar auch, denn einen Moment lang dachte ich, er würde die Hand auf die Brust pressen und tot umfallen. Aber er fing sich rasch wieder.

»Ach, du bist's«, sagte er, und seine Stimme klang so rau, als hätte er sie lange nicht benutzt.

Freu dich bloß nicht zu sehr ...

Ich hatte mir nicht überlegt, was ich sagen sollte. Ihm an den Kopf zu werfen, dass ich nur die postumen Anweisungen meiner Mutter befolgte, erschien mir nicht sehr klug. So beschränkte ich mich auf das absolute Minimum.

»Ja, ich bin's. Ich musste mal raus. Kann ich für ein paar Tage bei dir bleiben?«

In seinem Blick leuchtete kurz etwas auf, aber ich wusste nicht, was es war. Außerdem verschwand es sofort wieder.

»Ich wüsste nicht, was dagegen spräche«, erwiderte er und wandte sich um.

Mit gebeugten Schultern schlurfte er ins Wohnzimmer, der Inbegriff der Resignation. Entmutigt von seiner Gleichgültigkeit machte ich kehrt, um meine Sachen zu holen. Als ich den Kofferraum meines Peugeots öffnete, hatte ich das bittere Gefühl, doppelt verlassen zu sein: von meiner Mutter wie von der Zuneigung meines Vaters. Natürlich hatte ich nicht mit Begeisterungsstürmen gerechnet, dazu war er nicht der Typ, aber ich hatte doch gehofft, dass er sich trotz allem ein wenig freuen würde, mich zu sehen. Das konnte ja heiter werden.

»Ich störe dich doch nicht?«, fragte ich ihn, als ich zurückkam.

Von seinem Sessel aus blickte er verdutzt auf meinen Koffer und dann zu mir. »Nein. Aber wie lange willst du denn bleiben?«

Das tut wirklich gut, sich so richtig willkommen zu fühlen!

Offenbar hatte ich einen alten, einzelgängerischen Bären in seiner Höhle aufgescheucht. Einer ziemlich heruntergekommenen Höhle, wenn ich mich so umsah. Auf der Anrichte aus Eiche, die seit jeher hinten an der Wand stand, türmten sich Bücher und Post. Dazu ein Sofa und ein Sessel aus abgewetztem Leder und drei Stühle, deren Flechtsitze sich schon halb auflösten. Mein Vater lebte zwar nicht in Armut, aber opulent war es auch nicht gerade. Er hatte einfach alles vergammeln lassen.

»Weiß ich noch nicht«, antwortete ich und unterdrückte ein Seufzen. »Aber höchstens ein paar Tage.«

Mir reichten schon fünf Minuten ... Gegen den Türrahmen gelehnt, wartete ich auf einen Kommentar, doch mein Vater wandte sich ohne ein weiteres Wort wieder seiner Fernsehsendung zu.

»Méline hat mir erzählt, dass du mit dem Alkohol aufgehört hast«, sagte ich, um einen munteren Ton bemüht. »Das ist toll, Glückwunsch!«

Nun löste er doch den Blick vom Fernseher und sah mich an.

»Danke. Sind jetzt sechs Monate.« Dann schien er plötzlich zu begreifen. »Ich nehme an, du willst deine Sachen nach oben bringen?«

Ich nickte. Er stand auf und ging vor mir zur Treppe.

»Dein Zimmer ist ein bisschen vollgestellt«, entschuldigte er sich, »aber es gibt ein Klappbett, auf dem du schlafen kannst.«

»Das genügt mir.«

Doch als ich die Tür öffnete, traf mich fast der Schlag. Dieses Zimmer, das auf den Obstgarten hinausging, war früher mein kleines Königreich gewesen. Jetzt war es eine Rumpelkammer. Mein Vater räusperte sich verlegen.

»Na ja, du bist nie wieder hier gewesen, da dachte ich ...«

»Woher kommt denn dieses ganze Zeug?«, rief ich aus, während ich meinen Koffer in eine Ecke stellte.

Meine Regale und mein Schrank verschwanden völlig hinter einem Durcheinander aus altem Krempel, darunter ein scheußlicher orangener Lampenschirm, der aus einem Karton herausschaute. Und der Holzboden sah aus, als wäre er seit mindestens hundert Jahren nicht mehr gesaugt worden.

»Deine Großmutter hat sich entschlossen, das Haus zu verkaufen, und da haben wir uns gesagt, wir könnten die Sachen ja erst mal hier lagern, bis Méline alles durchgesehen hat.«

Na toll. Falls mir langweilig wird, kann ich dann ja zur Müllkippe fahren.

Ich war genervt, aber alles zu seiner Zeit. Jetzt gab es erst mal Dringenderes: Mein Magen knurrte und erinnerte mich daran, dass das Frühstück schon eine ganze Weile her war. Ich fragte meinen Vater, ob er schon gegessen hatte.

»Nein. Und ich fürchte, im Kühlschrank ist nicht allzu viel.«

Natürlich. Er konnte ja nicht wissen, dass ich hier auftauchen würde.

»Hast du Eier da?«, fragte ich.

»Ja.«

»Gut. Dann gibt es Omelette.«

Nachdem wir gegessen hatten, ging mein Vater nach oben, um sich hinzulegen. Ich war einen Moment verdattert, dass er einfach tat, als wäre ich gar nicht da. Und gleichzeitig verspürte ich eine unglaubliche Erleichterung, als ich ihn die Treppe hinaufgehen sah. Sein Schweigen bedrückte mich, und ich ahnte, dass es ein langer Weg werden würde, bevor wir die Hindernisse zwischen uns beiseiteräumen konnten. Bewaffnet mit einem Besen und Tüchern, die ich in der Garage gefunden hatte, verbrachte ich die nächste Stunde damit, mein Zimmer zu entstauben. Man musste ganz schön gelenkig sein, um sich zwischen all den Kartons bewegen zu können. Als das Zimmer wieder in einem halbwegs akzeptablen Zustand war, ließ ich mich müde auf das Klappbett fallen. Der Nachmittag neigte sich schon dem Ende zu, als ich wieder aufwachte. Das Erste, was ich sah, war die Ulme vor dem Fenster. Als Kind hatte ich immer Angst gehabt, wenn der Wind die Zweige bewegte, weil sie dann gruselige Schatten an die Wand warfen. Jetzt waren die einzigen Schatten, die mir Angst einflößten, die, die meinen Vater umgaben.

Als ich nach unten ging, saß er am Küchentisch und rührte in seinem Kaffee.

»Ich wollte dich nicht wecken«, murmelte er, mehr zu seiner Tasse als zu mir.

»Das war gut«, erwiderte ich und nahm mir einen Becher. »Ich habe nämlich letzte Nacht nicht viel geschlafen.«

Ich hoffte, dass er nach den Gründen dafür fragen würde, doch er reagierte überhaupt nicht, sondern begann seinen Kaffee zu trinken. Ich schenkte mir auch einen ein und deutete auf die Zeitungsstapel am Ende des Tisches; es war derselbe alte braune Resopaltisch, an dem ich früher meine Hausaufgaben gemacht hatte.

»Soll ich die wegwerfen?«

Mein Vater schüttelte den Kopf. Trotz seines Mittagsschlafs wirkte er erschöpft.

»Nein, die nehme ich zum Gemüseputzen.«

Ich musste mir das Lachen verbeißen. Da lagen mindestens vierzig Zeitungen.

»Na, das reicht dann ja bis Weihnachten«, gab ich trocken zurück.

Entgegen jeder Erwartung brachte ihn meine Bemerkung zum Lächeln. Es war weit entfernt vom Plüschbärenlächeln meiner Kindheit, aber ich beglückwünschte mich im Stillen, dass ich zumindest eine winzige Reaktion hervorgelockt hatte.

»Was willst du, ich kann eben nichts wegwerfen, wie deine Großmutter«, versuchte er sich zu rechtfertigen.

»Gibt es bei ihr denn so viel Zeug, dass ihr alles in mein Zimmer packen müsst?«

»Erinnerungen aus zig Jahren. Sie sagt uns, wir sollen alles wegwerfen, und im letzten Moment will sie es dann doch behalten. Wir werden für sie entscheiden müssen.«

»Weißt du, was mit dem Haus passieren soll?«

»Ich nehme an, wir finden jemanden, der Interesse an den Ladenräumen hat«, sagte er freudlos.

Von außen war es nur ein einfaches Stadthaus ohne architektonische Besonderheiten, aber man konnte bestimmt etwas Nettes daraus machen. Allein das Erdgeschoss, in dem früher die Bar gewesen war, bot jede Menge Möglichkeiten. Die Wohnung obendrüber war rein funktional, aber mit etwas Farbe und Geschmack ließ es sich dort sicher gut leben. Wie viele Leute früher dort ein und aus gegangen waren! Über mehrere Jahrzehnte hinweg war das Café du Sport, zwischen Kirche und Marktplatz gelegen, der zentrale Treffpunkt des Ortes gewesen. Vor acht Jahren hatte Méline die Jalousien endgültig heruntergelassen, und seitdem stand es leer. Außerdem hatte nur einen Steinwurf entfernt eine neue, modernere Bar eröffnet, wie ich auf dem Weg hierher gesehen hatte.

Ich zermarterte mir bereits das Hirn, um ein anderes Gesprächsthema zu finden, doch mein Vater kam mir zuvor.

»Wie steckst du das alles weg?«, fragte er.

Ich hob den Kopf, erstaunt, dass er sich für mein Leben interessierte. Das war ja ganz was Neues!

»Wenn du mit ›das alles‹ mein berufliches Desaster und Mamans Tod meinst, das ist etwas kompliziert. Ich habe keine Ahnung, wie meine Zukunft aussehen soll.«

Einen Moment lang schien er über meine Worte nachzudenken. Dann räusperte er sich.

»Hättest du nicht Lust, in einer Patisserie zu arbeiten? Davon gibt es in Paris doch reichlich.«

»Dafür habe ich nicht die nötigen Abschlüsse.«

»Das könntest du doch nachholen.«

Ich stand auf, um unsere Tassen abzuräumen, und ging nicht auf seinen Vorschlag ein. Ich hatte keine Lust, ihm zu erklären, dass die Flamme in mir erloschen war, denn dann würde ich bloß anfangen zu heulen.

»Wir müssten noch ein paar Sachen einkaufen«, sagte ich.

»Geh ruhig, es ist noch offen.«

Und du kannst dich nicht rühren, oder was?

Obwohl ich mich ärgerte, verkniff ich mir die bissige Entgegnung. Es juckte mich zwar, mal so richtig auf den Putz zu hauen, aber Méline hatte mich um Geduld gebeten. Und jetzt verstand ich auch, warum.

»Gleich kommt *Questions pour un champion*«, fügte er hinzu und stand auf.

Gegen Julien Lepers, den König der Quizmaster, kam ich natürlich nicht an.

»Gut, ich gehe«, seufzte ich. »Ich versuche mich zu beeilen.«

Ich stieg ins Auto und fuhr langsam die Straße zum Zentrum von Cressigny hinauf. Fast alle Hausfassaden waren mit Blumen geschmückt, was dem Ort etwas Fröhliches gab. Der frühere Bürgermeister hatte die Idee gehabt, überall Rosen zu pflanzen und Beete anzulegen, um das Dorf attraktiver zu machen. Und er hatte das richtige Gespür gehabt; jeden Sommer strömten die Touristen herbei, und die Nachfrage an Übernachtungsmöglichkeiten stieg stetig an – ein gutes Zeichen für Mélines B&B-Projekt!

Als ich die Hauptstraße erreichte, stellte ich fest, dass sich kaum etwas verändert hatte. Und dennoch kam mir alles anders vor. Hier hatte mein Vater früher seine Praxis gehabt, mitten im Zentrum. Die Schaufenster mit ihrem verstaubten Charme sahen aus, als wäre die Zeit stehengeblieben, und nur wenige Geschäfte hatten überlebt. Neben dem Zeitungsladen gab es eine Mediathek. Die Post, die neue Bar und ein kleines Hotel vervollständigten das Angebot rund um den von Linden gesäumten Marktplatz. Ein Stück weiter, Richtung Kirche, ein Friseursalon, der in den Fünfzigerjahren steckengeblieben, aber immer noch geöffnet war. Und die einstige Bar meiner Großeltern, verlassen und traurig, mit ihren großen, von Jalousien verhängten Fensterscheiben. Ich seufzte, als ich an die vielen Erinnerungen dachte, die ich damit verband. Nicht zu fassen, jetzt wurde ich doch tatsächlich sentimental, dabei hatte ich mich jahrelang davor gedrückt, wieder hierherzukommen!

An der Ecke bei der neuen Bar bog ich nach rechts ab, fuhr am Museum und an der Schule vorbei und dann durch ein Wohngebiet, bis schließlich der Supermarkt am Ortsrand auftauchte. Ich beschloss, einen Großeinkauf zu machen, um die leeren Schränke aufzufüllen. Als ich bei der Fleischtheke an die Reihe kam, rief die Verkäuferin: »Na so was! Das ist ja die kleine Lagarde!«

Ich lächelte verlegen. Wenn ich mich nicht täuschte, hatte sie schon hier gearbeitet, als ich klein war – meine Güte, wie alt mochte sie jetzt sein? –, und ihr Namensschild verriet mir, dass sie Bernadette hieß. Aus Höflichkeit wechselte ich ein paar Worte mit ihr. Ein alter Mann, der neben mir wartete, musterte mich mit verkniffener Miene. Er musste mindestens neunzig sein. Wahrscheinlich war er ein Pfeiler des gesellschaftlichen Lebens von Cressigny, und morgen früh wusste das ganze Dorf, dass ich wieder da war. Die Verkäuferin reichte mir die verpackten Würstchen, und ich bedankte mich bei ihr. Da hörte ich, wie der alte Mann grummelte: »Oha, das riecht nach Ärger.«

»Wie bitte?«

Bernadette bedeutete mir, ihn nicht weiter zu beachten, und ich schloss daraus, dass der Alte wohl nicht ganz richtig im Kopf war. Trotzdem wurde ich ein leises Gefühl des Unbehagens nicht los, als ich zum Süßigkeitenregal weiterging. Gummibärchen – genau das, was ich brauchte, um in dieser feindlichen Umgebung zu überleben! Ein paar Minuten später, als ich mir gerade einen Salat aussuchte, fühlte ich mich erneut beobachtet.

Hoffentlich ist es nicht wieder dieser alte Spinner ...

Ich wandte mich um, und vor mir stand ein Mann ungefähr in meinem Alter, der mich geradezu mit Blicken verschlang.

»Julia!«, rief er erfreut. »Du bist es wirklich!«

Mist, schon wieder hatte ich keine Ahnung, wer das war. Der Unbekannte hatte eine Weinflasche unter den Arm geklemmt, aber das half mir auch nicht auf die Sprünge. Ich betrachtete ihn aufmerksam, suchte nach irgendetwas, das den Groschen fallen lassen würde. Ein offenes, recht sympathisches Gesicht ... Kannte ich ihn tatsächlich, oder hatte er mich im Fernsehen gesehen? In Paris passierte mir so etwas manchmal. Eines Abends, als ich mit Aurélie im Kino gewesen war, hatte sich eine Frau vor die erste Reihe gestellt und mich fotografiert, ohne mich zu fragen. Ihre Dreistigkeit hatte mich so überrascht, dass ich gar nicht dazu kam, mich zu wehren. Aber hier waren wir auf dem platten Land, da gab es so was nicht. Hoffte ich zumindest.

Der Mann schien meine Unsicherheit zu bemerken, denn er trat einen Schritt auf mich zu.

»Loïc Hénault«, stellte er sich vor. »Erinnerst du dich nicht mehr an mich? Na, ist ja auch schon ein Weilchen her.«

»Loïc, ja, natürlich!«

Wir waren zusammen in der Grundschule gewesen und hatten manchmal mit einigen anderen Kindern Radtouren unternommen.

»Entschuldige, dass ich dich nicht erkannt habe. Du hast dich ganz schön verändert.«

Was für eine blödsinnige Bemerkung! Es wäre ja auch grotesk gewesen, wenn er noch das Gesicht des kleinen Jungen von damals gehabt hätte. In meiner Erinnerung war Loïc ein Junge gewesen, wie man ihn auf jedem Pausenhof antraf; er hatte herumgetobt und voller Stolz das Trikot des örtlichen Fußballvereins getragen, in dem er spielte. Jetzt war er mit seiner selbstsicheren Ausstrahlung, dem eng geschnittenen Anzug und den dunklen Augen ein attraktiver Mann, der um seinen Charme wusste und ihn sicher auch gezielt einsetzte. Vielleicht war er Geschäftsmann oder etwas in der Art. Ehrlich gesagt war es mir ziemlich egal.

Mit einnehmendem Lächeln sagte er: »Ich dachte, du hättest vielleicht mein Profilbild auf Facebook gesehen. Du hast letztes Jahr meine Freundschaftsanfrage angenommen.«

»Ich bin nicht mehr in den sozialen Netzwerken aktiv«, erwiderte ich, ohne es weiter zu erläutern.

Das war nicht gelogen. Ich hatte mir mit dieser Geschichte im Fernsehen einen solchen Shitstorm eingefangen, dass ich keine Lust mehr hatte, all die beleidigenden Kommentare zu lesen.

Natürlich wollte Loïc wissen, was mich hierhergeführt hatte.

»Kehrst du in die Heimat zurück?«

»Nein, ich bin nur zu Besuch hier«, antwortete ich ausweichend.

Er wirkte enttäuscht. »Ich dachte, du suchst vielleicht einen zweiten Wohnsitz oder etwas in der Art«, erklärte er. »Das ist im Moment sehr beliebt.«

Das fehlte noch!

»O nein. Wenn ich herkomme, wohne ich bei meiner Familie, damit wir mehr Zeit miteinander haben. Wir sehen uns so selten!«

Meine Güte, das klang ja wie aus einer Vorabendserie.

»Na, falls du doch mal was suchst, meld dich einfach. Ich bin im Immobiliengeschäft tätig.«

Aus Höflichkeit nahm ich die Visitenkarte, die er mir reichte. Und falls meine Großmutter noch nicht entschieden hatte, wem sie den Verkauf ihres Hauses anvertrauen wollte, konnte Loïcs Erfahrung ja vielleicht nützlich sein.

»Ach, Glückwunsch übrigens«, fuhr er fort, »du bist ja richtig berühmt geworden! Deine Eltern sind bestimmt sehr stolz auf dich.«

Ich verkniff mir die Erwiderung, dass meine Mutter nicht mehr lebte. Außerdem gefiel mir sein beharrlicher Blick nicht, wie so ein Westentaschen-Casanova.

»Na, eine Sonderbehandlung kriege ich jedenfalls nicht. Wie du siehst, bin ich für den Einkauf zuständig«, erwiderte ich und deutete auf meinen vollen Wagen. »Übrigens muss ich jetzt mal los, das Abendessen will ja auch noch vorbereitet werden.«

Loïc schien es nicht eilig zu haben, aber er musste sich dem natürlich beugen. »Nun, vielleicht sehen wir uns ja mal wieder ...«

Er ließ den Satz unbeendet, vermutlich in der Hoffnung, dass ich ihm meine Telefonnummer gab oder vorschlug, in den nächsten Tagen mal was trinken zu gehen. Aber ich hatte keine Lust zu flirten.

»Ja, vielleicht«, sagte ich nur und machte mich auf den Weg zu den Kassen.

Als ich nach Hause kam, saß mein Vater immer noch vor dem Fernseher.

Eines Tages werden wir ihn mumifiziert in diesem Sessel vorfinden!

Doch ich behielt meine Gedanken für mich und ging in die Küche.

»Ich habe für heute Abend Kalbsbraten gekauft«, rief ich ihm zu, während ich die Tüten auf dem Tisch abstellte. »Ist dir das recht?«

»Ja, danke. Das ist nett von dir, Julia.«

Ich lächelte, zufrieden, weil ihn meine Aufmerksamkeit zu freuen schien. Kalbsbraten mit Kartoffeln und Tomaten war sein Lieblingsgericht. Außerdem hatte ich mir die beiden letzten Stücke Flan aus dem Patisserie-Regal geschnappt, als kleinen Dank dafür, dass er mich bei sich aufnahm. Es war natürlich Industrieware, aber besser als nichts. Ich wollte einfach einen netten Abend *en famille* verbringen, weiter nichts. Nachdem ich meine Einkäufe weggeräumt und alles vorbereitet hatte, stellte ich die Form in den Ofen. Das Ganze würde etwa eine Stunde brauchen, also nutzte ich die Zeit für eine Dusche. Während ich mich einseifte, ließ ich diesen langen Tag Revue passieren. Was ich von Méline erfahren hatte, schlug mir aufs Gewissen, und ich machte mir Vorwürfe, weil ich mich nicht öfter bei meiner Familie gemeldet hatte. Wie würde meine Großmutter morgen reagieren, wenn sie mich sah? Suzette hatte durchaus Temperament, und es konnte gut sein, dass sie mir eine Gardinenpredigt hielt.

»Das riecht aber gut!«, sagte mein Vater genüsslich schnuppernd, als ich wieder nach unten ging.

Vielleicht können wir heute Abend endlich offen miteinander reden, dachte ich. *Du guckst zu viele Kitschfilme, meine Liebe*, entgegnete eine Stimme in mir. *Wenn er auf etwas keine Lust hat, dann ist es reden.*

Wir setzten uns direkt an den Tisch und begannen zu essen. Eine ganze Weile sagte keiner von uns ein Wort. Aber es war vielleicht gar nicht so schlecht zu schweigen. Solange man Dinge nicht ansprach, konnte man so tun, als ob sie nicht existierten. Das war weniger schmerzhaft. Ab und zu hob ich den Kopf und blickte aus dem Küchenfenster auf die Sonne, die über dem mohngesprenkelten Feld unterging. Der Himmel leuchtete in allen Schattierungen von Purpur. Der Frühling war noch nicht ganz vorbei, aber der Sommer ließ bereits sein Feuer über der Touraine erstrahlen. Es war ein schlichtes, aber prachtvolles Schauspiel.

»Die Natur ist eine wahre Künstlerin«, bemerkte ich.

»Ja, es ist wirklich schön«, sagte mein Vater und wischte seinen Teller mit einem Stück Brot aus. »Und der Braten war köstlich.«

Aus einer spontanen Eingebung heraus schlug ich vor, am nächsten Tag draußen zu essen.

»Das Wetter ist super, wir könnten uns doch an den Tisch im Garten setzen.«

»Von mir aus ...«

Ich räumte ab und legte die Flanstücke auf zwei Dessertteller.

»Vorhin im Supermarkt habe ich Loïc Hénault getroffen«, sagte ich, um das Gespräch am Laufen zu halten. »Stell dir vor, ich habe ihn gar nicht erkannt.«

Mein Vater runzelte die Stirn. »Der Kerl gefällt mir nicht.«

»Wieso? Was hast du gegen ihn? Er wirkte eigentlich ganz nett.«

Ich erwähnte nicht, wie unbehaglich ich mich in Loïcs Gegenwart gefühlt hatte. Ich hatte ihn geschwätzig und taktlos gefunden, aber das genügte nicht, um mir eine Meinung über ihn zu bilden.

Mein Vater schüttelte den Kopf und legte seine Serviette hin. Der Flan war bereits verschwunden. »Er hat noch nie einen Finger krumm gemacht.«

»So? Mir hat er gesagt, er wäre Immobilienmakler.«

»Das ist mir neu ... Geh ihm besser aus dem Weg, der bringt nur Ärger. Außerdem hat er die kleine Blanchard geschwängert und sie dann sitzengelassen.«

»Die kleine Blanchard? Meinst du Maud?«

»Wen denn sonst? Sie hat doch keine Geschwister.«

»Wir waren in derselben Klasse, so klein kann sie also nicht mehr sein!«, schnaubte ich.

»Wie auch immer, der Kerl ist nicht sauber. Seine Familie hat immer irgendwelche krummen Sachen gemacht.«

Ich aß meinen letzten Bissen Flan und versprach ihm, vorsichtig zu sein. Das schien ihm zu genügen. Allerdings fand ich, dass er erstaunlich gut informiert war für jemanden, der nie das Haus verließ. Er stand auf und öffnete die Hintertür, dann parkte er seine einsfünfundachtzig im Türrahmen und zündete sich eine Zigarette an.

»Hast du wieder angefangen zu rauchen?«

Meine Stimme war unwillkürlich ein wenig scharf geworden. Meine Mutter hatte ziemlich viel geraucht, was ihren Verfall noch beschleunigt hatte.

»Ich habe schon mit dem Trinken aufgehört, da werde ich ja wohl ab und zu eine rauchen können«, entgegnete er gereizt.

Meinetwegen. Ich hatte keine Lust, mich mit ihm anzulegen. »Ich bin nur überrascht.«

Er wandte sich ab und schwieg. Um die Anspannung zu lösen, die in der Luft lag, räumte ich die Teller vom Tisch.

»Méline fährt morgen mit mir zu Suzette. Hast du Lust mitzukommen?«

Mein Vater zögerte, dann zuckte er mit den Schultern. »Nein, ich bleibe hier. Ich besuche sie ja jede Woche.«

»Du?« Die Überraschungen nahmen kein Ende! Er nickte knapp und zog an seiner Zigarette.

»Was tust du denn so den ganzen Tag? Wird dir nicht langweilig, so allein vor dem Fernseher?«

Offenbar fühlte er sich angegriffen, denn er drückte seine Zigarette energisch in einer alten Konservendose aus und warf mir einen verärgerten Blick zu. »Soll das ein Verhör werden?«

Er kam wieder herein und starrte mich herausfordernd an. Sein T-Shirt war zu kurz, sodass sein Bauch über dem Bund der Jogginghose hervorschaute. Dass er sich so gehen ließ, ging mir mächtig gegen den Strich, und ich konnte meinen Zorn nicht länger im Zaum halten.

»Wie kommst du denn darauf?«, gab ich wütend zurück. Am liebsten hätte ich ihn geschüttelt. »Ich mache mir Sorgen um dich! Sieh dich doch mal an – du gehst nicht mehr aus dem Haus, du kaufst nicht mehr ein, und um den Haushalt kümmerst du dich auch nicht mehr!«

Das Gesicht meines Vaters lief rot an. Er kam auf mich zu, baute sich vor mir auf, und aus seinen braunen Augen schossen Blitze.

»Du gehst mir allmählich auf die Nerven!«, brüllte er. »Wenn du gekommen bist, um mir Vorträge zu halten, das kannst du dir schenken! Ich will einfach nur meine Ruhe haben!«

Er stürmte aus der Küche und knallte die Tür hinter sich zu. Anstatt ihm hinterherzulaufen, um die Wogen zu glätten, ging ich hinaus in den Garten. Ich musste erst mal das Durcheinander in meinem Kopf sortieren. Ich war kurz davor, meine Sachen zu nehmen und zurück nach Paris zu fahren. Maman hatte mich mit ihrem Brief in eine unmögliche Situation gebracht! Wie sollte ich mich mit meinem Vater versöhnen, wenn er sich weigerte, den Tatsachen ins Gesicht zu sehen? Dabei hatte ich fast daran geglaubt. Ich war bereit gewesen, es zu versuchen, mich in Geduld zu fassen. Doch trotz der ganzen Mühe, die ich mir gemacht hatte, um uns einen schönen Abend zu bereiten, hatte er alles verdorben. Seine Einstellung verletzte mich zutiefst, zumal er offenbar nicht verstand, was ich von ihm wollte.

Ich wischte mir eine Träne von der Wange und atmete ein paarmal tief durch, dann ging ich schlafen.

4

Am nächsten Tag fuhr ich zu Méline, froh, ein freundliches Gesicht zu sehen. Eine Nacht bei meinem Vater, und ich war fertig mit den Nerven! Natürlich hatte ich kaum die Augen zugemacht, so sehr beschäftigte mich unser Streit. Ich hatte beschlossen, meinem Wort zu stehen und mit meiner Tante meine Großmutter zu besuchen, aber ich wusste nicht, ob ich danach noch länger bleiben würde. Zwischen meinem Vater und mir türmten sich zahllose Hindernisse auf, und das machte mich traurig und wütend zugleich. Als ich aufgestanden war, hatte er schon gefrühstückt und mir nicht mal guten Morgen gesagt. Mittags hatte ich mir schließlich resigniert ein belegtes Baguette geholt, mich damit allein an den Fluss gesetzt und auf die vertrauten Geräusche des Landlebens gelauscht: der Wind, der mit den Blättern spielte, das Bellen eines Hundes in der Ferne, das Knarzen einer Pappel. Ich mochte die Stille sehr, falls mein Vater also meinte, er könne mich mit seinem Schweigen bestrafen, hatte er sich geschnitten.

»Ah, da bist du ja, Julia!« Méline erwartete mich schon mit strahlendem Lächeln an der Haustür. »Willst du noch einen Kaffee, bevor wir losfahren?«

Ich nickte und folgte ihr in die Küche, wo mein Onkel gerade das Geschirr abwusch. Auch er begrüßte mich voller Wärme.

»Wie schön, dass du da bist«, sagte er. »Das tut deinem Vater sicher gut, dich bei sich zu haben.«

Ich stieß ein bitteres Lachen aus. »Den Eindruck habe ich nicht.«

»Ist es so schlimm?«, fragte meine Tante.

Ich schilderte ihr die Szene vom vergangenen Abend.

Paul verdrehte die Augen. »Nicht zu fassen! Er könnte sich wenigstens ein bisschen am Riemen reißen.«

»Wenn es nicht Mamans letzter Wille wäre, hätte ich mich schon aus dem Staub gemacht.«

Méline setzte sich zu mir. »Ich verstehe, dass du wütend bist, aber so verrückt das jetzt vielleicht klingt, dein Vater ist ein guter Mann. Man muss nur ein bisschen an der Oberfläche kratzen, bis man es sieht.«

»Na, dann hoffe ich, du hast ein Vorratspack Scheuerschwämme da! Ich bin dieses Rumgeeiere leid – jedes Mal, wenn ich mit ihm rede, habe ich das Gefühl, über ein Minenfeld zu laufen.«

Paul drückte mir sanft die Schulter und schenkte uns Kaffee ein. Mein Onkel war nicht sehr gesprächig, aber jemand, auf den man sich verlassen konnte. Er und Méline bildeten ein gutes, vertrautes Paar, und ihr Glück war von Dauer. Es tröstete mich, sie in der Nähe meines Vaters zu wissen. Wobei ich mich vielleicht ein bisschen zu sehr auf dieser Nähe ausgeruht hatte.

»Kommst du mit zu Suzette?«, fragte ich ihn.

»Nein, heute Nachmittag gehen die Arbeiten im Garten los.« Er erklärte mir, dass sie einen Sitzplatz mit einer Pergola bauen wollten. »Für unsere zukünftigen Gäste.«

Diese Idee konnte ich nur unterstützen. »Aber das machst du doch nicht ganz alleine, oder?«

Méline warf ihm einen raschen Blick zu und wirkte mit einem Mal befangen. »Wir haben einen Profi engagiert«, antwortete sie an seiner Stelle.

In dem Moment kam Alexandre herein. Er blieb in der Küchentür stehen, und einen Moment lang herrschte Stille. Trotz seiner inzwischen fünfunddreißig Jahre hatte mein Cousin sich kaum verändert: Groß und schlank, hatte er immer noch etwas Jungenhaftes, und in seinen schönen braunen Augen funkelten kleine goldene Punkte. Als wir Kinder waren, hatte meine Großmutter ihn als »lieben Jungen« bezeichnet. Und es stimmte, ich hatte ihn immer als aufmerksam und zuvorkommend erlebt. Doch die Geldprobleme hatten unleugbar Spuren in seinem Gesicht hinterlassen. Eine Sorgenfalte zog sich über seine Stirn, und er wirkte nicht gerade glücklich.

»Hallo«, sagte er zu mir, nachdem er mich ebenfalls gemustert hatte.

Ich stand auf, um ihn zu begrüßen. »Schön, dich nach so langer Zeit mal wiederzusehen!«

»Ja, aber du hättest dich ja auch schon mal eher blicken lassen können«, erwiderte er schnippisch.

Ich war völlig verdattert. Es war, als hätte er mir eine Ohrfeige verpasst.

»Alex!«, rief mein Onkel entgeistert.

Beinahe hätte ich gesagt, ist schon gut. Schließlich hatte Alex nicht ganz unrecht, vier Jahre ohne einen einzigen Besuch bei meiner Familie war zu lange, und daran war ich ganz allein selbst schuld. Doch ich verkniff mir meine Erwiderung; jetzt war nicht der passende Moment, um das Thema anzuschneiden.

Mein Cousin nahm die Tasse, die Méline ihm reichte, und setzte sich ans andere Ende des Tisches. »Léo macht noch ihre Mathe-Hausaufgaben fertig, dann kommt sie runter.«

Wir sprachen über dies und das, während wir unseren Kaffee tranken, aber das Gespräch war furchtbar steif. Selbst Méline schien nicht zu wissen, wie sie sich verhalten sollte, während Alex immer wieder aus dem Augenwinkel zu mir herübersah. Eine Viertelstunde lang versuchte ich, mich so unauffällig wie nur möglich zu verhalten, und machte nur den Mund auf, wenn ich etwas gefragt wurde. Dann kam zu meiner großen Erleichterung Léonore die Treppe heruntergelaufen.

»Fertig!«, rief sie. »Dass die uns aber auch immer so viel aufgeben muss!«

Zum Glück lockerte ihre Unbefangenheit die Atmosphäre.

»Was meinst du, wie das erst wird, wenn du aufs Gymnasium kommst!«, zog Alex sie auf.

»Wer sagt denn, dass ich den naturwissenschaftlichen Zweig

nehmen will, Papa?«, gab sie im gleichen Tonfall zurück, bevor sie mich umarmte.

»Na, dann mal los!«, sagte meine Tante und klatschte in die Hände.

Im Auto setzte ich mich nach hinten, neben Léo. Die Tochter meines Cousins, die gerade in die Pubertät kam, war ein munteres, aufgewecktes Mädchen: Augen wie Sterne, schwarzes T-Shirt und Jeans-Latzhose, das dichte, kastanienbraune Haar zu einem Pferdeschwanz gebunden. Mit ihrer unbefangenen Art war sie mir sofort sympathisch. Méline hatte recht, sie erinnerte mich ein wenig an mich selbst in dem Alter. Ohne sich um die Anspannung zwischen ihrem Vater und mir zu kümmern, bombardierte Léo mich mit Fragen über die Sendung.

»Hast du da berühmte Leute getroffen? Und Deborah, die nicht wusste, was Buttercreme ist, ist die wirklich so dumm, oder war das nur Show?«

Ich versuchte, ihr so ehrlich wie möglich zu antworten, betonte jedoch, dass das Fernsehen nur einen winzigen Teil der Wirklichkeit zeigte.

»Unterm Strich ist es also viel Show und wenig dahinter«, resümierte sie sehr treffend. »Dabei fand ich es so cool, eine berühmte Cousine zu haben!«

Ihre zuglich neugierige und ernste Miene brachte mich zum Lachen. Um einen abgeklärten Tonfall bemüht, erklärte ich ihr, dass Berühmtheit nur eine Fata Morgana war. »Glaub mir, nichts geht über das wahre Leben.«

Alexandre, der am Steuer saß, warf mir im Rückspiegel einen Blick zu. Warum verhielt er sich mir gegenüber so abweisend? Es stimmte ja, dass ich mich lange nicht gemeldet hatte, aber ich verstand nicht, warum unser Wiedersehen unter so einem schlechten Stern stand. Der Wagen bremste ab, und ich tauchte aus meinen Gedanken auf. Während Alexandre einen Parkplatz suchte, wandte Méline sich zu mir um.

»Julia, es kann sein, dass du dich erschreckst, wenn du deine Großmutter siehst. Sie kann nur noch mit einem Rollator gehen, und auch dann nur ein paar Meter.«

Arme Suzette! Dabei war sie früher so voller Energie gewesen.

»Was hat sie denn? Kommt das von ihrem Schlaganfall?«

»Sie ist einfach alt«, erwiderte Alexandre ungeduldig. »Das wüsstest du, wenn du –«

»Wenn ich öfter hier gewesen wäre, ich weiß«, unterbrach ich ihn gereizt. »Willst du mir das jetzt die ganze Zeit vorhalten?«

Méline stellte sich zwischen uns und sah uns beide streng an, als wären wir zwei kleine Kinder. »Könnt ihr euch vielleicht zusammenreißen, damit wir eine schöne Zeit mit eurer Großmutter haben?«

Alex stieß einen tiefen Seufzer aus und murmelte etwas, das wohl eine Zustimmung sein sollte. Ich nickte nur, weil mich der Zorn meines Cousins immer noch ratlos machte. Als ich aus dem Auto stieg, merkte ich, dass es für Anfang Juni unglaublich heiß war. Die Sonne brannte wie im Süden, und es roch nach frischem Heu – ein Gefühl wie im Hochsommer. Ich folgte den anderen über den Kiesweg. Die Seniorenresidenz Les Orchidées war ein moderner, weiß gestrichener Bau etwas außerhalb eines Dorfes am Ufer der Indre, ungefähr vierzig Kilometer von Cressigny entfernt.

»Ich hätte vielleicht eine Schachtel Pralinen besorgen sollen«, sagte ich, als wir beim Eingang ankamen.

»Ich habe ihr Tulpen mitgebracht«, erwiderte Méline und hielt den Strauß hoch, den sie in der Hand hatte. »Die mag sie so gern.«

Alexandre öffnete die Tür und drehte sich dann zu uns um. »Ich möchte erst kurz allein mit ihr sprechen«, verkündete er mit einem herausfordernden Blick zu mir, als rechne er damit, dass ich protestieren würde.

»Wie du willst.«

Méline reichte ihm die Tulpen. »Gib sie ihr, darüber freut sie sich bestimmt. Maman ist schnell erschöpft«, sagte sie zu mir. »Es ist besser, wenn wir nicht alle zusammen zu ihr gehen.«

»Kann ich nicht mit dir kommen, Papa?«, fragte Léonore und sah ihn mit Dackelblick an.

»Es dauert nicht lange, mein Spatz«, versprach er ihr und ging den Flur entlang zu den Zimmern.

Ich sah ihm nach, bis er verschwunden war, dann wandte ich mich an meine Tante. »Was machen wir in der Zwischenzeit?«

»Es gibt hier einen Automaten mit absolut scheußlichem Kaffee. Soll ich dir einen ausgeben?«

Nachdem wir uns die Getränke geholt hatten, führte Méline uns in den schattigen Park, der die Residenz umschloss. Ein paar Senioren gingen spazieren, andere dösten in ihren Rollstühlen vor sich hin. Es war angenehm still. Léonore setzte sich auf eine Bank und versenkte sich in dem Buch, das sie mitgenommen hatte. *La Bibliothécaire* von Gudule. Ich musste schmunzeln. Damals zu meinen Schulzeiten war das Buch bei uns auch sehr beliebt gewesen. Offenbar war es generationenübergreifend.

Ich nutzte die Gelegenheit, um Méline auf die schlechte Laune meines Cousins anzusprechen. »Alex ist aus irgendeinem Grund sauer auf mich«, sagte ich zu ihr.

Sie ließ sich neben Léo auf die Bank sinken, die Hände um ihren Becher gelegt, als wäre es ein zarter Vogel. »Ich weiß nicht, was ich dir sagen soll – ich bin genauso fassungslos wie du.«

Und es brauchte einiges, um meine Tante aus der Fassung zu bringen.

»Seit wir aus Tours weg sind, hat er die ganze Zeit miese Laune«, kam es unvermittelt von Léonore.

»Ich dachte, du liest dein Buch!«, sagte Méline lachend und strubbelte ihr durchs Haar.

»Deswegen bin ich ja noch lange nicht taub.« Sie zog die Füße auf die Bank und stützte das Kinn auf ihre Knie. »Papa ist im Moment auf die ganze Welt sauer. Neulich Abend hat es zwischen ihm und Maman richtig geknallt. Mit dir hat das gar nichts zu tun, Julia.«

Die Kleine war ganz schön reif für ihr Alter. Angesichts der Sorgen, die ihre Eltern hatten, war das nicht überraschend. Manche Dinge zwangen einen dazu, schneller erwachsen zu werden. Ich wusste, wie es sich anfühlte, wenn die Kindheit plötzlich vorbei war.

»Léo hat recht«, sagte Méline. »Alex ist sehr angespannt, und ich vermute, dein Besuch hier wühlt so einiges in ihm auf.«

Ich war verwirrt. Was wollte sie mir damit sagen? Meinte sie, dass meine Anwesenheit ihn an die verlorene Sorglosigkeit unserer Kindheit erinnerte? Doch ehe ich nachfragen konnte, fuhr sie fort: »Bevor wir zu Suzette gehen, gibt es etwas, das du wissen solltest.«

Ich runzelte die Stirn, aufs Schlimmste gefasst. »Und das wäre?«

Da Léo immer noch neben uns saß, hatte es vermutlich nichts mit Alex und Tania zu tun.

»Es ist bestimmt nicht wichtig, aber mir ist lieber, du erfährst es von mir. Wie du ja weißt, stehen bei uns Arbeiten im Garten an. Und wir haben dafür einen Landschaftsgärtner engagiert, damit er uns berät.«

Bis hierhin war daran nichts Ungewöhnliches. »Na ja, ist doch gut, wenn das ein Profi macht.«

Méline lächelte verlegen. »Schon ... aber der Profi ist Ben.«

Mein Magen krampfte sich zusammen.

Ben? Ach, du Scheiße.

Ich war wie gelähmt, bekam kein Wort heraus.

»Er ist zurückgekommen und lebt jetzt wieder hier«, fuhr meine Tante fort. »In Anbetracht seiner Erfahrung erschien es uns naheliegend, ihn damit zu beauftragen. Das ist doch kein Problem für dich, oder?«, fragte sie, als sie mein Gesicht sah.

»Nein, nein«, antwortete ich mit trockener Kehle. »Das ist

vierzehn Jahre her und längst abgehakt.« Ich lächelte etwas zittrig. Um ehrlich zu sein, konnte ich es kaum glauben, dass seit unserer Trennung schon so viel Zeit vergangen war.

Das mit uns kann nicht weitergehen, Julia. Es tut mir leid.

Ben. Benjamin, der Freund aus Kindertagen, der bei all den Streichen von Alex und mir dabei gewesen war. Der uns geholfen hatte, Hütten zu bauen und Brombeeren zu pflücken, ohne uns zu zerkratzen, und der bei unseren Radtouren immer voneweg gefahren war. Ben, mein Alter Ego, unsere Versprechen, die nichts hätte zerstören dürfen. Dann die Scheidung meiner Eltern. Der Umzug nach Paris. Wenn ich in den Ferien nach Cressigny zurückkam, fuhr er in den Süden, zu seinen Großeltern mütterlicherseits. Doch das Schicksal vereinte uns schließlich wieder. Es war 1998 in Paris. Wir waren neunzehn. Ich studierte Jura, und Ben hatte sich für Landschaftsarchitektur eingeschrieben. Normalerweise hätten unsere Wege sich nicht wieder gekreuzt. Doch durch eine Reihe von Zufällen kam es anders.

Eine Bar in der Nähe der Bastille, am Halloween-Abend. Der Freund eines Freundes hatte eine Party organisiert; er kannte den Wirt. An dem Abend war ich mit Aurélie ausgegangen, statt zu lernen. Sie hatte Angst, ihrem Ex zu begegnen, und so hatte ich mich überreden lassen. Ich war nicht mal verkleidet, trug nur einen Umhang, der mich als Vampir durchgehen lassen sollte. Ich entdeckte ihn sofort, vorne am Tresen. Er saß seitlich zu mir und unterhielt sich mit jemandem. Blonde Haare, markantes Kinn. Ich ging auf ihn zu, und er wandte sich um, als er mich aus dem Augenwinkel bemerkte. Nie werde ich das Gefühl vergessen, als unsere Blicke sich trafen. Seine Augen waren so tiefblau wie früher, und er hatte immer noch die kleine Narbe unter dem rechten Auge; da war er als Kind mal gegen eine Tischkante gelaufen.

Nachdem sich unsere Überraschung gelegt hatte, redeten wir stundenlang und tranken dazu Black Velvet, eine Mischung aus

Bier und Champagner. Er war nur hier, weil seine Verabredung im letzten Moment geplatzt war und ein Freund ihn mitgeschleift hatte. Es war, als wären wir allein auf der Welt, obwohl um uns herum alles lärmend feierte. Von da an waren wir unzertrennlich. Das zwischen uns war zugleich selbstverständlich und völlig verrückt. Wir verstanden uns, als wären wir nie getrennt gewesen, und wenn wir anderen erzählten, dass wir uns schon immer gekannt hatten, staunten wir selbst darüber. Das Wiedersehen hatte aus unserer Freundschaft von damals Liebe werden lassen. Eine Liebe mit einer einzigartigen Tonspur, die nur zu uns und unseren Erinnerungen gehörte. Auf einem Flohmarkt hatte er für mich ein altes Album von Vanessa Paradis aufgestöbert, das ich mit dreizehn oder vierzehn nonstop gehört hatte, das mit *Marilyn & John* drauf, und er hielt sich lachend die Ohren zu, wenn ich kieksend versuchte, den Refrain mitzusingen. Wenn wir uns geliebt hatten, aßen wir hinterher immer etwas furchtbar Süßes, wir fingen in den unmöglichsten Momenten an zu lachen, und wir hatten lauter mehr oder weniger ernst gemeinte Projekte: alle asiatischen Restaurants von Paris auszuprobieren, einen Achtziger-Jahre-Filmmarathon abzuhalten und uns mit Popcorn vollzustopfen, nach dem Studium für ein Jahr nach Kanada zu gehen. Das, was alle Verliebten taten, flüchtige Momente des Glücks, die für uns den Hauch von Ewigkeit hatten. Wir sahen eine strahlende Zukunft vor uns.

Bis zum Abend meines zwanzigsten Geburtstags. Ben war mit mir nach Cressigny gekommen. Und er fuhr ohne mich zurück. An dem Abend hatte er etwas mehr getrunken als sonst, deshalb wollte er seinen Vater anrufen, damit der kam und ihn abholte. Eine vernünftige Entscheidung. Doch mein Vater flippte völlig aus.

»Ich schwöre dir«, brüllte er, »wenn dein Vater sich hier blicken lässt, empfange ich ihn mit der Schrotflinte!«

Papa war vollkommen betrunken, er wusste nicht mehr, was

er tat. Aber Ben war schockiert, und schließlich brachte Méline ihn nach Hause. Am nächsten Tag sagte er mir vor dem alten Bahnhof, dass zwischen uns alles aus sei. Das war am 6. Juni 1999. Danach sahen wir uns nie wieder. Ich warf die Kassetten weg, auf denen ich die Musik unserer Liebe aufgenommen hatte, und tröstete mich damit, dass ich neun verschiedene Keksrezepte ausprobierte. Ich war furchtbar wütend auf meinen Vater, aber auch auf Ben. Ich fand es feige von ihm, dass er mir nur wegen eines läppischen Streits das Herz brach.

Ich unterdrückte ein Seufzen und zwang mich, die alte Geschichte beiseitezuschieben. Dabei hatte ich mir solche Mühe gegeben, nicht mehr an diese Zeit zu denken! Doch ich erinnerte mich so klar und deutlich daran, als wäre es letzte Woche gewesen.

5

Es zog mir das Herz zusammen, als wir Suzettes Zimmer betraten. Obwohl Méline mich vorgewarnt hatte, war es ein Schock für mich, meine Großmutter so geschwächt zu sehen. Sie saß in ihrem Sessel, trotz der Hitze eine Decke über den Knien, und wirkte sehr zerbrechlich. Ihr Gesicht war ein Netz aus Falten, eine Karte ihres gelebten Lebens. Suzette war zweiundneunzig, ein bewundernswertes Alter. Trotz ihrer Hinfälligkeit lag immer noch ein gewisses Strahlen in ihrem Blick, und mir fiel auf, dass sie sich nicht gehen ließ, im Gegenteil, sie hatte eine hübsche Bluse mit Blümchenmuster an und einen Hauch Rosa auf den Lippen.

»Hallo, Mémé«, sagte ich von der Tür aus, um einen munteren Ton bemüht.

»Julia!«, rief sie aus. »Komm her, meine Süße. Ich habe dich so lange nicht gesehen!«

Sie breitete die Arme aus, und der pudrige Duft ihrer Creme umfing mich.

»Tut mir leid, dass ich nicht schon eher gekommen bin«, sagte ich in Erinnerung an Alex' Vorwürfe.

Doch sie fegte meine Entschuldigung mit einem Lachen beiseite. »Ach was, ist doch nicht schlimm. Wo hättest du denn auch die Zeit hernehmen sollen? Hauptsache, du bist jetzt da.«

Suzette bedeutete mir, mich zu setzen, und musterte mich von oben bis unten. »Sag mal, kriegst du in Paris nicht genug zu essen? Du bestehst ja nur noch aus Haut und Knochen!«

»Stimmt, du hast abgenommen«, bestätigte Méline.

Zwölf Kilo, um genau zu sein.

In den Wochen nach dem Tod meiner Mutter war ich völlig in Schmerz und Trauer versunken. Das Essen war meine geringste

Sorge gewesen, und ich hatte mich zwingen müssen, auch nur ein Schälchen Suppe hinunterzubekommen. Aber ich verstand die Überraschung meiner Großmutter. Vorher hatte ich ein paar Rundungen gehabt und nie versucht, gegen die Natur anzukämpfen, um schlank wie eine Elfe zu werden. Ich hatte schon immer lieber Windbeutel gegessen als Knäckebrot.

»Die Dreharbeiten waren ziemlich anstrengend«, log ich.

Doch meine Großmutter wusste offensichtlich Bescheid. »Das Leben hat dir wirklich übel mitgespielt. Ach, wenn du wüsstest, wie traurig ich war, als ich das mit deiner Mutter erfahren habe!«

Suzette war nicht der Typ, der bei jeder Gelegenheit Mitgefühl zeigte, deshalb wusste ich, dass sie es wirklich so meinte. In ihren Augen glitzerten Tränen, und die Trauer, die ihr die Kehle zuschnürte, konnte nicht gespielt sein.

»Frédérique und ich waren früher nicht immer einer Meinung«, fuhr sie fort, »aber ich hatte sie gern.«

Mit einem Kopfschütteln erinnerte ich mich an eine Szene, die ich unfreiwillig mitbekommen hatte, als ich elf war. Unsere Koffer waren gepackt, am nächsten Tag würden wir nach Paris aufbrechen. Abends war Suzette herübergekommen, und ich hörte von meinem Zimmer aus, wie ihre Stimme immer lauter wurde, während sie versuchte, Maman davon zu überzeugen, in der Nähe zu bleiben.

»Die Kleine kennt nichts anderes als unsere ruhigen Täler, und du willst sie entwurzeln? Sie wird damit nicht zurechtkommen, glaub mir! Du begehst einen Fehler, Frédérique!«

Doch meine Mutter hatte nichts davon hören wollen. Mir erschien der Umzug nach Paris eher wie ein Abenteuer, mir war natürlich nicht klar, was das im Einzelnen bedeuten würde. Und Suzette behielt recht: Plötzlich hatte ich statt meiner grünen Wiesen nur einen schmutzig grauen Himmel. Es hatte einige Monate gedauert, bis ich mich daran gewöhnte, und in der ersten Zeit hatte ich es meiner Mutter sehr übelgenommen.

In Erinnerungen versunken, fuhr meine Großmutter fort: »Frédérique hat mich mit ihrem schmalen Gesicht und den kurzen Haaren immer an diese amerikanische Schauspielerin erinnert, Jean Seberg. Nur in Dunkel.«

Ich lächelte Méline zu, erleichtert, dass Suzette mit mir sprach, als hätten wir uns erst am Tag zuvor gesehen.

»Herrje, ich vergesse ja ganz meine Pflichten!«, stieß sie aus. »Ihr habt doch bestimmt Durst.«

»Wir versorgen uns schon«, versicherte ihr Méline. »Möchtest du etwas, Julia?«

»Da sage ich nicht nein. Der Kaffee war wirklich nicht besonders gut.«

In Suzettes Augen funkelte der Schalk. »Wenn wir anstoßen wollen, im Schrank ist eine Flasche Portwein. Ich trinke gerne mal ein Schlückchen, das hält mich gesund.«

Ich sah sie überrascht an und wusste nicht, ob ich lachen oder mit ihr schimpfen sollte.

»Jetzt guck nicht so!«, rief sie, als hätte sie meine Gedanken gelesen. »Alle Hundertjährigen werden dir sagen, dass ein Gläschen hier und da niemandem schadet, im Gegenteil – im Kopf bin ich noch so munter wie ein junges Mädchen. Also, willst du nun oder nicht?«

Suzette, wie sie leibte und lebte! »Ich zweifle die gesundheitsfördernde Wirkung deines Portweins nicht an«, erwiderte ich schmunzelnd, »aber ich weiß nicht, ob er das Richtige für mich ist.«

Sie lachte. »Deine Tante tut zumindest so, als ob sie ihn mag.«

Méline verzog das Gesicht. »Mir reicht Wasser heute vollkommen«, verkündete sie und holte eine Karaffe.

»Nimm kaltes, das schmeckt besser«, sagte Suzette und deutete auf den Kühlschrank. »Und keine Sorge, Julia, deinem Vater biete ich nie welchen an.«

Zum Glück!

»Er kommt dich also wirklich einmal in der Woche besuchen?«

Das passte so gar nicht zu seinem Einsiedlerdasein!

»Natürlich, jeden Sonntag. Wir futtern leckeren Kuchen und plaudern über Gott und die Welt.«

Ich schmunzelte. Also hatte Papa doch nicht völlig aufgegeben, das war ja immerhin etwas.

»Wo wir gerade über ihn sprechen«, sagte Suzette. »Wie ist dein Eindruck von ihm?«

Ich trank ein wenig Wasser und überlegte. Für mich war mein Vater ein Buch mit sieben Siegeln; ich wusste überhaupt nicht, woran ich bei ihm war.

»Na ja, er hat ganz schön abgenommen, seit er nicht mehr trinkt. Das tut ihm sicher gut. Aber er ist sehr verschlossen, und sein Schweigen macht mich fertig.«

Suzette nickte. »Der Arme hat sich in seinem Unglück vergraben und merkt nicht, dass die Welt sich weiterdreht. Meiner Meinung nach hat er zwei große Fehler begangen: Er hat deine Mutter gehen lassen und er hat seine Praxis aufgegeben.«

»Früher oder später wäre er ohnehin in den Ruhestand gegangen«, wandte Méline ein. »Es war nur eine Frage der Zeit, schließlich hätte er ja nicht bis an sein Lebensende praktiziert.«

»Trotzdem war es zu früh. Er war noch nicht bereit, von einem Tag auf den anderen Däumchen zu drehen.«

Was das anging, war ich ganz ihrer Meinung. Papa war ein ausgezeichneter Tierarzt, und er hatte großen Zulauf gehabt, weil die Leute aus dem Ort und der Gegend drum herum froh gewesen waren, nicht mehr bis zu dreißig Kilometer fahren zu müssen, wenn ihre Tiere krank waren. Mein Vater wurde sehr geschätzt, und seine Fähigkeiten waren über jeden Zweifel erhaben. Nur eins war ihm unendlich schwergefallen: Tiere einzuschläfern. Er hatte es nur widerstrebend und im äußersten Notfall getan, und die Verzweiflung der Besitzer hatte ihn regelrecht krank gemacht. Trotz seines robusten Äußeren war er sehr sensibel. Der Tag, als er seinen Spaniel Titi erlösen musste, nachdem dieser von einem Auto angefahren worden war, hatte ihm den Rest gegeben. Mit neunundfünfzig Jahren hatte er die Praxis geschlossen, und nun hockte er seit mittlerweile elf Jahren untätig in seinem Haus.

Dann fragte mich meine Großmutter nach meinen beruflichen Plänen. Ich antwortete ausweichend, behauptete, ich sei zurückgekommen, um mir in Ruhe zu überlegen, wie es weitergehen sollte. Fürs Erste wollte ich ihr nichts von Mamans Brief erzählen, um sie nicht aufzuregen. Als Méline das Gespräch auf Leute brachte, die ich nicht kannte, nutzte ich die Gelegenheit, um mich in dem Zimmer umzusehen. Genau genommen war es ein kleines Appartement, und meine Großmutter hatte es mit allerlei persönlichen Dingen ausgestattet. Ich erkannte einige der Möbel wieder, zum Beispiel den Sessel und die Kommode, auf der der Fernseher stand. Über ihrem Bett hing ein hübsches Pastell von einem Picknick am Wasser. Das erinnerte mich an die Picknicks, die sie früher mit mir und Alex gemacht hatte. Sie hatte eine karierte Decke eingepackt, Zitronenlimonade und Baguette mit hartgekochtem Ei und Salami, wie sie sie mittags im Café du Sport anbot. Während mein Cousin und ich im Fluss herumplantschten, hatte sie auf ihrem Klappstuhl gesessen und gestrickt oder Kreuzworträtsel gelöst. Wenn wir brav gewesen waren, hatte sie uns hinterher ein Eis gekauft.

Diese Erinnerungen lösten in mir eine leise Wehmut aus. Ich riss mich von dem Bild los und betrachtete die Familienfotos, die auf einer Konsole standen. Sofort fiel mir eine alte Aufnahme in einem Zinnrahmen auf. Ein Paar mittleren Alters posierte vor dem Schaufenster eines Geschäfts. Der Mann hatte ein einnehmendes Gesicht und reckte stolz die Brust unter seiner langen Schürze. Die Frau neben ihm, in einem dunklen Kleid mit einer Brosche, lächelte ein wenig schüchtern, aber ihre Augen sprachen für sich. Auf dem Schaufenster stand in hübschen weißen Lettern »Patisserie Rossignol«.

»Sind das deine Eltern?«, fragte ich Suzette und ging mit dem Bild zu ihr.

Sie nahm es und betrachtete es einen Moment. »Ja, das war vor dem Krieg, als sie das zweite Geschäft aufgemacht hatten. Sind die zwei nicht schön?«

»Ich weiß kaum etwas über sie«, sagte ich. »Maman hat nur wenig über sie erzählt. Ich wusste nicht mal, dass sie zwei Patisserien hatten ... Haben sie sich in Cressigny kennengelernt?«

Suzette wedelte mit der Hand, als wollte sie eine Fliege verscheuchen. »Ach wo! Das erste Mal sind sie sich in einem Elendsviertel in Paris begegnet.«

Ich sah offenbar so entsetzt aus, dass Méline schmunzelte.

»Du nimmst mich auf den Arm, Mémé!«

»Nein, keineswegs. Aber ich wundere mich, dass dich diese alten Geschichten interessieren. Du bist jung, in deinem Alter hat man doch Wichtigeres zu tun. Und ich bin heute zu müde, um in der Vergangenheit zu kramen.«

Ich begriff, dass sie mir nichts weiter erzählen würde. Es war Zeit, uns zu verabschieden und Léonore zu holen, damit sie ein paar Minuten mit ihr verbringen konnte. Ich konnte nur hoffen, dass mein Vater gesprächiger war.

Es war kurz nach sieben, als ich nach Hause kam. Im Anschluss an unseren Besuch bei Suzette hatte Méline uns in ein Café eingeladen, wo wir draußen auf der Terrasse gesessen hatten, und anschließend waren wir noch ein wenig über die Landstraßen gegondelt. Wahrscheinlich wollte meine Tante vermeiden, dass ich Ben über den Weg lief, wenn wir zu früh zurückkamen, und das war mir ganz recht. Außerdem war ich auch nicht versessen darauf, in die beklemmende Atmosphäre zurückzukehren, die bei meinem Vater herrschte. Doch mich erwartete eine Überraschung:

Im Haus roch es frisch geputzt, die schweren Vorhänge waren aufgezogen, und die Zimmer wirkten plötzlich viel größer und heller.

»Papa?«, rief ich verdutzt.

»Ich bin hier!« Er kam die Treppe herunter, frisch rasiert. Er trug zwar immer noch ein altes T-Shirt und eine ausgebeulte Jogginghose, aber offensichtlich hatte sich während meiner Abwesenheit einiges getan.

»Hat deine Nachbarin hier saubergemacht?«

Ich sah, dass die Sofakissen aufgeschüttelt waren, jemand hatte gesaugt, und die Fliesen glänzten.

»Nein, das war ich«, erwiderte mein Vater, als wäre es das Normalste von der Welt.

Es geschehen noch Zeichen und Wunder!

Er ging in die Küche, ohne meine Überraschung zu bemerken.

»Ich habe einen Salat zum Abendessen gemacht, willst du auch?«, fragte er, als ich ihm folgte.

Sein Blick war ein Friedensangebot. Unser kleiner Streit vom Vortag hatte offenbar etwas in Gang gesetzt. Blieb abzuwarten, ob die Wirkung von Dauer war. Papa hatte draußen den Tisch gedeckt, wie ich es vorgeschlagen hatte. Der Abend war wunderbar mild, und die Schatten der Bäume wurden immer länger, je tiefer die Sonne sank. Während wir aßen, erzählte ich ihm von unserem Besuch bei Suzette. Meine Großmutter hatte mir das Versprechen abgenommen, vor meiner Abreise noch einmal zu ihr zu kommen.

»Wir könnten doch am Sonntag zusammen hinfahren, was meinst du?«

»Ja, können wir machen.« Er nickte.

Er hatte zwar im Haus die Ärmel hochgekrempelt, aber offensichtlich wenig Lust zu reden. Ich ging hinein, um einen Teller mit verschiedenen Ziegenkäsesorten zu holen, und stellte ihn auf den Tisch.

»Wir haben auch über Marcel und Eugénie gesprochen«, sagte ich. »Das Foto mit den beiden vor ihrer Patisserie kannte ich gar nicht. Es ist schön.«

Er gab nur eine Art Grunzen von sich.

Puh, ist das mühsam. Als würde man versuchen, einen Zweijährigen mit Brokkoli zu füttern.

Doch so leicht ließ ich mich nicht entmutigen. Auf keinen Fall würde ich schlafen gehen, ohne die Geschichte meiner Urgroßeltern zu kennen!

»Mémé hat gesagt, sie hätten sich in einem Elendsviertel kennengelernt«, bohrte ich nach. »Das kann doch nicht sein, oder?«

Diesmal legte mein Vater sein Stück Brot hin und hob den Kopf. »Doch. Das nannte man damals ›die Zone‹. Dort lebten die Armen, bevor es Sozialwohnungen gab.«

Sein Blick wanderte in die Ferne, als kramte er in seinen Erinnerungen, dann fuhr er schmunzelnd fort: »Jedes Mal wenn Méline und ich über das Essen maulten, wies Eugénie uns darauf hin, was für ein Elend dort geherrscht hatte. ›Zu meiner Zeit waren wir dankbar, wenn wir wenigstens einen Apfel zu essen hatten!‹, hieß es dann.«

Ich freute mich, dass er sich endlich ein wenig öffnete. »Wie ist sie denn aus der Touraine in die Elendsviertel von Paris gekommen? Sie stammte doch von einem Bauernhof, oder?«

Mein Vater aß einen letzten Bissen Käse, dann lehnte er sich in seinem Stuhl zurück. »Es war Germain, ihr Vater, der beschlossen hatte, sie nach Paris zu schicken …«

6

Eugénie, 1919

Eugénie stand auf dem Karren, um die Gemüsekisten für den Verkauf am nächsten Morgen fertig zu machen. Bald würden die Kirchenglocken sechs Uhr läuten, dann musste sie schnell wieder auf den Hof, die Geflügelpastete aus dem Ofen holen. Jean würde sie heute also nicht mehr sehen, dachte sie missmutig. Denn später musste sie ja auch noch ihrer Mutter in der Küche helfen und das Ragout kochen. Im Sommer nahm die Feld- und Hausarbeit einfach kein Ende, man blieb so viel länger auf als im Winter ... Und Jammern war natürlich nicht erlaubt! Man hatte sich zu fügen. Nicht gerade das, wovon sie mit ihren achtzehn Jahren träumte. Wobei Eugénie gar nicht so ungern mit der Mutter auf den Markt fuhr, um das Hofgemüse zu verkaufen. Sie mochte die stillen Momente am frühen Morgen, wenn die ersten Geschäfte ihre Fensterläden öffneten und die Bäuerinnen auf dem Platz ihre Stände aufbauten. Es war schön mitzuerleben, wie das Dorf erwachte, wie nacheinander die Karren vorbeirollten und schließlich ein fröhliches Stimmengewirr den ganzen Ort erfüllte. Hinzu kam, dass Jeans Eltern ihren Standplatz genau gegenüber dem ihrer Eltern hatten, was natürlich ein erheblicher Vorteil war. Wenn möglich, sorgte der junge Mann dafür, dass er ebenfalls dort war, und dann verschlang Eugénie ihn mit ihren Blicken, sobald sich eine Gelegenheit bot. An Markttagen widmete sie ihrem Haar besonders große Aufmerksamkeit und drehte den langen braunen Zopf im Nacken zu einer Frisur, von der sie wusste, dass sie die zarten Umrisse und den klaren Teint ihres Gesichts zur Geltung brachte. Hier am Stand war es natürlich ausgeschlossen, sich mit Jean wegzustehlen, wie es ihr an zwei aufeinanderfolgenden Abenden gelungen war, nachdem sie endlich auch noch die Hausarbeit hinter sich gebracht hatte. Und so begnügte sie sich auf dem Markt damit, jede seiner Gesten zu verfolgen, und ertappte sich mitunter dabei, von einer Zukunft an seiner Seite zu träumen.

Plötzlich wurde Eugénie aus ihren Gedanken gerissen. Begleitet vom Hund, der fröhlich bellend um sie herumsprang, kamen die Männer von den Feldern zurück. Der Vater humpelte, ein Andenken an den rostigen Stacheldraht, mit dem er an der Marne Bekanntschaft gemacht hatte. Sie sah seinen dreckigen, verschwitzten Hals. Neben ihm sang ihr Bruder Gaspard leise vor sich hin. Als sie die Ohren spitzte, erkannte sie den Text eines Liedes, das ihm die Dorfjungen wahrscheinlich am 14. Juli beigebracht hatten, am Abend des Nationalfeiertags. Auch ihn hatte die Arbeit in der drückenden Hitze ordentlich zum Schwitzen gebracht.

»Das Getreide ist so gut wie reif«, meldete der Vater, dem wie immer nichts über die Arbeit ging.

Bis zu jenem schicksalhaften Tag im August 1914, an dem die Männer einberufen worden waren, hatte er sogar den Ehrgeiz gehabt, seinen Hof zu modernisieren. Doch diese Pläne hatte man zwangsläufig beiseiteschieben müssen, und seit er erlebt hatte, zu welcher Barbarei der Mensch fähig war, stand ihm eigentlich nicht mehr der Sinn danach, an die Zukunft zu denken. Das, was er habe, sei ihm genug, hatte er der Mutter eines Abends anvertraut, und hinzugefügt, dass Glück nicht im Reichtum zu finden sei, sondern in der täglichen Pflichterfüllung.

»Dieses Jahr fangen wir nicht zu spät an«, erwiderte Eugénie, erleichtert, dass er wieder da war und das Heft in die Hand nahm. »Es wird bestimmt eine gute Erntesaison.«

»Ich werde Arbeitskräfte dazuholen«, sagte er, die schmutzigen Hände in einen Wasserbottich getaucht.

Mit einem besorgten Blick zum Himmel hielt er inne.

»Da braut sich was zusammen, das gibt ein Gewitter. Hoffentlich macht es uns nicht den Weizen kaputt ... Wenn der anfängt zu keimen, können wir's vergessen.«

Eugénie folgte seinem Blick und sah, dass das Wetter wirklich im Begriff war umzuschlagen.

»Wir sollten das Gemüse lieber reinbringen«, sagte sie und sprang schon vom Karren. »Sonst können wir es nicht mehr verkaufen.«

»Mit ein bisschen Glück wird es nicht so schlimm«, erwiderte Gaspard beschwichtigend, während er sich mit einem Lappen die Hände abtrocknete.

Eine Meinung, die sein Vater nicht teilte. Dessen Miene verfinsterte sich.

»Du hast ja keine Ahnung!«, herrschte er seinen Sohn an. »Ein Gewitter im Juli ist ein Segen, aber zwei können ein Fluch sein. Alte Bauernregel.«

In einer Juninacht des Jahres 1889 waren solche Wolkenbrüche auf das Dorf niedergegangen, dass es ein fürchterliches Hochwasser gegeben hatte. Damals verdarb die gesamte Ernte, und in manchen Häusern stand das Wasser anderthalb Meter hoch. Der Vater erinnerte sich noch sehr gut an das verängstigte junge Mädchen, das von einem Schrank gerettet worden war. Seitdem reagierten die Älteren auf Gewitter mit einer gewissen Sorge, denn sie rechneten immer mit einer neuen Katastrophe.

Gaspard brummelte etwas Unverständliches vor sich hin und begann, seiner Schwester zu helfen, die ihn liebevoll ansah. Mit seinen fünfzehn Jahren war ihr Bruder ein hochgewachsener, schlaksiger Junge mit zerzaustem Haar. Dank seines jungen Alters war er um den Krieg herumgekommen und ihnen eine große Hilfe gewesen, als plötzlich alle Männer fort waren. Er hatte die Erfordernisse der neuen Situation erkannt und sich in die Arbeit auf den Feldern und dem Hof gestürzt. Seite an Seite mit den Frauen hatte er von Sonnenaufgang bis Sonnenuntergang gearbeitet, hatte sich mit den Werkzeugen vertraut gemacht und gelernt, Kartoffeln aus dem Boden zu holen. Auch beim Umpflanzen von Setzlingen oder wenn es schwere Körbe zu stemmen gab, war er stets zur Stelle. Ansonsten war er ein kleiner Spaßvogel, und seine verlässlich gute Laune hatte Licht in diese dunklen Tage gebracht. Inzwischen bestand kein Zweifel mehr daran, dass er in einigen Jahren der Chef sein würde. Normalerweise hätte sein älterer Bruder Brice den Hof übernehmen sollen. Er hätte ein anständiges Mädchen geheiratet, das dann zu ihnen gezogen wäre. Doch der Krieg hatte ihnen den Jungen nicht zurückgegeben. Er war in der Champagne gefallen, im Maschinengewehrfeuer, mit gerade mal neunzehn Jahren. Gestorben bei der Verteidigung seines Vaterlandes, wie ihnen der Bürgermeister erklärt hatte, was die Mutter keineswegs getröstet, sondern ihren Tränen und Klagerufen nur neue Nahrung gegeben hatte. Wenigstens waren dem Vater im vergangenen Jahr dank seiner langen Rekonvaleszenz die letzten Gefechte erspart geblieben. Mehrere Stunden hatten die Sanitäter gebraucht, bis sie ihn im Stacheldraht ausfindig gemacht hatten; danach hatte er mehrere Monate im Krankenhaus verbracht und um ein Haar sein Bein verloren. Bis ans Ende seiner Tage würde er humpeln, aber er lebte.

»Eugénie Dubois!«

Das junge Mädchen fuhr zusammen, als es die Stimme seiner Mutter hörte. Augustine, die vor einigen Stunden zum Wäschewaschen aufgebrochen war, kam fast im Laufschritt in den gepflasterten Hof, und ihre Miene ließ keinen Zweifel daran, dass sie wütend war. Warum nahm sie aber auch – in ihrem Alter – eine so anstrengende Arbeit auf sich? Dabei hatte Eugénie angeboten, an ihrer Stelle zum Waschplatz zu gehen. Sie plauderte gern mit den anderen Frauen, die dort ihre Wäsche wuschen, denn sie war neugierig und fand es unterhaltsam. Aber davon hatte ihre Mutter nichts hören wollen; stattdessen hatte sie Eugénie in die Küche verbannt, damit sie dort die Pasteten und das Gemüse zubereitete, denn Kochen sei das, was sie am besten könne.

Augustine stellte den mit Wäsche gefüllten Blechzuber auf den Boden, richtete sich wieder auf und stemmte die Hände in den Rücken.

»Gott, ist das schwer«, fluchte sie und verscheuchte mit dem Fuß eine allzu neugierige Henne. »Eugénie, du gehst sofort ins Haus.«

»Ich muss aber Gaspard helfen«, protestierte Eugénie und fragte sich, was sie eigentlich getan hatte, dass plötzlich dieser mütterliche Zorn auf sie niederging.

Am Vortag hatte sie ihre Mutter um Erlaubnis gebeten, Stoff zu kaufen, um sich eine neue Bluse zu nähen, nach einem Modell, das sie gesehen hatte, als sie mit ihrer Freundin Blanche, Jeans Schwester, in einem Modemagazin geblättert hatte. Augustine hatte gesagt, dass sie mit ihrem Vater darüber sprechen würde, aber Eugénie machte sich keine Illusionen. Sie mussten sparen, und aus alten Röcken konnte man sich problemlos etwas Neues schneidern, ohne auch nur einen Pfennig auszugeben.

»Dein Bruder kommt allein zurecht«, entgegnete Augustine mit ihrer lauten, tiefen Stimme. »Los!«

Gaspard warf seiner Schwester einen fragenden Blick zu, den sie ratlos erwiderte, ehe sie ihrer Mutter folgte. Der Vater war bereits in der Küche, die das ganze Erdgeschoss einnahm, und las Zeitung.

»Die Gewerkschaft hat entschieden, dass der Streik, der in zwei Tagen stattfinden sollte, verschoben wird«, verkündete er. »Der Versorgungsminister ist zurückgetreten.«

»So was aber auch!«, schimpfte Augustine, während sie sich ein Glas Wasser einschenkte. »Erst wollten die Leute weg vom Land in die Stadt, um da ein sicheres Gehalt zu kriegen, und jetzt protestieren sie, weil das Leben dort so teuer ist. Da fragt man sich doch, was das soll.«

Sie seufzte. Dann kam sie auf den Grund zu sprechen, weshalb sie ihre Tochter in die Küche geschickt hatte.

»Ich muss mit dir reden, Germain. Es geht um Eugénie.«

Unter dem Schirm seiner Mütze, die er noch auf dem Kopf hatte, runzelte Germain die Stirn. »Wenn es um den Stoff geht«, sagte er, »habe ich dir doch schon gesagt, dass ...«

»Nein, darum geht es nicht«, fiel sie ihm ins Wort, während Eugénie, die immer nervöser wurde, ihre Pastete aus dem Ofen holte. Der Duft war so köstlich, dass sich Germain gleich eine Scheibe Brot abschnitt und sie mit der Pastete bestrich. Man sah, dass es ihm schmeckte.

»Der Kerl, den du mal heiratest, wird glücklich sein, so eine gute Köchin zu haben«, prophezeite er kauend.

Mit finsterer Miene stellte Augustine ein Glas Wein vor ihren Mann.

»Vorausgesetzt, es findet sich jemand, der sie heiratet ... Setz dich, Eugénie«, befahl sie ihrer Tochter und sah sie dabei scharf an.

Eugénie fühlte sich so unwohl, dass sie unwillkürlich ihre blauen Augen niederschlug und gehorchte. Ihre Mutter war nicht sehr groß und wurde mit den Jahren immer fülliger, aber der Krieg hatte sie gelehrt, sich zu behaupten. So grauenhaft er auch war, hatte er den Frauen doch eine gewisse Autorität verschafft, die sie vor dem Krieg, als sie grundsätzlich hinter dem Ehemann als alleinigem Entscheider zurücktreten mussten, nicht gehabt hatten. Seit der Rückkehr der Männer nahm zwar nach und nach jeder wieder seinen alten Platz ein, aber Augustine hatte sich eine Standfestigkeit bewahrt, die ihr Mann nicht in Frage stellte. Während andere Männer dem beispielhaften Mut der Frauen, die das Land nach der Beschlagnahmung der Pferde mit eigener Muskelkraft ernährt hatten, nicht einmal Anerkennung zollten, war Germain diese Heldentat sehr wohl bewusst. Wie viele Höfe waren aufgegeben worden, hatten brachgelegen? O ja, Augustine fehlte es nicht an Willenskraft! Wenn sie nun also auf einer Unterhaltung bestand, anstatt mit der Zubereitung des Abendessens zu beginnen, dann musste wohl etwas passiert sein.

Eugénie unterdrückte ein Seufzen; bestimmt hatte Blanche das Geheimnis zwischen ihr und Jean verraten. Aber warum hätte ihre Freundin das tun sollen?

»Der Pfarrer war am Waschplatz«, sagte Augustine und sah ihre Tochter vielsagend an.

»Darf man erfahren, warum sich der Pfarrer da blicken lässt?«, fragte Germain erstaunt.

»Weil sich deine Tochter, sobald man ihr den Rücken kehrt, mit dem erstbesten Kerl einlässt!«

Es ging also wirklich darum! Die Mutter wusste Bescheid. Und wenn Blanche sogar dem Pfarrer gebeichtet hatte, dass sie ihren Bruder und Eugénie deckte, war das Ganze ja noch schlimmer als erwartet! Ihre Wangen wurden so heiß, als hätte sie eine Ohrfeige bekommen. Womit wahrscheinlich ohnehin jeden Moment zu rechnen war.

»Stimmt das, Eugénie?«, fragte der Vater, den Kopf in Erwartung einer Reaktion leicht zur Seite geneigt.

Im Grunde seiner Seele hoffte er noch, dass Eugénie, die ihm von seinen drei Kindern immer die Liebste gewesen war, diese Beschuldigung abstreiten und beweisen würde, dass es sich um einen Irrtum handelte.

»So ein Unsinn!«, stammelte sie, wohl wissend, dass ihre schuldbewusste Miene Bände sprach.

»Von wegen!«, wetterte Augustine. »Der Pfarrer hat dich mit dem ältesten Morvan-Jungen aus deren Wiese kommen sehen.«

Von einem Moment zum nächsten trat Enttäuschung in den Blick ihres Vaters, tiefe, grenzenlose Enttäuschung. Mit einer Selbstsicherheit, die Eugénies Gefühlszustand nicht im Geringsten entsprach, streckte sie die Brust heraus und legte die Zurückhaltung ab, die der Respekt gegenüber den Eltern eigentlich gebot: »Er hat mich gesehen, ja und? Ich habe Jean dabei geholfen, seinen Hund zu suchen.«

Germain schlug mit der Faust auf die Tischplatte, Zornesröte schoss ihm ins Gesicht. »Zum Teufel aber auch! Glaubst du, du kannst uns mit deinen Märchen zum Narren halten? Ich werde nicht zulassen, dass du mich unter meinem eigenen Dach anlügst!«

Womit er sich vom Tisch erhob und sagte, dass er in den Stall gehen werde.

»Ich bin noch nicht fertig«, schaltete sich Augustine ein.

»Mir reicht, was ich gehört habe. Wir regeln das später.«

Womit er die Küche verließ, während in der Ferne das erste Donnergrollen zu hören war.

»Jetzt ist er verärgert«, sagte Augustine mit tonloser Stimme. »Noch eine Sorge, die ihn jetzt umtreiben wird ... Los, hilf mir, das Essen vorzubereiten.«

Die unheilvolle Atmosphäre im Raum lag nun nicht mehr allein am drohenden Gewitter. Mit gesenktem Kopf blickte Eugénie auf den Hasen, der am Vormittag geschlachtet worden war. Alles verschwamm vor ihren mit Tränen gefüllten Augen, während sie die Mutter neben sich hantieren hörte. Die Stimmung war so angespannt, dass sie das Bedürfnis hatte, etwas Beschwichtigendes zu sagen.

»Jean liebt mich. Das hat er mir gesagt.«

»Ach, du lieber Himmel!«, stöhnte Augustine. »Das fängt ja gut an, wenn du jetzt den Männern ihr leeres Gerede glaubst.«

Als Antwort kam nur ein Schniefen, und die Mutter trat näher zu Eugénie.

»Sag mal ... Ihr habt doch das eine wenigstens nicht gemacht, oder?«

Sie hielt den Atem an, während sie ihre Tochter ansah. Eugénie schwieg, doch ihre Hand zitterte, als sie das Ragout zu würzen begann. Ja, sie hatten *das eine*, wie die Mutter es nannte, gemacht. Jean liebte sie, das konnten keine leeren Versprechungen sein. Eugénies Schweigen reichte als Geständnis.

»Das darf doch nicht wahr sein!«, wetterte die Mutter und riss ihre Tochter am Arm. »Hast du den Verstand verloren?«

Augustine begann, vor dem Ofen auf und ab zu laufen. Ihr Gehirn arbeitete auf Hochtouren. Schließlich blieb sie neben Eugénie stehen und zwang ihre Tochter, sie anzusehen. Eugénie blickte in das sorgenverzerrte Gesicht. Die grauen Strähnen, die das braune Haar inzwischen durchzogen, und die von der Arbeit im Freien gegerbte Haut ließen ihre zweiundvierzigjährige Mutter älter aussehen, als sie war.

»Was soll denn aus dir werden, wenn er dir ein Kind gemacht hat?«

Eugénie zuckte mit den Schultern. Das alles würde sich gewiss regeln. »Wir werden heiraten«, antwortete sie.

Augustine riss die Augen auf. »Heiraten? Aber ich bitte dich, Kind, komm doch zur Vernunft! Dein Jean soll die Marthe Frémont heiraten, nächste Woche wird das Aufgebot bestellt!«

Der Schlag traf Eugénie mit voller Wucht. Nein, das konnte nicht sein! Jean hatte ihr geschworen, dass er in sie verliebt war und dass sie irgendwann ...

»Du lügst!«, schrie sie, von ihren Gefühlen überwältigt. »Du lügst, weil du mich bestrafen willst!«

Und ohne auf eine Antwort ihrer Mutter zu warten, lief sie hoch und flüchtete sich in ihr Zimmer, dessen Tür im selben Moment laut zuschlug, als auch der erste Donner zu hören war.

Eugénie und ihre Mutter waren fertig mit Spülen. Erschöpft von seinem harten Arbeitstag hatte sich Gaspard bereits nach oben begeben und sich schlafen gelegt. Nur der Vater saß noch am

Tisch und wartete, dabei war er sonst immer der Erste, der zu Bett ging. Sein mit bläulich roten Narben bedecktes Bein ruhte auf einem Stuhl, denn bei starkem Regen flammten die Schmerzen jedes Mal wieder auf. Augustine ging mit einer Salbe in der Hand zu ihm.

»Später«, sagte er.

Mit ihren Massagen konnte seine Frau die Schmerzen zwar lindern, doch die Wirkung hielt meist nicht lange an. Im Übrigen gab es an diesem Abend wahrlich wichtigere Dinge zu regeln. Unschlüssig stellte Augustine die Salbe auf den Tisch. Germain rief seine Tochter, die gerade die Teller wegräumte, zu sich.

»Setz dich.«

Eugénie schluckte. Sie wusste nicht, was sie erwartete. Ihr Gesicht war verquollen vom vielen Weinen, denn oben in ihrem Zimmer hatte sie die Tränen der Wut und Enttäuschung nicht mehr zurückhalten können. Der Schock verschlug ihr noch immer den Atem. Ihr Magen fühlte sich an wie ein Stein, seit ihr klar geworden war, dass ihre Mutter niemals gelogen hätte – ganz im Gegensatz zu Blanche, Eugénies angeblich bester Freundin, die es nicht für nötig befunden hatte, sie über die bevorstehende Hochzeit ihres Bruders in Kenntnis zu setzen. Wie konnte sie ihr das nur antun! Eugénie hatte die gedämpften Stimmen gehört, als ihr Vater aus dem Stall zurückkehrte. Ein überraschter Aufschrei, ein Stuhl, der verrückt wurde. Dann eine Folge von Seufzern. Das Abendessen hatte in angespanntem Schweigen stattgefunden. Selbst Gaspard, dem es sonst immer gelang, die Stimmung aufzulockern, hatte keinen Ton von sich gegeben. Kaum war der Tisch abgeräumt, hatte er die Kaninchen mit frischem Stroh versorgt und war nach oben verschwunden.

»So«, fing Germain an, »dann hast du dich also mit dem Sohn der Morvans eingelassen ...«

Kaum hatte ihr Vater Jean erwähnt, merkte Eugénie, wie ihre Lippen zu zittern begannen und die nächste Tränenflut drohte.

Unbeeindruckt von der Verzweiflung seiner Tochter fuhr Germain fort: »Du hast Schande über unsere Familie gebracht, das ist schlimm. Ich weigere mich, so eine Schmach zu erdulden, bloß weil du dich benommen hast wie eine ...«

Außerstande, den Satz zu beenden, schüttelte Germain nur den Kopf. Das Wort war zu brutal, zu schmerzhaft. Doch es half ja nichts, er wusste genau, welcher Ruf seiner Tochter nun vorauseilen würde, denn das Gespräch zwischen Augustine und dem Pfarrer war natürlich von indiskreten Ohren verfolgt worden.

»Kannst du dir die Reaktion der Morvans vorstellen, wenn sie davon hören?«, fuhr er fort, als er sah, dass Eugénie keine Anstalten machte, etwas zu sagen. »Du kannst hier nicht bleiben.«

Eugénie seufzte kaum hörbar. O ja, die Meinung der Leute war natürlich das, was zählte! Die war wichtiger als alles andere!

»Dummes Gerede wird es so oder so geben«, sagte sie mit erhobenem Kopf. »Und wie wollt ihr eigentlich meine Abwesenheit erklären, so kurz vor der Ernte?«

Ihre Hand, die nervös eine Rockfalte umklammerte, widersprach ihrer entschlossenen Haltung.

»Da hat die Kleine allerdings nicht unrecht«, warf Augustine ein, die sich bisher auf das Stopfen eines Taschentuchs konzentriert hatte. »Wir brauchen Arbeitskräfte.«

Überrascht sah Germain sie an. »Mach dir da mal keine Sorgen, darüber habe ich schon nachgedacht. Der alte Berthillaud hat zu viele Kinder und zu wenig Land, um sie zu ernähren. Wir holen den Jüngsten zu uns.«

Nun bekam Augustine wirklich einen Schreck. »Was?«, rief sie empört. »Den Firmin? Diesen dürren Schwächling? Was sollen wir mit dem anfangen?«

Germain winkte beschwichtigend ab. »Nun schrei nicht gleich rum wie eine Wildgans! Der Junge ist fünfzehn, er wird dazulernen, und außerdem arbeitet Gaspard für zwei.«

Nur halb überzeugt verzog Augustine den Mund. »Sollten wir nicht erst einmal sichergehen, wie es um unsere Tochter überhaupt bestellt ist?«

Eugénie dankte ihrer Mutter im Stillen für diese unerwartete Unterstützung. Wo wollte der Vater sie denn auch hinschicken? Auf dem Land machte alles sofort die Runde, und die Dörfer lagen so nah beieinander, dass die Gerüchteküche ihr überallhin folgen würde. Aber Germain ließ sich durch die Einwände seiner Frau nicht erweichen. Im Licht der Petroleumlampe, die über dem Tisch hing, sah Eugénie, wie ernst seine Miene war.

»Mein Entschluss steht fest«, verkündete er. »Nach dieser Geschichte wird sie hier kein junger Kerl mehr haben wollen.«

Eugénies Nerven lagen so blank, dass ihr ein sarkastisches Lachen entfuhr. »Ja, von den paar jungen Kerlen, die das Dorf noch hat. Und die haben alle entweder einen Arm oder ein Bein zu wenig oder einen Sprung in der Schüssel!«

Die Ohrfeige hatte sie nicht kommen sehen. Ihr war bewusst, dass sie es darauf angelegt hatte, aber vor lauter Verbitterung hatte sie die bissige Bemerkung nicht zurückhalten können. Im Zimmer herrschte Totenstille. Draußen hatte auch der Regen endlich aufgehört, man hörte nur noch das ferne Bellen eines Hundes. Eugénies Wange brannte. Sie starrte auf die hölzerne Tischplatte.

»Du gehst zu meiner Schwester nach Paris«, bestimmte der Vater nach einer Weile, die sich wie eine Ewigkeit anfühlte. »Die Idee geistert mir schon länger im Kopf rum, denn da gibt's Arbeit.«

Eugénie war fassungslos. Paris? War das sein Ernst?

Germain sah ihr den Schrecken an. »Dein Verhalten war schamlos«, fügte er hinzu, »aber du hast Verstand, und du hast dein ganzes Leben noch vor dir, es bringt nichts, es hier zu vergeuden.«

»Und wenn ich nicht nach Paris will?!«, rief sie empört.

»Darüber hättest du nachdenken sollen, bevor du deinen Rock gelüftet hast!«, wetterte Germain und schlug abermals mit der Faust auf den Tisch. »Du bringst uns in eine unmögliche Situation!«

»Wie kannst du nur so hinter den Jungs her sein, wo wir doch noch in Trauer um den armen Brice sind?!«, setzte Augustine nach.

Unwillkürlich berührte Eugénie die schwarze Binde, die sie über dem Ärmel ihrer Bluse trug. Natürlich vermisste sie ihren Bruder, aber diese endlos lange Trauerzeit belastete sie auch. Es war doch viel schöner, sich für die Lebenden zu interessieren. Wie die meisten französischen Dörfer war Cressigny völlig ausgeblutet durch diesen Krieg, der ihnen so viele Männer genommen hatte, Männer, die in der Blüte ihrer Jahre gefallen waren. Jede Familie hatte ihre Tragödie, und die Mädchen lebten nun in panischer Angst, keinen Ehemann zu finden. Unter den Heimkehrern waren Krüppel, die für schwere Arbeit nicht mehr taugten, und Männer, die äußerlich unversehrt waren, aber innerlich gebrochen. Sie alle hatten einen Teil ihrer Seele im Nordosten gelassen. Jean dagegen war einer, den der Krieg nicht nur gestählt, sondern auch zum Mann gemacht hatte, und als er Eugénie zu umschmeicheln begann, hatte sie angefangen, sich Hoffnungen zu machen. Ohne auch nur eine Sekunde daran zu denken, dass er vielleicht nur seinen Spaß haben wollte und schon einer anderen versprochen war. Ohne an Brice zu denken, ihren Bruder, der für Frankreich gefallen war, an den schwarz umhüllten Tisch in der Kirche und an die Messe, die man für einen Toten ohne Leichnam abgehalten hatte. Sie hatte nur an das Jetzt gedacht, an die Lebensfreude, die nach vier harten, bedrückenden Jahren plötzlich wieder da war. Und dafür sollte sie nun bestraft werden? Ihrer Heimat entrissen werden? Am liebsten hätte sie laut aufgeschrien und ihrem Zorn freien Lauf gelassen. In ihr wütete ein Sturm. Doch dieser Sturm würde zu nichts führen, er würde ihr allenfalls weitere Ohrfeigen einbringen. Und so beschloss sie, ihre Gefühle zu bezwingen und sich auf ihren Stolz zu besinnen.

»Also gut. Wenn ihr mich hier nicht mehr haben wollt, gehe ich eben nach Paris«, fügte sie sich. »Aber ich werde zurückkommen, und daran wird mich niemand hindern können.«

7

In den darauffolgenden Tagen ging es nur noch um die Vorbereitungen ihrer Abreise. Eugénie verrichtete zwar alle Arbeiten auf dem Hof, die ihr zugeteilt wurden, doch sie war nicht mit dem Herzen bei der Sache. Sie, die bisher immer so gewissenhaft gearbeitet hatte, erledigte ihre Aufgaben nur noch mechanisch, und wenn der Abend kam, machte sie sich mit ihrer Mutter ans Nähen. Es war eine Ironie des Schicksals, dass nun doch Stoff gekauft werden musste, um ihr zwei neue Blusen zu nähen. Von dem blau gestreiften Modell, dessen Abbildung sie gesehen hatte, war natürlich keine Rede. Sie würde sich weiter mit langweiligem Grau und Weiß begnügen müssen. Die neuen Sachen waren schließlich nur notwendig geworden, um für eine Anstellung vorzusprechen.

An einem sonnigen Vormittag brach sie zur Weide auf, um ihrem Bruder, der dort die Kühe hütete, seine Brotzeit zu bringen. Augustine hatte Johannisbeeren und ein halbes, mit Omelette belegtes Brot in den Beutel gepackt.

»Und trödel nicht!«, hatte sie ihrer Tochter in warnendem Ton mit auf den Weg gegeben.

Eugénie hatte nur die Schultern gezuckt. Nach allem, was sie inzwischen erfahren hatte, war ihr ohnehin nicht danach, Jean wiederzusehen; die Sorge hätte ihre Mutter sich sparen können. Als sie über die Felder spazierte, über denen die Sonne hoch am Himmel stand, streiften Kornähren raschelnd ihren Rock, und Blütenstängel zerknickten unter ihren Füßen. Ein Stück weiter lag das Flüsschen, durch das die Kühe mitunter zum anderen Ufer wateten. Wie oft hatte Eugénie mit ihren Brüdern und ihrem Vater dort schon Hechte geangelt! Ach, wie sehr würde ihr diese Landschaft fehlen! Als sie merkte, dass sich jetzt schon Heimweh in ihr regte, wo sie doch noch gar nicht fort war, beschleunigte sie ihre Schritte. In der flimmernden Hitze sah sie plötzlich auf dem steinigen Weg, der links in Richtung Dorf führte, Blanche auf sich zukommen. Sie musste gerannt sein, denn ihr Gesicht war nass vor Schweiß und ein paar blonde Strähnen waren ihr aus dem Kopftuch gerutscht.

»Eugénie!«, rief sie außer Atem. »Ich hab dich schon gesucht!«

Entgegen ihrem Vorsatz, dass sie Blanche von nun an ignorieren würde, erwiderte Eugénie barsch: »Lass mich in Ruhe. Die Worte einer Verräterin interessieren mich nicht.«

Mit offenem Mund blieb Blanche stehen. »Aber ... was habe ich dir denn getan«, fragte sie und musste die Stimme heben, denn ihre Freundin ging einfach weiter.

Die Schultern steif vor Wut, drehte sich Eugénie um. »Du hättest mir ruhig mal sagen können, dass Jean drauf und dran ist zu heiraten!«, schrie sie.

Blanche hatte doch eingewilligt, sie und Jean zu decken. Da konnte sie sich ja wohl denken, dass die beiden nicht nur gemeinsam Blümchen pflücken wollten! Sie wusste doch, dass Eugénie insgeheim in ihren Bruder verliebt war, seit er vor zwei Jahren zum ersten Mal auf Fronturlaub heimgekehrt war. Damals war Jean achtzehn gewesen und Eugénie sechzehn. Er hatte die vier freien Tage genutzt, um allen Bekannten im Dorf einen Besuch abzustatten. Augustine hatte ihn selbstverständlich willkommen geheißen, und sie hatten zusammen Kaffee getrunken und Obstkuchen gegessen, frisch aus dem Ofen. Eugénie saß neben ihm und lauschte seinen Worten. Das tägliche Grauen, das im Norden stattfand, hatte er mit keinem Wort erwähnt, sondern sich lieber darüber ausgelassen, wie sie dort oben die deutschen Soldaten zurückdrängten. Für Eugénie war er ein Held, ein zum Mann gewordener Junge mit so durchdringenden grauen Augen, dass seine Blicke sie in Verwirrung brachten. Beim Abschied hatte er ihr ein entwaffnendes Lächeln geschenkt, in dem sie ein Zukunftsversprechen sah. Als er Anfang des Jahres aus dem Kriegsdienst entlassen wurde und der Bus die Jungen ins Dorf zurückbrachte, war sie die Erste, die ihn auf dem Platz erspäht hatte. Es hatte nicht lange gedauert bis zu jenem Abend des 28. Juni, an dem der Friedensvertrag gefeiert wurde, jenem Abend, an dem Eugénie den verführerischen Worten des jungen Mannes erlag.

Blanche stand der Schreck ins Gesicht geschrieben. »Deshalb bist du wütend auf mich?«, flüsterte sie. »Du glaubst, dass ich dich ...«

»Ach komm!«, fiel ihr Eugénie ins Wort. »Jetzt tu nicht so unschuldig.«

Blanche sah sie gekränkt an. Doch dann legte sie energisch die wenigen Schritte zurück, die sie noch von Eugénie trennten, und baute sich, die Arme in die Hüften gestemmt, vor ihrer Freundin auf.

»Ob du's glaubst oder nicht, über diese Hochzeit wurde erst vor zehn Tagen entschieden«, sagte sie mit fester Stimme. »Und mir haben sie es am Sonntag nach der Messe mitgeteilt! Wie hätte ich es dir denn sagen sollen, wir haben uns seitdem überhaupt nicht mehr gesehen!«

Eugénie runzelte irritiert die Stirn. »Vor zehn Tagen?«, wiederholte sie fassungslos.

»Wenn ich's dir doch sage!«

»Aber warum jetzt? Und warum Marthe?«

Eugénies Familie war mit den Frémonts, die den kleinen Gemischtwarenladen im Ort betrieben, nicht näher bekannt. In Bezug auf Jeans Zukünftige hatte Eugénie insofern keine klare Meinung. Dennoch fand sie diese Wahl äußerst überraschend. Jean sollte allen Ernstes ein Mädchen heiraten, das noch nie mit den Händen in Erde gewühlt hatte?

»Los, komm«, unterbrach Blanche ihre Gedanken. »Lass uns

deinem Bruder sein Essen bringen, er ist bestimmt schon ganz ausgehungert.«

Sie hakte sich bei Eugénie ein, und die beiden gingen gemeinsam weiter.

»Bei der Marthe ist was Kleines unterwegs«, vertraute sie ihrer Freundin schließlich an, als die Weide bereits in Sichtweite war.

Ein leichter Wind war aufgekommen und machte die Gluthitze etwas erträglicher. Trotzdem spürte Eugénie, wie ihr der Schweiß den Rücken hinunterlief.

»Und was hat das mit Jean zu tun?«, fragte sie mit belegter Stimme, obwohl sie die Antwort wusste.

»Jetzt bringst du mich aber in eine heikle Lage ...«

Das indirekte Geständnis ihrer Freundin war wie ein Schlag in die Magengrube. Eugénies Herz zog sich zusammen und sie schnappte nach Luft.

»Aber er hat mir doch gesagt, dass er mich liebt!«, brachte sie mühsam hervor.

»Ach, meine arme Ninie, es tut mir so leid!«, sagte Blanche bekümmert, und ihr Mitgefühl war echt. Sie schwieg einen Moment, dann fügte sie hinzu: »Weißt du, im Krieg gab es da oben kaum Zerstreuungen. Deshalb, na ja ...«

»Hat er sich mit mir vergnügt?!«, empörte sich Eugénie. »Glaubst du, in seinen Augen war ich nicht mehr als das?«

Sie nahm es Blanche übel, dass sie ihren Bruder auf diese Weise zu entschuldigen suchte, und bestand darauf zu erfahren, seit wann er sich mit dem Frémont-Mädchen traf.

»Wir wissen es nicht so genau«, antwortete Blanche zögernd. »Sie haben sich auf jeden Fall heimlich getroffen, nach dem Johannisfeuer. Da waren die Jungs ziemlich beschwipst, es war ja seit ihrer Rückkehr das erste Mal, dass sie gefeiert haben. Und die Marthe sah ziemlich vorteilhaft aus in ihrem Kleid, mit ihrem Dekolleté.«

Eugénie seufzte. Dann konnte also ein einziger Lendenstoß über ein Leben entscheiden. Über mehrere Leben.

»Es tut mir wirklich so leid«, wiederholte Blanche, als sie bei Gaspard angelangt waren. Eugénie reichte ihrem jüngeren Bruder den Brotbeutel und ließ sich am Flussufer auf den Boden fallen. Wütend rupfte sie Grashalme, während sie Gaspard und Blanche hinter sich flüstern hörte – bestimmt über sie. Was würde passieren, wenn nicht nur Marthe, sondern auch sie ein Kind von Jean in sich trug? Würde sie es weggeben müssen? Sie dachte an die samtweichen Blicke des jungen Mannes, an seine rauen Hände, wie sie ihren entflammten Körper streichelten, und an sein überwältigendes Lächeln unter dem feinen blonden Schnurrbart; sie konnte es einfach nicht fassen, dass er sie zum Narren gehalten hatte. Es war der Punkt in der ganzen Geschichte, der am meisten weh tat.

»Stimmt es, was dein Bruder sagt? Du gehst weg?«

Blanches Stimme ließ Eugénie zusammenfahren und riss sie aus ihren trüben Gedanken. Ihre Freundin setzte sich neben sie und starrte auf das Flüsschen, in dem sie von männlichen Blicken unbehelligt während des Krieges so oft gebadet hatten.

»Ja, mein Vater hat entschieden, mich wegen Jean in die Hauptstadt zu schicken«, antwortete Eugénie voller Groll. »Der Pfarrer hat uns gesehen und meiner Mutter alles erzählt.«

»Ich weiß, deshalb bin ich ja gekommen. Er war bei uns und hat Jean eine Moralpredigt gehalten.«

Anstatt sich über diese Neuigkeit zu freuen, fragte Eugénie besorgt: »Dann wissen deine Eltern also Bescheid?«

Blanche nickte. »Sie haben Angst, dass ich mir ein Beispiel an dir nehme. Bestimmt ziehen sie jetzt bei mir die Zügel straffer.«

Eugénie fühlte sich plötzlich ganz matt. Dass Jean alle jungen Mädchen verführte, die ihm über den Weg liefen, ging natürlich als normal durch. Er war ja auch im Krieg gewesen, der Arme. Die betroffenen Mädchen aber, die während des ganzen Krieges wie die Tiere geschuftet hatten, die galten jetzt als schamlos und verdorben. So war es immer gewesen, schon seit Anbeginn der Zeit, und Eugénie bezweifelte, dass sich jemals etwas daran ändern würde. Man brauchte sich ja nur anzuschauen, wie schnell man die Frauen wieder an den Herd zurückgeschickt hatte, kaum dass die Männer zurück waren!

Mit seinem Brot in der Hand setzte sich Gaspard zu ihnen. »Sei nicht traurig, Ninie«, versuchte er, seine Schwester aufzumuntern. »Du wirst dort so viel erleben!«

»Paris«, sagte Blanche versonnen. »Ah, Paris, die Stadt der Träume! Eigentlich hast du doch Glück im Unglück.«

Ein Starenschwarm, der sich in den Bäumen niedergelassen hatte, geriet durch das Muhen einer Kuh in helle Aufregung. Eugénie blickte ihren Bruder und dann ihre Freundin an. »Ich weiß nicht, ob ich Glück habe«, murmelte sie, »aber die Entfernung wird vielleicht helfen, mir Jean aus dem Herzen zu reißen.« Der große Tag war gekommen. Der Vater hatte alle Vorbereitungen getroffen und das Maultier vor den Karren gespannt, der sie nach Loches bringen würde. Dort würden sie zusammen den Zug nach Tours nehmen, wo Eugénie der Umstieg nach Paris erwartete, während Germain ohne seine Tochter die Rückreise antreten würde. Gaspard begleitete die beiden bis nach Loches, um dort auf das Maultier aufzupassen und dann mit dem Vater zum Hof zurückzukehren. Nun hieß es Abschied nehmen. Eugénies Gepäck war bereits auf den Karren geladen, auch die Pastete und die Konserven, die sie ihrer Tante mitbrachte. Man war übereingekommen, dass Eugénie bei ihr wohnen und dass ihre beiden Kinder, René und Charlaine, sie am Bahnhof Gare d'Austerlitz abholen würden. Im vergangenen Jahr hatte ein Luftangriff das Gebäude getroffen, doch die Bahnverbindungen waren inzwischen wieder aufgenommen worden.

Am Vorabend hatte es sich Augustine zur Aufgabe gemacht, ihrer Tochter zu erklären, woran sie eine Schwangerschaft erkennen würde. Eugénie hatte verstanden, dass sie in den kommenden Wochen ganz besonders auf ihre Blutungen achtgeben musste.

»Und wenn ich wirklich ein Kind erwarte, Maman?«, hatte sie ängstlich geflüstert.

»Dann müssen gewisse Entscheidungen getroffen werden. Das wird nicht einfach sein.«

»Es gibt doch Frauen, die es wegmachen, oder? Dann wüsste es niemand und ich könnte zurückkommen.«

Die Mutter schüttelte traurig den Kopf. »Ja, ich kannte mal eine, die's gemacht hat ... Die Barbot ... Das war diese Frau, weißt du, die man ›die Hexe‹ nannte. Sie hatte den Ruf, so was zu machen. Aber es ist riskant, und die Regierung ruft ja auch dazu auf, Frankreich wieder zu bevölkern. Deshalb verstecken sich diese Frauen, die haben große Angst, Ärger zu kriegen.«

Eugénie überkam große Verzweiflung. Keine der denkbaren Lösungen sagte ihr zu. Sie hätte also die Wahl, entweder eine junge ledige Mutter zu werden und somit in Schmach und Schande zu leben oder ihr Baby in einem überfüllten Waisenheim abzugeben ... Die kommenden Tage oder gar Wochen versprachen schwierig zu werden. Nach dem Gespräch mit ihrer Mutter hatte sie nicht in den Schlaf gefunden und war nun dementsprechend erschöpft.

Eugénie wollte gerade auf den Karren klettern, um neben ihrem Vater Platz zu nehmen, da hörte sie ein Schluchzen und stellte verblüfft fest, dass es von ihrer Mutter kam.

»Ich weiß, es ist dumm«, schniefte Augustine, »aber ich habe Angst, dich nie mehr wiederzusehen. Das letzte Mal, dass ich eins meiner Kinder habe gehen lassen ...« Wieder musste sie schluchzen und konnte den Satz nicht zu Ende bringen. Gaspard legte ihr beschützend den Arm um die Schulter: »Komm schon, Mutter, mach dir keine Sorgen. Unsere Ninie zieht ja nicht in den Krieg.«

Über die Reaktion ihres Bruders musste Eugénie gerührt lächeln, wenn sie auch bei sich dachte, dass vielleicht kein Krieg, aber gewiss allerlei Kämpfe auf sie zukamen.

»Ich komme zurück, Maman«, versprach sie abermals, entschlossener denn je.

Der Kummer über die Trennung zerriss ihr das Herz, aber ein bisschen aufregend fand sie die weite Reise, die sechs Stunden dauern würde, ja doch. Es war das erste Mal überhaupt, dass Eugénie mit dem Zug fuhr. Sehr kostspielig war die Fahrt eigentlich nicht, doch angesichts des bescheidenen Budgets der Familie waren die siebeneinhalb Centimes pro Kilometer schon eine ordentliche Summe.

»Los jetzt!«, rief Germain, dem die Gefühlsausbrüche allmählich Unbehagen bereiteten.

Und so machten sich die drei auf den Weg. Während das Maultier vorantrabte, zwang sich Eugénie, nach vorn zu schauen anstatt auf das, was sie hinter sich ließ, und die aufsteigenden Tränen hinunterzuschlucken. Nacheinander zogen die Häuser des Dörfchens an ihnen vorbei, der Gemischtwarenladen der Frémonts, die Schule, die Kirche und der von Linden gesäumte Marktplatz. Die Geschäfte hatten ihre Fensterläden bereits geöffnet, Cressigny war erwacht. Bei dem Gedanken, dass dieses rege Treiben fortan ohne sie stattfinden würde, seufzte Eugénie leise. Anscheinend wusste man hier Bescheid, denn in den Hauseingängen der Hauptstraße standen Leute und musterten sie, während der Karren vorbeirollte. Ganz gewiss würden sich die Männer anschließend im Café des alten Mareuil bei einem Glas Rotwein zusammenfinden, um sich über die Eskapaden der Tochter Dubois auszulassen, heilfroh, dass so etwas nicht ihren Mädchen passiert war.

Der Vater bog in die Rue de l'Abreuvoir ein, überquerte die kleine Steinbrücke, die über einen der beiden Flüsse des Dorfs führte, und sie erreichten die Landstraße, die zum zwanzig Kilometer entfernten Loches führte. Im Licht der Morgensonne lag noch Stille über den Feldern der benachbarten Weiler. Und dann ragte um sie herum plötzlich der Wald auf, so grün und so dicht! In dieser Gegend erzählte man sich, dass einmal im Jahr einer der Tümpel zu Gold wurde und dass in jeder Weihnachtsnacht der Geist eines jungen Mädchens erschien, das sich ins eisige Wasser gestürzt hatte, um der Hochzeit mit einem Baron zu entgehen. Hier war Eugénie groß geworden, und sie wusste, dass das Land getränkt war von solchen Erinnerungen. Was sich hier abgespielt hatte, blieb für immer da. Mit zugeschnürter Kehle musste sie zulassen, dass ihr schließlich doch Tränen über die Wangen liefen.

»Schreibst du uns, wenn du dort bist?«, fragte Gaspard, als am Horizont bereits das Château de Loches auftauchte.

»Ich dachte, du liest nicht gern, du Dussel!«, erwiderte sie und trocknete rasch ihre Tränen. Es war besser zu scherzen, als zu sehr ihre Gefühle zu zeigen. Sie konnte die Traurigkeit zwar nicht unterdrücken, aber vielleicht wenigstens verhindern, dass sie auf ihren Bruder übersprang.

»Dann lerne ich eben, gern zu lesen«, versprach er. »Ich bin mir sicher, dass du tausend Sachen zu erzählen hast.«

»Deine Schwester geht zum Arbeiten nach Paris«, warf Germain ein, »nicht zum Flanieren.«

Kurze Zeit später hielten sie vor dem kleinen Bahnhof an. Viele Menschen waren dort nicht, nur vier elegante Herren, eine schwarz gekleidete Frau und eine Gruppe alter Männer, die das kaum erwähnenswerte Kommen und Gehen der Reisenden verfolgten. Gaspard half, das Gepäck in den Zugwagon zu laden, und drückte Eugénie ergriffen ein Küsschen auf jede Wange. Um nicht zu weinen, fixierte sie den Turm – die Tour Sainte-Antoine –, der das Gebäude überragte.

Während sie im Zug auf einer der Bänke Platz nahmen, erinnerte der Vater Gaspard daran, das Maultier mit Wasser zu versorgen. »In drei Stunden bin ich wieder da«, sagte er. »Deine

Mutter hat Käse und Pastete eingepackt, wenn du etwas essen willst.«

Die Abreise nahm einfach kein Ende, und Eugénie atmete auf, als der Zug mit einem Ruck anfuhr. Sie lehnte den Kopf an die Trennwand und versuchte, ihren Schmerz, die Heimat hinter sich lassen zu müssen, so gut es ging zu verbergen. Der Vater schaute indessen mit sturem Blick vor sich hin und ließ sich keinerlei Gefühle anmerken. War er traurig? Oder wütend, dass es so weit kommen musste?

»Weißt du, glaub nicht, dass mir das gefällt«, murmelte er plötzlich, als hätte er die Gedanken seiner Tochter erraten.

»Dann schick mich nicht nach Paris!«, versuchte sie, den scheinbaren Anflug von Entgegenkommen zu nutzen. »Es ist mir egal, wenn ich eine alte Jungfer werde, und ich schere mich nicht drum, was die Leute denken. Paris interessiert mich nicht.«

»Hör auf, dummes Zeug zu reden!«, ermahnte er sie. »Im Moment bist du unglücklich, aber dort wirst du alle Möglichkeiten haben.«

Eugénie zuckte mit den Schultern. »Du hast mir gesagt, deine Schwester hätte keine Arbeit mehr.«

Im Grunde kannte sie Tante Antoinette nicht, die ein Jahr jünger war als ihr Vater. Ihr Mann, Onkel Théodore, hatte seinen Beruf als Pachtbauer 1910 aufgegeben, um nach Paris zu gehen. Die beiden hatten moderne Ideen und wollten sich nicht mehr auf den Feldern abschinden. Eugénie hatte die vage Erinnerung, dass ihre Tante als Stubenmädchen in einen reichen großbürgerlichen Haushalt eingetreten und ihr Onkel Bauarbeiter geworden war. Doch das war alles vor 1914 gewesen.

»Antoinette hat ihre Stelle in den Kriegsjahren verloren«, bestätigte Germain. »Viele reiche Familien standen vor dem Ruin und mussten sich von Teilen ihrer Dienerschaft trennen.«

»Ach, ja? Und was soll ich dann deiner Meinung nach machen?«, entgegnete Eugénie. »Ich kenne doch niemanden in Paris!«

»Du bist jung, du wirst keine Schwierigkeiten haben, eine Anstellung zu finden. Es gibt ja auch Geschäfte und Fabriken.«

Fabriken. Das Wort hatte sie schon gehört. In Tours gab es diese Fabriken, und in den letzten Jahren, also während des Kriegs, hatten dort viele Frauen die Männer ersetzt. Es sei schlecht bezahlte, kräftezehrende Arbeit, hatte Blanche gesagt, deren Cousine diese leidvolle Erfahrung gemacht hatte. Eugénie wandte sich zum Fenster, um die grüne Landschaft an sich vorbeiziehen zu lassen, und während der restlichen Reise sprachen sie nicht mehr miteinander. Auch in Tours hielt sich der Vater nicht mit großen Verabschiedungen auf, sie wechselten nur noch wenige Worte. Nachdem er sich vergewissert hatte, dass sie ordentlich im Zug saß, empfahl er seiner Tochter, mit niemandem zu sprechen und nach der Ankunft in Paris im Bahnhof auf ihre Cousine und ihren Cousin zu warten. Er umarmte sie nicht, sondern begnügte sich damit, ihr eine gute Reise zu wünschen.

Als Eugénie auf den Bahnsteig trat, war ihr übel. Die Reise hatte sich als unerwartet anstrengend erwiesen, was an der brütenden Hitze im Zug lag, an den Schweißgerüchen, dem Gestank des von einem Bauern mitbeförderten Geflügels und dem Rauch der Lokomotive, der sie die ganze Zeit umwehte. Auch waren die Holzbänke in dem schwankenden Wagon höchst unbequem. Kurzum, die sechsstündige Reise war ihr wie eine Ewigkeit erschienen. Als sie in den Bahnhof Gare d'Austerlitz einfuhren und der Zug endlich schnaufend zum Stehen kam, glaubte Eugénie, der Alptraum sei nun vorbei. Doch da hatte sie sich getäuscht. Die Stimmen und Schritte der vielen Reisenden hallten in einem ohrenbetäubenden Konzert über die Bahnsteige, überall wirbelnde, schmutzige lange Röcke, die über den Boden schleiften, und in der Luft der Rauch, den die Lokomotiven selbst noch in der Bahnhofshalle der hohen Decke entgegenspieen.

Vor lauter Verzweiflung war Eugénie einen Moment lang versucht, wieder in den ersten Zug Richtung Tours zu steigen, doch sie besaß ja nicht einmal Geld, um sich eine Fahrkarte zu kaufen. Sie hatte nicht die leiseste Ahnung, wie sie ihre Cousine und ihren Cousin erkennen sollte, bei all den Menschen, die hier herumliefen. Was würde sie tun, wenn man sie einfach vergessen hätte? Noch nie hatte sie sich so verloren gefühlt.

»Ah, da ist sie ja, die Bäuerin, das muss sie sein!«, ertönte plötzlich neben ihr eine laute Stimme.

Eugénie drehte sich zu ihr um: Vor ihr stand eine junge, nicht gerade große Frau um die zwanzig, die zu ihrem dunklen Rock eine karierte, kurzärmelige Bluse trug. Das braune Haar hatte sie lose im Nacken zusammengesteckt, und die blauen Augen verliehen ihrem Gesicht Lebendigkeit. Hätten ihre Züge nicht auch etwas Desillusioniertes ausgestrahlt, wären sich die beiden Cousinen äußerlich fast ähnlich gewesen.

»Du bist Charlaine?«, fragte Eugénie und ging einen Schritt auf sie zu.

Die junge Frau nickte.

»Stimmt genau. Und der hier ...« – sie deutete auf einen Heranwachsenden, der etwas ungelenk neben ihr stand – »... ist mein Bruder René. Kommst du?«

René nahm einen Teil des Gepäcks seiner Cousine, und Eugénie bahnte sich, so gut sie konnte, hinter den beiden einen Weg durch das ungewohnte Gedränge. Einige Minuten später hatten sie den von Automobilen und Pferden beherrschten Vorplatz erreicht. Überrascht sah Eugénie zu, wie René ihr Gepäck auf einen Karren lud, vor den ein mageres Pferd gespannt war.

»Was machst du für ein Gesicht?«, spottete Charlaine. »Erzähl mir nicht, du hättest noch nie ein Pferd gesehen.«

Eugénie blinzelte irritiert. »Es ist nur ... Meine Eltern meinten, dass ich bestimmt mit der Métro fahren würde.«

Charlaine brach in schallendes Gelächter aus.

»Mit der Métro? Denkst du, wir wären reich, oder was? Los, Bäuerin, nun kletter schon rauf!«, sagte sie und deutete auf das Gespann.

Bäuerin. Um gar nicht erst zuzulassen, dass die Spötteleien der Cousine ihr etwas ausmachten, verzichtete Eugénie darauf, Charlaine in Erinnerung zu rufen, dass sie selbst ihre ersten Lebensjahre auf einem Bauernhof verbracht hatte, was sie vergessen zu haben schien.

»Ich heiße Eugénie«, antwortete sie schroff.

Worauf Charlaine ihr ein nicht gerade wohlmeinendes Lächeln schenkte.

»Nun ja, ich frage mich, was wir mit dir anfangen sollen.«

8

»Verschwinde, sonst fliegst du mit einem Tritt in den Hintern hier raus!«, brüllte eine Stimme, als der Karren in ein von Hütten und Baracken bedecktes Gelände vorgedrungen war.

Eugénie warf ihren Begleitern einen fragenden Blick zu.

»Stör dich nicht dran«, sagte Charlaine. »Das war die alte Depierre, bestimmt wollte wieder einer von den Bengeln der Kartenlegerin bei ihren Hühnern Eier klauen.«

»Ja, gut, aber ... was machen wir hier?«

Als sie den Bahnhof verlassen hatten, waren sie in südlicher Richtung losgefahren. Wie erstarrt hatte Eugénie auf dem Karren gesessen und sich umgeschaut, entgeistert und erschrocken über die fremde Umgebung. Mit größtem Erstaunen hatte sie vor allem den Gestank nach Fleischresten und Fischinnereien wahrgenommen, die in manchen Straßen auf dem Boden vor sich hingammelten. Je weiter sie sich vom Pariser Stadtzentrum entfernten, desto ekelhafter wurde dieser Gestank. Dass ihre Familie nicht in den wohlhabenden Gegenden lebte, hatte sie sich natürlich denken können, aber wie konnte es sein, dass sie in diesem Elendsviertel gelandet war? Beunruhigt sah sie sich immer wieder um.

René nahm seine Mütze ab und machte so etwas wie eine Verbeugung.

»Willkommen in Malakoff, eure Hoheit!«

»Hier wohnt ihr?« Wie vor den Kopf geschlagen starrte Eugénie auf eine schlammige Pfütze, die aussah, als moderte sie schon seit Monaten vor sich hin. Mit einem dicken Kloß im Hals versuchte sie, ihren Ekel und ihre Angst zu verbergen. Ihr Blick wanderte über Planwagen und Hütten, die aus allen möglichen Materialien zusammengebaut worden waren, aus Brettern, Wellblech und Stoffplanen. Dicht an dicht standen diese primitiven Behausungen, die Enge war unzumutbar.

»Es ist besser als nichts«, erklärte ihre Cousine und sprang vom Karren. »So, kommst du?«

Auf unbefestigten Pfaden folgte ihr Eugénie bedrückt durch ein verschlungenes Labyrinth, in dem Charlaine jeden Winkel zu kennen schien. Unbefangen grüßte sie Menschen, die draußen gerade ihre Wäsche aufhängten oder eine Zigarette rauchten. Eugénie rümpfte die Nase, als sie den Müll sah, der überall herumlag. Mitten im widerlichen Gestank nach Abfall, der zu lange in der Sonne gelegen hat, türmten sich Stoff- und Geschirrhaufen, Holzfässer, Berge aus Schutt und Metall. Erschrocken wich sie zurück, als ihr eine abgemagerte Katze in den Weg sprang, worüber sich ihre Cousine und ihr Cousin sehr amüsierten.

»Also, wenn du dauernd vor jeder Kleinigkeit Angst hast, steht dir hier noch was bevor«, stellte René fest. »Die war hinter ner Ratte her.«

Eugénie merkte, dass ihr die Gesichtszüge entglitten, doch sie schwieg. Schreien hätte auch nichts genützt. Vor einer Baracke, die kaum besser war als die anderen, blieben sie stehen. Aus einer Öffnung ragte ein Ofenrohr, und eine zerbrochene Scheibe war mit einem Stück Karton abgedichtet.

»Maman?«, rief Charlaine und schob den Vorhang zur Seite, der in der geöffneten Eingangstür hing.

Tante Antoinette tauchte auf, und Eugénie sah sie irritiert an. War diese alte Frau wirklich die Schwester ihres Vaters? Mit ihren fünfundvierzig Jahren sah sie aus wie sechzig. Ihre faltige Haut und das graumelierte Haar zeugten von harten Lebensbedingungen. Die Augen, grau wie ein Gewitterhimmel, waren erloschen. Zum Glück schenkte sie Eugénie ein offenherziges Lächeln, wenn ihr auch der eine oder andere Zahn fehlte.

»Meine Nichte!«, rief sie und umarmte Eugénie. »Nun komm schon rein! Bei der Hitze hast du doch bestimmt Durst.«

Der Sommer war wirklich außergewöhnlich heiß, und die Vorstädte verwandelten sich in Glutöfen. Nachdem sie Eugénies Gepäck hereingeholt hatten, stellte Antoinette einen Wasserkrug auf den Tisch, der in der Mitte des Zimmers stand, und Eugénie überreichte ihr die Lebensmittel, die ihr die Mutter mitgegeben hatte.

»Die Pasteten habe ich gemacht«, fügte sie hinzu.

Charlaine und René reckten auffallend interessiert und mit glänzenden Augen die Hälse; Eugénie hätte darauf gewettet, dass die beiden sich nicht oft satt aßen.

»Das war doch nicht nötig«, bedankte sich Antoinette.

»Doch, doch, ein Esser mehr, so selbstverständlich ist das nicht«, beteuerte Eugénie und konnte sich dabei einen misstrauischen Blick auf ihre neue Umgebung nicht verkneifen.

Der Raum mit den verrußten Wänden, in dem sie sich befanden, hatte etwas von einem Trödelladen, wo sich Zeugen eines ganzen Lebens versammelt hatten, ein Tisch, ein Ofen, ein Sessel, Stühle, zusammengewürfeltes Besteck und ein schiefer Schrank. Töpfe und Holzzuber. Ein an der Wand befestigtes Kreuz. In dem zweiten Zimmer, das wahrscheinlich noch kleiner war, vermutete Eugénie ein Bett und Strohmatratzen.

Der Tante war Eugénies verunsicherter Blick nicht entgangen, und sie schickte Charlaine und René hinaus. »Holt euren Vater, der hockt bestimmt in der Schenke.«

Antoinettes autoritärer Ton erinnerte Eugénie an ihre Mutter. Ach, wie sehr würde ihr die Mutter hier fehlen, an diesem trostlosen Ort, wo es nach Abfall und ranzigem Fett roch!

»Warum denn? Wieso können wir nicht bleiben?«, protestierte Charlaine. »Wir wissen doch, warum sie hier ist, wozu die Heimlichtuerei?«

Der durchdringende Blick ihrer Cousine ließ Eugénie erröten.

»Los, keine Widerrede!«, schimpfte Antoinette. »Und erzählt bloß nicht weiter, dass Eugénie Essen mitgebracht hat.«

Als ihre Kinder gegangen waren, nahm sie neben ihrer Nichte Platz.

»Hier nagen alle am Hungertuch, jeder schielt auf das, was der Nachbar hat«, erklärte sie. »Man muss aufpassen, dass man keinen Neid erregt, verstehst du?«

Wo um Gottes willen war sie hier gelandet? »Ja, verstehe«, erwiderte Eugénie, die Stimme heiser vor Angst.

»Oh, ich kann mir gut vorstellen, dass es ein Schock für dich ist. Ich hab deinem Vater nicht alles gesagt.« Schmerz und Scham spiegelten sich im Gesicht der Tante.

Was für ein Elend! Eugénie konnte nur noch den Kopf schütteln. »Weißt du, Tante Antoinette, er wäre dir nicht böse gewesen, wenn du mich nicht aufgenommen hättest.«

Was ihre Tante mit einer energischen Geste vom Tisch wischte. »Red keinen Unsinn. Wenn die Familie dir nicht hilft, wer hilft dir dann? Sag's mir!«

»Aber es ist doch unübersehbar, dass ich eine weitere Last für euch bin. Wo ihr doch so schon ...« Sie hielt inne, um die Tante nicht zu kränken.

»Schon was? Ein kümmerliches Leben führen? Da kann man doch trotzdem füreinander einstehen.«

»Warum hast du Papa nichts gesagt?«, beharrte Eugénie. »Ich hätte noch mehr Essen mitbringen können!«

»Wir wollen keine Almosen«, sagte Antoinette und sah sie dabei nicht gerade freundlich an. »Wir müssen uns selbst durchschlagen, so ist das nun mal.«

Betroffen nippte Eugénie an ihrem Wasser. Antoinettes Resignation machte ihre Lage noch belastender. Wäre ihr Vater auf dem Laufenden gewesen, hätte er ihnen in all dem Elend nicht auch noch seine Tochter aufgezwungen.

»Wie ist es dazu gekommen?«, traute sie sich schließlich zu fragen. »Ich weiß, dass du deine Arbeit verloren hast, aber ...«

Leise schniefend blickte Antoinette auf ihr Glas.

»Ich bin zu alt und zu ausgelaugt, mich nimmt keiner mehr«, sagte sie lakonisch. »Und deinen Onkel, der nur mit einem Arm aus dem Krieg zurückgekommen ist, den will auch keiner einstellen. Dieser elende Krieg! Angeblich haben wir ihn ja gewonnen, von wegen! Der hat uns alles genommen. Alles.«

Ihre Stimme klang zutiefst verbittert. Es war ein Gefühl, das Eugénie nur teilen konnte, wenn sie an die verheerenden Folgen des Krieges dachte. Man hatte die Soldaten, all diese Männer, die für ihr Land gekämpft hatten, mit Orden geschmückt. Aber was waren das für Helden? Traumatisierte Krüppel ohne jede Zukunft ... Man konnte sich durchaus die Frage stellen, was daran eigentlich so glorreich war.

»Und dein Vater?«, fragte Antoinette. »Wie kommt der zurecht?«

»Der hat ein dickes Fell. Seine Verletzung macht ihm manchmal Probleme, aber er arbeitet wie ein Besessener. Als er zurückgekommen ist, hat er uns gesagt, dass der Krieg ein furchtbares Gemetzel war. Seitdem hat er nie wieder darüber gesprochen.«

Ihre Tante nickte.

»So ähnlich wie mein Théodore. Was die da erlebt haben, ist abscheulich. Das wollen die lieber vergessen.«

»Aber können sie das?«

Es folgte ein tiefes, nachdenkliches Schweigen, bis Antoinette wieder aus ihren Gedanken auftauchte.

»Nun ja«, sagte sie und erhob sich. »Das Abendessen kommt trotzdem nicht von allein auf den Tisch.«

»Ich helfe dir«, erklärte Eugénie und griff schon nach einem Messer, um das Huhn zu zerlegen, das ihre Tante bereits gerupft hatte.

In den darauffolgenden Tagen versuchte Eugénie nach besten Kräften, sich an diesen seltsamen, deprimierenden Ort zu gewöhnen, den man »die Zone« nannte. Was keine leichte Aufgabe war, denn es gab hier kaum etwas, was sie nicht verwirrt und abgestoßen hätte. Aus den benachbarten Baracken hörte man ständig Stimmen, es gab überhaupt keine Intimsphäre. Wäsche wurde draußen vor aller Augen zum Trocknen aufgehängt. Eugénie hatte es noch nicht fertiggebracht, ihren Eltern einen ersten Brief zu schicken; jedes Mal, wenn sie den Stift ansetzte, drohte sich eine Flut von Traurigkeit über das Papier zu ergießen. Diese furchtbaren Lebensbedingungen überstiegen alles, was sie sich bis dahin hatte vorstellen können.

Vor nicht einmal hundert Jahren, so erzählte ihr der Onkel eines Abends, waren zur Verteidigung der Stadt rings um Paris Befestigungsanlagen errichtet worden, die sich 1870 im Krieg gegen Preußen schließlich als untauglich erwiesen hatten. Was ein Glück für das Heer der Zukurzgekommenen gewesen war, die nicht gezögert hatten, diesen unbebauten, verlassenen Stadtgürtel in Besitz zu nehmen. So waren hier Zonen des Elends entstanden, in denen sich der Abschaum des einfachen Pariser Volks tummelte, für das es in der sich wandelnden Hauptstadt keinen Platz mehr gab. Hier verkehrten Weinhändler, Arbeiterfamilien und sogar Landstreicher miteinander, die alle gezwungen waren, mühsam ihr Leben zu fristen. Eugénie musste lernen, auf diesem Brachland ohne jede Infrastruktur und ohne jeden Komfort in unguter Enge mit diesen Menschen zusammenzuleben.

Bei allem Widerwillen, den sie gegen die Zone hegte, bemerkte sie bald, dass ihre Bewohner durchaus Mittel und Wege fanden, ein bisschen Geld zu verdienen. Manche von ihnen stellten Körbe oder kleine Möbelstücke her, die sie verkauften. Doch die eigentlichen Aktivitäten begannen schon gegen fünf Uhr morgens, wenn die sogenannten Lumpensammler aufbrachen. Zwei Tage nach ihrer Ankunft bemerkte Eugénie, dass ihre Cousine und ihr Cousin schon weit vor Tagesanbruch aufstanden. Als sie ihr erklärten, dass sie nun arbeiten gingen, machte Eugénie keinen Hehl aus ihrer Verwunderung.

»Ich dachte, du kümmerst dich gemeinsam mit deiner Mutter um den Haushalt«, flüsterte sie Charlaine leise zu, um ihren Onkel nicht zu wecken.

»Tja, da hast du dich eben getäuscht«, erwiderte ihre Cousine schroff. »Von irgendwas müssen wir ja leben.« Als sie Eugénies Verwirrung sah, wurde sie etwas milder und erklärte ihr, dass sich viele Leute aus der Zone mit dem Sammeln und Sortieren von Müll ihr Brot verdienten.

»Es gibt verschiedene Gruppen. Die einen kümmern sich zum Beispiel um alles, was Bäche und Flüsse so mit sich führen. Andere, zu denen wir gehören, sammeln das ein, was auf Straßen und Plätzen zu finden ist.«

Lumpen, Knochen, Papier, alles wurde eingesammelt. Anschließend wurden die Funde drei Kategorien zugeordnet: Papier, Glas, Kleinkram.

»Altmetall behalten wir nicht«, erklärte Charlaine weiter, »das geht direkt in die Wiederverwertungsfabriken, die uns dafür bezahlen.«

Je länger Eugénie ihr zuhörte und Einblicke in die Schwierigkeiten dieser Arbeit gewann, desto ernster wurde sie. Angesichts dieses anstrengenden Alltags überraschte es sie nicht mehr, dass ihre Cousine manchmal so schroff im Umgang war.

»Ich könnte vielleicht bei euch mitarbeiten«, schlug sie vor.

René hätte fast seinen Kaffee ausgespuckt. »Du?«, sagte er, als hätte Eugénie angeboten, einen Ochsen für ihn zu schleppen. »Da würdest du keine zwei Stunden durchhalten.«

»Ich bin zäh und kann hart arbeiten«, erwiderte sie beleidigt, dass man ihr so wenig Wertschätzung entgegenbrachte.

»Kommt nicht in Frage«, sagte Charlaine. »Du bist nicht wie wir, und dein Vater hat dich nicht hergeschickt, damit du so wirst.«

Eugénie seufzte enttäuscht. »Ich kann hier nicht untätig herumsitzen! Und ich weiß nicht mal, an wen ich mich wenden könnte, um Arbeit zu finden, hier gibt es ja nichts.«

Ihrer Cousine war anzumerken, dass sie sich zusammenreißen musste, um nicht aus der Haut zu fahren; schließlich riet sie ihr, einfach die Augen aufzuhalten.

»Es gibt Nachbarn, die sonntags Verwandtenbesuch bekommen. Wenn irgendwo eine Stelle zu besetzen ist, erfährt man das schnell. Aber genug geredet, Bäuerin«, beendete sie das Gespräch und band sich ein Kopftuch um. »Wir müssen los, damit uns die anderen nicht die Butter vom Brot nehmen.«

Eugénie blickte ihnen nach, bis das Dunkel der Nacht sie verschluckt hatte. Sie fühlte sich vollkommen überfordert. Aber wie sollte sie sich auch in dieser Welt zurechtfinden, von deren Existenz sie vor achtundvierzig Stunden nicht einmal gewusst hatte? Hier herrschten Regeln, die sie nicht kannte, und sie wusste nicht, wie sie diesen Leuten begegnen sollte, von denen die meisten ziemliche Verbrechervisagen hatten. Es seien anständige Menschen, hatte ihr der Onkel versichert, aber durch die Tücken und Gemeinheiten des Lebens hätten sie das Lächeln verlernt.

Am Freitagabend fand Eugénie nicht in den Schlaf. Immer wieder ging sie mit sich zu Rate, wie und ob sie ihren Eltern schreiben und sie anflehen sollte, sie heimkehren zu lassen. Sie spürte eine solche Leere, dass sie sich schwer atmend auf ihrem Strohbett hin und her wälzte. Charlaine, die nicht weit von ihr lag, stieß einen Seufzer aus.

»Kannst du nicht leiser sein?«, flüsterte sie gereizt.

Eugénie zog es vor aufzustehen. Es würde ihr guttun, ein bisschen vor die Tür zu gehen, sie bekam keine Luft in dieser stickigen, engen Behausung. Die Nacht war hell und die Temperatur draußen gerade recht für einen nächtlichen Spaziergang. *Ich darf mich nur nicht zu weit entfernen*, dachte sie, während sie durch das Holztörchen trat, das die Grenze des Grundstücks markierte.

»Na, Hübsche, gehste spazieren?«

Sie zuckte zusammen: Wie aus dem Nichts waren zwei junge

Männer vor ihr aufgetaucht. Beide hatten eine Zigarette im Mundwinkel und trugen ein Tuch um den Hals. Eugénie hatte gerade erst einen Schritt getan. Reflexhaft legte sie ihre Hand auf das Törchen und bereitete sich darauf vor, wieder Zuflucht in der Baracke zu suchen. Eine Narbe zog sich über die Wange des jungen Mannes, der sie angesprochen hatte, und seine dunklen Augen flößten ihr alles andere als Vertrauen ein.

»Ich schnappe nur ein bisschen frische Luft«, murmelte sie und schluckte nervös.

Sein Kompagnon verzog den Mund zu einem durchtriebenen Grinsen.

»Und wir haben uns ein bisschen verlaufen«, sagte er. »Vielleicht könntest du uns ein Stück begleiten, damit wir den Weg wiederfinden?«

»Ich bin nicht von hier«, antwortete sie, jetzt mit festerer Stimme.

Eugénie war nicht auf den Kopf gefallen. Sie hatte nicht das geringste Verlangen, diesen beiden windigen Burschen zu folgen.

»Eine Neue!«, rief der Erste aus und begutachtete sie wie ein Stück Fleisch. »Das wird ja immer besser. Du bist ziemlich hübsch, auch das sollte man nicht außer Acht lassen.«

In diesem Moment öffnete sich die Barackentür und Charlaine tauchte auf. »Eugénie!«, blaffte sie. »Geh rein!«

Ihre Cousine war nur drei Jahre älter, doch ihr strenger Ton duldete keinen Widerspruch. Ihre Augen flackerten vor Wut.

»Und ihr Schweinehunde«, fügte sie in Richtung der beiden jungen Männer hinzu, »lasst lieber eure schmutzigen Pfoten von ihr.«

»Schon gut«, sagte der Bursche mit dem Narbengesicht und hob beschwichtigend beide Hände. »Ich wusste nicht, dass sie zu deiner Familie gehört.«

»Von jetzt an weißt du's! Immer bereit, irgendein mieses Ding zu drehen, diese Kerle«, schimpfte sie vor sich hin, während die beiden sich entfernten.

In gefügigem Schweigen folgte Eugénie ihrer Cousine.

»Gott im Himmel, bist du eigentlich von allen guten Geistern verlassen?«, zeterte Charlaine, als sie wieder drinnen waren.

»Sei doch leise«, protestierte Eugénie, »du weckst noch deine Eltern.«

»Das würde mich wundern, so wie die ihren Rausch ausschlafen.«

Tatsächlich hatte das gleichmäßige Schnarchen im Schlafzimmer um keinen Deut nachgelassen. Außer sich vor Wut durchmaß Charlaine das Zimmer, während sie ihre jüngere Cousine ins Gebet nahm. »Weißt du eigentlich, wer diese Kerle sind?«

»Ich ... Nein ... also ...«

»Nein, natürlich weißt du's nicht!« Charlaine riss vor Wut die Arme hoch. »Die gehören zu den Apachen, du Trottel!«

Als Eugénie den Namen dieser Bande hörte, der ein unseliger Ruf vorauseilte, starrte sie ihre Cousine ungläubig an. In den Illustrierten hatte sie gelegentlich Berichte über die Untaten gelesen, die einige dieser Kriminellen begangen hatten, ehe sie im Zuchthaus gelandet waren.

»Ich dachte nicht, dass die noch immer ihr Unwesen treiben«, gab sie betreten zu.

»Dann versuch in Zukunft, besser und klarer zu denken!« Charlaine war immer noch außer sich vor Wut. »Nachdem man sie an vorderster Front als Kanonenfutter in den Norden geschickt hat, sind die, die zurückgekommen sind, noch ausgehungerter als vorher. Und zwar in jeder Hinsicht!«

Schlägereien zwischen rivalisierenden Banden, Trinkgelage, Diebstahl, Vergewaltigungen, so sah der Alltag dieser jungen Männer aus, die sich niemandem unterordnen wollten.

»Die denken, dass ein Mädchen, das abends allein spazieren geht, ihnen gehört«, fuhr Charlaine fort. »Ich würde an deiner

Stelle nach Einbruch der Dunkelheit keinen Fuß vor die Tür setzen, wenn du dich nicht auf dem Strich wiederfinden willst. Sei niemals nett zu denen. Nie!«

Als Eugénie klar wurde, in was sie da beinahe hineingeraten wäre, hörte sie ihr Blut im Kopf rauschen. In die Prostitution wäre sie geraten, nicht mehr und nicht weniger! An diesem verruchten Ort taten sich wahrlich Abgründe auf. Wenn ihre Cousine nicht gekommen wäre ...

»Warte mal«, sagte sie, immer noch fassungslos, als Charlaine bereits Anstalten machte, sich wieder schlafen zu legen. »Wenn diese Apachen so gefährlich sind, warum hat dir der hier dann aus der Hand gefressen?«

Ein Anflug von Lächeln huschte über Charlaines Gesicht. »Er frisst mir nicht aus der Hand. Er respektiert mich, seit ich letztes Jahr seine Schwester gesund gepflegt habe.«

»Du bist Krankenschwester?«, wunderte sich Eugénie.

»Nein, eigentlich nicht, aber meine Mutter hat mir beigebracht, wie man Heilpflanzen einsetzen kann. Als Josephs Schwester krank wurde – so heißt der mit der Narbe im Gesicht –, ist er zu mir gekommen. Ich habe ihn losgeschickt, mir das zu holen, was ich brauchte, und er hat es ohne Murren gemacht. Er sagt, dass sie ohne mich sicher gestorben wäre. Seine Schwester hat ihn großgezogen, verstehst du ...«

»In Sachen Erziehung hat man wohl schon größere Erfolge gesehen«, sagte Eugénie sarkastisch.

Charlaine lachte, und Eugénie merkte, dass ihre Stimme plötzlich auffallend lebendig klang und sie zudem ein wenig errötet war. Ein Fieber, mit dem Eugénie selbst schon Bekanntschaft gemacht hatte, schien ihre Cousine gepackt zu haben; ein Fieber, von dem man glänzende Augen und Herzklopfen bekam. Hatte sie sich etwa ...?

»Gütiger Jesus, Charlaine! Kann es sein, dass du dich in Joseph verguckt hast?«

Ihre Cousine wich zurück, als hätte ihr jemand einen Eimer kaltes Wasser ins Gesicht gekippt.

»Hör doch auf, der ist ein Krimineller!«, protestierte sie. »Gewalt ist das Einzige, was er kennt.«

»Sicher, aber so absurd wäre es auch wieder nicht. Wenn man von der Narbe und von seiner gefährlichen Ausstrahlung mal absieht, ist er ein hübscher Kerl, gib's zu.«

Charlaine wurde hochrot; sie sank seufzend auf einen Stuhl.

»Selbst wenn ich ... mich in Joseph verguckt habe, wie du sagst ... ich lehne es ab, mit solchen Kerlen Umgang zu haben. Ich bin doch nicht blöd, mit so einem erwartet dich nichts als Ärger. Also, ja, als ich seine Schwester gepflegt habe, hatte ich das Gefühl, einen Hauch von Menschlichkeit bei ihm zu erkennen, und das hat mich vielleicht ein bisschen durcheinandergebracht. Aber ich kann diese Gauner nicht leiden, diese Nachtschwärmer ohne jeden Glauben und ohne jede Moral.« Sie hielt kurz inne. »Es macht mich fuchsteufelswild, wie die ihr Leben gestalten!«, fügte sie dann heftig hinzu.

Eugénie warf ihr einen mitfühlenden Blick zu. Auch ihre Cousine hatte also schon die Qualen einer unmöglichen Liebe kennengelernt.

»Aber du hältst den Mund, Bäuerin, hörst du?«, ermahnte Charlaine sie besorgt.

»Es würde mir nicht zustehen, etwas anderes zu tun.«

Charlaine sagte keinen Ton, sondern starrte mit gesenktem Blick auf die alte hölzerne Tischplatte. Mit einem Mal wirkte sie zögerlich. Erst nach langem Schweigen fragte sie: »Hast du ihn geliebt, den Jungen, mit dem du diesen Fehltritt hattest?«

Eugénie zuckte mit den Schultern. »Ob ich ihn geliebt habe oder nicht, ändert nichts an der Sache. Er wird ein Mädchen heiraten, das er geschwängert hat.«

Charlaine verzog das Gesicht. »Wenn der dir auch ein Kind gemacht hat, sitzt du aber verdammt in der Tinte. Wie ist das für dich? Zu wissen, dass der auch bei einer anderen war? Bist du wütend oder traurig?«

Eugénie fürchtete, wieder in Tränen auszubrechen. Es fiel ihr schwer, darüber zu sprechen, wo sie doch gerade versuchte, die flüchtigen Glücksmomente, die sie in Jeans Armen erlebt hatte, zu vergessen.

»Ich mag nicht drüber reden«, murmelte sie.

»Mach, was du willst. Die Liebe ist jedenfalls nicht das, was dir am meisten nützen wird, wenn du hier wieder rauswillst.«

Nach diesem vertraulichen Gespräch, zu dem die intime Atmosphäre der Nacht sicherlich beigetragen hatte, kam Charlaine nicht mehr auf das Thema zurück. Das Leben mit seinen Fragen und Ungewissheiten nahm weiter seinen Lauf.

9

»Na los, Arverner, komm schon, tanz mal mit meiner Cousine!«

Sichtlich amüsiert nahm Charlaine den etwas schüchternen jungen Mann aufs Korn, der sich zu ihrer Gruppe von Freunden gesellt hatte. Éugénies Ankunft lag nun zwei Wochen zurück, und an diesem Sonntag hatte sie eingewilligt, mit auf das Fest zu gehen, das in der Nähe des Pont de la Vallée stattfand. So hatten Charlaine und René ihre Cousine also in das Tanzlokal geschleppt, das an Sonntagen ihr Lieblingstreffpunkt war.

»Ich habe eigentlich keine Lust zu tanzen«, protestierte Eugénie, der die Ausgelassenheit ihrer Cousine unangenehm war.

Im Übrigen sah sie ja, dass Marcel, der den Spitznamen Arverner seinen familiären Wurzeln in der Auvergne verdankte, allein bei der Vorstellung, sich hier mit einer Unbekannten zur Schau zu stellen, am liebsten im Erdboden versunken wäre. Seine Reserviertheit hob ihn deutlich von den anderen ab, die gekommen waren, um ungehemmt ihren Spaß zu haben. Besonders die Jüngeren vergnügten sich übermütig auf der Tanzfläche und versuchten hier und da, ein hübsches Mädchen zu verführen oder einen jungen Kerl, der aus der Menge hervorstach. Man tanzte wie in der guten alten Zeit, sang Lieder über die Frauen, die Bistros und die Liebe beim sonntäglichen Schwofen. Man drehte sich zu den Klängen von *L'Hirondelle du Faubourg*, einem Chanson, das hier jeder kannte und mochte.

»Besonders lustig bist du ja nicht gerade«, seufzte Charlaine, während sie Marcel nachschaute, wie er in Begleitung von René zum Ausschank ging, um ein kühles Zitronenwasser zu trinken.

Die beiden jungen Männer stellten sich dort zu einer Gruppe von Arbeitern, die gerade über die neusten Ereignisse redeten. Vor ein paar Tagen war der Pilot Charles Godefroy mit einem

Jagdflugzeug mitten durch den Triumphbogen geflogen, ein Spektakel, das nicht nur Erstaunen, sondern auch Verärgerung ausgelöst hatte. Denn dem Land ging es schlecht, in den letzten drei Monaten waren dreihunderttausend Arbeiter in den Streik getreten, damit das Gesetz über die Einführung des Achtstundentages endlich umgesetzt wurde. Vergebens. Es hatte Verletzte und sogar Tote gegeben, aber die Unternehmer hatten wieder einmal gesiegt. Nach einhelliger Meinung war es schon seltsam, wie hier mit Männern umgegangen wurde, die man gerade noch zur Verteidigung des Vaterlands in den Krieg geschickt hatte. Dass man sie jetzt dermaßen schikanierte.

Eugénie ließ ihren Blick über die Tanzfläche schweifen. »Das Narbengesicht ist aber nicht gekommen«, stellte sie fest.

»Die Schnüffler haben ihn auf dem Kieker«, erwiderte Charlaine, womit sie die Polizeipatrouillen meinte, die versuchten, den verruchten Pöbel zur Ordnung zu rufen. »An einem der letzten Abende ist es wegen einer Frau zu einer Prügelei gekommen. Er taucht jetzt für ein paar Tage ab, um wieder in Vergessenheit zu geraten. Gehen wir spazieren?«

Eugénie folgte ihr, und so schlenderten die beiden los, um sie herum ein vergnügungs- und schaulustiges Völkchen. Die Atmosphäre war heiter, vollkommen anders als unter der Woche: ein fröhlicher Aufmarsch von *Moules-Frites*-Verkäufern, Wahrsagerinnen und fliegenden Händlern, die Bonbons und Luftballons an die Leute brachten. Als die beiden an einem übelriechenden Rinnsal vorbeikamen, überraschten sie dort ein leise streitendes Paar. Das Tuch um den Hals des Mannes und das vorzeitig gealterte Gesicht der Frau ließen keinen Zweifel an ihrem jeweiligen Metier. Irgendwo ertönte gellendes Gelächter, das zu ihnen herüberhallte und den Streit des Paars überlagerte. Von Alkoholschwaden und Musik umweht hatte man hier seinen Spaß und redete sich ein, dass dies das Leben war.

Nachdem die Cousinen eine Weile umhergegangen waren, stiegen sie auf einen der früheren Verteidigungswälle und setzten sich, um ein paar gebrannte Mandeln miteinander zu teilen. Nicht weit von ihnen war ein betrunkener Mann eingenickt; er schnarchte selig vor sich hin, was bei den beiden Heiterkeit auslöste. Eugénie hatte inzwischen gelernt, Charlaine zu schätzen, denn hinter ihrer vermeintlichen Härte verbarg sich ein Mensch, der nur darauf wartete, sich in einem günstigeren Umfeld zu entfalten. Charlaine hatte sich auf dem verdorrten Gras ausgestreckt und für einen Moment die Augen geschlossen. Währenddessen genoss Eugénie schweigend die durchaus interessante Aussicht, die diese alten Befestigungsanlagen boten. Am Horizont glitzerte die Seine, und in der Ferne ließen sich Äcker, Wiesen und Weiden erahnen. Im Grunde war man hier fast auf dem Land. Allein der Anblick der Landschaft machte Eugénie das Atmen leichter.

»Sag mal«, wandte sie sich zu Charlaine, »warum hast du neulich gesagt, ich wäre nicht so wie ihr?«

Charlaines Antwort auf Eugénies Vorschlag, mit ihnen arbeiten zu gehen, hatte ihr im ersten Moment nichts ausgemacht, sie hatte darin nur eine spöttische Bemerkung gesehen. Aber nach und nach war sie darüber doch ins Grübeln gekommen.

Charlaine stützte sich auf die Ellbogen und musterte ihre Cousine einen Moment lang wie eine Vollidiotin. Schließlich sagte sie ungerührt: »Weil du nicht so bist wie wir, so ist es halt. Dir steht eine ganze Welt offen.«

Eugénie runzelte die Stirn. »Wovon redest du?«

Charlaine deutete mit einer ausholenden Bewegung auf die Leute um sie herum. »Sind dir die resignierten, apathischen Gesichter noch nicht aufgefallen? Die Armut zerfrisst sie, die Armut nagt an uns allen. Aber nicht an dir, du bist anders, weil du noch nicht lange genug hier bist. Deshalb musst du auch abhauen, ehe es zu spät ist.«

»Ich hätte einfach gern mein Landleben wieder«, sagte Eugénie leise, mehr zu sich selbst.

»Was bist du nur für eine Träumerin!«, erwiderte Charlaine etwas gereizt. »Genau, du erinnerst mich an Marcel.«

»Was soll das, wieso kommst du mir mit Marcel! Der wirkt immer so nachdenklich. Wobei er – ich habe ihn ja kaum gesehen – ein anständiger Kerl ist, glaube ich, und er sieht gut aus. Ja, genau, ich bin mir sicher, der wär was für dich!«

Der Junge war zwar nicht besonders kräftig, aber wie auch, in der Zone konnte man sich ja kaum satt essen.

Charlaine gab ein Geräusch von sich, das einem Lachen ähnelte. »Der wär was für mich!«, wiederholte sie. »Du hast vielleicht Ideen! Nein, ich bleibe lieber allein. Die Männer bremsen einen doch nur, wenn man als Frau auch leben will.«

Eugénie sah ihre Cousine misstrauisch an. Sie war sich nicht sicher, ob sie diese Ansicht teilte, die für ihren Geschmack sehr zugespitzt war.

»Ist doch wahr!«, fuhr Charlaine fort. »Die Männer entscheiden alles, die wollen nicht mal, dass wir wählen gehen, als wären wir nicht in der Lage, eine politische Meinung zu haben. Aber malochen dürfen wir, solange sie Krieg führen! Um uns danach die scheinbare Unabhängigkeit gleich wieder wegzunehmen. Darin sind sich alle schön einig. Findest du das etwa normal?«

Ja, als Eugénie sich von Jean hatte verführen lassen und dafür bestraft worden war, hatte sich schon etwas in ihr aufgebäumt. Aber inzwischen war sie sich nicht mehr so sicher, ob dieser Groll wirklich seine Berechtigung hatte. Es war schließlich schon immer so gewesen. Die Männer trafen die Entscheidungen, Punkt. Solange die Sonne im Osten auf- und im Westen unterging, gab es keinen Grund, warum sich daran etwas ändern sollte.

Charlaine schien Gedanken lesen zu können. »Schau doch nur, was dir passiert ist, Bäuerin! Wegen einem Mann hat ein anderer Mann über dein Schicksal entschieden. Die pfeifen drauf, was *du* gewollt hättest. Nein, ich bleibe lieber frei. Heiraten bedeutet doch nur Unterwerfung.«

Nachdenklich neigte Eugénie den Kopf zur Seite. »Du wirst nie frei sein, Charlaine«, erwiderte sie schließlich. »Auch wenn du nicht heiratest. Dann hängst du immer noch von deinem Vater ab.«

»Das ist nicht dasselbe. Mein Vater hat anscheinend nicht nur seinen Arm, sondern auch seine Autorität an der Marne verloren.« Ihr Blick war traurig. »Aber um auf Marcel zurückzukommen, der braucht ein nettes Mädchen. Ich bin zu …«

Sie suchte nach einem passenden Wort.

»Zu hart?«, schlug Eugénie vor.

»Lassen wir's mal so stehen. Das Leben hier prägt einen jedenfalls. Und Marcel ist in einer anderen Welt groß geworden.«

»Ach, ja?«

Charlaine riss einen Grashalm ab und begann, ihn zwischen Daumen und Zeigefinger zu drehen. »Vor dem Krieg hatte seine Familie eine kleine Patisserie. Seine Mutter hat sie während des Kriegs so gut sie konnte am Laufen gehalten. Aber letztes Jahr ist sie an der Spanischen Grippe gestorben. Ihre beiden Männer hat sie nicht mehr wiedergesehen.«

»Das ist traurig.«

»Und das Allertraurigste ist, dass immerhin Marcel zwar unverletzt aus dem Krieg zurückgekommen ist, sein Vater aber sehr viel weniger Glück hatte: Er hat eine Maschinengewehrsalve mitten ins Gesicht gekriegt.« Sie schauderte.

»Ein Gesichtsversehrter …«, flüsterte Eugénie.

»Ja. Ohne die Kapuze mit den Augenschlitzen geht er nicht auf die Straße.«

»Großer Gott! Ist es so schlimm?«

Eugénie waren schon einige Kriegsversehrte begegnet. Bei Charlaines Vater hing ja auch ein Ärmel schlaff herunter. Irgendwann gewöhnte man sich daran. Aber einen Gesichtsversehrten hatte sie noch nie gesehen.

»Ich hab ihn einmal überrascht, als Marcel ihm gerade mit einem Lappen das Gesicht gewaschen hat«, sagte ihre Cousine. »Es ist grauenvoll, der Arme. Kuchen verkaufen ging natürlich nicht mehr, und so ist er hier gelandet. Marcel hilft Papa mit den Ratten, so verdient er ein bisschen was.«

»Die Ratten. Natürlich.«

Vor ein paar Tagen hatte Eugénie erfahren, dass sich Onkel Théodore an der Jagd auf Ratten beteiligte. Pro Schwanz brachte ihm das fünfundzwanzig Centimes, weshalb manche Leute sogar Ratten züchteten. Als Eugénie das hörte, verschlug es ihr die Sprache. Doch inzwischen hatte sie begriffen, in welchem Ausmaß dieser Zweig ihrer Familie verelendet war. Man brauchte sich nur Charlaine anzuschauen, die sich einen dicken Panzer zugelegt hatte, hinter dem sie die Wut darüber verbarg, dass sie ihre ganzen Jugendträume hatte begraben müssen. Oder René, der viel zu schnell erwachsen werden musste. Was Théodore betraf, so ließ er das Leben nur noch über sich ergehen, Tag für Tag, als hätte er nicht mehr die geringste Entscheidungsgewalt. Wenn er nicht die Baracke verließ, um Rattenfallen aufzustellen oder sich mit anderen Männern einen hinter die Binde zu kippen, saß er in seinem Sessel und kaute gedankenverloren an seiner Pfeife. Antoinette wiederum trank zu viel billigen Wein, um ihr Unglück und ihre Scham darin zu ertränken; wenn man nur tief genug ins Glas schaute, konnte man alles vergessen. Eugénies Vater hätte sie zweifelsohne als Säuferin bezeichnet.

Mit jedem Tag wuchs Eugénies Angst, dass sie die Zone, die ihre Bewohner kaputtmachte, nie mehr verlassen würde. Ihr fehlten die Äcker und Wiesen, und sie sehnte sich nach dem Hof, wo der Klang der Jahreszeiten den Rhythmus des Lebens bestimmte. So hart dort die Arbeit auch war, fand man doch immer Trost darin, am Abend in der Wärme der Küche hinter beschlagenen Scheiben bei einer dicken Suppe zusammenzusitzen. Hier dagegen fürchtete sie sich vor dem Winter, der kälter und feuchter sein würde als überall sonst. Ihr Vater musste einfach akzeptieren, dass sie wieder nach Hause kam, eine andere Lösung sah Eugénie nicht.

Als Eugénie an diesem Morgen aufwachte, mussten erst ein paar Sekunden verstreichen, bis sie begriff, was da gerade mit ihr geschah. Doch dann trat ein Lächeln in ihr Gesicht. Der feuchte rote Fleck, der sich in der Nacht gebildet hatte, war unmissverständlich: Sie erwartete kein Kind! Hätte sie nicht fürchten müssen, dass man sie für verrückt halten würde, wäre sie aufgesprungen und durchs Zimmer getanzt. Die Neuigkeit war Balsam für ihre Seele. Nun konnte sie endlich ihren Eltern schreiben! Es war schon Ende August, die Ernte war vermutlich weitestgehend geschafft, und Eugénie wusste nicht einmal, wie sie ausgefallen war. Hatte es noch mehr Gewitter gegeben oder war der Weizen davon verschont geblieben? Es war eine bittere Erkenntnis, dass sie nach gerade mal drei Wochen komplett von ihrer ländlichen Heimat abgeschnitten war. *Aber es wird nicht mehr lange dauern*, dachte sie zuversichtlich. Bald würde sie wieder zu Hause sein.

»Du bist aber vergnügt heute Morgen«, bemerkte Antoinette, die gerade den Kaffee machte.

Eugénie zögerte; sie wollte ihre Tante nicht mit ungelenken Worten und allzu sichtbaren Freudenbekundungen verletzen.

»Na ja, also ... ich glaube, dass ich wieder auf den Hof zurückkehren kann.«

»Hat dir dein Vater geschrieben?«, fragte Antoinette.

»Nein, aber ... ich bin nicht schwanger«, antwortete sie im Flüsterton, um ihrem Onkel, der nebenan seine Morgentoilette machte, solcherlei Details zu ersparen.

Antoinette seufzte leise und füllte ihre Blechtasse mit Kaffee.

»Nun ja, das ist gut ...«, fing sie an. Ihre Stimme klang nicht gerade erfreut. »Aber nach Cressigny wirst du trotzdem nicht zurückkehren können.«

Vor Schreck musste sich Eugénie an einer Stuhllehne festhalten. »Warum sagst du das?«, fragte sie, den Tränen nahe.

Wortlos stand ihre Tante auf, öffnete die Schublade der Anrichte und nahm einen Brief heraus. »Lies«, befahl sie. »Dann wirst du sehen, dass ich nicht gemein zu dir bin, sondern dir einfach nur die Wahrheit sage.«

Eugénie faltete das Blatt auseinander und erkannte die Schrift ihres Vaters. Es war der Brief, in dem er Antoinette darum gebeten hatte, seine Tochter bei sich aufzunehmen. In knappen Worten schilderte er die Gründe für diesen überstürzten Aufbruch und beschwor seine Schwester, alles Nötige zu veranlassen, damit seine Tochter eine Arbeit fand und ... einen Ehemann!

Du weißt doch, wie die Leute hier sind, sie schwätzen viel, und alle wissen schon, dass meine Tochter in Ungnade gefallen ist: Keine Familie würde ihren Sohn mehr mit ihr verheiraten wollen! Einer der Berthillaud-Söhne hatte eigentlich vor, sich demnächst zu erklären. Wenn man die Schwierigkeiten bedenkt, mit denen seine Familie zu kämpfen hat, wäre die Verbindung vielleicht gar nicht so gut gewesen, aber es fehlt hier nun mal an jungen Kerlen. Jedenfalls hat er, als er erfuhr, dass der Pfarrer Eugénie mit Jean erwischt hat, sofort verzichtet. Ihre Zukunft liegt also in Paris, und ich hoffe, dass die Stadt sie zu einer achtbaren Frau machen wird.

Eugénie legte das Blatt aus der Hand. Der Brief war ein schwerer Schlag. Ihr Vater ließ sich nicht weiter über die ganze Geschichte aus, aber seine Worte waren aussagekräftig genug. Sollte Eugénie es wagen, sich im Dorf blicken zu lassen, was ihre Eltern ohnehin nicht erlauben würden, müsste sie teuer dafür bezahlen, dass sie an die Versprechungen der Liebe geglaubt hatte. Es war ungerecht, zumal sie sich um das Geschwätz der Leute überhaupt nicht scherte. Mit wachsender Verzweiflung musste sie zusehen, wie sich ihre Illusionen in Luft auflösten. Eine dicke Träne lief ihr über die Wange, als ihr die Bedeutung des väterlichen Briefs vollends klar wurde: Sie würde in dieser verhassten Stadt bleiben müssen.

10

Der September kam und mit ihm der Herbstregen und das welke Laub. Die Stimmung wurde immer gedrückter; seit das schlechte Wetter Einzug gehalten hatte, verließ der Onkel seinen Sessel nur noch selten. Ständig nörgelte und schimpfte er, weil er es nicht ertrug, im Alltag auf Unterstützung angewiesen zu sein, ob beim Waschen oder beim Zerschneiden seines Tellerinhalts in mundgerechte Stücke. Eugénie versuchte zu helfen, wo sie nur konnte. Natürlich warf ihr niemand ihre Anwesenheit vor, aber es bereitete ihr dennoch Unbehagen, mit anzusehen, wie die anderen schufteten, um wenigstens ein bisschen Geld zu verdienen. Um sich nützlich zu machen, arbeitete sie bis zum Umfallen. Nachdem sie als Erstes das kleine Haus von oben bis unten geputzt hatte, verbrachte sie nun Stunden damit, aus Altkleidern und Stoffen, die ihre Cousine und ihr Cousin gesammelt hatten, Kleidung zu nähen, die sie für wenig Geld verkaufte. Immerhin hatte sie so das Gefühl, sich ihre Mahlzeiten zu verdienen. Allein die Tatsache, nicht herumzusitzen, sondern etwas zu tun, war auch ein Sieg über die lähmende Angst, die der schreckliche, unmissverständliche Brief ihres Vaters bei ihr ausgelöst hatte. Ihr Groll gegen ihn war so groß, dass sie sich trotz inständiger Bitten ihrer Tante kategorisch weigerte, ihren Eltern zu schreiben.

»Es würde ihnen große Freude machen, von dir zu hören.«

»Ich habe keine Lust, ihnen Freude zu machen. Erzähl denen von mir, was du willst, ist mir egal.«

Ja, sie nahm es ihrem Vater zutiefst übel, dass er ihre Zukunft zerstört hatte. Auch wenn sie ihm und ihrer Familie Schande gemacht hatte – dafür hatte er seine Tochter in eine völlig hoffnungslose Lage gebracht und damit größere Schuld auf sich geladen.

Eines Abends kamen René und seine Schwester im Nieselregen nach Hause, nachdem sie den ganzen Tag die Fabriken der Umgebung abgeklappert hatten. Als Reaktion auf die Streiks war es zu massiven Entlassungen gekommen, weshalb sie nun darauf hofften, eine ordentliche Anstellung zu ergattern, um endlich aus diesem Rattenloch herauszukommen. Vielleicht in Belleville oder in Ménilmontant? Oder warum nicht in La Villette, wo die Schlachthöfe waren? Doch alle frei gewordenen Stellen waren schon längst wieder vergeben.

»Kann Marcel bei uns essen?«, fragte René, während er seine feuchte Kappe neben den Ofen legte. »Sein Vater muss über Nacht im Krankenhaus bleiben, sie wollen ihn untersuchen, um vielleicht eine Gesichtsre... äh ...«

»... eine Gesichtsrekonstruktion zu machen«, beendete Charlaine seinen Satz.

René hatte – wie viele andere Kriegskinder auch – die Schule frühzeitig abbrechen müssen, um zu Hause die Familie zu unterstützen. Mit seinen sechzehn Jahren war er ein ehrlicher, anständiger junger Mann von durchaus angenehmem Äußeren, verfügte aber über einen so begrenzten Wortschatz, dass er kaum einen Satz lesen konnte, ohne über ein Wort zu stolpern. Was in Eugénies Augen ein Jammer war. Ihr Cousin war vielleicht nicht für eine großartige Schullaufbahn gemacht, aber er hätte etwas tausend Mal Besseres verdient, als mit seiner Schwester anderer Leute Müll einzusammeln! Inzwischen ließen sogar die Bewohner der hübschen Häuser rings um die Zone die Lumpensammler kommen, um loszuwerden, was sie nicht mehr gebrauchen konnten. Immerhin war Charlaine dabei auf ihre Kosten gekommen und hatte Kleidung mitgebracht, die nach Ansicht ihrer Besitzerin aus der Mode gekommen war, aus der sich jedoch sehr gut neue Kleider nähen ließen.

»Natürlich kann der Marcel bei uns essen«, erwiderte Antoinette auf Renés Frage. »Tu noch ein paar Kartoffeln mehr ins Ragout, Eugénie.«

Eugénie nickte und machte sich sofort an die Arbeit.

»Das wird ein Festessen«, bemerkte Charlaine, als sie das Dessert entdeckte, das in einer Ecke stand.

Eugénie hatte ganz in der Nähe mehrere Apfelbäume entdeckt und die geernteten Äpfel zu einem Kuchen verarbeitet. In der Umgebung gab es allerhand Obstbäume, und sie hatte zudem einen Johannisbeerstrauch ausfindig gemacht, aus dessen Früchten sich Konfitüre herstellen ließ. Wie schon auf dem Hof war die Küche auch hier Eugénies Domäne. Ganz gleich, was sie zur Verfügung hatte, es gelang ihr immer, daraus eine Mahlzeit zu zaubern. Zwei Mal pro Woche, wenn alle vom Müllsammeln zurückgekehrt waren, gingen sie zu den wilden Gärten am Fuß der Wälle und holten sich dort Gemüse. Weiße Rüben, Kohl, Kartoffeln, manchmal leicht angefault, aber immer so, dass Eugénie etwas daraus machen konnte. René stellte Fallen auf, um Kaninchen zu fangen, die sie dann zu Ragouts verarbeitete. Dennoch machte ihr der Alltag zu schaffen, sie hätte alles dafür gegeben, die düsteren, schlammigen Gassen der Zone hinter sich zu lassen. Paris mochte eine große Stadt sein, für die meisten Einwohner von Malakoff existierte eine Welt jenseits der Zone nicht.

Marcels Ankunft riss Eugénie aus ihren Gedanken. Ein kalter Wind wehte in den Raum, als er die Tür öffnete. »Sachte, sachte, Arvener!«, schimpfte Charlaine, die gerade begonnen hatte, den Tisch zu decken. »Kalten Durchzug können wir hier nicht gebrauchen!«

Der junge Mann antwortete mit einem Niesen, und als Eugénie aufblickte, sah sie, dass er ein zerrissenes Hemd trug. Kein Wunder, dass er beim ersten Temperatursturz gleich erkältet war!

»Wenn du irgendwas auszustopfen hast, kann ich das für dich machen«, bot sie ihm an.

»Auszustopfen?«, wiederholte er, nicht nur verwundert über das Wort, sondern auch darüber, dass sie ihn so direkt angesprochen hatte.

Charlaine lachte leise und gab ihm ein Glas Wein. »Kleidung ausstopfen, Kleidung ausbessern, das ist dasselbe«, antwortete sie an Eugénies Stelle. »Das sagt man so auf dem Land.«

Marcel nickte, wandte aber keinen Blick von Eugénie, die sich plötzlich so unwohl fühlte, dass sie fast die Augen niedergeschlagen hätte. Doch dann beschloss sie, sich nicht irritieren zu lassen. Sie ging zum Tisch, legte das Besteck auf und nutzte den Moment, um sich den jungen Mann ihrerseits einmal genauer anzuschauen. Seit ihrer ersten Begegnung im Tanzlokal hatten sie sich nicht mehr gesehen. Er hatte schöne kastanienbraune Augen, in denen bernsteinfarbene Reflexe schimmerten, und ja, Marcel war anziehend, das musste sie schon zugeben. Die Feststellung weckte ein angenehmes Gefühl in ihr, das sie sofort zu unterdrücken versuchte. Ein Mal reichte, sie würde sich keinesfalls weiteren Ärger einhandeln.

Beim Essen unterhielt man sich über die Arbeit und tauschte Neuigkeiten aus. Marcel erzählte ihnen, sein Vater habe Zweifel an der Gesichtsrekonstruktion, von der jetzt die Rede sei. Schwere Narben würden auf jeden Fall zurückbleiben, insofern bestand die Gefahr, dass sich im Grunde nicht viel ändern würde.

»Aber sein Gesicht würde doch vielleicht weniger auffallen, oder?«, fragte Charlaine nach.

»Theoretisch ja, aber die Ärzte können es nicht garantieren. Und all diese Operationen wären auch schmerzhaft. Er hat keine Lust, noch mehr aushalten zu müssen, wenn das Ergebnis am Ende nur so lala ist.«

»Trotzdem, wie schade«, flüsterte Antoinette und leerte ihr Weinglas.

Théodore nickte schweigend, während er mit der ihm gebliebenen Hand weiteraß; was er dachte, behielt er für sich.

»Passiert ist passiert«, warf René ein. »Man kann es nicht ändern.«

Sein Vater blickte auf und musterte ihn wütend. »Das ist leicht gesagt, wenn man selbst noch heil ist!«, stieß er mit heiserer Stimme hervor, worauf Antoinette das nächste Glas Wein in sich hineinkippte. Um das Thema zu wechseln, servierte Eugénie ihren Kuchen, für den sie von allen Seiten gelobt wurde.

»Der ist aber köstlich!«, sagte Marcel und schenkte ihr ein strahlendes Lächeln. »Er erinnert mich an früher, als wir noch die Patisserie hatten.«

Eugénie wollte sein Lächeln gerade erwidern, da lag schon ein wehmütiger Ausdruck in seinem Blick.

»Hast du nicht mal drüber nachgedacht, auch Patissier zu werden?«, fragte Théodore.

»Natürlich habe ich das«, erwiderte Marcel. »Aber die Patisserien nehmen lieber Leute, die einen besseren Eindruck machen als ich. Und außerdem bin ich zweiundzwanzig, das ist schon fast zu alt.«

»Aber du kannst das doch so gut«, bemerkte Antoinette. »Und in den Patisserien werden immer Leute gebraucht; die Reichen lieben doch ihre Cremetörtchen.«

Marcel machte eine resignierte Geste und schwieg, während Charlaine vor Empörung fast aufgesprungen wäre: »Das ist dermaßen mies, wie sich die Ladenbesitzer bereichern und darüber die kleinen Leute vergessen! Eugénie hat recht, wir müssen uns mal um deine Kleidung kümmern, Marcel. Mit dem, was ich alles an Sachen gesammelt habe, können wir dich von Kopf bis Fuß neu einkleiden. Dann findest du bestimmt Arbeit!«

»Glaubst du, das genügt?«

»Das finden wir nur raus, indem wir's probieren, mein Freund. Jedenfalls kann ich dir sagen, dass das Narbengesicht einen Neffen hat, und der hat's geschafft, in einem bekannten Café als Servierjunge eine Anstellung zu finden. Insofern ist alles möglich.«

»Kellner!«, sagte René und pfiff anerkennend. »Da hätte ich auch nichts dagegen!«

Seine Mutter holte ihn rasch wieder auf den Boden der Tatsachen. »Ja, ja, aber jetzt gehst du erst mal ins Bett, wenn du morgen deine Brötchen verdienen willst.«

Nach diesem gemeinsamen Abendessen kam Marcel häufiger, manchmal auch in Begleitung seines Vaters. Armand Carbolet war ein zurückhaltender, schweigsamer Mann, der seine Mahlzeiten immer zu Hause einnahm und sich hartnäckig weigerte, in Anwesenheit der Nachbarn seine Kapuze abzunehmen. Ihm war völlig klar, dass er damit bestenfalls Mitleid und schlimmstenfalls Abscheu erregen würde. Und weder das eine noch das andere wollte er den Blicken der anderen entnehmen. Damit er trotzdem in den Genuss von Eugénies Speisen kam, brachte sie ihm sein Essen vorbei; so konnte er ungestört zu Hause essen und sich anschließend zu ihnen gesellen. Es war schwierig, mit einem Mann, der sich versteckte, Kontakt aufzunehmen. An einem dieser Abende war sie versucht, ihm zu sagen, dass niemand beim Anblick seines Gesichts entsetzt aufschreien würde, doch weil sie merkte, dass seine Entscheidung von allen respektiert wurde, sah sie wieder davon ab. Armand beteiligte sich zwar nicht an den Gesprächen, war aber dennoch froh, in Gesellschaft zu sein. Und die jungen Leute gaben sich Mühe, ihn abzulenken, besonders wenn Théodore und er ernste Blicke tauschten, in Gedanken wahrscheinlich wieder auf den Schlachtfeldern, wo sie so viel verloren und zurückgelassen hatten. In solchen Momenten versuchten René und Charlaine, ein bisschen gute Laune zu verbreiten. Humorvoll erzählten sie, was es in der Nachbarschaft an Neuigkeiten gab. Die Kartenlegerin erwartete ihr achtes Kind, und man fragte sich, wo sie es hintun würde, wenn es ihren Bauch verlassen hätte. Und dann war da dieser Kerl, ein unbescholtener Arbeiter, dem die Apachen fast die Kehle durchgeschnitten hatten, nachdem er ihnen ein Mädchen weggeschnappt hatte. Ja, ja, der wusste jetzt, wie diese Messer aus der Nähe aussahen!

Es waren keine tiefschürfenden Gespräche, sondern Plaudereien, die ihnen die Abende versüßten. Oft spielten sie auch Karten, darin waren besonders die jungen Männer unermüdlich und hätten bis in die Morgenstunden weitergemacht; wie Kinder, die das Spielen zu lange entbehrt haben. Auch Marcel hatte dabei seinen Spaß, und Eugénie freute sich zu sehen, wie er seine Melancholie ablegte. Wenn René und Charlaine miteinander plauderten oder zankten, schenkte er Eugénie über die Karten hinweg ein Lächeln, das fast so etwas wie Glücksgefühle bei ihr auslöste.

Eines Sonntags Mitte September zeigte sich die Sonne wieder, und auch die Temperaturen waren milder geworden. Charlaine und Eugénie machten sich fertig fürs Tanzlokal. Während Eugénie verschiedene Methoden ausprobierte, ihren Zopf zu einem hübschen Knoten hochzustecken, trällerte sie ein altbekanntes Lied vor sich hin: »*Ah! Si vous voulez l'amour / Ne perdez pas un jour / Cueillez le bonheur qui passe ...*«

Charlaine gab ihr grinsend einen Klaps auf die Schulter: »Also, wenn du heute nicht mit Marcel tanzt, fresse ich einen Besen!«

»Halt den Mund, du Dumme! Die Sonne scheint, und ich habe einfach nur Lust zu singen.«

Wobei sie schon bemerkt hatte, dass sie jedes Mal, wenn sie Marcels Namen hörte, rote Wangen bekam. Es überraschte sie, wie viel Platz der junge Mann in letzter Zeit in ihren Gedanken einnahm. Wenn sie wusste, dass er abends zum Essen kam, war ihr leicht ums Herz, und kaum war er gegangen, regte sich schon der Wunsch, ihn möglichst bald wiederzusehen. Sie kam sich dabei einigermaßen töricht vor, schließlich hatte sie ihren Ruf schon einmal zerstört und hegte nicht die Absicht, es ein weiteres Mal zu tun. Doch sie kam nicht dagegen an: Wenn sie nachts nicht einschlafen konnte, dachte sie an Marcels schöne bernsteinfarbene Augen und daran, wie sein Blick auf ihr ruhte. Dabei waren es immer nur kurze, verstohlene Momente, aber die reichten, um Eugénie durcheinanderzubringen, so unergründlich war sein Blick. Ja, dieser junge Mann hatte etwas, das ihr Herz berührte.

Schweigend zerbrach sich Eugénie den Kopf nach einem anderen Gesprächsstoff, doch da hatte sie die Rechnung ohne Charlaine gemacht. Sie ließ einfach nicht locker: »Also, wenn du mich fragst, hast du den Kerl aus deinem Dorf bald vergessen.«

Jean ... Auch wenn sie es gegenüber ihrer Cousine niemals zugegeben hätte, war es wirklich schon eine ganze Weile her, dass sie das letzte Mal an ihn gedacht hatte. Die Trennung tat ihr nicht mehr so weh wie vorher. Tat ihr eigentlich gar nicht mehr weh.

»Unsinn«, entgegnete sie. »Und überhaupt hast du's ja selbst gesagt: Hier kommt man nicht raus, indem man sich in einen Kerl verliebt.«

Auf einen Schlag hatte sich Charlaines Miene verfinstert. Vielleicht machte sie sich Sorgen um das Narbengesicht; seit seiner Flucht war er immer noch nicht aufgetaucht. Oder sie dachte an ihre eigene Situation, ihr Leben als Lumpensammlerin.

»Ist ja schon gut, ich wollte dich nur ein bisschen aufziehen«, murmelte sie. »Trotzdem stimmt es, dass Marcel dich immer anschaut, als wärst du eine seltene Kostbarkeit.«

In diesem Moment ging die Tür auf und Antoinette stand keuchend vor ihnen, so als wäre sie gerannt. Sie kam von einer Nachbarin, die sie auf einen Kaffee eingeladen hatte. »Eugénie, ich hab dich gesucht!«

Überrascht drehte sich Eugénie um. »Hier bin ich doch. Charlaine und ich wollten gleich ein bisschen rausgehen.«

»In Wahrheit will sie mit dem schönen Marcel tanzen gehen«, sagte Charlaine, um sie zu necken, worauf Eugénie ihre Cousine in die Seite kniff.

»Vergiss das und komm mit!«, erklärte Antoinette. Sie wirkte aufgeregt. »Bei der Henriette wartet jemand auf dich.«

Eugénie schluckte ihre Enttäuschung herunter und gehorchte, auch wenn sie sich fragte, was man wohl von ihr wollte. Unterwegs erklärte ihr die Tante, dass Henriette gerade ihre Schwester zu Besuch habe. »Und ihre Schwester, die Octavie, ist beim Inhaber eines Kaufhauses als Köchin angestellt. Aber jetzt hör zu, weißt du, was das Beste ist? Das Küchenmädchen, das ihr bisher zur Hand gegangen ist, hat geheiratet, und nun suchen die eine Neue!«

Ohne recht zu wissen, ob sie sich genauso freuen sollte, nickte Eugénie. Sie trat hinter ihrer Tante in einen winzigen Garten, der an eine ebenso schmale Baracke grenzte, die allerdings einen ordentlichen Eindruck erweckte. Drinnen saßen zwei Frauen, beide um die sechzig, an einem Tisch und unterhielten sich.

»Hier ist meine Nichte!«, verkündete Antoinette nicht ohne Stolz.

»Na, das nenne ich ein hübsches junges Ding«, sagte Henriette bewundernd.

Octavie, eine kleine wohlbeleibte Dame mit weißem, ordentlich frisiertem Haar, lächelte und fragte Eugénie ohne Umschweife: »Es heißt, du suchst eine Anstellung in Paris?«

Etwas eingeschüchtert musste Eugénie erst einmal schlucken, dann nickte sie. Worauf Octavie Wort für Wort wiederholte, was Antoinette ihr bereits gesagt hatte.

»Wenn es stimmt, dass du dich gut anstellst mit dem, was du machst, und auch nicht davor zurückschreckst, ein Huhn oder einen Fisch auszunehmen, bin ich an dir interessiert.«

»Ja, das kann ich alles«, bestätigte Eugénie. »Auf dem Hof habe ich auch immer mal Hühner geschlachtet, wenn meine Mutter zu viel Arbeit hatte.«

Zum Satzende hin hatte ihre Stimme leicht zu zittern begonnen. Jedes Mal, wenn Eugénie ihre Heimat erwähnte, die ihr so sehr fehlte, überkam sie eine Mischung aus Traurigkeit und Wut. Doch sie fing sich schnell und nannte sämtliche Arbeiten und

Aufgaben, die sie beherrschte. Antoinette begleitete die Worte ihrer Nichte mit zustimmendem Nicken. Octavie musterte Eugénie aufmerksam, dann nickte auch sie.

»Du machst mir einen beherzten Eindruck, mein Kind. Könntest du morgen früh auf meine Empfehlung hin beim Butler vorstellig werden?«

Eugénie traute ihren Ohren nicht. Plötzlich ging alles so schnell!

»Ich werde morgen in aller Frühe dort sein«, hörte sie sich sagen.

Blieb nur noch ein Punkt, der sich als problematisch erweisen könnte: Sollte man sie einstellen, müsste sie zwei Mal täglich, bei Regen, Schnee oder Wind, den weiten Weg zurücklegen.

»Aber nein, natürlich nicht!«, rief Octavie. »Den De Ferrières ist es lieber, dass ihr Hauspersonal vor Ort wohnt. Das Haus ist groß, wir haben unterm Dach eine Etage, die dafür hergerichtet ist.«

Eine Welle widersprüchlicher Gefühle brach über Eugénie herein. Es war vielleicht dumm, aber die Vorstellung, Marcel nun nicht mehr zu sehen, machte sie traurig. Doch gleichzeitig spürte sie die wachsende Hoffnung auf etwas, das sie kaum noch für möglich gehalten hatte. Im Dienst dieser Familie zu arbeiten, bedeutete nicht nur, Geld zu verdienen, sondern auch und vor allem, die Zone hinter sich zu lassen.

Selbst über ihr Schicksal zu entscheiden, anstatt es zu erdulden.

Dafür würde sie alles tun.

»Morgen in aller Frühe«, wiederholte sie entschlossener denn je.

II

Julia, 2013

Mein Vater unterdrückte ein Gähnen, und ich wusste, dass seine Erzählung für heute beendet war. Trotzdem versuchte ich, noch ein wenig mehr herauszubekommen.

»Wie ging es dann weiter?«, fragte ich. »Haben sie Eugénie eingestellt?«

»Natürlich«, antwortete er. »Meine Großmutter war die Entschlossenheit in Person. Aber ich würde mir die Fortsetzung gerne für ein andermal aufheben, ich bin müde.«

Ich schluckte meine Enttäuschung hinunter, stand auf und räumte den Tisch ab. Da tat sich ein ganzer Abschnitt der Familiengeschichte auf, von dem ich nichts geahnt hatte, und ich fand es ungeheuer spannend!

»Von diesen Pariser Verwandten, René und Charlaine, habe ich noch nie etwas gehört.«

Mein Vater meinte, das sei nicht verwunderlich, da sie keine Kinder gehabt hatten. »Von diesem Familienzweig existiert niemand mehr.«

Es war vielleicht ein bisschen albern, aber es tat mir leid um sie. Vor allem jedoch war ich neugierig, wie es mit ihnen und Eugénie weitergegangen war. Mein Gefühl sagte mir, dass meine Urgroßmutter, so verloren sie sich anfangs auch vorgekommen sein mochte, unglaublich stark und entschlossen gewesen sein musste.

»Ich kann es kaum erwarten, die Fortsetzung zu hören.«

Was allerdings bedeutete, dass ich meinen Aufenthalt hier verlängern musste, wenn ich die ganze Geschichte wissen wollte. Mein Vater hatte sich so in sich selbst zurückgezogen, dass durchaus mehrere Tage vergehen konnten, bis er sich bereitfand, wieder mit mir zu reden. Ohne ein weiteres Wort verschwand er nach oben in sein Zimmer und ließ mich unten allein. Ich war noch nicht müde, und mich vor den Fernseher zu setzen, reizte mich nicht. Da die Sonne noch nicht ganz untergegangen war, ließ ich das schmutzige Geschirr stehen, zog mir eine alte Strickjacke an, die neben der Tür hing, und ging den Weg an den Feldern entlang. Die saftig grüne und von Bäumen gesäumte Landschaft um das Haus herum verriet, dass der Wald nicht weit war. Abgesehen von ein paar Kühen, die auf einer Wiese lagen, war weit und breit keine lebende Seele zu sehen. Es war sehr beruhigend. Gewärmt vom sanften Licht in meinem Rücken bog ich nach rechts ab, am Campingplatz vorbei, und steuerte auf den Fluss zu, der sich dahinter entlangschlängelte. Über das Wasser führte eine alte Brücke, auf der früher die Eisenbahn gefahren war, die aber seit den Sechzigerjahren von Fußgängern genutzt wurde. Wenn ich sie überquerte und dem Weg weiter folgte, würde ich zum Schwimmbad kommen und zu einem großen baumbestandenen Platz, wo wir schon etliche Sommerfeste gefeiert hatten.

Nichts hat sich verändert, oder jedenfalls fast nichts.

Dies alles wiederzusehen, stimmte mich traurig. Es war schwer, nicht mehr an die Vergangenheit zu denken, zu akzeptieren, dass ich nicht dorthin zurückkehren konnte, um ein letztes Mal in das kühle Wasser der Creuse zu springen oder mich zärtlich von meiner Mutter streicheln zu lassen, das Gesicht an ihren Hals geschmiegt, der so wunderbar nach Orangenblüten duftete. Meine Gedanken wanderten zu Eugénie, die mehr oder weniger von hier verjagt worden war. Ich verstand, wie schwer es für sie gewesen sein musste, als ihre kleine Welt in tausend Scherben zersprang, und das nur wegen der strengen Konventionen der damaligen Zeit. Meine Jacke blieb an einem Zweig hängen, und ich schrak zusammen. Ohne es zu merken, war ich zum Flussufer hinuntergegangen. Früher hatte dort eine alte, moosbewachsene Holzbank gestanden, die noch zu der bukolischen Stimmung beigetragen hatte. Hierhin waren wir oft bei unseren Ausflügen mit dem Rad gefahren. Dieser Teil des Ufers war ziemlich verwildert, und ich musste vorsichtig die Brombeerranken beiseiteschieben, um voranzukommen. Die Bank war immer noch da, direkt am Wasser, und ein Mann saß darauf. Zu seinen Füßen genoss ein prächtiger Golden Retriever die letzten Sonnenstrahlen. Gerade als ich kehrtmachen wollte, hob der Hund den Kopf und stieß ein leises Knurren aus.

Mist, jetzt denkt der Typ bestimmt, dass ich ihm nachspioniert habe!

Ich bemühte mich um ein unschuldiges Lächeln, nach dem Motto: »Es ist überhaupt nicht das, wonach es aussieht.«

»Was ist denn, Simba?«, fragte der Mann und blickte sich suchend um.

Diese Stimme ... O nein!

Mein Lächeln erstarb, und im gleichen Moment wandte sich der Mann in meine Richtung. In meinem Kopf polterte alles durcheinander, und mein Herz setzte einen Schlag aus. Ich hatte mit allem Möglichen gerechnet, nur nicht damit, Ben zu begegnen. Wie gelähmt stand ich da. Tausendmal hatte ich mir überlegt, was ich zu ihm sagen würde, falls sich unsere Wege noch einmal kreuzen sollten. Dass es mir überhaupt nichts mehr ausmachte, besten Dank auch, dass mein Leben großartig war, und wenn er wüsste, was er verloren hatte, der Ärmste! Aber nun, da er nur ein paar Meter von mir entfernt war und mich anstarrte, als wäre ich ein Geist, war mein Mund wie zugeklebt, und in meinem Kopf herrschte völlige Leere. Ich rührte mich nicht, und ich weigerte mich, meine Gefühle zur Kenntnis zu nehmen. Vierzehn Jahre waren vergangen, seit er unsere Beziehung beendet hatte. Ich hatte mich zwar von der Trennung erholt, aber viel schlimmer war, dass er damit auch die wunderbare Freundschaft zerstört hatte, die uns seit Kindertagen verbunden hatte. Ben hatte buchstäblich alle Brücken hinter sich abgebrochen und war von einem Tag auf den anderen spurlos verschwunden. Das hatte verdammt weh getan.

Unsere Blicke trafen sich. Keiner von uns beiden lächelte, dabei verband uns eine lange gemeinsame Vergangenheit. Unsere Begegnung war stumm, aber aufgeladen. Nach seinem Gesichtsausdruck zu schließen, rechnete er mit einer Salve von Vorwürfen. Aber wozu hätte das nach so langer Zeit gut sein sollen? Ich war keine rachsüchtige Hysterikerin, die zu allem bereit war, um ihrem Ex das Leben zur Hölle zu machen. Ich hielt seinem Blick noch einen Moment stand, dann machte ich abrupt kehrt, ohne ein Wort zu sagen.

Zu Hause angekommen, rieb ich mir übers Gesicht. Verdammt, Cressigny hatte gut tausend Einwohner – warum musste ich ausgerechnet über Ben stolpern? Und wieso brachte mich das überhaupt so aus dem Gleichgewicht? Ich zog eine Grimasse, als ich mich im Spiegel sah: Mit meinen zerzausten Haaren und der viel zu großen Strickjacke von meinem Vater musste Ben mich für eine arme Irre gehalten haben.

Während der folgenden zwei Tage machte ich einen großen Bogen um das Stadtzentrum und alle anderen Orte, an denen ich Ben über den Weg laufen konnte. Nach unserer überraschenden Begegnung wollte ich zuerst sofort nach Paris zurückkehren, doch dann fiel mir ein, dass ich meiner Großmutter ja versprochen hatte, sie noch einmal zu besuchen. Ich musste also vier weitere Tage hier verbringen, bevor ich mich auf den Weg machen und diese allzu belastende Vergangenheit hinter mir lassen konnte.

Ich bedauerte, dass ich Ben gegenüber so panisch reagiert hatte. Jede andere hätte lediglich einen Moment innegehalten und dann in aufgesetzt fröhlichem Tonfall gerufen: »Na so was! Du hier?« Doch anscheinend lief bei mir irgendwas nicht ganz rund, denn mir fiel immer erst Stunden später ein, was ich hätte sagen sollen.

»Ich fahre mal raus zu Eugénies Bauernhof«, sagte ich am nächsten Tag nach dem Mittagessen zu meinem Vater. »Kommst du mit?«

Er stellte seine Kaffeetasse hin, seufzte trübsinnig und schüttelte den Kopf. »Da ist nicht mehr viel zu sehen.«

»Das ist mir klar«, erwiderte ich zögernd. »Aber ich dachte ... na ja, es wäre vielleicht eine Gelegenheit ... *(um uns wieder näherzukommen)* ... eine Art Rückkehr zu den Ursprüngen. Und hinterher wollte ich noch ein bisschen was einkaufen.«

Mein Vater sah mich so verständnislos an, dass ich schon wieder wütend wurde, aber ich riss mich zusammen.

»Okay, alles klar. Ich fahre allein. Brauchst du irgendwas?«

Abgesehen von einem Haarschnitt und einem ordentlichen Elektroschock?

Ein paar Minuten später parkte ich gegenüber einem Komplex mit Bar und Disco. Der Bauernhof stand früher am südlichen Ortsausgang. Das Einzige, woran ich mich noch klar erinnern konnte, war, dass wir früher manchmal spontan bei Eugénie vorbeigeschaut hatten, wenn wir aus dem Supermarkt kamen. Meine Urgroßmutter trug stets ihren gemusterten Kittel und holte jedes Mal eine Metalldose mit nicht mehr ganz knusprigen Keksen aus dem Schrank, wenn sie meinen Eltern einen Kaffee anbot. Das war in den Achtzigerjahren, und damals wurde das Land schon ewig nicht mehr bestellt, aber Eugénie hatte darauf bestanden, das Haus zu behalten. Nach ihrem Tod war alles verkauft und abgerissen worden. Stattdessen hatten sie an der Stelle diesen grässlichen Tanzschuppen gebaut, der unverständlicherweise immer noch existierte, obwohl die Musik, die dort lief, schon seit über zwanzig Jahren out war. Aber die Felder drum herum gab es noch. Ich folgte einem Weg, der bis zu einem kleinen Fluss führte. Das musste die Stelle sein, wo Eugénie während des Krieges gebadet und mit ihrem Vater geangelt hatte. Hinter einer Sträucherhecke konnte ich die Umrisse eines Wohngebiets erkennen. Die Landschaft hatte wirklich nichts mehr mit der von 1920 gemein. Wie gut, dass Eugénie das nicht mehr mitbekommen hatte; nach allem, was mein Vater erzählt hatte, musste sie ihre Felder sehr geliebt haben. Und er hatte recht gehabt: Hier war nichts mehr zu sehen. Ich kehrte um und stieg wieder ins Auto.

Den Rest des Tages verbrachte ich damit, durch die Straßen von Loches zu schlendern. Zu Eugénies Zeit war es ein weiter Weg gewesen, aber mit dem Auto war ich im Handumdrehen da. Ich schaute mir die Geschäfte im historischen Stadtkern an, nahm mir die Zeit, ein T-Shirt für meinen Vater auszusuchen, und spazierte dann hoch zum Schloss. Um diese Jahreszeit begannen sich die mittelalterlichen Gassen zu füllen, und das war mir ganz recht, denn so konnte ich für eine Weile all die Gedanken vergessen, die sich in meinem Kopf drängten. Zumindest bis ich mich auf eine Terrasse setzte und einen Tee bestellte. Da holte mich meine Situation wieder mit voller Wucht ein, und ich schämte mich zutiefst, einfach hier zu sitzen, ohne Arbeit. Zu meinem Vater zu fahren, war mir als das Naheliegendste erschienen, aber plötzlich war ich mir da nicht mehr so sicher. Es war unverantwortlich, mir ein paar Tage Urlaub zu nehmen, anstatt mich um das gähnende Loch in meiner beruflichen Laufbahn zu kümmern. Ich holte mein Handy heraus, um Aurélie anzurufen. Ich hatte es so satt, mich immer wieder mit denselben Dingen herumzuschlagen! Zum Glück ging meine Freundin sofort dran.

»Lass mich raten«, sagte sie, nachdem wir uns begrüßt hatten. »Du hast mit deinem Vater Frieden geschlossen und kommst zurück.«

»Ich habe Ben getroffen.«

Ups. Das sollte eigentlich nicht als Erstes rauskommen.

»Was?«, rief Aurélie aus. »Doch nicht *den* Ben, den Mistkerl, der dich wie eine stinkende Socke weggeworfen hat, als wir studiert haben?«

»Ich hätte es anders ausgedrückt, aber ja, genau diesen Ben meine ich.« Ich erzählte ihr, wie es zu der Begegnung gekommen war. »Meine Tante hatte mich gewarnt, dass er wieder hier lebt, aber ich hatte nicht damit gerechnet, ihm über den Weg zu laufen.«

»Was hast du zu ihm gesagt?«

»Nichts.«

»Wie, nichts?«

»Ich war zu überrascht, um etwas zu sagen. Ich habe mich umgedreht und bin abgehauen.«

Aurélie lachte. »Du bist abgehauen? Ist er denn so hässlich geworden?«

»Nein, es lag an mir ... Sagen wir mal, es wäre mir lieber gewesen, meine Haare hätten nicht ausgesehen wie ein Besen und ich hätte etwas anderes angehabt als die ausgebeulte Strickjacke meines Vaters.«

»Hm, das ist natürlich blöd. Jetzt denkt er bestimmt, dass du dich gehen lässt.«

Ich stieß einen tiefen Seufzer aus. »Von mir aus kann er denken, was er will, das ist mir egal. Ich würde am liebsten nach Paris zurückfahren.«

»Spinnst du?«, rief Aurélie. »Fehlt dir die 13er Metro so sehr?«

Nun lachten wir beide. Diese Linie, die immer überfüllt war, hassten wir von ganzem Herzen.

»Und wie! Was gibt es Schöneres, als mit dem Gesicht gegen eine fremde Brust gedrückt zu werden?«

»Ist es in der Touraine denn so schrecklich?«

»Na ja ... Abgesehen von Ben und meinem Cousin, der ständig schlecht gelaunt ist, geht's eigentlich.«

»Was ist denn mit deinem Cousin?«

Ich schilderte ihr kurz die Wut, die er offenbar auf mich hatte.

»Verstehe«, sagte Aurélie. »Noch einer, der meint, du wärst zur arroganten Zicke mutiert, weil du im Fernsehen warst.«

Damit spielte sie auf ein ehemaliges Freundespaar an, das mir sofort den Rücken zugekehrt hatte, als ich in den Zeitungen erwähnt wurde. Wenn man einen gewissen Bekanntheitsgrad erreichte, reagierten die Leute bisweilen seltsam. Manche wollten mir um jeden Preis nahe sein, andere gingen auf Abstand, weil sie dachten, ich hielte mich jetzt für etwas Besseres. Das hatten unsere Freunde Aurélie zumindest so gesagt. Ich war froh, dass ich mich mit diesem Druck jetzt nicht mehr herumschlagen musste.

»Ich weiß nicht, ob das bei Alex der Grund ist«, erwiderte ich. »Ich habe den Eindruck, es geht um etwas anderes. Die gute Nachricht ist, dass mein Vater mir ein bisschen von seiner Großmutter erzählt hat.« Begeistert schilderte ich ihr, was ich über Eugénie erfahren hatte.

»Wenn ich das richtig verstehe, willst du also herausfinden, wer du wirklich bist?«, fragte Aurélie.

»Nein, ich weiß, wer ich bin. Das habe ich immer gewusst. Aber es ist sehr aufschlussreich, sich mit der Geschichte seiner Vorfahren zu beschäftigen.«

»Hmm ... Versprich mir, dass du nicht total unerträglich wirst und ein Buch à la *Die Reise ins Innere, die mein Leben verändert hat* schreibst!«

»Versprochen!«, sagte ich lachend.

Daraufhin erzählte mir Aurélie von ihrer Schwangerschaft und von dem Bettchen, das sie für ihr Baby gekauft hatte. Sie konnte die Geburt offenbar kaum erwarten. Wir plauderten noch ein paar Minuten, dann beendete ich das Gespräch und zahlte. Zu Hause angekommen, schenkte ich meinem Vater das T-Shirt, doch er starrte darauf, als wüsste er nicht, was er damit anfangen sollte.

»Ich dachte, es würde dir gefallen«, sagte ich, um das Schweigen zu brechen. »Die Farbe passt gut zu deinen Augen.«

In Wirklichkeit wusste ich nicht, ob ihm das hübsche Blaugrün gefiel und ob es zu seinen braunen Augen passte, aber er bedankte sich und schenkte mir sogar die Andeutung eines Lächelns. Doch zu meiner Enttäuschung erwähnte er Eugénie mit keinem Wort und schaute sich sofort nach dem Abendessen einen Krimi an. Da ich nichts mit mir anzufangen wusste, ging ich in mein Zimmer und versuchte, mich in den neuesten Roman von Stephen King zu versenken. Aber so spannend die Zeitreise auch war, um John F. Kennedy zu retten, die Geschichte meiner Urgroßmutter beschäftigte mich zu sehr, um mich konzentrieren zu können. Viele Dinge waren offen geblieben, und ich fragte mich immer wieder, wie Eugénie und Marcel zusammengekommen waren und wie sie es geschafft hatten, zwei Patisserien zu besitzen. Mein Vater hatte mir am Abend zuvor die Pforte zu einem geheimen Garten einen Spalt geöffnet, sie dann jedoch viel zu schnell wieder geschlossen. Nun, morgen war ja auch noch ein Tag ...

Das Erste, was ich am nächsten Morgen beim Aufwachen bemerkte, war die Anzeige meines Handys, die mir verriet, dass eine SMS gekommen war. Sie stammte von Méline.

Hallo, meine Liebe! Ich hoffe, das Zusammenleben mit deinem Vater ist nicht zu strapaziös? Falls du etwas Abwechslung brauchst, mein Leseclub trifft sich jeden Freitag bei mir. Komm doch heute Abend dazu. ☺

Verdutzt starrte ich auf den Bildschirm.
Ein Leseclub? Im Ernst?
Ich trank erst mal einen Kaffee, bevor ich meine Tante anrief.
»Julia?«, sagte sie, als sie abnahm. »Hast du meine Nachricht bekommen?«
»Ja, das Netz vollbringt bisweilen wahre Wunder.« Gut, das

war ein klein wenig übertrieben. Seit mindestens fünf Jahren musste man nicht mehr aufs Dach klettern, um telefonieren zu können.

»Und, hast du Lust zu kommen?«

»Ich weiß nicht«, sagte ich zögernd und trat ans Fenster. »Ich möchte Papa nicht gerne allein lassen.« Er war draußen im Garten, über seine Tomatenpflanzen gebeugt. Die waren das Einzige, worum er sich regelmäßig kümmerte.

»Dann bring ihn doch mit«, schlug Méline vor.

»Hm ... Ich werde versuchen, ihn zu überreden, aber ich habe so meine Zweifel ...«

»Alex und dein Onkel wollen mit Léo zum Bowling. Vielleicht ist das eher nach seinem Geschmack.«

Ich konnte mich nicht entsinnen, wann mein Vater zum letzten Mal etwas in der Art unternommen hatte. Da musste schon ein Orkan kommen, um ihn aus dem Haus zu kriegen. Und selbst dann ... Doch ich verkniff mir jede Bemerkung.

»Ich werde ihm davon erzählen, mal schauen, was er dazu sagt. Was ist denn das für ein Club? Ihr sprecht über Bücher, oder was?«

Méline lachte leise. »Das war ursprünglich der Plan, ja. Aber irgendwie ist daraus dann ein bisschen mehr geworden.«

Sie schilderte mir, dass sie sich jeden Freitagabend bei irgendeiner Köstlichkeit zusammensetzten, um über alles Mögliche zu reden. Es war, als würden sie sich mit ein paar Freundinnen im Café treffen. Die Männer waren ebenfalls willkommen, aber sie zogen es meist vor, selbst etwas zu unternehmen.

»Es ist ein offener Abend, jeder, der Lust hat, kann kommen. Das hilft ein bisschen gegen die Einsamkeit, verstehst du?«

Ich war mir nicht sicher, ob ich es wirklich verstand, aber so, wie sie es beschrieb, klang es nett.

»Wie viele seid ihr denn ungefähr?«, fragte ich, weil ich keine Lust hatte, im Zentrum der Aufmerksamkeit und des Klatsches zu stehen.

»Manchmal sitzen wir zu zehnt um den Tisch.«

»Oh.«

Das war nicht unbedingt das, was ich hören wollte. Offenbar spürte Méline meine Zurückhaltung, denn sie fügte rasch hinzu: »Aber heute Abend kommen außer dir und mir nur zwei Leute. Im Moment sind alle mit den Vorbereitungen für den Schulbasar beschäftigt.«

Solange keiner davon Ben ist, soll's mir recht sein.

»Und wer sind die beiden?«

»Colette, die Nachbarin deines Vaters, und Maud Blanchard. Ihr wart doch zusammen in der Schule, oder?«

»Stimmt. Und ich würde mich freuen, sie mal wiederzusehen. Ich kann dir nichts versprechen, was Papa angeht, aber ich komme gerne.«

Bevor wir auflegten, fragte ich sie noch, ob es irgendwo Fotos von Eugénie gab.

»Hmm«, sagte sie nachdenklich. »Ich meine, ich hätte ein paar Kartons mit Fotoalben bei deinem Vater untergestellt, aber ich hatte noch keine Zeit, darin zu blättern. Aber du kannst ja mal reinschauen.«

12

»Was willst du denn damit?«, fragte mein Vater überrascht, als ich einen schweren Karton mit der Aufschrift »Persönliches« auf den Esstisch stellte.

»Mir den Nachmittag vertreiben«, antwortete ich knapp.

Wie vermutet hatte mein Vater sich nicht dazu durchringen können, Mélines Einladung anzunehmen. Und mit seinem Schwager und seinem Neffen zum Bowling zu gehen, reizte ihn ebenso wenig. Ein Abend mit der Verwandtschaft hätte seiner Laune bestimmt gutgetan, aber ich hatte nicht weiter darauf beharrt. Schließlich war er erwachsen und konnte selbst entscheiden, was er wollte und was nicht.

»Deine Tante hat schon alles durchgesehen, was in den Kartons ist«, merkte er an.

»Ich weiß, aber ich suche Fotos von Eugénie.«

Mein Vater stand vom Sofa auf und ging zur Anrichte. »Hättest mich nur fragen müssen«, sagte er und zog eine Schublade auf. »Hier drin sind ein paar.«

Er schob seine Brille, die oben auf seinem Kopf saß, auf die Nase und reichte mir eine Blechdose. »Wenn ich mich recht entsinne, ist sogar eins dabei, wo sie dich auf dem Schoß hat.«

»Super! Wollen wir sie uns zusammen anschauen?«

Ich setzte mich auf einen Stuhl, und er beugte sich über meine Schulter, während ich die Dose öffnete. Darin lagen etwa ein Dutzend leicht verblasste Aufnahmen von einem Familienfest. Ich überflog sie rasch und hielt dann bei einem Gruppenfoto inne. Mein Vater deutete auf die alte Dame in der Mitte.

»Siehst du, das Baby, das sie im Arm hält, bist du.«

Lächelnd betrachtete ich die Szene, die in meinem Geburtsjahr aufgenommen worden war. Das weiße Haar zu einem dicken

Knoten aufgesteckt, hielt Eugénie mich fest an sich gedrückt, wohl aus Angst, sie könnte mich fallen lassen. Meine Eltern umrahmten uns. Das Strahlen auf ihren Gesichtern zeigte, dass sie damals noch glücklich gewesen waren. Rechts von meinem Vater stand Méline, groß und dunkelhaarig, mit Alex, der gerade ein Jahr alt geworden war. Auf der anderen Seite war Suzette, den Arm um Arthur gelegt.

»Tutur«, sagte ich leise. So hatten wir alle den zweiten Ehemann meiner Großmutter genannt.

Meinen richtigen Großvater hatte ich nie kennengelernt, er war 1944 gestorben. In den Fünfzigerjahren hatte Suzette dann ein zweites Mal geheiratet, und Arthur war kurz vor der Scheidung meiner Eltern gestorben. Mit einem Mal fiel mir auf, dass ich gar nicht wusste, *wie* mein leiblicher Großvater ums Leben gekommen war. Das war keine Frage, die man mal eben so in die Unterhaltung warf. Aber er musste damals noch sehr jung gewesen sein. Ich wusste zwar, wer ich war, wie ich Aurélie am Telefon versichert hatte, aber meine Familiengeschichte hatte für mich durchaus einige Lücken.

»Wenn ich mich nicht irre«, sagte mein Vater, noch immer über das Foto gebeugt, »war das an Eugénies siebenundsiebzigstem Geburtstag.«

Ich nickte langsam. »Ich kann mich kaum an sie erinnern. Wie alt war ich, als sie starb – sechs?«

»Ja, ungefähr. Sie war dreiundachtzig. Sie ist im Schlaf gestorben, einfach so.«

Obwohl es schon so lange her war, spürte ich, dass es ihn immer noch schmerzte. Nach dem, was Méline erzählt hatte, waren er und Eugénie sich sehr nahe gewesen.

»Ich würde so gerne Fotos von ihr sehen, als sie jünger war ...«

Bevor er etwas darauf erwidern konnte, klingelte mein Handy. Ich runzelte die Stirn; es war der Notar meiner Mutter.

»Da muss ich rangehen«, sagte ich und trat hinaus in den Garten.

Kurz darauf teilte mir Maître Arnaud mit, dass die Wohnung verkauft war. »Das Paar, das interessiert war, hat zugesagt. Herzlichen Glückwunsch!«

Obwohl mir klar gewesen war, dass es keine andere Möglichkeit gab, als zu verkaufen, fühlte ich mich etwas überrumpelt.

»Oh, ich ... Das ging ja schnell«, stammelte ich.

»Umso besser, das erspart Ihnen zusätzliche Steuern.«

»Ja, natürlich. Und wie geht es jetzt weiter?«

»Sie müssten bitte vorbeikommen und einige Dokumente unterschreiben.«

Was?

»Ich bin im Moment nicht in Paris, sondern bei meiner Familie in der Touraine.«

Kurzes Schweigen, dann hörte ich, wie der Notar etwas in seine Tastatur tippte.

»Wenn Sie es bis Ende nächster Woche einrichten könnten, würde mir das reichen«, sagte er. »Wäre Ihnen Freitag um elf recht? Dann haben Sie noch etwas Luft.«

Also in einer Woche.

»Gut, ich werde da sein.« Wie vor den Kopf geschlagen legte ich auf.

»Alles in Ordnung, Julia?«, fragte mein Vater, der von der Tür aus zu mir herübersah.

»Ja, das war Mamans Notar. Die ... Die Wohnung ist verkauft.«

Ich wandte mich ab, weil mir Tränen in die Augen stiegen. Ich hing nicht sonderlich an der Drei-Zimmer-Wohnung in der Nähe des Quai Blériot, aber es war wieder ein Kapitel, das zu Ende ging. Wieder etwas, das mich mit voller Wucht daran erinnerte, dass ich sie nie wieder umarmen konnte. Und das tat immer noch verdammt weh.

»Mist, dabei hatte ich mir doch geschworen, nicht zu weinen«, murmelte ich, während ich mir über die Augen wischte.

Befangen senkte mein Vater den Kopf. »Willst du vielleicht was trinken?«

Ich nickte und folgte ihm ins Haus. Wenn er dem Alkohol nicht abgeschworen hätte, hätte ich ihn um einen Whisky gebeten.

»Nächste Woche muss ich nach Paris zurück«, sagte ich.

»Schon?«

»Ich muss Papierkram unterzeichnen und mich um meine berufliche Zukunft kümmern ... Manche Probleme kann man nicht ewig vor sich herschieben.«

Mein Vater sah aus, als wollte er etwas erwidern, schwieg dann jedoch.

»Was ist?«, fragte ich.

»Nicht so wichtig.«

»Anscheinend aber doch«, hakte ich nach.

Er holte tief Luft. »Ich hatte kurz daran gedacht, ob du dich nicht hier niederlassen willst«, murmelte er, den Blick auf sein Glas gerichtet.

Ich starrte ihn entgeistert an. »Das ist nicht dein Ernst, oder?«

Er zuckte leicht gereizt mit den Schultern. »War ja nur so eine Idee.«

Gott sei Dank.

Ich wollte nicht, dass er sich Hoffnungen machte. Wobei die Vorstellung, dass ich wieder hierherzog, für ihn vielleicht gar nichts Positives hatte. Schließlich standen wir uns ja nicht gerade nahe. Was ich für Gereiztheit gehalten hatte, war bestimmt eher so etwas wie Erleichterung gewesen.

In dem Moment klopfte es an der Tür. Es war Colette, die Nachbarin.

»Du hast mir ja gar nicht gesagt, dass deine Tochter da ist, Serge!«, rief sie aus und umarmte mich, als würden wir uns schon ewig kennen, dabei sah ich sie zum ersten Mal.

»Es war eine spontane Entscheidung«, sagte ich, ohne weiter ins Detail zu gehen.

»Ihr Papa freut sich bestimmt, Gesellschaft zu haben.«

Ich musste mir das Lachen verkneifen. »O ja, er ist begeistert!«, erwiderte ich mit einem spöttischen Seitenblick zu ihm.

Colette, die gekommen war, um zu putzen, stellte enttäuscht fest, dass es für sie diesmal gar nichts zu tun gab, und so bot ich ihr an, wenigstens einen Kaffee mit uns zu trinken. Diese zierliche, grauhaarige Frau mit ihrer munteren Art war mir sofort sympathisch, und es ärgerte mich, dass mein Vater ihr das Putzen überließ, obwohl er durchaus selbst dazu in der Lage war.

»Wie es scheint, werden wir uns heute Abend bei meiner Tante sehen«, sagte ich und stellte den Kaffee auf den Tisch.

»Tatsächlich? Wie schön, dass Sie auch dabei sind. Das mit dem Club war eine großartige Idee von Méline. Ich finde, das stärkt die Gemeinschaft.«

Sie tunkte einen Butterkeks in ihre Tasse und fügte, an meinen Vater gerichtet, hinzu: »Du solltest auch mal mitkommen, Serge.«

Mein Vater machte eine abwehrende Handbewegung. »Rumsitzen und reden ist nicht so mein Ding.«

»Wir reden ja nicht nur«, entgegnete sie. »Genau genommen sind die Treffen nur ein Vorwand, um etwas Leckeres zu essen. Ich habe schon drei Kilo zugenommen, seit wir damit angefangen haben.«

Mein Vater verzog keine Miene. Ich hätte gerne gewusst, was in seinem Kopf vorging.

»Und wann kommen deine Kinder?«, fragte er nach kurzem Schweigen unvermittelt.

»Cédric verbringt in den Ferien ein paar Tage mit seiner Frau und den Kindern bei mir«, antwortete sie. »Danach wollen sie in den Süden. Und Sabrina kann mich wohl frühestens nächstes Jahr besuchen. Aber zum Glück können wir ja übers Internet kommunizieren.«

Dieser Gedanke würde meinem Vater nie kommen, er hatte weder einen Computer noch einen Internetanschluss. Immerhin besaß er ein altes Tasten-Handy.

»Leben Sie schon lange in Cressigny?«, fragte ich Colette. »Ich kann mich nicht entsinnen, Sie hier schon mal gesehen zu haben.«

»Ich bin hier aufgewachsen«, antwortete sie. »Aber dann bin ich mit meinem Mann nach Poitiers gegangen, wegen der Arbeit. Vor drei Jahren bin ich zurückgekommen, nach der Scheidung ... Mein Dorf hat mir zu sehr gefehlt. Aber ich hatte keine Ahnung, dass Serge mein Nachbar sein würde.«

Überrascht stellte ich meine Kaffeetasse ab. »Kannten Sie sich denn vorher schon?«

»Colette und Méline waren als Kinder befreundet«, warf mein Vater ein.

Beinahe hätte ich gesagt, wie klein die Welt doch ist, aber nicht die Welt war klein, sondern Cressigny. Schließlich befanden wir uns nicht in Paris, sondern in einem sehr überschaubaren Tausend-Seelen-Ort. Das vergaß ich bisweilen.

Colette lächelte leise. »Hier ist das Leben einfach, und genau das gefällt mir. Nach meiner Rückkehr habe ich mir als Erstes drei Katzen zugelegt. Mein Exmann hat Katzen gehasst.«

»Papa liebt Tiere!«, rief ich aus.

Beide zuckten leicht zusammen. Gut, ich hatte vielleicht ein wenig zu viel Elan hineingelegt, aber so, wie Colette meinen Vater ansah, gab es keinen Zweifel, was ihre Gefühle betraf. Ganz offensichtlich hoffte sie, eines Tages mehr für ihn zu sein als nur eine Nachbarin, die aus Freundschaft bei ihm saubermachte. Merkte er denn nichts davon? Wahrscheinlich nicht. Dabei wäre es wunderbar, wenn er sich noch einmal der Liebe öffnen könnte! Allerdings war es fraglich, ob es eine Frau gab, die ihn ertrug.

»Ähm ... Er war früher Tierarzt«, stotterte ich. »Na ja, und falls es mal irgendein Problem geben sollte, können Sie sich an ihn wenden. Stimmt's, Papa?«

Er warf mir einen Blick zu, als wollte er mich auf mein Zimmer schicken, und Colette schien sich zu fragen, ob ich aus dem Irrenhaus entlaufen war. Ich trank meinen Kaffee aus, kratzte meinen letzten Rest Würde zusammen und behauptete, ich hätte noch etwas Dringendes zu erledigen. Ein wenig Zeit zu zweit konnte den beiden schließlich nicht schaden.

13

Es war kurz nach acht, als ich vor dem Haus meiner Tante parkte. Ich fand sie in der Küche vor, wo sie gerade die Spülmaschine ausräumte. Dabei sang sie leise ein Chanson von Françoise Hardy, und in ihrer Stimme lag etwas anrührend Zerbrechliches.

»*C'est le temps de l'amour / Le temps des copains ...*«

»*... et de l'aventuuuure*«, schloss ich und trat auf sie zu.

Méline zuckte zusammen, als hätte sie eine Tarantel gestochen. »Ach, du bist's, Julia!«, schnaufte sie. »Gut, dass ich kein schwaches Herz habe.«

Ich entschuldigte mich und gab ihr die Flasche Champagner, die ich nachmittags bei meinem Ausflug gekauft hatte. Diesmal war ich im Supermarkt niemandem begegnet, den ich kannte. Allerdings hatte ich mir auch große Mühe gegeben, unbemerkt zu bleiben, und war extra zu einer Kasse mit einer jungen Frau gegangen, die ich noch nie gesehen hatte. So bestand keine Gefahr, dass sie überall herumerzählte, ich würde meinen Vater zum Trinken ermuntern.

»Schon in Ordnung«, sagte sie. »Aber das mit dem Champagner wäre doch nicht nötig gewesen.«

»Das ist mein kleiner Beitrag zu dem Abend. Du hast übrigens eine schöne Stimme.«

Sie lächelte. »Ich habe meine alten Schallplatten wiedergefunden ... Es ist albern, aber seit ich angefangen habe, Mamans Haus auszuräumen, tauche ich ständig in die Vergangenheit ein.«

Ich nickte traurig. »Ja, das verstehe ich gut ... Mit der Wohnung meiner Mutter ging es mir ganz ähnlich. Die ist übrigens verkauft, der Notar hat mich heute Nachmittag angerufen.«

Mélines Gesicht wurde wieder ernst, und sie legte mir mitfühlend die Hand auf den Arm. »Und wie fühlst du dich, Liebes?«

»Ganz komisch. Aber ich werde mich wohl irgendwann daran gewöhnen.«

»Das erste Jahr ist immer am schwierigsten, weißt du. Danach merkst du nach und nach, dass es nicht mehr so weh tut.«

Ich fragte mich, ob es bei ihr nach dem Tod von Arthur genauso gewesen war. Sicher hatte er sie wie seine eigene Tochter großgezogen. Bisher hatte ich noch nie darüber nachgedacht, aber seit ich mit meinem Vater die Fotos angeschaut hatte, sah ich alles in einem neuen Licht. Doch bevor ich das Thema vertiefen konnte, bedeutete mir Méline, ihr in den Garten zu folgen.

»Die anderen kommen sicher auch gleich.«

Als ich den Tisch sah, den sie für uns vorbereitet hatte, staunte ich nicht schlecht. Sie hatte eine hübsche Decke mit Frühlingsmuster darübergebreitet und zauberhaft altmodische Teller darauf verteilt, und die Hollywoodschaukel daneben war mit einer Lichterkette geschmückt.

»Wow! Du hast wirklich ein Händchen für schöne Dekoration. Du wirst dich vor Anfragen gar nicht mehr retten können!«

»Das ist doch nichts Besonderes! Nur ein bisschen netter Krimskrams. Ich habe eine Tarte tourangelle gemacht, ich hoffe, das magst du?«

Ich nickte begeistert. Wenn ich mich recht entsann, hatte sie die früher in der Bar auch schon serviert. Diese Tarte, eine Art Quiche mit Rillettes und Griebenschmalz, war eine absolute Kalorienbombe, aber ich konnte einfach nicht widerstehen.

»Ist Tania mit zum Bowling gefahren?«, fragte ich, da die Frau meines Cousins nirgends zu sehen war.

»Nein, sie kommt später dazu. Freitags arbeitet sie immer etwas länger, weil sie einen alten Mann zu Bett bringen muss.«

»Ich ziehe wirklich den Hut vor ihr. Das ist kein einfacher Beruf.«

»Das stimmt. Aber es macht ihr Freude, sich um ihre lieben Alten zu kümmern, wie sie sie nennt.«

»Und wie geht es Alexandre?«

Ich hätte die Gelegenheit gerne genutzt, um mit meinem Cousin zu reden. Seine Einstellung mir gegenüber belastete mich, und ich wollte nicht nach Paris zurückfahren, ohne das geklärt zu haben.

Méline verzog den Mund. »Er ist ein bisschen wie dein Vater. Beide behalten ihre Gefühle gerne für sich ... Apropos, was ist mit Serge? Ich nehme an, er hatte keine Lust mitzukommen?«

»Nein«, seufzte ich.

»Herrje, er kann aber auch stur sein!«

In dem Moment kamen Colette und Maud durch das Gartentor.

»Julia! Das ist ja eine Überraschung!«, rief meine alte Schulfreundin. Ihr Lächeln war noch genauso strahlend wie früher.

»Wie schön, dass wir uns mal wiedersehen!«, rief ich meinerseits.

Ich konnte mir nicht verkneifen, sie zu mustern. Damals hatte Maud wunderschön seidiges blondes Haar gehabt, um das ich sie heimlich beneidet hatte, ein energisches Kinn, und sie hatte immer schnell gesprochen, als hätte sie Angst, etwas zu verpassen. Über zwanzig Jahre später war es noch genauso, nur die Haare trug sie jetzt etwas kürzer. Sie hatte etwas erfrischend Natürliches an sich.

Méline nahm ihr die Millefeuille ab, die sie in den Händen hielt.

»Tut mir leid, die ist aus dem Supermarkt«, entschuldigte sie sich. »Ich hatte keine Zeit, mich auf die Suche nach einer Boulangerie zu machen, die noch offen war.«

»Das macht doch nichts«, erwiderte meine Tante. »Sie schmeckt uns bestimmt trotzdem.«

Colette und Maud setzten sich, und ich tat es ihnen gleich, während Méline ihre Tarte tourangelle anschnitt.

»Bist du zurückgekommen, um dich um deinen Vater zu kümmern?«, fragte Maud, zu mir gewandt.

»Was? Nein!«, rief ich entgeistert. »Der kann sich sehr gut um sich selbst kümmern. Ich bin nur für ein paar Tage zu Besuch.«
»Dann solltest du eine offizielle Erklärung abgeben, denn die Spekulationen schießen schon ins Kraut.«
»Wirklich?«, fragte ich überrascht.
»Offenbar warst du neulich beim Intermarché. So was bleibt hier nicht unbemerkt. Aber so haben die Leute wenigstens ein Gesprächsthema.«
Ich lächelte etwas gequält. »Dabei bin ich doch kaum jemandem begegnet.«
»Na ja, Loïc hat dich gesehen.«
»Stimmt, wir haben uns in der Gemüseabteilung getroffen.«
Und mein Vater hat mir erzählt, dass er dir ein Kind gemacht und dich dann sitzengelassen hat.
Das behielt ich natürlich für mich. Colette hingegen ergriff die Gelegenheit sofort beim Schopf. »Hast du Antonin fürs Wochenende zu ihm gebracht?«
Maud nickte. »Ja ... Loïc hat sich sogar bereit erklärt, ihn bis Sonntag zu behalten. Das muss ich ausnutzen, so selten, wie das vorkommt.«
Sie gab mir eine Kurzfassung der Dramen, die sich zwischen ihr und Loïc abgespielt hatten. Es war eine Beziehung voller Höhen und Tiefen gewesen, von der Sorte »ich kann nicht mit dir, aber auch nicht ohne dich«.
»Als ich schwanger war, hat er sich endgültig von mir getrennt.«
»Ich weiß«, gestand ich ihr.
Sie lachte. »Alles andere hätte mich auch überrascht.«
»Wie alt ist dein Sohn denn jetzt?«
»Sechs. Loïc war so großmütig, die Vaterschaft anzuerkennen«, fügte sie spöttisch hinzu. »Ich darf mich also glücklich schätzen.«
Sie tat mir leid, auch wenn sie das Ganze offenbar hinter sich gelassen hatte. Immerhin hatte Loïc ihr mit seinem Verhalten nicht

die Fröhlichkeit genommen. Als ich sie fragte, ob sie jemand Neues kennengelernt hatte, lachte sie schallend.

»Wenn, dann wüssten es längst alle, Julia! In diesem Kaff ist es unmöglich, ein Geheimnis für sich zu behalten – erst recht, wenn du das Pech hast, in der einzigen Poststelle zu sitzen.«

»Du bist aber auch ein Lästermaul!«, zog Colette sie auf. »Allerdings fragen wir uns alle, warum du nicht endlich etwas unternimmst. So hübsch, wie du bist, wäre es doch ein Jammer, wenn du allein bleiben würdest.«

In dem Moment kam Tania dazu und begrüßte uns voller Freude. Ich hatte sie seit vier Jahren nicht mehr gesehen, und das Erste, was mir auffiel, war, wie erschöpft sie wirkte. Ihre einst so hochgewachsene Gestalt schien unter der Last der Sorgen in sich zusammengesunken zu sein, und unter ihren sonst so leuchtenden Augen lagen dunkle Schatten. Sie, die früher alles genommen hatte, wie es kam, und sich selbst über Kleinigkeiten freuen konnte, hatte ihre bezaubernde Leichtigkeit verloren.

»Wie schön, dass du mal wieder hier bist!«, sagte sie zu mir und ließ sich auf einen Stuhl fallen.

Ich war froh über ihre herzliche Begrüßung, so ganz anders als die von Alex.

»Aber lange halte ich heute nicht durch«, fügte sie hinzu und streckte ihre langen Beine unter den Tisch. »Ich bin total geschafft.«

Méline füllte ihr ein Stück von der Tarte auf. »Ich hoffe, du hältst wenigstens bis zum Nachtisch durch. Julia hat Champagner mitgebracht.«

»In dem Fall werde ich mir Mühe geben«, erwiderte sie mit einem müden Lächeln.

Die Tarte von meiner Tante war köstlich, und ich genoss den Abend. Die Kerzen, die Méline angezündet hatte, ließen den Rotwein in unseren Gläsern leuchten. Es herrschte eine Atmosphäre von herzlicher, unkomplizierter Verbundenheit.

Während wir aßen, erinnerte Tania uns daran, dass Léonore in zwei Wochen Geburtstag hatte. »Wir könnten am Freitagabend feiern, wenn ihr einverstanden seid«, schlug sie vor und schloss mich dabei ein.

»Was für eine gute Idee!«, rief Méline. »Übernimmst du den Kuchen, Julia?«

Fast hätte ich mich an meinem Stück Tarte verschluckt. »Nein, das geht nicht«, sagte ich und griff nach meinem Glas.

Schweigen breitete sich aus, und vier Augenpaare richteten sich auf mich. Ich trank einen Schluck, um mich zu wappnen.

»Es ist nämlich so, ich ...«

Ich schaffe es schon seit Monaten nicht mehr, auch nur einen Keks zu backen.

»Na ja, in zwei Wochen bin ich schon wieder in Paris.«

Méline sah enttäuscht aus. »Verflixt, daran habe ich gar nicht gedacht.«

»Kann Alex das nicht übernehmen?«, fragte ich. »Das ist doch schließlich sein Job.«

Tania schüttelte matt den Kopf. »Wenn er von der Arbeit kommt, ist er so platt, da kann ich doch nicht auch noch von ihm verlangen, dass er einen Geburtstagskuchen für seine Tochter backt.«

Ein paar Seufzer erklangen, dann sagte Colette: »Das Dumme ist, dass es in Cressigny keine Boulangerie mehr gibt. Bei der Poststelle gibt es Baguettes, aber für alles andere muss man zum Supermarkt gehen. Da ist es schwer, etwas Gutes zu bekommen.«

»Stimmt«, bemerkte Maud und deutete mit dem Kinn auf die etwas trockene Millefeuille.

Meine Güte, wollten sie mir etwa ein schlechtes Gewissen machen?

»Ach, halb so wild«, sagte Méline. »Dann backe ich den Kuchen eben selbst.« Sie warf mir einen undurchsichtigen Blick zu, den ich jedoch ignorierte. Es war allgemein bekannt, dass meine Tante bei pikanten Sachen sehr viel besser war als beim Kuchenbacken, aber es kam überhaupt nicht in Frage, dass ich meinen

Aufenthalt hier verlängerte, um einen Kuchen zu fabrizieren, der mir höchstwahrscheinlich misslingen würde.

Tania klatschte energisch in die Hände, um das Schweigen zu vertreiben. »So, was ist jetzt mit dem Champagner?«

Ein paar Minuten später stießen wir auf meinen Besuch an. Den Mund voller Millefeuille, rechnete Maud mir vor, dass wir uns vierzehn Jahre nicht gesehen hatten.

»Wirklich? Unglaublich!«, sagte ich in gespielter Überraschung. Ich erinnerte mich sehr genau an unsere letzte Begegnung. Das war an dem berühmten Abend gewesen, als mein Vater mit Pauken und Trompeten meinen Geburtstag ruiniert hatte. Maud war dabei gewesen, und ich hatte mich in ihre Arme geflüchtet, nachdem Ben türenknallend gegangen war. Doch ich hatte jetzt keine Lust auf eine küchenpsychologische Analyse unter Freundinnen.

»Tja, meine Liebe, unsere Jugend ist längst dahin«, erwiderte sie.

»Wem sagst du das«, seufzte Tania. »Ich fühle mich manchmal, als wäre ich achtzig.«

»Nicht zu fassen!«, schnaubte Colette und verdrehte die Augen. »Was sollen wir denn erst sagen, Méline?«

»Dass es Zeit für eine zweite Runde Champagner ist«, gab diese mit einem Blick auf unsere leeren Gläser zurück.

Da Tania und Colette ablehnten, teilten Maud, Méline und ich uns den Rest. Es war ein schöner Abend, unsere Wangen waren ein wenig gerötet, und unsere Stimmen wurden immer munterer. Tania stand auf, um sich ein wenig die Beine zu vertreten, und blieb vor der Stelle stehen, wo der überdachte Sitzplatz entstehen sollte.

»Das geht ja gut voran«, stellte sie fest.

»Ja, ich muss zugeben, dass Ben sehr ordentliche Arbeit macht«, sagte Méline.

»Sollte er auch, nach der ganzen Studiererei!«, bemerkte Maud.

Ich starrte auf meinen Champagner, oder das, was davon noch übrig war – ich hatte das Glas fast in einem Zug geleert. Es war mir völlig egal, ob Ben gut war in dem, was er tat, und was die anderen über ihn dachten.

Colette beugte sich mit verschwörerischer Miene zu uns. »Falls ihr gerade über Benjamin Girard sprecht: Ich habe gehört, dass er La Mercerie gekauft hat ...«

Méline wurde plötzlich ganz blass und sackte in ihrem Stuhl zusammen.

»Ist alles in Ordnung?«, fragte ich beunruhigt.

Meine Tante bemühte sich zu lächeln, aber sie sah aus, als hätte ihr jemand einen Knüppel über den Kopf gehauen.

»Schon gut, das ist sicher nur der Champagner«, erwiderte sie. Dann wandte sie sich zu Colette. »Ben hat La Mercerie gekauft? Davon hat er mir gar nichts erzählt. Ich dachte, er wohnt bei seinen Eltern.«

Obwohl sie äußerlich ruhig wirkte, lag eine Anspannung in ihrer Stimme, die aber offenbar niemand außer mir bemerkte.

»Ach, das ist noch ganz frisch«, sagte Colette. »Er ist wohl erst letztes Wochenende dort eingezogen.«

»La Mercerie ... Das ist doch dieses halb verfallene Haus, wo wir als Kinder nie hindurften, oder?«, fragte ich Méline.

Das Haus stand am Waldrand, und als wir klein waren, hatte es uns magisch angezogen. Einer der Feldwege, auf denen wir oft mit unseren Rädern unterwegs waren, führte direkt dorthin, aber die Erwachsenen hatten uns erzählt, dass es dort spukte, und uns ermahnt, einen Bogen darum zu machen. Was Ben natürlich nur umso neugieriger gemacht hatte, obwohl er gar nicht an Geister glaubte.

Meine Tante lachte etwas gezwungen. »Ja, genau das. Ihr seid da ständig drum herum geschlichen ... Wir hatten schreckliche Angst, dass euch etwas zustößt. Bei den morschen Dielen kann so was schnell passieren.«

»Ich wusste doch, dass diese Geistergeschichten nur erfunden waren!«, sagte ich augenzwinkernd.

»Trotzdem finde ich es seltsam, dass Ben sich wieder hier niederlässt«, meinte Maud.

»Was ist denn daran so ungewöhnlich?«, fragte Colette. »Das habe ich doch auch gemacht.«

»Schon, aber er hat überall auf der Welt Preise eingeheimst. Und dann von San Francisco nach Cressigny zu gehen, ist schon ziemlich schräg.«

San Francisco? Wow, er ist ja ganz schön rumgekommen.

Nach kurzem Schweigen sagte Méline tonlos: »Irgendwann holen uns unsere Wurzeln wieder ein, ob wir wollen oder nicht.«

Sie benahm sich sehr merkwürdig. Ob das wirklich vom Alkohol kam? Möglich war es. Ich war auch ein wenig beschwipst, und meine Tante hatte genauso viel getrunken wie ich. Plötzlich klopfte mir jemand aufs Knie. Es war Colette.

»Stimmt es, dass du früher mal mit Ben zusammen warst?«

Es war ja klar, dass das irgendwann kommen musste. Wie alle hier in der Gegend besaß Colette eine zügellose Neugier, und ich konnte noch froh sein, dass sie mich nicht schon eher über mein Liebesleben ausgefragt hatte.

Offenbar hatte Tania meinen verzweifelten Blick bemerkt, denn sie sagte: »Ich weiß nicht, wie es mit euch ist, aber ich gehe jetzt ins Bett.« Sie zwinkerte mir zu, während sie begann, die Überreste unserer Mahlzeit abzuräumen, und ich lächelte ihr dankbar zu. Colette und Maud erhoben sich ebenfalls, um ihr zu helfen.

»Lasst nur«, protestierte Méline. »Ich mache das schon.«

Als ich aufstand, um die Teller einzusammeln, musste ich mich an der Tischkante festhalten. Der Boden unter mir schwankte.

»Ups. Ich fürchte, ich kann nicht mehr fahren.«

Sofort erbot sich Colette, mich mitzunehmen. »Maud können wir unterwegs absetzen.«

Ich lehnte höflich ab, da ich keine Lust auf ein Verhör hatte.

Außerdem konnte ich meinem Vater in dem Zustand nicht gegenübertreten, das wäre zu peinlich gewesen.

»Dann schläfst du wohl besser hier«, meinte Tania. »Du wirst mit dem Sofa vorliebnehmen müssen, aber ich hole dir eine Decke.«

»Das ist wunderbar«, sagte ich und unterdrückte ein Gähnen.

Ich hatte mich kaum hingelegt, da schlief ich schon wie ein Stein. Ich hörte nicht mal, wie Paul, Alex und Léo von ihrem Bowlingabend zurückkamen.

14

Ich wusste, es konnte nicht wahr sein. Es war unmöglich. Ich träumte, schließlich konnte ich ja nicht plötzlich wieder neun Jahre alt sein. Doch das Grauen verschleierte mein Bewusstsein.

»Na los, Julia! Ich wette, du schaffst es nicht, mich einzuholen!« Bens Stimme stachelt mich an. Wir sind mit dem Rad unterwegs; er fährt lachend vor mir her, tritt in die Pedale, so schnell er kann. Sein graues T-Shirt bläht sich, und sein von der Sonne ausgeblichenes Haar wird vom Wind zerzaust. Ich lache auch und lege Tempo zu. Was für ein Genuss, die Straße zu verlassen und über die von hohem Gras und Weißdornbüschen gesäumten Feldwege zu fahren! Es ist, als würde alles uns gehören. Wenn wir zum Wald kommen, machen wir uns meist einen Spaß daraus, uns gegenseitig Angst einzujagen, und am Schluss kühlen wir dann unsere müden Füße im kühlen Fluss.

An diesem Tag radeln wir zum Spukhaus, obwohl Méline es mir ausdrücklich verboten hat. Normalerweise ist meine Tante nicht so streng, also gibt es dort vielleicht wirklich ein Gespenst. Und ehrlich gesagt ist mir auch ein bisschen unwohl dabei. Anscheinend merkt es Ben, denn er wird langsamer. Als er sich zu mir umdreht, ist sein Gesicht nur undeutlich zu erkennen. Die Sonne verschwindet allmählich und lässt uns in einer merkwürdig diesigen, staubigen Atmosphäre zurück, so ähnlich wie in dem schrecklichen Kriegsfilm, den meine Eltern neulich geguckt haben, Apocalypse Now. *Ich bekomme eine Gänsehaut, und mir bricht kalter Schweiß aus, obwohl es mindestens dreißig Grad warm ist. Ich kann Ben nicht mehr sehen und stehe plötzlich vor einem großen, heruntergekommenen Haus. Leute sitzen in dem von Dornenranken überwucherten Garten, stoßen miteinander an und lachen auf abstoßende Weise. Aus dem Haus wachsen Baumwurzeln, die sich ins Unendliche ausbreiten.*

Ich trete an eines der Fenster und schaue hinein. Da drinnen ist Ben. Er starrt mich an und deutet auf etwas hinter mir. Ich weiß, dass ich mich nicht umdrehen darf, weil das, was ich dort entdecke, mir furchtbare Angst machen wird. Aber die Versuchung ist groß, sehr groß. Langsam wende ich mich um.

Ein grelles Licht blendet mich.

Ich zuckte zusammen, riss die Augen auf und stöhnte. Eine üble Migräne hämmerte in meinen Schläfen. Verdammt, wie spät war es denn? Es musste doch noch mitten in der Nacht sein!

Licht aus, bitte!

Offenbar hatte ich laut gedacht, denn jemand kam auf mich zu.

»Oh, entschuldige. Ich hatte vergessen, dass du hier bist.«

Mein Cousin beugte sich über mich, hellwach und angezogen. Und nach seiner spöttischen Miene zu urteilen, tat es ihm überhaupt nicht leid.

»Alex? Wieso bist du auf? Schläfst du denn nie?«

»Es ist halb fünf, ich muss gleich zur Arbeit. Ich wette, du musstest nicht so früh aufstehen, um vor der Kamera deine hübschen Küchlein zu backen«, setzte er höhnisch hinzu.

»Spar dir deine Sticheleien, das ist jetzt nicht der richtige Moment dafür«, grummelte ich.

»So? Ich finde, es ist der ideale Moment dafür. Meine Mutter hat mir gesagt, du willst mit mir reden.«

Mühsam richtete ich mich auf dem Sofa auf und versuchte, die hartnäckigen Überreste meines Traums abzuschütteln. Dieses Horrorhaus war eine verzerrte Version von dem, das Ben gekauft hatte. Offenbar brauchte mein Gehirn nicht viel, um aus der Bahn geworfen zu werden.

»Alex«, sagte ich mit einem Seufzen, »es ist noch nicht mal

Tag, und gestern Abend haben wir ein bisschen was getrunken. Ich bin einfach nicht in der Verfassung ...«

Ohne meine armseligen Argumente zu beachten, hielt er mir einen Becher Kaffee hin. »Ich habe eine Viertelstunde, Julia, und keine Minute länger.«

Mit einer Handbewegung lehnte ich den dampfenden Becher ab und warf meinem Cousin einen finsteren Blick zu. Ich hatte keine Lust auf Kaffee, und ich hatte keine Lust, mich jetzt mit dem schwärenden Abszess zwischen uns zu befassen. Ich wollte bloß weiterschlafen und von einem weißen Strand und sanften Wellen träumen.

»Also, worüber wolltest du mit mir sprechen?«, fragte Alex und setzte sich mir gegenüber in einen Sessel.

Die Ellbogen auf die Knie gestützt, sah er mich unverwandt an und erwartete offensichtlich eine vernünftige Antwort. Was mir in Anbetracht der Uhrzeit und der Umstände eine übermenschliche Anstrengung abverlangte.

»Das weißt du ganz genau«, erwiderte ich. »Schließlich hast du mich nicht gerade freudestrahlend begrüßt.«

Er lachte spöttisch. »Freudestrahlend? Du dachtest doch wohl nicht, dass ich einen roten Teppich für dich ausrolle, oder?«

Wir steuerten direkt auf den großen Knall zu.

»Alex –«

»Nein, Julia«, unterbrach er mich kalt. »Was hast du denn erwartet? Jahrelang hast du kein Lebenszeichen von dir gegeben, und dann schneist du einfach hier rein ... Mag ja sein, dass du im Fernsehen geglänzt hast, aber hier hast du vor allem durch deine Abwesenheit geglänzt.«

Ich senkte den Kopf, denn ich wusste nicht, was ich darauf erwidern sollte. Er hatte ja recht.

»Dass du *uns* nicht mehr besuchst, ist ja halb so wild«, fuhr er fort. »Aber deinen Vater so im Stich zu lassen, das geht gar nicht.«

Bei dieser Bemerkung fuhr ich hoch. Hatte er vergessen, was mein Vater mir angetan hatte?

»Das stimmt nicht!«, wehrte ich mich. »Ich mache mir riesige Sorgen um ihn!«

Kurzes Schweigen, dann zuckte Alex mit den Schultern. »Wenn das so ist, wo warst du, als er solche Probleme mit dem Alkohol hatte?«

Sein Angriff überraschte mich. »Er war derjenige, der mich im Stich gelassen hat, Alex, das weißt du so gut wie ich.«

Er beugte sich vor. »Es hätte ihm geholfen, wenn du ihn öfter besucht hättest«, zischte er, sichtlich bemüht, seine Stimme im Zaum zu halten, um nicht das ganze Haus aufzuwecken.

»Willst du mir jetzt etwa die Schuld an seiner Trinkerei geben?« In mir mischten sich Fassungslosigkeit und Wut. Wie unverschämt von ihm, mir ein schlechtes Gewissen einreden zu wollen!

Er schüttelte den Kopf. »Du hast ihm keine Chance gegeben, Julia. Gut, es war nicht besonders toll, was er damals an deinem Geburtstag zu Ben gesagt hat ... Aber findest du es in Ordnung, dass Ben dich wegen so was sitzengelassen hat?«

Das saß. Ich starrte ihn an, wusste nicht, was ich sagen sollte. Dieses Gespräch hatte fast etwas Unwirkliches. Noch vom Schlaf benommen, hatte ich Mühe zu begreifen, warum Alexandre ausgerechnet jetzt seinen angestauten Groll an mir ausließ. Doch in meinem Innern flüsterte eine Stimme, dass an seinen Worten durchaus etwas Wahres dran war. Trotzdem konnte ich mich nicht einfach so beschuldigen lassen, ohne mich zu wehren!

»Schon gut, du brauchst dich gar nicht so aufzuregen«, entgegnete ich. »Darf ich dich daran erinnern, dass der Riss schon eine ganze Weile vor diesem Geburtstag da war? Meine Mutter hatte mit Sicherheit gute Gründe, warum sie mich von hier weggebracht hat. Auf jeden Fall bin ich nicht für die Handlungen meiner Eltern verantwortlich.«

Alex hob zu einer Erwiderung an, ließ es dann jedoch und presste die Lippen zusammen.

»Nein, dafür bist du nicht verantwortlich«, sagte er schließlich und stand auf. »Aber es war deine Entscheidung, auf Abstand zu bleiben. Hat es dich wenigstens glücklich gemacht?«

Ich schluckte. Alex warf mir einen Blick zu, in dem ein tiefer Schmerz zu erkennen war, dann verschwand er ohne ein weiteres Wort, um zur Arbeit zu fahren. Sobald er weg war, ließ ich den Tränen freien Lauf.

»Nein«, sagte ich leise zu mir selbst. »Anscheinend hat es mich nicht glücklich gemacht.«

Knapp drei Stunden später saß ich mit Méline und Léonore beim Frühstück. Tania, die an diesem Morgen frei hatte, schlief noch, und mein Onkel war im Bad. Die Sonne strömte in die Küche, aber in meinem Zustand fand ich diese Helligkeit eher quälend.

»Du siehst müde aus, Julia«, bemerkte Méline, während sie ihr Baguette in die Kaffeeschale tunkte.

Ich nickte nur. Meine Laune war nicht die beste. Nachdem Alex gegangen war, hatte ich nicht wieder in den Schlaf gefunden. Seine Vorwürfe hatten mich getroffen, und ich überlegte unentwegt, ob ich nicht anders hätte handeln können, ob ich mich davor gedrückt hatte, mir die richtigen Fragen zu stellen. War es nicht wirklich allzu einfach gewesen, meinen Vater zum Sündenbock zu machen? Und das als Vorwand zu nehmen, um nicht mehr herkommen und mich mit meinen Verletzungen auseinandersetzen zu müssen?

»Das kommt vom Champagner«, erwiderte ich und bestrich mein Brot mit Butter.

»Außerdem hat Papa sie geweckt«, fügte Léonore hinzu.

Méline zog die Augenbraue hoch. »Dabei achtet Alex doch sonst immer so darauf, leise zu sein.«

»Er hat gesagt, dass er mit Julia Klartext reden wollte«, erklärte Léo. »Und du kennst ja Papa, wenn er sich was in den Kopf gesetzt hat ...«

»Woher weißt du das?«, fragte ich sie.

»Weil ich alles gehört habe«, erwiderte sie, als wäre es das Selbstverständlichste von der Welt. Dann beugte sie sich über ihre Frühstücksflocken.

Méline massierte sich verwirrt die Schläfen. »Ich komme da nicht mehr mit. Wenn ich das richtig verstanden habe, Julia, hat Alex dich in aller Herrgottsfrühe geweckt, um mit dir zu reden, und du, Léo, warst auch wach?«

Die Kleine zog eine verlegene Miene. »Papa und Maman haben sich gestritten, als sie ins Bett gegangen sind, und da konnte ich nicht gut schlafen.«

»Schon wieder ...«, seufzte Méline.

Léonore schien über etwas nachzudenken, und ich konnte förmlich sehen, wie die Rädchen in ihrem Kopf sich drehten. Als sie den Kopf hob, war ihre Miene ein wenig zu ernst für ein Mädchen ihres Alters.

»Glaubt ihr ... Also, kann man sich wirklich wegen Geldsorgen trennen?«

Eine Woge von Liebe leuchtete in den Augen meiner Tante auf, und sie legte den Arm um Léo. »Um so was brauchst du dich nicht zu sorgen, mein Herz. Deine Eltern kriegen das schon hin. Wenn man sich liebt, kann nichts so schlimm sein.«

Ihre Worte gaben mir das Lächeln zurück. Niemand schaffte es so wie Méline, das Leben voll Zärtlichkeit zu nehmen. Gerade als ich in mein Brot beißen wollte, klingelte es an der Tür. Mein Onkel kam die Treppe herunter und verkündete zufrieden: »Das ist Ben! Immer pünktlich, der Junge!«

Mein Lächeln fiel in sich zusammen, und ich merkte, wie ich blass wurde.

Meine Tante schloss angesichts dieser neuen Schwierigkeiten, die sich abzeichneten, kurz die Augen. »Tut mir leid, Julia ... Ich habe gestern Abend ganz vergessen, es dir zu sagen, aber er kommt auch am Samstagmorgen, um uns zu helfen.«

Nervös warf ich einen Blick auf die Tür, die in den Garten führte. Vielleicht konnte ich mich dorthin flüchten? Doch bevor ich meinen Plan in die Tat umsetzen konnte, standen Paul und Ben bereits im Türrahmen.

»Hallo«, sagte Letzterer in die Runde, dann erstarrte er und musterte mich mit einem so seltsamen Blick, dass ich mir vorkam wie ein besonders abstoßendes Insekt.

»Einen Kaffee?«, fragte mein Onkel, der offenbar nicht bemerkt hatte, dass die Atmosphäre schlagartig abgekühlt war.

»Nein, danke.«

Schweigen breitete sich aus, und mit einem Mal wurde mir bewusst, wie ich aussah: die Haare noch vom Schlaf zerzaust, und dazu ein altes T-Shirt, das Tania in den Tiefen eines Schranks gefunden hatte und das offenbar noch aus ihrer David-Guetta-Phase stammte, denn darauf stand in Goldbuchstaben *F*** Me I'm Famous*. Vermutlich dachte Ben, dass seine Exfreundin zu einer selbstverliebten Promizicke mutiert war.

Gott, wie peinlich ... Sieh ihn bloß nicht an!

Ich spürte, wie ich knallrot wurde. Natürlich hätte ich sagen können, dass das T-Shirt mir nicht gehörte, aber der Gedanke, dass das die ersten Worte wären, die ich nach vierzehn Jahren an Ben richtete, hielten mich davon ab. Außerdem bekam ich ohnehin kein Wort heraus, und ich betete innerlich, dass sich die Erde auftun und mich für immer verschlingen würde.

Da die Stille allmählich unbehaglich wurde, stand Méline auf. »Geht doch schon mal in den Garten, ich bringe euch eine Thermoskanne raus.«

Da schien mein Onkel endlich zu begreifen, warum wir alle so verlegen waren. »Ja, natürlich«, erwiderte er hastig.

Im Vorbeigehen strubbelte Ben Léonore, die ihn anhimmelte, durchs Haar.

»Na, ich wette, du hast sie beim Bowling so richtig abgezogen, oder?«, fragte er.

Léo nickte strahlend. »Mein Großvater will eine Revanche. Kommst du nächstes Mal mit?«

»Warum nicht?«

Er klang nicht sonderlich begeistert, was Léo nicht entging.

»Willst du dich drücken, oder hast du keine Zeit?«, fragte sie feixend.

Weder noch, meine Kleine, ihm ist nur meine Gegenwart unangenehm, und er würde sich am liebsten verdrücken.

»Nun lass Ben mal in Ruhe«, sagte Méline. »Du weißt doch, dass er arbeiten muss.«

Da ich neben Léonore saß und Ben sicher nicht unhöflich erscheinen wollte, nickte er mir widerstrebend zu.

»Wie geht's dir?«, fragte er etwas gezwungen.

»Ganz gut. Aber ich bin immer noch kein Morgenmensch«, murmelte ich, den Blick stur auf meine Kaffeeschale gerichtet.

Na toll, jetzt hatte ich ihn ausgerechnet an etwas erinnert, mit dem er mich damals, als wir zusammen waren, immer aufgezogen hatte! Immerhin erkannte Ben, dass es Zeit war, dem Elend ein Ende zu bereiten, denn er verschwand ohne ein weiteres Wort im Garten. Ich atmete aus. Ich musste an den Alptraum denken, den ich gehabt hatte, und hätte fast geweint, denn er hatte mir nicht nur Angst eingejagt, sondern mich auch daran erinnert, wie eng unsere Freundschaft damals gewesen war. Der Gedanke an das, was wir verloren hatten, tat weh.

»Also, ich verstehe gut, dass du mit ihm zusammen warst«, sagte Léo leise. »An deiner Stelle hätte ich auch nicht gezögert.«

Ich verschluckte mich glatt an meinem Kaffee. »Woher weißt du denn das jetzt schon wieder?«, fragte ich hustend.

»Ich glaube, meine Enkelin horcht zu viel an den Türen«, sagte Méline und versuchte, streng dreinzuschauen, was ihr aber nicht so recht gelang.

Das erklärte allerdings nicht, wieso meine Beziehung mit Ben überhaupt Thema gewesen war. Ich wusste, dass die Leute sich auf dem Land bisweilen langweilten, aber das erschien mir als Erklärung wenig überzeugend.

»Kommt es häufiger vor, dass ihr über mein Liebesleben sprecht?«, fragte ich bemüht beiläufig.

»Natürlich nicht«, antwortete Méline. »Aber Alex wurde wütend, als er mitbekam, dass Ben die Arbeiten bei uns im Garten übernehmen sollte. Er weiß, dass Ben dir sehr weh getan hat, und verstand nicht, warum wir ausgerechnet ihn genommen hatten.«

Sieh mal an ...

Ich musste unwillkürlich lächeln. So hatte mein Cousin trotz seiner eisigen Begrüßung und seiner Vorwürfe offenbar doch kein Herz aus Stein.

15

»Hast du an das Gebäck gedacht?«

»Das hast du mich schon zweimal gefragt, Papa! Ich habe es in den Kofferraum gepackt, bevor wir losgefahren sind, und es wird sich bestimmt nicht einfach in Luft auflösen.«

Wir waren auf dem Weg zu Suzette. Nachdem Ben bei meiner Tante aufgetaucht war, hatte ich mich zu meinem Vater geflüchtet, ohne mich dazu zu äußern, warum ich über Nacht weggeblieben war, und für den Rest des Tages das Haus nicht mehr verlassen. Mein Vater dachte sich vermutlich seinen Teil, hatte sich aber seine Kommentare gespart und mich in Ruhe gelassen. Wobei ich nicht wirklich zur Ruhe gekommen war, weil in meinem Kopf alles durcheinanderging. Erst der Streit mit Alex, und dann Ben, der im ungünstigsten Moment aufgetaucht war – mein Aufenthalt in der Touraine wurde immer mehr zur Prüfung! Deshalb hoffte ich, dass der Besuch bei Suzette mich ein wenig ablenken würde. Doch mein Vater, der auf dem Beifahrersitz saß, war ein einziges Nervenbündel. Seine Knie schlugen ununterbrochen gegeneinander. Ich wusste nicht, warum er so angespannt war, aber es war kaum zu ertragen. Verstohlen sah ich zu ihm hinüber. Er hatte sich ein wenig Mühe gegeben, was seinen Aufzug anging, und das T-Shirt angezogen, das ich ihm geschenkt hatte. Außerdem trug er statt der Jogginghose eine Jeans, und so sah er gleich wesentlich präsentabler aus.

Während ich fuhr, stellte er alle paar Minuten einen neuen Radiosender ein.

»Jetzt sei doch nicht so gestresst«, sagte ich genervt, den Blick auf die Straße gerichtet. »Das macht mich ganz nervös.«

»Ich bin nicht gestresst«, log er.

»Wer's glaubt, wird selig! Und lass das Radio in Ruhe, mir gefällt der Song«, fügte ich hinzu, denn gerade lief *I Want to Break Free* von Freddie Mercury, und ich begann mitzusingen.

Mein Vater stieß einen Seufzer aus, dann noch einen, aber ich tat so, als hätte ich es nicht bemerkt. Es war ein so schöner Nachmittag, und ich hatte keine Lust, ihn mir durch seine schlechte Laune verderben zu lassen. Ein paar Stunden zuvor hatte ich das Gebäck aus dem Supermarkt geholt, das er für uns hatte reservieren lassen, dann hatte ich auf der angrenzenden Wiese ein paar Wildblumen für meine Großmutter gepflückt. Ich war sehr zufrieden mit meinem hübschen Strauß, der aus Margeriten, kleinen violetten Blumen, wildem Hafer und ein paar Mohnblumen bestand, die hier und da in leuchtenden Tuffs gewachsen waren.

»*God knows / God knows I want to break free ...*«

Ich sang aus vollem Hals, als wäre ich allein im Auto, während mein Vater demonstrativ die Gegend betrachtete. Ich wusste, dass ihm gleich die Trommelfelle platzen würden, aber das war Absicht. Angesichts meiner Sturheit und eines besonders schiefen Tons streckte er die Waffen.

»Also gut ... Ja, ich geb's zu, es macht mir Angst, dass meine Mutter so abbaut. Deshalb möchte ich, dass alles perfekt ist, wenn ich sie besuche.«

Überrascht stellte ich das Radio leiser. »Ich weiß nicht, was ich darauf sagen soll, Papa ... Ja, es ist ein Schock, wenn man weiß, wie aktiv sie früher war.«

Suzette hatte Jahre gebraucht, bis sie schließlich bereit gewesen war, in den Ruhestand zu gehen. Nach Arthurs Tod hatte sie sich an ihre Bar geklammert wie an einen Rettungsring. Sie war immer eine dynamische Großmutter gewesen, die sich von niemandem die Butter vom Brot nehmen ließ. Einmal waren Alex und ich in das Café du Sport gekommen, ohne die Gäste zu begrüßen. Daraufhin hatte sie uns beide an die Hand genommen, wieder nach draußen gebracht und erklärt, das werde sie so oft wiederholen, bis wir gelernt hätten, guten Tag zu sagen. Aber mein Cousin und ich hatten auch sehr schöne Momente mit ihr erlebt; zum Beispiel hatte sie geduldig mit uns Mensch ärgere dich nicht gespielt, wenn uns das schlechte Wetter zwang, im Haus zu bleiben. Als Kind hatte ich ihr fasziniert dabei zugesehen, wie sie ihren leuchtend roten Lippenstift auftrug, bevor sie ausging. Ich liebte den Duft ihres Parfüms und ihre Stimme, wenn sie die Namen der Neugeborenen aus der Zeitung vorlas oder die Kleinanzeigen durchging, um zu sehen, wer was verkaufen wollte. Suzette war auch eine großzügige Frau, die dem Bettler, der vor dem Intermarché saß und Akkordeon spielte, stets eine Münze gegeben hatte. Sobald er sie aus ihrem kleinen roten Fiat Uno aussteigen sah, hatte er ein Stück von Tino Rossi angestimmt, dem Lieblingssänger meiner Großmutter.

Deshalb verstand ich die Trauer meines Vaters, und es rührte mich, dass er sich um sie kümmerte wie um eine zarte Blume. Das war eine neue Seite an ihm, die ich bisher nicht gekannt hatte und die man bei ihm auch nicht unbedingt vermutet hätte, wenn man ihn sah, diesen einsamen alten Schrat mit den riesigen Händen.

»Ich finde es toll, dass du ihr die Sonntage ein wenig versüßt«, sagte ich mit einem Kloß im Hals.

Statt einer Antwort nickte er nur steif. Wir waren am Ziel.

Suzette begrüßte uns mit einem breiten Lächeln. Sie saß in ihrem Sessel und ließ sich von der Sonne die Beine wärmen. Neben ihr lagen eine Zeitschrift und ein Roman von Françoise Bourdin. Sie strahlte, als sie das Gebäck und den Blumenstrauß erblickte.

»Ihr verwöhnt mich viel zu sehr!«

Ich erwiderte ihr Lächeln und ging zu der Vase, in der die mittlerweile verwelkten Tulpen vom letzten Besuch standen. Ihre Stiele verfärbten sich bereits, und die Blütenblätter waren vertrocknet. Ich nahm sie heraus und ersetzte sie durch meinen Wiesenstrauß.

»Ich liebe Blumen«, sagte Suzette, während sie mir zusah. »Aber ich schaffe es kaum noch, ihnen frisches Wasser zu geben.«

»Warum bittest du nicht jemanden vom Personal darum?«, fragte mein Vater und verteilte Pappteller auf dem kleinen Tisch.

»Ich mag sie nicht stören. Die Ärmsten haben schon genug zu tun.«

Sie nahm sich ein Erdbeertörtchen, und mein Vater tat es ihr gleich.

»Willst du nichts?«, fragte er mich.

Das Gebäck lockte mich durchaus, aber seit ich hier war, tat ich kaum etwas anderes, als Kuchen zu futtern. Und noch dazu Industriekuchen, voll überflüssiger Zusätze. Ich begann schon fast, von Dacquoises, Génoises und all den anderen Leckereien zu träumen, die ich früher so gerne gebacken hatte.

»Probier doch mal die kleinen Windbeutel«, meinte Suzette. »Sie sind zwar nicht so gut wie die Choux Rossignol, aber trotzdem gar nicht so schlecht.«

»Choux Rossignol?«, wiederholte ich.

Sie nickte. »Die Spezialität meines Vaters. Er war berühmt für seine Windbeutel.«

»Schade, dass ich die nicht mehr kennengelernt habe.« Ich nahm mir einen, vor allem um ihr eine Freude zu machen, und sah mich in ihrem Zimmer um. »Auf jeden Fall scheinst du in einer guten Einrichtung zu wohnen.«

»O ja, das hier ist der Rolls-Royce unter den Altenheimen! Zwar ist ein Tag mehr oder weniger wie der andere, aber das stört mich nicht. In meinem Alter hat Gleichförmigkeit etwas Tröstliches.«

»Und was machst du den ganzen Tag?«

»Ich stricke Babyschühchen, schaue mir Filme an oder spiele mit anderen Bewohnern Karten. Und ich lese gerne, Romane oder Illustrierte.«

»Ich hoffe, du gönnst dir auch ein bisschen Ruhe«, sagte mein Vater besorgt.

Suzette hob ihre faltige kleine Hand und lächelte mit leisem Spott. »Meine Kinder würden mich am liebsten in Watte packen, als läge ich schon im Sterben. Was für ein Glück, dass dieses Heim ein gutes Stück entfernt liegt, so können sie mich nicht ständig überwachen.«

Mein Vater schüttelte nur den Kopf, immun gegen ihren Humor. Als er sein Törtchen gegessen hatte, stand er auf. »Ich gehe eine rauchen.«

»Du solltest vorsichtig sein«, protestierte Suzette. »Schließlich ist mein Vater an Lungenkrebs gestorben, und ich will nicht, dass es dir genauso ergeht.«

»Mach dir keine Sorgen, ich *bin* vorsichtig«, versprach er, dann zog er die Tür hinter sich zu und ließ uns allein.

Meine Großmutter wandte sich zu mir. »Dein Vater hat schon immer seinen Dickschädel durchgesetzt. Das muss er von mir haben«, sagte sie und lachte wie ein junges Mädchen.

»Zumindest hat er nicht gelogen. Seit ich hier bin, habe ich ihn nur ein, zwei Mal rauchen sehen«, erwiderte ich. »Übrigens hat er angefangen, mir von deinen Eltern zu erzählen.«

»Ach ja?«

Ich schilderte ihr, was er mir über Eugénie berichtet hatte. »Und ich kann es kaum erwarten zu hören, wie es weiterging.«

»Es überrascht mich, dass dich die Vergangenheit so interessiert.«

Fast hätte ich sie gefragt, warum sie mir früher nie etwas davon erzählt hatte, doch ich verkniff es mir. Um ehrlich zu sein, hatte ich früher nie das geringste Interesse an der Geschichte meiner Familie gehabt.

Ohne auf eine Antwort von mir zu warten, lehnte sich Suzette in ihrem Sessel zurück und sagte unumwunden: »Jetzt, wo wir unter uns sind, würde ich mich gerne ein bisschen mit dir unterhalten. Dir geht es nicht so gut, oder?«

Ich überlegte einen Moment, wie ich antworten sollte. Ich wusste, dass wir sie so viel wie möglich schonen und ihr jegliche Aufregung oder Belastung ersparen mussten. Aber es wäre falsch gewesen, sie anzulügen. Und so beschloss ich, die Wahrheit ein wenig abzumildern.

»Im Moment ist es ein bisschen schwierig, aber das wird schon wieder.«

Sie zog die Augenbrauen hoch. »Erzähl mir nichts, Julia! Ich bin zwar alt, aber nicht dumm. Jetzt sag schon, was los ist.«

»Ich mache mir schreckliche Vorwürfe wegen Mamans Tod«, gestand ich ihr mit einem Seufzer. »Und ich weiß nicht, wie ich mit diesen Schuldgefühlen leben soll.«

So, jetzt war es raus. Dennoch fühlte ich mich nicht erleichtert.

Suzette sah mich verwundert an. »Und weswegen machst du dir Vorwürfe?«

Ich holte tief Luft und kämpfte gegen die Tränen an, die mir in den Augen brannten. »Wenn sie sich wegen meiner beruflichen Schwierigkeiten nicht solche Sorgen gemacht hätte, wäre es ihr vielleicht gelungen, den Krebs zu besiegen. Das geht mir ständig durch den Kopf, und mittlerweile weiß ich nicht mehr, was meine Schuld ist und was nicht.«

Meine Großmutter runzelte die Stirn. Einen Moment lang schien sie über meine Worte nachzudenken. Womöglich dachte sie auch, dass ich meinen Eltern eine schlechte Tochter gewesen war? Ich schluckte.

»Es ist nicht ungewöhnlich, sich schuldig am Tod eines nahestehenden Menschen zu fühlen«, sagte sie schließlich mit merkwürdig belegter Stimme. »Aber unsere Zeit mit Reue zu verschwenden, macht die Menschen auch nicht wieder lebendig.«

»Ich weiß ... Mir ist klar, dass man nicht in die Vergangenheit zurückkann, aber ich finde auch nicht die nötige Kraft, um vorwärtszugehen.«

Suzette trank einen Schluck Wasser. »Ich glaube, das Problem liegt darin, dass du dir nicht gestattest, vorwärtszugehen. Es ist schade, dass du mit deiner Leidenschaft für die Patisserie abgeschlossen hast. Du hast wirklich Talent.«

Als Beispiel nahm sie die Feier zu ihrem fünfundsiebzigsten Geburtstag. Es war ein fröhlicher Abend gewesen, bei dem wir sie sogar dazu gebracht hatten, zu *Suzette* von Dany Brillant zu tanzen. Alexandre und ich hatten ihr eine Charlotte aus gedünsteten Birnen mit einer Schokoladenganache gemacht.

»Den Geschmack habe ich immer noch auf der Zunge«, sagte sie genießerisch.

Ich schüttelte den Kopf. »Selbst wenn ich Lust dazu hätte, es geht nicht mehr. Mir sind alle Türen verschlossen.«

»Hast du denn in dem Milieu gar keine Freunde?«

Ich stieß ein spöttisches Schnauben aus. »Ach, weißt du, die Stars ... Solange es gut läuft, sind alle eine große Familie, aber wenn irgendwas schiefgeht, kennt dich plötzlich keiner mehr.«

»Tja, wenn man am Lack kratzt, kommt darunter nicht unbedingt etwas Schönes zum Vorschein ... Oh!«

Suzette hatte den Kopf zum Fenster gewandt. Neugierig geworden, warf ich ebenfalls einen Blick nach draußen. Mein Vater kam gerade wieder auf den Eingang zu – zusammen mit Méline und Alexandre! Eigenartigerweise sah meine Großmutter plötzlich aus wie eine fünfzehnjährige Schülerin, die beim heimlichen Rauchen hinter der Sporthalle erwischt worden war.

»Heute scheinen sich alle in den Kopf gesetzt zu haben, dir einen Besuch abzustatten«, bemerkte ich.

»Ja, seltsam«, erwiderte sie wenig überzeugend. »Genau genommen – «

Sie kam nicht dazu, den Satz zu beenden, denn in dem Moment kam meine Familie herein.

»Seht mal, wen ich draußen getroffen habe!«, verkündete mein Vater.

Irgendwas war da im Busch. Mein Vater zeigte sonst nie den geringsten Enthusiasmus, und auch jetzt klang sein Tonfall gezwungen. Alexandre ging zu Suzette.

»Hallo, meine bezaubernde Madame«, sagte er und begrüßte sie mit Küsschen. »Du wolltest uns sehen?«

»So eine förmliche Einladung kenne ich von dir gar nicht«, bemerkte Méline ihrerseits bei der Begrüßung. »War das ernst gemeint, dass du einen Familienrat abhalten willst?«

Was soll das denn jetzt wieder heißen?

Ich hatte plötzlich das Gefühl, in einem hochkomplizierten Film à la *Inception* gelandet zu sein. Ich verstand nur Bahnhof.

»Kann mir vielleicht mal jemand sagen, was los ist? Papa?«

Mein Vater zuckte mit den Schultern. »Ich weiß nicht mehr als du.«

Suzette schien die Situation sehr zu amüsieren.

»Na, was hast du denn jetzt wieder ausgebrütet, Mémé?«, scherzte Alexandre, doch er klang ein wenig angespannt.

»Was hat es mit diesem Familienrat auf sich?«, hakte ich nach.

»Setzt euch«, sagte Suzette. »Ich habe euch aus einem bestimmten Grund heute alle hergebeten.«

Großer Gott ... Wollte sie uns etwa mitteilen, dass sie an einer schweren Krankheit litt? Bedrückt ließ ich mich auf einem Stuhl nieder, während mein Vater und Méline sich vorsichtig auf den Bettrand setzten. Alexandre hingegen blieb stehen. Und nach seiner beunruhigten Miene zu schließen, befürchtete er vermutlich dasselbe wie ich.

»Du bist doch nicht krank?«, fragte er heiser.

Suzette lachte hell auf. »O nein! Ich bin nur alt, was auch nicht angenehm ist. Möge der Allmächtige mich davor bewahren, obendrein auch noch krank zu werden!«

Erleichterung machte sich breit, und ich hörte auf, an meiner Unterlippe herumzunagen. Die Ankündigung, dass sie einen Tumor oder etwas ähnlich Schlimmes hatte, hätte uns allen den

Rest gegeben. Ich hatte keine Lust, ein solches Drama noch einmal durchzumachen, und auch wenn meine Großmutter schon ziemlich alt war, wollte ich nicht, dass sie auch noch ging.

Méline nahm sich ein Mini-Éclair mit Kaffeecreme. »Worum geht es denn dann? Ist es wegen deines Hauses? Ich bin schon dabei, es auszuräumen.«

Suzette nickte. »Ja, darum geht es in gewisser Weise. Ich habe in den letzten Tagen viel nachgedacht.«

Mein Vater zog die Augenbrauen hoch. »Willst du es nicht mehr verkaufen? Vielleicht ist es noch zu früh für dich.«

»Nein, Serge, darum geht es nicht. Aber ich habe eine Entscheidung getroffen.«

»Aber was hat das mit Julia und mir zu tun?«, fragte Alexandre. »Wir sind nicht deine direkten Erben, also betrifft uns das auch nicht.«

»Das wirst du gleich verstehen, mein Lieber.«

Mein Cousin runzelte die Stirn. Er lehnte an der Wand und spielte mit einer kleinen Figur, die er vom Regal genommen hatte. Er war sichtlich nervös, und mir ging es nicht anders.

Suzette beugte sich ein wenig vor und sagte zu meinem Vater und meiner Tante: »Ich gehe doch recht in der Annahme, dass keiner von euch Interesse daran hat, die Bar und das Haus zu übernehmen?«

Verwirrt wechselten die beiden einen Blick.

»Keine Sorge«, fuhr meine Großmutter rasch fort, »ich mache euch keine Vorwürfe. Ich verstehe, dass ihr in eurem Alter nicht wisst, was ihr damit anfangen sollt. Aber ich kenne zwei junge Leute, die wieder auf die Füße kommen müssen.«

Was?

Lastendes Schweigen breitete sich aus. Wurde Suzette womöglich gaga? Doch danach sah sie nicht aus, ganz im Gegenteil. Instinktiv blickte ich zu meinem Cousin, doch der starrte nur wie hypnotisiert auf seine Schuhe.

Ich schnaubte ungläubig. »Was willst du uns damit sagen, Mémé?«

»Das liegt doch wohl auf der Hand«, erwiderte sie energisch. »Alexandre ist am Boden zerstört, seit er seine Boulangerie schließen musste. Und du, Julia, trittst deine Träume mit Füßen, nur weil du eine Enttäuschung erlebt hast.«

Ich öffnete den Mund, um zu protestieren, doch sie schnitt mir das Wort ab. »Ich bin noch nicht fertig. Ich erinnere mich sehr gut daran, wie ihr als Kinder wart. Wie ihr dauernd darum gebettelt habt, dass ich meinen Apfelkuchen backe, und wie viel Spaß es euch gemacht hat, den Teig mit mir zu kneten. Immer wieder habt ihr gesagt, wenn ihr groß wärt, wolltet ihr zusammen eine Patisserie aufmachen, um den Leuten Glück zu schenken.«

Sie sah uns mit großem Ernst an, und in ihren Augen glitzerten Tränen. Ich musste zugeben, dass es stimmte. Auch ich erinnerte mich noch gut an diese fröhlichen Momente.

»Ich habe euch geglaubt«, sagte sie leise. »Eure Begeisterung war nicht gespielt.«

Alex holte tief Luft. »Das Leben hat anders entschieden. Das weißt du so gut wie wir.«

Ich nickte energisch, doch Suzette ließ sich davon nicht aus dem Konzept bringen.

»Das Argument ist nicht von der Hand zu weisen«, sagte sie. »Dem Schicksal haben wir wenig entgegenzusetzen, das weiß ich selbst nur allzu gut. Aber das ist kein Grund aufzugeben. Wenn ihr das tut, wird sich eine Verbitterung in euch ausbreiten, die euch für den Rest eures Lebens verfolgt.«

Die Worte meiner Großmutter trafen mich genau an meinem wunden Punkt und verstärkten noch das Gefühl, gescheitert zu sein.

»Ja, und jetzt sollen wir die Bar übernehmen und statt Rotwein Apfelkuchen servieren, oder was?«, entgegnete ich gereizt. »Das ist doch wohl nicht dein Ernst!«

»Julia!«, rief mein Vater empört.

Ich schloss die Augen und rieb mir über die Stirn. »Entschuldige, Mémé«, sagte ich dann heiser. »Ich hätte dich nicht so anschreien sollen.«

Obwohl sie sichtlich verletzt war, fuhr sie ruhig fort: »Schon gut. Ich will nur, dass ihr wisst, welchen Kummer es mir bereitet, euch beide so unglücklich zu sehen. Deshalb möchte ich euch einen Pakt vorschlagen.«

»Einen Pakt?«, wiederholte Alex zweifelnd.

»Ich würde euch mein Haus gerne vermieten.«

Offenbar haben sie irgendwas in das Supermarktgebäck getan.

Ohne unsere überraschten Mienen zu beachten, fuhr meine Großmutter fort: »Es gibt natürlich einiges zu tun, aber die Räume der Bar sind groß genug, um daraus eine Patisserie zu machen. Und in die Wohnung obendrüber könntest du mit deiner kleinen Familie ziehen, Alex. Wenn das funktioniert, erbt ihr das Ganze, sobald ich nicht mehr da bin.«

Alle schwiegen verdattert. Nicht zu fassen! Das konnte sie doch nicht ernst meinen!

Schließlich brach Méline das Schweigen. »Bist du sicher, Maman?«, fragte sie vorsichtig.

»Absolut. Ich habe bereits meine Notarin informiert, die meine geistige Gesundheit bestätigen kann, falls es nötig sein sollte, und alle Papiere vorbereitet.«

Meine Überraschung verstärkte sich noch. Sie hatte tatsächlich an alles gedacht.

Méline nickte nachdenklich. »Das ist ein großzügiges Angebot«, sagte sie mit einem raschen Seitenblick zu Alex, der völlig fassungslos aussah.

Ich schaute zu meinem Vater, um zu sehen, wie er darauf reagierte. Er lächelte leise. Anscheinend gefiel ihm die Idee seiner Mutter. Doch was sie vorschlug, war riskant. Ich musste sie zur Vernunft bringen.

»Mémé, ich weiß, dass du uns gerne helfen möchtest, aber ... Eine Patisserie eröffnen, in Cressigny?«

»Meine Eltern haben das damals auch getan«, erwiderte sie.

»Und ihr könntet auch Brot verkaufen, da es ja keine Boulangerie mehr gibt.«

»Nach den beruflichen Pleiten, die Alex und ich hingelegt haben?«

»Es fehlt euch beiden doch nicht an Mut«, warf mein Vater ein. »Ich wette, das schafft ihr mit links.«

Ich war überrascht, dass er sich auf die Seite seiner Mutter schlug. Vermutlich wollte er ihr eine Freude machen, aber das Ganze grenzte an Wahnsinn.

»Das mit dem Mut ist nicht so einfach«, sagte ich und schluckte. »Ich schaffe es nicht mehr, auch nur den einfachsten Kuchen zu backen, und dann ein Geschäft aufzumachen ...«

»Gerade darum!«, gab meine Großmutter zurück. »Das ist doch die ideale Gelegenheit, um wieder in den Sattel zu steigen.«

Mit einem Mal begann mein Herz heftig zu schlagen. Würde ich jetzt vor den Augen meiner Familie eine Panikattacke bekommen, nur weil von mir verlangt wurde, wieder zu backen? Ich atmete tief durch, um mich zu beruhigen. Im gleichen Moment hob Alex den Kopf.

»Tut mir leid, aber das kommt für mich nicht in Frage«, verkündete er.

»Ihr müsst das natürlich erst mal ein paar Tage sacken lassen«, sagte Suzette verständnisvoll. »Niemand erwartet von euch, dass ihr sofort antwortet, und ich werde euch in jedem Fall unterstützen, ganz gleich, wie eure Entscheidung ausfällt. Aber wartet nicht zu lange, denn in meinem Alter hat man nicht mehr das ganze Leben vor sich.«

»Sie werden darüber nachdenken«, erklärte Méline, woraufhin ich ihr einen vorwurfsvollen Blick zuwarf.

Ich habe bereits darüber nachgedacht.

Unser Besuch hatte Suzette erschöpft; es war Zeit zu gehen. Nachdem wir uns von ihr verabschiedet hatten, verließen wir schweigend das Heim, jeder in seine Gedanken versunken. Unter anderen Umständen wäre dieses Angebot ein Geschenk des Himmels gewesen. Aber wie sollten Alexandre und ich ein solches Mammutprojekt stemmen? Außerdem hatte ich nicht vor, Paris zu verlassen, und noch viel weniger, wieder hier in der Touraine zu leben. Wie war sie nur auf diese Idee gekommen?

Ich war so mit meinen Überlegungen beschäftigt, dass mich beinahe ein elektrischer Rollstuhl angefahren hätte, den ich nicht hatte kommen sehen. Mein Cousin riss mich gerade noch rechtzeitig am Arm zurück.

»Passen Sie doch auf, wo Sie langgehen!«, schimpfte der Fahrer des Rollstuhls, der aussah wie ein alter Bauer und viel besser auf einen Traktor gepasst hätte.

Ich wollte schon entgegnen, dass er mich fast umgenietet hätte, beschloss dann aber, dass es sich nicht lohnte.

»'tschuldigung!«, rief ich ihm hinterher.

»Ich sag's ja immer wieder: Alte Leute am Steuer sind gefährlich!«, feixte Alex.

Froh, dass er endlich mal etwas heiterer wirkte, lachte ich mit ihm.

»Die reinste Plage!«, sagte ich grinsend. »Und so finster, wie der Kerl aussah, hätte er mich womöglich noch vor den Kadi gezerrt!«

Schlagartig wurde Alex wieder ernst. »Apropos alte Leute – was sollen wir denn Suzette sagen?«

»Gute Frage. Wobei das Entscheidendere wohl ist, *wie* wir es ihr sagen. Denn es steht ja nicht zur Debatte, ihr Angebot anzunehmen, oder?«

Sein vielsagender Blick reichte mir als Antwort. Inzwischen waren wir auf dem Parkplatz angekommen. Méline und mein Vater warteten neben ihren Autos.

»Wollt ihr mit uns essen?«, fragte meine Tante.

Mein Vater bedeutete mir, dass er mir die Entscheidung überließ.

»Mir ist eher nach einem ruhigen Abend«, antwortete ich.

»Kein Problem, Liebes. Morgen gehe ich weiter die Sachen in Mamans Haus durch – hast du Lust vorbeizukommen?«

»Ja, gerne. Dann kann ich dir ja ein bisschen helfen.«

Und mich davon überzeugen, dass die Umwandlung der alten Bar in eine Patisserie völliger Irrsinn war.

»Dann also bis morgen.«

Für die Rückfahrt überließ ich meinem Vater das Steuer. Ich war noch zu sehr mit Suzettes Vorschlag beschäftigt, um mich auf die Straßen konzentrieren zu können. Ich blickte durch die Scheibe hinaus auf die Felder, ohne sie wirklich zu sehen. Als wir uns Cressigny näherten, bogen wir auf die Straße ab, die durch den Wald führte. Ich dachte daran, dass sich hinter den Bäumen, am Ende des Feldwegs, das Haus befand, das Ben gekauft hatte. Ben ... Was hatte ihn nur dazu gebracht, San Francisco zu verlassen und in unser gottverlassenes Kaff zurückzukehren? Ich seufzte und schalt mich innerlich dafür, dass ich überhaupt darüber nachdachte. Die Gründe für seine Rückkehr gingen mich nicht das Geringste an. Dennoch konnte ich mir nicht verkneifen, meinen Vater danach zu fragen.

»Wusstest du das mit dem Haus?«, fragte ich meinen Vater.

»Ich wusste nur, dass deine Großmutter Méline gebeten hatte, ebenfalls zu kommen, aber nicht warum«, antwortete er.

Einen Moment lang war ich verwirrt, dann begriff ich, dass Papa die Frage gar nicht auf Ben bezogen hatte. Gut, ich hatte mich natürlich auch nicht sehr klar ausgedrückt. Aber im Grunde war ich erleichtert über das Missverständnis. Über Ben zu sprechen, würde nur Ärger geben.

»Und, was hältst du davon?«, fragte ich, als wäre nichts gewesen.

Ich hoffte darauf, dass er mir sagen würde, es wäre sicher nur eine Laune von Suzette gewesen, die sich ganz von selbst wieder geben würde. Doch er zuckte nur mit den Schultern.

»Was ich davon halte, ist unwichtig, Julia. Die Entscheidung liegt ja nicht bei mir.«

Dann schwieg er wieder. Herauszubekommen, was mein Vater empfand, war schwieriger, als eines der Rätsel von Leonardo da Vinci zu lösen.

Ich versuchte es trotzdem. »Ich habe gesehen, wie du vorhin gelächelt hast. Daraus schließe ich, dass du die Idee nicht so verrückt findest wie ich.«

»Nein, das war nicht der Grund. Als sie die Patisserie erwähnte, musste ich kurz an meine Kindheit denken. Eugénie hat Méline und mir oft ein paar Windbeutel gegeben, wenn wir aus der Schule kamen.«

Mit einem Mal klang er fast ein bisschen wehmütig. »Na, das nenne ich eine ausgewogene Mahlzeit!«, scherzte ich. »Die Ernährungswissenschaftler würden sich die Haare raufen.«

»Das war in der guten alten Zeit, als die Patisserie Rossignol unsere Familie berühmt gemacht hatte.«

»Warum eigentlich ›Rossignol‹? Marcel und Eugénie hießen doch Carbolet mit Nachnamen, oder?«

»Ach, das ist eine lange Geschichte!«, erwiderte er und bog in unsere Einfahrt.

Mein Vater parkte das Auto vor der Garage und stellte den Motor aus. Er würde doch jetzt nicht kneifen, nachdem er mich neugierig gemacht hatte?

»Wenn du heute Abend nichts anderes vorhast, kann ich dir ja noch ein bisschen davon erzählen«, sagte er schließlich und öffnete die Tür.

Ich stieß einen kleinen Jubelschrei aus. Endlich würde ich mehr über Eugénie erfahren!

16

Eugénie, 1919

Die Küchentür flog auf, und Eugénie zuckte zusammen. Ihre Arbeitgeber hatten für diesen Abend ein Diner geplant, und sie war gerade dabei, als Beilage zu den Birnen, die serviert werden sollten, Baisers herzustellen, was eine etwas heikle Angelegenheit war. Gleich würde sie den Eindringling hinter ihr, der es wagte, sie in ihrer Konzentration zu stören, mit einem verächtlichen Blick bestrafen. Bestimmt war es wieder Baptiste, Monsieurs Chauffeur, der nichts zu tun hatte und sich aus Langeweile ein Stück Kuchen erbetteln wollte! Als Eugénie sich umdrehte, war sie schon drauf und dran loszuschimpfen. Doch statt Baptiste sah sie eine wunderschöne junge Frau in der Tür stehen und biss sich auf die Zunge. Mit ihrem rotblonden, kurz geschnittenen Haar war sie eine äußerst elegante Erscheinung in einem Kleid aus weißem und schwarzem Musselin und Seidendraperien, deren Farbe Eugénie an die Blütenblätter einer Rose denken ließ. Die junge Frau steuerte auf die Köchin zu.

»Octavie, ich ertrage es einfach nicht mehr!«, rief sie. »Wann werden diese Menschen endlich verstehen, dass mich ihre Empfänge, die nur den Zweck haben, einen Ehemann für mich zu finden, einfach nicht interessieren?«

Während Eugénie sprachlos dastand, stellte Octavie die Sauce beiseite, die sie gerade für die Seezungenfilets zubereitete. »Bitte, Mademoiselle Marie-Rose!«, flüsterte sie wild gestikulierend. »Seien sie doch nicht so laut! Nicht, dass Ihre Mutter Sie hört!«

Mademoiselle Marie-Rose, dachte Eugénie, und ihr wurde klar, dass diese junge Frau niemand anders war als die Alleinerbin der Eheleute De Ferrière. Eugénie arbeitete nun seit zwei Wochen in dem großen Haus am Faubourg Saint-Marcel. Das Arrondissement war lange Zeit ein armer Stadtteil gewesen, aber der Kontrast zur Zone hätte dennoch nicht größer sein können, und sie bereute es nicht, dass sie diesen bedrückenden Ort hinter sich gelassen hatte. Sonntags kehrte sie allerdings in die Zone zurück, um ihre Familie zu besuchen. Ihre Arbeitgeber lebten ohne Frage in großem Luxus. Octavies Schilderungen hatte Eugénie entnommen, dass Hector De Ferrière einer Familie entstammte, die es mit ihren Gerbereien zu Reichtum gebracht hatte, einem Handwerk, das früher charakteristisch für diesen Stadtteil war. Er selbst hatte sich in der Textilindustrie einen Namen gemacht, bevor er die Führung eines Kaufhauses am linken Seine-Ufer übernahm.

Wider Erwarten fühlte sich Eugénie in dieser neuen Welt nicht unwohl. Sie hatte nicht lange gebraucht, um sich zurechtzufinden. Natürlich genoss sie nicht die gleichen Privilegien wie die Eigentümer des Hauses und musste abends über die Dienstbotentreppe in ihr Zimmer hochsteigen, doch das kümmerte sie nicht, jeder hatte nun einmal seinen Platz. Und was sie betraf, hatte sie jetzt eben auch eine Arbeit und ein Dach über dem Kopf, und das allein war ihr wichtig, zumal sie in der Regel ihre Ruhe hatte: Ihre Arbeitgeber ließen sich nur selten blicken. Folglich verkehrte Eugénie ausschließlich mit den Dienstboten, deren Zahl sich während des Krieges deutlich verkleinert hatte. Geblieben waren ein altersloser Butler, der diese Rolle mit seinem steifen Auftreten gegenüber dem restlichen Personal ganz wunderbar ausfüllte, und Georgette, das junge, schüchterne, etwas verträumte Stubenmädchen, dem häufig Schnitzer passierten. Zum Hauspersonal gehörte außerdem noch der Chauffeur Baptiste, der aus seiner Schwäche für Georgette keinen Hehl machte. Octavie und Eugénie waren für die Küche zuständig. Sie alle logierten oben im Dachgeschoss. Jede hatte dort ein eigenes Zimmer, das zwar klein, aber beheizt war und über fließendes Wasser verfügte. Für

Eugénie, die zum ersten Mal solchen Komfort genoss, eine Revolution! Mit Ausnahme des Butlers, der auch ihr gegenüber einen unerschütterlichen Snobismus zur Schau trug, war sie von allen freundlich aufgenommen worden. Während der Mahlzeiten, die man bei Tagesanbruch oder im Anschluss an den Dienst gemeinsam in der Küche einnahm, hatte sie sich bereits ein Bild von den anderen machen können: von Baptiste, der ein Spaßvogel war, immer voller Elan, und von Georgette, die wegen jeder Kleinigkeit vor Schreck etwas fallen ließ, aber ein liebenswerter Mensch war. Octavie wiederum erfüllte die Rolle einer Mutter, die gern Ratschläge erteilte, um die sie auch häufig gebeten wurde. Ihre direkte, wohlwollende Art hatte etwas Beruhigendes.

»Ich pfeif auf meine Mutter!«, wetterte Marie-Rose weiter. »Bin ich denn ein Stück Vieh, das man an den Bestbietenden verhökert?«

Ihr Ton war so vehement, dass Eugénie vor Erstaunen die Augen aufriss. Es war ihre erste Begegnung mit Mademoiselle, und so hatte sie sich die junge Frau nicht vorgestellt. Sie hatte schon gehört, dass sie kapriziös sein konnte und ihre Nase den lieben langen Tag in Bücher steckte, wenn sie nicht mit ihren Freundinnen auf den großen Boulevards flanierte. Den knallenden Türen in den oberen Etagen hatte Eugénie bereits entnommen, dass die junge Frau ein aufbrausendes Temperament hatte, aber es war das erste Mal in diesen zwei Wochen, dass sie herunterkam, um der Köchin von ihren Qualen zu berichten. So etwas tat man doch nicht! Octavie wirkte allerdings nicht überrascht. Diese Besuche waren den beiden Frauen offenbar zu einer sonderbaren Gewohnheit geworden.

»Möchten Sie eine Tasse Tee, Mademoiselle?«, fragte die Köchin. »Um Ihre Nerven zu beruhigen.«

»Das ist ja gerade das Problem«, seufzte Marie-Rose. »Jeder hier würde sich wünschen, ich wäre ein reizender Mensch von durch und durch ruhigem Wesen.«

Und schon begann sie wieder, in der Küche auf und ab zu gehen, bis sie mit einem Mal völlig überrascht vor Eugénie stehen blieb.

»Oh, Entschuldigung, ich habe Sie gar nicht gesehen! Ich bin ein bisschen kurzsichtig. Ich nehme an, Sie sind unser Neuzugang?«

Die beiden jungen Frauen musterten sich, während Octavie sie einander vorstellte. »Ja, Eugénie ist vor zwei Wochen zu uns gekommen.«

Marie-Rose gab ihr die Hand. »Willkommen in unserem Haus. Mutter kann es nicht leiden, wenn ich hier unten bei den Dienstboten herumlungere, wie sie es nennt, aber Sie werden feststellen, dass ich Ihre Gesellschaft all den Leuten dort oben, die in ihren veralteten Konventionen gefangen sind, deutlich vorziehe.«

Eugénie lächelte ihr zu; sie verstand genau, was Marie-Rose damit sagen wollte. Ein paar Mal hatte sie selbst schon gedacht, dass es sie nicht überrascht hätte, hier einmal für Königin Victoria oder den russischen Zaren – wenn sie denn noch am Leben wären – eine Torte backen zu müssen. Die Gäste der De Ferrières schienen aus einer anderen Zeit zu kommen, der Zeit vor dem Krieg. Fast hätte sie Marie-Rose geantwortet, dass sie das auch so sehe, aber dann wurde ihr die Situation bewusst, und sie nahm lieber Abstand von dieser Bemerkung. Auch wenn sich Mademoiselle Marie-Rose mit ihren schönen, grünen, intelligenten Augen von den Leuten ihres Stands zu distanzieren schien, war es doch besser, auf der Hut zu sein. Eugénie wollte keinesfalls entlassen werden, um dann – was das Schlimmste wäre – wieder in Malakoff zu landen!

»Sie sehen nachdenklich aus«, bemerkte Marie-Rose. »Ich habe Ihnen hoffentlich keine Angst gemacht! Mir ist bewusst, dass ich manchmal etwas überschäumend bin.«

Octavie räusperte sich. »Eugénie ist einfach überrascht, Mademoiselle hier unten zu sehen. Und nun sollte sie auch ihre Baisers fertig machen«, fügte sie hinzu und warf Eugénie einen durchdringenden Blick zu.

Marie-Rose sank auf eine der beiden Bänke, die den Tisch flankierten. Sie wirkte so niedergeschlagen, als läge die Last der ganzen Welt auf ihren schmalen Schultern. Octavie stellte eine Tasse vor sie hin.

Marie-Rose starrte auf den dampfenden Tee. »Was für ein Zirkus, nur damit ich irgendeinen widerlichen alten Kerl heirate«, sagte sie verbittert.

»Ihre Eltern haben doch sicherlich auch ein paar jüngere Männer eingeladen«, erwiderte Octavie beschwichtigend.

»Ich glaube nicht. Mit meinen zweiundzwanzig Jahren bin ich in ihren Augen ja selbst schon fast alt. Wenn ich es richtig verstanden habe, kommt heute Abend ein wohlhabender, verwitweter Oberst.« Sie schnitt eine Grimasse.

Eugénie war nicht ein einziges Wort entgangen; sie empfand großes Mitleid. Immer wieder dasselbe Problem! Ob irgendwann der Tag kommen würde, an dem Frauen ein Wörtchen mitzureden hatten, wenn es um ihr eigenes Schicksal ging?

»Sie sollten sich damit abfinden«, riet Octavie. »Ihre Eltern möchten sicherlich nur, dass Sie für den Rest Ihres Lebens wohlbehütet sind.«

Marie-Rose schüttelte den Kopf, davon wollte sie nichts hören. »Ich will einen Mann, der mich im wahrsten Sinne des Wortes umwirft! Einen Mann ohne Koteletten und ohne Gebiss.«

»Sie lesen zu viele Liebesromane, Mademoiselle.«

»Das ist ungerecht. Sie wissen genau, dass ich viel lieber Abenteuerromane lese! Aber das ist nicht das Problem ... Eine Zukunft, in der ich die Vorzeigegattin spiele, kommt für mich einfach nicht in Frage. Ich werde schon dafür sorgen, dass diesem Oberst Ich-weiß-nicht-mehr-wie-er-heißt die Lust vergeht, mir einen Antrag zu machen.«

Octavie lächelte amüsiert.

»Und wie wollen Sie es diesmal anstellen? Beim letzten Mal haben Sie ja ...«

» ... unter dem Vorwand, dass ich an einer Aerophagie leide, bei Tisch gerülpst!«, prustete Marie-Rose. »Die entsetzten Gesichter werde ich bis an mein Lebensende nicht vergessen! Ich dachte wirklich, meine Mutter würde einen Kreislaufkollaps erleiden.«

Bei der Vorstellung, was die junge Frau noch alles anstellen würde, um die Hoffnungen ihrer Verehrer zu zerstören, musste Eugénie ein Lachen unterdrücken.

»An dem Abend sind Sie ziemlich weit gegangen«, gluckste Octavie. »Den Mut muss man haben!«

Mit frischer Energie richtete sich Marie-Rose auf. »Heute Abend kein Rülpsen, versprochen. Anscheinend hat der alte Knacker sowieso etwas gegen kultivierte Frauen. Eigentlich ein Jammer, denn – was soll ich sagen – ich habe vor, die griechischen Philosophen zur Sprache zu bringen, mit denen ich mich eigens dafür beschäftigt habe.« Sie lachte leise. »Ich frage mich auch, was er von der Bewegung fürs Frauenwahlrecht hält. Vielleicht sollte ich das Thema anschneiden.«

Worauf Octavie, die gerade dabei war, ihre Sauce zu binden, gespielt erschauderte: »Das verspricht ein ereignisreicher Abend zu werden. Und ich habe das Glück zu servieren!«

»Ich werde versuchen, nicht loszuprusten, wenn Sie das Zimmer betreten. Aber jetzt muss ich schnell los zur Anprobe, Georgette ist mit meinem Kleid so weit. Beim letzten Mal hat sie so gezittert, dass sie mich mit ihrer Nadel gestochen hat.«

»Sie wissen doch, sie lässt sich schnell einschüchtern«, sagte Octavie. »Seien Sie geduldig, Mademoiselle.«

»Wenn Geduld meine größte Tugend wäre, hätte sich das längst herumgesprochen«, erwiderte Marie-Rose mit strahlendem Lächeln. »Jedenfalls stärkt mich der Gedanke an die köstlichen Speisen, die Sie uns heute Abend servieren werden.«

Sie verabschiedete sich von den beiden Bediensteten und verschwand. Noch ganz verblüfft über diese Begegnung starrte Eugénie einen Moment lang auf die Tür, die sich hinter Mademoiselle geschlossen hatte.

»Na, so was!«, sagte sie leise.

»Ja, die ist mir eine!«, bemerkte Octavie. »Wenn du meine Meinung hören willst, wird sie ihren Eltern noch einiges Kopfzerbrechen bereiten.«

»Ich glaube, ich mag sie.«

»O ja, sie ist reizend! Ein reizender kleiner Drachen mit viel Selbstvertrauen! Sie hätte als Mann auf die Welt kommen sollen, das hätte sie glücklicher gemacht.«

Der nächste Tag war ein Samstag. Jeden Samstag brach Octavie in aller Frühe auf, um sich mit Vorräten einzudecken. Und diesmal hatte sie vor, ihr Küchenmädchen mitzunehmen. Eugénie war noch kein bisschen mit der Stadt vertraut, denn an ihrem bisher einzigen Sonntag war sie in Begleitung von Octavie nach Malakoff gefahren, und sie hatten die Métro genommen. Das Ruckeln, die Stöße und das ohrenbetäubende, metallene Klappern und Rattern waren ihr eine Qual gewesen. Und überhaupt, was waren das für kilometerlange Tunnel, die man da unter der Stadt in die Erde getrieben hatte! Sie hatte sich vorgenommen, die Busverbindungen in Erfahrung zu bringen.

»O bitte, sagen Sie mir nicht, dass wir wieder die Métro nehmen müssen!«, flehte sie, während sich Octavie bereits ein dickes Cape überzog.

»Nein, nein, wir gehen zu Fuß. Zieh dich warm an.«

In freudiger Erwartung beeilte sich Eugénie. Jetzt würde sie endlich das echte Paris kennenlernen! Octavie deutete ihre Unruhe falsch und sagte: »Ich hoffe, der weite Weg macht dir keine Angst. Bis zu den Markthallen sind es drei Kilometer.«

Eugénie war schon dabei, ihren Paletot zuzuknöpfen. »Wo ich herkomme, gewöhnt man sich früh ans Laufen.«

Die Erinnerung an die vielen Stunden, die sie mit Blanche oder ihren Brüdern über die Wiesen und Felder gelaufen war, gab ihr einen Stich. Immerhin hatte die kühle Luft, die ihnen beim Verlassen des Hauses entgegenschlug, den Vorteil, trübe Gedanken zu verscheuchen. Denn Octavie hatte recht, draußen war es wirklich kalt und feucht. Die Stadt ertrank in einem grauen Nebel, der den kommenden Winter erahnen ließ.

»Gott, ist das hässlich«, murmelte Eugénie, als sie all die grauen Fassaden mit den geschlossenen Fensterläden sah.

Octavie blickte prüfend zum Himmel. »Das ist nur der Morgennebel. So schlimm wird das Wetter heute nicht.«

Eugénie verzog skeptisch den Mund. Bisher sah sie nur, dass die Sonne sich weigerte aufzugehen. Sie marschierten immer weiter den Boulevard de l'Hôpital entlang bis zum Naturkundemuseum und dann über den Pont d'Austerlitz in Richtung Gare de Lyon. Weder dessen riesige Uhr, die das reich verzierte Gebäude dominierte, noch die vorbeifahrende Straßenbahn konnte von der Monotonie der übrigen Gebäude ablenken. An den grauen Wänden hingen kolorierte Werbeplakate: Chocolat Menier, Kaufhaus Dufayel, Cadum-Seife, Enzian-Likör ... Für jeden Geschmack war etwas dabei. Und zu beiden Seiten der Straße endlos aneinandergereihte Ladenschilder, die hier eine Metzgerei ankündigten, dort ein Obstgeschäft, einen Friseur, ein Hotel, einen Fassbinder oder einen Weinhändler. Auf der Terrasse eines Bistros ließ der Wirt, der gerade die Tische sauberwischte, ein beifälliges Pfeifen hören, als Eugénie vorbeiging. Empört schimpfend zog sie den Paletot enger um ihre Schultern.

»Na, na, das ist normal hier«, sagte Octavie beschwichtigend. »Es bedeutete, dass du ein hübsches Mädchen bist und dich hier lieber nicht allein herumtreiben solltest.«

Was das betraf, hegte Eugénie keinerlei Absichten. Während sie ihren Weg fortsetzten, schwatzte die Köchin in einem fort und erteilte ihr Ratschläge über Ratschläge.

»Du wirst sehen, seit Kriegsende gibt es weniger Pferde in den Straßen. Jetzt ist alles motorisiert, nur der Fortschritt zählt.«

Eugénie unterdrückte ein Gähnen und fragte, um das Thema zu wechseln: »Sie haben mir noch gar nicht gesagt, ob Mademoiselle De Ferrière mit einem Heiratsantrag von ihrem Oberst rechnen muss.«

Octavie seufzte und presste traurig die Lippen zusammen. »Sie will einfach nicht vernünftig sein. Die Atmosphäre war alles andere als angenehm – jedenfalls immer dann, wenn ich bedient habe. Sie hat getan, was sie konnte, um den armen Mann zu ärgern. Beim Dessert hat keiner mehr einen Ton gesagt.«

Eugénie lächelte. Ja, wirklich, sie bewunderte diese junge Frau, die den Mut hatte, ihrer Familie die Stirn zu bieten, und es nicht hinnahm, der erstbesten »guten Partie« wie auf einem Tablett serviert zu werden! Ach, hätte sie es doch auch geschafft, ihren Eltern so entschlossen entgegenzutreten! Aber sie schob den Gedanken rasch zur Seite, denn ihr war bewusst, dass sich ihre eigene Situation und die von Mademoiselle in vielerlei Hinsicht nicht miteinander vergleichen ließen. Sie waren zwar alle beide junge Frauen, über deren Schicksal im Jahr 1919 Männer zu entscheiden hatten, aber Marie-Rose genoss einen Vorteil, von dem Eugénie nur träumen konnte: So unverschämt ihr Verhalten auch wäre, die Eltern würden sie niemals verstoßen, weil man so etwas in ihren Kreisen einfach nicht tat. Man fand immer eine Möglichkeit, sich irgendwie zu arrangieren.

»Woran denkst du?«, fragte Octavie, als sie die Rue de Bercy entlanggingen, in der es ebenfalls von Ladenschildern und Werbetafeln wimmelte.

»Ich frage mich, ob der Markt von Les Halles groß ist.«

»Ja, früher war er sehr groß. Aber seit zwanzig Jahren sind Einzelhändler dort nicht mehr erlaubt, sie sind allerdings in die angrenzenden Straßen ausgewichen.«

Eugénie hatte keine Vorstellung, was sie erwartete. Der einzige Markt, den sie kannte, war der in ihrem Dorf, und für den reichte der Festplatz. Als sie klein war, hatte der Vater sie einmal zum größeren Markt von Loches mitgenommen und dort Fruchtbonbons gekauft, die sie sich mit ihren Brüdern teilen durfte. Einen noch größeren Markt konnte sie sich gar nicht vorstellen.

Sie gingen immer weiter, und Eugénie wurde nicht müde, sich umzuschauen. Alte Kirchen und anrüchige Straßen, in denen sich schmiedeeiserne Treppen aneinanderreihten, wichen majestätischen Baudenkmälern voller Gold und Glas. Eugénie erblickte den Eiffelturm, wie er aus dem Nebel emportauchte, und das Riesenrad, das man im Jahr 1900 als Erinnerung an die Weltausstellung stehen gelassen hatte. Dann kamen wieder enge, dunkle, heruntergekommene Gassen, von deren Häusern der Putz abfiel. An den Uferstraßen hatten Arbeiter ihr hartes Tagewerk begonnen. Dies war also das historische Zentrum von Paris, der Motor einer Hauptstadt im Wandel. Als gebürtige Pariserin marschierte Octavie mit sicherem Schritt voran. Sie kannte die Gegend in- und auswendig. Eugénie, die sich im Straßengewirr verlaufen hätte, gab Acht, Octavie nicht zu verlieren.

Als sie das Hôtel de Ville erreichten, empfahl ihr die Köchin, dicht bei ihr zu bleiben. »Das ist eine sehr belebte Ecke. Ich möchte nicht, dass du dich verläufst.«

Eugénie machte große Augen, als sie all die dicht aneinandergedrängten Automobile sah, die kaum weiterkamen, weil sie sich gegenseitig behinderten. Dazwischen waren Handwagen und Omnibusse unterwegs, die ihren Teil zum Chaos beitrugen. Was für ein Tumult! Fischhändlerinnen boten lautstark ihre Waren feil, die sie auf großen Karren hinter sich herzogen, und längs der Bürgersteige legten Bauern ihre Rüben, Kohlköpfe und Möhren aus, denn zum Zentralmarkt hatten sie ja keinen Zugang mehr. Man sah auch Körbe voller Blumen, die in allen Farben leuchteten. Es war eine ganz eigene Welt, die im Zentrum der Hauptstadt für solchen Aufruhr sorgte, dass Eugénie fast schwindelig wurde und sie aus dem Staunen nicht mehr herauskam. Bei einer Obst- und Gemüsehändlerin kaufte Octavie ein. Die Frau hatte ihr Kind bei sich, ein hübsches Mädchen von etwa fünf Jahren, das mit einer Stoffpuppe spielte. Auf seinem brünetten Bubikopf thronte eine große weiße Schleife. Die Mutter, die eine wollene Baskenmütze trug, lächelte, obwohl man ihr die Müdigkeit ansah. Eugénie bemerkte, dass sie mit Stroh ausgestopfte Holzschuhe trug wie auf dem Land.

Als Octavie mit ihren Einkäufen fertig war, dankte sie der Händlerin und drückte ihr rasch eine Münze in die Hand. »Kauf eine warme Mahlzeit für die Kleine und dich.«

Der Frau stiegen Tränen der Dankbarkeit in die Augen, und Octavie drückte ihr warmherzig die Hand. Als sie weitergingen, sprach Eugénie sie auf ihre großzügige Geste an.

»Hast du gesehen, wie mager die beiden sind? Denen schadet's nicht, sich mal richtig satt zu essen.«

»Sie scheinen sie gut zu kennen«, bemerkte Eugénie.

Octavie verdrehte in gespielter Verzweiflung die Augen. »Was bist du nur für ein neugieriges Ding! Dann stimmt es also, dass die Leute auf dem Land gern tratschen.«

Eugénie setzte eine so unschuldige Miene auf, dass Octavie nicht anders konnte: »Du bist mir vielleicht eine! Also gut, Simone war eine Schulfreundin meiner Tochter. Ihr Mann gilt seit Kriegsende als vermisst, sie hat von heute auf morgen alles verloren. In einer heruntergekommenen Wohnung in der Nähe vom Bahnhof Gare du Nord hat sie eine Zeit lang mühsam ihr Leben gefristet. Ihre Schwiegereltern haben sie dann mit der Kleinen zu sich auf den Hof geholt, aber sie haben auch nicht viel. Ich habe Mitleid mit ihr, wenn du's genau wissen willst.«

Eugénie nahm auch diese Eindrücke in sich auf. Die Stadt war wirklich ein erbarmungsloser Ort, ein Ort falscher Versprechungen und falscher Hoffnungen. Ein Ort des Profits auf Kosten der Menschlichkeit.

»Ich wusste gar nicht, dass Sie eine Tochter haben.« Sie warf Octavie einen kurzen Blick zu.

»Tja, dann weißt du's jetzt«, murmelte Octavie, und von da an hüllte sie sich in Schweigen.

Was Eugénie natürlich nur umso neugieriger machte. Normalerweise redete die Köchin ohne Punkt und Komma über Gott und die Welt. Dieses mürrische Schweigen sah ihr so gar nicht ähnlich! Doch Eugénie hütete sich, weitere Fragen zu stellen, denn sie ahnte, dass ihr Gegenüber sich nur noch mehr verschließen würde.

Aber dann, einige Minuten später, hörte sie Octavie plötzlich sagen: »Meine Tochter heißt Madeleine.« Wieder schwieg sie, doch nach einer Weile fügte sie mit ausdrucksloser Miene hinzu: »Sie ist mit ihrem Mann in die Lorraine gegangen. Ein Cousin hat ihm dort in einer Eisenerzmine eine Anstellung verschafft. Ich höre nicht viel von ihr.«

»Das ist schade.«

»So ist das Leben. Sie hatte großen Kummer, als ihr Vater gestorben ist. Weißt du, mein Mann war ein guter Mann.«

Eugénie fragte, ob auch er im Krieg umgekommen sei.

»O nein, das war viel früher, 1908. Eine Herzerkrankung. Aber er hat auch wirklich hart geschuftet, in den Schlachthöfen von La Villette. Weil ich gute Zeugnisse von meinen früheren Dienstherren hatte, habe ich danach wieder angefangen zu arbeiten, um meinen Lebensunterhalt zu verdienen. So bin ich in die Dienste der De Ferrières getreten. Madeleine ist mir böse, weil ich keine Zeit habe, sie zu besuchen. Meinen jüngsten Enkel kenne ich nicht einmal.«

Eugénie hatte das leise Bedauern in ihrer Stimme nicht überhört. Es lag nahe, Octavies Drang, andere zu bemuttern, auf diese Situation zurückzuführen. Dass Madeleine so weit weg war, bereitete ihr bestimmt sehr viel größeren Kummer, als sie zugeben wollte.

Als alle Einkäufe erledigt waren, bog Octavie in eine Straße ein, in der Frauen Suppe und Kaffee verkauften – mit einem Radau, den die übers Straßenpflaster klappernden Hufe und der Lärm der Lastwagen, aus denen Butter, Käse und Eier geladen wurden, noch verstärkten. Sie zog Eugénie zu einer der Verkaufsbuden.

»Ich glaube, jetzt haben wir uns eine gute Suppe verdient!«

Eugénie musste sich eingestehen, dass ihr diese Pause mehr als willkommen war. Paris war laut, einfach nur laut. All diese Menschenmassen, die kamen und gingen, redeten, schrien und lachten. Paris war aufregend, Paris war betäubend. Im Tabak- und Weinmief löffelte Eugénie mit großem Appetit die Suppe, die man ihr hinstellte. Anschließend winkte Octavie ein Pärchen herbei, das sie seit Jahren kannte. Die beiden brachten sie auf ihrem Maultierkarren bis nach Saint-Marcel, um von dort selbst in ihr Viertel in der Gegend von Ivry zu fahren, das an Elend mit Malakoff vergleichbar war.

17

Eugénie schob das Blatt zur Seite und hörte einen Moment lang auf, an ihrem Stift zu kauen. Der Brief war fertig, er konnte abgeschickt werden. Wie würde man ihn aufnehmen? Nachdem Octavie am Vortag von ihrer Tochter erzählt hatte, war sie ins Grübeln geraten. Ihr fehlte nicht nur der Hof, sondern das ganze Leben dort, und zu diesem Leben gehörten eben auch ihr Bruder und ihre Mutter. Also hatte sie an diesem Sonntagnachmittag beschlossen, ihnen zu schreiben. Seit dem Morgen fiel schon ein unangenehmer Nieselregen vom Himmel, und Eugénie hatte nicht die Kraft, sich zu ihren Verwandten aufzumachen – erst die Métro zu ertragen, dann die baufälligen Baracken und das Geschrei der Kinder, die sich trotz schlechten Wetters im Schlamm herumtrieben, zwischen Bergen von verrostetem, verbeultem Metall.

Ehe sie den Brief in den Umschlag schob, las sie ihn noch einmal durch. Sie beschrieb darin in aller Ausführlichkeit die Arbeit, die sie gefunden hatte, und erzählte, dass das Leben als Bedienstete gar nicht so schlimm sei, wie man dachte. Sie erwähnte auch den Markt von Les Halles, den Eiffelturm, den sie in der Ferne gesehen hatte, und die vielen Schaufenster der Geschäfte, die man im Vorbeigehen betrachten konnte.

»Aber das alles wird mir nicht zu Kopf steigen. Für mich gibt es nichts, was mit der Schönheit unserer Touraine vergleichbar ist, unseren fruchtbaren Feldern und unserem dichten Wald. Wahrscheinlich leuchten die Bäume inzwischen wieder in allen Herbstfarben, und das Wasser ist so kalt, dass man nicht mehr baden kann. Hier gibt es nicht mal einen Bach, in den man die Füße tauchen könnte, und als Octavie mich zum riesigen Markt von

Les Halles mitgenommen hat, war mir beim Gedanken an unseren Markt ganz schwer ums Herz.«

Anschließend erkundigte sie sich nach dem Hof und der Gesundheit ihrer Mutter und wollte wissen, ob der Tunichtgut Gaspard noch weiter gewachsen sei. Den Vater erwähnte sie mit keinem Wort. Wenn sie an ihn dachte, waren Wut und Unverständnis immer noch das Einzige, was sie empfand. Ihr Herz war vielleicht willig, ihm zu verzeihen, aber der Kopf hörte nicht auf, die Ungerechtigkeit ihrer Situation, der Situation der Frauen im Allgemeinen anzuprangern. Doch das konnte sie ihrer Familie nicht erklären, sie hätten es nicht verstanden. Sie faltete den Brief, schloss den Umschlag und trat an die Dachgaube, die auf einen nicht sehr großen, aber baumbestandenen Park hinausging. Das bleierne Grau des Himmels dämpfte das leuchtende Rot und Goldbraun der Blätter. Ein Frösteln überkam sie, als sie daran dachte, wie hart der Winter für die Bewohner der Zone sein würde.

»Eugénie? Bist du da?«

Eugénie hatte Georgettes Stimme erkannt und ging zur Tür.

»Störe ich dich nicht?« Die junge Frau steckte in ihrem Sonntagskleid und knetete den federlosen Hut, den sie in den Händen hielt.

»Nein, ich habe nur ein bisschen vor mich hin geträumt«, antwortete Eugénie. »Wie war es denn mit Baptiste?«

Sofort leuchtete Georgettes Gesicht auf. Der Chauffeur hatte sich endlich dazu entschlossen, sie in den Vergnügungspark Magic City am Quai d'Orsay einzuladen. Die Leute gingen gern dorthin, um sich die Zeit zu vertreiben.

»Es war fantastisch!«, antwortete Georgette begeistert. »Stell dir vor, da gibt es eine große Tanzfläche mit Orchester und ein Riesenrad und auch eine Achterbahn! Auf der wird man so durchgerüttelt, dass ich zwei Haarnadeln verloren habe!«

»Hat euch der Regen nicht gestört?«

»Wir waren gegen die Nässe geschützt.«

Begeistert berichtete Georgette weiter von venezianischen Gondeln, einer Themenfahrt und einer Fahrt durch einen Wasserfall, in einem Holzwägelchen, aber das hatte sie nicht ausprobieren wollen.

»Jetzt halt mal kurz die Luft an!«, lachte Eugénie. »Du weißt ja gar nicht mehr, wo dir der Kopf steht!«

Georgette setzte sich. »Ja, da hast du wahrscheinlich recht. Aber da gibt's auch so viel zu sehen!«

»Was mich allerdings am meisten interessiert, ist die Frage, ob Baptiste dich geküsst hat«, erwiderte Eugénie verschmitzt.

Georgette merkte anscheinend, dass sie rot wurde, denn sie schlug die Hände vors Gesicht. Auch ohne Worte war die Antwort also ja.

»Dachte ich's mir doch!«, rief Eugénie und machte einen Freudentanz.

Die Hände immer noch vor dem Gesicht, flehte Georgette sie an, das Geheimnis für sich zu behalten. Eugénie unterbrach ihren Tanz und setzte sich neben sie.

»Weißt du, inzwischen hat sowieso jeder gemerkt, was zwischen euch los ist.«

Georgette stöhnte. Sie neigte dazu, sich wegen jeder Kleinigkeit Sorgen zu machen, und die Vorstellung, dass die Romanze mit Baptiste ihren Arbeitgebern zu Ohren kommen könnte, regte sie fürchterlich auf. Sie habe Angst, dass man ihr kündigen werde, erklärte sie Eugénie. Und im Gegensatz zu ihr wollte Georgette keinesfalls gezwungen sein, in ihr Heimatdorf in der Bourgogne zurückzukehren.

»Außer Witwen und alten Männern ist da niemand mehr, verstehst du? Die meisten Höfe sind verlassen. Von den dreihundert Einwohnern sind mindestens vierzig gefallen.«

»Dieser verdammte Krieg!«, fluchte Eugénie. »Aber meiner

Meinung nach brauchst du dir keine Sorgen zu machen. Solange man dich nicht mit Baptiste im Bett überrascht ...«

Sie hielt lachend inne, als sie sah, dass Georgettes Wangen wieder glühten. »Also gut, so weit seid ihr offensichtlich noch nicht!«

»Ich bin doch erst zwanzig!«, protestierte Georgette. »Und ich hatte noch nie einen Liebsten.«

Eugénie schaute auf den Boden, wohl wissend, dass ihre Kollegin sie als verdorben abstempeln würde, wenn sie wüsste, dass sie sich schon einmal einem Jungen hingegeben hatte. »Nun, ich hoffe, dass es mit dir und Baptiste klappt.«

Georgette war noch zu aufgewühlt, um zu antworten. Ihr Blick fiel auf den kleinen Tisch, in dessen Nähe sie saß. »Hast du einen Brief geschrieben?«, fragte sie, als sie den Umschlag sah.

»An meine Mutter, ja. Ich bin noch nicht dazu gekommen, ihr mitzuteilen, dass ich in die Dienste der De Ferrières getreten bin.«

»Wie ist es eigentlich dazu gekommen, dass du nach Paris gegangen bist? Du bist doch noch sehr jung.«

Eugénie seufzte, während sie rasch überlegte, wie sich die Wahrheit elegant entschärfen ließ.

»Ich habe mich in Liebesversprechungen verliebt ... leider in leere Versprechungen, denn er hat eine andere geheiratet.«

Hoffentlich würden keine weiteren Fragen kommen!

»Ach, du Arme«, sagte Georgette mitfühlend. »Die Männer kennen kein Erbarmen ... Weißt du, wir beide haben großes Glück, dass wir in diesem Haus gelandet sind. Mademoiselle Marie-Rose kann zwar schreckliche Wutanfälle kriegen, aber wenigstens stellt uns Monsieur nicht nach, wie es in anderen Häusern der Fall ist. Es ist nicht leicht, eine Frau zu sein!«

Eugénie nickte. Octavie hatte einmal erzählt, dass eine ihrer Nichten entlassen worden war, nachdem sie die aufdringlichen Annäherungsversuche ihres Arbeitgebers zurückgewiesen hatte. Solche Geschichten waren leider gang und gäbe. Die Mädchen hatten gelernt, lautstarke Szenen zu vermeiden, schoben sich dafür aber unter der Hand die Adressen der Häuser zu, die in Sachen Arbeitssuche besser zu meiden waren. Am schlimmsten traf es diejenigen, die geschwängert und dann wie eine Stück Dreck auf die Straße gesetzt wurden, womit sie zu einem Leben im Elend verurteilt waren.

Eugénie stieß einen langen Seufzer aus.

»O ja, es ist wirklich nicht leicht, eine Frau zu sein.«

Am Nachmittag des nächsten Tages unterhielt sich Eugénie beim Blätterteigkneten mit Octavie. Die Köchin überbrachte ihr die neusten Nachrichten aus der Zone, wo man sich für den Winter zu rüsten begann. Sogar das Narbengesicht hatte sich wohl wieder bei seiner Schwester einquartiert und vermied es, so gut es ging, unangenehm aufzufallen.

»Ich weiß nicht, wie lange das noch so gehen soll, der Junge hat den Teufel im Leib«, seufzte Octavie.

Eugénie hätte ihr fast erzählt, dass Charlaine in ihn verschossen war, aber sie besann sich eines Besseren. Es ging ja wirklich nur ihre Cousine etwas an, und die war vernünftig genug, keinen Leichtsinn zu begehen.

»Ich fand, dass dein Onkel sehr viel gehustet hat«, fuhr Octavie fort.

»Kein Wunder bei der Feuchtigkeit, die dort überall herrscht«, erwiderte Eugénie.

»Ja, wenn sie wenigstens eine Wohnung hätten, die diesen Namen verdient, eine warme Stube, in die sie sich verkriechen könnten!«

Es war eine empörende Situation. In einem Zeitungsartikel hatte Eugénie gelesen, dass in der Zone 42 000 Menschen lebten, eine unglaubliche Zahl. Wenn man sich die Zustände dort vor Augen führte, den Dreck, die mangelnde Hygiene und die vielen Ganoven, die sich auf dem Areal herumtrieben, grenzte es fast an ein Wunder, dass bisher nicht mehr passiert war als die vereinzelten Vorfälle, von denen man hörte: Eine Frau, die gestorben war, nachdem ihr Mann sie verprügelt hatte, der Selbstmord eines Überlebenden des Grabenkriegs, ein Vergeltungsakt zwischen Apachen. Die Leute in der Zone waren schicksalsergeben; sie litten, ohne zu murren.

»Die Regierung hat wohl vorgeschlagen ...«

Weiter kam Octavie nicht, denn die Tür schwang auf und Marie-Rose kam in einer nach Veilchen, Iris und Vanille duftenden Parfümwolke in die Küche spaziert. Von den langen, weiten Ärmeln ihres Hauskleides umflattert schenkte sie den beiden ein strahlendes Lächeln.

»Dürfte ich in Ihrer Gesellschaft einen Tee trinken? Mutter ist mit einer ihrer einschläfernden Freudinnen ausgegangen, und ich langweile mich.«

Octavie warf ihr über die Schulter einen kurzen Blick zu. »Wie kommt es, dass Sie Ihre Nase nicht in ein Buch stecken?«

»Ich habe gerade *Die drei Musketiere* zu Ende gelesen, und, nun ja, mein Leben erscheint mir jetzt doch recht fade«, antwortete Marie-Rose theatralisch.

Eugénie wischte die mehlbedeckten Hände an ihrer Schürze ab und kümmerte sich um den Tee.

»Hätte Mademoiselle vielleicht auch gern ein Stück Kuchen dazu?«

Marie-Rose musterte sie mit einem leichten Anflug von Verärgerung.

»Also wirklich, den steifen Ton können Sie in meiner Anwesenheit ablegen. Ich bin schließlich kaum älter als Sie.«

»Sie sind meine Arbeitgeberin, Mademoiselle«, entgegnete Eugénie.

»Mein Vater ist Ihr Arbeitgeber«, widersprach Marie-Rose. »Und nein, ich habe keinen Hunger, danke.«

Octavie verdrehte die Augen. Eugénie sah es, biss sich auf die Lippen, um nicht zu lachen, und wandte sich wieder ihrem Blätterteig zu. Marie-Rose begann, in aller Ruhe ihren Tee zu trinken. Bis auf das Schnurren einer alten roten Katze, die neben dem Ofen lag, herrschte nun Stille.

»Sie können Ihr Gespräch ruhig fortsetzen, tun Sie so, als wäre ich nicht da«, erklärte Marie-Rose. »Worüber haben Sie gesprochen?«

»Über Dinge, die Sie gewiss nicht interessieren«, antwortete Octavie mit ruhiger Stimme.

Marie-Roses hochgezogene Augenbraue stellte die Unanfechtbarkeit dieser Annahme in Frage. »Sprechen Sie ruhig weiter, es sei denn, es ginge um das nächste Diner, das meine Eltern organisieren.«

»Oh, was das betrifft, haben Sie wahrscheinlich mindestens eine Woche lang Ihre Ruhe«, antwortete Octavie amüsiert. »Eugénie und ich haben über den gestrigen Besuch bei meiner Schwester gesprochen.«

Worauf Eugénie Mademoiselle so selbstverständlich nicken sah, als ginge es um ein Mitglied ihrer eigenen Familie. Sie war wirklich eine erstaunliche junge Frau! Hinter ihrem kleinen, spitzen Gesicht und ihren verträumten Augen verbarg sich ein äußerst entschlossener Charakter.

»Ihre Schwester, natürlich. Ich hoffe, es geht ihr gut. Wenn ich richtig liege, wohnt sie doch in ...«

Sie hielt inne, um eine Erinnerung wachzurufen, die nicht existierte, denn über dieses Thema hatte Octavie noch nie mit ihr gesprochen.

»In Malakoff«, sagte die Köchin vorsichtig.

»Großer Gott!«, rief Marie-Rose aus. »Meinen Sie mit Malakoff dieses schreckliche Areal, von dem unlängst in den Zeitungen die Rede war?«

Octavie nickte. »Ja, und eben wollte ich Eugénie erzählen, dass die ganze Zone dem Erdboden gleichgemacht werden soll. Die Regierung will dort stattdessen günstige Wohnungen bauen.«

»Das scheint mir eine gute Neuigkeit zu sein«, bemerkte Eugénie.

»Das Problem ist, dass es Jahre dauern wird«, erklärte Octavie. »Und manche Bewohner weigern sich, ihre Baracken zu verlassen, sie betrachten sich als deren Besitzer ... Ganz ehrlich, wenn das keine Dummheit ist!«

Die drei Frauen schwiegen nachdenklich. Eugénie hatte genauso wenig Verständnis wie Octavie für Leute, die an einem Leben in Elend und Armut festhielten, einem Leben, das nichts als nacktes Überleben war. In ihren Augen gab es nichts, was einem mehr Halt gab als ein richtiges Dach über dem Kopf und ein Bett in einem gut geheizten Zimmer.

Marie-Rose nahm noch einen Schluck Tee.

»Vielleicht haben sie einfach Angst davor, ihre Freiheit zu verlieren?«, sagte sie schließlich. »Ich meine, ich hätte gehört, dass die Stimmung dort manchmal ... wie soll ich sagen ... ausgelassen ist.«

Eugénie stockte der Atem. Wie konnte man glauben, dass die Zone ein Ort der Freude und des Feierns war? So ein Unfug.

»Ausgelassen?«, wiederholte sie. »Ich wüsste nicht, was lustig daran sein soll, nachts unter dünnen Laken vor Kälte zu zittern oder Kopf und Kragen zu riskieren, bloß weil man dummerweise einmal nach Einbruch der Nacht einen Schritt vor die Tür gewagt hat. Und von den Ratten fange ich lieber gar nicht erst an, Mademoiselle. Nein, Grund zur Ausgelassenheit gibt es dort wirklich nicht!«

Als Eugénie merkte, dass sie auf dem besten Weg war, vollends in Rage zu geraten, versuchte sie, sich zu bremsen. »Natürlich tun diese Leute alles, um sich sonntags zu vergnügen, aber ich kann Ihnen versichern, dass der Alltag dort nicht sehr amüsant ist«, schloss sie, jetzt wieder mit ruhigerer Stimme.

Es wurde still. Marie-Roses Miene ließ nicht erkennen, was in ihr vorging, aber Eugénie machte sich darauf gefasst, für ihren aufgebrachten Ton gemaßregelt zu werden.

Stattdessen fragte Marie-Rose mit sanfter Stimme: »Kommen Sie von dort?«

Eugénie zögerte, denn sie wollte hier ungern ihr Leben ausbreiten. »Ich nicht, nein«, sagte sie schließlich. »Aber mein Onkel und meine Tante leben dort mit meinen Cousins in einer Baracke. Der Krieg hat ihnen alles genommen.«

Sie schwieg, um sich nicht zu unpatriotischen Äußerungen hinreißen zu lassen. Sekundenlang schien Marie-Rose über diese Antwort nachzudenken, dann wandte sie sich an die Köchin: »Und Ihre Schwester, Octavie?«

Ein Schatten legte sich über Octavies Gesicht, und sie seufzte leise. »Früher haben sie und ihr Mann am Seineufer als Matratzenpolsterer gearbeitet. Viel verdient haben sie damit nicht, aber es ging ihnen nicht schlecht. Dann wurde die ganze Straße, in der sie wohnten, dem Erdboden gleichgemacht, weil sie so heruntergekommen war und weil die Leute in den Wohnhäusern anscheinend so zusammengepfercht lebten, dass die Luft nicht zirkulieren konnte. Das war während der Kampagne gegen die Tuberkulose ... Es hat denen da oben vor allem dazu gedient, einen Boulevard zu verlängern! Und irgendwo musste meine Schwester danach ja wohnen.«

Mit neugierig blitzenden Augen sagte Marie-Rose: »Es würde mich so interessieren, mich einmal unter dieses Volk zu mischen und zu sehen, wie man dort lebt.«

»Bloß nicht, Mademoiselle!«, rief Octavie. »Ihre Eltern würden sich die Haare raufen, wenn sie Sie hören würden! Das ist zu gefährlich für eine junge Frau wie Sie!«

»Da sehen Sie die Dinge wieder mal falsch! Wenn es für mich gefährlich ist, muss es für Sie doch auch gefährlich sein, oder?«

»Was soll mir in meinem Alter denn noch passieren.«

Octavie räumte Mademoiselles Tasse ab und nutzte den Moment, um aus dem Gespräch wieder eine harmlose Plauderei zu machen. »Marcel hat sich übrigens bei mir nach dir erkundigt, Eugénie«, sagte sie mit einem Seitenblick.

»Ach ja?« Eugénie versuchte, sich nichts anmerken zu lassen, denn in Wahrheit wäre sie vor Freude fast an die Decke gesprungen. Dabei konnte sie eigentlich nicht behaupten, dass sie, seit sie im Dienst der De Ferrières stand, oft an Marcel dachte; sie arbeitete so viel, dass sie kaum Gelegenheit dazu hatte. Dennoch weckte die Erinnerung an den jungen Mann verwirrende Gefühle in ihr.

»Ich habe ihm gesagt, dass ich sehr zufrieden mit deiner Arbeit bin«, fuhr Octavie fort. »Er überlegt jetzt, sich in einer Fabrik vorzustellen, nachdem er etwas Besseres ja nicht gefunden hat. Ist schon schade!«

In diesem Moment trat der Butler in die Küche. Er erstarrte, als er Marie-Rose auf der Bank sitzen und die Katze streicheln sah, die ihr in den Schoß gesprungen war. Eugénie musterte den Butler misstrauisch; dem Mann war es zuzutrauen, dass er ihnen Mademoiselles Anwesenheit in der Küche zum Vorwurf machen und sie dafür bei Monsieur anschwärzen würde.

»Kann ich etwas für Sie tun, Hubert?«, fragte Octavie.

Sein stechender Blick richtete sich auf die Köchin: »Georgette bittet Sie in Monsieurs Zimmer. Eine Taube ist durch das Fenster hineingelangt, und sie hat Angst, das Zimmer allein zu betreten.«

Eugénie prustete los, als sie sich die Szene vorstellte.

»Und Sie sind wahrscheinlich zu beschäftigt, um sich darum zu kümmern«, bemerkte Octavie sarkastisch.

Anstatt darauf zu reagieren, richtete der Butler seine Aufmerksamkeit auf Marie-Rose: »Benötigt Mademoiselle irgendetwas?«

Ein amüsierter Ausdruck huschte über Marie-Roses Gesicht. »Nein, vielen Dank, Hubert. Sie dürfen jetzt gehen und Octavie helfen, die Taube zu verscheuchen«, sagte sie und deutete mit dem Kinn zur Tür.

So hatte der Mann nun keine andere Wahl und folgte der Köchin, die mit ärgerlichem Murren die Küche verließ. Eugénie hatte sich schon wieder ihrem Blätterteig zugewandt oder tat wenigstens so, als Marie-Rose mit neugierig gerunzelter Stirn fragte: »Marcel, aha? Ist das Ihr Liebster?«

»Nein! Nein, nein, gar nicht! Er ist nur ... ein Freund meiner Cousine und meines Cousins, mehr nicht.«

Auf Mademoiselles Wangen zeigten sich zwei verschmitzte Grübchen. »Das muss ja ein gutaussehender junger Mann sein, wenn Sie so erröten! Was haben Sie für ein Glück!«

Eugénie wunderte sich über den Anflug von Neid in ihrer Stimme. »Also wirklich«, sagte sie, »ich bin mir sicher, dass die Verehrer Sie umschwirren wie Motten das Licht.«

Einen Moment lang schwieg Marie-Rose und sah schweigend zu, wie Eugénie die Apfelviertel auf ihrem Teig verteilte, doch dann brach es aus ihr heraus: »Die sind alle so eingebildet und selbstgefällig! Und meine Eltern wollen, dass ich Vernunft annehme, als hätte die Liebe etwas mit Vernunft zu tun ... Ich will leben und ich will lieben, ich will nicht verknöchern und ein blasses Imitat meiner Mutter werden!«

Ihre Worte überraschten Eugénie, und ihr wurde klar, dass Herzensangelegenheiten niemals eine einfache Sache waren, ganz gleich, aus welchem sozialen Milieu man kam.

»Jemanden zu lieben, ist nicht unbedingt der direkte Weg zum Glück«, erwiderte sie vorsichtig.

»Sie klingen wie meine Großmutter, Eugénie. Sie glauben doch selbst kein Wort von dem, was Sie gerade gesagt haben, da bin ich mir sicher.«

Über ihre Apfeltarte gebeugt, zuckte Eugénie mit den Schultern.

»Und im Übrigen haben Sie wenigstens die Wahl«, fuhr Marie-Rose fort. »Wenn Sie sich in einen Kerl verlieben, der weniger gut dasteht als Sie, wird sich Ihnen niemand in den Weg stellen.«

Eugenie verzog den Mund zu einem bitteren Lächeln. So neugierig und intelligent Marie-Rose auch war, von der Realität, dem echten Leben wusste sie nicht gerade viel.

»Da irren Sie sich gewaltig, Mademoiselle. Bevor ich hierhergekommen bin, wollten meine Eltern mich mit dem Sohn eines anderen Bauern verheiraten, ohne mich nach meiner Meinung zu fragen.«

Marie-Rose schien verunsichert. Mit schief gelegtem Kopf musterte sie Eugénie. »Sie haben sich dagegen aufgelehnt, und deshalb hat man Sie nach Paris geschickt?«

Eugénie widersprach nicht. Wozu sollte sie dieser jungen Frau, die ohnehin schon exzentrisch genug war, ihr Herz ausschütten?

»Meine Eltern«, fuhr Marie-Rose fort, »sind dermaßen entschlossen, einen Ehemann für mich aufzutreiben, dass ich es ihnen zutraue, irgendwann eine Anzeige in *La Femme moderne* zu schalten. Können Sie sich das vorstellen? Ich sehe die Annonce schon vor mir: ›Dringend! Junge Frau aus gutem Hause sucht einen alten, geduldigen Ehegatten, der sie zur Vernunft zu bringen weiß. Von Koteletten und Gebiss wird abgeraten‹.«

Den letzten Satz untermalte sie mit einem so angewiderten Schaudern, dass sie darüber selbst in schallendes Gelächter ausbrach und gar nicht mehr aufhören konnte zu lachen. Im ersten Moment war Eugénie verwirrt, doch dann ließ sie sich von Mademoiselles Heiterkeitsausbruch anstecken, bis sie einen regelrechten Lachanfall bekam, der etwas Befreiendes und auch Verbindendes hatte. Und während sich nun die eine mehr schlecht als recht bemühte, glucksend und prustend ihre Tarte ofenfertig zu machen, hielt sich die andere vor lauter Lachen den Bauch.

In diesem Moment flog die Tür auf, und Octavie stand völlig entgeistert in der Küche.

»Seid doch still!«, schrie sie wild gestikulierend. »Man kann euer Gewieher im ganzen Haus hören! Und Ihre Mutter kommt jeden Moment zurück, Mademoiselle! Der Chauffeur hat gerade vor dem Haus geparkt!«

Mit Lachtränen in den Augen hielt sich Marie-Rose eine Hand vor den Mund, um weiteres Gelächter zu unterdrücken, und verschwand genauso schnell, wie sie vor einer Stunde gekommen war.

18

Den November hatte niemand kommen sehen; plötzlich war er da. Eugénie und Octavie arbeiteten ununterbrochen in der Küche, und Eugénie begleitete die Köchin nun jeden Samstagvormittag nach Les Halles. Nach und nach gewöhnte sie sich an das Gewimmel und den Trubel der Stadt; es kam ihr vor, als wäre sie schon seit einer Ewigkeit in Paris, und sie sehnte sich nach der Stille ihres Dorfs. Mademoiselle Marie-Rose hatte inzwischen den nächsten Bewerber abgewiesen, diesmal mit dem Vorwurf, dass er so alt sei wie ihr Vater und auf einem Auge schiele.

»Ich habe schließlich auch meinen Stolz!«, hatte man sie schreien hören, als ihre Mutter ihr vorwarf, sie sei zu wählerisch.

Unterdessen schwebten Baptiste und Georgette im siebten Himmel, was die Blicke bewiesen, die abends bei Tisch zwischen ihnen hin und her gingen. Als Eugénie und Georgette eines Nachmittags die Pause nutzten, um auf der Küchentreppe ihren Kaffee zu trinken, vertraute ihr das Stubenmädchen an, dass Baptiste bereits vom Heiraten gesprochen habe.

»Er möchte, dass wir in der Bourgogne einen Hof übernehmen. Sein Onkel lebt noch dort.«

»Da wolltest du doch gar nicht mehr hin!«, rief Eugénie, die zu ihrer eigenen Beschämung einen Anflug von Neid nicht unterdrücken konnte.

»Baptiste hat mich dazu gebracht, ein paar Dinge nochmal zu überdenken. Weißt du, er kennt sich mit der Feldarbeit aus, er hat ja dort gelebt, bis er fünfzehn war.«

Und sie erzählte Eugénie, dass die Eltern ihres Liebsten in einem bescheidenen Mietshaus im Stadtviertel Goutte-d'Or lebten. Sie gehörten zu den Einwanderern aus der Provinz, die nach Paris »hochgekommen« waren, um dort Arbeit zu finden, was ihnen auf ihrem Niveau auch gelungen war. Baptistes Vater arbeitete als Kellner in der Nähe der Rue de Rivoli und seine Mutter war Verkäuferin im Warenhaus Le Bon Marché. Dennoch sehnte sich Monsieur de Ferrières Chauffeur, der inzwischen dreißig war, nach etwas anderem. *Georgette hat wirklich Glück*, dachte Eugénie, die selbst ungeduldig auf den Tag wartete, an dem der Zug sie wieder in die Touraine bringen würde. Das alles wühlte sie sehr auf. Glücklicherweise kam ein Brief der Mutter, der ihre Seelenqualen ein wenig linderte. Sie las ihn so oft, bis sie ihn auswendig kannte. Augustine war zwar in Sachen Neuigkeiten nicht gerade ausschweifend, aber Eugénie gab sich zufrieden damit. Sie erfuhr, dass der Hof nun mit einer Mähmaschine ausgestattet war, was dem Vater die Arbeit erleichterte. Der hatte seine Besuche im Café von Raymond Mareuil eingestellt, weil es dort viel Unmut gab, seit der Bürgermeister sein Projekt eines Kriegerdenkmals lanciert hatte. Die Sache ging so weit, dass sogar Vorwürfe laut wurden, manche Männer seien ja in Wirklichkeit noch am Leben; und das war nun wirklich mehr, als Germain ertragen konnte. Gaspard wurde indessen immer größer. Wenn er auf dem Dorfplatz erschien, gerieten die Mädchen in Aufregung; ein echter Gockel! Das größte Ereignis aber war der Fotograf aus Tours, der gekommen war, um auf dem Kirchplatz Szenen aus dem Leben in Cressigny festzuhalten. Die Einwohner hatten mitgespielt und begeistert Porträts von sich machen lassen.

»Ich lege ein Foto von uns dreien dazu, und auch eins von Blanche, die sich mit ihren alten Schulkameradinnen Marguerite und Odile fotografieren ließ. Du musst sie mir nur mit deinem nächsten Brief zurückschicken, es sind die einzigen, die wir haben. Blanche wird dir schreiben, ich habe ihr deine Adresse gegeben.«

Eugénie konnte sich die Fotos nicht oft genug anschauen. Ihr Bruder und ihre Eltern hatten darauf so ernste Mienen, als fragten sie sich, ob der Fotograf sie am Ende nicht noch auffressen würde. Die Freundinnen strahlten dagegen um die Wette, Blanche mit keckem Hut und Marguerite und Odile sehr hübsch in ihren Sonntagskleidern. Jedes Mal, wenn Eugénie sich die Bilder ansah, dachte sie voller Wehmut daran, was sie verloren hatte.

Aber ihre Tage in Paris waren so ausgefüllt, dass sie nur an den Abenden überhaupt Zeit hatte, sich solchen Betrachtungen hinzugeben. In der Küche war viel zu tun, denn die De Ferrières sorgten dafür, dass es zahlreiche Gelegenheiten gab, einen Ehemann für Marie-Rose zu finden. Letztere stieg im Übrigen mehrmals pro Woche in die Küche hinunter, um sich bei Octavie und Eugénie genau darüber zu beklagen. Inzwischen hatte es schon etwas von einem Ritual. Und im Grunde wurden Eugénies und Octavies Nachmittage durch die Besuche der exzentrischen jungen Frau auch amüsanter. Denn sie nutzte diese Momente, um ihnen von den Filmen und Theaterstücken zu erzählen, die sie gesehen hatte. Eugénie hörte die Erregung in ihrer Stimme, als sie einmal auf Babette zu sprechen kam, den Trapezkünstler aus Amerika, der mit seiner körperlichen Ambivalenz spielte.

»Mutter gefällt das natürlich nicht. Sie findet es unnormal, dass ein Mann Lust hat, sich als Frau zu verkleiden. Dabei gelingt es ihm wirklich sehr gut, das müssten Sie mal sehen.«

Als höflichen Ausdruck ihrer Missbilligung hatte Octavie nur die Nasenflügel gebläht. Ihr war es lieber, Mademoiselle über die Dampfbagger reden zu hören, die sich durch Paris fraßen, diese Hauptstadt in ständigem Wandel, oder über ihre Freundinnen und die neusten Moden, die sie sich bei den Filmdiven abschauten. Was im Übrigen auch Mademoiselle tat, die inzwischen immer mit einer Zigarettenspitze unterwegs war, obwohl sie gar nicht rauchte. Dieses Ding gab ihr das Gefühl, eine moderne, freie Frau zu sein, und das gefiel ihr. Eine Frau ihrer Zeit, wie sie gern sagte. Eines Nachmittags schlug sie der entsetzten Eugénie vor, sich doch auch einen Bubikopf schneiden zu lassen.

»Aber ... nein ... das würde mir doch überhaupt nicht stehen!«, stammelte Eugénie und legte schützend eine Hand auf ihre Haarpracht, die wie immer zu einem dicken Knoten gedreht war.

Die Idee war genauso schnell vergessen, wie sie in den Raum gestellt worden war. Als Gegenleistung für die unterhaltsamen Stunden, die Marie-Rose den beiden Köchinnen schenkte, ließ sie sich gern von deren Besuchen in der Zone erzählen.

»Da gibt's nicht viel zu erzählen«, schimpfte Octavie. Es gefiel ihr nicht, dass diese Welt, die so weit von Mademoiselles Leben entfernt war, einen Reiz auf die junge Frau ausübte. »Der Herbst ist dort immer eine schwierige Zeit.«

Man verkroch sich in seiner Hütte, so gut es ging. Es war kalt, feucht, man hustete, schniefte und versuchte, sich mit wenig gehaltvollen Suppen aufzuwärmen. Wenn es dunkel wurde, versanken die Trampelpfade im Nebel, und die allgemeine Stimmung war schlecht. Trotz dieser nicht gerade anheimelnden Beschreibungen zeigte Marie-Rose weiterhin ein ausgesprochen großes Interesse an diesem Ort.

»Es klingt wie aus einem Roman von Émile Zola«, stellte sie einmal fest.

Worauf Octavie entgegnete, dass sie von Romanen nicht viel halte, weil sie mit sentimentalem Zeug vollgestopft seien. Allerdings räumte sie ein, dass Zola das Volk verstanden habe.

»Vater geht mir so auf die Nerven mit seiner ewigen Leier, dass ich solche Bücher nicht lesen soll.« Marie-Rose zog eine Grimasse.

»Da kann ich ihm nur zustimmen. Das ist keine Lektüre für Sie.«

»Aber wohl doch alles sehr realistisch, oder? Dank dieser Bücher ist mir jedenfalls bewusst geworden, dass sich das Leben nicht überall in einem goldenen Käfig abspielt. *Die Elenden* von

Victor Hugo hat mich auch sehr gefesselt. Haben Sie das gelesen?«

Etwas überfordert musste Eugénie zugeben, dass sie bisher nicht viele Bücher gelesen habe.

»Das ist schade«, erwiderte Mademoiselle. »Bücher sind ein Tor zur Welt.«

Eugénie nickte höflich, ohne weiter darauf einzugehen. Marie-Rose konnte ihr gegenüber noch so viel Wohlwollen zeigen, Eugénie vergaß nie, dass sie keine Freundinnen waren. Sie blieb immer ein bisschen misstrauisch und war stets auf der Hut, weil sie Angst hatte, die Eltern könnten Mademoiselle eines Tages munter plaudernd in der Küche antreffen. Weil sie wusste, dass sich Madame darüber ärgern und es zu Recht für deplatziert halten würde, fürchtete sie, dass man sie daraufhin entlassen würde, auch wenn sie selbst gar nichts dafür konnte. So avantgardistisch die Zeiten auch sein mochten, manche Dinge waren und blieben unzulässig.

Sonntags verließ Eugénie manchmal das Haus, um spazieren zu gehen. Weiter als bis zum Naturkundemuseum wagte sie sich allerdings nicht vor, weil sie fürchtete, sich auf dem Rückweg zu verlaufen. Octavie konnte Eugénie nicht begleiten, weil sie den freien Tag immer nutzte, um ihre Schwester zu besuchen. Und Georgette und Baptiste waren zu beschäftigt, das Fundament ihrer Liebe zu legen. Wenn es das Wetter gut meinte, hatte Eugénie trotzdem Freude daran, durch den großen Park zu schlendern, der sich rings um die Museumsgebäude erstreckte. Auf diesen Spaziergängen hatte sie fast das Gefühl, Landluft zu schnuppern. Dann setzte sie sich auf eine Bank, unter ihren Füßen wie ein Teppich das Laub der nackten Bäume, beobachtete die Passanten und fragte sich, wie deren Leben wohl aussah.

An diesem letzten Novembertag kam ein Spaziergang allerdings nicht in Frage. Marcel feierte seinen dreiundzwanzigsten

Geburtstag, und ihre Cousine und ihr Cousin hatten Octavie aufgetragen, sie einzuladen. Eugénie, die sich bis dahin so gut es ging davor drückte, in die Zone zurückzukehren, hatte zugesagt. Seit September hatte sie Marcel nur einmal kurz gesehen. Da musste er gerade los, weil er den Nachbarn Hilfe beim Reparieren ihres Planwagens versprochen hatte. Er hatte noch mitbekommen, dass Eugénie gekommen war, aber das war auch schon alles.

»Pass gut auf, wo du hintrittst«, empfahl ihr Octavie, als sie aus dem Bus stiegen, den sie genommen hatten, um den Fußweg zu verkürzen.

Sofort wurden sie von einem eisigen Wind erfasst und legten, um nicht zu erfrieren, das letzte Wegstück im Laufschritt zurück. Eugénie achtete sehr darauf, im Matsch nicht zu straucheln, damit ihr einziges, etliche Male ausgebessertes Sonntagskleid nicht schmutzig wurde. In einem Korb brachte sie das Dessert mit, einen Kuchen, den sie aus Mehl, Eiern, Zucker und Trockenfrüchten gebacken hatte – wie die Kuchen, die ihre Mutter im Winter buk. Steif vor Kälte und schwer bepackt traf sie in der Mittagszeit bei ihrem Onkel und ihrer Tante ein. Es wurde ein fröhliches Wiedersehen.

»He, Bäuerin, langsam wirst du hübsch!«, rief Charlaine, ganz die Alte.

»Nett von dir«, sagte Eugénie, während sie ihre Cousine umarmte. »Aber du bist abgemagert, oder? Ich kann deine Rippen fühlen.«

Antoinette kam, um ihr den Kuchen abzunehmen.

»Die ist auch dauernd auf Trab!«, sagte sie mit einem Blick zu ihrer Tochter. »Bei der Kälte werden die Nachbarn reihenweise krank, und weil sie den Arzt nicht bezahlen können, kümmert sich halt die Charlaine um sie.«

»Pass auf dich auf«, ermahnte Eugénie ihre Cousine. »Denk an die Spanische Grippe.«

Das Virus schien seit dem Frühjahr unter Kontrolle, aber den Gerüchten zufolge hatte es weltweit mehr Todesopfer gefordert als der Krieg.

Charlaine zuckte mit den Schultern. »Ach, mach dir keine Sorgen! Ich bin zäh.«

Eugénie begrüßte ihren Onkel. Sein Haar wurde immer schütterer und sein Blick immer verstörter. Es war der Blick eines Mannes, der mehr Gräuel erlebt hatte, als ein Mensch ertragen konnte. Trotzdem deutete Théodore ein Lächeln an, als er sich aus seinem Sessel erhob; ihm war anzumerken, dass er sich über den Besuch seiner Nichte freute.

»Deine Mutter hat uns geschrieben!«, sagte Antoinette, in ihrem Ragout rührend. »Auf dem Hof scheint ja alles bestens zu laufen.«

Eugénie nickte. »Ich habe auch einen Brief bekommen. Maman hat Fotos mitgeschickt.«

Sie griff in ihre Tasche und zückte den Umschlag mit den Porträts des Fotografen, die sie extra mitgenommen hatte, um sie ihnen zu zeigen. Sofort war Eugénie von ihren Verwandten umringt, die jedes Detail kommentierten, das ihnen auffiel.

»Na, der ist aber ein großer Kerl geworden, dein Bruder! Der wird noch allen Mädels den Kopf verdrehen!«

»Ja, er ist wirklich gut gebaut«, fand auch Théodore. »Die breiten Schultern hat er von deinem Vater.«

Alle waren sich einig, dass Germain so aussah, als wäre er trotz seines Hinkens gut zuwege, während der misstrauische Blick der Mutter, die ins Objektiv starrte, als würde ihr daraus jeden Moment ein Monster entgegenspringen, für Heiterkeit sorgte.

»Deine Freundinnen sind hübsch«, sagte René bewundernd, als Eugénie das Foto von Blanche, Odile und Marguerite zeigte.

Was Charlaine gleich wieder nutzte, um ihn auf den Arm zu nehmen: »Das sagst du von allen Mädchen! Du findest selbst das hässlichste Entlein ganz reizend!«

»Lass ihn doch! Dann findet er leichter eine Verlobte!«, setzte Antoinette im gleichen Ton hinzu.

Just in diesem Moment kam Marcel in die Baracke. Vor Überraschung rutschten Eugénie die Bilder aus der Hand. Mit puterrotem Gesicht bückte sie sich rasch, um sie wieder aufzuheben. Und weil auch Marcel gleich losgestürzt war, knieten die beiden plötzlich voreinander und hielten, jeder an einer Seite, dasselbe Foto in der Hand. Als sich verwirrt ihre Blicke kreuzten, sahen sie sich plötzlich tief in die Augen, während es ausgerechnet in diesem Moment auch noch still um sie herum wurde. Einen Moment lang verharrte Eugénie so, dann stand sie mit klopfendem Herzen wieder auf und strich mechanisch ihren Rock glatt. Ihre Ohren waren wie mit Watte zugestopft, und sie merkte, dass ihr plötzlich sehr heiß war.

Während sich die übrigen Verwandten um Marcel scharten und ihm zum Geburtstag gratulierten, trat Charlaine zu ihrer Cousine.

»Na, du bist mir ja vielleicht eine, bist ja bis ins Mark aufgewühlt!«, flüsterte sie ihr zu.

Bei Tisch waren alle bestens gelaunt. Sie sprachen über den schon zwei Wochen anhaltenden Generalstreik der Druckereiarbeiter, der die Leute um ihre Zeitungen brachte. Als Reaktion gab die Regierung nun ihre eigene Zeitung heraus, *La Presse de Paris*, aber man wusste, dass damit irgendwann Schluss sein würde. Charlaine schimpfte auf die großen Bosse, die für Chaos und Aufruhr sorgten, weil sie die Arbeiter so schlecht behandelten.

»Deine Cousine scheint sich über ihre Situation nicht zu beklagen«, warf Antoinette ein und lenkte damit die Aufmerksamkeit auf Eugénie.

Marcel wandte sich zu ihr: »Dann läuft es also gut für dich?«

Eugénie leerte erst einmal ihr Glas, um sich zu sammeln. »Ja, das stimmt, ich bin nicht unzufrieden.«

Hector De Ferrière, so erklärte sie, sei ein guter Arbeitgeber:

ein großer, korpulenter Mann, mit seinem dichten Schnurrbart immer sehr gepflegt, und er zahle seinen Bediensteten ein angemessenes Gehalt. »Dafür erwartet er Zuverlässigkeit und Loyalität von uns. Das ist normal.«

»Aber es ist doch bestimmt nicht lustig, den immer im Genick zu haben«, sagte René. »Ich glaube, ich hätte immer ein bisschen Angst.«

»Seit ich dort arbeite, habe ich ihn erst ein oder zwei Mal gesehen«, erklärte Eugénie. »Er und Madame sind immer sehr beschäftigt. Ihre Tochter verbringt allerdings gern Zeit mit uns, ich glaube, sie findet das unterhaltsam.«

»Wie ist die denn?«, fragte Antoinette, neugierig auf Dienstbotenklatsch.

»Bestimmt hochmütig«, sagte Charlaine.

»Ist sie hübsch?«, fragte René.

Das Interesse war groß, und so beschrieb Eugénie Mademoiselle de Ferrière als eine äußerst mitteilsame junge Dame, der es nicht an Charakter fehle.

»Sie stellt mir viele Fragen über ... über diese Gegend hier, die Zone. Sie hat wohl gedacht, dass so etwas nur in den Romanen existiert, die sie liest.«

»Also doch eine eingebildete Pute«, bemerkte ihre Tante.

»Nein, nein, eigentlich gar nicht. Ich würde sagen, sie ist einfach nur ... ein bisschen eigen.«

»Pfff, die schwimmt doch im Luxus!«, empörte sich Charlaine. »Warum soll die sich für uns interessieren?«

Eugénie zuckte mit den Schultern. »Ich weiß nicht ... Vielleicht ist es ein bisschen so wie bei uns, wenn wir losgehen, um uns Kuriositäten anzusehen, also, auf einer anderen Ebene natürlich. Ach, übrigens! Meine Kollegin Georgette hat da im Magic City so einiges entdeckt.«

René hätte vor Überraschung fast seinen Wein ausgespuckt. »Na, die ist ja an komischen Orten unterwegs«, grinste er.

Mit gerunzelter Stirn fragte Eugénie, was er damit sagen wolle. Charlaine verdrehte die Augen. »Mensch, Bäuerin, du bist ja immer noch genauso naiv. Samstagabends gehen als Frauen verkleidete Männer da hin, um zu tanzen. Weiß ich vom Narbengesicht und seinen Kumpeln.«

Eugénie wusste nicht genau, warum, aber sie konnte nicht verhindern, dass sie errötete. Sie dachte daran, wie Marie-Rose von diesem seltsamen Trapezkünstler erzählt hatte, der als Frau geschminkt auftrat. Wahrscheinlich war das auch so was. Ihr selbst waren solche Geschichten egal, aber leider wusste sie aus Erfahrung, was Gerüchte dem guten Ruf anhaben konnten. Wenn Antoinette auf die Idee käme, ihren Eltern zu schreiben, dass Eugénie solche Orte aufsuchte, um sich zu vergnügen ...

»Oh«, sagte sie enttäuscht. »Und ich hatte mich schon drauf gefreut, irgendwann mal die Fahrgeschäfte auszuprobieren.«

Marcel sah sie lächelnd an. »Wir müssen mal mit dir in den Luna-Park gehen, wenn das Wetter wieder besser ist.«

Charlaine klatsche begeistert in die Hände.

»He, Arverner, du hast gute Ideen! Du wirst sehen, wie lustig das ist, Eugénie! Der Park ist in der Nähe der Porte Maillot.«

Worauf Antoinette den Kuchen auf den Tisch stellte, den sich alle schmecken ließen. Ein Stück wurde für Marcels Vater zur Seite gestellt, der gar nicht mehr vor die Tür kam, seit ein Dreikäsehoch ihn einmal ohne Kapuze gesehen und laut geschrien hatte, weil er ihn für ein Monster hielt. Sein Gemütsleiden äußerte sich immer stärker, und manchmal erfasste ein unerklärliches Zittern seine Beine, weshalb alle sehr besorgt um ihn waren.

In der Annahme, dass der Kuchen Antoinettes Werk war, bedankte sich Marcel überschwänglich dafür. »Das ist mehr als ein Kuchen, das ist Liebe!«, schmeichelte er ihr.

Eugénie hätte sich am liebsten unter dem Tisch verkrochen, denn schon verkündete Charlaine mit breitem Grinsen: »Den hat übrigens nicht meine Mutter gebacken, sondern meine Cousine!«

Wohl auch unter dem Einfluss des Weins, der seine Zunge gelöst hatte, antwortete Marcel in heiterem Ton: »Dein Nachtisch zaubert ein Lächeln in alle Gesichter, Eugénie.«

Gott sei Dank saß sie auf einem Stuhl, sie hätte schwören können, dass ihr sonst der Boden unter den Füßen weggerutscht wäre. Zum Glück hatte sich Antoinette bereits erhoben, um Kaffee zu machen.

»Ihr trinkt alle einen?«, fragte sie, während sie sich müden Schrittes in Bewegung setzte.

Eugénie sprang auf. »Warte, lass mich das machen. Ruh dich ein bisschen aus.«

Die Tante warf ihr einen dankbaren Blick zu und nahm wieder Platz.

Während Eugénie Wasser aufsetzte, stieß René einen langen Seufzer aus. »Ich hätte gern einen kleinen Spaziergang vorgeschlagen, aber es regnet ja in Strömen. Das Wetter macht mich fertig.«

Tatsächlich prasselte seit einer Dreiviertelstunde Regen auf das Dach der baufälligen Baracke. Eugénie blickte immer wieder beunruhigt zur Decke hoch, weil sie fürchtete, dass das Wellblech nachgeben würde.

»Octavie holt mich in einer Stunde wieder ab«, sagte sie leise. »Ich hoffe, bis dahin hat der Regen aufgehört, bis zum Bus ist es ja noch ein Stück.«

Der Moment rückte näher, und sie wünschte sich, der Tag würde noch nicht zu Ende gehen.

»Du hast es heute Abend wenigstens warm«, bemerkte Charlaine. Ihre Stimme klang verbittert.

»Ja, da hast du recht«, gab Eugénie zu und schämte sich, dass sie einen Moment lang vergessen hatte, wie privilegiert sie im Vergleich zu ihnen war.

Um die Stimmung wieder aufzulockern, sagte Marcel spaßeshalber: »Ach was! Ich bin mir sicher, dass bald jeder von uns mitten in Paris ein eigenes Stadtpalais hat.«

»Dafür musst du aber mindestens eine weltberühmte Patisserie dein Eigen nennen«, scherzte Théodore.

Marcel schüttelte traurig den Kopf. »Wenn ich in irgendeiner Stadtteil-Boulangerie anfangen könnte, würde mir das schon reichen. Ich bin vielleicht ein Fantast, aber ich kann mir wirklich nicht vorstellen, etwas anderes zu machen.«

»Du schaffst das«, ermutigte ihn René, mehr um ihn aufzumuntern als aus echter Überzeugung.

Marcel seufzte resigniert. »Wenn ich will, dass mein Vater und ich hier rauskommen, werde ich mich jedenfalls einstweilen mit der Fabrik begnügen müssen.«

Während sie auf Octavie warteten, tranken sie ihren Kaffee. Eugénie ertappte sich immer wieder dabei, dass sie Marcel verstohlen beobachtete. Er hatte so ein bezauberndes Lächeln, wenn etwas ihn berührte oder amüsierte! Was für ein Jammer, dass das Schicksal nicht gnädiger mit ihm umgesprungen war. Der Krieg und seine Folgen ließen wirklich zu viele Lebensträume platzen.

Eugénie wusste es noch nicht, aber der Zufall nutzt jede Gelegenheit, die Wege des Schicksals umzulenken.

Einige Tage nach Marcels Geburtstag – es war Nachmittag und Octavie und Eugénie scheuerten gerade die Kupfertöpfe – platzte Madame De Ferrière in die Küche. Eugénie wäre fast in Ohnmacht gefallen, als ihre Arbeitgeberin in der Tür stand, denn sie rechnete mit einer Strafpredigt wegen Marie-Rose.

Octavie reagierte als Erste. »Madame«, sagte sie respektvoll.

Eugénie hatte sich wieder gefangen und begrüßte sie ebenso, allerdings mit gesenktem Kopf, um ihre Nervosität zu verbergen.

Élisabeth De Ferrière war eine große blonde Frau mit lebhaften Augen, der das Alter in Sachen Schönheit offenbar nichts anhaben konnte. Sie war eine beeindruckende Erscheinung. Mit kerzengerader Haltung kam sie sogleich zur Sache: »Ich wollte mit Ihnen sprechen, Octavie. Übermorgen empfange ich meine Freundinnen zum Nachmittagstee, aber mir scheint, wir sollten die Patisserie wechseln.«

Während Eugénie vor Erleichterung innerlich aufseufzte, hob die Köchin eine Augenbraue. »Dürfte ich nach dem Grund fragen, Madame?«

»In letzter Zeit schmecken die Tartes und anderen Backwaren von Monsieur Rossignol doch sehr fade. Was im Übrigen höchst bedauerlich ist, denn bislang war er ein Aushängeschild für Qualität. Ich denke, eine Entscheidung ist geboten.«

»Sehr wohl, Madame, ich kümmere mich darum«, antwortete Octavie, wenn auch mit einem etwas pikierten Gesicht.

Madame De Ferrière nutzte die Gelegenheit, um ihren Blick prüfend durch die Küche schweifen zu lassen, und fügte dann, offenbar zufrieden mit dem, was sie gesehen hatte, hinzu: »Ich möchte Sie auch darüber informieren, dass wir Weihnachten auf unserem Landsitz in Fontainebleau verbringen werden. Sie müssen sich also nicht um die Mahlzeiten kümmern.«

Octavie nickte, und Madame, die somit alles geklärt hatte, verschwand wieder.

»Uff!«, murmelte Eugénie, als sich die Tür hinter ihr geschlossen hatte. »Ich war mir fast sicher, dass sie mit mir schimpfen würde.«

»Wegen Mademoiselle? Ach was! Mademoiselle Marie-Rose wird sich doch niemals damit brüsten, wie viel Zeit sie mit uns verbringt, um uns von ihrem Unglück zu erzählen.«

»Und wenn der Butler petzt?«

Octavie verzog skeptisch den Mund. »Er ist zwar streng, aber das wird er nicht tun. Glaub mir, er hat kein Verlangen danach, sich Mademoiselles Zorn zuzuziehen.«

Eugénie prustete vor Lachen. »O ja, wenn sie laut wird, bringt man sich besser in Sicherheit!«

»Und ich sitze jetzt in der Patsche und muss auf die Schnelle eine neue Patisserie finden«, murrte Octavie.

»Das Ganze scheint Sie zu ärgern.«

Octavie schenkte sich ein Glas Wasser ein und erklärte ihr, dass Monsieur Rossignol ein Cousin ihres verstorbenen Mannes sei. »Er ist ein hervorragender Patissier und freundlich obendrein! Aber es stimmt, seit dem Tod seiner Frau Cécile lässt er sich gehen, die Patisserie ist nicht mehr das, was sie einmal war. Ich hatte gehofft, es würde Madame nicht auffallen.«

»Arbeitet er denn ganz allein?«, fragte Eugénie erstaunt.

»Als Cécile noch lebte, hat sie ihm geholfen. Nach ihrem Tod hat er sich nicht dazu durchringen können, jemanden einzustellen. Seit acht Monaten geht das jetzt schon so.«

Eugénie hatte wieder begonnen, ihren Topf zu schrubben. Plötzlich hielt sie inne, die Bürste in der Luft. Eine Idee hatte in ihrem Kopf Gestalt angenommen. »Glauben Sie, dass sein Geschäft wieder laufen würde, wenn er eine kompetente Hilfe hätte?«

»Seit er so den Kopf hängen lässt, läuft ihm die Kundschaft weg. Ich weiß nicht mal, ob er sich einen Verkäufer leisten könnte.«

»Aber wenn seine Produkte wieder dieselbe Qualität hätten«, beharrte Eugénie, »dann könnte es funktionieren, oder?«

Octavie musterte sie mit zusammengekniffenen Augen. »Du führst doch etwas im Schilde, mein Kind, oder?«

Eugénie wischte sich lächelnd die Hände an ihrer Schürze ab. »Na ja, Sie kennen doch Marcel …«

19

In den Tagen vor Weihnachten ging ein Schwall frischer Energie durchs ganze Haus. Da die Familie De Ferrière beschlossen hatte, die Feiertage auf ihrem Anwesen in Fontainebleau zu verbringen, um das sich ein Verwalterpaar samt ältester Tochter kümmerte, hatte das gesamte Personal Urlaub, mit Ausnahme von Baptiste, dem Chauffeur. Georgette musste sich todtraurig dazu durchringen, die Weihnachtstage allein bei ihren Eltern in der Bourgogne zu verbringen. Kaum waren die De Ferrières am Montagnachmittag aufgebrochen, ließ sich Eugénie von Octavie durch die Pariser Geschäftsstraßen schleifen. Die Köchin liebte solche Unternehmungen, bei denen sie unentwegt das Tun und Treiben der Flanierenden kommentierte. Hier ein viel zu figurbetontes Kleid, dort ein schamloses Paar. Und dann diese Automobile, die röhrten und knatterten, bloß weil ihre Besitzer sich und ihr Geld so gern zur Schau stellten! Und wie die rasten! Kein Wunder, dass es zu Unfällen kam!

»In Wahrheit sind Sie eine echte Pariser Concierge!«, amüsierte sich Eugénie, als sie in die Rue de Clignancourt einbogen.

Octavie schüttelte energisch den Kopf. »Nein, mit diesen Klatschtanten habe ich überhaupt nichts gemein! Pförtnerinnen sind echte Giftkröten, was man von mir ja wohl nicht behaupten kann.«

»Oh, ich fürchte, jetzt habe ich Sie verärgert!«, scherzte Eugénie, denn natürlich konnte sie sich eine Octavie, die tagein, tagaus Gebäudeeingänge schrubbte, Schmutzwasser auf die Straße kippte und an den Mietern herummäkelte, überhaupt nicht vorstellen.

Sie gingen in das riesige Warenhaus Dufayel, dessen Reklametafeln Eugénie schon überall gesehen hatte. Dort bot man Leuten, die sich einrichten wollten, sogar Möbel auf Kredit an, so etwas gab's ja noch nie! Das pompös dekorierte Gebäude war wirklich beeindruckend. Die üppig ausgestatteten Abteilungen gingen über alle Etagen, und es gab sogar ein Restaurant. Für ihre Verwandten, die in Malakoff Weihnachten feiern würden, fand Eugénie dicke Schals und Socken, außerdem ein paar Tafeln Schokolade. Und weil sie von Natur aus ein sparsamer Mensch war, gingen diese Ausgaben bei weitem nicht über ihr Budget hinaus. Den Gürtel enger zu schnallen, war nichts, was ihr Angst machte, und im Alltag begnügte sie sich mit dem, was sie wirklich benötigte. Als die beiden Frauen jedoch an einer Buchhandlung vorbeikamen, konnte Eugénie der Versuchung nicht widerstehen, sich ein gebrauchtes Buch zu kaufen: *Jane Eyre*.

»Herrjemine, ach, Kindchen!«, schimpfte Octavie der Form halber, während sie den Einband des Romans betrachtete. »Jetzt sag mir nicht, dass dir Mademoiselle mit ihrem albernen Gerede diesen Floh ins Ohr gesetzt hat!«

Eugénie schwieg. Tatsächlich hatte Marie-Rose an einem regnerischen Nachmittag mit bebender Stimme über dieses Buch von Charlotte Brontë gesprochen. Wenn man sie davon schwärmen hörte, war es der schönste Roman, den sie je gelesen hatte: Die Liebe darin war immer rein, die Figuren gepeinigt von starken Gefühlen, und die eigenwillige Heldin weigerte sich, ein Leben in der Opferrolle zu akzeptieren. Eugénie spürte schon seit einigen Tagen, wie empfänglich sie für diese Gedanken war. Sie wollte das Lesen auch für sich entdecken, wollte von romantischen Helden träumen und sich beflügeln lassen.

Am Morgen des 24. Dezembers nahm Eugénie zum ersten Mal allein den Bus. Ziemlich eingeschüchtert gab sie sich Mühe, nicht aufzufallen, und verlor die Wegstrecke nicht einen Moment aus den Augen, damit sie ihre Haltestelle nicht verpasste. Alles lief reibungslos, und Eugénie legte auch das letzte Stück ohne Zwischenfall zu Fuß zurück. Als die Barackensiedlung in Sicht kam, die in der grauen Trostlosigkeit des Wintertages einen deprimierenden Anblick bot, fühlte sie sich plötzlich ganz niedergeschlagen. Der Boden war gefroren, und die Bäume reckten ihre nackten Äste in den schiefergrauen Himmel. Aus den Ofenrohren, die sich durch die Wände der Blech- und Bretterbuden bohrten, stiegen dünne Rauchfahnen auf. Ein räudiger Hund streifte ihren Rock. Der Köter, aus dessen Schnauze eine weiße Atemwolke kam, war bestimmt auf Nahrungssuche. Ein Stück weiter schleppte sich, auf eine behelfsmäßige Krücke gestützt, ein Mann voran, und nicht weit davon schrie eine ausgelaugte Mutter ihren Nachwuchs zusammen.

Eugénie konnte ein Schaudern nicht unterdrücken und bedauerte es zutiefst, dass sie nicht nach Cressigny fahren durfte. An Weihnachten schmückte Augustine den ganzen Hof mit Mistel- und Ilexzweigen, ach, wie sehr würde ihr diese fröhliche, warmherzige Atmosphäre dieses Jahr fehlen! Ihr einziger Trost waren die kleinen Geschenke, die sie mitbrachte, bestimmt würden sie ihrer Verwandtschaft Freude bereiten. Und natürlich – vor allem – gab es ja die gute Nachricht, die sie Marcel überbringen durfte, wenn sie ihn denn sehen würde! Vor Ungeduld war Eugénie schon ganz nervös. Zumal ihr auch ein bisschen bange vor seiner Reaktion war.

»He, jetzt komm doch endlich rein!«, hörte sie plötzlich Charlaines Stimme. Durch das winzige Fenster der Baracke hatte ihre Cousine sie vor dem Zaun stehen sehen.

Aus ihren Gedanken gerissen, zuckte Eugénie zusammen und ihr wurde bewusst, dass sie schon eine ganze Weile dort in der Kälte stand. Die beste Methode, sich eine Grippe zu holen!

Drinnen wurde sie von Charlaine gleich mit einer Bemerkung über ihre verdrossene Miene empfangen. »Lächel mal, es ist Weihnachten!«

Als Eugénie ihre Tante sah, die mit einer alten Zeitungsseite als Unterlage Kartoffeln schälte, zögerte sie, die Wahrheit zu sagen. Sie konnte doch jetzt nicht zugeben, dass sie Christi Geburt lieber woanders gefeiert hätte. Das wäre nicht nett gegenüber denen, die sie vor ein paar Monaten bei sich aufgenommen hatten, ohne irgendeine Gegenleistung zu erwarten.

»Ich bin gerade ein bisschen traurig«, sagte sie schließlich, während sie ihren Paletot auszog. »Mein Zuhause fehlt mir.«

Antoinette schaute auf und schenkte ihr einen mitfühlenden Blick, dann widmete sie sich wieder ihren Kartoffeln.

»Du bist ganz schön komisch, Bäuerin!«, lachte Charlaine. »Ich frage mich, wer außer dir lieber Kuhfladen schaufeln würde, als bei den Reichen zu leben!«

»Ist jedenfalls besser, als wenn sie ein großes Getue drum machen würde«, entgegnete Antoinette. »Das gibt's nämlich oft bei denen, die für die Reichen arbeiten.«

Sie schob mit der Handkante die Kartoffelschalen zur Seite, um Platz für den Kaffee zu machen. Den tranken die drei dann gemütlich, während sie auf Théodores und Renés Rückkehr warteten. Die beiden waren unterwegs, um die Ratten zu verkaufen, die ihnen in die Falle gegangen waren.

»Sehen wir Marcel auch?«, fragte Eugénie vorsichtig, worauf Charlaine erbarmungslos mit dem Zeigefinger auf sie zeigte und rief: »He, du bist ganz schön verknallt in den, stimmt's? Und ausgerechnet du wolltest doch erst, dass er mein Verlobter wird!«

Eugénie wurde puterrot und wusste nicht, was sie sagen sollte.

Leise lächelnd erklärte Antoinette, dass Marcel den Weihnachtsabend gemeinsam mit ihnen feiern würde. »Und Théodore hat sogar Marcels Vater überredet mitzukommen. Wir können den armen Armand doch nicht allein lassen.«

Trotz der Bemerkung ihrer Cousine freute sich Eugénie. Tatsächlich wurde es dann ein fröhlicher Abend. Armand willigte ein, seine Kapuze wenigstens so weit hochzuziehen, dass er essen konnte, und niemand schüttelte sich vor Ekel. Während des Essens erzählten die Männer Witze, bei denen die Frauen die Augen verdrehten, außer natürlich Charlaine, die mal wieder über ihren Bruder spottete: »Halt dir die Ohren zu, René! Du Knirps darfst das noch nicht hören!«

»Und du bist ein richtiges Biest!«, erwiderte er und tat so, als würde er mit seiner Serviette nach ihr schlagen.

Es gab auch ernste Gespräche, und es gab Tratsch. Das Narbengesicht hatte wohl wieder ein Mädchen dazu gebracht, auf den Strich zu gehen; die Mütter ängstigten sich um ihre jugendlichen Töchter. Man müsse wirklich kreuzdumm sein, schimpfte Charlaine wutentbrannt, um so einen Weg zu gehen und so ein mieser Ganove zu werden. »Und der hört einfach nicht auf! Letzte Woche hat er wieder damit geprahlt, dass er einen Kerl niedergestochen hat. Die arme Schwester!«

Eugénie ließ sich von der Wut ihrer Cousine nicht täuschen; sie hatte sogar Mitleid mit ihr und hätte nicht mit ihr tauschen wollen … Es war bestimmt schwer, seine Gefühle zu unterdrücken, wenn man eine Schwäche für so einen Taugenichts hatte. Aus den Augenwinkeln sah sie Marcel mit den Männern reden. Als sich ihre Blicke begegneten, schaute sie rasch in die andere Richtung und spürte, dass sie wieder mal rot wurde. Der junge Mann erntete dann großen Jubel mit den Esskastanien, die er mitgebracht hatte. Er ging zum Ofen, um sie darauf heiß zu machen. Wie verzaubert beobachtete Eugénie jede seiner Bewegungen. Und noch nie hatte sie dann so köstliche Esskastanien gegessen. Anschließend wurden mit großer Begeisterung die Geschenke ausgepackt.

»Ich wollte mich doch bei euch bedanken, ihr habt so viel für mich getan«, rechtfertigte sich Eugénie, als die Familie fand, dass sie nicht so viel Geld für sie hätte ausgeben sollen.

»Du willst uns doch nicht zum Weinen bringen, Kind, oder?«, brummelte Antoinette gerührt.

Doch da bekam auch Eugénie schon ein Paket überreicht. »Es ist nicht viel, aber ich hoffe, es gefällt dir«, sagte Charlaine.

Überrascht packte Eugénie ein Kleid aus, das ihre Tante und ihre Cousine ausgebessert hatten, um es ihr zu schenken. Sie hatten es in einem der reicheren Häuser der Umgebung bekommen, wo man Charlaine und René hin und wieder Kleider gab, die nicht mehr getragen wurden.

»Wir dachten, das hübsche, frühlingshafte Blau würde gut zu deinen Augen passen«, sagte Antoinette. »Wär doch schade gewesen, es zu verkaufen.«

Eugénie bewunderte das Kleid, das die beiden nicht nur ausgebessert, sondern auch umgeändert hatten, um es ein bisschen der Mode anzupassen. Vor lauter Rührung kamen ihr fast die Tränen.

»Da siehst du bestimmt richtig elegant drin aus!«, bekräftigte Charlaine. »Komm, probier's mal an.«

Sie packte ihre Cousine am Arm und schleppte sie ins Schlafzimmer. Als Eugénie sich auszog, zitterte sie vor Kälte. Rasch schlüpfte sie in das Kleid, während Antoinette schon um sie herumging und den fließenden Fall des Stoffs bewunderte.

»Wunderschön!«, sagte sie. »Jetzt hast du ein hübsches Ausgehkleid, wenn das schöne Wetter wiederkommt.«

Die beiden Jungs, die unbedingt das Ergebnis sehen wollten, wurden mit lautem, empörtem Geschrei verscheucht, und alles mündete in allgemeinem Gelächter. Um Mitternacht begannen in der Ferne mit voller Wucht die Kirchglocken zu läuten. Einer der Bewohner der Zone kam mit seiner Geige und begann, Weihnachtslieder zu spielen. Warm eingemummt ging man hinaus, um mitzusingen. Manche Nachbarn torkelten, andere sangen falsch und lachten laut.

»Was für ein schöner Abend«, flüsterte Marcel, der plötzlich ganz dicht neben Eugénie stand.

Sie glaubte, ihr Herz würde aussetzen.

»Marcel, ich muss mit dir reden«, sagte sie dann, als das Geigenspiel aufhörte.

Armand bedankte sich gerade bei seinen Gastgebern und hatte begonnen, sich zu verabschieden. Marcel bedeutete ihm, schon vorauszugehen, er würde nachkommen. Da die restliche Familie der Meinung war, dass die jungen Leute wohl etwas Wichtiges zu besprechen hatten, kehrten alle zügig ins Warme zurück, und Eugénie tat so, als hätte sie Charlaines und Renés Silhouette hinter dem Fensterchen nicht bemerkt. Nachdem sein Vater gegangen war, wandte sich Marcel Eugénie zu. Im Licht der Petroleumlampe schimmerten seine braunen Augen wie Bernstein, was seinem Blick eine verwirrende Tiefe gab. Wieso war ihr das bei ihrer ersten Begegnung im Tanzlokal nicht aufgefallen? Während er darauf wartete, was sie ihm zu sagen hatte, sah er sie unverwandt an.

Eugénie räusperte sich. »Hast du immer noch den Wunsch, irgendwann als Patissier zu arbeiten?«, fing sie an.

»Ja, das ist mein Traum. Allerdings lässt sich ja leider nicht jeder Traum verwirklichen.«

»Sag das nicht ...«

Er deutete mit einer kurzen Handbewegung auf die elenden Behausungen um sie herum. »Ich bin doch ein Niemand. Ein armer Teufel. Weil ich hier lebe.«

Er klang gelassen, aber resigniert. Eugénie hätte ihn wahnsinnig gern in den Arm genommen, was sie natürlich nicht tat, denn sie wusste ja, dass sich so etwas nicht gehörte und dass hinter dem kleinen Fenster Spione lauerten.

Mit sanfter Stimme sagte sie: »Wichtig ist nicht, wer du bist, sondern wer du werden willst. Sieh mal, ich habe's doch geschafft, in ein wohlhabendes Haus einzutreten.«

Marcel fuhr sich mit der Hand übers Genick. »Warum sagst du mir das, Eugénie? Du hattest doch sicher nicht vor, unterm Mondhimmel mit mir über das Leben zu philosophieren.«

Eugénie holte Luft und schilderte ihm die Situation von Monsieur Rossignol, Patissier in Montmartre, dem die Kunden wegliefen, seit seine Frau aus heiterem Himmel von einem Automobil überfahren worden war und es nicht überlebt hatte.

»Er kommt nur sehr schwer über den Verlust hinweg, und wenn er niemanden einstellt, der die Geschäfte in die Hand nimmt, wird er zumachen müssen.«

Eugénies Idee hatte Octavie so überzeugt, dass sie bereits zu Monsieur Rossignol gegangen war, um ihm von dem jungen Mann zu erzählen. Nachdem sich der alte Rossignol das minutenlange Plädoyer der Köchin angehört hatte, war er einverstanden, Marcel kennenzulernen.

»Er erwartet dich Freitag in der Frühe, also übermorgen.«

Sie schwieg und sah ihm forschend ins Gesicht, während sie auf seine Reaktion wartete.

»Das wäre ja ...«, stammelte er schließlich. »Das wäre ja großartig! Eine Patisserie ... in Montmartre ...« Er schien es noch gar nicht fassen zu können.

»In der ersten Zeit wird er dir noch kein ordentliches Gehalt bezahlen können«, fügte Eugénie vorsichtig hinzu, »aber du könntest bei ihm wohnen, über dem Geschäft.«

»Ich kann's kaum glauben!«, rief Marcel ausgelassen. »Danke, Eugénie!«

Jetzt war seine Freude so ansteckend, dass Eugénie ihre Schüchternheit vergaß. »Bedank dich bei mir, wenn du die Stelle hast. Vorher bringt's Unglück.«

Er sah ihr tief in die Augen: »Das werde ich bestimmt tun.«

Der Satz klang fast wie ein Versprechen, und Eugénie spürte, wie sich Verlangen in ihr regte. Dass Marcel gern noch geblieben wäre, war ihm anzusehen, aber er deutete auf das Holztörchen. »Ich muss los. Wir sehen uns morgen.«

»Ja, natürlich. Bis morgen, Marcel.«

Er zögerte einen Moment, dann beugte er sich zu ihr hin und drückte ihr einen Kuss auf die Stirn.

»Gute Nacht«, murmelte er noch, dann ging er.

Eugénie sah ihm nach, wie er mit hochgezogenen Schultern durch die eisige Nacht davoneilte. An der Wegbiegung drehte er sich noch einmal um, gab ihr ein kurzes Zeichen und verschwand schnellen Schrittes. Mit strahlendem Lächeln ging Eugénie in die Baracke und rief Charlaine und René zu, sie sollten sich lieber mal um den Abwasch kümmern, anstatt hier die Aufpasser zu spielen.

Friedlicher Alltag markierte den Beginn des Jahres 1920. Zu seiner großen Freude hatte Marcel die Stelle in der Patisserie bekommen. Es war noch zu früh, um zu behaupten, dass Gérard Rossignols Geschäft gerettet war, aber seine Produkte hatten, da war man sich einig, ihre frühere Qualität zurückgewonnen. Für eine von Madames Einladungen besorgte Octavie in der Patisserie Rossignol – ohne es ihr zu sagen – eine Saint-Honoré-Torte. Gleich am selben Abend tauchte Madame in der Küche auf, um ihr mitzuteilen, dass sie noch nie eine so hervorragende Torte gegessen habe.

»Sie müssen mir die neue Adresse geben, Octavie. Ich bin höchst angetan, und da bin ich nicht die Einzige! Meine Freundinnen wollen unbedingt wissen, wer solche exzellenten Torten macht.«

»Die Patisserie Rossignol, Madame«, antwortete Octavie mit unverhohlenem Stolz. »Der erhoffte Umschwung hat stattgefunden.«

Den kleinen Laden in Montmartre erreichte wieder eine Flut von Bestellungen, und Marcel arbeitete, ohne die Stunden zu zählen. Anfangs fürchtete Eugénie sogar, ihn jetzt noch weniger zu sehen. Doch das Gegenteil war der Fall. Jeden zweiten Sonntag stand er vor dem Gitterzaun des Hauses und wartete auf Octavie und Eugénie. Zu dritt machten sie sich auf den Weg nach Malakoff, plauderten dabei über Gott und die Welt und legten, wenn es dunkel wurde, gemeinsam den Heimweg zurück. Marcel war besorgt um seinen Vater, dem es schlecht ging, und machte sich Vorwürfe, dass er weggegangen war.

Eugénie versuchte, ihn zu beruhigen: »Meine Tante kümmert sich um seine Mahlzeiten, das hat er dir doch sicher gesagt.«

»Ja, und ich weiß auch, dass dein Onkel Zeit mit ihm verbringt, aber ich mag nicht zusehen, wie er so dahinsiecht.«

Tatsächlich zitterten Armands Beine mehr und mehr, und Marcel fürchtete, er könnte stürzen. Octavie erzählte ihm von einem Artikel, den sie gelesen hatte: Viele Männer litten seit ihrer Rückkehr aus dem Krieg offenbar unter den seltsamsten Symptomen.

»Und dann sperrt man sie ins Irrenhaus.«

Marcel hoffte, dass es nicht so weit kommen würde.

An Sonntagen, an denen sie nicht ihre Verwandten besuchten, holte der junge Mann Eugénie am frühen Nachmittag ab, und dann ließen sie sich in den Straßen von Paris treiben, spazierten verträumt durch die Parks, den Jardin du Luxembourg und den Jardin des Tuileries, liefen die Seine entlang, vorbei an den flaschengrünen Ständen der Antiquare. Mit großen Augen bestaunte Eugénie die vielen Sandwich-Männer, die auf den Bürgersteigen der Boulevards unterwegs waren, die Alleinunterhalter, Bärenführer, Schwertschlucker. Es war ein unglaubliches Spektakel, zusätzlich angefeuert durch die Straßensänger und die Krawattenhändler, die ihre Ware in umgedrehten Regenschirmen präsentierten. Ein anderes Bild der Hauptstadt tat sich vor Eugénie auf. Nicht selten kam es vor, dass Marcel stehen blieb und ihr eine Hand auf die Schulter legte, um ihr irgendeine Kuriosität oder ein besonderes Detail einer Sehenswürdigkeit zu zeigen. Dann lächelte Eugénie selig und brannte vor Verlangen nach einem Kuss. Allmählich begann sie, daran zu zweifeln, dass er überhaupt romantische Gefühle für sie hegte, denn von seiner Seite kam nichts. Vielleicht war ihm allzu bewusst, dass Eugénie sich eine Zukunft ohne Rückkehr aufs Land nicht vorstellen konnte. Ob dies ihrer Beziehung im Weg stehen würde? Solche Überlegungen brachten sie so durcheinander, dass sie gar nicht mehr wusste, wohin mit ihren Gefühlen.

Einmal im Monat schrieb Eugénie ihrer Mutter und auch Blanche einen Brief. Die Freundin legte großen Wert darauf, sie stets über den neusten Dorftratsch auf dem Laufenden zu halten. Sie selbst verkehrte jetzt mit Paulin, einem Schreinerlehrling, den sie auf der Feier am 14. Juli kennengelernt hatte, und hoffte darauf, in den nächsten Wochen einen Antrag zu bekommen. Eugénie gratulierte ihr und schrieb, dass sie ja doch damit rechne, rechtzeitig zu ihrer Hochzeit wieder im Dorf zu sein. Marcel erwähnte sie lieber nicht, solange sie sich seiner Absichten nicht sicher war. Vielleicht hegte er ja auch gar keine Absichten, dachte sie manchmal, und dann wurde sie jedes Mal tieftraurig. Um solche trüben Gedanken zu vergessen, tauchte sie in die Lektüre von *Jane Eyre* ein. Es war nicht schwer zu verstehen, warum Mademoiselle Marie-Rose so sehr von diesem Buch schwärmte! Fast hätte Eugénie sich gewünscht, auch einem Mr. Rochester zu begegnen. Wenn Marcel sich doch endlich entscheiden würde! Dieser Schwebezustand machte sie ganz verrückt. Jedes Mal blickte sie voller Ungeduld ihrem nächsten Treffen entgegen und hoffte, dass endlich alles anders werden würde. Doch der junge Mann ließ sie im Ungewissen.

An einem klaren, sonnigen Märztag trafen sich Marcel und Eugénie mit Charlaine und René im Luna-Park. Im Eintrittspreis, der sich auf einen Franc belief, war ein kostenloses Fahrgeschäft inbegriffen – außer an Freitagen, erklärte Charlaine, die seien der mondänen Gesellschaft vorbehalten.

Marcel hinderte Eugénie daran, ihre Eintrittskarte selbst zu bezahlen. »Ich wollte mich doch dafür bedanken, dass du mir die Stelle bei Monsieur Rossignol verschafft hast, das habe ich dir versprochen, also lass mich dir diese Freude machen.«

Es wurde ein Nachmittag, an dem die Zeit stillzustehen schien.

Eugénie wollte alle Attraktionen ausprobieren: Das Teufelsrad, die Mühle am geheimnisvollen Fluss, den Flugzeugturm. Es wurde geschrien und gelacht, überall drängten sich gut gelaunte Menschen. René drehte sich alle dreißig Sekunden um, wenn wieder eine junge Demoiselle seinen Weg gekreuzt hatte, während Charlaine ihrer Cousine hier und da einen vielsagenden Blick zuwarf und mit einer Kopfbewegung auf Marcel deutete. Eugénie ließ sich von ihm zu Pommes frites einladen, die er bei einem Straßenverkäufer holte. Sie teilten sich die Fritten, und beim gemeinsamen Essen aus der Papiertüte berührten sich ab und zu ihre Finger. Mit vollem Magen streckten sie sich einen Moment lang auf der Wiese aus und sahen sich dabei ständig in die Augen. René, der an einem Grashalm kauend neben ihnen saß, nachdem seine Schwester verschwunden war, um Limonade zu kaufen, nahmen sie kaum noch wahr.

»Pfoten weg, und scher dich zum Teufel! Also wirklich, ich glaub's nicht!«, ertönte plötzlich Charlaines laute Stimme und zerstörte das Idyll.

Sie drohte einem zerlumpten Jungen, der ihr gerade an den Hintern gegriffen hatte, mit der Faust. Fünf Minuten später lachte sie schon darüber: »Jetzt können die Pfaffen wieder geifern, dass die freizügige Frauenmode schuld ist!«

Womit sie die französischen Bischöfe meinte, die zu Beginn des Jahres gegen die neuen Tänze und die kürzer werdenden Röcke gewettert hatten.

»Als hätten die irgendeine Ahnung davon!«, fügte sie kopfschüttelnd hinzu.

Die Achterbahn war ihr nächstes Ziel. Marcel und Eugénie setzten sich nebeneinander in ein Wägelchen. Durch den elektrischen Antrieb erreichten diese Wagen eine schwindelerregende Geschwindigkeit, und Eugénie drückte sich vor Angst mehrmals an den jungen Mann.

»Wenn du meine Meinung hören willst«, flüsterte Charlaine

ihrer Cousine beim Abschied ins Ohr, »dann ist heute der große Tag! Er hat dich die ganze Zeit mit seinen Blicken verschlungen!«

»Ach, wir sehen uns doch jetzt schon seit drei Monaten regelmäßig, und er hat nicht ein einziges Mal auch nur meine Hand genommen.«

Charlaine zwinkerte ihr noch einmal zu. »Er ist ein ernsthafter Junge, er macht nichts, wenn er sich nicht sicher ist.« Dann rannte sie los, denn René wurde schon ungeduldig.

Der Heimweg gestaltete sich erstaunlich schweigsam. Marcel und Eugénie gingen Seite an Seite, und keiner traute sich, etwas zu sagen. Eugénies Herz schlug, als würde es jeden Moment zerspringen. Am Haus der De Ferrières angelangt, blieben sie stehen. Allmählich wurde es dunkel. Eugénie hüstelte nervös. »Ich danke dir für diesen Tag, Marcel.«

Er schien etwas sagen zu wollen, aber da kam nichts. Mit ernstem Blick tat er stattdessen einen Schritt auf sie zu, ergriff ihre Hand und zog sie an sich. »Eugénie!«

Ohne noch etwas hinzuzufügen, legte er seine Lippen an ihre und küsste sie, erst vorsichtig, dann mit solcher Leidenschaft, dass Eugénies ganzer Körper erbebte. An diesem Abend trennten sie sich mit leuchtenden Augen.

»Sie sprühen ja heute vor Freude!«, sagte Marie-Rose am nächsten Tag, als sie Eugénie sah. »Na, los, mir können Sie es sagen, haben Sie jemanden kennengelernt? Oder ist es der berühmte Marcel, von dem ich schon gehört habe?«

Weil Octavie ahnte, dass Eugénie ihr Glück noch für sich behalten wollte, antwortete sie an ihrer Stelle: »Lassen Sie das Kind doch mal in Ruhe!«

Denn auch sie war ja nicht blind, sondern hatte Eugénies veränderten Gesichtsausdruck natürlich bemerkt. Und es konnte tatsächlich nur einen Grund dafür geben: Liebe. In vermeintlich strengem Ton wandte sie sich wieder zu Mademoiselle: »Was ist eigentlich aus dem Bankier geworden, den Ihnen Ihre Eltern vorgestellt haben?«

»Er ist sterbenslangweilig«, klagte Marie-Rose. »Ich sage nicht, dass er kein freundlicher Mann ist, aber das ist auch wirklich das Einzige, was ihn auszeichnet. Er hat einen Bauch, und sein schütteres Haar sieht aus wie Vogelflaum.«

Worauf sie den beiden noch einmal in Erinnerung rief, wie vorhersehbar ihr ganzes Leben doch sei und wie trübe ihr Alltag, gemessen an ihren Wünschen und Vorstellungen. Was wie immer dazu führte, dass die Köchin seufzte und Eugénie lachte.

Als die beiden wieder allein in der Küche waren, sagte Octavie unvermittelt: »Dieser Marcel ist ein feiner Kerl. Ihr beide werdet ein schönes Hochzeitspaar.«

Eugénie spürte die Röte, die ihr in die Wangen stieg. »Oh, so weit sind wir aber noch nicht!«

Octavie warf ihr einen wissenden Blick zu. »Aber bald seid ihr's. Ich habe bisher nichts gesagt, weil es mich ja auch nichts angeht, aber man braucht euch nur mal kurz anzusehen, um zu wissen, dass es Liebe ist.«

Sosehr Eugénie es auch herunterzuspielen versuchte, Glück ist ein Gefühl, das sich nicht leicht verbergen lässt. Sie hatte nun ständig ein Lächeln auf den Lippen, summte sentimentale Lieder und träumte selbst beim Tranchieren selig vor sich hin, was ihr einige Schnittwunden einbrachte. Immer wieder rief sie sich die Szene ihres ersten Kusses in Erinnerung. In ihr war ein Damm gebrochen, und es war nicht mit dem zu vergleichen, was Blanches Bruder bei ihr ausgelöst hatte.

Der Zauber, der sie beide miteinander verband, war unbeschreiblich, und es war so, als würden sie sich immer wieder aufs Neue entdecken.

Zwei oder drei Wochen lang kam es in ihrem Umfeld immer wieder zu Anspielungen. Auch Antoinette fing bei einem Besuch ihrer Nichte damit an: »Muss ich deinem Vater schreiben und ihm von Marcel erzählen? Falls es da bald eine Hochzeit zu organisieren gibt ...?«

»Soweit ich weiß, habe ich keinen Heiratsantrag bekommen«, erwiderte Eugénie verlegen.

Antoinette und Charlaine wechselten vielsagende Blicke, ließen es aber dabei bewenden; es war ja ohnehin nur noch eine Frage von Tagen.

An einem Sonntag im Mai holte Marcel Eugénie zu einem ihrer Spaziergänge ab. Das Wetter war herrlich, Paris erlebte einen sehr milden Frühling. Eugénie hatte das hübsche Kleid angezogen, das ihr die Tante und die Cousine zu Weihnachten geschenkt hatten, und fand sich darin besonders hübsch. Marcel allerdings wirkte ungewöhnlich angespannt. Er trug eine neue Schirmmütze, sprach viel über seine Arbeit und erzählte Eugénie, dass der alte Rossignol offenbar endlich in der Lage war, ihm ein angemessenes Gehalt zu zahlen. Eugénie hörte nur mit halbem Ohr zu, denn sie zermarterte sich die ganze Zeit den Kopf darüber, warum Marcel plötzlich so unruhig wirkte, wo doch eigentlich alles gut war? Als sie die Passerelle Debilly unweit des Trocadéro erreichten, wirkte er so zerfahren, dass Eugénie nur noch eine Erklärung dafür hatte: Er würde sich von ihr trennen. Bei dem Gedanken hatte sie das Gefühl, dass ein unsichtbarer Dolch in ihr Herz stieß, und ihr kamen die Tränen. Erschrocken ergriff Marcel ihre beiden Hände: »Was ist denn los, Liebste? Geht es dir nicht gut?«

»Du willst mich nicht mehr, ist es das?«, sagte sie und unterdrückte ein Schluchzen.

Marcel sah sie fassungslos an. »Aber ... Aber wie kommst du denn darauf?«

Eugénie zuckte schniefend die Achseln. »Du bist heute so komisch!«

Von einer Sekunde zur nächsten trat ein Lächeln in Marcels

Gesicht, und er drückte sie fest an sich. »Da liegst du vollkommen falsch, mein Engel.«

Also trocknete Eugénie ihre Tränen und fragte, was ihm denn dann solche Sorgen bereite. Marcel löste seine Umarmung und trat einen Schritt zurück, um sie besser betrachten zu können. Dann nahm er ihr Gesicht zärtlich in beide Hände.

»Hör zu, mein Schatz ... dass ich so nervös bin, na ja, das liegt einfach daran, dass ich dir heute sagen wollte, wie sehr ich dich liebe.«

Sie schluckte, während Marcel fortfuhr: »Ich kann mir ein Leben ohne dich nicht mehr vorstellen, Eugénie. Verglichen mit dem, wie ich mich an deiner Seite fühle, kommt mir die Zeit, die ich ohne dich verbracht habe, wie verlorene Zeit vor. Ich bin nicht gerade reich und sicherlich nicht der Märchenprinz, von dem man als junges Mädchen so träumt. Das Einzige, was ich dir zu bieten habe, ist meine Liebe.«

Eugénie traute ihren Ohren nicht. »Marcel ...«, sagte sie aufgewühlt. »Bist du gerade dabei, mir einen Heiratsantrag zu machen?«

»Kann schon sein, wenn du mich lässt ...«, antwortete er mit verschmitztem Lächeln.

»Oh, mein Gott ...«

»Willst du meine Frau werden, Eugénie?«

Sie sah ihn stumm an, brachte kein Wort heraus. Tränen liefen ihr über die Wangen.

»Du wirst doch nicht nein sagen, oder?«

Eugénie versuchte, ihre Gedanken zu ordnen. »Ich ... Es gibt etwas, das du wissen musst. Und ich fürchte, dass du mich danach nicht mehr heiraten willst.«

Als Marcel die Stirn runzelte, verfluchte sich Eugénie dafür, dass sie gerade dabei war, diesen wunderbaren Moment kaputtzumachen. Es lag auf der Hand, dass er sie idealisierte; was sie in der Vergangenheit getan hatte, lag jenseits seiner Vorstellungskraft. Aber sie wollte ehrlich zu ihm sein. Denn früher oder später würde er merken, dass sie schon einmal in den Armen eines Mannes gelegen hatte.

Sie holte tief Luft und fing sofort an, damit ihr der Mut nicht wieder abhanden kam. »Dass ich von meinem Vater nach Paris geschickt worden bin, hat seinen Grund. Ich habe mich damals sehr schlecht benommen.«

Aus Angst, mit ansehen zu müssen, wie Marcel die Gesichtszüge entgleisten oder sich sein Mund womöglich vor Wut verzerrte, hielt sie die Augen geschlossen, während sie ihm von ihrer kurzen Liaison mit Jean erzählte. Als sie fertig war, sah sie, dass er sich den Unterkiefer rieb, als wollte er einen bösen Traum verscheuchen. Dann wandte er ihr den Rücken zu, ging los und blieb in der Mitte der Fußgängerbrücke stehen. Den Blick zum Himmel gerichtet, verharrte er einige Sekunden lang; Sekunden, in denen Eugénie fürchtete, dass sie hier und jetzt vor Kummer sterben würde. Doch dann kam Marcel zurück und fasste sie wieder an beiden Händen.

»Ich liebe dich über alles, Eugénie, ich pfeife auf die Vergangenheit. Nur die Zukunft zählt, und auf sie sollen sich unsere Hoffnungen richten.«

Lachend und weinend sah sie ihn an, dann fiel sie ihm um den Hals, ohne sich um die empörten Blicke der Passanten zu scheren, und ließ sich von einem unvergleichlichen Sturm der Gefühle davontragen.

»Ich liebe dich so sehr!«, flüsterte sie.

20

Armand Carbolet war mit der Wahl seines Sohnes sofort einverstanden. »Eugénie hätte auch das Herz deiner Mutter erobert«, sagte er gerührt, als die beiden zu ihm kamen, um ihn über ihre Pläne zu informieren.

Als Nächstes musste ein Brief an Germain und Augustine geschrieben werden, um auch deren Zustimmung zu erhalten. Im Juli würde Eugénie ihren neunzehnten Geburtstag feiern, sie war also längst noch nicht volljährig. Sie fürchtete vor allem, dass ihr der Vater seine Zustimmung verweigern würde, weil er Marcel nicht kannte und womöglich auf stur schalten würde. Und so legte auch Tante Antoinette ein gutes Wort für Marcel ein, den sie als einen guten Jungen beschrieb, als einen fleißigen, ernsthaften jungen Mann.

Sie steckten auch ein Bild in den Umschlag, ein Porträt, das ein Straßenmaler in Montmartre von ihnen angefertigt hatte. Dieses von Hand gezeichnete Porträt, das die beiden getreu abbildete, war billiger gewesen als eine Fotografie. Eine Woche später, es war ein Dienstag, kam die gute Nachricht: Germain gab seine Zustimmung. Eugénie, die nervös den Abend abgewartet hatte, um den Brief ihres Vaters zu lesen, hüpfte vor Freude so wild in ihrem Zimmer herum, dass sich Octavie und Georgette von ihrer Begeisterung mitreißen ließen. Die Hochzeit wurde für Oktober festgelegt. Nur um eines bat Eugénie: Sie wollte in Cressigny heiraten. Marcel hatte nichts dagegen. Armand sah sich allerdings nicht in der Lage, diese Reise anzutreten. Er hatte Angst vor den Blicken, denen er ausgesetzt wäre, und fürchtete, dass ausgerechnet im ungünstigsten Moment seine Beine anfangen würden zu zittern.

Théodore und Antoinette beruhigten die Turteltäubchen: »Mach dir keine Gedanken, Marcel! Wir werden eure Hochzeit hier ja auch noch feiern, und da wird dein Vater dabei sein. Solche glücklichen Momente erlebt man doch nicht alle Tage!«

Eugénie informierte sodann ihre Arbeitgeber über ihre künftige Situation, und man einigte sich darauf, dass sie das Haus im September verlassen würde. Zwei Wochen vor der Hochzeit würde sie zu ihren Eltern fahren und als Madame Carbolet nach Paris zurückkehren. Vor Freude über ihr Glück hörte Eugénie gar nicht mehr auf zu strahlen. Ihre Fröhlichkeit rief bald Nachahmer auf den Plan: Auch Baptiste entschloss sich endlich, um Georgettes Hand anzuhalten.

»Mutter empfindet es als persönliche Kränkung, dass sämtliche Dienstbotinnen nun vor mir heiraten!«, vertraute Marie-Rose der Köchin an.

»Auch Sie werden die Liebe irgendwann finden, Mademoiselle.«

»Vielleicht sollte ich schauen, dass ich auch einen Jungen aus dem Volk aufgabele. Einen Arbeiter, einen Kneipier, was weiß ich!«

Octavie warf ihr einen missgelaunten Blick zu. »Wollen Sie dafür verantwortlich sein, dass Ihr Vater das Zeitliche segnet, Mademoiselle?«

Marie-Rose ließ die Frage unbeeindruckt an sich abgleiten. Dann lachte sie leise und sagte nachdenklich: »Es ist schon kurios, dass jetzt sogar Georgette einen Bräutigam gefunden hat. Baptiste schreckt offenbar vor nichts zurück.«

Sofort war Octavies gute Laune wieder da. »Die arme Georgette!«, lachte sie. »Jedes Mal, wenn Ihr Madame über den Weg läuft, versucht sie, sich unsichtbar zu machen.«

Auch Eugénie prustete los, als sie wieder an die Geschichte dachte, die vor ein paar Tagen im ganzen Haus für Aufregung gesorgt hatte: Vom Stubenmädchen unbemerkt war die Katze wohl mit einer Echse im Maul die Treppe hochgelaufen, und erst die Schreie ihrer Arbeitgeberin hatten Georgette alarmiert. Als sie hochstürzte, stand Madame in ihrem Zimmer auf dem Bett, zu ihren Füßen eine sich über den Boden schlängelnde Blindschleiche. Anstatt Hilfe zu holen, rettete sich auch Georgette aufs Bett und klammerte sich an Madame, als hinge ihr Leben am seidenen Faden. Octavie und der Butler mussten eingreifen und alle beruhigen, was kein leichtes Spiel war.

Die folgenden Wochen vergingen wie im Flug. Eugénies Cousin René fand zur allgemeinen Überraschung eine Stelle als Eisenbahner. Im Zuge des Streiks, der von Februar bis Mai gedauert hatte, waren fünfzehntausend Arbeiter entlassen worden, und nun wurde Nachschub gebraucht. Der junge Mann hatte beschlossen, diese Chance zu nutzen, die für ihn der einzige Weg aus der Zone war. Sein Erfolg wurde fröhlich gefeiert. René erklärte ihnen, dass er sparsam mit seinem Lohn umgehen werde, damit er eine Wohnung beziehen könne. Eugénie war ungeheuer stolz auf diesen Cousin, der sein Schicksal selbst in die Hand genommen hatte, was sie ihm nicht unbedingt zugetraut hätte. Ausnahmsweise sparte sich sogar Charlaine ihre Hänseleien und gratulierte ihm, als sie auf die gute Neuigkeit anstießen. Sie selbst kümmerte sich in der Zone weiter um die Kranken. Sie schien ihren Weg gefunden zu haben, nur dass sie damit kein Geld verdiente. Manchmal gab man ihr Eier oder Konfitüre, nichts, wovon sie ihren Lebensunterhalt hätte bestreiten können. Antoinette ermunterte sie, mit den Jungen ihres Alters zu verkehren, doch das interessierte Charlaine nicht. Sie beharrte darauf, dass sie frei sein wolle und dass ihr ein Mann nur Fesseln anlegen würde. Im Übrigen war die Flamme, die für das Narbengesicht in ihr gebrannt hatte, nach und nach in Zorn umgeschlagen. Nachdem sie eine Zeit lang geglaubt hatte, er könne auf den rechten Weg zurückfinden, war ihr inzwischen klar geworden, dass er ein hoffnungsloser Fall war. Joseph beging unentwegt kleine Diebstähle, brachte junge Frauen auf den Strich und schreckte auch nicht vor Messerstechereien zurück, wenn es darum ging, sein Revier zu verteidigen. Um sich gegenüber seiner Schwester zu rechtfertigen, behauptete er, wer in so einer Welt aufgewachsen sei, könne anders gar nicht überleben.

Am 13. Juli erhielt Eugénie die Erlaubnis, ihren Arbeitstag früher als gewöhnlich zu beenden. Marcel und sie wurden zum Nationalfeiertag in Malakoff erwartet. An zwei aufeinanderfolgenden Abenden waren dort Feiern vorgesehen, und Eugénie hatte beschlossen, es sich ein bisschen gut gehen zu lassen. Kurz vor achtzehn Uhr wurde sie an der Dienstbotentreppe von Marie-Rose abgefangen. »Wo gehen Sie denn hin? Sie verlassen uns doch noch nicht, oder?«

Etwas missmutig, jetzt noch aufgehalten zu werden, zwang sich Eugénie zu einem Lächeln. »Aber nein, Mademoiselle, Sie wissen doch, dass ich erst in zwei Monaten gehe. Ich fahre zu meinen Verwandten.«

»Ah! Sie haben vielleicht Glück, Sie werden Ihren Spaß haben!«

Mit hochgezogener Augenbraue fragte sich Eugénie, ob Marie-Rose womöglich Alkohol getrunken hatte. Ihre Stimme klang komisch, und sie sprach auch viel zu laut. Leider war Octavie unten in der Küche, wo sie ohne Eugénies Hilfe das Abendessen zubereiten musste. »Sind Sie sicher, dass bei Ihnen alles in Ordnung ist, Mademoiselle?«

»Was sollte denn nicht in Ordnung sein? Das Leben ist doch schön, oder?«

»Sie wirken verstimmt.«

Da sie es eilig hatte, ging Eugénie dennoch zügig in ihr Zimmer, um ihre Tasche zu holen. Sie spürte, dass Marie-Rose sie von der Tür aus fixierte. »Ja, Sie! Sie sind verliebt«, brach es schließlich aus ihr heraus. »Alle freuen sich für Sie. Und mir wirft man vor, dass ich auch verliebt sein will. Das sei unvernünftig von mir.

Aber ich will doch nicht sterben, ohne geliebt zu haben, verstehen Sie?«

Ihre letzten Worte mündeten in ein Schluchzen. Eugénie hatte genug von diesem Gejammer. »Ich verstehe vor allem, dass sie sich ein bisschen hinlegen sollten, Mademoiselle. Ihre Eltern werden nicht begeistert sein, Sie in diesem Zustand vorzufinden.«

»Meine Eltern ... Deren Namen zu tragen ist meine schlimmste Last!«

Eugénie unterdrückte ein Seufzen. Wenn das so weiterging, würde sie gar nicht mehr wegkommen! »Aber warum denn, Mademoiselle? Sie haben doch eine ehrenwerte Familie.«

»Eine zu reiche und vor allem zu bourgeoise Familie! Wissen Sie, was mir heute Nachmittag passiert ist? Meine Freundin Joséphine hat mich in eins der Cafés in Montparnasse mitgenommen, die gerade in Mode sind. Wir haben ein oder zwei Gläser getrunken und dabei den Dichtern zugehört, die dort ihre Verse vortrugen. Besonders einer von ihnen hat mir gefallen. Er war sehr schön. Aber als ich mich ihm vorgestellt habe ...«

Mit finsterer Miene hielt sie inne und stieß dann verbittert hervor: »Da ist mir aus seinem Blick die ganze Verachtung entgegengeschlagen, die allein mein Name bei ihm ausgelöst hat. Oh, ich hasse solche Situationen!«

Eugénie war so verwirrt, dass sie nicht wusste, was sie sagen sollte. »Das ist wirklich traurig für Sie, Mademoiselle, aber zunächst einmal hätten Sie nicht so viel trinken sollen. Und es tut mir leid, aber ich muss jetzt wirklich gehen, Marcel wartet auf mich.«

»Lassen Sie mich mitgehen!«

Eugénie wich einen Schritt zurück. »Das kommt nicht in Frage. Ruhen Sie sich aus, danach wird es Ihnen besser gehen.«

Marie-Rose musterte sie schweigend, und Eugénie stieg die Treppe hinunter. Unten ließ sie Octavie wissen, dass Mademoiselle nicht in normaler Verfassung sei, wagte es aber nicht, ihr explizit zu sagen, dass sie getrunken hatte.

Die Köchin zuckte nur mit den Schultern. »Ach ja, eine ihrer Launen, das wird sich wieder legen!«

Worauf Eugénie zu ihrem längst auf sie wartenden Verlobten ging und die beiden sich beeilten, um den Omnibus nicht zu verpassen.

In Malakoff angekommen, begann der Abend unter den besten Vorzeichen. Armand kam, um mit ihnen zu essen, und man ließ sich gemeinsam ein Hühnchen schmecken. Zum Kaffee gab es Baisergebäck, das Marcel aus der Patisserie mitgebracht hatte. Dann gingen alle zum Tanzlokal am Pont de la Vallée, wo die Feier stattfand. Der Tag überließ nun der Nacht die Bühne, und der Himmel protzte mit den wunderbarsten Orangetönen. Das Wetter hätte nicht besser sein können! Die jungen Leute vergnügten sich auf der Tanzfläche, hier und da hörte man lautes Gelächter. Marcel und Eugénie tanzten zu mehreren Liedern, dann gingen sie wieder zu den Stühlen, um ein bisschen zu verschnaufen. Es war ein schöner, fröhlicher Abend. Dank seinem neuen Status als Eisenbahner flirtete René mit Pierrette, einem Mädchen seines Alters, während Charlaine, die etwas blässlich aussah, dem Narbengesicht böse Blicke zuwarf, denn der lungerte mal wieder mit seiner Bande herum und schien nur auf die nächste Schlägerei zu warten.

»Hast du Durst, mein Schatz?«, fragte Marcel.

Eugénie nickte, und er stand auf, um zum Getränkeausschank zu gehen. Sie nutzte den Moment und rückte näher zu ihrer Cousine. »Du bist kreidebleich, Charlène. Ich mache mir Sorgen.«

Charlaine winkte ab. »Ach, ich bin nur ein bisschen müde. Ich musste mich um eine kranke alte Dame kümmern. Sie ist ins Hospiz gebracht worden, weil mein Absud nicht gereicht hat.«

»Oh ... steht es schlecht um sie?«

»Ich hab nichts mehr gehört. Sie hat mir gesagt, sie wäre von einer Ratte gebissen worden, ich vermute, da hat sich was entzündet.«

Eugénie verzog das Gesicht. »Wie schrecklich ...«

Plötzlich tauchte René auf, unterbrach die beiden und bot seiner Schwester an, mit ihr zu tanzen.

»Gut, ich folge dir, du Rotzbengel«, antwortete sie und zerzauste ihm das Haar.

Allein auf ihrem Stuhl, blickte Eugénie zum Getränkeausschank, wo die Schlange immer länger wurde. Während Marcel unter den Lichtergirlanden wartete, unterhielt er sich mit den anderen jungen Männern. Licht fiel auf sein Gesicht, und in diesem Moment fand sie ihn so schön, dass sie ganz ergriffen war.

Plötzlich ertönte wie aus dem Nichts ein Schrei. Eugénie fuhr zusammen. Aber die Musik war so laut, dass sie alles Mögliche gehört haben konnte. Vielleicht war es nur das Fauchen einer Katze gewesen ... oder ihre Fantasie hatte ihr einen Streich gespielt. Sie blickte wieder zur Tanzfläche, wo Charlaine gerade aus vollem Hals über einen Witz ihres Bruders lachte. Doch dann ertönte wieder ein Schrei, und diesmal war er deutlicher zu hören. Das konnte keine Einbildung sein. Da rief eine Frau um Hilfe. Und vom Narbengesicht war irritierenderweise plötzlich nichts mehr zu sehen. Was sollte sie tun? Eugénie wusste nur allzu gut, wie gefährlich dieser Junge war, und wenn sich hier wirklich jemand in Gefahr befand ... Ohne länger nachzudenken, sprang sie auf und kehrte der Feier den Rücken. Die Schreie schienen aus einer der kleinen, dunklen Gassen rings um das Tanzlokal zu kommen. Als ihr ein paar Männer begegneten, fragte sie einen von ihnen, ob sie auch etwas gehört hätten.

Der Kerl, der ein vorspringendes Kinn und eine schwere Alkoholfahne hatte, sagte nur: »Ist besser, sich um so was nicht zu kümmern«, und ging torkelnd seiner Wege.

Als sich Eugénie vorsichtig dem Ort näherte, von wo inzwischen laute Stimmen zu hören waren, erstarrte sie. Das Narbengesicht hatte eine junge Frau fest am Ellbogen gepackt und bedrängte sie. Es war ihm bereits gelungen, sie an eine Wand zu pressen, und seine freie Hand versuchte gerade, sich einen Weg unter ihre Röcke zu bahnen.

»Na, na, na, Süße«, stieß er hervor, »erzähl mir doch nicht, du wärst nicht genau deshalb gekommen!«

Die junge Frau wehrte sich, so gut es eben ging, und trat mit den Füßen um sich. In der Dunkelheit war es schwierig, ihr Gesicht zu erkennen. Was Eugénie allerdings sehr wohl erkannte, war der Tonfall, in dem sie ihn beschimpfte: »Lassen Sie mich los, Sie elender Prolet!«

Mademoiselle Marie-Rose! Wohl wissend, in welcher Gefahr sich die Tochter ihrer Arbeitgeber befand, nahm Eugénie ihren ganzen Mut zusammen und ließ die wenigen Meter, die sie noch vom Geschehen trennten, in Windeseile hinter sich. Entschlossen, sich ihre Angst nicht anmerken zu lassen, rief sie: »Joseph! Lassen Sie die Frau sofort los!«

Ein Mann kam herbeigelaufen, um nach dem Rechten zu schauen, und nahm, als er das Narbengesicht sah, wie ein Hase Reißaus. Joseph musterte Eugénie mit einem fiesen Grinsen: »Ach, sieh mal einer an, die Bäuerin! Willst du mitmachen?«

Er war betrunken. Eugénie spürte die Panik, die nur Frauen kannten, wenn sie mit männlicher Brutalität konfrontiert waren. Das Klopfen in ihrer Brust war so laut, dass Joseph es hätte hören müssen.

»Ich könnte sie vielleicht hierbehalten und von ihren Eltern Kohle verlangen«, sagte er bösartig.

»Sie sind abscheulich!«, entgegnete Eugénie aufgebracht.

Seine arrogante Haltung, seine schlechten Manieren, sie verachtete ihn. Marie-Rose, inzwischen in Tränen aufgelöst, stöhnte. Joseph lachte hämisch, und in diesem Moment verlor Eugénie die Kontrolle und gab ihm eine schallende Ohrfeige. »Ich frage mich, was meine Cousine an dir findet, du dreckiges Schwein!«

Kaum hatte sie Charlaine erwähnt, änderte sich etwas in Josephs Haltung. »Lass deine Cousine aus dem Spiel!«

»Dann lassen Sie erst mal die junge Frau los! Die wird niemals eine von Ihren ...«

»Was ist hier los?«

Eugénie und Joseph fuhren gleichzeitig herum, als sie Marcels Stimme hörten. Neben ihm stand Charlaine, die Fäuste in die Hüften gestemmt, schäumend vor Wut. Überrascht lockerte Joseph den Griff um Marie-Roses Handgelenk, und sie flüchtete sich zu Eugénie. Charlaine musterte sie kurz. Dass diese Person nicht aus ihrer Welt kam, war unschwer zu erkennen.

»Scheiße!«, fluchte sie und sah ihre Cousine an. »Jetzt sag mir nicht, dass es die ist, von der ich glaube, dass sie's ist ...«

Eugénie nickte stumm, und Marcel legte ihr schützend einen Arm um die Schultern. Joseph sah die drei herausfordernd an: »Ihr solltet lieber abhauen, ehe ich meine Jungs rufe.«

Charlaine schüttelte den Kopf. Grenzenlose Enttäuschung lag in ihrem Blick. »Du bist so armselig. Du änderst dich wohl nie, oder?«

Einen kurzen Moment lang maßen sich die beiden mit Blicken. Joseph, das Narbengesicht, schien aus der Fassung gebracht, wenn auch nur für den Bruchteil einer Sekunde. Weil Eugénie fürchtete, dass er wirklich seine Bande zusammentrommeln würde, zog sie Marie-Rose und Marcel fort. Charlaine musste erst noch einem Bretterzaun einen Fußtritt verpassen, dann folgte sie ihnen mit finsterer Miene. Sie liefen zügig zu Antoinettes und Théodores Behausung, zum Glück waren die beiden noch nicht heimgekehrt.

»Meine Cousine behandelt jetzt Ihre Schürfwunden, Mademoiselle«, sagte Eugénie.

»Oh. Ja. Sehr gut.«

Die Begegnung mit dem Narbengesicht hatte Marie-Rose sichtlich erschüttert. Charlaine wollte wissen, wie sie überhaupt hier gelandet sei, und Marie-Rose errötete leicht. »Ich bin Eugénie gefolgt, nachdem sie das Haus verlassen hatte.«

»Was?«, rief Eugénie aus. »Haben Sie den Verstand verloren?«

Marie-Rose zuckte die Achseln. »Wissen Sie, mir ging es wirklich schlecht. Ich konnte nicht anders, ich musste mich über meine soziale Stellung hinwegsetzen ... Aber dann habe ich Sie aus den Augen verloren und mich verirrt. Und beim Versuch, das Tanzlokal zu finden, bin ich auf diese niederträchtige Person gestoßen.«

Was Eugénie da aus Marie-Roses Mund zu hören bekam, war einfach nur traurig. »Nun gut, nachdem sie erlebt haben, wie Elend und Not aussehen«, erwiderte sie, »dürften Sie ja jetzt zufrieden sein.«

»Nein, bin ich nicht«, antwortete Marie-Rose beschämt. »Und es tut mir leid, ich hatte nicht die Absicht, Ihnen Ihren Abend zu verderben.«

Eugénie antwortete mit leisem Sarkasmus, dass ihr nun tatsächlich nicht mehr nach Feiern zumute sei. »Und was Sie betrifft, Mademoiselle, bin ich mir sicher, dass der Abend Sie ernüchtert hat.«

Charlaine begann, sich um Mademoiselles Handgelenk zu kümmern. Minutenlang herrschte Schweigen. Und plötzlich gewann doch tatsächlich die unbekümmerte, exzentrische Marie-Rose, die Eugénie so gut kannte, wieder die Oberhand, denn sie sagte: »Im Grunde war er ja nicht hässlich, dieser junge Mann, mal abgesehen von der Narbe. Eigentlich hatte es sogar etwas Aufregendes.«

Einen Moment lang fragte sich Eugénie, ob ihre Cousine Mademoiselle eine Ohrfeige verpassen würde, so böse funkelte sie Marie-Rose an. »Etwas Aufregendes?«, wiederholte sie in scharfem Ton. »Wenn wir nicht gekommen wären, wären Sie womöglich vergewaltigt worden!«

Ihre Stimme zitterte vor Wut. Auch Eugénie war außer sich.

Wie konnte Marie-Rose nur so unvorsichtig sein? »Es ist einfach unglaublich, wie naiv Sie manchmal sind! Was sollen wir jetzt Ihren Eltern sagen?«

»Ich verspreche Ihnen, dass Sie nicht in die Sache hineingezogen werden.«

Charlaine musterte sie mit strengem Blick. »Wenn ich erfahre, dass Sie meiner Cousine Schaden zugefügt haben, kriegen Sie es mit mir zu tun! Ihre Verletzungen sind nur oberflächlich, aber denken Sie trotzdem daran, sie zu reinigen. In ein paar Tagen wird man nichts mehr davon sehen. Mein Bruder und Marcel begleiten Sie nach Hause.«

Bevor sie aufbrachen, wandte sich Mademoiselle zu Eugénie und erklärte ihr noch einmal, wie sehr sie das alles bedauere. Mit zusammengebissenen Zähnen bedeutete Eugénie ihr zu gehen.

Marie-Rose hielt ihr Versprechen. Von den erbosten Eltern über ihr Verschwinden ausgefragt, gab sie zu, dass sie für ein paar Stunden ausgerissen sei, weigerte sich aber hartnäckig, Ihnen zu verraten wohin. Gleichwohl schwor sie, dass sie keine Schande über ihren Namen gebracht habe. Einige Tage lang tat Eugénie alles, um ihr aus dem Weg zu gehen. Sie war immer noch wütend auf Marie-Rose, die ja nicht nur sich selbst in eine unmögliche Lage gebracht hatte, sondern damit auch Eugénie hätte kompromittieren können. Sicher, im September würde sie das Haus ohnehin verlassen, aber zwei Monatsgehälter mehr oder weniger waren keine Kleinigkeit, wenn man kurz davor war zu heiraten! Wie schon am 13. Juli fing Marie-Rose sie schließlich vor der Dienstbotentreppe ab und schaffte es so, ein paar Minuten mit Eugénie allein zu sein.

Sie wiederholte nochmals ihre Entschuldigung und gab zu, dass ihr Verhalten sehr dumm gewesen sei. »Und jetzt sind Sie mir wegen dieser Dummheit böse. Das bekümmert mich sehr.«

»Aber nein«, erwiderte Eugénie beschwichtigend. »Ich bin

Ihnen nicht böse. Sie wollten einmal so aufregende Momente erleben wie in Ihren Romanen, und das ist Ihnen dann ja auch gelungen.«

»Das kann man wohl sagen. Ich glaube, das reicht mir für eine Weile an Nervenkitzel. Aber es bleibt dabei, dass ich Ihnen etwas schuldig bin. Wenn Sie irgendetwas brauchen, ganz gleich was, lassen Sie es mich bitte wissen.«

»Vergessen wir die Sache einfach«, winkte Eugénie ab.

Etwa zwei Wochen später, an einem warmen Sommermorgen, wurde Eugénie nach dem Frühstück vom Butler aufgesucht. Sofort ging sie davon aus, dass Marie-Rose doch noch eingeknickt war und ihren Eltern alles gestanden hatte. Man würde sie wie ein Stück Dreck vor die Tür setzen. Umso größer war deshalb ihre Überraschung, als Hubert ihr mitteilte, dass René am Dienstboteneingang nach ihr verlangte.

»Er sagt, es sei dringend.«

Sie erschrak, denn wenn ihr Cousin unangemeldet hier auftauchte, konnten eigentlich nur schlechte Nachrichten der Grund sein. Sie lief rasch zu ihm. Tatsächlich stand ihm die Sorge ins Gesicht geschrieben.

»René? Was machst du hier?«

Die Schirmmütze in seinen Händen, erklärte er ihr, dass Charlaine schwer erkrankt sei und man sie ins Armenhospiz gebracht habe.

»Sie hatte plötzlich hohes Fieber und eine Schwellung in der Leiste, eine Beule nennen die das. Die sagen, es wäre die Pest.«

Eugénie hielt sich an der Türklinke fest, um nicht in Ohnmacht zu fallen.

»Die Pest? Wie kann das sein?«

»Die alte Frau, um die Charlaine sich gekümmert hat, ist daran gestorben. Und ihr Sohn auch.«

»O Gott«, flüsterte Eugénie. »Gibt es denn viele Kranke?«

Sie sah, dass René schluckte.

»Die Schwester vom Narbengesicht ist gestern gestorben. Die war bei einer Totenwache irgendwo in Saint-Ouen, die Krankheit hat da wohl einen Onkel erwischt. Angeblich liegen überall tote Ratten rum. Und Joseph ist auch schon schlecht beieinander.«

Eugénie gefror das Blut in den Adern. Wie konnte das sein! Wie konnte im Jahr 1920 noch eine Pestepidemie ausbrechen?

»Und deine Eltern? Sind sie auch betroffen?«

Réné schüttelte den Kopf. »Sie haben mich losgeschickt, um dir zu sagen, dass du nicht kommen sollst, solange alles so unsicher ist. Und du sollst auch Marcel Bescheid sagen.«

»Ja, natürlich.«

Nach diesem Gespräch fiel es Eugénie schwer, ihre Ängste im Zaum zu halten. Würde Charlaine durchkommen? Und was, wenn Marie-Rose sich angesteckt hatte? Octavie wusste von Mademoiselles kleinem Geheimnis und versuchte, Eugénie so gut es ging Mut zu machen: Wenn sich die Tochter ihrer Arbeitgeber angesteckt hätte, argumentierte sie, hätte sie bereits erste Symptome zeigen müssen. »Da brauchen wir uns meiner Meinung nach keine Sorgen zu machen.«

Dennoch baten sie Marcel, sich bei dem Arzt, der unweit der Patisserie wohnte und sich dort regelmäßig mit seinen geliebten Obst-Tartelettes eindeckte, über die Krankheit zu informieren. So erfuhren sie immerhin, dass man, um sich zu infizieren, länger mit einem Infektionsherd in Kontakt gewesen sein oder eine infizierte Ratte angefasst haben musste. Es hieß also abwarten.

Wie durch ein Wunder fiel niemand aus Eugénies Umfeld der Epidemie zum Opfer. Charlaine wurde dank der Pflege im Hospiz wieder gesund. Das Narbengesicht hatte weniger Glück. Joseph starb eines Abends Ende Juli. Niemand trauerte wirklich um ihn.

Als Eugénie ihre Cousine besuchen durfte, sagte Charlaine, immer noch sehr blass: »Weißt du, wenn Joseph gewollt hätte, wäre ein guter Mensch aus ihm geworden.«

Eugénie strich ihr sanft über die Stirn. »Quäl dich nicht damit, Charlaine. Du hast getan, was du konntest.«

»Nein ... nein, hör mir zu, bitte. Weißt du noch, wie ich dir letztes Jahr erzählt habe, dass ich seine Schwester gepflegt habe?«

Eugénie nickte. Das war kurz nach ihrer Ankunft in der Zone gewesen. Ein Jahr war das schon her. Mein Gott, wie schnell die Zeit verging!

»Also, ich habe dir damals nicht alles erzählt, Eugénie. Joseph und ich hatten ein Geheimnis. Als er aus dem Krieg zurückkam, haben wir angefangen, uns zu treffen. Er wollte mit seinem schlechten Umgang Schluss machen. Ich ... Ich bin schwanger geworden. Natürlich wussten meine Eltern nichts davon. Wir haben überlegt, zusammen aufs Land zu gehen. Joseph schien wirklich entschlossen zu sein. Aber nach zwei Monaten bin ich morgens aufgewacht und hatte Blut zwischen den Beinen. Ich konnte meiner Mutter weismachen, dass ich nur meine Tage hätte ...«

Aufgewühlt schloss sie die Augen.

»Du hast das Baby verloren«, sagte Eugénie.

Charlaine nickte. »Ich dachte, dass sich dadurch nichts zwischen Joseph und mir ändern würde. Aber von da an waren bei ihm die alten Dämonen wieder da, und ich habe mich von ihm getrennt.«

»Mein Gott, Charlaine!«

Eugénie drückte ihrer Cousine die Hand und nahm Anteil an ihrem Kummer. Überrascht war sie über diese Enthüllungen allerdings nicht. Sie hatte am Abend des Angriffs gegen Marie-Rose die stummen Blicke zwischen Charlaine und Joseph gesehen und so viel Unausgesprochenes, so viel Bedauern darin gespürt.

»Man kann den Männern nicht trauen«, fuhr Charlaine nach einer Weile fort. »Aber he, Bäuerin, du wirst mit deinem Marcel ganz bestimmt glücklich.«

Eugénie schluckte. »Glaubst du wirklich? Glaubst du, es wird gut mit uns?«

Charlaine richtete sich mit einem Ruck in ihrem Bett auf. »Aber natürlich, zum Kuckuck noch mal!«, rief sie.

Eugénie lächelte. Es war schön zu sehen, dass ihre Cousine tatsächlich ins Leben zurückgekehrt war.

Ende September nahm Eugénie Abschied von der Familie De Ferrière und den anderen Bediensteten des Hauses. Marie-Rose kam zu ihr ins Zimmer, als sie gerade ihre letzten Sachen zusammensuchte, um dann zum Bahnhof aufzubrechen.

»Oh, Sie werden mir schrecklich fehlen!«, rief Mademoiselle mit feuchten Augen, so ergriffen war sie.

Eugénie wandte sich ab, weil sie fürchtete, ihre Tränen nicht zurückhalten zu können. »Wetten, in zwei Wochen können Sie sich gar nicht mehr an mich erinnern?«

»Na, das würde mich aber sehr wundern. Was machen Sie denn eigentlich, wenn Sie verheiratet sind? Werden Sie Hausfrau?«

»Ganz bestimmt nicht! Monsieur Rossignol ist einverstanden, dass ich zusammen mit Marcel in der Patisserie arbeite. Ich kann es kaum erwarten anzufangen.«

»Na, gut, ich hatte schon befürchtet, Sie würden sich entschließen, ein Kind nach dem anderen in die Welt zu setzen. Hier, ich habe etwas für Sie.«

Marie-Rose überreichte ihr zwei Bücher.

»Émile Zola und George Sand«, las Eugénie auf den Umschlägen.

»Zwei Autoren, die ich besonders mag.«

Eugénie bedankte sich; es machte sie verlegen, dieses Geschenk anzunehmen. »Das war aber nicht nötig, Mademoiselle«, sagte sie und wandte sich schnell wieder ihrem Koffer zu.

»Sie haben mir vor zwei Monaten vermutlich das Leben gerettet, das kann ich nicht einfach vergessen. Und weil mir als kleine Wiedergutmachung nichts anderes eingefallen ist ...«

Den Hut bereits in der Hand, hielt Eugénie inne. Betteln war überhaupt nicht ihre Art, aber sie hatte inzwischen doch eine Idee, was Mademoiselle als Gegenleistung tun könnte; nur hatte sie es noch nicht über sich gebracht, sie darauf anzusprechen. Jetzt oder nie, dachte sie. »Also, da wäre eigentlich schon etwas ... Leider fürchte ich, dass es sich nicht mit Ihrem Charakter vereinbaren lässt.«

»Sagen Sie's ruhig«, ermunterte Marie-Rose sie und lächelte amüsiert.

Und das tat Eugénie trotz aller Befürchtungen: »Wenn Sie einen Ehemann gefunden haben, würde ich mir wünschen, dass sie meiner Cousine Arbeit geben. Ganz gleich, was für Arbeit das wäre – sie hat etwas Besseres verdient als ihre jetzige Situation.«

Marie-Rose versprach ihr, sie werde schauen, was sie tun könne. »Und vielleicht benötige ich ja auch gar keinen Ehemann, um Ihnen Ihren Wunsch zu erfüllen«, fügte sie schelmisch hinzu.

Die beiden jungen Frauen gingen als gute Freundinnen auseinander. Zehn Minuten später, in der Küche, die Nase vom vielen Weinen ganz rot, küsste die Köchin Eugénie auf beide Wangen. »Ich wünsche dir das allergrößte Glück, mein Mädchen«, schniefte sie. »Und einen Rat gebe ich dir: Lass deinen Mann und den alten Rossignol wissen, dass du nicht zu gnadenlosem Frondienst verpflichtet bist. Diese Zeiten sind vorbei.«

Mit hoffnungsvollem Herzen nahm Eugénie ihren Zug. Marcel hatte sie am Abend zuvor noch gesehen, und er hatte sie zärtlich geküsst, voller Ungeduld, sich in zwei Wochen mit ihr zu vermählen. In Tours angelangt stieg sie um und konnte die Fahrt sogar genießen – trotz des wackelnden, ruckelnden Wagens und der schnaufenden Lokomotive, die jedes Mal, wenn sie bremste, ihren Geist aufzugeben schien. Im Bahnhof von Loches wurde sie von ihrem Bruder am Gleis erwartet. Die beiden fielen sich in die Arme, glücklich über ihr Wiedersehen nach dreizehn Monaten Trennung. Eugénie staunte, wie groß er inzwischen geworden war.

»Du bist jetzt ein Mann, Gaspard!«

»Und du wirst heiraten, Ninie! Ich fasse es nicht.«

Eugénies Freude über ihre Rückkehr war immens, doch es gab eine Sache, die sie noch beunruhigte. Als sie auf den Karren gestiegen waren, fragte sie nach: »Wie ist der Vater mir gegenüber aufgelegt?«

»Er freut sich, dich zu sehen, was denkst du denn?«

»Ich hatte Angst, dass er mir die Geschichte mit Jean vielleicht noch verübelt. Das war so dumm von mir!«

Gaspard trieb das Maultier an. »Was vorbei ist, ist vorbei. Jean hat übrigens einen Jungen bekommen.«

Eugénie nickte. »Und? Konnten sie glaubhaft machen, dass er erst nach der Hochzeit gezeugt wurde?«

»Nein. Sie haben erzählt, das Baby wäre zu früh gekommen, aber daran glaubt natürlich kein Mensch.«

Eugénie lächelte, sie war froh, dass ihr die ganze Geschichte nicht mehr weh tat. Mit leichtem Herzen saß sie auf dem Karren und sah den Wald vorbeiziehen. Bunt leuchtete das Laub der Bäume, und ein Geruch von Unterholz lag in der Luft. Als sie an die Pilzomelettes ihrer Mutter dachte, bekam sie solchen Appetit, dass ihr Magen zu knurren begann.

»Und du, Brüderchen, hast du eine Liebste?«, fragte sie, als sie sich dem Dorf näherten.

Gaspard lachte. »Gut möglich, dass ich jemanden im Auge habe. Sie heißt Léontine. Aber ich will noch ein bisschen warten, ich bin zu jung, um schon zu heiraten.«

Auf dem Hof angelangt, wurde Eugénie von den Eltern in einer Weise empfangen, die ihre Erwartungen übertraf. Augustine verdrückte ein Tränchen, als sie sah, dass ihre Tochter sogar noch hübscher geworden war. Germain zeigte sich zurückhaltender, doch die Freude ließ sich an seinem Blick ablesen. In den zwei Wochen, die sie miteinander verbrachten, redeten sie viel. Eugénie hatte Fotografien mitgebracht, die Marcel ihr geliehen hatte, damit sich die Familie eine bessere Vorstellung von ihm machen konnte, als es die Zeichnung erlaubte, die Eugénie ihnen geschickt hatte. Sie berichtete auch, dass sie in Paris nach ihrer Rückkehr eine kleine Wohnung beziehen würden, in Montmartre, unweit der Patisserie.

»Nicht gerade groß, aber so, dass wir sie uns leisten können.«

Über mehrere Abende verteilt erzählte sie von den De Ferrières und ihrer romanesken Tochter Marie-Rose. Großes Gelächter kam auf, als sie anschließend die Dummheiten von Georgette zum Besten gab, die sich im Übrigen bald mit Baptiste in der Bourgogne niederlassen würde. Zu guter Letzt schilderte Eugénie ihnen dann auch die Lebensbedingungen von Théodore und Antoinette.

Der Vater war darüber alles andere als erfreut. »Ich schwöre dir, dass ich davon nichts wusste«, wiederholte er drei oder vier Mal höchst bestürzt.

Am nächsten Tag führte Germain seine Tochter nach dem Abendessen auf einen der Wege, die hinter dem Haus begannen. Nachdem sie in der langsam untergehenden Sonne eine Weile schweigend nebeneinander hergegangen waren, blieb der Vater mit einem Mal stehen. Er machte einen betretenen Eindruck.

»Hör zu, Ninie, ich möchte, dass du weißt, dass auch dein Vater ein Herz hat.«

»Ach, Papa! Das weiß ich doch.«

Er strich sich mit seiner großen, schwieligen Hand über den Schnurrbart. »Als ich dich nach Paris geschickt habe, hatte ich keine Ahnung, dass meine Schwester so ins Elend geraten ist.

Wenn ich das gewusst hätte ... Ich wollte eine bessere Zukunft für dich als das, was du bekommen hättest, wenn du hiergeblieben wärst. Verstehst du?«

Eugénie sah ihn zögernd an. Nein, sie verstand nicht ganz, worauf er hinauswollte.

»Ich glaube, auch ohne die Sache mit Jean hätte ich dir vorgeschlagen, nach Paris zu gehen. Es ist nicht schön, wenn ein Kind das Nest verlässt, aber ich war immer davon überzeugt, dass du eine Chance verdient hast. Und ich habe mich nicht getäuscht. Jetzt erwartet dich ein gutes Leben. Besonders groß und stark ist er zwar nicht, dein Marcel, aber er hat ein freundliches, liebes Gesicht wie sonst keiner, das muss man wirklich sagen.«

Gerührt fiel Eugénie ihrem Vater, der nicht zu Gefühlsausbrüchen neigte, um den Hals, und er klopfte ihr verlegen auf die Schulter.

Blanche kam zu jeder Anprobe des Brautkleids vorbei, und dann redeten die beiden wie früher über Gott und die Welt und tanzten unter Augustines gerührten Blicken singend durch das ganze Zimmer. Endlich zurück in der Heimat, begeisterte sich Eugénie an jedem Sonnenaufgang und jeder Abenddämmerung. Für Oktober waren die Tage noch mild und hell, und sie hatte große Freude daran, Nüsse zu sammeln und Beeren zu pflücken. Die Bäume, in leuchtendem Orange und Purpurrot wie entflammt, boten ein wunderbares Schauspiel. Fernab der Stadt genoss Eugénie die Stille über den Feldern, zumal sie wusste, dass diese Ruhe nicht von Dauer sein würde.

Marcel sah sie am Tag der Hochzeit wieder, als er vor dem Altar stehend auf sie wartete. Gaspard hatte ihn am Tag zuvor am Bahnhof abgeholt und zum Dorfgasthof gebracht. Nervös drehte sich der Bräutigam immer wieder zum Eingang der Kirche um. Er hatte sein Haar sorgfältig mit Pomade geglättet und sah in seinem Anzug sehr elegant aus. Am Arm ihres Vaters schritt Eugénie schließlich durch den Mittelgang. Alle Blicke waren auf sie gerichtet, auf sie und ihr bezauberndes Kleid aus weißer Spitze, das Augustine in stundenlanger Arbeit so umgeändert hatte, dass es perfekt saß. Ein Tüllschleier, mit einem Kranz aus Seidenblumen fixiert, bedeckte ihr schönes braunes Haar. Marcel konnte nicht verbergen, wie aufgewühlt er war. Nachdem sich die beiden das Jawort gegeben hatten, traten sie unter Beifall und Jubelrufen aus der Kirche. Von allen Seiten kamen Gratulationen. Neugierig erkundigten sich die Dorfbewohner beim frischgebackenen Ehemann danach, was er beruflich machte.

Etwa vierzig Gäste trafen sich zum Festessen in der Scheune, die man mit Krepppapier-Girlanden geschmückt hatte. Es wurde ein wunderbarer Abend voller Magie. Ein alter Mann holte sein Akkordeon, und die Leute sangen dazu. Dann tanzten alle im Hof, im Licht der Lampions. Erschöpft, aber glücklich wie nie zuvor zog sich das junge Paar schließlich in den Gasthof zurück. Dort erwartete sie eine Nacht voller Verheißungen, die mit forschenden Erkundungen begann und in seufzender Ekstase mündete. Haut an Haut schliefen sie kurz vor Tagesanbruch ein.

Am darauffolgenden Tag nahm Eugénie wieder Abschied vom Dorf, das sie beseelt und doch schweren Herzens verließ. Als Gaspard die beiden am Bahnhof absetzte, brach sie in Tränen aus.

»Nun wein doch nicht, Ninie, sonst fang ich auch noch an. Wie peinlich!«

»Ihr werdet mir so fehlen!«

Minuten später, die Nase an der Scheibe ihres Wagons plattgedrückt, sah sie zu, wie die Touraine nach und nach wieder entschwand. Marcel, der die ganze Zeit Eugénies Hand hielt, versicherte ihr, dass sie ihre Heimat bald wiedersehen würde. Der Aufenthalt war Eugénie so kurz erschienen! Doch sie wusste, dass ihr Vater recht hatte: Ihre Zukunft lag in Paris. Die kleine Patisserie des alten Monsieur Rossignol wartete auf sie, dort würden sie ihr Leben gestalten.

»Ich werde alles tun, um dich glücklich zu machen, Liebste«, flüsterte Marcel.

Und so trocknete Eugénie ihre Tränen und schmiegte sich an ihn. Ihren Ehemann.

21

Julia, 2013

Mein Vater hob den Kopf und sah zu der Uhr, die über der Tür hing.

»Es ist nach Mitternacht«, stellte er fest.

Schon? Ich hatte gar nicht gemerkt, wie die Zeit verging! Um seinen Bericht zu untermauern, hatte er den Karton geholt, in den Méline die Fotos und die alten Briefe gepackt hatte, die auf dem Dachboden gewesen waren. Voller Rührung hatte ich Eugénies rundliche Schrift entdeckt, mit der sie ihre Eltern um die Erlaubnis bat, Marcel zu heiraten. Das Hochzeitsfoto war nicht dabei, entweder war es anderswo gelandet oder im Lauf der Jahre verloren gegangen, aber das hatte meine Freude daran nicht gemindert, den vergilbten, an einer Ecke leicht eingerissenen Briefbogen in den Händen zu halten – und andere, auf denen sie von ihrem Alltag erzählte. Diese Briefe waren kostbare, in Tinte gefasste Erinnerungsstücke.

Müde begann mein Vater, die Fotos, die auf dem Tisch ausgebreitet lagen, wieder einzusammeln. Ich griff nach einem, auf dem Eugénie mit einem kleinen Mädchen an der Hand vor der Patisserie am Montmartre stand.

»Die Kleine, ist das Suzette?«

Er nickte.

»Auf dem Foto ist sie mindestens sechs«, schätzte ich. »Wann sind sie denn hierhin zurückgekommen?«

»In den Dreißigerjahren, glaube ich. Meine Mutter war da schon ein junges Mädchen.«

»Also sind sie eine ganze Weile in Paris geblieben. Das war für Eugénie sicher nicht leicht.«

»Im Gegenteil, sie war dort glücklich. Zumindest hat sie mir gegenüber nie etwas Negatives gesagt. Sie hat ihre ganze Energie in die Patisserie gesteckt, als sie am Montmartre waren. Es ist zu einem guten Teil Eugénie zu verdanken, dass das Geschäft so gut lief.«

Noch ganz in Gedanken, half ich ihm, die letzten Überbleibsel dieser aufregenden Vergangenheit wegzuräumen. Eugénies Lebensweg, ihre Begegnung mit Marcel, die Freundschaft mit Charlaine und Marie-Rose ... Diese Geschichte hatte mich aufgemuntert. Ich schlief mit der freudigen Erkenntnis ein, dass mein Vater und ich miteinander reden konnten, ohne gleich in einen Streit zu geraten. Es lag noch ein gutes Stück Weg vor mir, aber meine Mutter wäre stolz auf mich gewesen, denn ich hatte immerhin einen Teil ihres Auftrags erfüllt.

Es war fast neun, als ich die Augen aufschlug. Nicht weit von meinem Fenster gurrten die Turteltauben. Als ich in die Küche kam, war mein Vater erstaunlicherweise dabei, das Frühstück vorzubereiten. Er hatte das Radio eingeschaltet, in dem gerade *Get Lucky* lief, der neueste Song von Daft Punk, und wenn ich nicht halluzinierte, summte er sogar leise mit!

Als er mich lachen hörte, fuhr er herum. »Ah, du bist wach. Ich habe dich gar nicht runterkommen gehört.«

»Du warst auch vollauf damit beschäftigt, deinen Hüftschwung zu üben!«, sagte ich grinsend. »Hier riecht es nach frisch gebackenem Brot, ist das normal?«

Lächelnd legte mein Vater einen Laib auf den Tisch, der offenbar gerade aus dem Ofen kam.

»Ein Rezept von meiner Großmutter!«, verkündete er mit stolzgeschwellter Brust.

Ich sah ihn überrascht an. »Wow! Ich wusste gar nicht, dass du dieses Talent auch geerbt hast.«

»Habe ich nicht«, erwiderte er schmunzelnd und setzte sich.

»Das ist das Einzige, was ich auf die Reihe kriege. Was den Rest angeht, gibt es nur zwei Erben: Alex und dich.«

Und schon war Schluss mit meiner guten Laune. Ich nahm eine Schale aus dem Schrank und schenkte mir Kaffee ein.

»Ihr überschätzt uns«, sagte ich, in Gedanken bei dem Pakt, den Suzette uns angeboten hatte.

»Das sagst du, weil du noch keinen Abstand hast. Ich finde, das ist durchaus eine Überlegung wert.«

Ja, na klar.

Ich schnitt mir eine Scheibe Brot ab und strich ein wenig Butter darauf, die sofort schmolz.

»Mmh, lecker.«

»Danke.«

Schweigend sah er mich an, als würde er darauf warten, dass ich mir das mit der Patisserie noch mal überlegte, ihm wenigstens einen Hoffnungsschimmer gab. Aber das konnte ich nicht. Ich trank einen Schluck Kaffee, um mich zu sammeln.

»Weißt du, ich kann mir nicht vorstellen, hier zu leben. Außerdem ist Ben wieder hier …«, fügte ich leise hinzu.

Mein Vater sah mich immer noch an. Er lächelte nicht. Wieso hatte ich nur Ben erwähnt? Schließlich war er der Grund für unser Zerwürfnis … Bestimmt würde mein Vater jetzt wieder dichtmachen.

Ganz toll, meine Liebe. Du schaffst es wirklich immer wieder, ins Fettnäpfchen zu treten.

»Ja, das habe ich gehört«, sagte er nur und stand auf.

Verdutzt sah ich, wie er sich eine Schirmmütze aufsetzte und sich zur Hintertür wandte.

»Gehst du weg?«

Einen Moment herrschte Stille. Keine friedliche.

»Ich muss mich um das Gemüse kümmern. Räumst du den Tisch ab, wenn du fertig bist?«

Ohne zu antworten, beugte ich mich wieder über meine Kaffeeschale. Der Frieden zwischen uns war nicht von langer Dauer gewesen.

Am frühen Nachmittag traf ich mich mit Méline vor dem einstigen Café du Sport. Sie trug eine Latzhose, die ihr etwas zu groß war, was ihr etwas Jugendliches gab.

»Du siehst aus wie ein junges Mädchen!«, sagte ich, als ich sie erblickte.

»So staubig, wie es da drinnen ist, braucht man Sachen, die unempfindlich sind«, erwiderte sie und holte einen riesigen Schlüsselbund aus ihrer Handtasche.

Sie schloss die Tür zur Bar auf, und ich folgte ihr hinein. Durch die Jalousien drang nur wenig Licht, sodass meine Augen sich erst an das Halbdunkel gewöhnen mussten. In der Tat schwebten überall Staubpartikel in der Luft. Méline erklärte, dass sie heute das Schlafzimmer meiner Großmutter in Angriff nehmen wollte.

»Wenn du siehst, was sie da alles angesammelt hat!«

»Unsere liebe Suzette! Bestimmt hat jedes Teil seine Geschichte.«

»Und die Schränke sind voll von diesen Geschichten. Da gibt's reichlich zu tun.«

Der verzinkte Tresen stand noch da, aber die Tische und Bistrostühle waren verschwunden.

»Ganz schön leer hier«, sagte ich leise, während ich den Blick umherschweifen ließ.

Unwillkürlich versuchte ich mir den Raum als Patisserie vorzustellen. Vielleicht könnte man den Tresen stehen lassen, als originelles Element, und Vitrinen dazustellen, für die Kuchen. Die Wände bräuchten einen Anstrich, und die scheußlichen Kacheln müssten ersetzt werden, aber mit etwas Einsatz könnte man daraus schon etwas Nettes machen. Es wäre sogar genug Platz für ein paar kleine Tische.

Meine Güte, fing ich jetzt wirklich an, mir diese potenzielle Patisserie auszumalen?

»Wollen wir loslegen?«, fragte Méline, was mich aus meinen Träumereien holte.

Als ich meine Tasche auf dem alten Küchentisch ablegte, überkam mich Wehmut. Mit diesem Raum waren so viele Erinnerungen verbunden. Heiße Schokolade mit Haut obendrauf und Zwieback zum Frühstück, wenn ich samstags abends bei meinen Großeltern übernachtete. Die Bohnen, die Suzette Alex und mir zum Putzen gab. Arthur, der nie eine Folge von *MacGyver* verpasste und einen Fernseher in der Küche aufgestellt hatte, damit er die Serie vom Tresen aus verfolgen konnte ... Méline schloss die Hintertür auf, die ins Treppenhaus führte. Ich folgte ihr die Stufen hinauf und stellte fest, dass das kleine Wohnzimmer vollkommen leergeräumt war, bis auf die Bücherregale und das Klavier.

»Suzette hat uns die Erlaubnis gegeben, es wegzuwerfen«, sagte sie und deutete auf das Instrument. »Das wird nicht einfach, es aus dem Haus zu schaffen.«

Das Parkett knarzte unter meinen Füßen, als ich umherging. Dieses Klavier hatte seit jeher nur eine dekorative Funktion gehabt. Zwar fehlten die üppigen Blumensträuße, die meine Großmutter früher daraufgestellt hatte, aber es gab immer noch die alten Familienfotos in ihren verstaubten Zinnrahmen. Zu meiner Überraschung war auch das Hochzeitsfoto meiner Urgroßeltern darunter.

»Marcel war damals wirklich ein Strich in der Landschaft«, bemerkte ich, als ich mir die Aufnahme genauer ansah.

»Armut und die Entbehrungen des Krieges«, erwiderte Méline zerstreut und öffnete die Fenster, um zu lüften.

»Ich weiß. Papa hat mir alles erzählt. Ich glaube, gestern Abend hat er mehr mit mir geredet als in meinem ganzen bisherigen Leben.« Ich fuhr mit den Fingern über die Klaviertasten, die einen misstönenden Protest von sich gaben.

Meine Tante wandte sich lächelnd zu mir um. »Das freut mich.

Eugénie liebte es, ihre alten Geschichten an ihn weiterzugeben. Dein Vater war ihr Liebling«, fügte sie ohne jede Animosität hinzu. »Ihr erster Enkel, der einzige Junge ...«

»Und somit der einzige männliche Erbe der Patisseries Rossignol!«, rief ich amüsiert aus. »Wie kam es eigentlich dazu, dass er Tierarzt geworden ist?«

»Das war seine Berufung. Natürlich hat er immer gerne Kuchen gegessen, aber welche zu backen hat ihn nie interessiert. Stattdessen brachte er ständig verletzte oder herrenlose Tiere mit nach Hause, was meine Mutter vollkommen wahnsinnig gemacht hat ...«

Sie schwieg einen Moment, in Erinnerungen versunken, dann lachte sie. »Eines Tages tauchte er mit einer Ringelnatter auf, die er am Fluss gefunden hatte, und trug sie voller Stolz in sein Zimmer. Du hättest Mamans Schreie hören sollen!«

»Kaum zu glauben, wenn man ihn heute sieht!«, schnaubte ich amüsiert.

Dann fiel mir plötzlich auf, dass auch Suzette die Patisserien nicht übernommen hatte. Das fand ich seltsam, denn damals war es üblich, ein Familienunternehmen weiterzuführen. Als ich Méline danach fragte, meinte sie, das Ganze sei etwas komplizierter.

»Nach der Heirat meiner Eltern hat Marcel meinen Vater eingestellt, vermutlich mit dem Gedanken, dass der sein Nachfolger werden würde. Doch wie du ja weißt, ist mein Vater kurz nach der Befreiung Frankreichs gestorben. Ich vermute, dass Maman nicht die Kraft hatte, sich in das Geschäft einzuarbeiten. Außerdem hatte sie ja ihre eigene Karriere ...«

»Ihre eigene Karriere?«, wiederholte ich verdutzt. »In der Bar?«

Das konnte doch nicht sein! Hatte sie nicht erst in den Fünfzigerjahren dort angefangen, nach der Heirat mit Arthur?

»Nein, natürlich nicht. Sie war Sängerin.«

Jetzt war ich vollkommen perplex. Ich konnte mich nicht erinnern, dass irgendjemand das je erwähnt hatte.

»Was redest du denn da?«

»Hat dein Vater nie darüber gesprochen?«

Ich schüttelte fassungslos den Kopf, und Méline sah aus, als bereute sie ihre Bemerkung.

»Na ja, ihr hattet vielleicht auch keine Gelegenheit dazu«, sagte sie. »Komm mit, ich zeig's dir.«

Sie führte mich in Suzettes Schlafzimmer, steuerte, ohne zu zögern, auf den mit lauter Papieren bedeckten Sekretär zu und zog eine Schublade heraus.

»Wo hat sie es nur hingeräumt?«, murmelte sie, während sie in dem Durcheinander kramte, das meine Großmutter angesammelt hatte. »Ah! Da ist es ja. Schau mal.«

Sie hielt mir ein Foto hin, auf dem eine bildhübsche junge Frau neben einem älteren Mann zu sehen war. Sie trug eine Perlenkette und ein schulterfreies Seidenkleid und wirkte etwas schüchtern. Er hatte die Haare mit Brillantine nach hinten gekämmt und lächelte mit Samtblick in die Kamera. Auf der Rückseite stand: *Suzie Rossignol und Tino Rossi, Mai 1938*. Vor Überraschung verschlug es mir einen Moment die Sprache.

»Ich fasse es nicht«, brachte ich schließlich hervor. »Mémé als Sängerin ... und mit Tino Rossi!«

»Die Aufnahme stammt vom Anfang ihrer Karriere«, erklärte Méline. »Sie war damals erst siebzehn, aber sie konnte unglaublich hohe Töne singen. Tino Rossi ist eines Abends zu ihr gegangen, um ihr persönlich seine Bewunderung auszusprechen. Er war ihr Idol. Das ist übrigens das einzige Foto aus der Zeit, das sie aufgehoben hat.«

»Wahnsinn!«

»Ihre außergewöhnliche Stimme hat ihr Weltruhm verschafft«, fuhr meine Tante fort. »Sie ist sogar in den Vereinigten Staaten aufgetreten.«

»Aber wie kommt es, dass sie nie darüber spricht? Das ist doch keine Kleinigkeit!«

»Ach, weißt du, Maman gehört zu einer Generation, in der es nicht üblich war, Nabelschau zu betreiben. Für sie ist die Vergangenheit vergangen. Als sie ihre Karriere 1952 beendete, hat sie endgültig einen Strich darunter gezogen.«

»Und stattdessen ist sie Gastwirtin geworden«, murmelte ich. »Das ist doch vollkommen verrückt.«

»Sie litt darunter, dass sie deinen Vater und mich kaum sah... Da sie viel unterwegs war, haben Marcel und Eugénie uns mehr oder weniger großgezogen. Aber wir waren nicht unglücklich, ganz und gar nicht.«

Es war kaum zu glauben, aber ich hatte mich noch nie gefragt, wie die Kindheit meines Vaters gewesen war, bevor Suzette Arthur geheiratet hatte. Übrigens gab es bei uns auch kein einziges Familienfoto aus der Zeit davor. Ich betrachtete die Aufnahme noch eine Weile, als könnte sie mir ein Geheimnis verraten. Die junge Suzette war rührend mit ihren runden Wangen, dem feinen Haar, das ihr bis über die Schultern fiel, und dem Blick, der mir so vertraut war, weil ich ihn jeden Tag im Spiegel sah. Es stimmte, ich sah ihr tatsächlich ein wenig ähnlich.

»Tja«, sagte ich und legte das Foto zurück in die Schublade. »Ich hätte nicht gedacht, dass ich so viel Neues über meine Familie erfahren würde.«

»Suzette ist eine ganz schöne Geheimniskrämerin«, erwiderte Méline lächelnd. Dann deutete sie auf den Schrank hinten an der Wand. »Wir sollten besser loslegen, statt zu plaudern.«

Zwei Stunden später war der Schrank leer, und die Kleider lagen zusammengefaltet in Plastiksäcken, die meine Tante zu einer wohltätigen Organisation bringen wollte. Unter einem Stapel Vorhänge hatte ich zwei Schallplatten gefunden, mit Live-Aufnahmen von meiner Großmutter. Méline erlaubte mir, sie mitzunehmen. Wir holten unsere Sachen, und nachdem die Tür der

Bar wieder abgeschlossen war, klopfte ich mir den Staub und die Spinnweben aus den Kleidern. Als ich mich umwandte, erschrak ich. Auf der gegenüberliegenden Straßenseite war ein alter Mann, der uns anstarrte. Ich hätte ihn vielleicht nicht weiter beachtet, wenn es nicht derselbe gewesen wäre, der mir am Tag meiner Ankunft im Supermarkt begegnet war. Er saß auf einer Bank und fixierte uns schweigend mit einem feindseligen Blick. Meine Tante wirkte ebenso beunruhigt wie ich. Gerade als ich sie fragen wollte, ob sie ihn kannte, erhob sich der Alte und kam auf uns zu. Er stellte sich vor uns hin und musterte uns mit seinen stechenden, dunklen Augen.

»So, so, die Kleine besucht also ihre Familie«, sagte er krächzend.

Méline, die sonst stets so freundlich war, erwiderte kalt: »Ich glaube, das geht dich nichts an, André. Entschuldige uns, wir müssen los.«

Der Alte lachte höhnisch. »Ach, meine gute Méline! Grüß deine Mutter von mir.« Dann machte er kehrt.

Ich sah ihm nach, wie er davonschlurfte und in einer Seitenstraße verschwand.

»Dieser Dreckskerl!«, zischte meine Tante.

»Wer war das?«, fragte ich, überrascht, sie so wütend zu sehen. »Ich bin ihm neulich schon beim Einkaufen begegnet. Als er mich sah, hat er irgendwas gegrummelt von wegen, das gibt Ärger oder so.«

Méline atmete tief durch. »Maman war immer auf der Hut vor ihm«, antwortete sie knapp. »Er verstand sich nicht mit meinem Vater.«

Das war alles? Böse Blicke wegen irgendwelcher Querelen, die mehr als siebzig Jahre zurücklagen? Nicht zu fassen!

»Kurz gesagt, ihr hegt also einen alten Groll, von dem niemand mehr weiß, was eigentlich die Ursache war, oder was?«

Meine Zusammenfassung brachte sie immerhin wieder zum

Lächeln. »So formuliert klingt es in der Tat etwas seltsam, aber im Großen und Ganzen trifft es den Kern.«

»Ihr habt schon eigenartige Marotten in diesem Dorf«, seufzte ich.

22

Als ich zum Haus meines Vaters zurückkam, sah ich dort Colette unruhig vor der Tür auf und ab gehen. Bei meinem Anblick wirkte sie erleichtert.

»Ist alles in Ordnung?«, fragte ich, obwohl ich schon ahnte, dass dem nicht so war.

»O Julia! Gut, dass du da bist, ich weiß nicht mehr, was ich tun soll. Es ist wegen deinem Vater ...«

Ich spürte, wie mein Magen sich zusammenkrampfte. »Was ist denn los?«

»Er hat getrunken, und ...«

»O Gott!« Hastig öffnete ich die Tür und lief hinein.

Mein Vater saß zusammengesunken auf dem Sofa, und neben seinen Füßen lag ein Brief. Es war der, den meine Mutter mir geschrieben hatte. Ich hatte ihn in meinem Zimmer auf dem Schreibtisch liegen lassen ... und anscheinend hatte er ihn gefunden.

Verdammt!

Offenbar hatte mein Vater mich bemerkt, denn er hob den Kopf. Seine Augen waren ganz glasig.

»Julia!«, lallte er, gefolgt von einem unverständlichen Gebrabbel. Entsetzt fragte ich Colette, was er getrunken haben konnte.

»In der Küche habe ich eine Whiskyflasche gefunden«, erwiderte sie hilflos. »Die muss er heimlich besorgt haben, während du weg warst.«

»Mist!«

»Was machen wir denn jetzt?«

»Wir bringen ihn ins Bett.«

»Chwill nich ins Bett!«, protestierte mein Vater lauthals.

Ich gab Colette ein Zeichen, und wir hakten ihn beide unter, um ihn die Treppe hochzuschaffen.

»Mein Gott, hat der eine Fahne!«, schimpfte ich und stieß die Tür zu seinem Schlafzimmer auf.

Als wir ihn auf das Bett verfrachtet hatten, schlief er sofort ein.

»Es tut mir wirklich leid, Colette«, sagte ich im Hinuntergehen. »Ich hätte besser achtgeben müssen. Aber ich bin gar nicht auf die Idee gekommen –«

»Schon gut. Solche Rückfälle sind bei Alkoholikern keine Seltenheit. Wir passen auf ihn auf.«

»Du warst genau im richtigen Moment da.«

»Ach wo«, wiegelte Colette ab. »Ich war im Garten, als dein Vater rauskam. Er redete so unzusammenhängendes Zeug, da bin ich stutzig geworden.«

Colette erbot sich dazubleiben, bis er wieder aufwachte, aber ich sagte ihr, das sei nicht nötig. Ich war so betroffen von dem, was passiert war, dass ich erst mal allein sein musste. Ich hob den Brief auf, der noch im Wohnzimmer auf dem Boden lag. Er war feucht von den Tränen meines Vaters, und auch ich hatte einen Kloß im Hals. Ich hätte den Brief wieder in meine Handtasche legen sollen wie sonst auch. Ich überlegte, Méline eine SMS zu schicken, aber ich wollte sie nicht unnötig alarmieren. Ich würde ihr Bescheid geben, wenn mein Vater wieder zu sich gekommen war. Erschöpft ging ich nach oben, um zu duschen, dann richtete ich mir einen Teller mit einem Stück Käse und ein paar Crackern her. Eigentlich hatte ich keinen Hunger, aber irgendwie musste ich die Zeit ja herumkriegen. Nach Fernsehen war mir nicht zumute, und nach Lesen noch weniger. Eine Stunde war vergangen, seit wir meinen Vater ins Bett gebracht hatten, und von oben hallte sein Schnarchen herunter. Schließlich nahm ich die Schallplatten, die ich in Suzettes Schrank gefunden hatte, und strich mit den Fingerspitzen über ihren Namen, der in vergoldeten Buchstaben daraufstand.

Suzie Rossignol. Eindeutig eine Anspielung auf die Patisserie der Familie.

Auf der Hülle war ein Schwarzweißfoto von ihr, auf dem sie lächelnd posierte. Und dabei hatte ich sie nie etwas anderes singen hören als Chansons von Tino Rossi oder Lieder aus dem Radio! Aus einer spontanen Eingebung heraus griff ich nach meinem Smartphone und beschloss, ein wenig zu recherchieren. Als ich ihren Bühnennamen eingab, stieß ich sofort auf eine Fan-Website. Seltsam, dass die Leute sich sechzig Jahre nach dem Ende ihrer Karriere die Mühe machten, ihr eine Website zu widmen! Beim Öffnen der Seite erklang ein Ausschnitt aus einer Opernarie, und ich bekam eine Gänsehaut, als ich zum ersten Mal diese geradezu überirdisch reine Stimme hörte, die mühelos in die höchsten Höhen aufstieg ... wie eine Nachtigall! Ich las ihre Biographie:

Suzie Rossignol, am 8. Oktober 1921 als Suzette Carbolet geboren, ist eine französische Sopranistin. Ihre Kindheit verbringt sie in Paris und in der Touraine. Schon in jungen Jahren von der Oper angezogen, wird sie mit zwölf von Musikprofessoren entdeckt und zwei Jahre lang im klassischen Gesang ausgebildet. Dank ihrer außergewöhnlichen stimmlichen Fähigkeiten gewinnt sie 1937 mit sechzehn bei einem Wettbewerb der Opéra de Paris. Von einer Schallplattenfirma unter Vertrag genommen, tritt sie im Salle Gaveau auf, ihr Debüt in der leichten Muse. Mit ihrer Stimme, die in höchste Sphären aufsteigt, wird Suzie weltberühmt. Von Los Angeles bis in die Sowjetunion liegt ihr das Publikum zu Füßen. Während des Zweiten Weltkriegs willigt sie ein, in ihrer Heimat, der Touraine, für einen guten Zweck aufzutreten. Nach dem plötzlichen Verschwinden ihres Mannes Max Lagarde verfolgt sie ihre Karriere bis 1952 weiter, dann widmet sie sich ihrer Familie. Danach verliert sich ihre Spur, da sie es zu unserem Bedauern vorgezogen hat, sich ganz ins Privatleben zurückzuziehen.

Oben verstummte das Geschnarche. Die Dielen knarzten, dann hörte ich ein undefinierbares Geräusch. Ich stieg die Treppe hinauf und öffnete vorsichtig die Schlafzimmertür. Mein Vater saß auf dem Bett und presste sein Hochzeitsfoto an sich, als könnte er so Maman umarmen und wieder zum Leben erwecken. Er wirkte wie von Sinnen vor Schmerz.

»Möchtest du einen Kaffee?«, fragte ich leise.

Er antwortete nicht. Ich setzte mich neben ihn und suchte nach tröstenden Worten. Doch er kam mir zuvor.

»Du bist nur hergekommen, weil sie dich darum gebeten hat, stimmt's?«

Es zu leugnen, wäre unehrlich gewesen. Aber ich konnte es vielleicht etwas abmildern.

»Ja. Aber ich bereue es nicht. Maman hatte recht, mir den Anstoß zu geben.«

»Sie hatte oft recht. Und ich war ein Idiot«, seufzte er mit feuchten Augen. »Ich denke jeden Tag an sie.«

Sanft nahm ich ihm das Foto aus den Händen und stellte es wieder hin.

»Ich weiß, wie quälend der Schmerz über einen Verlust sein kann, Papa. Aber wir müssen uns damit abfinden, sonst hören wir auf zu leben.«

Und das sage ausgerechnet ich!

Er sah mich skeptisch an.

»Das ist die Wahrheit«, beharrte ich.

»Die Wahrheit ...« Er unterdrückte ein Schluchzen. »Willst du sie wissen, die elende Wahrheit? Ich habe unsere Familie zerstört, wegen einer verdammten Vögelei! Ich habe alles kaputtgemacht, alles.«

Seine Reaktion schnitt mir ins Herz. Ich musste mich zusammenreißen, sonst würde ich auch noch anfangen zu heulen.

»Hör auf, dich zu bemitleiden, das ändert doch nichts. Außerdem hatte sie dir verziehen, das stand ja in ihrem Brief.«

Mein Vater schüttelte kläglich den Kopf. »Ich war nur raufgegangen, um einen Karton zurückzustellen ... Als ich den Brief auf deinem Schreibtisch sah, erkannte ich sofort ihre Schrift. Das hat weh getan. Alles um mich herum tut mir weh, Julia, die Vergangenheit lässt mich nicht aus ihren Klauen.«

»Lass die Vergangenheit da, wo sie ist! Es ist leicht, sich hinter dieser Ausrede zu verstecken, um sich nicht mit dem auseinandersetzen zu müssen, was geschehen ist«, erwiderte ich unumwunden.

Ich wusste, wie hart meine Worte klangen, aber es musste mal gesagt werden.

»Du bist wütend auf mich«, stellte er fest.

»Ein bisschen. Du hast dich zerstört, ohne auch nur zu versuchen, uns zu retten.«

Trotz meiner guten Vorsätze brach meine Stimme, und ich hatte Mühe, stark zu bleiben. Mein Vater ließ vollkommen niedergeschlagen den Kopf hängen. Nervös fingerte er am Rand seiner Decke herum.

»Vor lauter Schuldgefühlen habe ich mich in mir selbst verschanzt, und irgendwann wusste ich nicht mehr, wie ich da wieder rauskommen soll. Wenn man ohnehin ein Einzelgänger ist, kann man wahrscheinlich ganz gut damit leben, aber mich zerfrisst es von innen.«

Ich schluckte. Bis zu diesem Moment war mir nicht klar gewesen, was er durchgemacht hatte. Ja, er hatte uns großen Schmerz zugefügt, aber was hatte ich denn dafür getan, dass es ihm besser ging? Nichts. Absolut nichts.

»Das alles tut mir sehr leid, Papa. Wenn ich begriffen hätte, wie schlecht es dir ging, wäre ich öfter hergekommen. Aber diese Sache mit Ben ...«

»Ich weiß«, sagte er leise. »An dem Abend habe ich mich total danebenbenommen. Es tut mir wirklich leid.«

Ich nickte erleichtert. Das war alles, was ich hören wollte.

»Du wusstest nicht, was du sagst. Der Alkohol hatte dich im Griff.«

Mein Vater verzog ein wenig das Gesicht, sagte aber nichts.

»Gut«, sagte ich und stand auf. »Ruh dich erst mal aus. Ich bin da, wenn du mich brauchst. Aber fang ja nicht wieder an zu trinken.«

Er lächelte ein wenig traurig und berührte mich am Arm, um mir zu danken. Ein Zeichen der Entspannung zwischen uns. Ich ging wieder nach unten, das Herz zum Bersten voll mit Gefühlen.

Am nächsten Tag beschloss ich, zur Poststelle zu fahren, um Brot zu holen. Meinem Vater schien es etwas besser zu gehen. Kurz vor Mitternacht hatte er einen Rest Hühnchen und ein Stück Käse gegessen, dann war er wieder zu Bett gegangen. Bis acht Uhr hatte er geschlafen wie ein Stein, und als er in die Küche gekommen war, hatte er sehr zerknirscht ausgesehen.

»Das gestern Abend tut mir leid. Ich fange nicht wieder an.«

Ich hatte ihm zu verstehen gegeben, dass ich seine Entschuldigung akzeptierte. Aber an diesem Morgen brauchte ich frische Luft. Gerade als ich gehen wollte, klingelte mein Handy. Es war Méline. Sie meinte, ich solle ihr an diesem Nachmittag lieber nicht helfen, da Ben vorbeikommen wollte. Bevor wir das Gespräch beendeten, lud sie meinen Vater und mich noch für den übernächsten Abend zum Essen ein, da ich zwei Tage später nach Paris zurückfahren würde.

Kurz darauf steuerte ich, anstatt direkt das Brot zu besorgen, auf den Ortsrand zu. Durch das Gespräch über Ben war meine Neugier geweckt, und ich wollte mir mal ansehen, was er aus La Mercerie gemacht hatte. Am Waldrand angekommen, stellte ich das Auto ab und ging zu Fuß weiter. Hinter mir grasten Kühe friedlich auf einer sattgrünen Weide. Der Himmel war leuchtend blau und wolkenlos, und die Vögel zwitscherten und hüpften von

Ast zu Ast. Was für ein schöner Tag! Allmählich verstand ich, warum Ben hierher zurückgekommen war.

Ich ließ den Blick nach allen Seiten schweifen, um mich zu vergewissern, dass ich allein war. Niemand zu sehen. Perfekt. Ich hatte natürlich nicht vor, etwas Verbotenes zu tun, aber ich wollte auch nicht meinem Ex über den Weg laufen. Er musste eigentlich schon bei meiner Tante sein, um an der Pergola zu arbeiten, also war die Luft rein. Ich ging noch ein Stück weiter und schob einen Zweig zur Seite, damit er mir nicht ins Gesicht schlug.

Schließlich kam das Gebäude hinter einer Kurve in Sicht. Mit seinen zwei Etagen war es eher ein kleines Landhaus als eine Villa, und im Sonnenschein erschien es mir nicht mehr so bedrohlich wie in meiner Erinnerung. Das Vordach über der Treppe, die zum Eingang führte, hing gefährlich schief, aber davon abgesehen wirkte das Haus gar nicht so verfallen. Rosen und Jasmin rankten sich in einem charmanten Durcheinander über die Fassade. Nun, da meine Neugier befriedigt war, hätte ich zum Auto zurückgehen sollen, aber das schmiedeeiserne Tor stand offen. Die Versuchung war einfach zu groß. Ohne einen weiteren Gedanken betrat ich das Grundstück. Mein Herz begann wie wild zu schlagen. Ich kam mir vor wie eine Einbrecherin, aber da ich nun schon mal hier war, konnte ich mich ja auch ein bisschen umsehen. Das Grundstück war erstaunlich groß, es reichte bis an den Wald heran. Ich kannte die Gegend seit jeher, aber ich hatte mich noch nie so weit vorgewagt, weil es früher für uns Kinder verbotenes Terrain gewesen war. Ich ging an einer Fläche voller Wildblumen und hohem Gras vorbei. Gegenüber stand eine halb in sich zusammengefallene Scheune. Die eine Wand, in der ein Loch gähnte, war von Dornengestrüpp überwuchert. Mit einem Mal kam die Erinnerung an den Alptraum zurück, den ich bei Méline gehabt hatte, und mich überlief ein unangenehmer Schauer.

Sei nicht albern. Es gibt keine Spukhäuser.
Gerade als ich umkehren wollte, ließ mich ein Bellen erstarren. Aus dem Augenwinkel erblickte ich Bens Golden Retriever – und Ben selbst. Er hielt den Hund am Halsband fest, obwohl der ganz und gar nicht gefährlich wirkte.
»Julia?«
Na, da hast du dir ja was Schönes eingebrockt!
Ich hatte hier nichts verloren und brauchte dringend einen glaubwürdigen Vorwand, um meine Anwesenheit zu rechtfertigen. Nur hatte mein Gehirn offenbar gerade einen Kurzschluss erlitten, denn in meinem Kopf herrschte völlige Leere.
»Ich ... äh ... Tut mir leid, ich dachte, du wärst nicht da.«
Ben ließ den Hund los, der sofort herbeigelaufen kam und seine feuchte Schnauze in meine Hand grub.
»Hallo, Simba!«, murmelte ich, während sein Herrchen mich misstrauisch musterte. Ich wagte kaum zu atmen.
»Ich nehme mal an, du bist nicht zum Kaffeetrinken gekommen«, sagte er nach einer halben Ewigkeit.
Messerscharf geschlossen, bravo!
»Nein ... Ich habe nur einen fatalen Hang zur Neugier«, gestand ich und zog eine Grimasse.
O Wunder! Seine Mundwinkel hoben sich um ein paar Millimeter. Ich hatte ganz vergessen, wie seine blauen Augen leuchteten, wenn er lächelte. Aber mein Blutdruck reagierte immer noch prompt darauf.
Reiß dich zusammen, du Dummkopf! Schließlich hat er dich weggeworfen wie eine stinkende Socke.
Meine Güte, was war denn nur los mit mir?
Anstatt mich von seinem Grundstück zu jagen, bemerkte Ben: »Ich hätte mir ja denken können, dass bereits alle über meinen Umzug Bescheid wissen, auch wenn es gerade erst eine Woche her ist.«
»Das kannst du den Leuten nicht verübeln. Solche Neuigkei-

ten gibt's hier nur selten.« Ich deutete mit dem Kopf zum Haus. »Sieht gar nicht mehr so finster aus wie früher.«

»Dann musst du aber schon ewig nicht mehr hier gewesen sein. Der Vorbesitzer hat eine ganze Menge machen lassen.«

Ich verkniff mir die Erwiderung, dass ich seit unserer Trennung – bis auf den kurzen Besuch nach Großmutters Schlaganfall – nicht mehr in Cressigny gewesen war. Ich hatte keine Lust auf einen Streit, der nur schmerzliche Dinge wieder aufwühlen würde. Doch für mich war dieser Ort für immer mit Ben und den Eskapaden unserer Kindheit verbunden.

»Wie dem auch sei, ich finde es toll, dass du es gekauft hast!«, sagte ich, um das drohende Schweigen zu durchbrechen. »Das war doch immer dein Traum, oder? Es ist natürlich ziemlich groß für einen allein, aber ...«

Halt die Klappe! Wer hat denn gesagt, dass er allein ist?

»Äh, ich meine, es hat dich doch schon fasziniert, als wir Kinder waren. Also liegt es sozusagen auf der Hand.«

Ich verstummte, bevor ich noch mehr Blödsinn redete. Allmählich wurde es schwierig, die Unterhaltung allein zu führen, mal abgesehen davon, dass Ben mich ansah, als fragte er sich, ob ich meinen Verstand irgendwo im Wald verloren hatte. Und sein Gesichtsausdruck verriet, dass er nicht gerade begeistert war, mich hier beim Schnüffeln ertappt zu haben.

»Na, ich geh dann jetzt wohl besser«, verkündete ich mit einem gezwungenen Lächeln.

Er nickte nur und machte sich nicht mal die Mühe, mich bis zum Tor zurückzubegleiten. Ich wusste nicht, ob ich darüber erleichtert oder enttäuscht war.

Kurz darauf betrat ich die kleine Poststelle, um Brot zu kaufen. Maud begrüßte mich mit einem strahlenden Lächeln.

»Wie schön, mal ein freundliches Gesicht zu sehen!«, rief ich aus, nachdem ich mich vergewissert hatte, dass wir allein waren.

Sie stand auf und kam hinter dem Schalter hervor, um mich zu begrüßen.

»Warum sagst du das?«, fragte sie, während ich meine Bemerkung bereits bereute.

Ich machte eine wegwerfende Handbewegung. »Ach, nur so ... Familienstress, weiter nichts.«

»Was hältst du davon, heute Abend was trinken zu gehen, nur wir Mädels?«, schlug sie prompt vor. »Antonin ist bei meinen Eltern, du kannst mir also alles in Ruhe erzählen.«

»Ach, ich weiß nicht. Ich meine, es wäre natürlich nett auszugehen, aber dann doch lieber, um den Abend zu genießen.«

»Super! Wie wär's um sechs?«

»Und wo?«, fragte ich automatisch.

»Ich weiß nicht, Julia, die Auswahl ist so groß!«, erwiderte sie lachend. »Wonach ist dir denn – Champs Élysées oder Rivoli?«

Die Dummheit meiner Frage brachte mich ebenfalls zum Lachen. »Hatte ich glatt vergessen ... Hier gibt es ja nur eine Bar.«

Jetzt hält sie mich bestimmt für einen Snob, und das mit Recht.

»Genau! Das Paddock. Da wird es dir bestimmt gefallen.«

Ich nickte, erfreut, dass ich allmählich doch wieder so etwas wie ein gesellschaftliches Leben hatte. Dann kaufte ich ein Brot und verabschiedete mich.

Eine Stunde später, als wir beim Mittagessen saßen, erzählte mein Vater, dass Colette auf einen Kaffee vorbeigekommen war. Dafür war ich ihr dankbar.

»Du fährst übermorgen, richtig?«, fragte er.

Ich nickte. Um ehrlich zu sein, war mir nicht ganz wohl dabei, ihn nach dem Rückfall vom Abend zuvor allein zu lassen, aber Colette und Méline würden ein Auge auf ihn haben.

»Ja, ich mache mich nachmittags auf den Weg. Freitagvormittag habe ich den Termin beim Notar.«

Anschließend war ich mit Aurélie zum Mittagessen verabredet, weil sie sich schon dachte, dass es mir nicht besonders gut gehen würde, nachdem ich die Papiere unterschrieben hatte.

Mein Vater nickte. Mir war nicht klar, ob es ihn wirklich interessierte, oder ob er nur versuchte, das Gespräch am Laufen zu halten. »Und was machst du dann?«, wollte er wissen.

Seine Frage traf mich unvorbereitet. Über das Danach hatte ich noch gar nicht nachgedacht. Als ich hierhergekommen war, hatte ich alles andere auf Standby gestellt und die Frage nach der Zukunft sorgsam beiseitegeschoben. Natürlich hatte Suzette versucht, uns mit ihrer abstrusen Idee durcheinanderzubringen, aber ich hatte keine plötzliche Erleuchtung gehabt, wie diese Romanheldinnen, die von einem Tag auf den anderen alles stehen und liegen lassen, um auf dem Land ein neues Leben anzufangen. Anscheinend war ich nicht aus diesem Holz geschnitzt.

»Ich werde mir wohl wieder was bei der Bank suchen«, antwortete ich ohne Überzeugung. »Das ist immerhin verlässlich.«

Und todlangweilig. Und überhaupt nicht das, was ich will, aber mir bleibt wohl nichts anderes übrig.

»Wenn dich das glücklich macht«, brummelte er.

Ich verbrachte den Nachmittag damit, in Eugénies alten Erinnerungen zu kramen, und las begeistert ihre Briefe. Nach der Heirat hatte sie sofort ihre Arbeit in der Patisserie aufgenommen, einem hübschen kleinen Laden an der Ecke einer kopfsteingepflasterten Straße, oberhalb der vielen Treppen, die zum Montmartre hinaufführten.

Ich habe Monsieur Rossignol vorgeschlagen, die Fassade neu streichen zu lassen, denn es wäre doch schade, wenn das schöne Blau ganz abblättern würde. Davon abgesehen bäckt Marcel so wunderbare Kuchen, dass ich mich fast schäme. So geschickt, wie er mit Schneebesen und Teigschaber hantiert, denke ich manchmal, ich habe einen Virtuosen geheiratet. Ihr müsstet ihn sehen, wenn er seine Windbeutel macht – er geht so zart mit ihnen um, als wären es seine Kinder! Die Kunden geizen nicht mit Lob und verlangen immer wieder Nachschub.

Die Briefe reichten bis ins Jahr 1937. Wahrscheinlich fehlten etliche, denn ich hatte nur etwa ein Dutzend gefunden. Doch das genügte, um zu erfahren, dass Monsieur Rossignol 1926 beschlossen hatte, sich zur Ruhe zu setzen, und Marcel angeboten hatte, die Patisserie zu übernehmen. Ihm und Eugénie war es zu verdanken, dass die Pariser das Geschäft weiterempfahlen, wo es die berühmten Choux Rossignol gab. Meine Urgroßeltern hatten nicht genug Geld gehabt, aber Eugénies Vater, der stolz auf ihren Erfolg war, hatte ihnen die fehlende Summe geliehen. Da die Patisserie unter dem Namen bekannt geworden war, hatten sie den Namen »Rossignol« auf dem Schild beibehalten.

In einem anderen Brief ging es um Charlaine. Dank der Beziehungen von Marie-Rose war sie Kinderkrankenschwester geworden. Ich las meinem Vater daraus vor:

»Ich glaube nicht, dass sie eines Tages heiratet. Sie ist mit Herz und Seele ihren kleinen Patienten ergeben und verlässt das Krankenhaus nur, um uns zu besuchen.«

»Ist Charlaine ihr Leben lang allein geblieben?«, fragte ich ihn, den Brief in den Händen.

Er nickte. »Ich nehme an, sie hat sich nie ganz von der Sache mit Joseph erholt«, fügte er nachdenklich hinzu.

»Kanntest du sie gut?«

»Nein, sie ist jung gestorben, an einer Hirnblutung in Folge eines Unfalls.«

»Oh, wie traurig ... Und was ist mit ihrem Bruder?«

Als ich René erwähnte, lachte er auf. »Der war ein richtiger Don Juan! Er hat auch nie geheiratet, aber im Gegensatz zu Charlaine ist er von einer Frau zur nächsten geflattert.«

Diese Entdeckungen fand ich unglaublich spannend. Das Leben meiner Vorfahren war ganz anders gewesen, als ich es mir vorgestellt hatte!

»Ich staune immer noch darüber, dass Eugénie dir das alles erzählt hat. Wenn man sieht, wie schweigsam Suzette ist, wenn es um die Vergangenheit geht ...«

»Meine Großmutter war da vollkommen anders«, sagte mein Vater lächelnd. »Wenn sie einmal in Plauderstimmung war, gab es kein Halten mehr. Sie liebte es, mir das Paris der damaligen Zeit zu schildern, und sie sagte, alles, was sie dort erlebt hat, hätte ihren Charakter geformt.«

»Das glaube ich sofort. Ich muss unbedingt mal zum Montmartre und schauen, wo die Patisserie früher war!«

»Ja, das ist bestimmt nett.«

Seit meiner Ankunft hatte ich ihn nicht so viel lächeln sehen. Offenbar freute es ihn, dass ich mich für unsere Wurzeln interessierte und er mir diese Geschichte erzählen konnte, deren Hüter er in gewisser Weise war. Als ich die Briefe zurücklegte, merkte ich, dass ich mich beeilen musste, wenn ich pünktlich zu meinem Treffen mit Maud kommen wollte.

»Ich springe schnell unter die Dusche«, sagte ich und klappte die Dose zu.

»Bist du zum Abendessen da?«

»Ja, wir wollen nur ein bisschen quatschen. Ich bin gegen acht zurück.«

23

Zur verabredeten Zeit traf ich mich mit Maud vor der Bar, deren Fassade mit Glyzinien berankt war. Meine Freundin sah fantastisch aus in ihrem blauweißen Kleid. Daneben kam ich mir in meinem schlichten schwarzen Top und der Jeans vor wie ein Bauerntrampel.

»Wirklich hübsch hier«, sagte ich und sah mich bewundernd um.

»Ja, nicht? Wollen wir draußen sitzen?«

Ich nickte. Die Sonne würde bald hinter dem Kirchturm verschwinden, der in den makellos blauen Himmel ragte, aber es war noch warm genug, um die Terrasse zu nutzen. Der Wirt, ein Mann in unserem Alter, dessen eng geschnittenes Hemd gut ausgebildete Brustmuskeln erahnen ließ, kam, um unsere Bestellung aufzunehmen. Als er Maud fragte, was sie trinken wollte, bemerkte ich, wie sie die Schultern straffte, um ihr Dekolleté besser zur Geltung zu bringen, und ein XXL-Lächeln aufsetzte.

»Ein Bier, bitte.«

»Kommt sofort, die Damen!«

»Danke, Nathan«, erwiderte sie, als hätte er ihr das beste Bier der Welt versprochen.

Sobald er verschwunden war, beugte ich mich zu ihr. »Ich dachte eben schon, dass dieses Kleid für einen Aperitif mit einer Freundin ein bisschen zu sexy ist.«

Maud lachte. »Ertappt! Aber du musst zugeben, dass Nathan ein echtes Sahneschnittchen ist«, fügte sie leiser hinzu.

»Wenn man auf den Typ Lebemann steht, schon.«

»Ich *liebe* den Typ Lebemann«, sagte sie hingerissen. »Aber erzähl das auf keinen Fall weiter. Loïc macht jedes Mal einen Riesenaufstand, wenn ich versuche, neue Leute kennenzulernen.«

»Oh. Ich dachte, ihr wärt schon eine ganze Weile getrennt.« Sie seufzte. »Er akzeptiert nicht, dass ich wieder mein eigenes Leben führen will. Sobald ich jemanden kennenlerne, kommt er damit, dass er mich nicht verlieren wollte, dass es ihm leidtut und so weiter.«

»Was ist denn mit ihm los?« Ich wollte nicht indiskret sein, aber Maud schien reden zu wollen.

»Er hat in der Vergangenheit ein paar Dummheiten gemacht. Sagen wir, er lässt sich allzu leicht beeinflussen … Er war mehrfach in irgendwelche krummen Sachen verwickelt und ist erwischt worden, aber er versucht, wieder eine weiße Weste zu bekommen. Glaube ich zumindest. Jetzt arbeitet er für eine Immobilienfirma.«

»Ja, das hat er mir erzählt, als wir uns im Supermarkt begegnet sind. Aber du hast das Recht, dich mit anderen Männern zu treffen. Du wirst dich von ihm doch wohl nicht davon abhalten lassen, oder?«

»Nein, natürlich nicht … Aber er ist nun mal der Vater meines Sohnes, da kann ich auch nicht alle Brücken abbrechen. Ich bin sicher, dass es irgendwo hinter seiner Fassade eine bessere Version von ihm gibt. Auch wenn sie gut versteckt ist.«

Sie brach ab, da Nathan mit unseren Getränken kam.

»Sind Sie neu hier in der Gegend?«, fragte er mich.

»Nein, eigentlich nicht. Ich bin hier aufgewachsen. Meinen Großeltern gehörte übrigens die alte Bar da drüben.« Ich deutete auf das Gebäude, das ein wenig höher auf der anderen Seite des Platzes lag.

»Ah, verstehe. Die habe ich nicht mehr kennengelernt, ich bin erst seit zwei Jahren hier. Maud, ich komme morgen bei dir in der Post vorbei, ich muss ein Paket abholen«, sagte er und zwinkerte ihr zu.

»Kein Problem, komm, wann du willst«, erwiderte sie mit einem strahlenden Lächeln.

Vielleicht sollte ich die zwei lieber allein lassen, da knistert's ja mächtig.

Doch Nathan verschwand, da neue Gäste ankamen. Maud sah ihm nach.

»Na, da stehen doch alle Ampeln auf Grün«, bemerkte ich.

»Glaubst du?«, fragte sie und wandte sich wieder zu mir. »Die Tatsache, dass ich alleinerziehende Mutter bin, schlägt die Männer meist in die Flucht. Aber Nathan ist geschieden und hat selbst ein Kind. Deshalb dachte ich mir, mit uns könnte es vielleicht klappen.«

Ich nickte. Im Gegensatz zu mir fehlte es Maud weder an Mut noch an Selbstsicherheit. Wenn sie in Nathan verliebt war, würde sie alles tun, um ihr Glück zu finden.

»Weißt du was? Vergiss Loïc. Wenn er dich wirklich nicht verlieren wollte, hätte er es dir eher beweisen müssen.«

»Schön gesagt!« Sie hob ihr Glas, um mit mir anzustoßen. »Und bei dir? Was macht die Liebe?«

»Ach ... Frag lieber nicht!«

»Niemand in Sicht?«

Ich schüttelte den Kopf. Seit der Trennung von Ben hatte ich keine richtige Beziehung mehr gehabt.

»Sobald es ein bisschen ernster wird, fällt mir plötzlich auf, dass der Typ alle möglichen Fehler hat, und dann ertrage ich ihn nicht mehr. Es ist jedes Mal, als würde ich irgendwelchen Phantomen nachjagen.«

»Phantom*en*?«, fragte Maud mit einem anzüglichen Grinsen. »Doch wohl eher *einem* Phantom.«

»Wie meinst du das?«

»Die Art, wie Ben dich abserviert hat, muss doch traumatisierend gewesen sein, Julia.«

»Das ist fast fünfzehn Jahre her.«

»Das heißt ja nichts. Es war schön zu sehen, wie aus eurer Freundschaft Liebe wurde. Ihr habt so gut zusammengepasst.

Und dann macht dieser Idiot von einem Tag auf den anderen alles kaputt.«

Ich starrte in mein Bier. »Daran ist mein Vater schuld.«

Und dass ich keine langfristige Beziehung eingehen konnte, lag zum Teil auch daran, dass ich Angst vor dem unausweichlichen Moment hatte, wenn die Vorstellung bei der Familie des anderen anstand.

Maud schüttelte den Kopf. »Ich bin immer noch überzeugt, dass Ben das Verhalten deines Vaters nur als Vorwand genommen hat. Liebe sollte so etwas überstehen, Julia. Und ich bin sicher, dass er dich geliebt hat.«

»Mag sein. Aber das ist alles lange her. Übrigens bin ich ihm dreimal begegnet, seit ich hier bin, und, wie soll ich sagen ... Ich glaube, eine Atombombe, die in seinem Garten explodiert, wäre ihm lieber gewesen.«

»So lange studiert und trotzdem so blöd«, seufzte sie. »Ach, diese Männer!«

Wir mussten beide lachen. Dann fragte sie mich, wie es meiner Großmutter ging.

»Nach ihrem Schlaganfall war es ganz seltsam, sie nicht mehr hier im Dorf zu sehen. Weißt du noch, wie wir immer hinten in der Bar mit unseren Barbies gespielt haben?«

»Klar weiß ich das noch! Wir mussten leise sein, um die Gäste nicht zu stören, während die ein Glas nach dem anderen tranken und rauchten wie die Schlote. Wenn nicht, setzte es einen Schlag mit dem Geschirrtuch.«

Maud schnaubte. »Das sollte heute mal einer versuchen – da stünde sofort das Jugendamt auf der Matte. Wenn ich an die ganzen überkorrekten Ratschläge zur Kindererziehung denke, mit denen man uns heute bombardiert, staune ich fast, dass wir unsere Kindheit überlebt haben.«

»Ganz genau, meine Liebe. Wir sind Überlebende der Achtzigerjahre!« Ich trank den Rest von meinem Bier, dann sagte ich:

»Um auf meine Großmutter zurückzukommen: Sie scheint sich in ihrem Pflegeheim ganz wohlzufühlen. Gehen kann sie fast gar nicht mehr, aber im Kopf ist sie immer noch fit. Ach, weißt du schon das Neueste? Sie möchte, dass mein Cousin und ich in Cressigny eine Patisserie eröffnen!«

Ihre Augen leuchteten auf. »Was für eine großartige Idee!«, rief sie aus. »Ich bin dafür! Das wäre eine echte Bereicherung für den Ort, außerdem –«

Ich hob abwehrend die Hand. »Ich habe nicht die Absicht, wieder hierherzuziehen. Übermorgen fahre ich zurück.«

»Was? Oh, wie schade! Wenn du wüsstest, wie viele Leute mich dauernd fragen, wann es hier endlich wieder eine Boulangerie gibt. Aber ich nehme an, du hast andere Pläne?«

»Nein, im Moment habe ich keine Ahnung, wie es weitergehen soll.«

Jedes Mal wenn ich das sagte, kam ich mir wie eine Versagerin vor.

»Warum versuchst du es dann nicht einfach?«

Ich holte tief Luft. »Nach allem, was passiert ist, kriege ich keinen einzigen Kuchen mehr auf die Reihe. Totale Blockade. Welchen Sinn hätte es also, eine Patisserie aufzumachen? Noch dazu mit meinem Cousin, der mir ständig vorhält, dass ich mich hier nie habe blicken lassen.« Ich seufzte niedergeschlagen. »Ich weiß nicht, warum ich dir das alles erzähle. Ich hasse es zu jammern.«

Maud warf mir einen mitfühlenden Blick zu. »Es tut gut, über seine Probleme zu reden. Und manchmal hilft es sogar, ein wenig klarer zu sehen.«

Als ich nach Hause kam, empfing mich ein leckerer Duft aus der Küche.

»Hast du gekocht?«, fragte ich überrascht.

Mein Vater hatte sich eine Schürze umgebunden und war dabei, den Tisch zu decken. Der Stapel Zeitungen, der vorher darauf gelegen hatte, war verschwunden, und der ganze Raum wirkte heller.

»Rinderkoteletts mit Kartoffelgratin«, verkündete er stolz. »Möchtest du lieber im Garten essen?«

Die Sonne war hinter den Hügeln verschwunden, und es wurde ein wenig kühl.

»Nein, gerne hier drinnen. Wow ... Entschuldige, aber ich bin wirklich platt.«

Was war denn in ihn gefahren? Hatte er das wirklich alleine hingekriegt?

»Das ist unser letztes gemeinsames Abendessen«, sagte er ernst. »Da wollte ich dich überraschen.«

»Das ist dir gelungen. Ich gehe mir nur schnell die Hände waschen.«

Zehn Minuten später saßen wir am Tisch und aßen. Das Fleisch war wunderbar zart, und das Gratin schmeckte wirklich köstlich.

»Ich wusste gar nicht, dass du so gut kochen kannst«, bemerkte ich, als ich fertig war.

»Mir blieb nichts anderes übrig, als es zu lernen, wenn ich nicht nur von Fertigsuppen leben wollte«, scherzte er.

»Das wäre eine Schande für die ganze Familie gewesen«, erwiderte ich im gleichen Tonfall. »Apropos, morgen fahre ich noch mal zu Suzette. Meinst du, ich kann ihr ein paar Fragen zu ihrer Zeit als Sängerin stellen? Méline hat mir ein bisschen darüber erzählt.«

Mein Vater schüttelte entschieden den Kopf. »Sie wird dir nichts sagen. Das ist zu schmerzlich für sie.«

»Schade. Im Internet habe ich gesehen, dass sie immer noch Bewunderer hat. Sie haben ihr sogar eine Website gewidmet.«

»Das ist wirklich toll, aber ich versichere dir, sie wird nicht darauf eingehen. Die wenigen Male, als Méline und ich sie früher nach unserem Vater und dem Krieg gefragt habe, hat sie abgeblockt.«

»Der Tod ihres Mannes muss furchtbar gewesen sein, wenn sie so reagiert«, sagte ich.

»Ganz bestimmt. Ihre Augen röten sich heute noch, wenn sie seinen Namen ausspricht. Für Méline und mich war es nicht so schlimm, weil wir ihn gar nicht kannten.«

»Aber hättet ihr denn nicht gerne mehr über ihn gewusst?«, bohrte ich nach.

Mein Vater überlegte einen Moment. »Ja und nein. Die Umstände seines Verschwindens sind nicht geklärt, aber wir haben keinen Vater vermisst, weil Arthur für uns da war, und davor Marcel.«

»Ich verstehe ja, dass es für Mémé sehr schwer war«, wandte ich ein. »Aber dass sie so beharrlich über dieses Thema schweigt…«

»Das war damals so. Man lebte mit der Bürde der Geheimnisse und sprach nie über diese Dinge.«

Er stand auf, um den Salat und den Käse zu holen. »Was wirst du ihr morgen sagen?«

Fangfrage. Er wusste genau, dass ich nicht zu Suzette fuhr, um ihr das zu sagen, was sie gerne hören wollte. Doch offenbar musste ich es einmal laut aussprechen.

»Ich werde ihr wohl mitteilen, dass Alex und ich ihren Vorschlag nicht annehmen.«

Mein Vater seufzte. »Ich nehme an, es gibt nichts, was dich umstimmen würde?«

»Papa –«, begann ich ungeduldig.

»Schon gut«, unterbrach er mich. »Ich habe mein Möglichstes getan.«

So, wie er die Schultern hängen ließ, hatte ich das Gefühl, dass er damit nicht nur Suzettes Vorschlag meinte. Er wirkte mit einem Mal so traurig! Plötzlich begriff ich, und mir stiegen Tränen in die Augen.

O Papa ...

Trotz seiner ungeschickten, ruppigen Art, trotz unserer Streitereien und seines Alkoholproblems, die unsere Beziehung ruiniert hatten, wünschte er sich wirklich, dass ich hierblieb. Deshalb hatte er mir von Marcel und Eugénie erzählt. Deshalb hatte er sich solche Mühe mit dem Abendessen gemacht. Weil ihm die Vorstellung gefiel, mich in seiner Nähe zu haben. Mein Herz weitete sich vor Rührung.

Wie gerne hätte ich alle Zweifel abgeschüttelt und ihm gesagt, dass ich bleiben würde, aber ich konnte es nicht, auch wenn ich wusste, dass ich ihm damit Kummer bereitete.

»Keine Sorge, ich komme euch öfter besuchen«, versprach ich ihm mit brüchiger Stimme.

24

»Du siehst müde aus, meine Liebe«, bemerkte Suzette, als ich am nächsten Tag in ihr Zimmer trat.

Müde war nicht ganz das passende Wort, um meinen Zustand zu beschreiben. Auf dem Parkplatz waren mir vor lauter Nervosität fast die Beine weggesackt. Ich war gekommen, um meiner Großmutter zu sagen, dass ich sie enttäuschen musste. Wenn mich das nicht zu einem Ungeheuer machte, dann wusste ich es auch nicht.

»Das kommt bestimmt von der guten Landluft«, erwiderte ich und küsste sie auf die Wange.

Sie hatte allerdings nicht ganz unrecht, denn ich hatte in der vergangenen Nacht sehr schlecht geschlafen. Mir war die ganze Zeit das Gespräch mit Maud nicht aus dem Kopf gegangen, und dazu plagten mich nun auch noch die Schuldgefühle gegenüber meinem Vater. Als ich endlich eingeschlafen war, hatte sich alles zu einem wirren Traum vermischt. Erst war da Eugénie, die ihre Windbeutel verkaufte, dann Suzette, die vor einem begeisterten Publikum sang. Jemand schubste mich auf die Bühne, aber dort angekommen stand ich wie gelähmt da und konnte mich nicht rühren. Die Zuschauer buhten mich aus und forderten wütend, dass ich verschwinden sollte. Und als wäre das nicht schon genug, hatte ich auch noch von Ben geträumt – wieder dieser verdammte Alptraum, wieder der Moment, als ich mich umdrehte, um zu sehen, was da hinter mir war. Allmählich machte mich mein Unterbewusstsein wirklich mürbe.

Suzette deutete auf einen Stuhl. Unwillkürlich musterte ich sie genauer, und ich konnte kaum glauben, dass sie dieselbe Frau war wie die auf der Schallplattenhülle. Mein Verstand brachte meine Großmutter einfach nicht mit Suzie Rossignol zusammen.

»Setz dich doch, das kostet nichts extra«, sagte sie, um das Gespräch in Gang zu bringen. »Bist du gekommen, um mir deine Entscheidung mitzuteilen?«

Als ich sie morgens angerufen hatte, hatte ihr freudiger Tonfall keinen Zweifel daran gelassen, dass sie überzeugt war, ich würde ihr Angebot annehmen. So würde ich nun also schon dem zweiten Menschen innerhalb von vierundzwanzig Stunden die Laune verderben.

Ich lächelte befangen. »Nun ja, ich fahre morgen. Mamans Wohnung ist verkauft, und ich muss zum Notar, die Papiere unterschreiben.«

Einen Moment lang wirkte sie verwirrt. »Gut, aber danach kommst du doch zurück, oder?«

Meine Güte, in ihren Augen lag so viel Hoffnung! Ganz gleich, welche Worte ich wählte, es wären immer die falschen.

»Tja, ich ... Es ist kompliziert, weil ...«

Suzette unterbrach mein Gestammel mit einer Handbewegung. »Meine Liebe, ich bin ja nicht dumm.«

Du bist so eine Niete, Julia.

»Weißt du«, fuhr sie fort, »es gibt da etwas, das ich nie jemandem erzählt habe.«

Überrascht hob ich den Kopf. Bis dahin hatte ich nicht mal bemerkt, dass ich meine Füße anstarrte.

»So? Was denn?«, fragte ich mit wackeliger Stimme.

»Als ich klein war, und auch später noch, war ich immer sehr beeindruckt, wenn ich sah, wie meine Eltern mit ihrem Gebäck den Leuten ein Lächeln ins Gesicht zauberten. An manchen Sonntagen reichte die Schlange bis auf den Gehweg ... Die Kunden wollten unbedingt die Windbeutel meines Vaters als Dessert nach dem Sonntagsbraten haben. Diese Bilder und Stimmen haben sich mir für immer ins Gedächtnis eingebrannt.«

Sie schwieg einen Moment.

»Von dem Moment an, als sich zeigte, dass ihr beide, Alex und du, auch dieses Händchen für die Patisserie habt, habe ich im Stillen gehofft, dass ihr eines Tages diese Magie wieder aufleben lassen würdet. Das Klingeln des Türglöckchens zu hören, das Schaufenster zu bewundern und die glücklichen Gesichter der Kunden zu sehen – das hätte mir wirklich meine letzten Jahre versüßt.«

Ich schluckte und verwünschte mich im Stillen, weil ich ihren letzten Traum zerstört hatte. Doch anstatt ihr zu erklären, warum ich mich nicht imstande fühlte, ein solches Unterfangen zu wagen, lenkte ich das Gespräch in eine andere Richtung.

»Hast du nie darüber nachgedacht, selbst Patissière zu werden?«

Mein Tonfall klang ein wenig zu fröhlich, um glaubwürdig zu sein. Ich war eine miserable Schauspielerin. Ich wusste ja, was sie daran gehindert hatte, aber ich wollte ihre Version hören.

Suzette fegte meine Frage mit einer Handbewegung beiseite. »Wozu in der Vergangenheit kramen? Mein Leben hat den Weg genommen, den es nehmen musste, mehr gibt es dazu nicht zu sagen.«

Sie wich aus. Immerhin wusste ich jetzt, von wem ich meinen Hang zur Drückebergerei hatte.

»Aber ich finde das spannend«, protestierte ich sanft. »Durch das Kramen in der Vergangenheit habe ich erfahren, dass Eugénie nicht einfach nur ein Bauernmädchen war, das einen Patissier geheiratet hat. Jetzt weiß ich, dass sie vor allem eine starke, zielstrebige junge Frau war, die es geschafft hat, Marcel voranzubringen und ihn und sich aus dem Elendsviertel herauszuholen.«

Suzette nahm meine Hände und sah mich eindringlich an. »Du bist auch stark und zielstrebig, meine Liebe. Wahrscheinlich haltet ihr zwei mich für eine verrückte Alte, aber über das, was ich euch vorgeschlagen habe, habe ich gründlich nachgedacht. Ihr seid beide Mitte dreißig, das ist ein wunderbares Alter, in dem noch alles möglich ist! Eure besten Jahre fangen gerade an, und das ist der perfekte Zeitpunkt, um den frei gewordenen Platz einzunehmen.«

»Die Zeiten sind aber nicht mehr dieselben wie damals bei deinen Eltern«, wandte ich etwas lahm ein.

Meine Entschlossenheit, klipp und klar abzulehnen, schwächelte gefährlich, und das entging Suzette nicht.

»Ihr habt Angst, das ist in Anbetracht eurer Situation nicht verwunderlich. Du hast eben von meiner Mutter gesprochen – weißt du, was sie immer zu mir gesagt hat, wenn ich vor Angst wie gelähmt war?«

Ich schüttelte den Kopf, und sie zitierte, als wäre es ein Kinderreim, den sie auswendig gelernt hatte: »›Leben, das heißt, sich der Angst zu stellen, Suzette. Also los!‹ Sie ließ sich von nichts und niemandem entmutigen.«

Ich lächelte, als ich an das zierliche Mädchen dachte, das in Malakoff angekommen war, mit nichts als ihrer Schüchternheit und der Wut auf ihren Vater im Gepäck. Sie hatte es gewagt, das Narbengesicht zu ohrfeigen, diesen Vorstadtzuhälter, nur um Marie-Roses Haut zu retten. Sie hatte sich der Angst mehr als einmal gestellt.

»In welcher Situation hat sie das denn zu dir gesagt?«

Ich hoffte, dass meine Großmutter wenigstens ein paar Andeutungen zu den Themen entschlüpften, über die sie nicht sprechen wollte, aber ich hatte meine Zweifel. Sie war eine harte Nuss. Doch sie gab ein wenig nach.

»Das war damals, als ich mich fragte, woher die Menschen die Kraft nahmen weiterzuleben«, sagte sie nachdenklich.

Ich sah sie ermunternd an, doch sie straffte plötzlich die Schultern und schüttelte den Kopf. Die Entschlossenheit, die jetzt in ihrem Blick lag, erinnerte mich an die Suzette, die uns mit dem Geschirrtuch gedroht hatte, wenn wir nicht artig waren.

»Du wirst nach Paris zurückfahren und noch ein wenig darüber nachdenken«, verkündete sie. »Dafür gebe ich dir das Wochenende. Wenn dich mein Vorschlag am Montag immer noch nicht reizt, akzeptiere ich deine Entscheidung.«

»Einverstanden«, sagte ich eilig, um das Thema zu beenden.

Im Grunde wollte ich ihr nur einen Gefallen tun, denn von meiner Seite aus war die Sache klar. Das Einzige, was mich tröstete, war, dass sie mich daran gehindert hatte, ihr heute das Herz zu brechen. Aber es war nur eine Frage von Tagen.

Nach kurzem Schweigen sagte sie: »Es tröstet mich, dass der Brief deiner Mutter zumindest dafür gesorgt hat, dass du deinem Vater wieder nähergekommen bist.«

Eine Viertelstunde später verließ ich sie, verwirrter als je zuvor.

Bei meiner Rückkehr saß mein Vater im Garten, mit Blick auf das Mohnfeld. Seine Finger tippten nervös auf der Stuhllehne herum, und er schien in Gedanken versunken zu sein. So düster, wie seine Miene aussah, musste etwas passiert sein.

Hoffentlich hat er nicht wieder getrunken!

Auf das Schlimmste gefasst, ging ich auf ihn zu. Als er mich bemerkte, hob er den Kopf.

»Das Abendessen bei Méline fällt aus«, teilte er mir mit, bevor ich fragen konnte, was los war.

»Hat sie gesagt warum?«

Absagen in letzter Minute gehörten nicht zu den Gewohnheiten meiner Tante, und mein Vater wirkte besorgt.

»Alex und Tania haben sich gestritten ... Tania will ihn verlassen.«

Ich war so schockiert, dass es mir die Sprache verschlug. Natürlich hatte ich mitbekommen, dass die Situation zwischen ihnen angespannt war, aber dass es so schlimm war, hätte ich nicht gedacht.

»Es ist also wirklich ernst?«, fragte ich und ließ mich auf einen Stuhl fallen.

»Tania war stocksauer, als Alex ihr gesagt hat, dass aus der Patisserie nichts wird. Sie hat ihn aufs Übelste beschimpft.«

»Mist ... Und die arme Léo mittendrin!«

Ich wusste aus eigener Erfahrung, wie schlimm es für ein Kind war, zusehen zu müssen, wie seine Eltern sich stritten, bis schließlich nichts mehr ging.

»Paul ist mit ihr weggefahren, damit sie auf andere Gedanken kommt, und Méline versucht derweil, die Scherben aufzusammeln.«

Ohne weiter nachzudenken, holte ich mein Handy heraus.

»Was hast du vor?«, fragte mein Vater überrascht.

»Ich werde sie anrufen. Wenn ich irgendetwas tun kann ...«

Er runzelte die Stirn. »An deiner Stelle würde ich das lassen, Julia. Alex gibt dir die Schuld an allem.«

»Wie bitte?« Fast hätte ich mein Handy fallen gelassen.

»Er sucht wohl einen Sündenbock.«

»Na, dann wird er sich ja freuen, dass ich verschwinde!«, rief ich wütend. »Mann, was für ein Idiot!«

»Du sprichst immerhin von deinem Cousin, Julia!«, wies mein Vater mich zurecht.

»Das ändert nichts daran, dass er ein Idiot ist«, gab ich zurück, sprang auf und stapfte ins Haus.

Voller Zorn riss ich den Kühlschrank auf und holte ein Päckchen Butter heraus. Dann suchte ich in den Schränken, bis ich eine Packung Mehl fand. Zähneknirschend begann ich, die Butter in Würfel zu schneiden. Alex hatte echt einen an der Waffel! Als Nächstes würde er mir auch noch die Schuld am Hunger auf der Welt und am Klimawandel geben, anstatt die Probleme mit seiner Frau zu klären! Mechanisch fügte ich Mehl, Zucker, eine Prise Salz und ein halbes Glas Wasser hinzu und verknetete das Ganze zu einer Kugel. Ich war so in Gedanken, dass ich gar nicht merkte, wie mein Vater hereinkam.

»Bäckst du einen Kuchen?«, fragte er überrascht.

Ich schrak zusammen und blickte verdutzt auf die Arbeitsfläche vor mir. »Sieht ganz so aus.«

Wie lange war es her, dass ich zuletzt etwas gebacken hatte? Doch nun, da ich angefangen hatte, konnte ich ja nicht mittendrin aufhören.

»Hast du zufällig Äpfel da?«

Ich meinte, ihn leise lächeln zu sehen, wollte mich aber nicht ablenken lassen, aus Angst, den Zauber zu zerstören.

»Na klar, ich hole dir welche.«

Im warmen Licht der tiefstehenden Sonne, das durchs Fenster hereinfiel, half er mir, die Äpfel in feine Schnitze zu schneiden, und ich schmorte sie mit ein wenig Vanille an. Sobald alles fertig war, schob ich die Form in den Ofen und stieß einen riesigen Seufzer aus, als hätte ich gerade den Mount Everest bestiegen.

Anderthalb Stunden später hatten wir zu Abend gegessen und mein Vater verspeiste gerade sein zweites Stück Apfelkuchen.

»Mmh«, sagte er schmunzelnd, »du solltest öfter wütend werden.«

»Ich verstehe das nicht ... Ich konnte doch nicht mehr backen.«

»Du bist für die Patisserie geschaffen, ob es dir passt oder nicht.«

Mir schnürte sich die Kehle zu. Ich wusste genau, worauf er hinauswollte, aber ich weigerte mich, wieder davon anzufangen.

»Méline hat mir neulich ein Foto von Suzette gezeigt. Meinst du, ich könnte morgen, bevor ich fahre, in der Bar vorbeischauen und es mitnehmen?«

Ein Schatten legte sich über das Gesicht meines Vaters, aber ich zwang mich, es zu ignorieren. Nach kurzem Zögern nickte er.

»Ja, nimm dir ruhig, was du möchtest. Ich gebe dir meine

Schlüssel, du kannst sie dann ja in den Briefkasten werfen. Méline bringt sie mir zurück.«

Ich dankte ihm, dann ging ich nach oben, um zu packen.

Am nächsten Tag hatte ich Tränen in den Augen, als ich aufbrach. Im Rückspiegel sah ich, dass mein Vater bis ans Tor gekommen war, um mir nachzuschauen. Von Traurigkeit erfüllt, fuhr ich in den Ort, parkte vor der einstigen Bar und schloss die Tür auf. Die Versuchung war groß, mich der Nostalgie hinzugeben, aber dafür fehlte mir die Zeit, und so ging ich direkt nach oben ins Schlafzimmer. Wenn ich mich nicht täuschte, befand sich das, was ich suchte, im Sekretär, in der zweiten Schublade auf der linken Seite. Ich zog sie auf und musste lachen, als ich die Ansammlung von Krimskrams darin erblickte: ein altes Kassenbuch, ein paar Haarnadeln, diverse Kinderzeichnungen, eine davon mit »Thomas« unterschrieben. Vielleicht ein alter Freund von meinem Vater oder von Alex, denn der Name sagte mir nichts. Die arme Méline würde einiges zu tun haben, wenn sie das Möbel ausräumen wollte. Das Foto war da, wo ich es beim letzten Mal hingelegt hatte, auf einem Telefonbuch von 1981. In dem Moment, als ich es in meine Handtasche stecken wollte, schlug die Kirchturmuhr zwei. Ich schrak zusammen und ließ das Foto fallen, das unter dem Sekretär verschwand.

»Mist!«, fluchte ich und ging auf alle viere, um es hervorzuangeln.

Ein Sonnenstrahl schien genau auf die Stelle vor mir, und als ich aufsah, bemerkte ich eine Art kleine Tür an der Innenseite des Möbels. Man musste sie wirklich vor der Nase haben, um sie zu bemerken, und mit einem Lächeln dachte ich an die Detektivromane, die ich als junges Mädchen verschlungen hatte. War es falsch, wenn ich die Tür öffnete? Vielleicht wusste ja nicht mal Suzette etwas davon.

Ja, genau, beruhige nur dein Gewissen.

Natürlich öffnete ich sie. Als ich in das Fach dahinter griff, betete ich, dass ich nicht auf die Überreste einer Maus oder gar eine behaarte Spinne stieß. Doch zu meiner Erleichterung ertastete ich nur eine Art Päckchen. Neugierig zog ich es heraus. Es war ein kleines Buch, in blaues Seidenpapier eingeschlagen. Der Ledereinband war mit einer Kordel verschlossen. Einen Moment hockte ich reglos da und musterte meinen Fund. Was mochte das sein? Es gab nur eine Möglichkeit, es herauszufinden. Ich löste die Kordel und schlug das Buch auf. Ein Geruch nach altem Papier schlug mir entgegen, und ich blickte auf einen leicht schräg geneigten Schriftzug: *Tagebuch von Suzette Carbolet*.

Wie bei einer Missetat ertappt, schlug ich das Buch mit einem Knall zu. Wenn meine Großmutter Tagebuch geführt hatte, war es ihr sicher nicht recht, dass jemand es fand. Sonst hätte sie es nicht so gut versteckt. Andererseits sah die Schrift aus wie die einer Heranwachsenden, mit kleinen Kringeln statt Punkten über dem i. Vielleicht hatte sie es einfach dort vergessen, und dann wäre es bestimmt amüsant, sie als junges Mädchen kennenzulernen. Ohne weiter darüber nachzudenken, steckte ich das Tagebuch ein und schloss das Geheimfach wieder. Die Zeit lief mir davon, und ich wollte nicht zu spät in Paris ankommen, bei dem, was mich am nächsten Tag erwartete.

Als ich zu meinem Auto zurückging, sah ich Ben auf dem Gehweg. Ich hätte am liebsten so getan, als hätte ich ihn nicht bemerkt, aber er hatte mich ebenfalls entdeckt. Es war hier einfach nicht möglich, seiner Vergangenheit aus dem Weg zu gehen.

Er blieb überrascht stehen. »Julia! Zu dir wollte ich gerade.«

Wer's glaubt, wird selig!

»Ich habe leider keine Zeit.«

»Es dauert nicht lange. Ich war neulich nicht sehr höflich zu dir, ich hätte dich hereinbitten und dir das Haus zeigen sollen. Es hat dich ja früher auch immer angezogen.«

Ich machte eine wegwerfende Handbewegung. »Ach, das macht

doch nichts. Außerdem hätte ich nicht einfach so dein Grundstück betreten sollen.«

»Na, jedenfalls, wenn du vorbeikommen willst, ist das überhaupt kein Problem.«

Ich sah ihn etwas verdattert an. Es wäre mir weniger seltsam vorgekommen, wenn wir einfach nur höflichen Smalltalk gemacht hätten.

»Ich ... Ich fahre wieder nach Paris. Also, jetzt gleich.«

»Oh. Ich dachte, du wärst auch ganz zurückgekommen.«

»Nein, ich musste nur ein paar Dinge regeln, weiter nichts.«

Mir war bewusst, wie die Minuten verrannen, aber eigenartigerweise hatte ich Lust, noch ein wenig zu bleiben. Ich wusste nicht, ob es an seinem Duft lag, der an einen warmen Sommertag erinnerte, oder an der Andeutung eines Lächelns in seinen Mundwinkeln, aber ich spürte, wie meine Entschlossenheit ins Wanken geriet. Doch so unverwandt ich ihn auch ansah, seine Miene blieb unergründlich.

»Tja«, sagte er und rieb sich über den Nacken, »dann will ich dich nicht länger aufhalten.«

Ich nickte und murmelte etwas wie »Bis dann«. Wie geistreich! Zum Glück würde ich das alles bald hinter mir haben. Noch immer verwirrt machte ich mich auf den Weg. Die Hügel und Täler der Touraine verschwanden allmählich, Kilometer um Kilometer zog vorüber, doch irgendwie war da ein unangenehmes Gefühl, das ich nicht loswurde. Etwas beschäftigte mich, und ich wusste, dass es nicht nur diese ungeplante Begegnung mit Ben war. Hatte es mit Suzettes Tagebuch zu tun? Meine Müdigkeit und die anstrengenden zehn Tage, die hinter mir lagen, machten es auch nicht gerade besser.

Einige Stunden später zeichnete sich Paris am Horizont ab.

Verdammt, diese ewigen Staus!

Als ich auf den Périphérique fuhr und all die Autos sah, Stoßstange an Stoßstange, war es wie ein Schock. Ich war gar nicht lange weg gewesen, aber es kam mir vor wie ein anderes Leben. Bei der Ankunft in meiner Wohnung war es genauso. Alles so leer und still. Ich öffnete das Fenster, um die Geräusche von der Straße zu hören, und machte mir ein Tiefkühlgericht heiß, weil ich zu faul war, um nach der langen Fahrt noch einkaufen zu gehen. Ich verschickte ein paar SMS, um Bescheid zu geben, dass ich gut angekommen war, und schaltete zur Ablenkung den Fernseher ein, aber ich fand nichts, was mich interessierte. Um zehn ging ich gähnend zu Bett. Doch trotz meiner Müdigkeit konnte ich nicht einschlafen. Ich fürchtete mich vor dem Termin beim Notar; ich war mir nicht sicher, ob ich wirklich bereit war, dieses Kapitel endgültig abzuschließen. Zu akzeptieren, dass Maman niemals zurückkommen würde. Die Gedanken wirbelten in meinem Kopf herum. Auch Marcel und Eugénie beschäftigten mich. Sie waren zwar schon lange nicht mehr auf dieser Welt, aber trotzdem hatte ich das Gefühl, sie verraten zu haben, indem ich Cressigny verlassen hatte, ohne noch einmal über den Vorschlag meiner Großmutter nachzudenken.

Da der Schlaf partout nicht kommen wollte, stand ich schließlich wieder auf und machte mir einen Kräutertee. Vielleicht würde meine Lieblingsmischung – Vanille und Orangenblüte – mir ja helfen, mich zu entspannen. Ich hatte keine Lust auf noch eine Nacht quälender Innenschau. Durch das offene Fenster wehte laue Luft herein, und ich sagte mir, dass ein wenig Lektüre sicher nicht schaden würde. Ich stellte den Becher auf dem Couchtisch ab und holte Suzettes Tagebuch aus meiner Handtasche. Ich konnte ja ein bisschen darin blättern, und falls es zu intim wurde, würde ich es einfach zuklappen.

Durch diesen guten Vorsatz bestärkt, begann ich zu lesen:

10. Oktober 1936

Liebes Tagebuch,
heute bin ich fünfzehn geworden. Tante Marie-Rose hat mir dieses Buch geschickt, sie hat es extra für mich in Ägypten anfertigen lassen! Nicht zu glauben, oder? In ÄGYPTEN! Das finde ich so aufregend! In dem Brief, der bei dem Geschenk war, sagt sie, dass ich alles hineinschreiben kann, was mir durch den Kopf geht, und dass sie das auch gemacht hat, als sie so alt war wie ich. Maman hat die Augen verdreht, als ich ihr das vorgelesen habe, das hat richtig komisch ausgesehen!

Heute Abend bin ich trotz allem traurig, deshalb dachte ich, das wäre ein guter Moment, um etwas hineinzuschreiben. Wir saßen alle um den Kuchen, den Papa für mich gebacken hat, als es an der Tür klingelte. Es war ein Telegramm. Als Maman es gelesen hat, ist sie so blass geworden, dass ich dachte, sie wird ohnmächtig. Es kam von Onkel Gaspard aus Cressigny ...

25

Suzette, 1936

Suzette, die am Tischende saß, hörte gar nicht mehr auf zu lächeln. Théodore, Antoinette, Charlaine und René waren gekommen, um ihren Geburtstag zu feiern. Die fröhliche Stimmung, das Knarren der Stühle, die lebhaften Gespräche, das alles trug dazu bei, dass sie so glücklich war. Zur Feier des Tages hatte sie ein hübsches rosafarbenes Kleid mit weißem Kragen angezogen, dazu ihre Lackschuhe. Die Mutter hatte ihr das Haar mit dem Eisen in Wellen gelegt, und das Ergebnis gefiel Suzette sehr gut. Alle Sängerinnen, die sie bewunderte, trugen diese Frisur. Ach, wenn sie doch später auch so aussehen könnte! Aber Monsieur Mancini, ihr Belcanto-Lehrer, wiederholte dauernd, dass Eitelkeit zu nichts führe. Auch an ihrem Äußeren würde sie feilen, aber erst dann, wenn sie ihre Gesangskunst vollends beherrschte. In diesem Punkt war er kompromisslos. Suzette nahm es resigniert hin und begnügte sich fürs Erste damit, von dem Moment zu träumen, an dem sie endlich vor einem Publikum auf der Bühne stehen würde. Singen war ihre Leidenschaft.

Sie wandte sich zu Charlaine, die ihrer Mutter gerade erzählte, dass sie ein sehr interessantes Buch angefangen habe.

»*Betty und ihre Schwestern*, sagst du?«, fragte Eugénie. »Ich meine, Suzette hätte es schon gelesen. Stimmt doch, Suzie, oder?«

Suzette wollte gerade antworten, da kam ihr Vater mit einem Kuchen herein, dem Paris-Brest, den er zur Feier des Tages gebacken hatte und als Dessert servierte. Schon etwas angeheitert durch den Wein stimmte die ganze Tischgesellschaft ein donnerndes *Zum Geburtstag viel Glück!* an.

»*Zum Geburtstag, liebe Suzette, zum Geburtstag viel Glück!*«

Suzette lachte, als Marcel vergeblich versuchte, die Stimme eines Tenors nachzuahmen.

»Zum Glück singt die Kleine besser als du, Arverner!«, sagte Charlaine so breit grinsend, dass ihre Augen fast zu Schlitzen wurden.

Die gute Laune steht ihr wirklich hervorragend, dachte Suzette wieder einmal. Die Cousine ihrer Mutter war eigentlich ein eher mürrischer Mensch und ziemlich bestimmend, aber Charlaine mochte die Familientreffen in der großen Wohnung über dem Geschäft. Hier war es schön warm, hier konnte man sich wohlfühlen.

»Na, los, puste die Kerzen aus und wünsch dir was!«, rief Eugénie.

Das tat Suzette und wünschte sich von ganzem Herzen, dass das Schicksal es gut mit ihr meinen und eine große Sängerin aus ihr machen würde.

Antoinette zauste ihr das Haar. »Wetten, du hast an einen Jungen gedacht!«

»Es gibt nur einen, der ihr Herz höher schlagen lässt, und das ist Tino Rossi«, erwiderte Eugénie in liebevoll neckendem Ton. Sie werde ihm jetzt endlich mal ein paar Windbeutel schicken, fügte sie hinzu, und ihn damit in die Patisserie locken.

»Maman!«, protestierte Suzette mit geröteten Wangen.

»Was denn?«, erwiderte ihre Mutter. »Ich wär nicht böse drum, wenn wir so einen berühmten Kunden hätten!«

Marcel verteilte den Nachtisch. Genüsslich nahm Suzette den ersten Bissen. Ah, Paris-Brest, dieser Kuchen war ihr Lieblingsdessert und aus der Backstube ihres Vaters besonders köstlich: der Brandteigkranz so leicht und fluffig und dann diese Krokant-Buttercreme, die auf der Zunge zerging.

»Göttlich, Papa!«

Er lächelte ihr liebevoll zu. Ihre Freundinnen würden bestimmt neidisch werden, wenn sie ihnen diese Köstlichkeit beschreiben würde. Immer wenn Julie, Paulette oder Jeanne nachmittags zu ihr kamen, hofften sie darauf, einen *Choux Rossignol* verspeisen zu dürfen, einen von Papas berühmten Windbeuteln. Suzette wusste, dass sie großes Glück hatte. Ihre Mutter hatte ihr schon oft erzählt, dass der Vater und sie ganz unten anfangen mussten und den Aufstieg nur dank harter Arbeit geschafft hätten. Dem alten Monsieur Rossignol, der vor drei Jahren gestorben war, würden sie bis in alle Ewigkeit dankbar sein, denn er hatte damals, als ihm die Patisserie noch gehörte, sein ganzes Vertrauen in sie gesetzt. Sie hatten die Fassade des Ladens aufgefrischt, die Präsentation der Torten und Gebäcke verbessert und jeden Kunden immer so empfangen, als wäre er der König von England höchstpersönlich. Marcel sprach oft und voller Bewunderung davon, dass er seiner Frau alles verdanke, dass sie es geschafft habe, die Patisserie Rossignol zu einer echten Institution zu machen. Worauf Eugénie – nicht ohne zu erröten – jedes Mal erwiderte, dass er aber nun mal derjenige sei, der alle diese köstlichen Patisserien anfertige und ihr Anteil insofern gering. In Suzettes Augen waren ihre Eltern das ideale Paar, der Inbegriff von Eheglück.

Antoinettes heisere Stimme holte Suzette in die Gegenwart zurück: »Hier, Liebchen, wir haben auch an dich gedacht.« Sie reichte ihr ein kleines Päckchen.

»Was ist das?«, fragte Suzette. Der Gedanke, ihre Großtante könnte mehr Geld ausgegeben haben, als ihr Budget zuließ, beunruhigte sie.

Seit die Zone vor einigen Jahren komplett abgerissen worden war, wohnten Théodore und seine Frau in einem der Wohnblöcke, die stattdessen vor Ort errichtet worden waren. Angesichts der bestürzenden Bedingungen, in denen sie in der Zone lebten, hatte Germain ihnen damals vorgeschlagen, wieder nach Cressigny zu kommen, mit dem Versprechen, dass auf dem Hof genügend Platz für sic da sei. Doch sie hatten den Vorschlag hartnäckig abgelehnt, sie seien fürs Landleben einfach nicht mehr gemacht. Gleichwohl hatte Germain darauf bestanden, ihnen dafür, dass sie Eugenie bei sich aufgenommen hatten, die Kosten zu erstatten. Von dem Geld, dass er ihnen zukommen ließ, hatten sie sich für die Wohnung gebrauchte Möbel gekauft. René, der sich von seinem Eisenbahner-Gehalt etwas Besseres hätte leisten können, war dennoch in eine Wohnung in der Nähe seiner Eltern gezogen. So konnte er darauf achten, dass Antoinette weniger trank, hatte Eugénie einmal gesagt. Charlaine wohnte in Ménilmontant – Ménilmuche, wie sie den Stadtteil nannte. Wenn ihr Gehalt als Krankenschwester auch bescheiden war, konnte sie doch anständig davon leben.

»Pack's aus, dann siehst du's!«, antwortete sie an Antoinettes Stelle.

Das tat Suzette und entdeckte einen hübschen silbernen Armreif.

»Der kommt von uns vieren«, erklärte René.

Suzette bedankte sich gerührt. Von diesem Armreif träumte sie, seit sie ein Foto gesehen hatte, auf dem Greta Garbo so einen ähnlichen trug. Dieser hier war natürlich nicht genau der gleiche, das konnte sich ihre Familie nicht leisten, aber er sah ihm täuschend ähnlich.

»Du wirst langsam kokett, mein Mädchen«, bemerkte Eugénie sanft.

»Genauso wie du in ihrem Alter«, rief ihr Charlaine in Erinnerung.

»Stimmt das, Maman?«

Marcel kam seiner Frau zuvor und nickte: »An dem Tag, als ich um ihre Hand angehalten habe, trug sie ein wunderschönes blaues Kleid, um das sie von allen jungen Mädchen beneidet wurde.«

Die beiden lächelten sich wissend zu.

»Ja, ich habe immer Spaß daran gehabt, mich schön anzuziehen«, gab Eugénie zu. »Als ich noch auf dem Hof gelebt habe, konnten Blanche und ich manchmal ein Modemagazin auftreiben, das uns zum Träumen brachte. Aber es war damals nicht leicht, an neue Kleider zu kommen.«

Sie unterbrach sich, um Suzette ein Paket zu geben.

»Hier, mein Schatz, das ist aus Ägypten für dich gekommen.«

Suzette klatschte fröhlich in die Hände. »Oh! Ich bin mir sicher, dass hat Tante Marie-Rose geschickt!«, rief sie.

Eigentlich war sie nicht ihre richtige Tante, aber Suzette betrachtete sie als solche. Sie wusste, dass ihre Mutter in ihrer Jugend als Küchenmädchen bei Marie-Roses Eltern angestellt war und dass sich eine Art Freundschaft zwischen den beiden Frauen entwickelt hatte, auch wenn Eugénie sich nie dazu hatte durchringen können, Marie-Rose zu duzen, und ihrem Vornamen immer ein respektvolles »Mademoiselle« voranstellte. Das klang so lustig! Marie-Rose hatte Charlaine immerhin geholfen, Krankenschwester zu werden, und außerdem schickte sie ihre ganzen Freundinnen und Bekannten in die Patisserie! Als man Suzettes Talent entdeckt hatte, war es auch Marie-Rose gewesen, die sie ihrem Belcanto-Lehrer vorgestellt hatte, einem Freund der Familie De Ferrière. Marie-Rose kannte Gott und die Welt!

»Was ist denn inzwischen aus ihr geworden?«, fragte Antoinette.

Eugénie lächelte. »Also, ihre Ehe hält immer noch, und sie ist dauernd in der ganzen Welt unterwegs. Ich glaube, es ist im Grunde genau das, wovon sie geträumt hat. Ihre Zwillinge haben gerade den achten Geburtstag gefeiert.«

Charlaine wirkte plötzlich nachdenklich. »Ich weiß, es ist bald zehn Jahre her, dass sie ihren Archäologen kennengelernt hat, aber ich fasse es immer noch nicht, dass sie am Ende doch geheiratet hat. Ausgerechnet sie, wo sie doch gesagt hat, dass sie frei sein will ...«

»Das ist sie auch, ist sie wirklich. Walter ist genauso exzentrisch wie sie, und es macht ihm Spaß, sie zu allen Ausgrabungsorten mitzunehmen. Er ist genau die Art von Mann, den sie gebraucht hat. Und falls es dich beruhigt: Octavie kann es auch bis heute nicht fassen.«

»Ist sie immer noch in der Lorraine?«

Eugénie nickte wehmütig. »Ja, und ich fürchte fast, dass ich sie nie mehr wiedersehen werde. Sie fehlt mir sehr, aber wenigstens sieht sie jetzt, wie ihre Enkelkinder groß werden ...«

»Schaut mal!«, rief Suzette dazwischen und hielt ihr Geschenk hoch. »Ein Tagebuch! Marie-Rose hat es in Ägypten anfertigen lassen, und ich soll alles hineinschreiben, was mir durch den Kopf geht. Sie sagt, dass sie das in meinem Alter auch gemacht hat, und dass es ihr in stürmischen Zeiten geholfen hat, klarer zu sehen.«

Eugénie verdrehte gewollt theatralisch die Augen.

Ihre Tochter lachte. »Ach, Maman! Jetzt sagst du bestimmt wieder, dass Marie-Rose immer übertreibt.«

»Ich? Nein, gar nicht! Ich sage nur, dass sie dich maßlos verwöhnt, weil sie selbst keine Tochter hat.«

In diesem Moment klingelte es an der Tür. Marcel machte sich schimpfend auf den Weg nach unten. »Da will wieder einer nicht verstehen, dass wir heute geschlossen haben.«

Als er nach zwei Minuten zurückkam, hielt er seiner Frau ein Schreiben hin. »Ein Telegramm für dich.«

Suzette sah, dass ihre Mutter die Stirn runzelte: »Merkwürdig, ich erwarte keine Nachricht.«

Unter den aufmerksamen Blicken der anderen riss Eugénie das Telegramm auf; ihre Hände zitterten, als hätte sie Angst vor dem Inhalt. »Oh, mein Gott!«, flüsterte sie, plötzlich kreidebleich.

Marcel lief zu ihr und zwang sie, sich auf das geblümte Sofa zu setzen. Sie schien wirklich kurz davor, ohnmächtig zu werden.

Mit leiser, kaum hörbarer Stimme fragte Suzette: »Was ist los, Maman?«

Eugénie sah ihre Tochter verstört an. »Mein Vater hatte einen Herzanfall«, sagte sie mit tonloser Stimme.

»Was? Ist er tot? Er auch?«, schrie Suzette entsetzt.

Charlaine, im Trösten und Beruhigen geübt, legte ihr eine Hand auf den Arm. Schon flossen die ersten Tränen. Im letzten Jahr war bereits Pépé Carbolet, Marcels Vater, nach einem unglücklichen Treppensturz gestorben. Die Beine hatten ihn wieder einmal im Stich gelassen, doch dieses Mal hatte er sich nicht mehr am Geländer festhalten können. Für Suzette, die ihren Großvater sehr geliebt hatte, war es ein enormer Schock gewesen. Zwischen den beiden bestand eine ungewöhnlich große Nähe, die Geburt seiner Enkelin hatte eine heilsame Wirkung auf Armand gehabt. Er war stolz auf ihr Gesangstalent und hatte sie auf diesem Weg immer ermutigt. Suzette gehörte zu den wenigen Menschen, in deren Gegenwart er sogar die Kapuze abnahm, die seine schrecklichen Narben verbarg.

»Nein, Liebes, er ist nicht tot«, sagte Marcel, nachdem auch er das Telegramm gelesen hatte. »Aber er muss jetzt Bettruhe halten.«

Eugénie schüttelte niedergeschlagen den Kopf. »Das wird er nicht ertragen, ich kenne ihn.«

In den kommenden Monaten fuhr Eugénie regelmäßig zwischen Paris und der Touraine hin und her. Freitags brach sie auf, sonntags kam sie zurück; und jedes Mal war sie bedrückt. Germains Gesundheitszustand verschlechterte sich nicht, aber es deprimierte ihn sehr, dass er auf dem Hof nicht mehr aktiv mitwirken konnte, und genau das hatte Eugénie befürchtet. Onkel Gaspard war nun derjenige, der sich um den Betrieb kümmerte. Drei Jahre nach Eugénies Hochzeit hatte er Léontine geheiratet, die jüngste Tochter eines benachbarten Bauern. Germain hatte das Haus um zusätzlichen Wohnraum für das Paar und seine künftigen Kinder erweitert. Doch nach dreizehn Jahren Ehe lag leider ein Schatten über ihrem Glück: Sie konnten keine Kinder bekommen. Es war ungerecht, denn eine liebenswertere Frau als Léontine gab es nicht, sie war so aufmerksam, so fleißig. Eugénie wusste, dass der Vater bei ihr in guten Händen war, aber sie machte sich Vorwürfe, selbst nicht mehr tun zu können.

»Wenn ich doch nur präsenter sein könnte«, klagte sie.

Zum ersten Mal bemerkte Suzette Spannungen zwischen ihren Eltern. Unausgesprochenes schwebte in der Luft, und es gab Momente des Schweigens. Suzette wusste, dass es mit Cressigny zu tun hatte, denn jedes Mal, wenn ihre Mutter von dort zurückkehrte, hörte man sie nur noch seufzen. Marcel war umsichtig und empfing sie mit Pralinen oder einem Rosenstrauß, doch es war unübersehbar, dass seine Gesten nicht mehr reichten, um sie wieder zum Lächeln zu bringen. Manchmal schnappte Suzette gedämpfte Gesprächsfetzen auf, die in erregtem Geflüster endeten. »Aber du hattest es mir versprochen!«, hörte sie ihre Mutter eines Abends vorwurfsvoll sagen.

Acht Monate nach Germains Herzanfall schlug Marcel seiner Frau beim Abendessen vor, den Sommer zusammen mit Suzette in Cressigny zu verbringen. »Das wird euch beiden guttun, Eugénie. Und so kannst du Zeit mit deinem Vater verbringen.«

»Aber was ist mit dem Laden?«, wandte Eugénie ein.

Marcel erinnerte daran, dass die drei Angestellten, die sie seit sieben Jahren hatten, zuverlässige Arbeit leisteten. »Louison und Annette kommen im Verkauf auch allein sehr gut zurecht, und ich habe ja Maurice, der mir helfen kann.«

Anstatt zu antworten, beobachtete Eugénie nachdenklich den Rauch, der von der Zigarette ihres Mannes aufstieg.

»Du hast dir noch kein einziges Mal richtige Erholung gegönnt, Maman«, schaltete sich Suzette ein. »Ich finde, das ist eine gute Idee.«

»Also gut, warum nicht«, gab Eugénie schließlich nach. »Aber du musst mir schwören, Marcel, dass du mir beim leisesten Problem Bescheid sagst. Dann komme ich sofort nach Hause.«

Das versprach er, und Suzette stieß einen Jubelschrei aus. Sie liebte den Sommer in Cressigny! Außerdem wollte Silvio Mancini sie ja beim Gesangswettbewerb der Pariser Oper anmelden, und sie ahnte, dass diese Ferien für die nächste Zeit ihre letzten sein würden und somit ein besonderer Genuss.

An einem strahlenden Nachmittag Anfang Juli holte Gaspard die beiden am Bahnhof von Loches ab. Er stand schon am Gleis und rauchte eine seiner braunen, selbstgedrehten Zigaretten. Suzette lächelte, als sie ihren Onkel auf sie zukommen sah. Gaspard war ein Spaßvogel, sie hatte ihn eigentlich immer nur gut gelaunt erlebt.

»Mannomann!«, sagte er und gab einen Pfiff von sich, als er ihr Gepäck sah. »Wollt ihr bei uns einziehen? Ich hoffe, das passt alles ins Auto.«

Tatsächlich war der alte Maultierkarren vor einigen Monaten zugunsten eines gebraucht erworbenen Autos in die Scheune verbannt worden.

»Man muss für alle Eventualitäten gewappnet sein«, rechtfertigte sich Eugénie, während ihr Bruder die Koffer in den Wagen hievte. »Und fahr schön vorsichtig, da sind Teller drin, die wir in der Patisserie nicht mehr benutzen. Léontine findet bestimmt eine Verwendung dafür.«

Mit amüsiertem Grinsen ließ Gaspard den Motor an. Suzette wurde schnell klar, dass ihr Onkel am liebsten mit Höchstgeschwindigkeit unterwegs war. Die Spurrillen brachten den Wagen ständig ins Schlingern, und Suzette kreischte und lachte. Sie klammerte sich an ihre Mutter, um nicht von links nach rechts geschleudert zu werden.

»Jetzt fahr doch langsamer!«, schimpfte Eugénie. »Du bringst uns noch um!«

»Keine Angst, ich kenne den Weg in- und auswendig.«

Just in diesem Moment machte der Wagen einen abrupten Schlenker, um einem über die Fahrbahn spazierenden Huhn auszuweichen.

»Mein Geschirr!«, schrie Eugénie entsetzt.

»Ach, das ist doch im Kofferraum«, antwortete Gaspard lässig und zwinkerte seiner Nichte zu.

Suzettes Gelächter wurde zur Verzweiflung ihrer Mutter immer lauter. Einige Minuten später erreichten sie dennoch wohlbehalten ihr Ziel. Als sie aus dem Auto stiegen, kam gleich ganz ausgelassen der Hofhund angerannt. Suzette streichelte ihm über den Kopf, dann sah sie, dass Tante Léontine und Mémé Augustine erwartungsvoll im Hauseingang standen. Rasch lief sie hin, um ihre Großmutter zu umarmen. Auch Léontine, groß, blond, die Wangen leicht gerötet, umarmte ihre Nichte lächelnd. Die beiden Frauen waren sich einig darin, dass Suzette seit dem letzten Mal gewachsen war.

»Nun schau dir das an, meine kleine Suzie«, sagte Augustine, »jetzt hast du deine Mutter überholt!«

Und Suzette wurde klar, dass ihr letzter Besuch schon ein Jahr her war.

»Ja, ganz plötzlich bin ich gewachsen, das ging so schnell, innerhalb von drei Monaten«, erzählte sie stolz, denn sie hatte lange darunter gelitten, dass sie so klein war.

»Monsieur Mancini hat sich deshalb schon Sorgen gemacht«, erzählte Eugénie ihrer Mutter und ihrer Schwägerin. »Er fürchtete, das schnelle Wachstum könnte ihre Stimme beeinträchtigen.«

Glücklicherweise war nichts dergleichen geschehen, und heute, nach zwei Jahren Gesangsausbildung, konnte sich Suzettes Stimme mit denen der großen Sängerinnen messen.

Nachdem sie das Gepäck wieder aus dem Kofferraum gehievt hatten, schlug Antoinette vor, in der Küche zusammen ein Glas

Zitronenwasser zu trinken. Als Suzette den anderen folgte, sah sie einen schlaksigen Jungen aus dem Stall kommen. Das Braun seiner wuscheligen Haare hatte einen Stich ins Rötliche. Neugierig schaute sie ihm nach, während er in Richtung Schweinestall ging.

»Wer ist das?«, fragte sie ihre Mutter.

Während die anderen schon im Haus verschwanden, folgte Eugénie dem Blick ihrer Tochter. »Ach ja, ich habe dir noch gar nicht von ihm erzählt. Das ist Arthur, Gaspard hat ihn eingestellt, damit er die Arbeit von deinem Großvater übernimmt. Er ist ein bisschen schüchtern, aber ein anständiger Junge. Los, komm, lassen wir Mémé nicht länger warten.«

»Ja, ich komme sofort.«

Suzette verharrte noch einen Moment auf den Eingangsstufen, um den Duft der Heimat einzuatmen. Dieser Duft, in dem sich die Gerüche des Misthaufens, der vor ein paar Stunden umgeschichtet worden war, mit denen der ungepflügten Felder vermischten, erinnerte sie daran, dass hier ihre Wurzeln waren. In Paris aufgewachsen, war sie dennoch immer für dieses Fleckchen Erde, das ihre Mutter so liebte, empfänglich gewesen. Von Kindesbeinen an hatte Suzette hier mit Blanches Tochter Francine gespielt, die im selben Jahr auf die Welt gekommen war wie sie. Mit nackten Füßen hatten die beiden Mädchen zusammen auf den Weizenfeldern ihre ersten Schritte getan. Sie hatten so viele gemeinsame Erinnerungen, etwa an den Tag im August, an dem Eugénie den beiden Sechsjährigen einen Bubikopf mit kurz abgesäbeltem Pony verpasst hatte. Ein Desaster! Die Sommer in Cressigny waren der Inbegriff endlosen Gelächters. Während Suzette mit ihren Pariser Freundinnen gern ins Kino ging und das Mädchenmagazin *La Semaine de Suzette* verschlang, das Eugénie für sie abonniert hatte – es hieß tatsächlich so –, fand sie in Cressigny durchaus Gefallen daran, mit Francine in der Natur unterwegs zu sein und von den Bäumen und Sträuchern gepflücktes Obst zu essen. Die beiden tanzten auch gern; gerade Francine war lange wie besessen von Maurice Chevalier und seinem Chanson *Dans la vie faut pas s'en faire*, das sie auf Blanches Grammophon gehört hatten, bis sie es in- und auswendig kannten. Wenn die eine Freundin von ihrem Leben in Paris erzählte, gab die andere im Dorfdialekt ihre Kommentare dazu ab. Wie bei ihren Müttern konnte die Entfernung der Freundschaft nichts anhaben. Und dieses Jahr würden sie am 14. Juli sogar gemeinsam zum Tanzvergnügen gehen! Suzette blickte dem Ereignis ungeduldig entgegen, zumal Eugénie ihr zu diesem Anlass ein neues Kleid versprochen hatte.

Sie holte noch einmal tief Luft und genoss das stille Glück, einfach nur da zu sein. Dann ging sie zu den anderen ins Haus.

26

»Läuft es mit Arthur eigentlich immer noch so gut, Léontine?«, fragte Eugénie, während sie einen Keks in ihren Kaffee tauchte.

Suzette löste ihren Blick von einer dicken Biene, die vor dem Fenster umhersummte und dabei immer wieder gegen die Scheibe prallte. Sie drehte sich um. In das Eckchen am Fenster hatte sie sich zurückgezogen, nachdem sie ihren Großvater begrüßt hatte. Er saß vor der offenen Tür zum Garten, ganz versunken in die Betrachtung der leuchtend grünen, mit Gänseblümchen übersäten Wiese. Als seine Enkelin zu ihm gegangen war, hatte er kaum reagiert. Suzette war traurig, ihn so unbeteiligt zu sehen. Um sie zu trösten, hatte Augustine ihr einen mit hofeigener Butter und eigenen Eiern gebackenen Keks hingelegt, doch so köstlich er war, den Kummer, der ihr wie ein dicker Kloß im Hals saß, wurde sie damit nicht los.

Ja, alle seien zufrieden mit Arthur, antwortete Tante Léontine, die bereits vor dem Herd hantierte, um das Abendessen vorzubereiten. »Er ist ein lieber Kerl. Und hat innerhalb von vier Monaten alles gelernt, was Gaspard ihm gezeigt hat.«

Augustine fügte hinzu, dass Léontine sich in den Kopf gesetzt habe, ihm Lesen beizubringen. »Ich weiß ja nicht, ob dem das irgendwas nützen wird. Der Arthur ist ja schon siebzehn, dafür ist es vielleicht zu spät.«

»Ist er denn gar nicht in die Schule gegangen?«, fragte Suzette erstaunt.

»Er ist ein Kind der Armenfürsorge«, erklärte ihr Eugénie.

Suzette war schockiert, als sie erfuhr, dass er nach der Geburt ausgesetzt worden war, wahrscheinlich wie so oft von einer sehr jungen ledigen Mutter.

»Vor dem Waisenhaus von Loches hat er wie ein Haufen dreckiger Wäsche in einem Korb gelegen.«

»Und er ist nicht adoptiert worden?«

Léontine erklärte ihr, dass er wie so viele Kinder in seiner Situation von einem Hof zum anderen herumgereicht worden sei. Mehrmals sei er auch weggelaufen. »Diese armen Kinder werden dermaßen schikaniert. Man lässt sie wie Sklaven arbeiten, ohne dass sie dafür einen Pfennig kriegen! Bei uns ist er gut dran. Wir schlagen ihn nicht.«

»Ich weiß ja nicht, aber ich finde, die Suzette sollte nicht solche schlimmen Sachen hören«, protestierte Augustine.

Ihre Enkelin seufzte. Mémé neigte dazu, sie wie ein Kleinkind zu behandeln, was ihr leider sehr auf die Nerven ging.

»Lass mal gut sein, Mémé, ich bin ja kein Baby mehr. Ich weiß schon, dass das Leben mit manchen Menschen nicht zimperlich ist.«

»Red nicht so mit deiner Großmutter!«, wies Eugénie ihre Tochter zurecht.

»Ach, was!«, sagte Augustine. »Lass sie doch, die Kleine! In dem Alter warst du genauso ... Und was den Arthur betrifft, dem geht's bei uns wirklich nicht schlecht. Die Léontine verwöhnt ihn wie ihr eigenes Kind. Wie die dem bei Tisch immer auftut! Der schaufelt jeden Nachschlag in sich rein, ohne mit der Wimper zu zucken. Ja, der Arthur weiß schon, dass er unter unserm Dach nicht schlecht behandelt wird!«

Suzette warf Léontine einen liebevollen Blick zu. Ja, so war ihre Tante: Man wurde von ihr geherzt und liebkost, sie machte sich über jeden verdächtigen Husten, jeden nicht leer gegessenen Teller Gedanken, brachte gebrannte Erdnüsse aus dem Dorf mit, und bevor sie selbst schlafen ging, kam sie noch einmal in Suzettes Zimmer, um sie zuzudecken. Es entsprach zutiefst ihrem Wesen, und natürlich übertrug sie die ganze Zuneigung, die sie einem Kind leider nie hatte schenken können, weil das Schicksal es so gewollt hatte, auf die anderen Menschen um sie herum. Insofern war es nicht verwunderlich, dass sie Arthur wie ihren eigenen Sohn aufgenommen hatte.

Nach dem Abendessen gingen alle nach oben, um sich schlafen zu legen, sogar Eugénie, die behauptete, völlig erschöpft zu sein. Suzette konnte sie damit nichts vormachen; die Sorge im Blick ihrer Mutter, sobald sie den Großvater ansah, war ihr nicht entgangen. Weil Suzette nicht müde war, bat sie um Erlaubnis, draußen noch ein bisschen spazieren zu gehen.

»Es ist ja noch hell, und ich würde gern den Sonnenuntergang sehen.«

Eugénie nickte und gab ihr einen Kuss auf die Stirn. »Natürlich, Suzie, geh ruhig. Ich bin zu erschöpft, um mitzugehen, es war ja doch eine lange Reise. Aber komm nicht zu spät zurück, versprochen?«

Suzette nickte, griff fröhlich nach ihrem Hut, der am Haken neben der Tür hing, und ging leichten Schrittes los, den unbefestigten Weg entlang, der zum Fluss führte. Früher hatte ihr Großvater sie immer mitgenommen, um dort Zander und Brassen zu fangen. *Armer Pépé!*, dachte sie, als sie sich an einer flachen, grasbewachsenen Stelle ans Ufer setzte. Er hatte, wie sie von Eugénie wusste, die schweren Verletzungen eines furchtbaren Krieges gut überstanden – und jetzt warf ihn die ärztliche Anordnung, jede körperliche Anstrengung zu vermeiden, völlig aus der Bahn. Was für ein Trauerspiel! Suzette zog sich die Schuhe aus, tauchte ihre Füße ins Wasser und dachte nach. Gab es denn nichts, was man tun konnte, damit es ihrem Großvater wieder besser ging? Und wie würde es für sie sein, wenn sie wieder in Paris wäre? Der Alltag würde schnell wieder die Oberhand gewinnen. Die Eltern waren einverstanden damit, dass sie am Gesangswettbewerb der Pariser Oper teilnahm, darauf hatte sie sie seit Jahren gehofft! Aber je näher der Termin rückte, desto größer wurde ihre Angst, dass sie vor Lampenfieber beim Vorsingen keinen Ton hervorbringen würde. So saß sie eine Weile am Ufer und spielte gedankenverloren mit einem Grashalm. Die untergehende Sonne ließ den Himmel in allen Orangetönen leuchten. Es war ein beruhigendes Schauspiel, es stärkte sie in der Gewissheit, dass einem hier, inmitten ihrer ländlichen Heimat, nichts Schlimmes passieren konnte. In der Ferne stimmten die Frösche im Wettstreit mit den Grillen ihr abendliches Konzert an. Ansonsten war nur das sanfte Plätschern des Wassers zu hören. Cressigny war eine Insel des Friedens!

»Was machst du da?«

Suzette fuhr herum: Hinter ihr stand Arthur. Während des Abendessens hatte sie es sich nicht verkneifen können, ihn verstohlen zu beobachten, und sich gefragt, was wohl in ihm vorging, während er mit gesenktem Kopf aß. Seine bemerkenswerten graublauen Augen hatten kurz aufgeleuchtet, als Léontine den Nachtisch auf den Tisch stellte, den Eugénie in einer Kühlbox aus Paris mitgebracht hatte; mit unsicherer Stimme hatte Arthur ein leises Dankeschön gemurmelt. Auch jetzt, allein mit ihr, wirkte er nicht unbedingt selbstbewusster, aber immerhin nicht mehr ganz so eingeschüchtert.

Suzette stand auf und zog den Rock ihres Kleides glatt. Misstrauisch ruhte Arthurs Blick auf ihr.

»Ich schnappe ein bisschen frische Luft, und du? Solltest du nicht längst schlafen?«

»Ja, aber ich kann nicht einschlafen, solange es hell ist.«

Die Hände in den Hosentaschen vergraben, trat er von einem Fuß auf den anderen. Suzette erklärte es sich damit, dass er entweder in ihrer Anwesenheit verlegen war oder ein dringendes Bedürfnis verspürte. Über die zweite Erklärung musste sie lachen.

»Was ist denn so lustig?«, fragte Arthur mit hochgezogener Augenbraue.

»Du. Du bist lustig«, sagte Suzette. »Man könnte meinen, dass du Pip...«

Sie unterbrach sich, weil aus der anderen Richtung plötzlich eine weibliche Stimme zu hören war: »Arthur? Bist du da?«

Der junge Mann sah so aus, als wäre er am liebsten im Erdboden versunken.

»Schau, schau«, neckte ihn Suzette. »Hat da etwa jemand eine Eroberung gemacht?«

Doch im nächsten Moment erstarb ihr Lächeln, denn sie sah, dass es sich bei der Eroberung um niemand anderen handelte als ihre Freundin Francine. Mit der ihr eigenen Unbekümmertheit kam sie angelaufen und erstarrte, als sie Suzette sah, deren Blick entgeistert zwischen Arthur und ihrer Freundin hin und her ging.

»Ihr beide?«, stieß Suzette schließlich hervor, ohne ihre Überraschung auch nur ansatzweise verbergen zu können.

Die beiden Mädchen hatten sich natürlich schon das eine oder andere Mal über das Thema Liebe ausgetauscht, ohne genau zu wissen, wovon sie eigentlich redeten. Ein paar linkische Küsschen und unschuldige Techtelmechtel hatte es vielleicht gegeben, mehr aber auch nicht. Francine hatte sogar die Neigung zu erröten, sobald ein Junge auch nur das Wort an sie richtete!

»Oh... Suzette...«, stammelte sie jetzt genauso verwirrt wie ihre Freundin. »Ich wusste gar nicht, dass du dieses Jahr schon so früh kommst. Normalerweise sehen wir dich nicht vor August.«

Hilfesuchend wandte sie den Blick zu Arthur, doch der hielt sich kleinlaut im Hintergrund. Seine Haltung ließ vermuten, dass er drauf und dran war, die Beine in die Hand zu nehmen. Suzette riss sich zusammen und ging einen Schritt auf Francine zu, um sie zu begrüßen.

»Ich habe dir gestern geschrieben, dass ich komme, aber mein Brief ist wohl noch unterwegs.«

»Ah.«

»Nun, also ...«, fing Suzette an, während sie noch versuchte, ihre Gedanken zu ordnen. »Ich nehme mal an, ihr erwartet von mir, dass ich euch jetzt in Ruhe lasse. Aber wenn ich das tue und es kommt zu unschicklichen Dingen ...«

Sie hielt inne und schluckte. »Mein Gott, ich kann gar nicht glauben, was mir da gerade über die Lippen kommt.« Sie zog eine Grimasse. »Aber ihr versteht doch, dass ich wenigstens versuchen muss, euch davon abzubringen, oder? Weil, wenn es für dich nicht gut endet, Francine, nun ja, dann ...«

Ihr war durchaus bewusst, dass sie sich lächerlich machte, aber Eugénie hatte ihr so nachdrücklich die Risiken vor Augen geführt, die heimlich eingegangene Stelldicheins mit sich brachten, dass sie ihre Freundin in so einer kompromittierenden Situation unmöglich sich selbst überlassen konnte.

»Ich gehe jetzt besser nach Hause«, sagte Arthur in das Schweigen hinein und machte sich aus dem Staub. Francine sah nicht gerade glücklich aus.

»Dann bist du jetzt hoffentlich zufrieden?«, fragte sie.

»Ich wollte dich nicht kränken, Francine. Aber du willst das doch nicht allen Ernstes, ich meine, mit Arthur, oder etwa doch?«

Es lag auf der Hand, dass ihre Eltern sie niemals einen Jungen heiraten lassen würden, der ein Kind der Armenfürsorge war. Francine seufzte. »Und warum nicht? Er ist nicht hässlich.«

»Das überrascht mich von deiner Seite. Du weißt doch genau, was da hätte passieren können.«

»Oh, ich bitte dich, Suzie, guck mich nicht so an! Ich bin doch keine, die's mit jedem macht.«

Suzette schüttelte ungläubig den Kopf.

»Natürlich nicht. Aber dass ich mich wundere, ist doch eigentlich klar: In deinem letzten Brief hast du mir gesagt, du hättest ein Auge auf den Sohn des Gastwirts geworfen ...«

»Corentin Hénault. Ja, aber der kann sich nicht entscheiden. Die Warterei zieht sich hin.«

»Nicht, wenn du ihn wirklich liebst.«

Über die Liebe wusste Suzette zwar nur das, was ihr in den von Tante Marie-Rose empfohlenen Romanen begegnet war, aber sie hatte den Eindruck, dass Francines Verhalten unangemessen war.

»Und seit wann triffst du dich heimlich mit Jungs?«, fragte sie. »Wissen deine Eltern wenigstens, dass du das Haus verlassen hast?«

Francine schaute kläglich zu Boden. »Ich habe ihnen gesagt, ich würde mich mit Henriette treffen …«

»Francine!«, rief Suzette empört.

»Aber ich schwöre dir, es ist das erste Mal! Gestern hat Arthur deine Großmutter auf den Markt begleitet. Plötzlich kam Corentin über den Platz … Und damit er reagiert, habe ich so getan, als würde ich mich für Arthur interessieren.«

»Und Arthur hat es geglaubt«, sagte Suzette.

»Na ja, wahrscheinlich schon, sonst hätte er mir ja nicht vorgeschlagen, dass wir uns heute Abend hier treffen. Aber ich hatte nicht vor, mich ihm hinzugeben oder so, sondern höchstens, ich weiß nicht … zulassen, dass er mir den Hof macht. Hier ist es so langweilig, ich dachte, so erlebe ich mal was.«

Suzette schwieg. Sie war traurig über das Verhalten ihrer Freundin. Und auch enttäuscht, dass sie die beiden Jungen so zum Narren hielt. Corentin, der sicher nur Opfer seiner eigenen Schüchternheit war, und Arthur, dem schlicht und ergreifend die Entlassung drohte, wenn er Francine kompromittieren würde.

»Du sagst doch nichts, oder?«, fragte ihre Freundin besorgt.

»Darauf gebe ich dir mein Wort. Aber fang nie wieder damit an.«

Erleichtert küsste Francine ihre Freundin auf beide Wangen. »Im Grunde hast du recht, Arthur gefällt mir ja gar nicht so«, räumte sie ein.

Schweigend betrachteten die beiden den Fluss, bis Suzette plötzlich auffiel, dass es inzwischen fast dunkel geworden war.

Wenn sie nicht schleunigst nach Hause ging, würde sie eine Strafe bekommen. Sie verabschiedete sich rasch von Francine. Auf dem Heimweg dachte sie noch einmal über das Geschehene nach. Was hatte sich ihre Freundin nur dabei gedacht? Früher hätte sie so etwas niemals getan. Vielleicht fand sie das Dorfleben ja wirklich langweilig, aber das war doch noch lange kein Grund! Wenn die Geschichte den Erwachsenen zu Ohren käme ... Als Suzette sich dem Hof näherte, sah sie, dass Arthur neben der Scheune auf sie wartete. Tante Léontine hatte ihm ein Bett im Haus angeboten, aber der Junge schlief lieber im wärmenden Heu, weil er es nicht anders gewohnt war.

Auf seiner Höhe angelangt blieb Suzette stehen. Er knetete die Schirmmütze in seinen Händen, wenn er so weitermachte, würde bald nicht mehr viel davon übrigbleiben. Der Junge schien so besorgt, dass sie Mitleid mit ihm hatte.

»Hör auf, deine Mütze so in die Mangel zu nehmen. Ich sage es nicht weiter.«

Die Erleichterung war ihm sofort anzumerken. »Wirklich?«

»Wenn ich's dir doch sage! Meine Tante mag dich sehr, es würde ihr großen Kummer bereiten, wenn sie sich von dir trennen müsste.«

»Ich weiß«, sagte er verlegen. »Ich fänd's auch nicht schön, wenn ich gehen müsste.«

»Dann sorg dafür, dass es nicht dazu kommt.«

Es machte ihr keinen Spaß, hier die Oberlehrerin zu spielen, aber andere unglücklich zu sehen, fand sie noch schwieriger. Deshalb wollte sich Suzette vor dem Schlafengehen noch einer Sache versichern: »Hast du Gefühle für Francine?«

Arthur wich einen Schritt zurück. »Gefühle?«, wiederholte er, als hätte er das Wort zum ersten Mal gehört. »O je, nein, also, ist doch besser, nicht gleich Feuer und Flamme zu sein. Die ist hübsch, aber ich kenn die ja kaum. Ich wollte nur mal einen netten Abend haben.«

Suzette seufzte innerlich auf. Immerhin würde es ihm also nicht das Herz brechen. Nachdem sie ihn noch hoch und heilig hatte schwören lassen, dass er keine Schande über ihre Freundin bringen würde, ging sie ins Haus und legte sich einigermaßen beruhigt schlafen.

Die Ferien nahmen nun relativ friedlich ihren Lauf. Die beiden Freundinnen kamen auf den Vorfall nicht mehr zu sprechen. Francine verbrachte ganze Nachmittage auf dem Hof und lauschte Suzettes Stimme, wenn sie sich, wie ihr der strenge Monsieur Mancini geraten hatte, auf den Gesangswettbewerb vorbereitete. Eugénie überwachte das Ganze und belohnte ihrer Tochter mit selbstgebackenem Obstkuchen, von dem sie ihr große Stücke abschnitt. Suzettes Koloraturen hatten den schönen Begleiteffekt, dass sie Germain aus seiner Lethargie rissen. Am Ende ihrer Übungen umspielte jedes Mal ein Lächeln die Lippen des alten Mannes, seine Zunge begann sich zu lösen, und später beim Abendessen beteiligte er sich am Gespräch.

Die beiden Mädchen unternahmen auch lange Spaziergänge. Nicht selten schloss sich ihnen Eugénie an, um noch einmal die Pfade ihrer Jugend abzuschreiten. Sie erzählte ihnen Anekdoten aus ihrer und Blanches Kindheit, und dann schwammen sie alle drei im Fluss, dessen Wasser an einer Stelle besonders tief war. Nicht ein einziges Mal wurden sie gestört, es waren ausgelassene Momente. Dass ihre Mutter jetzt viel gelöster wirkte als in Paris, entging Suzette nicht, auch wenn sie es nicht anzusprechen wagte. Während sich zu Hause ihr ganzes Leben darum drehte, die Patisserie am Laufen zu halten, strahlte sie hier mit der Sonne um die Wette und konnte – bei aller Sorge um den Vater – herzhaft über Gaspards Witze lachen. Es war nicht zu übersehen, wie gut ihr dieser Aufenthalt tat.

Eines Morgens, zehn Tage nach Eugénies und Suzettes Ankunft, kam Augustine aufgelöst in die Küche gelaufen. Sie hatte die Kaninchenställe am Abend nicht ordentlich zugesperrt, und ein Teil der Tiere war ausgebüxt. Nun hieß es auf ins Gefecht, um sie wiederzufinden: Eugénie übernahm den Garten und den Gemüsegarten, Gaspard und Léontine weiteten die Suche auf die Felder aus, und Suzette und Arthur nahmen sich die Wege und die angrenzenden Wiesen vor. Unterwegs versuchte Suzette, sich mit Arthur zu unterhalten. Sie stellte ihm Fragen zum Waisenheim und zu den Höfen, in die man ihn gesteckt hatte. Anfangs reagierte er reserviert, aber nach einer Weile vertraute er ihr an, dass es oft die reinste Hölle war.

»Als ich elf war, haben sie mich in eine Familie gesteckt, die schon fünf Kinder hatte. Da habe ich immer nur Reste zu essen gekriegt, und die älteren Kinder haben mich geschlagen.«

Suzette sah ihn entsetzt an. »Das ist ja fürchterlich!«

»Deshalb bin ich auch abgehauen. Manche schlucken ja alles, aber das mach ich nicht«, erklärte er mit zusammengebissenen Zähnen.

Suzette war bestürzt. Diese schlechte Behandlung erklärte natürlich seine reservierte, misstrauische Haltung. Dabei war er eigentlich ein liebenswerter Junge. Manchmal saß sie daneben, wenn Léontine ihm Unterricht gab, und sah, wie fleißig er war und alles tat, um sie nicht zu enttäuschen.

»Aber man hat dich doch wenigstens nicht zu diesen Leuten zurückgeschickt, oder?«, fragte sie nach.

»Nein, die Schwestern haben ja meine blauen Flecken gesehen. Und ich war auch sehr mager geworden.«

Einen Moment lang versank er in nachdenklichem Schweigen, dann fügte er hinzu: »Wobei es woanders nicht unbedingt besser war. Sogar die Hunde werden besser behandelt als wir ... In deiner Familie bin ich zum ersten Mal an einem Ort, wo ich mich wohlfühle.«

Er hielt inne, weil er einen Hasen gesichtet hatte, und bedeutete Suzette, ganz still zu sein. Leise schlich er sich an, warf sich dann mit einem Satz auf das verängstigte Tier, packte es an den Ohren und riss es triumphierend in die Höhe.

»Nein, bitte lass das!«, flehte Suzette ihn an. »Es zerreißt mir das Herz!«

»Du solltest nicht so empfindlich sein. Den Hasenpfeffer deiner Tante isst du doch auch gern.«

Sie hielt sich die Augen zu, als fürchtete sie, dass er dem Hasen vor ihren Augen das Fell abziehen würde.

»Sei still, das ist gemein!«

Sie spürten noch zwei weitere Hasen auf, die sich genauso zur Wehr setzten wie der erste. Suzette war jedes Mal den Tränen nahe. Auf dem Rückweg schaute er sic plötzlich fast schüchtern von der Seite an. »Wenn du singen würdest, könnte das die Hasen vielleicht beruhigen.«

»Ach, nein, das glaube ich nicht«, erwiderte sie.

Bei ihren Gesangsübungen hatte Suzette mehrmals mitbekommen, dass sich Arthur in der Nähe des Fensters herumtrieb. Sie konnte nicht mit Gewissheit sagen, ob es Neugierde war oder ob er sie einfach gern singen hörte. Eugénie hatte ihr untersagt, Arthur darauf anzusprechen, weil sie fürchtete, dass sie ihn damit brüskieren würde. »Der arme Junge hat nicht viel Freude in seinem Leben erfahren – wenn es ihm Spaß macht, dir zuzuhören, lass ihn doch einfach, er tut ja nichts Böses.«

Suzette zögerte, aber dann konnte sie der Versuchung nicht widerstehen und fragte ihn: »Gefällt dir das, was ich singe?«

Weil er vermutlich noch nie eine Gelegenheit gehabt hatte, Operngesang zu hören, hätte es sie keineswegs überrascht, wenn er nicht empfänglich für diese Musik gewesen wäre.

»Du hast eine schöne Stimme«, antwortete er. »Und du kommst damit sehr hoch ... Wie muss das erst sein, wenn du dich über jemanden ärgerst!«

Diese Überlegung brachte Suzette zum Lachen.

»Da irrst du dich aber gewaltig, im Alltag muss ich gut auf

meine Stimme aufpassen. Da darf ich nicht beim geringsten Anlass herumschreien.«

»Hmm«, machte er nachdenklich. »Weißt du, was ich schade finde? Dass ich kein einziges Wort verstehe.«

Wieder lachte Suzette, bis sie merkte, dass er das ernst meinte. Also erklärte sie ihm, was eine Oper überhaupt war. Sie selbst verdankte es Marie-Rose, dass sie die Oper für sich hatte entdecken können – Marie-Rose hatte sie einmal in eine Aufführung von Mozarts *Zauberflöte* mitgenommen.

»Die Sänger schaffen es allein mit ihren Stimmbändern, das Publikum zu berühren. Die Arie der Königin der Nacht hat mich damals überwältigt. An diesem Opernabend mit Marie-Rose war mir klar, dass ich Solistin werden und auf der Bühne stehen wollte. Dieses Gefühl, ja diese Gewissheit war so stark, dass mir Tränen in den Augen standen.«

»Was du sagst, ist sehr schön.«

»Man muss es erleben, um es zu verstehen!«, sagte Suzette enthusiastisch. »Für mich ist die Oper das, was das Leben lebenswert macht. Irgendwann gehe ich mit dir in eine Oper, Arthur.«

Er stieß einen leisen Pfiff aus. »Na, ich weiß ja nicht!«, sagte er. »Vergiss nicht, dass ich ein richtiges Landei bin!«

Die beiden lachten noch viel miteinander, und so begann mit der kleinen Hasentreibjagd tatsächlich eine Freundschaft. Als beim Abendessen der Fleischgang serviert wurde, merkte Suzette, dass Arthur sie nicht aus den Augen ließ.

Lieber Gott, mach, dass es kein Hase ist!, dachte sie und fragte: »Was ist das?«

»Also wirklich, Suzette«, erwiderte Eugénie. »Weißt du nicht mehr, wie ein Hühnchen aussieht?«

Während Arthur ein Lachen unterdrückte, prustete Suzette vor Erleichterung.

Zwei Tage später, am 14. Juli, war endlich Nationalfeiertag und das sehnlich erwartete Tanzvergnügen würde nun stattfinden. Weil Francine in Begleitung ihrer Eltern hingehen musste, hatten sie und Suzette vereinbart, dass man sich dort treffen würde. Voller Ungeduld machte sich Suzette also mit Eugénie, Léontine, Gaspard und Arthur auf den Weg, sie alle freuten sich auf eine vergnügliche Abwechslung. Da so viele Menschen nicht ins Auto passten, hatte man beschlossen, zu Fuß zu gehen. Das Fest fand auf einem weitläufigen Terrain unterhalb des Städtchens statt, in Flussnähe, weniger als drei Kilometer vom Hof entfernt. Kaum waren sie angekommen, hatte Suzette die Familie ihrer Freundin auch schon entdeckt. Die nun deutlich größere Gruppe teilte sich: Eugénie, Léontine und Blanche gingen gleich zu den Stühlen, die um die Tanzfläche herum aufgestellt worden waren, während Gaspard und Francines Vater Paulin auf den Getränkeausschank zusteuerten, um dort Freunde zu treffen. Arthur wiederum sah es als seine Pflicht an, in der Nähe der jungen Mädchen zu bleiben und ihnen als Begleitschutz zu dienen. Während Francine und Suzette gemeinsam tanzten, beobachteten sie die anderen jungen Leute: die Mädchen, die mit Lachsalven oder Gekicher auf sich aufmerksam machten, und die Jungen mit ihren unbeholfenen Annäherungsversuchen – das zu verfolgen, war wirklich lustig. Sie begannen zu zählen und kamen auf mindestens eine Ohrfeige, zwei oder drei gequetschte Füße und einen aufgelösten Haarknoten. Und natürlich dutzendfaches Gelächter, dessen Lautstärke zeigte, wie sehr man seinen Spaß hatte und wie glücklich man war, an diesem Abend unter der Fahne Frankreichs zu feiern. Francine schwebte im siebten Himmel, als Corentin mit ihr tanzte. Suzette wiederum gewährte dem großen Lulu, wie sie den Sohn des Zimmermanns nannten, einen Tanz. Er war ein netter Junge, der nur leider viel zu schnell gewachsen war und stark schwitzte. Zehn Minuten lang erzählte er ihr in einem fort, wie hübsch sie sei, und Suzette war höchst erleichtert, als sie endlich ihre Finger aus seiner feuchten, klebrigen Hand lösen konnte. Etwas später geriet Francine in Empörung, als ihr Mathurin Lesage, dessen Nachname ausgerechnet »der Brave« bedeutete, an den Hintern griff. Arthur, der seine Beschützerrolle sehr ernst nahm, musste drei Mal eingreifen.

»Ihr seid aber auch wirklich bezaubernd, meine Süßen!«, rief Leóntine, als die beiden zu ihnen kamen und von ihren Abenteuern berichteten. »Da gibt's bei den Jungs kein Vertun.«

Sie trugen wirklich besonders schöne Sommerkleider mit weich fallenden Ausschnitten und Röcken, die ihnen nur bis unters Knie reichten. Eugénie hatte ihnen die Kleider geschenkt, als sie zu dritt nach Loches gefahren waren, um sich im dortigen Geschäft die modischen Neuheiten anzuschauen. Suzette hatte für ihr Kleid einen Grünton gewählt, der ihrem Teint schmeichelte und ihre bernsteinfarbenen Augen zur Geltung brachte, während Francine mit ihrem dunklen Haar und ihrer natürlichen Bräune das Königsblau wunderbar stand. Dazu trugen sie Blumenkränze aus Gänseblümchen im Haar, die sie selbst geflochten hatten. Die beiden Mädchen zogen alle Blicke auf sich.

»Ihr solltet auch mal mit Arthur tanzen«, ermunterte sie Eugénie. »Er rackert sich seit einer Stunde ab, um die bösen Jungs von euch fernzuhalten.«

Suzette gewährte ihm einen Foxtrott. Da Arthur gar nicht tanzen konnte, bekamen die beiden drei Minuten lang einen Lachkrampf nach dem anderen. Als das Lied zu Ende war, blieb Suzette plötzlich wie erstarrt mitten auf der Tanzfläche stehen. Das Orchester stimmte *Voulez-vous, Madame* von Tino Rossi an, doch sie reagierte nicht. Ihr Blick war auf den schönsten jungen Mann gerichtet, den sie jemals gesehen hatte. Er war groß und brünett, mit Augen so blau wie ein Sommerhimmel. In der Nähe der Musiker an einen Pfeiler gelehnt, unterhielt er sich mit seinen Freunden. Er hatte nicht bemerkt, welchen Eindruck er auf Suzette machte. Sie stand wie angewurzelt inmitten der tanzenden Paare, von denen sie angerempelt wurde. Irgendwann spürte der junge Mann wohl doch, dass er angestarrt wurde, schaute in Suzettes Richtung, erblickte sie und schenkte ihr das wundervollste Lächeln, das es auf der ganzen Welt gab. Das Herz schlug ihr bis zum Hals.

Plötzlich packte jemand sie am Ellbogen, und Suzette fuhr ärgerlich herum. Es war Arthur.

»He, du stehst jetzt seit fast fünf Minuten wie angewurzelt hier rum. Deine Mutter denkt, dass dir nicht gut ist.«

Suzette wollte ihren Blick wieder auf den schönen Unbekannten richten, doch der war verschwunden.

»Ich ... Ich habe ... einen Jungen gesehen«, stammelte sie und ließ sich von Arthur zu den Stühlen führen.

Arthur konnte sich ein Grinsen nicht verkneifen. »Hier sind heute Abend haufenweise Jungs.«

»Du verstehst es nicht«, antwortete sie gereizt.

Eugénie fragte interessiert nach, aber Suzette mochte ihrer Mutter gegenüber nichts sagen.

»Hat dir jemand den Kopf verdreht, mein Schatz?« Eugénie ließ nicht locker. »Du kannst es mir ruhig erzählen, in deinem Alter ist das normal.«

Blanche setzte gleich noch einen drauf und fing an, über Francine zu reden, die sich ja in Corentin verguckt habe. Verärgert nahmen die beiden Mädchen zwei Stühle weiter Platz, um Abstand zu ihren Müttern zu schaffen.

Suzette reckte den Hals, konnte den Unbekannten aber nirgends mehr sehen. Leider schien er sich in Luft aufgelöst zu haben. Sie versuchte, Arthur und Francine den jungen Mann zu beschreiben.

Ihre Freundin sah sie skeptisch an. »Meiner Meinung nach kommt er aus einem anderen Dorf, wenn du dir das alles nicht nur eingebildet hast, denn deine Beschreibung sagt mir rein gar nichts. Unser Fest scheint jedenfalls das beliebteste in der Gegend zu sein...«

Worauf Francine anfing, sich in allen Details über den bisherigen Abend auszulassen. Grenzenlose Enttäuschung erfasste Suzette. Sie war sich sicher, dass dieser Junge wirklich existierte, er konnte kein Produkt ihrer Fantasie sein. Wenn sie an den Blickwechsel mit ihm dachte, wurde ihr immer noch ganz heiß.

»Ich gehe nach Hause«, sagte Arthur und unterdrückte ein Gähnen. »Es ist spät, ich muss ja morgen in aller Herrgottsfrühe raus.«

Suzette wäre gern noch geblieben, um den Unbekannten wiederzufinden, doch sie sah, dass auch ihre Mutter bereits aufstand. Niedergeschlagen erhob sie sich und verabschiedete sich von Francine und deren Eltern, nicht ohne einen letzten Blick auf die Tanzfläche zu werfen. Doch leider war der Unbekannte von der Bildfläche verschwunden.

Auf dem Rückweg unterhielt sich Eugénie mit ihrem Bruder und ihrer Schwägerin, während Arthur ihnen ein Stück vorausging. Suzette sagte die ganze Zeit kein Wort. Wie konnte es sein, dass ein einziger Blickkontakt sie so aus der Fassung brachte? Sie sollte die Sache besser als erledigt betrachten. Ende August würde sie wieder nach Paris gehen und sich voll und ganz dem Gesang widmen. Im Grunde war es vielleicht ganz gut, dass der junge Mann in der Menge verschwunden war. Was brachte es, sich über einen Jungen, den sie niemals wiedersehen würde, den Kopf zu zerbrechen?

27

Der August versprach, trocken und heiß zu werden. Suzette wusste nichts mit sich anzufangen. Es war seltsam, wie sich die Zeit dahinschleppte. Sie wünschte sich, dass irgendetwas Entscheidendes geschehen würde, ohne dass sie hätte sagen können, was genau. Nichts vermochte ihre Aufmerksamkeit länger als ein paar Minuten zu fesseln. So ließ sie die Tage trübselig verstreichen, ging spazieren, pflückte Blumen, sammelte Beeren. Als Francine ihrer Freundin verzückt anvertraute, Corentin habe ihr einen keuschen Kuss auf den Mundwinkel gegeben, hörte Suzette ihr mit einer merkwürdigen Mischung aus Langeweile und Neid zu. In ihrem Leben passierte aber auch gar nichts Aufregendes! Arthur und Gaspard waren den ganzen Tag auf den Feldern. Léontine half ihnen, und sogar Eugénie hatte die Ärmel hochgekrempelt und leistete mit großer Leidenschaft, den breiten Strohhut tief ins Gesicht gezogen, ihre Arbeit.

»Wie in alten Zeiten!«, sagte sie lächelnd.

Um sich abzulenken, spielte Suzette mit ihren Großeltern Mensch ärgere dich nicht oder Kartenspiele, aber sie hatte dabei die ganze Zeit das Gefühl zu ersticken. Bevor sie abends hochging, um sich schlafen zu legen, zog sie sich immer in den Garten zurück, um bei den Rosenstöcken noch eine Weile zu lesen. Auf einem schmiedeeisernen Stuhl sitzend, tauchte sie in die Geschichte von Consuelo ein, einer von George Sands Heldinnen, einer jungen venezianischen Sängerin, die nach Böhmen geschickt wurde. Arthur machte es sich zur Gewohnheit, sich dazuzusetzen, und auf seine Bitte hin las sie ihm laut vor. Fasziniert folgten die beiden Consuelo auf ihren Wegen durch das Europa des 18. Jahrhunderts und fieberten mit, als eine unüberwindbare soziale Kluft sie von dem geliebten Mann trennte.

»Ich hoffe, ich kann irgendwann genauso gut lesen wie du«, sagte Arthur eines Abends.

Suzette sah ihn voller Zuneigung an: Dieser Junge hat eine unglaubliche Willenskraft!

»Dank Léontine machst du große Fortschritte«, sagte sie. »Falls du weiter üben willst, lasse ich dir mein Buch da, wenn ich wieder fahre.«

Arthur wirkte überrascht und verlegen zugleich. »Aber ... Es ist doch deins«, stammelte er. »Warum solltest du das tun?«

Und Suzette wurde bewusst, dass er in seinem ganzen Leben wahrscheinlich noch nie ein Geschenk bekommen hatte. »Das Buch hat früher meiner Mutter gehört, und vor meiner Mutter hat es Marie-Rose gehört«, antwortete sie. »Es macht mir Freude, wenn ich es an einen Freund weitergeben kann.«

Arthur senkte beschämt den Kopf. »Aber ... ich ... ich kann dir gar nichts schenken«, murmelte er.

Suzette beugte sich zu ihm hin und suchte seinen Blick. »Deine Freundschaft reicht mir, Arthur.«

Doch trotz allem hatte sie in diesen Tagen das Gefühl, dass sich die Zeit dahinschleppte. Selbst den Mahlzeiten konnte sie nicht mehr freudig entgegensehen, weil bei Tisch oft nur noch von dem Nazi-Hetzer die Rede war, der in Deutschland regierte. Vor zwei Wochen hatte er abertausende Bücher verbrennen lassen, die nicht seinen Vorstellungen entsprachen.

»Der führt uns noch in den Krieg!«, schimpfte Germain eines Abends.

Suzette verdrehte die Augen. Hitler, immer nur Hitler! Der Sommer war herrlich, und bei Tisch ging es nur noch um diesen Mann.

Gaspard wischte sich mit der Serviette den Mund ab. »Also wirklich, du siehst immer gleich schwarz! Hitler ist ein Irrer, da sind wir uns alle einig, aber Krieg, jetzt übertreib mal nicht.«

Eugénie schüttelte finster den Kopf. »Der ist machthungrig. Du wirst noch sehen, dass Papa recht hat.«

Augustine stieß einen Seufzer aus. »Könnt ihr nicht mal über angenehmere Dinge reden?«, schimpfte sie. »Der Krieg, das war gestern, und glaubt mir, ich hab keine Lust, so was noch mal zu erleben!«

»Dass du keine Lust drauf hast, ist kein Grund, dass es nicht doch wieder passiert«, murmelte Germain.

»Interessiert mich nicht! Und außerdem hast du doch gehört, was der Arzt gesagt hat, du sollst dein Herz schonen. Da musst du doch nicht über solche Sachen reden.«

In diesem Punkt konnte Eugénie ihrer Mutter nur zustimmen. Es brachte doch nichts, schmerzhafte Dinge immer wieder aufs Tapet zu bringen. Und so wechselte man das Thema und unterhielt sich stattdessen über das Tun und Treiben im Dorf: ein Haus, das für einen lächerlichen Preis verkauft worden war, ein alter Dorfbewohner, der immer verrückter wurde ... Der alte Mareuil vergrößerte sein Café, um dort in Zukunft auch den Gemischtwarenladen zu führen, denn die Frémonts setzten sich zur Ruhe und hatten niemanden, der ihr Geschäft übernahm. Alles Banalitäten, die Suzette deprimierten. Der Unbekannte vom Fest ging ihr nicht aus dem Kopf. Wenn sie daran dachte, wie er seine blauen Augen auf sie geheftet hatte, verschlug es ihr immer noch den Atem, und nachts träumte sie sogar davon. Es kam ihr vor, als hätte dieser Blickwechsel eine Ewigkeit gedauert, dabei war es ja vielleicht sogar nur eine Sekunde gewesen. Sie verfluchte sich dafür, dass sie immer noch an den jungen Mann dachte, es war völlig absurd! Leider hatte sie sich auch schon mehrmals dabei ertappt, wie sie posierend vor dem Spiegel stand, sich das Haar hochhielt, ihr Profil betrachtete und versuchte, nicht wie ein Mädchen auszusehen, sondern wie eine richtige Frau. Leider war Koketterie nichts, was ihr lag.

»Oh, hast du gehört, Suzie?«, rief Eugénie plötzlich und riss

Suzette aus ihren Gedanken. Ihre Mutter schien außer sich vor Freude.

»Was denn?«

»Ich glaube, da war jemand in Gedanken anderweitig unterwegs«, spottete Gaspard.

»Ja, wirklich, das Kind denkt die ganze Zeit an den Gesangswettbewerb!«, sagte Antoinette und gab ihrer Enkelin damit, ohne es zu wissen, eine wunderbare Entschuldigung.

»Ja, stimmt«, gab Suzette zu. »Der macht mir schon ein bisschen Angst.«

Arthur, der natürlich nicht darauf hereinfiel, warf ihr grinsend einen Blick zu, den sie wütend erwiderte. Dann wandte sie sich zu ihrer Mutter: »Also, was hast du gesagt, Maman?«

»Der alte Edmond Vallet verkauft seine Boulangerie!«, wiederholte Eugénie aufgeregt. »Ich muss unbedingt mit deinem Vater sprechen, wir haben doch schon so lange vor, ein zweites Geschäft zu eröffnen!«

Suzette spürte, wie etwas in ihr zusammenbrach. »Hier?«, fragte sie leise.

Ihre Mutter nickte heftig. »Ja! Das wäre doch großartig, oder?«

Suzette nickte schwach. Sie konnte es kaum erwarten, endlich wieder in Paris zu sein und ihr normales Leben wieder aufzunehmen – wie sollte sie sich da freuen? Und überhaupt, sie wollte nicht weg aus Paris, doch nicht so kurz vor dem Ziel!

Am nächsten Morgen telefonierte Eugénie in aller Frühe mit Marcel. Suzette, die noch am Frühstückstisch saß, konnte die Antworten ihres Vaters nicht hören, doch sie sah, wie das Lächeln ihrer Mutter im Laufe des Gesprächs erstarb.

»Aber ich dachte, wir wären uns einig darüber! ... Wie, zu früh?«

Nach mehrmaligem Seufzen sagte Eugénie: »Nein, Marcel, glaub mir, das ist die Gelegenheit, jetzt oder nie. Unserem Geschäft in Paris ging es noch nie so gut ...«

Sie hielt einen kurzen Moment inne, schien die Luft anzuhalten. Ihr Gesicht verriet bittere Enttäuschung. »Versprich mir wenigstens, dass du darüber nachdenkst. Du kannst mir nicht einfach so die Tür vor der Nase zuschlagen!«

Als Eugénie auflegte, war sie den Tränen nahe. Suzette biss sich auf die Lippen. Es brach ihr das Herz, ihre Mutter so unglücklich zu sehen.

»Oh, Maman, ich mag's nicht, wenn du so traurig bist!«, sagte sie besorgt.

»Das wird schon wieder, Suzie. Manchmal sind die Männer einfach nur dermaßen stur!«

In den darauffolgenden Tagen merkte Suzette ihrer Mutter an, dass sie eine schwere Last zu tragen hatte. Sie sprach nicht viel, sorgte aber dafür, ihre täglichen Spaziergänge mit Suzette so weit wie möglich auszudehnen. Dann ruhte ihr Blick so wehmütig auf der grünen, leuchtenden Landschaft, als sollte es das letzte Mal sein. An einem dieser Nachmittage blieb sie am Flussufer stehen und murmelte seufzend: »Er ahnt ja nicht, welchen Kummer er mir bereitet ...«

Vielleicht dachte sie, ihre Tochter hätte es nicht gehört, doch Suzette wusste genau, dass ihre Mutter Marcel meinte. War plötzlich ihr ganzes Familienglück in Gefahr? Als Suzette am selben Abend oben in ihrem Zimmer saß und Tagebuch schrieb, schnappte sie Teile eines Gesprächs zwischen Léontine und Eugénie auf. Die beiden Frauen saßen in der kühlen Dämmerung neben den duftenden Rosenstöcken im Garten.

»Er wird sich deiner Meinung noch anschließen«, sagte Tante Léontine.

Suzette horchte neugierig auf.

»Das würde mich aber wundern«, seufzte Eugénie. »Am Telefon hat er so getan, als hätte diese Diskussion zwischen uns nie stattgefunden.«

»Vielleicht braucht er Zeit. Um einer Sache zustimmen zu können, müssen Männer leider oft das Gefühl haben, es wäre ihre Idee gewesen.«

Eugénie schniefte. »Wie dem auch sei, es bedrückt mich, wieder nach Paris reisen zu müssen, ohne dass ich versucht habe, hier diese Gelegenheit beim Schopf zu packen. Als wir geheiratet haben, hat er mir zu verstehen gegeben, dass wir irgendwann hierher zurückkommen würden ... Ich habe ihm das geglaubt, weißt du.«

»Aber so schlecht ist es doch nicht in Paris.«

»Nein, natürlich nicht«, gab Eugénie zu. »Aber in Paris fühle ich mich unvollständig. Es macht mir Spaß, mich in die Patisserie einzubringen und für Suzie da zu sein, versteh mich nicht falsch, wobei Suzie ja ohnehin bald flügge ist. Aber ich spüre einfach, dass mir meine Heimat und die Familie hier fehlt.«

Sie hielt inne, und Suzette ging davon aus, dass alles gesagt war. Sie wusste nicht, was sie von dem Ganzen halten sollte.

Doch dann fuhr ihre Mutter mit fester Stimme fort: »Es wäre eine Erfüllung für mich, hier in Cressigny einen zweiten Laden zu eröffnen. Denn mein Platz ist hier, mein Platz war immer hier.«

»Marcel wird es bestimmt noch begreifen«, sagte Léontine sanft, dann stand sie auf und ging ins Haus.

Seufzend legte Suzette ihren Stift aus der Hand. Sie kämpfte mit widerstreitenden Gefühlen. Natürlich verstand sie voll und ganz, warum ihre Mutter dieses Fleckchen Erde so liebte. Das Leben war friedlicher hier, und es war schön, jeden Tag aufzuwachen und die Natur zu erleben. Aber wenn ihr Vater die hiesige Boulangerie kaufen würde, wäre das für sie nicht das Ende ihrer Träume? Bei dem Gedanken bekam sie ein schlechtes Gewissen, weil ihr auch das Glück ihrer Mutter sehr am Herzen lag.

In der Nacht schreckte Suzette schweißgebadet aus einem Alptraum hoch. Ihr Herz raste, während sie mit aufgerissenen Augen in die Dunkelheit starrte und sich plötzlich unendlich verlassen fühlte. In diesem schrecklichen Traum hatten ihr die Eltern das Singen untersagt und zwangen sie, im Geschäft mitzuarbeiten, wo sie von morgens bis abends Kuchen verkaufen musste. Der Traum war derart verstörend, dass sie unter ihrer Bettdecke zitterte, obwohl die Nacht so lau war.

»Was ist los?«, fragte Francine am nächsten Tag.

An das Steinmäuerchen gelehnt, das diesen Teil des Gartens eingrenzte, saßen die beiden Freundinnen im Gras. Nicht weit von ihnen flatterten weiße Bettlaken im leichten Wind. Das Gesicht zur Sonne gewandt, dachte Suzette einen Augenblick nach. Ein tonnenschwerer Druck lag auf ihrer Brust, aber aus Angst, egoistisch zu erscheinen, wollte sie nicht zugeben, was sie so quälte.

»Nichts, warum fragst du?«

Francine richtete sich auf und sah Suzette aufmerksam an. »Du kommst mir komisch vor. Als würdest du schmollen oder so.«

Wieder versuchte Suzette, sich vor einer Antwort zu drücken. »Ist nichts Wichtiges.«

»Wenn es nichts Wichtiges wäre, würdest du nicht so ein Gesicht machen.«

Suzette seufzte, ihre Freundin war wirklich hartnäckig. Und weil sie wusste, dass Francine nicht so leicht aufgeben würde, sagte sie schließlich: »Meine Eltern haben sich gestritten, wenn du's genau wissen willst.« Sie pflückte ein Gänseblümchen und fing an, die Blütenblätter abzuzupfen. Dann erzählte sie vom Grund des Streits.

Francine hörte aufmerksam zu. »Und jetzt hast du Angst, dass du doch nicht bei dem Gesangswettbewerb mitmachen kannst?«, fragte sie. »Ist es das, was dich umtreibt?«

Suzette nickte. »Wenn meine Eltern Paris den Rücken kehren, kann ich das alles wahrscheinlich vergessen. Aber ich kann mir ein Leben ohne Singen nicht vorstellen, verstehst du?«

Ihre Freundin nickte ohne große Überzeugung, und Suzette

wusste: Nein, sie verstand es nicht. Sie hatte einfach keine Ahnung, was es bedeutete, Träume und eine Leidenschaft zu haben. Bestimmt sah sie darin eine Extravaganz, auf die man sehr gut verzichten konnte. Francine würde bald arbeiten, sie würde wie ihre Mutter Schneiderin werden und dann heiraten, wenn sie Glück hatte, Corentin. Sie würde Kinder bekommen und ein ruhiges Leben führen, ohne sich irgendwelche Fragen zu stellen. So lebte man auf dem Land, und es gab keinen Grund, dass sich daran etwas ändern sollte.

Suzette wollte gerade das Thema wechseln, da hörten sie plötzlich von der Küche her, deren Tür zum Garten hinaus ging, einen Aufruhr. Das Winseln des Hundes und die entsetzten Schreie ließen die Mädchen für einen Moment erstarren, doch dann sprangen sie auf und rannten zum Haus. Auf der Schwelle zur Küche blieb Suzette stehen, die Augen vor Schreck geweitet. Augustine kauerte neben dem Großvater, der ausgestreckt auf dem Boden lag.

»Er atmet nicht mehr«, jammerte sie.

Über den leblosen Körper ihres Schwiegervaters gebeugt, murmelte Tante Léontine tröstende Worte. Ein umgestürzter Stuhl lag am Boden. Erst als Suzette aufblickte, sah sie, dass ihre Mutter am Telefon stand und aufgeregt in den Hörer sprach.

»O mein Gott!«, schrie Francine, als ihr klar wurde, was geschehen war.

Léontine schaute auf, sah die beiden Mädchen. »Suzette«, sagte sie ruhig, »lauf bitte los und hol Gaspard. Er ist auf dem Feld.«

Doch Suzette war immer noch wie erstarrt.

»Ist er ... Ist er ...?«

Léontine musste es nicht aussprechen. Ein schmerzerfüllter Blick und ein langsamer Wimpernschlag reichten.

Eugénie legte den Hörer auf die Gabel. »Der Arzt kommt sofort«, sagte sie mit belegter Stimme, und es wurde wieder still in der Küche. Eine Stille, die nur das erstickte Wimmern von Augustine unterbrach, die jetzt das Gesicht an der Brust ihres Mannes vergrub. »Du darfst uns nicht verlassen, Germain!«

Der Anblick ihrer verzweifelten Mutter war zu viel für Eugénie.

»Papa!«, schluchzte sie.

Auch Suzette konnte ihre Tränen nicht mehr unterdrücken, nun gab es kein Halten mehr. Nach einer Weile fasste Francine sie dennoch am Ellbogen. »Komm, wir müssen deinem Onkel Bescheid sagen.«

Anstatt ihrer Freundin zu antworten, rannte Suzette einfach los. Keuchend und mit tränennassen Wangen lief sie den Weg hoch und bekam bald Seitenstiche, doch die waren nichts im Vergleich zu dem Schmerz, der ihr das Herz zerriss. Am Ende der Steigung angelangt, wandte sie sich nach rechts. Ganz auf ihre Arbeit konzentriert, ahnten Gaspard und Arthur nicht, welche Dramen sich gerade auf dem Hof abspielten, und fuhren herum, als Suzette schluchzend auf sie zurannte. Erschrocken ließ ihr Onkel die Feldgabel fallen, und Suzette warf sich in seine Arme.

»Na, na, na, Suzie«, sagte er und strich ihr übers Haar, um sie zu beruhigen. »Was ist denn passiert?«

Schweigend deutete Arthur auf Francine, die nicht mit Suzette hatte Schritt halten können und nun völlig außer Atem hinterherkam.

»Monsieur Gaspard! Ihr Vater!«, keuchte sie. »Er... Ich glaube, er ist...«

Abrupt ließ Gaspard seine Nichte los und ging einen Schritt auf Francine zu. »Was ist mit meinem Vater?«

Noch ganz unter dem Schock der Ereignisse stammelte Francine: »Er lag auf dem Boden, und Ihre Mutter hat gesagt, dass er nicht mehr atmet. Sie haben den Arzt gerufen, aber...«

Ohne das Ende ihres Satzes abzuwarten, rannte Gaspard los, den Hang hinunter. »Er ist tot, ist es das?«, fragte Arthur, nun allein mit den Mädchen.

Francine nickte mit schmerzverzerrtem Gesicht, und Arthur ging zu Suzette. »Du musst jetzt stark sein«, sagte er leise. Dann legte er ihr den Arm um die Schultern und führte sie wieder hinunter zum Hof.

An diesem Abend schlief Suzette bei Francine. Es war einfach zu viel, sie konnte nicht in dem Haus bleiben, in dem die sterbliche Hülle ihres Großvaters lag und Totenwache gehalten wurde, nachdem er, wie ihnen der Arzt mitgeteilt hatte, einem zweiten Herzanfall erlegen war. Beim Verlassen des Hofs hatte Suzette Arthur mit seiner Mütze in der Hand vor der Scheune sitzen sehen. Sie hätte schwören können, dass auch er weinte.

Bevor die Mädchen schlafen gingen, machte ihnen Blanche eine Tasse heiße Milch mit Honig. »Das wird euch guttun.«

Francine ging es schon wieder besser, aber Suzette war noch ganz benommen. Beim Abendessen hatte sie keinen Bissen herunterbekommen. Eigentlich weigerte sie sich noch zu glauben, dass es auch diesen Großvater nun nicht mehr gab, ihre tiefe Traurigkeit war dennoch sehr real.

Blanche gab ihr die dampfende Tasse. »Dein Pépé hat dich sehr geliebt«, sagte sie und streichelte ihr über die Wange.

Suzettes Augen füllten sich wieder mit Tränen. »Ich hätte mehr Zeit mit ihm verbringen sollen«, schniefte sie.

Jetzt bereute sie, dass sie innerlich manchmal geseufzt hatte, wenn das x-te Kartenspiel mit ihm bevorstand. Hätte sie doch gewusst, was passieren würde! Jetzt würde es nie wieder Kartenspiele mit ihm geben.

Nach einem kurzen Blick zu Francine, die auf dem Sofa eingeschlafen war, versuchte Blanche, Suzette zu trösten: »Ach, Suzie, du darfst dir keine Vorwürfe machen. Er war sehr stolz auf dich, und es hat ihn glücklich gemacht, dich singen zu hören. Ich hoffe, dass du weiter singst und damit sein Andenken in Ehren hältst.«

Suzette winkte ab. »Selbst wenn ich irgendwann wieder die Kraft finde … Mamans Pläne könnten mir im Weg stehen.«

Blanche runzelte die Stirn. »Du meinst die Boulangerie?«
»Du weißt davon?« Die Sache schien wirklich ernst zu sein!
»Ja, Eugénie hat es mir gegenüber erwähnt. Aber das steht doch noch gar nicht fest. Und selbst wenn, mach dich bloß nicht verrückt damit. Deine Mutter wird niemals deine Träume zerstören, das kannst du mir glauben.«

Sie klang so kategorisch, dass Suzette für einen Moment ihre Trauer vergaß und die Freundin ihrer Mutter fragend ansah.

Blanche nahm ihre Hand, sie schien nach Worten zu suchen. »Als ihre Eltern sie nach Paris geschickt haben«, sagte sie schließlich, »war sie überhaupt nicht damit einverstanden, das Dorf zu verlassen. Ich nehme an, deine Mutter stellte sich vor, dass sie einen Jungen von hier heiraten und weiter auf dem Markt Hofgemüse verkaufen würde ... Aber damals war der Krieg gerade erst vorbei, und die meisten jungen Männer unseres Alters waren gefallen.«

»Das muss eine schreckliche Zeit gewesen sein«, sagte Suzette.

»Ja, das stimmt, wir haben hier zwar vom Artilleriefeuer und dem ganzen Blutvergießen nichts mitbekommen, aber unter den Folgen des Krieges haben wir natürlich gelitten. Dein Großvater war überzeugt davon, dass in der Hauptstadt eine bessere Zukunft auf deine Mutter wartete. Und damit hatte er recht. Eugénie war in der Schule immer die Schlauste der ganzen Klasse. Und nun schau, wie erfolgreich sie ist.«

»Davon hat sie mir nie erzählt«, murmelte Suzette.

Blanche schwieg mit einem wissenden Lächeln, dem keine Erklärung folgte.

»Das denke ich mir, dass sie dir davon nichts erzählt hat. Unsere Ninie lässt sich nicht gern über die Vergangenheit aus. Jedenfalls hat sie sich geschworen, dass sie eines Tages nach Cressigny zurückkehren wird. Aber das heißt nicht, dass sie dich davon abhalten wird, deinen Weg zu gehen. Sie hat den Kummer doch selbst erlebt, wenn Eltern die Kinder daran hindern, ihre Träume zu verwirklichen.«

Als Marcel am nächsten Tag eintraf, war es später Nachmittag. Von Eugénie über die Ereignisse informiert, hatte er gleich den ersten Zug genommen, der morgens am Bahnhof Gare d'Austerlitz abfuhr. Suzette, die bei der Ankunft ihres Vaters schon nicht mehr bei Francine war, warf sich in seine Arme und ließ ihren Tränen freien Lauf.

»Ich bin ja da, Suzie, Liebes«, flüsterte er ihr ins Ohr. »Ich bin da und fahre nicht ohne euch zurück.«

Zu Germains Beerdigung kamen viele Menschen. Gedrängt saß man in der kleinen Dorfkirche. Die Grabrede war ergreifend. Augustine, ganz in Schwarz mit Gaspard und Eugénie an ihrer Seite, blieb gefasst. Aber der Tod ihres Mannes hatte sie über Nacht zu einer gebeugten Frau gemacht, das Gesicht gezeichnet vom Schmerz. Doch sie brach nicht zusammen. Eugénie war auf dem Friedhof allerdings der Ohnmacht nahe, als man den Sarg in das frisch ausgehobene Grab hinabließ. Suzette hielt ihre leichenblasse Mutter eng umschlungen und weigerte sich, sie loszulassen. Eine ganze Weile standen sie so da, Arm in Arm, und weinten, bis Marcel sie behutsam zum Ausgang des Friedhofs führte.

Es vergingen mehrere Tage, in denen man sich an Germains Abwesenheit gewöhnen musste. Tagsüber hielt Augustine durch und machte eine einigermaßen gute Figur, aber Suzette hörte sie jedes Mal in Tränen ausbrechen, wenn sie allein in ihrem Zimmer war.

»Das ist normal«, beruhigte Léontine ihre besorgte Nichte. »Die Trauerzeit ist hart, aber wir sind ja alle für sie da.«

Suzettes Eltern entschieden, dass sie noch eine Woche bleiben würden. Germains Tod hatte den schönen Sommertagen ein jähes Ende bereitet, und es kam nicht in Frage, nach diesen schweren Stunden einfach so wieder nach Paris zu fahren. Gaspard und Arthur waren wieder auf den Feldern, Arbeit war das beste Mittel gegen den Schmerz. Suzette verbrachte mehrere Nachmittage bei Francine, um auf andere Gedanken zu kommen, was ihr nicht wirklich gelang. Wenn sie abends nicht einschlafen konnte, verließ sie ihr Zimmer, um in der kühlen Luft am Fluss spazieren zu gehen. Jedes Mal folgte ihr Arthur. Dann saßen sie nebeneinander im rosa-violetten Licht der Dämmerung, das über den Feldern lag, und lauschten auf die Geräusche der Natur. Arthurs Schweigen hatte etwas Tröstliches; er hatte verstanden, dass es Suzette guttat, wenn einfach nur jemand still neben ihr saß. Seine Freundschaft war so wohltuend wie die Sonne an einem Frühlingstag.

Am Abend vor der Abreise nach Paris stieg Suzette müden Schrittes in ihr Zimmer hoch, um ihre Sachen zu packen. Es waren anstrengende Wochen gewesen, eine Berg-und-Tal-Fahrt der Gefühle! Bestimmt würde sie es genießen, in den Komfort ihrer Wohnung in Montmartre zurückzukehren, auch wenn sie den Abschied von Cressigny ein bisschen traurig fand. Durchs offene Fenster hörte sie den Gesang einer Amsel, die den Abend begrüßte. Draußen wurden die Schatten länger, und im lauen Wind lag ein Geruch von sonnengewärmtem Stroh, der dem Duft der letzten Rosen dieses Sommers seine Schwere nahm.

Als Suzettes Blick durchs Fenster fiel, sah sie ihre Eltern; Hand in Hand waren sie ein letztes Mal über die Felder spaziert und schlenderten nun zum Hof zurück. Bei den Rosenstöcken blieben sie stehen, und Eugénie setzte sich auf das Mäuerchen. Hinter ihrem Vorhang versteckt sah Suzette, dass ihr Vater einen Schlüsselbund aus der Jackentasche zog und ihrer Mutter damit vor der Nase herumwedelte.

»Was sind das für Schlüssel?«, fragte Eugénie.

Marcel griff nach ihrer Hand. »Ich habe lange nachgedacht, Eugénie. Du hattest recht, es ist Zeit, dass wir uns vergrößern. Und deshalb gehört die Boulangerie von Cressigny jetzt uns.«

Eugénie riss ihre Hand los und legte sie an ihre Brust. »Ist das dein Ernst, Marcel? Ich will nicht, dass du es nur tust, um mich über den Tod meines Vaters hinwegzutrösten. Du würdest es irgendwann bereuen und mir übelnehmen.«

Mit angehaltenem Atem sah Suzette, wie der Vater das Gesicht ihrer Mutter in beide Hände nahm. »Ich könnte es nicht ernster meinen, Liebling. Ich will diese Boulangerie kaufen, und ich tue das aus Liebe zu dir. Habe ich dir am Tag nach unserer Hochzeit nicht versprochen, dass ich dich glücklich machen will?«

»Aber du weißt schon, dass ich trotzdem zurückgekommen wäre, oder? Ich will nicht, dass du das Gefühl hast, dich opfern zu müssen.«

»Ja, natürlich weiß ich, dass du nach Paris zurückgekommen wärst. Aber zwischen uns wäre etwas zerbrochen, wenn ich dein Wohlergehen einfach stur ignoriert hätte. Und das würde ich nicht ertragen, Eugénie, ich liebe dich.«

»Oh, mein Gott ...«, flüsterte sie tief bewegt.

Marcel gab ihr einen zärtlichen Kuss.

»Wir sind noch jung, Eugénie«, sagte er. »Das Licht unserer Tage leuchtet jetzt am hellsten, jetzt ist die Zeit, es zu nutzen und voranzugehen. Auch das habe ich inzwischen verstanden.«

»Ach, mein Liebster ...«

Marcel zog seine Frau an sich, und Suzette schloss leise das Fenster. Sofort begann sie, über die neue Situation nachzudenken. Sie freute sich natürlich, dass ihre Eltern wieder glücklich miteinander waren, aber dennoch hatte sie vor lauter Anspannung Magendrücken. Blanches Worte hatten mit einem Mal keine Geltung mehr, Francines Mutter konnte sich schließlich getäuscht haben. Seit Eugénies Jugend war viel Zeit vergangen, vielleicht waren ihr die Träume ihrer Tochter inzwischen ja doch egal. Zu ihrer eigenen Überraschung überkam sie plötzlich eine bleierne Müdigkeit, und kaum lag sie im Bett, schlief sie auch schon ein.

Am nächsten Morgen nutzten Marcel und Eugénie das Frühstück, um die große Neuigkeit zu verkünden. Suzette fiel es schwer, überrascht zu tun. »Und wo wohnen wir dann?«, fragte sie mit belegter Stimme.

»Wir bleiben erst mal in Paris«, erklärte ihr Vater. »Die Boulangerie in Cressigny muss renoviert werden und wir müssen eine Verkäuferin einstellen, aber wir hoffen, dass wir im Januar eröffnen können.«

Augustine machte große Augen. »Na, so was! Ja, glaubt man's denn! Und ich dachte, wer einmal Geschmack am Stadtleben gefunden hat, der kommt nicht mehr zurück.«

»Ihr wisst doch, dass Eugénie alles anders macht als der Rest der Welt«, scherzte Marcel.

»Aber wie wollt ihr zwei Läden führen?«

»Das muss natürlich organisiert werden«, gab Eugénie zu, »aber es wird darauf hinauslaufen, dass wir den größten Teil des Jahres hier wohnen können. Marcel wird Maurice wohl die Leitung des Pariser Geschäfts übergeben. Das hat sich Maurice auch wirklich verdient.«

Sie strahlte.

Suzette hatte ihre Mutter seit Wochen nicht mehr so strahlen sehen! Energisch rührte sie in ihrem Milchkaffee, dann fragte sie in einem Ton, der schroffer klang als gewollt: »Was wird eigentlich aus mir?«

Eugénie legte ihr beschwichtigend eine Hand auf die Schulter. »Nun, meine kleine Suzie, nach dem Gesangswettbewerb wartet ohne Zweifel eine große Karriere auf dich. Du wirst alle Gelegenheiten wahrnehmen, die sich dir bieten, und wenn ich Monsieur Mancini Glauben schenken darf, werden das einige sein.«

Mit offenem Mund sah Suzette erst ihre Mutter und dann ihren Vater an. Marcel stand auf und drückte ihr einen Kuss auf den Scheitel. »Wenn deine Mutter oder ich nicht da sind, nehmen dich Charlaine oder Marie-Rose unter ihre Obhut. Die Wohnung behalten wir auf jeden Fall.«

Suzettes Erleichterung war so groß, dass sie gleichzeitig lachen und weinen musste.

Zwei Stunden später hieß es Abschied nehmen. Gaspard würde sie zum Bahnhof von Loches bringen, zum Herumtrödeln blieb keine Zeit. Allerdings wollte Suzette auch noch Arthur sehen, bevor sie aufbrachen. Unter den Blicken der stutzig gewordenen Erwachsenen zog sie ihn in eine Ecke des Hofs und verscheuchte den Hund, der um sie herumsprang, weil er gestreichelt werden wollte.

Einen Moment lang sahen sich die beiden verlegen an. Arthur schaute zum Himmel hoch, der sich zugezogen hatte. »Es wird ordentlich schütten«, murmelte er.

Suzette lächelte ihn an. »Ich möchte mich wirklich bei dir bedanken, Arthur. Bei allem, was wir durchgemacht haben, warst du mir ein echter Freund.«

Sie sah, dass er überrascht war.

»Ich hab doch nicht viel gemacht«, sagte er.

»Du warst da. Das ist viel und ich werde es nie vergessen. Hier ...« Sie gab ihm das Buch von Georges Sand.

»Ich muss mich doch bei dir bedanken«, sagte er, während er das Geschenk nahm. »Für das Buch jetzt, aber auch weil du mir großen Ärger wegen Francine erspart hast.«

»Das ist doch längst vergessen.« Suzette ging einen Schritt auf ihn zu und gab ihm einen Kuss auf die Wange.

»Ich komme bald wieder«, versprach sie ihm.

Als sie schon im Begriff war zu gehen, rief Arthur: »Warte! Ich wollte dir noch was sagen: Der Junge auf dem Fest ...«

Der Unbekannte! Suzette erstarrte. Gespannt auf ihre Reaktion fuhr Arthur fort: »Der heißt Maxime Lagarde, und der wohnt in Maillé.«

Ihr Herz machte einen Sprung.

»Wie ... Woher weißt du das?«

»Die Jungs, mit denen er an dem Abend geredet hat, sind von hier. Und weil ich gemerkt hab, dass du immer noch an den denkst, hab ich sie mal gefragt. Aber bei allem, was in den letzten Tagen los war ...«

Suzette öffnete den Mund, doch kein Ton kam heraus.

»Suzie! Wir müssen los!«, rief ihr Vater.

»Ich komme!«

Sie wandte sich wieder zu Arthur und hob mit einer schicksalsergebenen Geste ihre Hand: »Es würde mich jedenfalls wundern, wenn ich ihn nochmal wiedersehe.«

28

Julia, 2013

Ich legte das Tagebuch auf den Couchtisch, hin- und hergerissen zwischen dem Wunsch weiterzulesen und dem, schlafen zu gehen. Da es mittlerweile fast zwei Uhr morgens war, erschien mir Letzteres vernünftiger. Dennoch ließ mich das, was Suzette im Sommer 1937 geschrieben hatte, nicht los. Ich hatte einiges erfahren, unter anderem, dass ihr geheimnisvoller Unbekannter niemand anderes gewesen war als mein Großvater. Und da es mich gab, mussten sie sich irgendwann wiedergesehen haben. Aber wann? War es dank Arthur gewesen? Arthur ... Ich wusste nicht, dass sie ihn schon in diesem Sommer kennengelernt hatte. Meine Großmutter war sehr klar in dem, was sie schrieb: Alles, was sie für ihn empfand, war tiefe Freundschaft. Und so fragte ich mich natürlich, wieso sie dann Jahre später geheiratet hatten.

Bei dir und Ben war es anfangs auch nur Freundschaft. Und du weißt ja, wie es weitergegangen ist.

Ich streckte die Beine aus, um mich bequemer hinzusetzen, und schob Ben innerlich beiseite. Das war nicht zu vergleichen, Punkt. Die Antworten auf meine Fragen fanden sich bestimmt auf den folgenden Seiten, aber ich hatte Skrupel, so in Suzettes Privatleben herumzuschnüffeln. Außerdem war es spät, und ich musste fit sein für das, was mich in weniger als neun Stunden erwartete.

Als ich wieder im Bett lag, tauchten Marcel und Eugénie erneut in meinen Gedanken auf. Was für ein schönes Geschenk, das mein Urgroßvater seiner Frau gemacht hatte! Eugénie hätte sich niemals scheiden lassen, wenn er darauf bestanden hätte, in Paris zu bleiben. Sie liebte ihn, ganz gleich, was geschah, außerdem war eine Scheidung damals ein ziemlicher Skandal. Bemerkenswert fand ich, dass Marcel ihr seinen Willen hätte aufzwingen können, stattdessen aber, seiner Zeit voraus, seine Entscheidung in Frage gestellt hatte. Vor allem ein Satz ging mir immer wieder durch den Kopf. Ich wusste nicht, ob Suzette ihn korrekt wiedergegeben hatte, aber es lag eine gewisse Poesie in der Art, wie ihr Vater die Dinge betrachtet hatte.

»*Wir sind noch jung, Eugénie. Das Licht unserer Tage leuchtet jetzt am hellsten, jetzt ist die Zeit, es zu nutzen und voranzugehen. Und du, bist du bereit, dieses Licht zu nutzen und voranzugehen?*«

Anscheinend war ich über dieser Frage eingeschlafen, denn als ich die Augen wieder aufschlug, fiel bereits Tageslicht durch die Fensterläden. Im ersten Moment war ich verwirrt, weil ich mich nicht in meinem ehemaligen Kinderzimmer befand. Dann erinnerte ich mich, dass ich wieder in Paris war. Es war Freitag, und ich musste mich darauf vorbereiten, einen schwierigen Augenblick durchzustehen. Duschen. Anziehen. Kaffee. Ein Müsliriegel, um etwas im Magen zu haben. Mechanisch erledigte ich alle Handgriffe, sorgsam darauf bedacht, dass meine Gedanken nicht mein Herz berührten. Ich durfte auf keinen Fall zusammenbrechen. Um Punkt elf war ich beim Notar, klatschnass von einem Regenguss, mit dem ich nicht gerechnet hatte. Die Sekretärin führte mich ins Wartezimmer, wo Aurélie Gewehr bei Fuß saß.

»Oh, du bist gekommen!«, rief ich erleichtert aus, als ich sie erblickte. »Ich dachte, wir treffen uns hinterher, zum Mittagessen.«

Sie stand auf, um mich zu begrüßen. »Als ob ich dich in so einem Moment allein lassen würde! Allerdings solltest du mal in einen Regenschirm investieren«, sagte sie mit einem kritischen Blick auf meine triefenden Haare. »Der Nasser-Pudel-Look wird überschätzt.«

Ihre Bemerkung brachte mich zumindest ein bisschen zum Lachen. Zufrieden setzte Aurélie sich wieder hin, die Hände in den Rücken gestemmt. Ihr T-Shirt spannte über dem Bauch, der mittlerweile ziemlich weit vorragte, und sie wirkte erschöpft.

»Schläfst du nicht gut?«, fragte ich sie.

Sie verdrehte die Augen, ohne sich die gute Laune verderben zu lassen. »Frag lieber nicht! Warum sagt einem eigentlich keiner, dass das mit den kurzen Nächten schon eine ganze Weile vor der Geburt losgeht? Werd bloß nie schwanger, Julia. Ich habe längst aufgehört zu zählen, wie oft ich nachts aufstehe, um aufs Klo zu gehen ...«

»Mademoiselle Lagarde?«, unterbrach uns die Stimme des Notars.

Aurélie drückte aufmunternd meine Hand. »Geh. Ich rühre mich nicht von der Stelle.«

Mit schwitzigen Händen und zitternden Knien folgte ich Maître Arnaud in sein Büro.

»Wie geht es Ihnen?«, fragte er höflich.

Wie jemandem, der gleich endgültig einen Strich unter seine Mutter setzt.

Sein besorgter Blick verriet mir, dass er sich wirklich Gedanken um mich machte.

»Ich werde es schon schaffen.«

»Gut. Mir ist klar, dass das nicht einfach ist«, fügte er hinzu, während er mir die Papiere zuschob.

Ich holte tief Luft und nahm den Kugelschreiber, den er mir hinhielt. Nachdem ich so getan hatte, als würde ich den Kaufvertrag lesen, setzte ich meine Unterschrift darunter. Soweit es mich betraf, hätte dort auch stehen können, dass ich hiermit auf jegliches Geld verzichtete. Ich war wie betäubt und nahm nichts mehr wahr. Zu meiner Überraschung blieben meine Augen trocken, obwohl ich damit gerechnet hatte, in Tränen auszubrechen. Der Notar nahm die Papiere wieder an sich und gab mir einen Scheck.

Als ich die Summe sah, erschrak ich. »Das ist eine Menge Geld.«

Er lächelte zurückhaltend. »Ihre Mutter hat etwas für die Nachlassregelung beiseitegelegt, von dieser Summe geht also nichts mehr ab.«

»Ich weiß«, erwiderte ich mechanisch.

Nun, da alles abgeschlossen war, fühlte ich mich völlig orientierungslos. Maître Arnaud musterte mich einen Moment. »Wenn Sie irgendetwas brauchen, zögern Sie nicht, sich an mich zu wenden. Falls Sie das Geld anlegen oder in eine Immobilie investieren möchten ...«

»Ja. Danke.«

Als er merkte, dass von mir nichts mehr kommen würde, erhob er sich und begleitete mich zurück zum Wartezimmer.

»Sorgen Sie gut für sich«, empfahl er mir väterlich. »Vielleicht machen Sie mal Urlaub?«

Er klopfte mir aufmunternd auf die Schulter, dann verabschiedete er sich und kehrte in sein Büro zurück. Ich schlang die Arme fest um mich, weil ich Angst hatte, mich aufzulösen. Es war vorbei. Und es fühlte sich an, als hätte man mir ein Stück aus dem Herzen herausgeschnitten.

Aurélie hievte sich hoch und umarmte mich. »Komm, wir gehen einen Happen essen.«

Kurz darauf saßen wir in unserer Lieblingscrêperie in der Rue du Montparnasse. Meine Freundin wartete, bis die Kellnerin uns die Teller hingestellt hatte, bevor sie das Gespräch eröffnete.

»Ich werde dich nicht fragen, wie es dir geht. Das ist offensichtlich.«

»Ja«, seufzte ich, während ich mir ein Stück von der Galette abschnitt. »Plötzlich ist da eine große Leere.«

Sie begann ebenfalls zu essen. »Aber so seltsam das jetzt vielleicht klingt, du wirkst nicht mehr so angespannt. Anscheinend war der Besuch bei deinem Vater genau das, was du brauchtest.«

»Findest du? Dabei fühle ich mich noch verwirrter als vor zehn Tagen.«

Aurélie warf mir einen scharfen Blick zu. »Ist es wegen Ben? Läuft da wieder was zwischen euch?«

»Nein!«, rief ich aus und hoffte, dass ich nicht rot wurde. »Keine Sorge. Als ich ihn das letzte Mal getroffen habe, sah er nicht so aus, als wäre er scharf darauf, und ich bin's auch nicht.«

Lügnerin! Es hätte nicht viel gefehlt, und du wärst ihm wieder in die Arme gesunken.

»Na, dann erzähl. Irgendwas muss ja passiert sein.«

Ich wusste nicht so recht, wo ich anfangen sollte, außerdem wollte ich nicht zu sehr ins Detail gehen. Ziemlich ungeordnet erzählte ich ihr von Marcel und Eugénie, meinem Cousin, der mir die Schuld an den zehn Plagen Ägyptens gab, Suzettes Vorschlag und dem Fund ihres Tagebuchs. So zusammengefasst, merkte ich, dass mich das alles ganz schön durcheinandergewirbelt hatte.

»Und mit meinem Vater komme ich auch wieder besser klar«, schloss ich meinen Bericht. »Ich glaube, wir sind auf einem guten Weg.«

Aurélie stieß einen Pfiff aus. »Donnerwetter! Zehn Tage weg, und schon bist du quasi ein anderer Mensch. Das ist doch großartig!«

»Ich bin kein anderer Mensch«, widersprach ich.

»Du weißt es nur noch nicht«, sagte sie und griff nach ihrem Wasserglas. »Aber dieses kleine Funkeln in deinen Augen ist eindeutig: Du kannst es kaum erwarten, wieder dorthin zu fahren.«

»Die Hormone spielen dir einen Streich. Ich kann mich doch nicht auf so ein Projekt einlassen.«

»Warum denn nicht? Die Patisserie war doch immer dein großer Traum.«

»*War*, wie du ganz richtig sagst. Und was ist, wenn ich damit scheitere, wie ich mit dieser blöden Fernsehsendung gescheitert bin?«

Sie zuckte mit den Achseln. »Wenn es eine Möglichkeit gäbe, so etwas vorher zu wissen, hätte sich das rumgesprochen. Aber mal ehrlich Julia – ohne diesen Schlamassel beim Fernsehen hättest du dich doch sofort darauf gestürzt.«

»Vielleicht«, gab ich zu.

»Na, dann hör doch ein einziges Mal auf dein Herz! Wenn du es nicht versuchst, wirst du es für den Rest deines Lebens bereuen.«

Die Kellnerin brachte uns die Crêpes mit Zucker und gesalzener Butter. Als sie gegangen war, wollte ich protestieren, doch Aurélie ließ mich nicht zu Wort kommen.

»Komm mir jetzt nicht damit, was dich alles in Paris zurückhält! Du weißt so gut wie ich, dass da nichts ist. Ja, kann sein, dass es schiefgeht, na und? Du wirst es überleben. Du brauchst einen Neuanfang, und deine Großmutter serviert ihn dir auf dem Silbertablett. Greif zu!«

Ich war nicht ganz ihrer Meinung, aber ich versprach ihr, zumindest darüber nachzudenken.

»Jetzt, wo ich wieder hier bin, kann ich ganz in Ruhe das Für und Wider abwägen.«

Aurélie schnalzte ungeduldig. »Du zermarterst dir schon seit Monaten das Hirn, wie es für dich weitergehen soll, ohne dass irgendwas dabei rauskommt. Sei mir nicht böse, aber du steckst den Kopf in den Sand.«

Sie war wirklich gnadenlos. Und das Schlimmste war, dass sie recht hatte. Während wir unseren Nachtisch aßen, sprachen wir über andere Dinge, dann schlug Aurélie vor, ein paar Schritte zu gehen. Der Regen hatte aufgehört, und auf den Gehwegen drängten sich die Leute. Manche kehrten in ihr Büro zurück, andere eilten zum Bahnhof. Bei der Metrostation Duroc rempelte ein

Mann Aurélie an, ohne sich auch nur nach ihr umzudrehen, was mich zutiefst empörte.

»Ist nicht weiter schlimm«, sagte sie. »Er hat mir nicht weh getan.«

»Das ist doch kein Grund!«, schimpfte ich. »Er hätte sich wenigstens entschuldigen können. Diese Rücksichtslosigkeit geht mir so was von auf die Nerven!«

Aurélie fing an zu lachen. Ich starrte sie verwirrt an.

»Was ist? Noch so eine seltsame Nebenwirkung der Schwangerschaft?«

»Nein, dein Ausbruch bestätigt nur, was ich vorhin gesagt habe: Du hast dich wieder ans Landleben gewöhnt. Vorher hättest du nur geseufzt und wärst weitergegangen, wie jede Pariserin, die etwas auf sich hält.«

Kopfschüttelnd drehte ich mich um. Wir standen vor einem Zeitungskiosk. Automatisch ließ ich den Blick über die Titelseiten schweifen – bis er an einer hängenblieb. Ich griff nach der Zeitschrift.

»Oh«, sagte Aurélie, als sie begriff, worum es ging.

Wie die Schlagzeile verkündete, hatten die Dreharbeiten zur neuen Staffel von *Pâtissiers Amateurs* begonnen. Willy Dolenc hatte höchstpersönlich meine Nachfolgerin ausgewählt: Élodie Jardin, eine angesagte Foodjournalistin, mit der er angeblich seit Monaten eine Beziehung hatte. Ob es stimmte oder nicht, man konnte nicht leugnen, dass die beiden sich ziemlich nahe waren. In dem Artikel stand, dass sie hoffte, von dieser neuen Bekanntheit zu profitieren, um ihren eigenen YouTube-Kanal zu starten.

»Meinst du, sie haben mich ihretwegen gefeuert?«, fragte ich angeschlagen.

Aurélie überflog kurz den Artikel und legte die Zeitschrift zurück. »Vielleicht ja, vielleicht nein«, erwiderte sie. »Aber ist das wichtig?«

Zu Hause angekommen, stellte ich meine Einkäufe auf die Arbeitsfläche. Ich hatte einen Abstecher zum Montmartre gemacht, um das Haus zu finden, in dem früher die Patisserie Rossignol gewesen war. Zu meiner Enttäuschung musste ich feststellen, dass sich darin jetzt ein Café befand und die Ladenfront nicht mehr blau, sondern rosa gestrichen war. Es war dumm, aber bei dem Gedanken daran, dass keinerlei Spuren der Vergangenheit mehr existierten, waren mir die Tränen gekommen. Was für ein Tag! Ich war erschöpft, und das mit der Unterschrift beim Notar hing mir immer noch nach; an diesem Abend verspürte ich ein großes Bedürfnis nach Ruhe. Auch das Gespräch mit Aurélie hatte mich aufgewühlt. Dabei ging es gar nicht so sehr um die Fernsehgeschichte. *Pâtissiers Amateurs* war trotz allem ein nettes Abenteuer gewesen, aber ich war nicht für das Fernsehen geschaffen. Im Scheinwerferlicht zu stehen, interessierte mich nicht, ich wollte mein Talent nutzen, um zu den einfachen Dingen zurückzukehren. Unterm Strich hatte Aurélie recht gehabt – was machte es schon, wenn ich nur ein Bauer in diesem Spiel gewesen war? Und diese Erkenntnis war sehr befreiend.

Als ich eine Tafel Schokolade in den Schrank legte, verspürte ich ein leises Kribbeln in den Fingern. Ich kannte dieses Kribbeln, es kündigte den unwiderstehlichen Drang an, einen Kuchen zu backen. Aber ich hatte nichts im Haus, weil ich diesen Drang schon seit Ewigkeiten nicht mehr verspürt und darum auch keine Zutaten eingekauft hatte. Dass er nun wieder da war, so kurz nachdem ich bei meinem Vater den Apfelkuchen gebacken hatte, überraschte mich. Doch als ich da vor meiner leeren Arbeitsfläche stand, erkannte ich mit einem Mal, dass ich nicht meine Leidenschaft und meine Fähigkeit verloren hatte, sondern nur die Hoffnung auf eine glückliche Zukunft. Ich bestrafte mich dafür, dass ich so viel Energie in mein Berufsleben gesteckt hatte, während meine Mutter gegen den Krebs ankämpfte. Diese Erkenntnis versetzte mir einen Schock. Zum x-ten Mal holte ich den

Brief heraus. Das Papier war schon ganz zerknittert, so oft hatte ich ihn auseinander- und wieder zusammengefaltet. Mein Blick glitt über die Sätze, die ich mittlerweile auswendig kannte. Ihre Krankheit, ihre Reue, mein Vater. Meine Zukunft.

»Jetzt ist die Angst an deinen Körper gekettet.«

Diese Worte brachten mich nicht mehr zum Weinen, aber wieder hatte ich das seltsame Gefühl, das irgendetwas nicht stimmte, wie am Tag zuvor, als ich aus Cressigny weggefahren war. *Das ist die Müdigkeit,* sagte ich mir und legte den Brief auf den Tisch. Ich hatte in der letzten Zeit so wenig geschlafen! Ich machte mir einen gemischten Salat zum Abendessen und setzte mich aufs Sofa. Doch schon bald ließ ich meinen Teller stehen und holte, von Neugier getrieben, Suzettes Tagebuch. Als ich darin blätterte, sah ich, dass sie nach dem Sommer 1937 nicht mehr so regelmäßig geschrieben hatte. Und es ging nur noch um das Singen. Suzette hatte den Gesangswettbewerb gewonnen, und wie ich bereits aus ihrer Biographie im Netz wusste, hatte ihr das einen Plattenvertrag eingetragen. Der Künstlername Suzie Rossignol fand allgemeine Zustimmung, und mit dem Einverständnis ihrer Eltern begann sie, auf den Pariser Bühnen aufzutreten. Man überhäufte sie mit Blumen und Geschenken, sie hatte zahllose Bewunderer, und sie galt als Wunderkind. Doch wie sie im April 1938 schrieb, dachte sie immer öfter darüber nach, zwischen den Auftritten in Cressigny zu leben.

Papa und Maman werden sich ganz dort niederlassen, ihr zweites Geschäft ist ein Erfolg. Ich glaube, dass mir die Landluft guttun würde. Außerdem vermisse ich Arthur und Francine. Corentin hat Francine einen Heiratsantrag gemacht. Dabei sind sie noch so jung! Aber auf dem Land ist das ja nicht so ungewöhnlich. Und wenn sie sich lieben ... Was für ein Glück die beiden haben! Alle möglichen Jungs wollen mich kennenlernen, aber keiner davon interessiert mich. Tante Marie-Rose hat darüber gelacht und gesagt, bei ihr wäre das genauso gewesen, als sie so alt war wie ich. Da hat Maman sie ganz streng angesehen und gemeint, das könnte man nicht vergleichen. Es ist vielleicht dumm, aber ich muss immer noch an den gutaussehenden Unbekannten vom 14. Juli denken. Maxime Lagarde. Er geht mir nicht mehr aus dem Kopf, seit Arthur mir seinen Namen gesagt hat. Ob unsere Wege sich noch einmal kreuzen?

Auf den drei folgenden Seiten ging es nur um Anekdoten von Auftritten. Ich blätterte zurück und blieb erneut bei jenem Abend im August 1937 hängen, als Marcel Eugénie gesagt hatte, dass die Boulangerie in Cressigny ihnen gehörte. Und da war er wieder, dieser Satz, der mich nicht losließ:

»*Das Licht unserer Tage leuchtet jetzt am hellsten.*«

Es war, als würde sich Marcels Stimme, die ich mir ruhig und sanft vorstellte, aus dem Buch erheben und mir eine zeitlose Wahrheit zuflüstern, denn was für sie möglich gewesen war, musste für mich genauso möglich sein. Zum ersten Mal seit langem füllte sich mein Herz mit echter Hoffnung.
Verdammt, was mache ich noch hier?
Plötzlich wusste ich: Ich musste den Stier bei den Hörnern packen und mich meiner Angst stellen! Alex würde mich für verrückt erklären, und mein Vater wäre wahrscheinlich völlig aus dem Häuschen, aber ich musste diese Gelegenheit beim Schopf packen. Aurélie hatte recht, das war *die* Chance. Ich konnte nicht länger herumvegetieren, nicht nach alldem. Ja, mein Leben war voller Möglichkeiten, ich musste mich nur auf den Weg machen. Und zwar jetzt.
Als ich eine Stunde später schlafen ging, stand meine Entscheidung fest: Am nächsten Tag würde ich nach Cressigny zurückfahren.

Mehrere Male war ich kurz davor, zu kneifen und umzukehren. In meinem Kopf verkündete eine düstere Stimme lautstark, dass ich dabei war, die größte Dummheit meines Lebens zu begehen, und grandios scheitern würde. Aber ich weigerte mich, darauf zu hören. Erstaunlicherweise hatte ich sehr gut geschlafen und mich in der Überzeugung auf den Weg gemacht, dass mein Instinkt mich nicht trog. Ich war aufgeregt und machte mir gleichzeitig vor Angst fast in die Hose.

»Na endlich!«, hatte Aurélie gerufen, als ich sie direkt nach dem Aufstehen angerufen hatte, um ihr meinen Entschluss mitzuteilen.

Während der Fahrt hörte ich meine Playlist mit Gute-Laune-Songs. Nachdem ich aus voller Kehle mit La Grande Sophie »*Du courage, du courage, du courage!*« gesungen hatte, konzentrierte ich mich auf das nächste Stück. Renan Luce erzählte darin von einem Brief, den er versehentlich bekommen hatte.

»Herrgott!«, entfuhr es mir plötzlich.

Endlich wusste ich, was mich die ganze Zeit gestört hatte! Es war etwas, das Suzette gesagt hatte, als ich das letzte Mal bei ihr gewesen war.

»*Es tröstet mich, dass der Brief deiner Mutter zumindest dafür gesorgt hat, dass du deinem Vater wieder nähergekommen bist.*«

Ich hatte ihr nie etwas von dem Brief erzählt! Und ich wäre jede Wette eingegangen, dass Méline es ebenfalls nicht getan hatte. Das konnte nur eins bedeuten: Meine Mutter, die bis zu ihrem Tod mit Suzette in Verbindung gewesen war, musste mit ihr darüber gesprochen haben. Hatte sie gewusst, was meine Großmutter ausbrütete? Dieser Gedanke überraschte mich – obwohl ... Ich wusste nicht, ob ich lachen oder weinen sollte. Ich wusste nur, dass ich das jetzt durchziehen musste.

Um kurz nach drei kam ich in Cressigny an. Der Kies knirschte unter den Reifen, als ich in die Einfahrt bog. Die Haustür ging auf, und mein Vater erschien mit verdutzter Miene auf der Schwelle.

»Julia?«

Ich trat auf ihn zu. Er war unrasiert, und in seinen besorgten Blick mischte sich etwas Sanfteres, Helleres: Hoffnung. Ich hatte nicht darüber nachgedacht, wie ich ihm meine Rückkehr beibringen sollte, und so sagte ich das Erste, was mir in den Sinn kam: »Wir müssen das Zeug aus meinem Zimmer schaffen. Ich glaube, diesmal bleibe ich länger.«

Mehr brachte ich nicht heraus, denn er drückte mich in einer ungeschickten, aber von Herzen kommenden Umarmung an sich.

29

»Nun, ich nehme an, du wirst dann zumindest teilweise hier wohnen«, sagte Méline und stellte ihre Kaffeetasse zurück auf den Tisch.

Nachdem ich meinem Vater erklärt hatte, dass ich es nun doch mit der Patisserie versuchen wollte, hatten wir meine Tante angerufen und sie gebeten vorbeizukommen. Obwohl ich sicher war, dass ich die richtige Entscheidung getroffen hatte, würde ich mich keinesfalls allein auf dieses Abenteuer einlassen, und genau wie Suzette war ich überzeugt, dass es nur zusammen mit Alex funktionieren konnte. Méline hatte meine Eröffnung mit einem breiten Lächeln aufgenommen, allerdings hatte ich das schwierige Thema Alex auch zunächst beiseitegelassen.

»Darüber habe ich noch gar nicht nachgedacht, aber ja, wenn ich richtig einsteigen will, ist es wohl sinnvoll, vor Ort zu sein.«

»Du kannst so lange bei mir bleiben, wie es nötig ist«, warf mein Vater ein.

Ich dankte ihm mit einem Blick, obwohl ich nicht vorhatte, ewig bei ihm zu hausen. Natürlich könnte ich meine Wohnung in Paris verkaufen und mir hier etwas suchen, aber dazu war ich noch nicht bereit. Ich würde den Sprung ins kalte Wasser nicht ohne Sicherheitsnetz wagen.

»Meinst du, Alex macht mit?«, fragte ich Méline nun.

Sie stieß einen Seufzer aus. »Um ehrlich zu sein, ich weiß es nicht. Zwischen ihm und Tania ist es so angespannt, und er ...«

»Und er gibt mir die Schuld daran«, beendete ich den Satz für sie.

»Mach dir deswegen keine Vorwürfe. Mit ihren Problemen hast du nichts zu tun.«

»Vielleicht würde ihnen dieses Projekt ja einen Neuanfang

ermöglichen? Die Wohnung über der Bar ist doch wie geschaffen für sie.«

»Aber da muss eine Menge gemacht werden«, wandte mein Vater ein. »Und das kostet.«

Daran hatte ich bereits gedacht. Und die Antwort darauf, woher das Geld dafür kommen sollte, lag auf der Hand.

Ich räusperte mich. »Wie ihr wisst, ist Mamans Wohnung jetzt verkauft. Ich habe ein hübsches Sümmchen dafür bekommen, und es würde sich doch anbieten, es in dieses Projekt zu investieren.«

Nachdenkliches Schweigen breitete sich aus.

»Bist du sicher, Julia?«, fragte Méline schließlich.

Ich nickte. Auf dem Konto hatte ich für den Anfang genug Geld, außerdem konnte ich meinem Cousin eine Arbeit anbieten, die ihm Spaß machen würde, und dazu noch eine Wohnung. Es wäre egoistisch von mir, ihn in seiner Misere allein zu lassen.

»Ganz sicher. Ohne Alex eröffne ich die Patisserie nicht.«

Und so fuhr ich eine Stunde später mit zu Méline, entschlossen, meinen Cousin zu überzeugen. Ich hatte Angst, nicht die richtigen Worte zu finden, aber ich musste es wenigstens versuchen.

»Wahrscheinlich ist er oben«, sagte meine Tante leise, als wir das Erdgeschoss verlassen vorfanden.

Sie fügte hinzu, dass Tania und Léonore einkaufen gefahren waren und sicher bald zurückkommen würden. Das hieß also: Jetzt oder nie. Ich nahm all meinen Mut zusammen und stieg die Treppe hinauf. Die offene Tür verriet mir, dass Alex im Arbeitszimmer war. Ich blieb einen Moment im Türrahmen stehen und betrachtete ihn. Er hockte mit trübsinniger Miene vor seinem Laptop, den Blick auf den Bildschirm geheftet. Als er den Kopf nach rechts und links drehte, um den Nacken zu lockern, bemerkte er mich und zuckte kurz zusammen.

»Oh, eine Wiedergängerin«, spottete er freudlos.

Und diesem Miesepeter willst du einen Job anbieten.

»Ich bitte dich! Diesmal habe ich nur zwei Tage gebraucht, um wieder hier aufzukreuzen«, gab ich bissig zurück.

»Das sehe ich.« Mit einer müden Bewegung klappte er den Laptop zu.

»Du siehst ganz schön geschafft aus«, sagte ich zögernd. Natürlich rechnete ich nicht damit, dass er sich mir anvertraute, aber irgendwie musste ich ja anfangen. Es schien zu funktionieren, denn er stieß einen tiefen Seufzer aus.

»Diese Geldsorgen bringen mich um. Ich bin mit meinem Chef aneinandergeraten, und ich weiß einfach nicht, was ich machen soll. Du kannst dir nicht vorstellen, wie anstrengend es ist, für einen Kerl zu arbeiten, dem es nur um den Gewinn geht und der sich einen Dreck um deine Meinung schert.«

»Das würde mich ganz schön wütend machen.«

Er nickte. »Und dazu noch Tania, die mich am liebsten umbringen würde ...«

»Ja, ich habe davon gehört«, sagte ich und verzog das Gesicht.

»Und ich weiß auch, dass du denkst, es wäre meine Schuld.«

Er warf mir einen finsteren Blick zu. »Du tauchst hier auf und bringst alles durcheinander. Das hat uns gerade noch gefehlt.«

Ich atmete tief durch, um ruhig zu bleiben. Ich musste mich auf mein Ziel konzentrieren, sonst kamen wir nicht weiter.

»Hör zu, Alex, es tut vielleicht für den Moment gut, deinen Frust an mir auszulassen, aber was bringt das auf Dauer? Oder ist diese Wut eine Art Motor für dich?«

»Bist du hergekommen, um noch weiter in der Wunde herumzustochern?«, fragte er gereizt.

»Na klar«, erwiderte ich sarkastisch. »Zu was anderem bin ich ja nicht gut, stimmt's? Der liebe Alex hatte keinerlei Probleme, bis ich hier aufgetaucht bin.«

Tja, das mit dem Ruhigbleiben hatte wohl nicht so gut geklappt. Immerhin fiel meinem Cousin darauf nichts mehr ein. Er senkte sogar beschämt den Blick.

»Ich habe verstanden, dass du wütend auf mich bist, weil ich mich ewig nicht bei euch gemeldet habe«, fuhr ich, nun wieder ruhiger, fort. »Ich habe verstanden, dass es schmerzlich für dich war zuzusehen, wie mein Vater im Alkohol versunken ist, und dass du stinksauer warst, weil ich vier Jahre gewartet habe, um Suzette zu besuchen. Aber jetzt bin ich da, und ich habe vor, die verlorene Zeit wieder aufzuholen.«

»Indem du mit den Fingern schnippst?«

»Nein. Indem ich diese Patisserie eröffne.«

Mit einem Satz sprang Alex auf. »Hast du den Verstand verloren, Julia?«

»Im Gegenteil, ich habe ihn wiedergefunden.«

»Das Ganze ist doch absurd.«

»Nein, das glaube ich nicht. Die zwei Tage in Paris haben mir geholfen klarzusehen. Wir können es schaffen, wenn –«

»Ich habe versucht, mich selbstständig zu machen, und es hat nicht funktioniert«, unterbrach er mich. »Glaubst du vielleicht, du kannst es besser?«

Allmählich ging er mir wirklich auf die Nerven!

»Auf jeden Fall bin ich nicht so stolz wie du!«, entgegnete ich. »Ich bin hergekommen, um dir zu sagen, dass ich es nicht ohne dich mache.«

Ohne auf seine Reaktion zu warten, erklärte ich ihm, was ich kurz zuvor seiner Mutter dargelegt hatte. Während ich sprach, sah ich, wie ein kleiner Funke in seinen Augen aufleuchtete, und ich konnte förmlich hören, wie sich die Rädchen in seinem Kopf in Bewegung setzten.

»Da, wo du jetzt arbeitest, scheinst du dich nicht wohlzufühlen«, schloss ich. »Also gib mir doch die Chance, dir zu helfen.«

So, wie er mich ansah, hatte ich genau den wunden Punkt getroffen.

»Ich hab's schon einmal in den Sand gesetzt, Julia«, protestierte er und wandte sich ab.

»Und das heißt, dass du es immer wieder in den Sand setzen musst? Hast du dir nie gesagt, dass alles zu verlieren manchmal auch eine Gelegenheit sein kann, noch mal neu zu beginnen und es besser zu machen?«

»Du hast leicht reden ...«

»Echt jetzt? Was glaubst du denn, wie es mir geht? Ich habe keinen Job mehr, Alex, und auch sonst nichts! Uns beiden steht das Wasser bis zum Hals. Aber Suzette gibt uns eine Chance, und ja, ich habe eine Mordsangst, trotz meiner schönen Worte, aber wir wären doch blöd, nein zu sagen, oder?«

Mein Cousin seufzte und drehte sich wieder zu mir. Seine Miene war ernst, aber nicht mehr feindselig.

»Ich muss darüber nachdenken.«

Endlich packte er seinen Stolz in die Schublade! Ihn so unglücklich zu sehen, machte mich ganz krank, und ich mochte mir gar nicht vorstellen, wie es für Tania und Léo sein musste.

»Wenn du es nicht für dich oder mich tust, dann tu es für deine Frau und deine Tochter«, sagte ich leise.

»Ich fühle mich in die Ecke gedrängt.«

Hinter uns räusperte sich jemand, und wir fuhren beide herum. Tania stand im Flur, das Gesicht tränennass. Einen Moment lang schien die Zeit stillzustehen, und ich fragte mich, wie lange sie schon da stand. Was hatte sie von unserem Gespräch mitbekommen?

»Tania«, stotterte mein Cousin, »ich –«

Sie brachte ihn mit einer Handbewegung zum Schweigen. »Ist mir egal, Alex«, sagte sie schniefend. »Alles, was ich will, ist, meinen Mann zurückzubekommen, und zwar den, den ich vor diesem ganzen Mist gekannt habe. Also, wenn du keine Scheidung an den Hacken haben willst, rate ich dir einzuwilligen.«

Damit drehte sie sich um und ließ uns wie erstarrt zurück. Halb zu mir gewandt, setzte Alex zu einer Bemerkung an, und ich ahnte, was er sagen wollte.

»Ich warne dich«, kam ich ihm zuvor. »Wenn du noch einmal davon anfängst, das alles meine Schuld ist, hetze ich dir drei Profikiller auf den Hals.«

Er öffnete trotzdem den Mund, um zu protestieren.

»Ich schwör's!«

»Du bist echt komplett durchgeknallt«, seufzte er, und da wusste ich, dass ich die Partie gewonnen hatte.

Am nächsten Tag rief mich mein Cousin an, um mir grünes Licht zu geben. Tanias Argumente waren offenbar deutlich wirkungsvoller gewesen als meine.

»Aber ich kündige noch nicht sofort bei der Boulangerie«, warnte er mich. »Ich kann es mir nicht leisten, auf mein Gehalt zu verzichten.«

Ich war sehr versucht, ihm einen Kredit anzubieten, damit er nicht mehr so unter Druck stand, aber ich wusste, dass er das Angebot ablehnen würde. Es bedeutete schon eine große Überwindung für ihn, das Projekt mit mir gemeinsam anzugehen, da durfte ich ihn nicht überstrapazieren. Unsere Zusammenarbeit würde nicht ohne Zugeständnisse von beiden Seiten funktionieren, aber es war besser, als es gar nicht erst zu versuchen. Dann informierten wir Suzette, die vor Freude ganz aus dem Häuschen war, als sie erfuhr, dass die Patisserie Rossignol wiederauferstehen würde. Sie informierte sofort ihre Notarin, damit diese die Dokumente vorbereitete, und bestellte uns für den kommenden Dienstag zu sich.

»Ich freue mich so sehr über eure Entscheidung, ihr Lieben!«, rief sie, als der Vertrag unterzeichnet war. »Wann wollt ihr eröffnen?«

»Das hängt davon ab, wie schnell die Umbauarbeiten abgeschlossen sind«, antwortete Alex. »Aber wir dachten uns, dass dein Geburtstag das perfekte Datum für die Eröffnung wäre.«

Im Oktober würde die Kälte das Land wieder in Besitz nehmen, und dann würde eine Patisserie die Leute weit mehr anlocken als im Sommer.

»Eine größere Freude könntet ihr mir kaum machen«, sagte Suzette strahlend.

Wir erklärten ihr, dass wir vorhatten, die Windbeutel besonders ins Licht zu rücken, da sie *die* Spezialität der Familie waren. Ich hatte schon lauter Ideen, wie ich sie ein wenig modernisieren und abwandeln könnte, zum Beispiel mit unterschiedlichen Füllungen: Himbeer, Schoko-Pekannuss, Passionsfrucht … Man konnte alle möglichen Variationen davon machen, ohne das Basisrezept für den Teig zu verändern. Alex war damit einverstanden, und in seinem Kopf wimmelte es auch schon vor Ideen. Jeder von uns würde seine persönliche Note beitragen, und das gefiel Suzette.

»Ich glaube, Méline hat das Rezeptheft von meinem Vater.«

Alex und ich nickten; meine Tante hatte uns das kostbare Heft bereits gegeben. Marcels altmodische Schrift ließ sich nur schwer entziffern, und das Papier war vergilbt und brüchig, aber ich hatte mich darangemacht, die Rezepte abzuschreiben, die uns inspirieren könnten. Denn obwohl wir Lust hatten, modernere Sachen auszuprobieren, würden die Kunden sicher auch etwas traditionellere Kuchen schätzen.

»Das kann nur ein Erfolg werden!«, meinte unsere Großmutter begeistert.

Alex musste wieder los, um Léo von der Schule abzuholen.

»Es ist bewundernswert, was du für ihn tust«, sagte Suzette, als er die Tür hinter sich geschlossen hatte. »Um ehrlich zu sein, hatte ich Angst, dass ihr zwei euch nicht zusammenraufen würdet.«

»Wir haben noch ein gutes Stück Weg vor uns, aber das schaffen wir«, erwiderte ich lächelnd. »Ich hoffe, dass er mir eines Tages verzeiht.«

»Er glaubt, dass er auf dich wütend ist, aber er ist es vor allem auf sich selbst. Dieses Projekt wird ihm sehr guttun.«

»Sofern er nicht auf die Idee kommt, mich in den Betonmischer zu werfen«, scherzte ich.

»Das wird er nicht. Deine Ankunft hat uns allen eine Menge neue Energie gegeben. Auch Alex, ganz gleich, was er sagt.«

Da wir uns gerade so gut verstanden, nutzte ich die Gelegenheit, ihr die Frage zu stellen, die mich die ganze Zeit beschäftigte.

»Du wusstest schon lange von Mamans Brief, stimmt's?«

Suzette zog eine schuldbewusste Miene. »Ich hatte gehofft, du hättest meinen Versprecher nicht mitbekommen.«

»In dem Moment nicht. Samstag hat es dann klick gemacht.«

»Deine Mutter und ich sind immer in Kontakt geblieben, trotz allem, was passiert ist. Sie wollte immer wissen, wie es mir und auch deinem Vater ging.«

»Ich weiß. Aber ... ihr Brief und dieses Geschenk, das du Alex und mir machst, hängen die zusammen? Hat Maman mich hierhingeschickt, weil sie wusste, was du uns vorschlagen würdest?«

»Das ist jetzt aber ein bisschen weit hergeholt, meine Liebe. Deine Mutter hat sich Sorgen um dich gemacht, und sie dachte, wenn du dich mit der Geschichte meiner Eltern beschäftigst, bekommst du vielleicht wieder Lust zu backen, weiter nichts. Alles andere hat sich dann irgendwie ergeben: Du bist zurückgekommen, Alex und du, ihr wart beide kreuzunglücklich, und da habe ich begriffen, was ich tun musste. Ich bin sicher, deiner Mutter hätte es gefallen.«

Ich stieß einen Seufzer aus, gerührt, aber auch erleichtert. Dass die Dinge sich von selbst entwickelt hatten, war mir wesentlich lieber als die Vorstellung, manipuliert worden zu sein. Fast hätte ich sie auf ihr Tagebuch angesprochen, aber ich ließ es dann doch, aus Angst, dass sie es mir übelnehmen könnte. Doch ich konnte ja immerhin mal ein bisschen vorfühlen. Ich brachte das

Gespräch auf den Sekretär in ihrem Schlafzimmer und deutete an, dass ich ihn gerne hätte.

»Das musst du mit deinem Vater und deiner Tante klären«, erwiderte sie. »Von mir aus kannst du ihn gerne haben, es würde mich freuen, wenn er in der Familie bliebe.«

Sie erzählte mir, dass es ein Geburtstagsgeschenk von Marcel gewesen war.

»Hat er ihn nach Maß anfertigen lassen?«, fragte ich, wegen des Geheimfachs.

»Nein, er hat ihn bei einem Trödler gefunden. Ich glaube, ich war damals zwölf. Wir hatten die Schlösser der Loire besichtigt, und danach wollte ich unbedingt Möbel wie eine Königin haben«, sagte sie lachend.

Obwohl ich ebenfalls lachen musste, wagte ich nicht, mehr dazu zu sagen. Suzette war glücklich, und das wollte ich ihr nicht verderben.

Am nächsten Morgen ging ich, das Tagebuch meiner Großmutter an mich gedrückt, in den Obstgarten. Die letzten zwei Tage hatte es viel geregnet, doch jetzt war der Himmel wieder blau, und mein Vater wollte das gute Wetter ausnutzen, um im Garten zu arbeiten. Da ich keinen grünen Daumen hatte, überließ ich ihn seinem Gemüse, stieg über den Holzzaun und setzte mich unter die leuchtend grünen Bäume. Ein wenig unterhalb schlängelte sich ein Bach durch die Wiesen, und der Anblick hatte etwas wunderbar Beruhigendes. Nach all dem Gefühlsaufruhr der letzten Zeit freute ich mich darauf, mal nichts zu tun, einfach nur im Gras zu liegen, den Vögeln zuzuhören und in Suzettes Tagebuch zu lesen. Ich machte dort weiter, wo ich zuletzt aufgehört hatte, im April 1938. Der nächste Eintrag stammte vom 16. Mai, dem Tag, als sie ihrem Idol begegnet war.

Tino Rossi war bei meinem Auftritt im Salle Gaveau! Monsieur Mancini hatte ihm von mir erzählt. Lieber Gott! Wenn mir das früher einer prophezeit hätte! Er ist hinterher zu mir gekommen, um mich zu beglückwünschen, und er hat gesagt, ich hätte eine der schönsten Stimmen, die er je gehört hat. Ich bin bestimmt knallrot geworden! Maman war auch ganz hin und weg. Monsieur Rossi sieht wirklich gut aus mit seinen dunklen Augen und dem wunderbaren Lächeln. Er war in Begleitung von Mireille Balin ... Nach dem, was in den Zeitungen steht, sind sie ein Liebespaar. Sie haben zusammen in dem Film Nächte in Neapel *gespielt, den ich mir letztes Jahr mit Jeanne angeschaut habe. Jedenfalls sah Mademoiselle Balin in ihrem Kleid von Balenciaga einfach umwerfend aus. Was für eine Schönheit! Wenn ich daran denke, dass Papa nicht wollte, dass ich mir bei Bon Marché die Handschuhe von Hermès kaufe! Er meinte, ich sollte mein Geld lieber sparen, um es in etwas Nützliches zu investieren. Aber es ist ja mein Geld! Warum braucht man für alles die Erlaubnis eines Mannes?*

Aber zurück zu Tino Rossi. Erst hat er mir Komplimente gemacht, und dann hat er mir Ratschläge gegeben, aber ich habe nichts davon behalten, so aufgeregt war ich, ihm tatsächlich gegenüberzustehen. Ein Journalist hat ein Foto von uns beiden gemacht, und ich muss es mir immer wieder ansehen, weil ich gar nicht glauben kann, dass es wirklich passiert ist! Jeanne macht sich ein bisschen über mich lustig und sagt, er sei ja nur ein Schnulzensänger, aber sie ist kein Stück besser mit ihrer Schwärmerei für diesen Schauspieler Jean Gabin! Seit Papa mit uns in Die große Illusion *war, ist sie ganz verrückt nach ihm.*

Ich lächelte bei der Vorstellung, wie Suzette in dem Alter gewesen sein musste. Wahrscheinlich ein junges Mädchen wie alle anderen, abgesehen von ihrer Berühmtheit in der Welt der Oper.

Dank ihrer Eltern hatte sie sich von ihrem Erfolg nicht den Kopf verdrehen lassen, sondern war mit beiden Beinen fest auf dem Boden geblieben und schrieb immer wieder, dass sie es kaum erwarten konnte, nach Cressigny zurückzukehren.

»Julia?«

Ich erschrak, als ich Bens Stimme erkannte. Er stand direkt vor mir, die Hände in den Hosentaschen, und sah mich unsicher an. Ich klappte das Tagebuch zu.

»Ich habe dich gesucht«, sagte er. »Ich habe gehört, dass du wieder da bist.«

Und ich bin dir aus dem Weg gegangen.

Nun, da ich meine Entscheidung getroffen hatte, war klar, dass wir uns vermutlich wesentlich öfter über den Weg laufen würden, als mir lieb war. Aber bisher hatte ich mich bemüht, nicht zu viel darüber nachzudenken. Ich musste mich auf das Wesentliche konzentrieren, sprich die Patisserie. Was allerdings schwierig werden würde, wenn er einfach so hier auftauchte. Ich wusste nicht, was ich erwidern sollte, und aus lauter Verlegenheit rupfte ich ein paar Grashalme aus.

»Du hast mich gesucht?«, sagte ich schließlich.

Ben nickte und kam einen Schritt näher. Hastig stand ich auf, damit er nicht auf die Idee kam, sich neben mich zu setzen. Wie früher, als wir Hand in Hand im sonnenwarmen Gras gelegen hatten.

»Dein Vater hat mir gesagt, dass du hier bist.«

»Mein Vater? Wirklich?« Ich war ziemlich überrascht. Papa hatte vielleicht erkannt, dass er im Unrecht gewesen war, aber auch er hatte sicher nicht damit gerechnet, dass Ben hier auftauchte.

Er verzog das Gesicht. »Ich gebe zu, ich war mir nicht sicher, wie er mich empfangen würde.«

Natürlich – er hatte ihren Zusammenstoß am Abend meines zwanzigsten Geburtstags bestimmt auch nicht vergessen, zumal sie sich seither nie wieder begegnet waren. Die Erinnerung daran war mir unangenehm.

»Was führt dich her?«, fragte ich.

»Ich muss dir etwas zeigen, aber nicht hier. Kannst du heute Abend bei mir vorbeikommen?«

Ich musterte ihn und überlegte, was er wohl vorhaben mochte. Doch sein Blick war unergründlich.

»Heute habe ich keine Zeit«, erwiderte ich mit aller Würde, die ich aufbringen konnte.

Ich war nachmittags mit Alex in der Bar verabredet, um dort weiter auszumisten. Méline und mein Vater würden später dazukommen, und vielleicht würden wir anschließend zusammen zu Abend essen.

»Und was ist mit morgen?«

Wenn er so beharrlich war, musste es etwas Wichtiges sein. Ben war nicht der Typ, sich irgendeinen Vorwand auszudenken, um ein Date einzustielen.

»Ja, da kann ich gegen sechs zu dir kommen, wenn du willst«, antwortete ich. »Aber ich mache mir ein bisschen Sorgen – es ist doch hoffentlich nichts Ernstes?«

Er zuckte mit den Achseln. »Weiß ich nicht. Das musst du selbst entscheiden.«

Verwirrt begleitete ich ihn bis zum Tor. Genau in dem Moment tauchte mein Vater aus dem Gemüsegarten auf und kam mit ein paar Schritten auf uns zu.

»Gehst du schon wieder?«, fragte er Ben.

Mein Ex wirkte genauso angespannt, wie ich mich fühlte. Ich weiß nicht, welches Spiel mein Vater spielte, aber ich rechnete mit dem Schlimmsten.

»Ich wollte nur kurz Hallo sagen«, antwortete Ben. »Ich muss wieder zur Arbeit.«

»Na, dann bis bald.«

Staunend sah ich zu, wie mein Vater ihm die Hand gab. Ben

nahm sie und nickte schweigend. Ich wusste nicht genau, was sich da gerade abspielte, aber es sah ganz nach einem Friedensschluss aus.

30

Bei meiner Ankunft in der Bar sah ich sofort, dass es Ärger gab. Alex und Loïc standen vor der Tür wie die Kampfhähne.

»Lass den Scheiß, Mann, du gehst mir auf die Nerven!«, schimpfte mein Cousin, als ich dazukam.

Loïc plusterte sich empört auf. »Nicht in dem Ton, okay?«

Die beiden würden sich doch wohl nicht prügeln, oder?

»Los, verschwinde!«, knurrte Alex und stieß ihn weg.

»He!«, rief ich. »Was ist denn hier los? Wird das jetzt ein Testosteronwettkampf, oder was?«

»Dieser Idiot will nicht kapieren, dass die Bar nicht zu verkaufen ist!«, schnaubte mein Cousin.

Loïc wandte sich zu mir. »Vielleicht hörst du mir ja zu, Julia«, sagte er mit zuckersüßem Lächeln.

Aber damit konnte er bei mir nicht landen. Ich hatte nicht vergessen, was Maud mir über seine krummen Dinger erzählt hatte.

»Was soll ich mir anhören?«, erwiderte ich. »Die Sache ist doch klar: Meine Großmutter will nicht mehr verkaufen, mehr ist dazu nicht zu sagen.«

»Ich an deiner Stelle würde da aber noch mal drüber nachdenken.« Er kam einen Schritt auf mich zu. »Der Kasten wird dank eurer Arbeit ordentlich an Wert gewinnen. Am Ende könnte deine Großmutter ein hübsches Sümmchen dafür bekommen.«

Mein Cousin stieß einen tiefen Seufzer aus, verschwand im Innern und ließ mich mit Loïc allein.

Danke Alex, echt nett von dir.

Gereizt musterte ich meinen einstigen Klassenkameraden. »Und du würdest davon dann auch profitieren, richtig?«

Er warf sich in die Brust, überzeugt, dass er mich umstimmen konnte. »Nun ja, wenn deine Großmutter den Verkauf über mich abwickelt, bekomme ich eine Provision, das stimmt.«

»Danke, aber ich bin nicht interessiert«, sagte ich und schüttelte den Kopf. »Alex und ich haben etwas geplant und werden das auch durchziehen.«

Da sah er mich mit einem merkwürdigen Ausdruck in den Augen an. »Du wirst deine Meinung schon noch ändern!«, verkündete er drohend und ging.

»Alles klar«, murmelte ich vor mich hin.

Während ich in den oberen Stock hinaufstieg, fragte ich mich, was Maud nur an Loïc gefunden hatte. So ein windiger, geldgieriger Typ!

»Bist du ihn losgeworden?«, fragte Alex vom oberen Ende der Treppe.

»Ja, und danke auch, dass du ihn mir überlassen hast.«

»Wenn ich nicht reingegangen wäre, hätte ich ihm eine verpasst. Ich kann den Kerl nicht ausstehen.«

Ich gab zu, dass Loïc mir auch nicht gerade Vertrauen einflößte. »Er hat etwas von einem schmierigen Vertreter, nicht?«

Alex nickte. »Ja, das trifft es ziemlich gut. Er hatte mal einen Hangar in ein geheimes Lager umfunktioniert.«

»Ein Lager? Wofür denn?«

»Um irgendwelche Waren von zweifelhafter Herkunft zu verkaufen natürlich! Glaub mir, dem kann man nicht von hier bis zur nächsten Wand trauen.«

»Ich hoffe nur, er macht uns nicht allzu viel Ärger, denn es sieht nicht so aus, als würde er leicht aufgeben.«

»Wenn, dann fällt uns schon was ein.«

Ich nickte lächelnd. »So, Schluss jetzt mit Loïc. Schauen wir uns lieber mal deine zukünftige Wohnung an.«

Wir gingen von einem Zimmer zum nächsten, um zu sehen, wie umfangreich die Renovierungsarbeiten sein würden. Das Parkett war in recht gutem Zustand, das brauchte nicht ausgetauscht zu werden. Im Bad und in der Toilette waren die Armaturen schon ziemlich alt, aber mit einem guten Klempner ließ sich das rasch auf den aktuellen Stand bringen. In den Zimmern jedoch lösten sich überall die Tapeten von den Wänden.

Alex wirkte entmutigt. »Wie lange werden wir für all das brauchen?«

»Mit ein bisschen Muskelschmalz gar nicht so lange«, versuchte ich ihn aufzumuntern. Er durfte jetzt auf keinen Fall den Kopf hängen lassen. »Geschickt eingerichtet, kann es richtig nett werden, man braucht bloß ein bisschen Fantasie. Gut, es ist nicht luxuriös, aber ihr werdet euch hier bestimmt wohlfühlen.«

Er lachte freudlos auf. »Darf ich ehrlich sein, Julia?«

»Wenn wir zusammenarbeiten wollen, wäre das schon gut.«

Seine Mundwinkel verzogen sich zu einem leisen Lächeln. »Du bist eine echte Nervensäge. Wenn beruflich wie privat nicht so viel auf dem Spiel stünde, wäre ich schon längst ausgestiegen.«

Ich stieß ihn mit der Schulter an und erwiderte grinsend: »Ich weiß, aber du wirst mir noch dankbar sein, dass ich dich so genervt habe. Wir müssen zusammenhalten, Alex«, fügte ich ein wenig ernster hinzu. »Sonst schaffen wir es nicht.«

Wenig später kamen auch Méline und mein Vater mit Léonore, alle drei beladen mit Kartons und Müllsäcken. Mehrere Stunden lang räumten wir die Wohnung weiter aus, sichteten, entstaubten und lachten, wenn wir etwas fanden, das mit heiteren Erinnerungen verbunden war. Léo wirbelte herum und stieß bei jedem Fundstück Begeisterungsrufe aus. Sie sprudelte vor Energie und Lebensfreude und malte sich bereits aus, wie sie ihr Zimmer einrichten würde, wobei sie sich alle paar Minuten für eine andere Wandfarbe entschied. Es freute mich zu sehen, dass auch mein Vater mit dem Herzen dabei war. Meine Gewissheit, dass ich die richtige Entscheidung getroffen hatte, wurde immer stärker.

»Oh, mein Rücken!«, stöhnte Méline und reckte sich, als mein

Vater und Alex sich auf den Weg zur Mülldeponie gemacht hatten.

»Wir waren aber auch fleißig«, lobte ich uns. Gerade hatten wir Suzettes Sekretär leergeräumt. »Ich dachte, wir würden niemals damit fertig.«

»Meint ihr, ich kann den als Schreibtisch haben?«, fragte Léonore.

»Suzette würde sich bestimmt sehr darüber freuen«, sagte ich. »Sie hat mir erzählt, dass sie ihn von ihrem Vater zum Geburtstag bekommen hat, da war sie ungefähr so alt wie du.«

»Erstaunlich, dass sie mit dir darüber gesprochen hat«, bemerkte Méline.

Ich behauptete, Suzette hätte es zufällig in einem Gespräch erwähnt. Mir war klar, wenn ich meiner Familie von dem Tagebuch erzählte, würden sie mir entweder meine Neugier vorwerfen oder es selbst lesen wollen. Und fürs Erste gefiel mir die Vorstellung, dass ich die Einzige war, die davon wusste. Dieses Geheimnis, das ich noch nicht teilen mochte, war wie eine unsichtbare Verbindung zu Suzette.

»Na, auf jeden Fall sind wir gut vorangekommen«, sagte meine Tante. »Bald können wir Kostenvoranschläge für den Umbau unten einholen. Wie fühlst du dich? Nicht allzu gestresst, hoffe ich?«

Ich wusste, dass ich, was das betraf, ehrlich zu ihr sein konnte. »Ich habe einen Mordsschiss. Wenn ich das in den Sand setze, ziehe ich Alex mit, was den Druck natürlich noch erhöht. Andererseits tut es mir gut, endlich wieder loszulegen.«

»Da hast du recht, meine Liebe. Solange man in Aktion ist, ist man am Leben. Und das ist das Wichtigste.«

Übergangslos fragte sie mich, ob ich mich um den Kuchen für Léonores Geburtstag kümmern könnte, nun, da ich wieder hier war.

»Ich habe es versucht, aber das Ergebnis war nicht sehr überzeugend«, sagte sie und zog eine Grimasse.

»So schlimm?«

»Die totale Katastophe!«, rief Léo lachend. »Das Teil sah aus, als käme es vom Seziertisch.«

Méline versuchte, die Beleidigte zu spielen, musste aber ebenfalls lachen. »Du bist wirklich gnadenlos zu deiner Großmutter! Was kann ich denn dafür, wenn die Himbeermousse im Kühlschrank nicht richtig fest geworden ist?«

Ich strubbelte Léo durchs Haar und versprach ihr, alles zu tun, was in meiner Macht stand, um ihr einen Kuchen zu backen, der diesen Namen verdiente.

Am nächsten Morgen erwachte ich bester Laune. Ich hatte gut geschlafen, und das Abendessen bei Méline war richtig nett gewesen. Als Alexandre und Tania mir verraten hatten, welche Kuchensorten Léonore am liebsten mochte, hatte meine Tante plötzlich eine Idee gehabt.

»Dass ich da nicht schon eher dran gedacht habe! Die Patisserie Rossignol könnte uns mit Leckereien für unsere Übernachtungsgäste beliefern.«

Paul, der Mélines gescheiterte Versuche auf diesem Gebiet nur allzu gut kannte, hatte sofort zugestimmt, und Alex und mir gefiel der Gedanke ebenfalls. Méline würde es die Arbeit erleichtern, und wir könnten so unsere Kundschaft vergrößern, sofern ihren Gästen unsere Spezialitäten schmecken.

Mein Vater und ich waren danach zu Fuß nach Hause gegangen, durch die schmalen Straßen mit ihren eng aneinander geschmiegten Häusern. In der Stille des schlafenden Dorfes hatte er einen zufriedenen Seufzer ausgestoßen.

»Es ist so schön, wenn einfach mal alles funktioniert!«

»Stimmt«, hatte ich ebenso gelöst erwidert. »Es scheint sich alles perfekt zu fügen. Und zwischen Alex und Tania läuft es offenbar auch besser.«

Die Frau meines Cousins war noch etwas zurückhaltend, was

in Anbetracht der Abwärtsspirale, in die er sich hatte hineinziehen lassen, verständlich war, aber zumindest sprach sie nicht mehr von Scheidung. Und das war mit Sicherheit förderlich für Alex' Seelenfrieden.

Ich reckte mich ausgiebig, voller Optimismus, was die Zukunft anging. Dann fiel mir ein, dass ich abends mit Ben verabredet war, und Panik durchzuckte mich. Warum wollte er unbedingt, dass ich zu ihm kam? Wie dumm von mir, dass ich nicht beharrlicher nachgefragt hatte, worum es ging. Gestern war ich zu beschäftigt gewesen, um mich deswegen verrückt zu machen, aber jetzt holte es mich schlagartig wieder ein. Ich versuchte mich zu beruhigen; schließlich gab es keinen konkreten Anlass, mir Sorgen zu machen. Vielleicht hatte das, was er mir zeigen wollte, einfach nur mit seinem Haus zu tun, und er wollte es in Erinnerung an unsere Kindheit mit mir teilen. Ein wenig aufgemuntert ging ich nach unten, um zu frühstücken. Als ich mit meinem Vater über die Umbaumaßnahmen sprach, die wir in der Bar planten, bekam ich eine SMS von einer unbekannten Nummer.

Hi, Julia. Ich habe dir etwas mitzuteilen, was dich interessieren dürfte. Komm um 14 Uhr ins Paddock. Bis später, Loïc.

Verwirrt starrte ich auf mein Handy. Woher hatte er meine Nummer? Alex hatte sie ihm bestimmt nicht gegeben. Maud? Wenn er ihr irgendeine Lügengeschichte erzählt hatte, vielleicht. Aber ich wollte sie jetzt nicht damit belästigen.

»Ist alles in Ordnung?«, fragte mein Vater.

»Loïc will mich sehen.«

Ich erzählte ihm nicht, warum. Mein Gefühl sagte mir, dass er auf diese Andeutungen gereizt reagieren würde. Und mir war auch nicht wohl dabei.

Er runzelte die Stirn. »Nimm dich vor ihm in Acht, Julia. Der Kerl gefällt mir nicht.«

Ich versicherte ihm, dass es mir genauso ging.
»Aber du willst trotzdem hingehen.«
»Wir treffen uns im Paddock, da setze ich mich wohl keiner großen Gefahr aus. Ich nehme an, er will noch mal versuchen, mich von der Idee mit der Patisserie abzubringen.«
»Wenn er dich nicht in Ruhe lässt, sollten wir vielleicht die Polizei einschalten.«
»Wir werden sehen.«
Ich ging ein wenig früher ins Paddock, um als Erste dort zu sein. Es war vielleicht albern, aber es gab mir das Gefühl, in der stärkeren Position zu sein. Ein paar Stammgäste an der Bar musterten mich neugierig, als ich mich an einen Tisch am Fenster setzte, mit Blick auf den Marktplatz. Um diese Zeit war kaum jemand unterwegs, abgesehen von einer Gruppe Jugendlicher, die auf einer Bank saßen und rauchten. Aus der Ferne sah ich, dass das Schaufenster unserer Bar geputzt worden war, wahrscheinlich von Méline, da Alex und ich an dem Morgen keine Zeit dafür gehabt hatten. Nathan, der Wirt, kam zum Tisch, um meine Bestellung entgegenzunehmen.
»Nun sind Sie also doch ganz zurückgekommen«, begrüßte er mich.
»Tja, wie heißt es so schön: Man soll niemals nie sagen.«
Ein wenig zurückhaltender erwiderte er: »Ich nehme an, Sie wollen die Bar Ihrer Großeltern wiedereröffnen ...«
Ich ahnte, was ihn umtrieb, und beeilte mich, ihn zu beruhigen. »Nein, keine Sorge. Ich eröffne eine Patisserie zusammen mit meinem Cousin.«
Prompt wirkte Nathan erleichtert. »Das wäre schwierig geworden, nur ein paar Meter weiter Konkurrenz zu haben«, gestand er mit einem Lächeln.
Ein Mann an der Bar, der offensichtlich unser Gespräch mit angehört hatte, meinte zu ihm, selbst wenn es so käme, gebe es keinen Grund zur Sorge.

»Ich kenne ein paar Käffer, gar nicht weit von hier, da gibt es mehr Bistros als Einwohner. Und denen geht's prächtig. Aber das mit der Patisserie ist eine gute Idee«, schloss er mit einem beifälligen Schniefen. »So was fehlt hier.«
Prima, Marktanalyse erledigt.
Ich bestellte einen Kaffee, blickte dann wieder nach draußen, und in dem Moment kam Loïc. Er parkte sein Motorrad auf dem Platz, nahm den Helm ab und überquerte die Straße.
»Hallo, Julia«, sagte er, als er durch die Tür trat.
Er setzte sich mir gegenüber und bestellte ebenfalls einen Kaffee. Die Typen an der Bar sahen unverhohlen zu uns herüber und fragten sich wahrscheinlich, was wir miteinander zu tun hatten. Mangels einer Antwort wandten sie sich wieder ihren Getränken und Gesprächen zu, ein Auge auf den Fernseher gerichtet, auf dem ein Musikkanal lief.
Ich wartete, bis Nathan uns den Kaffee gebracht hatte, dann ging ich zum Angriff über.
»Wer hat dir meine Nummer gegeben?«
Loïc sah mich mit herablassender Miene an. »Ich informiere dich, dass ich dir etwas Wichtiges mitzuteilen habe, und das Einzige, was dich interessiert, ist, wie ich an deine Nummer gekommen bin?«
Puh, der Kerl ging mir jetzt schon auf die Nerven. Aber so leicht würde ich mich nicht aus der Fassung bringen lassen.
»Ich gebe dir zehn Minuten, keine Sekunde mehr, Loïc. Was willst du mir sagen?«
»Ich möchte etwas mit dir besprechen.«
Ich seufzte. »Wegen der Bar, nehme ich an?«
Er nickte, die Augen halb zugekniffen wie ein Raubtier, das seine Beute belauerte. Die Warnung meines Vaters im Ohr, rührte ich angespannt in meinem Kaffee.
»Ich will ehrlich sein, Julia. Ich brauche die Provision, um wieder flüssig zu sein.«

Hält er mich für eine Wohltätigkeitsorganisation, oder was?
»Und du glaubst, das genügt, damit ich meine Meinung ändere?«

Loïc schüttelte den Kopf. »Natürlich nicht, ich bin ja nicht blöd. Aber das, was ich dir mitzuteilen habe« – er senkte die Stimme –, »könnte dich vielleicht überzeugen.«

»Schön, ich höre.«

Er lachte spöttisch. »Du hast mich nicht verstanden. Ich bedauere, aber alles hat seinen Preis. Ich weiß Dinge über deine Familie, aber die verrate ich dir nur, wenn du mich mit dem Verkauf des Hauses beauftragst.«

Ich wusste nicht, ob ich einen Wutanfall oder einen Lachanfall kriegen sollte. So selbstsicher er sich auch gab, was er sagte, war einfach lächerlich.

»Und wie kommst du darauf, dass mich das interessiert?«

»Das Zucken deiner Lider eben, als ich von deiner Familie sprach. Du bist eine schlechte Pokerspielerin.«

»Ich spiele kein Poker. Und du spinnst, mein Lieber.«

Tatsächlich ärgerte ich mich, dass er das bemerkt hatte.

Er ließ sich nicht aus der Ruhe bringen. »Da ich ein netter Mensch bin, gebe ich dir einen Hinweis: Unsere Großmütter waren früher eng verbunden. Aber nach dem Krieg haben sie sich zerstritten. Und vor ihrem Tod hat mir meine erzählt, warum. Glaub mir, das ist den Einsatz wert.«

»Deine Großmutter?«, fragte ich verwirrt.

»Ja, Francine Hénault.«

Francine. Natürlich!

Suzettes Freundin hatte also tatsächlich Corentin Hénault geheiratet, den Sohn des Gastwirts. Wieso hatte ich bei der Lektüre des Tagebuchs die Verbindung nicht hergestellt? Ich legte die Hände um meine Tasse und wartete auf die Fortsetzung.

Wieder ein Raubtierlächeln von Loïc. »Wie ich sehe, fängst du an nachzudenken.«

»Ja, und ich komme zu dem Schluss, dass das nichts als heiße Luft ist. Glaubst du allen Ernstes, ich würde dir im Austausch gegen ein Geheimnis das Haus anvertrauen?« Ich sah ihn ungläubig an.

»Ich weiß Dinge, die Eugénie, Suzette und den Tod deines Großvaters betreffen, wenn du verstehst, was ich meine«, legte er nach, offenbar überzeugt, dass er mich damit am Haken hatte.

Das brachte mich aus der Fassung, aber ich bemühte mich, mir nichts anmerken zu lassen. »Du willst mich also erpressen.«

»Was für ein großes Wort! Ich ziehe die Bezeichnung Handel vor, das erscheint mir passender.«

»Du bist widerlich, Loïc. Deine Familie ist daran gewöhnt, deine Lügen zu glauben, nicht? Ich bin froh, dass Maud ihr Leben nicht ruiniert hat, indem sie mit dir zusammengeblieben ist.«

Gut, das war unter der Gürtellinie, aber ich musste ihm klarmachen, dass er mit der Nummer bei mir nicht landen konnte. In seinen Augen blitzte Wut auf, und er hatte Mühe, sich zusammenzureißen.

»Lass Maud da raus. Ich habe sie geliebt, aber ich hab's verbockt. So was passiert eben. Ben hat dich ja auch behandelt wie ein Stück Dreck.«

Ich knirschte mit den Zähnen und musste an mich halten, um ihn nicht zu ohrfeigen. »Das war etwas völlig anderes.«

»Ach ja, stimmt. Ihr Städter kriegt natürlich alles besser hin als der Rest der Welt. Aber ich bin nicht wie unser guter Benjamin. Er hat sich schon immer für intelligenter als alle anderen gehalten. Weißt du noch, wie herablassend er früher oft war?«

In der Tat hatte Ben bisweilen bissige Bemerkungen gemacht, aber ich hatte es nie als verächtlich empfunden. Außerdem konnte ich es ihm nicht verübeln, dass er Loïc ein paarmal auf seinen Platz verwiesen hatte.

»Wenn du mit Ben eine Rechnung offen hast, schlage ich vor, du klärst das direkt mit ihm. Und ich bin nicht bereit, mich auf deine Spielchen einzulassen, tut mir leid.« Ich legte Geld für meinen Kaffee auf den Tisch und stand auf. »Außerdem ist das alles nur leeres Geschwätz. In meiner Familie gibt es kein Geheimnis.«

»Glaub von mir aus, was du willst, Julia. Aber du wirst es bereuen!«

Ich ging, ohne ihm auch nur einen Blick zuzuwerfen. Nach diesem verstörenden Wortwechsel brauchte ich frische Luft. Mein Verstand sagte mir, dass ich seinen Behauptungen keinen Glauben schenken durfte, aber das Ganze war trotzdem beunruhigend. Ich wusste nicht, dass Suzette und Francine sich zerstritten hatten. Aber ich hätte darauf kommen können, denn meine Großmutter hatte mir gegenüber ihre frühere Freundin mit keinem Wort erwähnt. Die beiden hatten offenbar keinen Kontakt mehr gehabt. In Gedanken versunken ging ich hinüber zur Bar, um ein paar Dinge für den Umbau auszumessen, und erschrak, als ich André erblickte, den alten Mann, den Méline letztens in die Schranken gewiesen hatte. Auf seinen Stock gestützt, betrachtete er eingehend das Schaufenster.

»Kann ich Ihnen helfen?«, fragte ich höflich.

So, wie meine Tante von ihm gesprochen hatte, rechnete ich damit, dass er wieder etwas Abfälliges grummeln würde, wie bei unserer ersten Begegnung im Supermarkt, doch das tat er nicht.

»Ihr wollt also die Patisserie Rossignol wiedereröffnen, du und dein Cousin.«

Es war keine Frage. Und nach seiner argwöhnischen Miene zu urteilen, schien ihm diese Vorstellung ganz und gar nicht zu gefallen.

»Neuigkeiten sprechen sich ja schnell herum«, erwiderte ich lapidar.

»Das war hier schon immer so. Gerüchte verbreiten sich wie

ein Lauffeuer.« Er musterte mich. »Du bist deiner Großmutter wie aus dem Gesicht geschnitten, als sie jung war.«

»Das höre ich oft. Haben Sie sie damals gut gekannt?«

Ich ahnte bereits, wie die Antwort ausfallen würde, denn meine Tante hatte mir zu verstehen gegeben, dass mein Großvater und André sich nicht leiden konnten.

»Alle haben sie gekannt«, antwortete er ausweichend. »Sie war die Wirtin hier.«

Vielleicht konnte mir der Alte ja verraten, ob es ein Geheimnis um Eugénie, Francine und Suzette gegeben hatte? Wie er selbst bemerkt hatte, wusste hier im Dorf jeder alles. Einen Versuch war es wert.

»Wissen Sie, ich interessiere mich für meine Wurzeln und die Geschichte meiner Familie, und da dachte ich mir, Sie könnten mir möglicherweise –«

»Stocher nicht in der Vergangenheit herum, hörst du?«, rief er plötzlich aus. »Wenn du gekommen bist, um das alles wieder aufzuwühlen, geh zurück nach Paris!«

Sein Gesicht war gerötet, und er starrte mich an, als hätte ich ihn auf übelste Weise beschimpft.

Verwirrt versuchte ich mich zu rechtfertigen. »Es sind meine Vorfahren, und ich möchte mehr über sie wissen.«

»Nein!«, brüllte er. »Lass die Finger davon. Die Vergangenheit ist gefährlich, wenn man sie zu genau betrachtet.«

Ich drückte mich an die Hauswand, erschrocken über diesen Wutanfall, den ich ausgelöst hatte. André fixierte mich immer noch mit seinem stechenden Blick.

»Das geht dich nichts an!«, fauchte er. »Nicht das Geringste!«

Damit wandte er sich um und marschierte davon. Fassungslos sah ich ihm nach. Ich verstand nicht, was das zu bedeuten hatte, aber allmählich machte mir diese Geschichte wirklich Angst.

31

Drei Stunden später stieg ich in einem Zustand äußerster Anspannung die unregelmäßigen Stufen zu Bens Haus hinauf. Mir lagen immer noch Loïcs widerwärtiges Verhalten und der Wortwechsel mit André auf der Seele. Wenn Ben mich hierher bestellt hatte, um mich ebenfalls zu erpressen oder zu beschimpfen, wusste ich nicht, ob ich die Fassung bewahren konnte. Ich atmete tief durch und straffte die Schultern, bevor ich auf die Klingel drückte. Die Tür wurde geöffnet, und der Golden Retriever sprang begeistert an mir hoch, um mich zu begrüßen. Ben stand direkt dahinter.

»Simba, aus!«, befahl er dem Hund. »Entschuldige, er übertreibt es manchmal mit den Freundschaftsbekundungen.«

Ich winkte ab und folgte ihm in die Eingangshalle. Es war das erste Mal, dass ich dieses Haus betrat. Der Raum hatte eine hohe Decke und einen Fliesenboden mit alten Motiven. Mit dem Blick folgte ich der Treppe, die in die obere Etage führte. Das Spukhaus sah recht einladend aus.

»Es ist ein komisches Gefühl, hier zu sein.«

Ben grinste. »Falls es dich tröstet, bisher ist mir noch kein Geist begegnet. Nachts knackt und knarzt es ein bisschen, aber das ist ja nichts Ungewöhnliches.«

»Nein, so alt, wie das Haus ist, sicher nicht. Aber ich nehme an, das war nicht der Grund, weshalb du mich sehen wolltest.«

»Nein.«

Simba legte sich in seinen Korb, und Ben bedeutete mir, ihm in die Küche zu folgen. Hier war noch alles mehr oder weniger im Originalzustand, nach dem Holzofen mit den Kupfertöpfen darüber und der abblätternden gelben Wandfarbe zu urteilen.

»Möchtest du etwas trinken?«, fragte er.

»Da sage ich nicht nein.«

Er öffnete eine Flasche Eistee. Den hatten wir damals, als wir zusammen waren, literweise getrunken. In der Prüfungsphase war das mein Treibstoff gewesen, wenn ich nachts gebüffelt hatte.

»Trinkst du das Zeug immer noch?«, fragte ich, um die Atmosphäre ein wenig aufzulockern.

»Nein, aber ich dachte, du vielleicht.«

»Geht schon klar«, sagte ich und trank einen Schluck. Dann bemerkte ich, dass auf dem Tisch eine Mappe mit Dokumenten lag. »Ist es das, was du mir zeigen wolltest?«

Er nickte und griff danach. »Es ist wahrscheinlich nichts Wichtiges, aber in gewisser Weise betrifft es dich.«

Ich warf einen kurzen Blick auf die Mappe, begriff aber nicht, worum es ging.

»Das sind die Katasterauszüge von diesem Haus«, erklärte er. »Ich wollte etwas mehr über seine Geschichte wissen, bevor ich mit der Renovierung beginne. Berufskrankheit, sozusagen«, fügte er lächelnd hinzu.

»Und deine Recherchen waren erfolgreich?«

Wieder nickte er. »Das Haus wurde 1897 von einem gewissen Anatole Bizeau erbaut, und es blieb bis zu seinem Tod 1938 in seinem Besitz.«

Das war ja alles schön und gut, aber ich verstand immer noch nicht, was das mit mir zu tun hatte.

»Worauf willst du hinaus?«

»Im Mai 1939 bekam das Haus einen neuen Eigentümer. Und dieser Eigentümer war … dein Großvater«, schloss er und schob mir ein Blatt Papier hin.

Ich starrte erst das Dokument an, dann Ben. Ich traute meinen Augen nicht, doch da stand es, schwarz auf weiß: Maxime Lagarde.

»Dieses Haus hat meiner Familie gehört?«

Das war ja völlig verrückt!

»Bis 1946«, bestätigte er und tippte auf ein anderes Dokument. »Da hat deine Großmutter es verkauft.«

»Also etwa zwei Jahre nach dem Tod meines Großvaters.«

»Danach hat ein älteres Ehepaar knapp dreißig Jahre hier gewohnt, und dann stand es leer, bis ein Engländer es 2000 gekauft hat.«

Ungläubig betrachtete ich die Papiere, als könnten sie mir noch mehr verraten. »Ich weiß nicht, was ich davon halten soll, Ben. Ich hatte keine Ahnung.«

»Das dachte ich mir schon. Deshalb wollte ich dir die Unterlagen zeigen.«

Ich hob den Kopf. »Hast du mit meiner Tante darüber gesprochen?«

»Bis jetzt nicht. Sie hat uns damals, als wir Kinder waren, so oft eingetrichtert, dass wir nicht zu diesem Haus gehen sollten ... Mittlerweile denke ich, das war kein Zufall.«

Mit einem Mal erinnerte ich mich an Mélines Reaktion, als Colette ihr von dem Verkauf des Hauses erzählt hatte.

»Da hast du wahrscheinlich recht. Sie ist ganz blass geworden, als sie erfahren hat, dass du der neue Besitzer bist.«

»Meine Eltern waren auch nicht gerade begeistert«, sagte er und verzog das Gesicht.

»Ach ja? Meinst du, sie wissen etwas?«

»Keine Ahnung. Aber es würde mich nicht wundern, wenn rauskäme, dass hier damals etwas passiert ist.«

Zögernd erzählte ich ihm von dem Tagebuch meiner Großmutter. »Gestern, als du bei uns warst, habe ich gerade darin gelesen. So richtig wohl ist mir dabei nicht, aber vielleicht schreibt sie ja irgendwo etwas über das Haus ...«

Meine Neugier war wieder geweckt.

»Ich will dich zu nichts zwingen«, erklärte er ernst. »Es ist dein gutes Recht, nichts darüber wissen zu wollen.«

Ich verdrehte die Augen und lachte müde. »Netter Versuch,

Ben. Dabei habe ich Loïc vorhin noch erklärt, dass es in unserer Familie kein Geheimnis gibt!«

»Loïc? Was hat der denn damit zu tun?«, fragte er stirnrunzelnd.

Ich schilderte ihm, wie unser einstiger Klassenkamerad versucht hatte, mich zu erpressen.

»Er sucht nach etwas, womit er mich zum Verkauf zwingen kann, und da es keinen legalen Weg gibt ...«

»Dieser Dreckskerl! Der hatte immer schon so was Linkes.«

»Jedenfalls hat er es geschafft, in mir Zweifel zu säen. Ich habe keineswegs die Absicht, mich ihm zu beugen, aber ich stelle mir alle möglichen Fragen, und jetzt nach der Sache mit dem Haus natürlich erst recht.«

Ben lächelte entschuldigend, und dieses Lächeln hatte immer noch dieselbe Macht über mich wie früher, trotz der Zeit, die vergangen war, und trotz der Brutalität unserer Trennung. Er stand so nah vor mir, dass er nur die Hand hätte ausstrecken müssen, um mich zu berühren. Mein Herz schlug viel zu schnell, und der Drang, mich in seine Arme zu schmiegen, war fast übermächtig. Doch eine leise Stimme in meinem Innern, die kurioserweise klang wie die von Aurélie, warnte mich.

Mach keinen Quatsch, Julia. Mit dem Ex wieder anzubandeln, ist nie eine gute Idee.

Um das Schweigen zu durchbrechen, räusperte ich mich verlegen und sah demonstrativ auf die Uhr. »Ich glaube, ich muss jetzt gehen.«

»Natürlich. Um ehrlich zu sein, war ich mir nicht sicher, ob du überhaupt kommen würdest, also ...« Er beendete den Satz nicht.

Ich runzelte die Stirn. »Wieso nicht sicher? Ich habe dir doch gesagt, dass ich komme.«

»Schon, aber du hasst mich doch bestimmt wegen dem, was ich dir angetan habe.«

Seine Offenheit verschlug mir die Sprache. Ich hatte mit allem Möglichen gerechnet, aber nicht damit, dass er dieses Thema anschneiden würde.

»Nein, ich hasse dich nicht«, brachte ich schließlich hervor.

Er sah mir eindringlich in die Augen. »Dabei habe ich dir gute Gründe dafür gegeben.«

Das kann man wohl sagen.

Die Richtung, die dieses Gespräch nahm, gefiel mir ganz und gar nicht. Ich hatte keine Lust, an schmerzliche Dinge zu denken. Ben als den soliden Mann zu sehen, der er geworden war, machte mich schon wehmütig genug. Aber das würde ich ihm ganz bestimmt nicht auf die Nase binden.

»Nachdem du mich damals sitzen lassen hast, habe ich ein paarmal davon geträumt, dir über den Weg zu laufen, um dir sagen zu können, was ich von dir halte. Aber das ist nie passiert, und wahrscheinlich ist es auch besser so.«

»Ich habe dir damals sehr weh getan. Du kannst dir nicht vorstellen, wie sehr ich das bereut habe.«

Ich verkniff mir ein Seufzen. Offenbar wollte er das Ganze unbedingt hier und jetzt klären. Ich hätte lieber das Thema gewechselt, aber gut.

»Ja, in der ersten Zeit bin ich durch die Hölle gegangen. Das Schlimmste war für mich, dass du von einem Tag auf den anderen alle Brücken hinter dir abgebrochen hast.«

»Ich war überzeugt, wegzugehen wäre die beste Lösung, damit du mich vergisst. Damit ich dich vergesse. In Wirklichkeit war ich einfach feige.«

»Du brauchst dich nicht zu geißeln, Ben. Das ist alles längst vergangen. Außerdem hat mein Vater sich auch ziemlich unmöglich benommen.«

Nur zu, meine Liebe, finde ruhig noch mildernde Umstände für ihn!

»Ich habe dir nicht alles gesagt, Julia«, gestand er leise. »Wenn es nur um deinen Vater gegangen wäre ...«

»Ben!«, rief ich, voller Angst vor dem, was kommen würde. Doch er fuhr unbeirrt fort: »Als ich nach deinem Geburtstag zu Hause ankam, haben meine Eltern sofort gesehen, dass ich wütend war, und meine Mutter ist völlig ausgeflippt, als ich ihr das mit deinem Vater erzählt habe. Sie hat geschrien, dass deine Familie nur Ärger macht und dass sie meinen Vater schon etliche Male angefleht hat, deshalb aus Cressigny wegzuziehen.«

Seine Worte fühlten sich an wie eine Ohrfeige. Dennoch war ich nicht sonderlich überrascht. Bens Mutter hatte unsere Beziehung schon immer kritisch gesehen, sogar schon als wir noch Kinder und lediglich befreundet waren.

»Ich habe nie verstanden, was sie mir eigentlich vorwirft«, sagte ich leise.

»Und ich habe mich nie getraut, sie danach zu fragen. Deshalb komme ich mir vor wie ein Feigling, Julia. Ich hätte meine Mutter reden lassen und einfach weiter mit dir zusammenbleiben sollen.«

»Aber das hast du nicht getan.«

»Nein.«

Wir schwiegen beide. Ich wusste nicht, was ich sagen sollte, und fühlte mich betrogen. Und überfordert. Er hatte mich zwar nicht belogen, aber einen entscheidenden Teil der Wahrheit für sich behalten. Der Grund für unsere Trennung war nicht das Verhalten meines Vaters, zumindest nicht direkt, sondern die völlig überzogene Reaktion seiner Mutter. Und auch wenn das alles schon vierzehn Jahre zurücklag, war es schwer zu schlucken.

»Ich glaube, wir sollten uns von jetzt an aus dem Weg gehen, zumindest bis ich das alles ein bisschen verdaut habe«, sagte ich schließlich und stand auf, um zu gehen.

Ben runzelte die Stirn. »Ich bin morgen Abend zu Léonores Geburtstag eingeladen ...«

Das Leben machte es mir im Moment aber wirklich nicht leicht! Man hätte fast meinen können, es hätte es auf mich abgesehen.

»Also gut, dann eben danach«, erwiderte ich und ging eilig Richtung Eingangshalle.

Ich wollte nur noch nach Hause und mich für die nächsten sechs Monate unter der Decke verkriechen. Ben begleitete mich zur Tür. Ich spürte, wie unangenehm ihm seine Eröffnung war, aber nun war es passiert. Verdammt, seinetwegen hatte ich mich von meinem Vater abgewandt!

Bevor ich ins Auto stieg, konnte ich mir eine letzte Frage nicht verkneifen. »Warum bist du überhaupt hierher zurückgekommen?«

Er schluckte, dann erklärte er mir, dass er San Francisco verlassen hatte, nachdem er sich nach acht gemeinsamen Jahren von seiner Freundin Shannon getrennt hatte.

»Sie wollte, dass wir heiraten, und das war für mich wie ein Elektroschock. Mir wurde klar, dass ich sie dafür nicht genug liebte. Sie zu heiraten, wäre unehrlich gewesen.«

»Du hättest in Amerika bleiben können.«

Er schüttelte den Kopf. »Ich musste zurück zu den Wurzeln, um einiges für mich klarzukriegen. Als ich hörte, dass dieses Haus zum Verkauf stand, erschien es mir wie ein Zeichen.« Mit ernster Miene fügte er hinzu: »Und wie sich herausstellt, gibt es hier noch so einiges, woran ich hänge.«

Bei dem Blick aus seinen leuchtend blauen Augen wurde mir ganz anders. Anscheinend war die Verbindung zwischen uns doch stärker, als ich angenommen hatte. Dann fiel mir wieder ein, dass ich wütend auf ihn war, und ich konnte mir nicht verkneifen, das Thema noch einmal auf den Tisch zu bringen.

»Ich habe meinen Vater gehasst, weil ich dachte, er wäre schuld an unserer Trennung. Wie konntest du mich das glauben lassen?«

»Ich weiß, Julia. Ich habe auf ganzer Linie Mist gebaut.«

»Das kannst du laut sagen.«

Mit einem knappen Abschiedsgruß stieg ich ins Auto und fuhr los. Als ich zu Hause ankam, war ich völlig durch den Wind. In mir tobte ein Gefühlschaos, und ich brachte beim Abendessen kaum ein Wort hervor. Ich war unglaublich wütend, nicht nur auf Ben, sondern auch auf mich selbst. Warum musste ich mich trotz allem zu ihm hingezogen fühlen? Das war doch vollkommen widersinnig! Ich musste ihn um jeden Preis aus dem Kopf bekommen.

»Ist bei Ben alles gut gelaufen?«, fragte mein Vater, als er den Käse auf den Tisch stellte.

Natürlich war mein Stimmungswechsel nicht unbemerkt geblieben.

»Ja, er wollte nur, dass wir uns aussprechen.«

Jetzt war nicht der richtige Moment, um diese Geschichte mit dem Katasterauszug zur Sprache zu bringen. Außerdem war mir auch nicht danach.

Mein Vater musterte mich besorgt. »Ich hoffe, es war nicht zu schwer?«

»Angenehm ist so was ja nie, aber zumindest haben wir es jetzt hinter uns. Er hat mir eröffnet, dass er sich in Wirklichkeit wegen seiner Mutter von mir getrennt hat. Das Ganze ist so blödsinnig«, seufzte ich und schüttelte den Kopf.

Er fragte mich nicht, was Bens Mutter damit zu tun hatte.

»Und was wollte Loïc von dir?«

Den hatte ich fast vergessen.

»Mich dazu bringen, meine Meinung zu ändern, natürlich. Als ich mich nicht darauf eingelassen habe, hat er gemeint, das würde mir noch leidtun... Aber ich glaube nicht, dass er gefährlich ist, er hat nur eine große Klappe.«

»An deiner Stelle wäre ich trotzdem vorsichtig. Wir wissen nicht, wozu er fähig ist.«

Den restlichen Abend verbrachte ich im Wohnzimmer, wo ich so tat, als würde ich den Fernsehkrimi verfolgen, den mein Vater sich ansah. Am nächsten Morgen fuhr ich zeitig zu Méline und betete darum, dass ich dort nicht Ben begegnete. Um den Kuchen für Léo zu backen, musste ich in einer positiven Grundstimmung sein, und das konnte schwierig werden, falls er in der Nähe war. Doch zum Glück würde er an diesem Tag nicht kommen, wie mir Méline bei einem Kaffee mitteilte, da er selbst Handwerker in seinem Haus erwartete.

»Aber heute Abend wird er dabei sein«, schloss sie. »Ich hoffe, das macht dir nicht allzu viel aus. Léonore ist ganz vernarrt in ihn.«

Da ich keine Lust hatte, ihr von meinem gestrigen Tag zu erzählen, tat ich, als wäre nichts gewesen. »Ich werde mir Mühe geben, mich höflich und zivilisiert zu benehmen«, versprach ich ihr mit einem Zwinkern.

In Gedanken überlegte ich mir bereits Ausreden, um mich so früh wie möglich zurückziehen zu können. Je weniger ich Ben sah, desto besser würde ich das alles verkraften. Meine Tante gab mir eine Schürze, und ich machte mich ans Werk. Ich hatte drei Dinge vorzubereiten: einen Biskuit für den Boden, eine Himbeermousse für die Füllung und einen Krokant aus Crêpe Dentelle und geschmolzener Schokolade. Am Schluss würde ich das Ganze mit rosa Puderzucker überstreuen, um eine samtige Wirkung zu erzielen. Das bedeutete Arbeit, aber ich sah das fertige Werk bereits vor mir, eine schlichte, runde Form mit hübschem Rautenmuster, und obendrauf lauter kleine essbare Sterne.

Sobald der Kuchen fertig war, stellte ich ihn in den Kühlschrank, damit die Creme fest wurde.

»Wie schön du das immer hinkriegst!«, rief Méline begeistert.

»Es wird ein richtiger Prinzessinnenkuchen«, sagte ich zufrieden. »Ich komme später noch mal wieder, für die Schlussdekoration.«

»Aber natürlich, meine Liebe, du bist ja die Expertin! Und vielen Dank – du rettest Léos Geburtstag.«

Viel zu schnell für meinen Geschmack war es Abend. Den Nachmittag hatte ich damit zugebracht, Alex' zukünftige Wohnung von Grund auf sauberzumachen. Putzen half mir immer, mich vom Grübeln abzuhalten. Doch leider holte mich die Wirklichkeit wieder ein, und ich musste gute Miene zum bösen Spiel machen, während Ben mir direkt gegenübersaß. Méline, sehr elegant in ihrem gelben Kleid, hatte den Tisch draußen gedeckt und lauter Teelichter angezündet. Léo strahlte, und ihre Eltern lächelten. Colette war ebenfalls da, und als Krönung hatte sogar mein Vater beschlossen mitzukommen.

»Eine Runde Grenadine für alle!«, rief mein Onkel, während Méline Petits Fours servierte.

Wir stießen ebenso schwungvoll an, als wäre Champagner in den Gläsern, und begannen zu essen. Ich verfolgte die Gespräche mehr, als mich selbst daran zu beteiligen, und vermied demonstrativ jeden Blick in Bens Richtung. Dann trug meine Tante ein Käsesoufflé auf, Léos Lieblingsgericht.

»Vorsicht, heiß!«, warnte sie, als sie es auf den Tisch stellte.

»Wir schaffst du es nur, dass es nicht zusammenfällt?«, fragte Colette. »Es ist perfekt.«

»Man darf nur die Tür nicht öffnen, während es im Ofen ist«, erwiderte Méline. »Das ist das ganze Geheimnis, zumindest für mich.«

»Auf jeden Fall sieht es köstlich aus«, sagte mein Vater genüsslich.

Léo durfte natürlich als Erste kosten, und sie bestätigte, dass es »superlecker« war. Da sah ich, wie Alex sich zu Ben wandte, der links von ihm saß.

»Sag mal, mir ist da was eingefallen. Julia und ich müssen für die Patisserie einiges umbauen lassen. Hättest du Lust, die Pläne für uns zu zeichnen? Das ist doch dein Job, oder?«

Fast hätte ich mich an meinem Soufflé verschluckt. Hastig trank ich einen Schluck Wasser.

»Ich bin Landschaftsarchitekt, mit Häusern habe ich nichts zu tun«, wandte Ben ein.

»Aber du könntest so was?«, hakte mein Cousin nach.

Ben warf mir einen zögernden Blick zu. »Wahrscheinlich schon. Lass uns später noch mal darüber reden.«

Oder auch nicht. Denn später würde ich mir Alex vorknöpfen und ihn fragen, wie er dazu kam, Ben um so etwas zu bitten, ohne vorher mit mir darüber zu sprechen. Ich zweifelte nicht daran, dass mein Ex sehr gut in dem war, was er tat, das konnte man ja an Mélines Garten sehen, aber dieser Vorschlag brachte mich in eine unmögliche Situation. Natürlich konnte mein Cousin nicht ahnen, was gestern vorgefallen war, aber ihm musste doch klar sein, dass zwischen Ben und mir ein gewisses Unbehagen existierte. Doch fürs Erste bemühte ich mich, nicht mehr darüber nachzudenken, denn ich wollte Léo mit meinen persönlichen Problemen nicht ihren Geburtstag verderben. Neben mir plauderten mein Vater und Colette miteinander und lachten dann schallend los. Méline bemerkte meinen Blick und lächelte mir zu.

Dann war es Zeit, den Kuchen zu servieren. Er war genauso geworden, wie ich ihn mir vorgestellt hatte, und wurde von den Gästen mit großem Ah und Oh empfangen.

»Wow!«, rief Léo begeistert. »Das ist der schönste Geburtstagskuchen, den ich je bekommen habe!«

»Vielen Dank.« Ich freute mich riesig, dass ihr meine Kreation gefiel.

Alex spielte den Beleidigten. »Wie, waren meine Kuchen etwa nicht gut?«

Léonore stand auf und umarmte ihren Vater. »Doch, aber der von Julia ...«

»Pass auf, was du sagst, Fräulein«, unterbrach mein Cousin sie augenzwinkernd.

»Sie will dir nur sagen, dass ich großartig bin«, scherzte ich.
Alle waren sich einig, was den Kuchen anging. Nach dem ersten Bissen bezeichnete mein Vater ihn als göttlich. »Er ist leicht, aber vollmundig. Du hast dich selbst übertroffen.«
»Jetzt übertreibst du aber, Papa«, erwiderte ich bescheiden.
Wieder blickte Ben zu mir. »Ich schließe mich deinem Vater an. Er ist sehr lecker.«
Ich verkniff mir ein Lächeln und nickte nur als Zeichen meines Danks. Einen Moment lang sah es so aus, als wollte er noch etwas hinzufügen, doch dann senkte er den Kopf und aß schweigend sein Stück.
Eine knappe Stunde später standen wir alle vor der Haustür, konnten uns aber nicht so recht entschließen, den schönen Abend zu beenden. Mein Vater und Colette unterhielten sich mit Méline und Paul, während ich bei meinem Cousin und Tania stand. Ben plauderte mit Léo, bis sie schließlich zu uns kam und verkündete, sie würde jetzt schlafen gehen.
»Das war total toll!«, verkündete sie strahlend.
Ihre Eltern folgten ihr, sodass Ben und ich allein zurückblieben. Die anderen standen immer noch bei Colettes Auto und diskutierten angeregt. Genau das, was ich vermeiden wollte. Ben betrachtete mich melancholisch, als wollte er sich meine Gesichtszüge einprägen.
»Du bist wütend auf mich, stimmt's?«, fragte er resigniert.
Ich seufzte. Ich hätte gerne auf meinen Stolz verzichtet, aber dazu war ich noch zu verletzt.
»Nein«, log ich, weil ich nicht wollte, dass er es merkte.
»Es sieht aber ganz so aus.«
»Ich bin einfach etwas angeschlagen, Ben. Das war ganz schön viel auf einmal.«
Und in mir geht alles drunter und drüber.
»Ja, es war nicht sehr geschickt von mir, dir das alles jetzt zu sagen«, erwiderte er und seufzte ebenfalls. »Es tut mir leid.

Wenn du nicht willst, dass ich den Vorschlag deines Cousins annehme, lasse ich die Finger davon.«

»Ich weiß es nicht. Ich muss darüber nachdenken.«

Colette brachte meinen Vater und mich nach Hause, da wir zu Fuß gekommen waren. Unter dem Vorwand, ich hätte Kopfweh, ließ ich die beiden in der Küche sitzen und ging nach oben. Doch obwohl ich total geschafft war, mochte ich noch nicht schlafen.

Ich wollte in Suzettes Tagebuch weiterlesen, um zu erfahren, wie die Geschichte weiterging.

32

Suzette, 1938

Suzette trat aus der kühlen Küche ins Freie und folgte Francine, die mit dem Fahrrad gekommen war, um sie abzuholen. An diesem schönen Sommernachmittag war draußen alles still, nur in der Ferne schlugen die Kirchglocken zwei Uhr.
»Nimm dein Fahrrad!«, rief ihre Freundin.
»Bei der Hitze?«, protestierte Suzette.
Sie war erst am Vortag in Cressigny eingetroffen. Weil die elterliche Wohnung über der Boulangerie für ihren Geschmack etwas eng war, hatte sie sich zur Freude ihrer Großmutter Augustine für den Sommer auf dem Hof einquartiert. Die alte Frau klagte nämlich darüber, dass sie keine Menschenseele mehr sah, weil Gaspard, Arthur und Léontine jetzt in der Erntezeit immerzu auf den Feldern waren, gemeinsam mit den Arbeitskräften, die sie zur Unterstützung angeheuert hatten. Und abends waren alle so erschöpft, dass sie einschliefen, sobald sie ihr Essen verschlungen hatten.
»Wo willst du denn hin?«, fragte Suzette.
»Ich muss dir was zeigen. Los, komm!«
Sie stiegen auf ihre Räder und nahmen die unbefestigte Straße, die geradewegs in den Ort führte. Doch dann bog Francine anders als erwartet in den Weg ein, der parallel zu den Zuggleisen verlief. Die Röcke ihrer karierten Kleider flatterten im Juliwind um die schlanken, braunen Beine der beiden. Suzette ließ den Blick über das weite Tal und die Felder schweifen, Felder, so weit das Auge reichte. Sie sog den Duft nach Stroh ein, der in der Luft lag. Was für ein wunderbares Gefühl von Freiheit!

Am Waldrand hielt Francine plötzlich an. »Wie geht's eigentlich Arthur?«, fragte sie im Plauderton.

»Ich weiß nicht. Ich habe ihn noch gar nicht gesehen, weil ich gestern bei meinen Eltern gegessen habe. Er schlief schon, als ich gekommen bin.«

»Der alte Mareuil hätte wohl gern, dass er bei ihm im Bistro arbeitet.«

Die Neuigkeit überraschte Suzette nicht. Arthur hatte sich hervorragend ins Dorf integriert. Er besaß genau die Eigenschaften, die auf dem Land von so einem Kerl erwartet wurden: Fleiß und Hilfsbereitschaft. Und obendrein war er auch noch jung.

»Davon weiß ich nichts«, antwortete sie, während sie mit fragendem Blick zum Wald schaute. »Kannst du mir vielleicht mal sagen, was wir hier machen?«

Francine stieg vom Rad, packte es am Lenker und schob es den Waldweg entlang.

»Das Haus steht zum Verkauf.«

»Welches Haus?«

»Das Haus von Anatole Bizeau. Er hat das Zeitliche gesegnet, und seine Erben wollen es nicht länger unterhalten.«

Tatsächlich erinnerte sich Suzette daran, dass ein Graf oder irgendein Adeliger in dem Anwesen La Mercerie gelebt hatte. Ihre Mutter hatte sich mehrmals über diesen Monsieur Bizeau lustig gemacht, weil er zum Einkaufen nie nach Cressigny kam, sondern immer gleich bis nach Tours fuhr und dann jedes Mal mit seinem nagelneuen Auto durchs Dorf knatterte.

»Ich habe sein Haus noch nie gesehen«, sagte sie.

»Na, ich auch nicht! Du glaubst doch wohl nicht, dass er mal jemanden aus Cressigny zu sich nach Hause eingeladen hat! Aber es scheint sehenswert zu sein. Und jetzt ist der Moment gekommen, uns mal selbst davon zu überzeugen.«

Die beiden Mädchen näherten sich dem Anwesen und kamen

sich dabei sehr wagemutig vor. Das Torgitter war mit einem Hängeschloss abgesperrt, erlaubte ihnen aber, einen Blick auf das schöne, von Bäumen umstandene Domizil des Monsieur Bizeau zu werfen. Suzette verschlug es die Sprache. Es war ein zweigeschossiges Steinhaus mit weißen Fensterläden, an dessen Fassade Efeu emporrankte. Den Fenstern dienten hübsche schmiedeeiserne Geländer als Brüstung. Und von dort, wo sie stand, konnte Suzette sogar eine Terrasse mit einem eleganten, laubenartigen Gitterwerk ausmachen. Es war ein ruhiger Ort voller Poesie.

»Wunderschön!«, flüsterte sie.

Francine dagegen wirkte enttäuscht. »Es ist viel kleiner, als ich dachte. Bei einem Grafen hätte man doch schon ein Schloss erwarten können.«

»Du bist aber streng. Ich finde, es ist ein bezauberndes Haus, das zum Träumen einlädt.«

Kopfschüttelnd verdrehte ihre Freundin die Augen. »Meine Güte, du kannst vielleicht romantisch sein!«, lachte sie.

Suzette lachte mit, aber gleichzeitig spürte sie, dass tief in ihr etwas erwacht war, ein Gefühl, dass dieses Haus auf sie wartete, und ja, auch das Gefühl, dass es irgendwann ihr gehören würde.

Sie setzten ihren Spaziergang noch eine Weile fort und ließen sich an einem Hang ins hohe Gras sinken. Mit ausgestreckten Beinen und übereinandergelegten Knöcheln beobachtete Suzette eine summende Biene, die Nektar sammelte. Es war, als könnte hier nichts den Frieden stören! Nichts außer Francine, die wieder zu schwatzen begann und wissen wollte, ob Tino Rossi in Wirklichkeit genauso schön war wie auf den Fotos.

Suzette nickte heftig. »Sogar meine Mutter war ganz aus dem Häuschen«, fügte sie hinzu. »Du hättest sie mal sehen sollen, man hätte glauben können, sie wäre so alt wie wir!«

»Ja, wirklich, wer könnte seinem Charme widerstehen. Ah, Tino …!«, seufzte Francine.

»Ich will dir ja nicht zu nahe treten, aber ich muss dir leider sagen, dass sein Herz bereits vergeben ist. Und ich versichere dir, keine von uns kann es mit der glücklichen Auserwählten aufnehmen.«

Francine tat so, als wollte sie Suzette schlagen, und die beiden brachen in lautes Gelächter aus.

»Und wie war eigentlich die Vorstellung von Josephine Baker?«, fragte Francine weiter. »Davon hast du mir noch gar nicht erzählt!«

Vor einem Monat hatte Marie-Rose, die gerade für ein paar Wochen in Paris war, Suzette zu einer Revue der Cabaret-Künstlerin mitgenommen. Es war unglaublich, wie Josephine Baker zur Jazzmusik tanzte und sang.

»Umwerfend!«, antwortete Suzette. »Und sie hat auch *J'ai deux amours* gesungen, ich hatte richtig Gänsehaut.«

»Vor zwei Jahren ist anscheinend der Mann gestorben, den sie geliebt hat. Das habe ich irgendwann mal in einer Zeitung gelesen.«

»Ja, aber letztes Jahr hat sie geheiratet. Sie ist jetzt Französin. Was für eine Frau!«

Suzette hielt kurz inne und sah ihre Freundin verschmitzt an. »Wo wir gerade beim Thema sind – dann wird also wirklich bald Madame Corentin Hénault aus dir? Wie fühlt sich das an?«

Die Hochzeit von Francine und Corentin sollte im September stattfinden.

»Ich glaube, ich hab's immer noch nicht ganz kapiert«, vertraute Francine ihrer Freundin an. »Wenn du wüsstest, ich kann's gar nicht erwarten! Und du? Immer noch niemand in Sicht?«

Suzette winkte ab. »Dafür habe ich gar keine Zeit. An den Tagen, an denen ich nicht auf der Bühne stehe, stecke ich die Nase in meine Bücher und lerne. Meine Eltern wollen unbedingt, dass ich das Baccalauréat mache, dabei werde ich sowieso nicht auf die Universität gehen.«

»Trotzdem, was für ein Glück du hast! Wir haben hier alle viel früher aufgehört zu lernen.«

Sie sprachen noch über dieses und jenes, dann trennten sie sich, denn beide hatten zu tun. Suzette hatte der Großmutter versprochen, ihr mit dem Abendessen zu helfen, ihre Eltern würden kommen. Sie beschloss, den Umweg über den steinigen Weg zu nehmen, der zu den Feldern hochführte. Sie wollte Arthur überraschen und ihn begrüßen, bevor wieder alle zusammen waren. Der Tod des Großvaters hatte Suzette zwar großen Kummer bereitet, aber sie hatte ihre letzten Sommerferien in Cressigny dennoch in guter Erinnerung behalten. Sie hatte nicht vergessen, welche Stütze ihr Arthur mit seiner stillen, ruhigen Präsenz gewesen war. In diese und andere Erinnerungen vertieft schob sie das Fahrrad den Weg hoch und geriet langsam ins Schwitzen. Sie würde völlig zerzaust und mit hochrotem Kopf dort ankommen! Zum Glück waren Arthur und Onkel Gaspard solche Äußerlichkeiten egal.

Endlich erreichte Suzette die Felder, auf denen sich ein gutes Dutzend Männer und Frauen damit abrackerte, Getreidegarben zu binden. Zwei Pferde zogen die Mähmaschine. Sie sah Arthur sofort, er stand auf einem Karren und nahm Garben entgegen. Er hatte sich nicht verändert, nur seine Schultern waren vielleicht etwas breiter geworden. Suzette winkte ihm zu, als er in ihre Richtung blickte. Überrascht erwiderte er ihr Lächeln. Der Erntehelfer, der mit ihm zusammenarbeitete, wollte wohl schauen, wen Arthur gegrüßt hatte, und drehte sich um. Suzette erstarrte: Es war der Junge, den sie letztes Jahr auf dem Fest gesehen hatte! Sein Blick streifte sie nur kurz, und schon wandte er sich wieder seiner Arbeit zu, aber dann fuhr er plötzlich noch einmal herum, und diesmal ruhten seine wundervollen blauen Augen auf ihr. Suzette blieb das Herz stehen. Alles um sie herum hörte auf zu existieren, und auch die Zeit schien außer Kraft gesetzt. Wie lange dauerte dieser Moment, eine Minute? Zwei Stunden?

Es machte keinen Unterschied. Sie hatte Maxime Lagarde wiedergefunden.

Léontines Stimme holte sie in die Realität zurück: »Suzie!«, rief sie und lief zu ihrer Nichte. »Was machst du denn hier in dieser Gluthitze, Liebes? Du bist ja ganz rot! Komm mit mir zum Hof, du brauchst Wasser.«

»Zweihunderttausend Soldaten, um Österreich zu annektieren! Ich sage euch, wir steuern auf eine Katastrophe zu.«

Mit der Gabel gestikulierend äußerte Marcel seine Befürchtungen in Bezug auf das Dritte Reich. Vor einigen Monaten war Hitler doch tatsächlich in sein Geburtsland einmarschiert.

»Ist er denn wirklich so gefährlich?«, fragte Léontine, die sich mit Politik nicht auskannte.

Suzette seufzte. Seit einem Jahr redete ihr Vater ständig davon, dass dieser tobsüchtige Irre namens Hitler Chaos über ganz Europa bringen würde. Aber seit Hitler vor fünf Jahren die Macht übernommen hatte, war immer noch nichts passiert. Sie sah, wie Marcel wütend ein Stück Pastete mit der Gabel aufspießte.

»Er hat das Kommando über die deutsche Armee übernommen«, sagte er. »Wenn das kein Totalitarismus ist ...«

Onkel Gaspard bekräftigte Marcels Äußerungen und erinnerte daran, dass zahlreiche Künstler Deutschland bereits verlassen hätten. »Ich fürchte wirklich, dass die Sache ein böses Ende nehmen wird.«

Jetzt schaltete sich Eugénie ein, die heute in ihrem geblümten Kleid besonders hübsch aussah: »Sagt mal, hört ihr euch eigentlich selbst reden? Die werden doch nicht so verrückt sein, einen neuen Krieg anzuzetteln! Der erste hat uns gereicht ... Und durch die Maginotlinie sind wir sowieso geschützt. Die haben doch zwangsläufig ihre Lehren aus der Vergangenheit gezogen.«

Suzette merkte, welche Emotionen das Thema bei ihrer Mutter auslöste. Nachdem Eugénie den Krieg noch vor einem Jahr für unausweichlich gehalten hatte, schien sie jetzt nichts mehr davon hören zu wollen. Suzette wusste, dass ihre Familie im letzten Krieg sehr gelitten hatte, auch wenn niemand darüber reden wollte. Das deformierte Gesicht ihres verstorbenen Großvaters Carbolet war eindringlicher gewesen als alles, was man ihr hätte erzählen können.

Als das Geschirr gespült und die Eltern wieder unterwegs zu ihrer Wohnung waren, kündigte Suzette ihrer Großmutter an, dass sie noch einen Spaziergang machen würde.

»Geh nur, Liebchen, aber komm zurück, bevor es dunkel wird.«

Suzette warf Arthur einen eindringlichen Blick zu, damit er begriff, dass sie mit ihm reden musste. Arthur, der sich vor einigen Monaten bereit erklärt hatte, nicht mehr in der Scheune zu schlafen, nickte kurz, und als alle in ihren Betten lagen, kam er zu ihr nach draußen. Schweigend gingen sie zum Fluss, wo es fast ein bisschen frisch war, und als sie sich ins Gras setzten, bedauerte Suzette, dass sie keine Jacke mitgenommen hatte.

»Er ist doch nicht zufällig bei euch gelandet, oder?«, sagte sie leise, den Blick zum Horizont, der mit rosa Wölkchen übersät war.

Arthur musste nicht fragen, wen sie mit *er* gemeint hatte. Er nahm den Strohhalm, an dem er gekaut hatte, aus dem Mund und erwiderte, ohne zu zögern: »Du wirst es mir vielleicht nicht glauben, aber ich schwöre dir, dass ich nichts damit zu tun habe.«

Erstaunt sah sie ihn an. »Ist das wahr?«

»Dein Onkel hat im Café eine Anzeige ausgehängt, um Erntehelfer anzuheuern. Max hat Freunde im Dorf, und weil er für den Sommer Arbeit gesucht hat, haben die ihm vielleicht gesagt, wo er sich melden soll.«

»Na, so was! Das ist ja verrückt.«

»So verrückt jetzt auch wieder nicht. Von den jungen Leuten

sind viele in die Stadt gegangen, es wimmelt hier nicht gerade von Saisonarbeitern.«

Er hielt kurz inne und warf ihr einen verstohlenen Blick zu. »Ich hätte nie gedacht, dass du immer noch an den denkst. Dabei habt ihr nie miteinander geredet.«

Suzette senkte den Blick und schaute auf den stoisch dahinfließenden Fluss. Es war nicht gerade einfach, Arthur ihre Gefühle zu erklären.

»Ich weiß, es klingt vielleicht irrational«, versuchte sie es trotzdem, »aber ich habe einfach nicht vergessen, wie er mich auf dem Fest angelächelt hat. Wir haben nie miteinander geredet, das stimmt, aber es war irgendwie so, als hätten wir uns an diesem Abend wiedererkannt.«

Arthur nickte nachdenklich. »Er kam mir vorhin auch ein bisschen durcheinander vor, nachdem er dich gesehen hatte«, erzählte er.

Suzette lächelte erfreut. »Ich fand's auch komisch. Wahrscheinlich habe ich ausgesehen wie ein Fisch, der nach Luft schnappt!«

Beide lachten.

»Wohnt er hier in Cressigny?«, fragte sie.

»Ja, bei den Beauvais. Deren ältester Sohn Pierre ist ein Freund von ihm. Pierre arbeitet auch als Erntehelfer.«

Seit Suzette Max wiedergesehen hatte, tobte ein Sturm der Gefühle in ihr. Sie brannte darauf, ihn kennenzulernen. Aber worauf konnte sie hoffen? Ihr war klar, dass nur wenige Männer mit der Karriere, die sich bei ihr abzeichnete, leben könnten; einer Bühnenkarriere, die sie unendlich vielen Blicken aussetzte. Es war ja schon ein Wunder, dass ihre Eltern es ohne Murren akzeptierten. Hinzu kam, dass sie einen Großteil des Jahres in Paris verbringen musste, um dort aufzutreten.

Als könnte Arthur Gedanken lesen, erzählte er ihr, dass Gaspard vorhabe, die Erntehelfer zu einem Abendessen auf dem Hof einzuladen.

»Wann?«, hakte Suzette sofort nach.

»Übermorgen.«

Sie schluckte. Das war die Gelegenheit. *Jetzt oder nie*, dachte sie.

»Es wird bald dunkel«, sagte Arthur und stand auf. »Wir sollten lieber zurückgehen.«

Auch Suzette erhob sich, und auf dem Rückweg erkundigte sie sich nach seinen Zukunftsplänen. »Ich habe gehört, der alte Mareuil möchte, dass du bei ihm im Café mitarbeitest, stimmt das?«

»Tja ... kann schon sein ...«, antwortete er ausweichend, nur um sie ein bisschen zu ärgern.

»Würde dir das denn gefallen?« Suzette ließ nicht locker.

Arthur ging so schnell, dass sie kaum Schritt halten konnte, wenn sie dabei auch noch redete. Als er sie nach Luft schnappen hörte, verlangsamte er seinen Schritt.

»Also, na ja, die Arbeit hier auf dem Hof ist mir ja nicht verhasst ...«

»Aber?«

Er kickte mit dem Fuß einen Zweig aus dem Weg, dann zuckte er mit den Schultern. »Ich denke mir, wenn du ein Café führst, bist du schon besser gestellt. Ich bleibe ja nicht mein Leben lang Knecht.«

»Aber du müsstest warten, bis du volljährig bist, oder?«

Weil Arthur erst achtzehn war, lief er Gefahr, das Angebot des alten Mareuil erst in drei Jahren annehmen zu können.

»Ja, ich kann vorher nicht drüber entscheiden«, nickte Arthur. Inzwischen hatten sie den Hof erreicht. »Es sei denn, Monsieur Mareuil und dein Onkel stellen für mich den Antrag, dann würde die Sache anders aussehen. Ich muss mir das gut überlegen, ich will ja auch nicht undankbar gegenüber deiner Familie sein.«

Als Suzette wieder in ihrem Zimmer war, ging ihr Arthurs Zögern weiter durch den Kopf. Die Situation machte ihm offensichtlich zu schaffen. Findelkind zu sein, war wirklich kein einfaches Schicksal. Es zerriss ihr das Herz, wenn sie sich vorstellte, was Arthur alles hatte erdulden müssen, bis er hier bei ihnen gelandet war, und sie hoffte sehr, dass er eines Tages in der Lage sein würde, sein Leben selbst zu gestalten. Wobei sie ihren Onkel ja kannte: Gaspard war ein guter Mensch, er würde Arthurs Plänen niemals im Weg stehen – solange sie realistisch waren. Bevor sie einschlief, dachte sie wieder an Max und fragte sich, wie sie die beiden nächsten Tage überstehen sollte. Die Versuchung war groß, sich ein bisschen in der Nähe der Felder herumzutreiben, um den jungen Mann noch einmal mit eigenen Augen zu sehen und sich davon zu überzeugen, dass er es wirklich war; aber sie wusste, dass sie die Landarbeiter keineswegs bei der Arbeit stören durfte.

Um sich nicht doch noch dazu hinreißen zu lassen, erschien Suzette gleich am nächsten Morgen unter dem Vorwand, ihren Eltern helfen zu wollen, in der Boulangerie. Die Eltern hatten mit diesem Geschäft wirklich gute Arbeit geleistet, und Eugénie war auch sichtlich stolz darauf. Der Laden war ihr Werk, ihre Domäne; als immer lächelnde, immer liebenswürdige Hausherrin schaltete und waltete sie hinter der Theke und war einfach nur glücklich, dort zu sein. Das kleine Geschäft lockte so viele Kunden an, dass Marcel einen jungen Boulanger namens Olivier hatte einstellen müssen. Olivier war ein echter Junge vom Land, der mit Fragen der Schicklichkeit nicht viel zu schaffen hatte und grundsätzlich im Unterhemd arbeitete, sodass er jedes Mal, wenn er im Verkaufsraum auftauchte, den Kunden seinen mehlbestäubten Torso präsentierte. Eugénie hatte ihre Ermahnungen, er möge den Kittel anziehen, eingestellt, zumal es hier ohnehin niemanden interessierte; sie waren ja nicht in Paris, sondern in Cressigny. Da für die Brotherstellung nun Olivier zuständig war, konnte sich Marcel voll und ganz der Patisserie widmen. Die Einwohner des Örtchens blieben regelmäßig vor den beiden schmalen Schaufenstern stehen, durch die man in den Verkaufsraum blicken konnte, und betrachteten begierig die Vitrinen, aus denen ihnen neben Brioches, Milchbrötchen und knusprigen Croissants die verschiedensten Tartelettes, Windbeutel und Éclairs entgegenblickten. Die Brotlaibe wurden ofenfrisch auf Metallregalen präsentiert. Da feine Backwaren in der Regel einer kaufkräftigeren Kundschaft vorbehalten waren, setzten Marcel und Eugénie alles daran, erschwingliche Preise anbieten zu können, und waren auch bereit, anzuschreiben und monatlich abzurechnen, wie es im Dorf Sitte war. Und so gab es ein stetes Kommen und Gehen, das dem des Pariser Geschäfts in nichts nachstand. Die Türglocke läutete in einem fort, denn die Frauen aus dem Ort kamen auch gern, um sich ein bisschen mit Eugénie zu unterhalten. Und wenn Suzette in Cressigny war wie heute, schaute man besonders gern herein, um sich das hübsche junge Mädchen, das so gut singen konnte, einmal anzuschauen. Ah, bestimmt wäre Suzettes Großvater Dubois stolz auf seine Enkelin gewesen!

»Ich muss schon sagen, mein Kind«, lachte Eugénie nach Ladenschluss, »du erweist dich als äußerst nutzbringend fürs Geschäft! Wir haben noch nie an einem einzigen Tag so viele Milchbrötchen für die Nachmittagspause der Kinder verkauft.«

Marcel nahm seine Schürze ab und wusch sich die Hände. »Vielleicht sollten wir sie doch hierbehalten«, schmunzelte er.

»Im Leben nicht!«, protestierte Suzette verschmitzt, hielt die Hand unter den Wasserstrahl und spritzte ihren Vater nass. »Maman und du, ihr seid dafür gemacht, leckere Sachen zu backen und zu verkaufen ... und ich bin dafür gemacht, sie aufzuessen!«

Suzette genoss es, dass sie sich so gut verstanden. In Paris hatte sie zwar Charlaine und Tante Marie-Rose, die sich um sie kümmerten, aber die Eltern fehlten ihr trotzdem. Es war so schön, hier wieder mit ihnen zusammen zu sein! Als sie genug gelacht hatten, fragte Suzette, ob sie auch zu dem Essen für die Erntehelfer kommen würden.

Marcel schüttelte den Kopf. »Nein, diese Abende finden meistens kein Ende, und wir müssen ja früh raus. Möchtest du dann morgen Abend vielleicht bei uns essen und auch hier schlafen?«, fragte er.

Suzette bekam einen Schrecken. Sie wollte keinesfalls die Gelegenheit verpassen, Maxime vorgestellt zu werden!

»Oh ... nein ... ich ...«, stammelte sie. »Ich ... habe Mémé ja versprochen, dass ich ihr helfe, da bleibe ich dann auch besser dort.«

Ihre Wangen waren plötzlich feuerrot, was Eugénie natürlich nicht entging. »Hat das zufälligerweise etwas mit einem Jungen zu tun?«, fragte sie amüsiert lächelnd.

Suzette hielt die Luft an und brachte schließlich ein »Nein« hervor. Sie wusste, dass man ihr die Lüge drei Meilen gegen den Wind ansah.

»Ach, nein? Ich finde, Arthur und du, ihr seid seit dem letzten Sommer sehr eng miteinander«, insistierte Eugénie. »Ich sage nicht, dass ich das schlecht finde, aber es überrascht mich ein bisschen.«

Suzette lachte erleichtert in sich hinein. »Arthur? Ja, den mag ich wirklich sehr, das stimmt, aber er ist nur ein Freund, Maman. Ein echter Freund, mehr nicht. So, ich bin dann mal weg, nicht dass sich Mémé noch Sorgen macht!«

Und fort war sie.

Der herbeigesehnte Tag kam. Den ganzen Nachmittag ging Suzette ihrer Großmutter bei der Zubereitung der Kirschkuchen zur Hand. Die Kirschen, die langsam im Ofen vor sich hin köchelten, verströmten ihren Wohlgeruch bis in den Hof. Der süße Duft vermischte sich mit dem des Heus, das gerade gemäht wurde. Suzette lief schon das Wasser im Mund zusammen. Im Hof bauten sie dann aus Holzplatten und Böcken den großen Tisch auf, an dem sie die ganze Gruppe empfangen würden. Bis zum

14. Juli waren es nur noch zwei Tage, die Feststimmung lag bereits in der Luft. Endlich war es sieben Uhr. Und endlich sah Suzette, die schon aufgeregt vor der Haustür stand, die von Gaspard angeführte Gruppe den Weg entlangkommen. Im Hof bildeten die Erntehelfer kleine Grüppchen. Suzette musste sich zunächst damit begnügen, Max zu beobachten; er unterhielt sich mit seinem Freund Pierre und hatte sie noch nicht bemerkt. Als Augustine sie damit beauftragte, die Speisen in den Hof zu tragen, wuchs ihre Enttäuschung. Kaum tauchten die Pasteten und das kalte Geflügel auf, stürzten die Erntehelfer zum Tisch. Zwischen Léontine und ihrer Großmutter eingeklemmt, konnte Suzette Max, der ihr schräg gegenübersaß, immerhin sehen. Er unterhielt sich lächelnd mit seinem Tischnachbarn und schien nicht zu merken, dass Suzette ihn mit größter Aufmerksamkeit beobachtete. Sie sah seine feinen Gesichtszüge, sah die dichten Wimpern und das Blau seiner Augen. Der kleine Schnurrbart, den er sich hatte wachsen lassen, verlieh ihm ein gewisses Etwas. Er wirkte durchaus selbstbewusst, aber kein bisschen arrogant. Den Wortfetzen, die sie aufschnappte, glaubte sie zu entnehmen, dass er Student war, aber mehr konnte sie nicht hören. Am Tisch herrschte lautes Gelächter. Der Wein in Verbindung mit der körperlichen Erschöpfung führte dazu, dass die jungen Leute ganz aufgekratzt waren. Man sprach über die Ernte, die in diesem Jahr besonders gut war, und über das bevorstehende Tanzvergnügen, dem alle mit Ungeduld entgegenblickten. Die Kirschkuchen waren im Handumdrehen verspeist. Als Max endlich zu Suzette schaute, hatte sie just in diesem Moment beim Trinken gekleckert und versuchte gerade, sich mit der Serviette den Saft vom Kinn zu wischen, ohne dass ihr dabei die Pastete aus der Hand rutschte – was Max amüsiert beobachtete. Schließlich schaute sie wieder auf, und ihre Blicke tauchten ineinander. Suzette hielt die Luft an, bis Pierre seinem Freund etwas ins Ohr flüsterte und Max' Aufmerksamkeit wieder in Anspruch nahm.

Der Tisch wurde nun rasch abgeräumt. Ein neuer Arbeitstag stand bevor, sie konnten es sich nicht erlauben, spät schlafen zu gehen. Gaspard bot an, einige von ihnen mit dem Wagen im Dorf abzusetzen, doch sie protestierten einstimmig und zogen es vor, über die Feldwege zurückzuspazieren.

»Es geht doch nichts über einen Verdauungsspaziergang!«, rief einer der jungen Männer, dessen gerötetes Gesicht darauf hindeutete, dass er zu viel getrunken hatte.

Arthur suchte Suzettes Blick und nickte kurz. Sie verstand die Botschaft und bat sogleich um Erlaubnis, auch noch ein bisschen spazieren zu gehen.

»Kein Problem, solange Arthur bei dir ist«, sagte ihr Onkel.

»Ja, bei den Saisonarbeitern ist man besser auf der Hut«, pflichtete Augustine ihm bei. »Da gibt's schnell Ärger.«

Suzette strich – plötzlich ganz kokett – ihr Haar und dann ihr rotes, weiß gepunktetes Kleid glatt und machte sich mit Arthur auf den Weg. Sie hielten Abstand zu den anderen, die ausgelassen ein Lied von Ray Ventura sangen. Suzette hatte nur Augen für Max, der ein Stück vor ihnen ging, die Jacke lässig über eine Schulter gelegt.

»Jetzt ist der Moment, ihn anzusprechen!«, ermunterte sie Arthur.

»Ich trau mich nicht«, flüsterte sie mit einer Mischung aus Angst und Ungeduld. »Ich glaube, mir rutscht gerade das Herz in die Hose.«

Arthur verdrehte die Augen. »Max!«, rief er plötzlich, ohne jede Vorwarnung.

Wie ein verschrecktes Reh sah Suzette ihn an. Sie hätte sich am liebsten unsichtbar gemacht, aber schon war Max bei ihnen. Arthur dachte sich rasch einen Vorwand aus, der mit der Arbeit zusammenhing, irgendein technisches Detail der Erntemaschine. Suzette bemerkte – nicht zu ihrem Missfallen –, dass Max ihr hin und wieder einen verstohlenen Blick zuwarf, während er

Arthurs Fragen beantwortete. Sie lauerte auf eine Gelegenheit, sich in das Gespräch einzuklinken, vergeblich.

Wieder übernahm ihr Freund die Rolle des Vermittlers und stellte die beiden einander vor: »Ach, übrigens, Max, bestimmt kennst du Suzette noch gar nicht, Gaspards Nichte.«

Max lächelte geheimnisvoll, als er ihr die Hand gab. »Ich erinnere mich an eine schöne Unbekannte, der ich letztes Jahr am 14. Juli auf dem Tanzvergnügen begegnet bin. Sie trug einen Kranz aus Gänseblümchen im Haar ... Sie sehen Ihr erstaunlich ähnlich.«

Suzette rechnete fest damit, dass sich der Boden vor ihren Füßen öffnen und sie verschlingen würde. Arthur trat diskret einen Schritt zur Seite.

»Aha, dachte ich mir doch, dass Sie das waren«, erwiderte sie, wie sie hoffte, mit fester Stimme. »Ich hatte gar nicht damit gerechnet, Sie noch einmal wiederzusehen.«

Der junge Mann lachte über ihre spontane Reaktion, aber die Art und Weise, wie er sie ansah, war frei von jedem Spott.

»Ich habe mich damals immer wieder gefragt, wer Sie wohl sind«, gestand er ihr. »Dann wohnen Sie also hier?« In seinem Blick schien Hoffnung zu liegen.

»Halb, wenn man das so sagen kann«, antwortete sie vorsichtig.

»Und wie macht man das, ›halb‹ an einem Ort wohnen?«

Er neckte sie, jedenfalls wirkte es so. Suzettes Herz klopfte wie wild. Irgendetwas zog sie wie ein Magnet zu Max hin, umso wichtiger war es, jetzt einen kühlen Kopf zu bewahren. So ruhig es ging, erzählte sie ihm, dass ihre Eltern seit dem letzten Winter die Boulangerie von Cressigny betreiben. Dann erwähnte sie Paris und ihre beginnende Karriere als Sängerin.

»Sie sind Sängerin?«, sagte er überrascht und bewundernd zugleich.

»Ja. Im September nehme ich meine erste Schallplatte auf.«

»Das musst du mal hören, die kann vielleicht singen!«, schaltete sich Arthur ein. »Wirklich, das ist beeindruckend!«

»Du übertreibst immer so, Arthur«, sagte Suzette bescheiden und wandte sich wieder zu Max. »Ich habe gehört, Sie kommen aus Maillé?«

Kaum hatte sie die Frage gestellt, biss sich Suzette auf die Lippen, weil sie damit ja preisgab, dass sie sich über ihn informiert hatte. Sie wich seinem Blick aus, aber Max war so galant, es nicht zu kommentieren.

»Ja, das stimmt«, sagte er. »Meine Eltern führen dort einen Gemischtwarenladen.«

»Und Sie arbeiten bei Ihren Eltern?«

»Nein, ich wohne dort auch nur halb«, erklärte er schmunzelnd. »Ich studiere an der medizinischen Fakultät von Tours.«

Suzette gab Acht, sich nicht anmerken zu lassen, wie aufgewühlt sie war, aber Max hatte einen betörenden Charme und seine Augen waren so blau, dass sie darin hätte ertrinken können. Er roch nach Sommer, nach Erde, Weizen und Arbeit. Seine breiten Schultern luden dazu ein, sich in seine Arme zu schmiegen. Vor Aufregung stolperte sie über einen Stein, den sie nicht gesehen hatte, obwohl er mitten auf dem Weg lag. Max hielt sie am Ellbogen fest, und sie brachte ein charmantes Lachen zustande. Nicht nur sein Blick, auch seine Hand auf ihrer Haut war elektrisierend.

Arthur räusperte sich. »Ich glaube, wir kehren hier um.«

Sie hatten die Kreuzung erreicht, an der es weiter ins Dorf ging. Suzette stand so dicht neben Max, dass sie rasch einen Schritt zur Seite trat, damit die anderen Erntehelfer nicht aufmerksam wurden.

»Darf ich mich darauf freuen, Sie übermorgen auf dem Tanzvergnügen wiederzusehen?«, fragte Max.

Wenn das keine Einladung war!

»Ja«, sagte Suzette und konnte ihr Lächeln kaum zügeln. »Ich werde dort sein.«

33

Am Abend des 14. Juli ging Suzette zu ihren Eltern, um gemeinsam mit ihnen eine einfache Mahlzeit einzunehmen. Nachdem sie sich dann mit ihrer geliebten Lavendelseife gewaschen hatte, schlüpfte sie in ein weißes Sommerkleid mit Puffärmeln, trug mit dem Finger ein wenig Lippenrot auf und setzte sorgfältig die Wimpernzange ein. Nach einer kurzen Nacht, in der sie ihr Gespräch mit Max immer wieder hatte Revue passieren lassen, war jeder Trick willkommen, der sie frisch und ausgeruht wirken ließ.

»Bin ich einigermaßen vorzeigbar?«, fragte sie nervös, als ihre Mutter ins Badezimmer kam.

»Einigermaßen vorzeigbar? Du siehst bezaubernd aus!«, lachte Eugénie und stupste Suzette an, damit sie sich einmal im Kreis drehte. »Du bist jetzt eine richtige junge Frau, mein Schatz, wer weiß, wem du noch alles den Kopf verdrehst!«

Sie legte ihrer Tochter eine Hand an die Wange, eine sanfte Berührung, die Suzette genoss und sich einen Moment lang gern wieder an sie gekuschelt hätte wie ein Kind.

Als schließlich alle fertig waren, gingen sie zum Marktplatz, um dort ihre Freunde und Verwandten zu treffen. Suzette sah sofort, dass Max nicht da war, und ihr wurde schwer ums Herz. Er würde doch jetzt nicht wieder von der Bildfläche verschwinden? Niedergeschlagen stellte sie sich mit ihren Eltern für den Laternenumzug auf, der sie durch den ganzen Ort führen würde. Während sich ihre Mutter mit den anderen Frauen unterhielt, hörte sie, wie ihr Vater dem Pfarrer versicherte, dass er es nicht bereue, sich in Cressigny niedergelassen zu haben.

Begleitet von Krachern, Gelächter und fröhlichem Stimmengewirr näherte sich der Zug dem Gelände, auf dem das Fest stattfand. Vor lauter Sorge konnte Suzette nichts von alldem genießen.

»Was ist mit dir, Suzie?«, fragte Eugénie. »Du bist ja ganz blass, du brütest doch hoffentlich nichts aus?«

Suzette antwortete nicht. Gerade hatte sie Max entdeckt, endlich: Er stand in der Nähe des mit blauweißroten Fähnchen geschmückten Getränkeausschanks. Als sie den Hals reckte, sah sie, dass er sich angeregt mit Arthur unterhielt.

»Alles in Ordnung, Maman«, sagte sie, als sie sich wieder gefangen hatte. »Darf ich zu Arthur gehen?«

»Aber natürlich, mein Schatz! Lauf und hab Spaß! Wenn du uns suchst, wir sind da hinten bei Gaspard und Léontine.« Sie deutete auf die Stühle abseits der Tanzfläche.

Suzette bahnte sich einen Weg durch die Menge, hin zu den beiden jungen Männern. Als Arthur sie sah, lächelte er vielsagend und verschwand, während Max strahlend einen Schritt auf sie zuging. »Sie sehen hinreißend aus«, sagte er.

Sie standen ganz nah voreinander, so nah, dass Suzette um Fassung rang. Sie musste doch etwas sagen! Aber sie brachte keinen Ton über die Lippen.

Stattdessen nahm Max ihre Hand. »Darf ich Sie um diesen Tanz bitten, Suzette?«

»Sehr gern!«, konnte sie schließlich antworten.

Und schon wirbelten sie über die Tanzfläche, ein Tanz folgte auf den nächsten, Suzette war wie in Trance. Max hielt sie fest und doch sanft umschlungen.

»Warum fühlt es sich so an, als hätte ich dich schon immer gekannt?«, flüsterte er dicht an ihrem Ohr.

Suzette holte tief Luft, damit ihr das Herz nicht aus der Brust sprang. Wären ihre Eltern nicht gewesen, die sie genau beobachteten, seit sie mit Max tanzte, wäre sie ihm bereits um den Hals gefallen. Nach drei oder vier Stücken musste sich Max wohl oder übel dazu durchringen, Suzette loszulassen und sich wieder mit seinen Freunden zu unterhalten, denn die saßen frotzelnd am Ausschank und verfolgten ihrerseits das Geschehen.

Max schien sich nur äußerst ungern von ihr zu trennen, aber Suzette ermunterte ihn dazu, obwohl alles in ihr danach schrie, dass er bei ihr bliebe: »Du solltest lieber hingehen, sonst kommen sie noch und holen dich.«

»Die zerreißen sich bestimmt schon das Maul, oder?«

Suzette nickte amüsiert. »Tratsch gehört bei uns zur lokalen Tradition.«

Den Zeigefinger auf das Grübchen in seiner Wange gelegt, erwiderte Max ihr Lächeln. »Wir sehen uns nachher wieder«, versprach er und sah ihr tief in die Augen.

Strahlend vor Glück ging Suzette zu ihrer Familie.

»Wer ist der Junge, mit dem du getanzt hast?«, erkundigte sich Marcel in einem Plauderton, hinter dem sich väterlicher Beschützerdrang verbarg. »Ich glaube, den habe ich noch nie gesehen.«

»Das ist Maxime Lagarde«, antwortete Gaspard anstelle seiner Nichte. »Ich habe ihn als Erntehelfer eingestellt.«

»Ach, ja?« Marcel machte keinen Hehl aus seiner Überraschung.

Worauf Gaspard seinem Schwager und seiner Schwester all die guten Eigenschaften des jungen Mannes aufzählte und Suzette dabei zuzwinkerte. So hörte auch sie, dass Max ein echtes Arbeitstier und ausgesprochen zuverlässig sei.

»Also, er ist schon auch ein bisschen verträumt und sensibel, aber ich kann mich nicht über ihn beschweren. Seine Eltern führen den kleinen Gemischtwarenladen am Ortseingang von Maillé. Das sind anständige Leute. Maxime hat jedenfalls einen sehr guten Ruf.«

»Wie alt ist er?«, fragte Eugénie mit einem ungläubigen Seitenblick auf ihre Tochter.

»Zwanzig«, verkündete Suzette.

Vor ein paar Minuten hatte ihr Max, während sie zu *Mon*

Homme von Mistinguett tanzten, sein Alter verraten. Tante Léontine beugte sich zu ihr hin, zwickte sie ins Knie und sagte augenzwinkernd: »Ist ein hübscher Kerl, was?«

Wieder konnte Suzette ihren inneren Aufruhr nicht verbergen, sie merkte, dass sie errötete.

»Ei ei ei, ich glaube, meine Tochter hat sich verliebt!«, rief Marcel.

Der Ton war scherzhaft, aber Suzette meinte, eine leise Melancholie im Blick ihres Vaters zu erkennen. Nervös nestelte sie an ihrem Rocksaum. Wie sollte sie diese Reaktionen deuten? Den Todesstoß versetzte ihr Francines Mutter, die inzwischen dazugekommen war: »Na, und! Sie ist doch im richtigen Alter! Meine heiratet im Herbst!«

»Ja, da hast du eigentlich recht, aber ich kann mich an den Gedanken noch nicht gewöhnen«, antwortete Eugénie. »Ich glaube, wenn es so weit ist und Suzie mir ihre Hochzeit ankündigt, muss ich weinen.«

Worauf Blanche ihrer Freundin zuzwinkerte, wahrscheinlich in Anspielung an gemeinsame Erinnerungen. Suzette zog es vor, das Weite zu suchen. Sie lief zu Francine und schleppte sie zum Fluss, wo sich die beiden ans Ufer setzten.

»Siehst du! Wusste ich's doch, dass du irgendwann jemanden kennenlernst!«, rief Francine triumphierend, als Suzette ihr von den seltsamen Gefühlen erzählte, die Max bei ihr auslöste.

»Noch ist alles offen«, bremste Suzette ihre Freundin. »Wir finden uns anziehend, ja, aber was wird daraus werden, wenn er begreift, wie mein künftiges Leben aussieht?«

Francine zuckte mit den Schultern. »Du stellst dir zu viele Fragen. Ich sage dir, was passieren wird: Wenn ihm etwas an dir liegt, wird er sich darauf einstellen, ganz einfach. Und außerdem, wenn du verheiratet bist, hast du doch ohnehin vor, mit dem Ganzen aufzuhören, oder?«

Suzette schwieg. Sie kannte die Engstirnigkeit der Leute im

Dorf und würde nicht das Risiko eingehen, Francine zu erklären, dass sie erst dann mit dem Singen aufhören würde, wenn sie damit aufhören wollte. Also wohl nie. Daran würde auch eine Heirat nichts ändern. Es kam überhaupt nicht in Frage, dass sie irgendwann der Inbegriff der Hausfrau war, die mit einem liebevoll zubereiteten Essen auf die Heimkehr ihres Mannes wartete. So war sie nicht erzogen worden, und daran würde sich auch in Zukunft nichts ändern.

Zwei Stunden später löste sich das Fest auf. Marcel empfahl seiner Tochter, mit Onkel Gaspard nach Hause zu gehen, doch sie erklärte, dass sie noch auf Arthur warten wolle. Eugénie machte sich nichts vor und riet ihrer Tochter eindringlich, nichts zu tun, was sie später bereuen könne.

»Maman!«, seufzte Suzette.

»Ich weiß, dass du nicht leichtsinnig bist, Suzie, aber du wirst ja auch älter. Und als ich in deinem Alter war ... Nun ja, es fehlte nicht viel, und ich hätte der Versuchung nachgegeben.« Eugénie streichelte ihrer Tochter kurz über die Wange.

»Ich werde nichts Unbedachtes tun«, brummelte Suzette, der das Gespräch unangenehm war. »Gute Nacht, Maman.«

Nach einem letzten sorgenvollen Blick rang sich Eugénie dazu durch, ihrem Mann zu folgen. Während Suzette ihren Eltern nachschaute, die langsam in der Dunkelheit verschwanden, merkte sie gar nicht, dass Max schon hinter ihr näher kam. Sie fuhr herum, als sie seine dunkle, sanfte Stimme hörte: »Soll ich dich nach Hause begleiten?«

»Ja, bitte.«

Langsam gingen sie los und spazierten, vom Zirpen der Grillen begleitet, über die dunklen Feldwege in Richtung Hof. Es war still zwischen ihnen geworden, aber dann begann Max, ihr die Sternbilder zu erklären, und Suzette musste sich zwingen, ihren Blick von seinem Gesicht zu lösen und auf den Nachthimmel zu richten.

»Es war ein schöner Abend«, sagte sie leise, als sich das Hofgebäude in der Dunkelheit abzeichnete. Ihre Stimme, die beim Singen so klar und kräftig klang, war plötzlich vor lauter Gefühlen wie erstickt. Max blieb stehen und lächelte sie zärtlich an. Dann streckte er die Hand aus und schob ihr eine Haarsträhne hinters Ohr. Die Geste hatte etwas so Intimes, dass Suzette fast die Fassung verlor.

»Ja, der Abend war wundervoll«, sagte er. »Ich würde dich so gern wiedersehen, Suzette.«

»Oh, ich dich auch, Max! Aber wie sollen wir ...«

»Psst, Suzette«, sagte er und legte einen Zeigefinger an ihre Lippen. »Das sehen wir dann. Aber jetzt habe ich nur einen einzigen Wunsch: Ich möchte dich in den Arm nehmen.«

Suzette trat noch näher an ihn heran, und er umfasste sanft ihre Taille. Sie schloss die Augen, worauf Max seine warmen Lippen zärtlich an ihren Mund drückte. Erst war es ein keuscher Kuss, doch er wurde ungestümer, so ungestüm, dass Suzette den jungen Mann leidenschaftlich umschlang.

»Nein, Suzette«, sagte er, als sie sich allzu fest an ihn drückte. »Ich möchte dich nicht entehren.«

»Dann küss mich noch einmal«, hauchte sie.

Auf diesen ersten Kuss folgten idyllische Monate. Suzette nahm voller Euphorie ihre Ausbildung und ihre Konzerte wieder auf. Nach einem wunderbaren Sommer war die Trennung von Max schmerzhaft gewesen, doch immer wenn ihr Terminkalender es zuließ, nahm Suzette den Zug, um ihren Liebsten wiederzusehen, wenn er nicht seinerseits nach Paris kam, wo Marie-Rose oder Charlaine als Anstandsdamen zur Stelle waren. Max und Suzette machten dort lange Spaziergänge durch die Straßen der Stadt oder gingen ins Kino.

Marie-Rose freute sich, Suzette so verliebt zu sehen, und projizierte ihre eigene verflossene Jugend auf das junge Paar. »Als ich so alt war wie du, habe ich verzweifelt auf den jungen Mann gewartet, der mein Herz entflammen würde«, vertraute sie Suzette einmal an, als die beiden im Café des Hotels Ritz einkehrten. »Die uralten Verehrer, die mir von meinen Eltern präsentiert wurden, habe ich alle abgelehnt.«

Suzette zog eine Grimasse: »Das war eine andere Zeit.«

»Ja, das stimmt, und ich hätte gern erlebt, was du jetzt mit Max erlebst.«

»Aber du hast doch schließlich Walter kennengelernt.«

Marie-Rose seufzte. »Das ist nicht dasselbe. An dem Tag, an dem ich ihm zum ersten Mal begegnet bin, war ich ja schon ziemlich alt. Habe ich dir schon mal davon erzählt, wie wir uns kennengelernt haben?«

Ja, davon hatte sie schon tausend Mal erzählt, aber Suzette hörte sich die Geschichte immer wieder gern an. Marie-Rose hatte die Gabe, auch kleine Anekdoten unterhaltsam zu gestalten; bei ihr wurden selbst belanglose Vorfälle zu kuriosen Ereignissen.

»Es war an einem klaren Apriltag, 1926«, fing sie an. »Ich war mit meiner Freundin Yvonne – das ist die mit den großen Füßen – auf der Suche nach einem neuen Ballkleid. Wir wollten an der Place de l'Opéra gerade die Straße überqueren, da tauchte plötzlich ...«

»... wie aus dem Nichts in großer Geschwindigkeit ein Auto auf«, beendete Suzette ihren Satz.

»Genau. Yvonne wäre fast umgefahren worden, der Fahrer musste mit aller Kraft auf die Bremse treten und hat sich dann mit einem grauenvoll amerikanischen Akzent tausendfach entschuldigt. Vor lauter Schreck habe ich ihm alle Schimpfworte an den Kopf geworfen, die ich kannte – und das waren eine ganze Menge! Dafür schlug er mir dann vor, ich zitiere, ›ein Gläschen‹ trinken zu gehen, damit ich mich von meinem Schreck erholen konnte.«

Der letzte Satz mündete in ausgelassenem Gelächter.

»Du hast dich auf den ersten Blick in ihn verliebt«, sagte Suzette.

»Ja, und ausgerechnet deine Mutter hat mir damals vorgeworfen, ich sei viel zu romantisch. Wer im Glashaus sitzt, sollte nicht mit Steinen werfen! Ich fand immer, dass es nichts Romantischeres gab als ihre Geschichte mit deinem Vater.«

Sie hielt inne, um an ihrem Tee zu nippen, der inzwischen abgekühlt war.

»Ach, was habe ich die beiden beneidet, bis ich Walter kennengelernt habe! Tja, und jetzt beneide ich Max und dich! Ihr seid so süß, ihr beiden!«

Marcel und Eugénie lernten den jungen Mann natürlich auch kennen und schätzen. Und weil sie sahen, dass die Geschichte zwischen ihrer Tochter und Max mehr als ein sommerliches Techtelmechtel war, äußerten sie den Wunsch, Bekanntschaft mit seinen Eltern zu machen. Die Sache wurde zügig in die Wege geleitet, und an einem noch sehr warmen Sonntag im September organisierte Eugénie ein Picknick am Flussufer. Sie selbst brachte Tomaten, Käse, drei knusprige Baguettes und in Scheiben geschnittenen Schinken mit. Die Eltern des jungen Mannes kümmerten sich um das Dessert, nachdem Suzette ihrem Vater ausdrücklich verboten hatte, mit seinen Patisserie-Köstlichkeiten vor ihnen anzugeben. »Nicht dass sie es in den falschen Hals bekommen. Weißt du, sie kommen so selten aus ihrem Dorf raus.«

Max' Vater Louis war ein großer, jovialer Mann, der sich sofort gut mit Marcel verstand. Seine Frau Roberte besaß die typische Ungeschliffenheit der Frauen vom Land und litt noch dazu unter einer gewissen Schüchternheit. Suzette und Eugénie sorgten dafür, dass sie sich wohlfühlte, und so gelang es, dass bald alle miteinander plauderten, als wären sie schon seit Jahren befreundet. Selbstverständlich ging es dabei auch um Max und Suzette. Die Lagardes hatten sich seit seiner Geburt für ihn aufgeopfert, und es waren auch seine Eltern, die ihn dazu gedrängt hatten, Medizin zu studieren, obwohl ihn handwerkliche Berufe eigentlich mehr reizten.

»Aber heutzutage«, verkündete Louis, nachdem er einen tüchtigen Schluck Wein genommen hatte, »sollte man ein gutes Rüstzeug haben, finden Sie nicht?«

Worauf Marcel die beiden vorsichtig daran erinnerte, dass er selbst ja nur Patissier sei. Suzette hielt die Luft an, aber Roberte versicherte ihnen sogleich, das sei eine Frage der Generation. »Wir sind ja auch nur Gemischtwarenhändler! Und unsere Generation hat Opfer gebracht. Ich will nicht, dass unsere Kinder auch Verzicht üben müssen.«

Dem konnte Eugénie nur zustimmen. Das in jungen Jahren erlebte Elend hatte sie natürlich auch abgehärtet, aber sie würde ihrer Tochter um nichts in der Welt wünschen, ebenfalls solche Erfahrungen zu machen.

Suzettes Leidenschaft für den Operngesang ließ Louis und Roberte allerdings aufhorchen. Sie konnten sich kein rechtes Bild machen, wie ernst die Sache zu nehmen war und ob Suzette mit ihren Bühnenauftritten auf eine stabile Situation hoffen durfte. Da Suzette ihre Befürchtungen durchaus nachvollziehen konnte, nahm sie sich fest vor, die beiden zu überzeugen. An mehreren Sonntagen in Folge luden sie die Lagardes zu sich ein, was sie jedes Mal gern taten. Und auch wenn Max' Eltern im Hinblick auf Suzettes Berufswahl noch etwas verhalten waren, konnte sie die beiden mit ihrer Natürlichkeit, ihrer Freundlichkeit und Spontaneität doch für sich gewinnen. Es gab auch rasch nicht mehr den leisesten Zweifel, dass Suzette und Max sehr ineinander verliebt waren. Sie unterstützten sich gegenseitig, und wenn ihre Blicke sich trafen, flackerte darin dieselbe Leidenschaft wie am ersten Tag. Suzette ermutigte Max, wenn ihm im Studium einmal die Motivation fehlte, und an Tagen, an denen Suzette keine Lust hatte, wieder nach Paris zu fahren, rief er ihr die immer zahlreicheren Verträge in Erinnerung, die sie einhalten musste. Er war sehr stolz auf seinen »kleinen Stern«, wie er sie nannte, und schwärmte vom einzigartigen Klang ihrer Stimme, der das Publikum so verzaubere. Auch wenn sie sich nach ihrem Geschmack nicht oft genug sahen, war es eine beschwingte Zeit. Und so überraschte es niemanden, als die beiden an einem kalten Januartag ihre Heiratsabsichten verkündeten. Einen romantischen Antrag im eigentlichen Sinne hatte es nicht gegeben, das Thema war wie von selbst gekommen, in Tours bei einem Spaziergang im Jardin des Prébendes d'Oé. Sie hatten mit einer solchen Selbstverständlichkeit über das Thema gesprochen, dass Max schließlich gesagt hatte, er wolle sie gern in den kommenden Monaten heiraten. »Ich sehne mich so sehr danach, jeden Morgen an deiner Seite aufzuwachen!«

Außer sich vor Freude war sie ihm um den Hals gefallen – vor den Augen der amüsierten Passanten, die so ein Verhalten seitens eines jungen Mädchens nicht gewohnt waren.

»Max und ich müssen mit euch reden«, erklärte sie ihren Eltern noch am selben Tag. Sie hatten gerade gemeinsam mit Marcel und Eugénie gegessen und sich vor das knisternde Kaminfeuer gesetzt, um dort gemütlich ein paar Orangen zu verspeisen. Suzette war außer sich vor Glück und platzte vor Ungeduld, es mit ihren Eltern zu teilen. Max fing also an. Er war so nervös, dass er zu schnell redete und sich verhaspelte. Aber die Liebe in seinen blauen Augen war nicht gespielt. Marcel kamen vor Rührung fast die Tränen. Auch Eugénie war hocherfreut, doch sie wirkte insgesamt etwas verhaltener. »Seid ihr euch auch sicher?«, fragte sie. »In eurem Alter liebt man mit großer Wucht.«

»Und da weiß eine sehr genau, wovon sie spricht«, schaltete sich Marcel ein und sah seine Frau zärtlich an.

Eugénie erwiderte sein Lächeln, während sie die Hände vors wärmende Feuer hielt. »Ihr seid beide intelligent, und ich zweifele nicht daran, dass ihr euch liebt. Aber ihr seid auch noch sehr jung ... Vielleicht solltet ihr nichts überstürzen.«

Sie erinnerte sich sehr gut an eine Zeit, die so lange noch gar nicht her war, eine Zeit, in der sie geglaubt hatte, sie wäre in Blanches Bruder Jean verliebt. Wenn er es gewollt hätte, wäre sie ihm vor zwanzig Jahren bis vor den Altar gefolgt, auf die Gefahr hin, eines Morgens aufzuwachen und festzustellen, dass von ihrer jugendlichen Schwärmerei nichts mehr übrig war. So eine Zukunft wünschte sie Suzette nicht.

»Eugénie ...«, sagte Marcel und sah sie warnend an.

Als Eugénie sich wieder zu Max und Suzette wandte, traf sie der verärgerte Blick ihrer Tochter, und plötzlich kam sie sich sehr dumm vor. »Es tut mir leid, ich wollte keine Spielverderberin sein. Ich freue mich natürlich sehr für euch, ich wollte mich nur vergewissern, dass ihr keine Dummheit begeht.«

Mit einem kurzen Nicken bedankte sich Suzette bei ihrem Vater. »Maman, du warst kaum älter als ich, als du geheiratet hast«, sagte sie dann. »Und du scheinst es nicht zu bereuen.«

Um Eugénie zu beruhigen, versicherte ihr Max, dass er und Suzette im Vorfeld lange darüber gesprochen hätten. Sie könnten sich ein Leben nur noch gemeinsam vorstellen. »Und jetzt ist es Zeit, an unsere Zukunft zu denken.«

Marcel war glücklich, dass sich seine Tochter in einen anständigen jungen Mann verliebt hatte, der sie auch liebte, und so gab er den beiden seinen Segen. Als sie mit Champagner darauf anstießen, vergossen Suzette und Eugénie ein paar Freudentränen.

»Habt ihr darüber nachgedacht, wo ihr wohnen werdet?«, fragte Eugénie dann, wie immer ganz pragmatisch. »Wenn ihr wollt, können wir euch die Wohnung in Montmartre überlassen.«

Suzette drückte die Hand des Mannes, der nun ihr Verlobter war. Jetzt war es an ihr, das Wort zu ergreifen. »Also, das ist sehr nett von dir, Maman, aber ehrlich gesagt haben wir da schon eine Idee. Ich bin mir nur noch nicht sicher, ob sie realisierbar ist.«

Suzette hatte Max das Haus ihrer Träume bereits gezeigt und ihn sofort dafür gewinnen können. Beide konnten sich ein Leben in La Mercerie, dieser Oase der Ruhe mitten in der Natur, sehr gut vorstellen. Suzettes Eltern hörten aufmerksam zu.

»La Mercerie, sagst du?«, wiederholte Marcel nachdenklich.

Suzette nickte. »Francine meint, dass das Haus immer noch zum Verkauf steht. Anscheinend interessiert sich hier niemand dafür. Wenn ich das Geld zusammenbekomme, würde ich es sehr gern kaufen.«

Ihr Vater versprach, sich zu informieren. Als Max und Suzette an diesem Abend in ihren jeweiligen Zug stiegen, waren beide ganz beschwingt bei dem Gedanken an die glückliche Zukunft, die sich nun für sie abzeichnete.

Vier Monate später heirateten sie in Cressigny, in Anwesenheit aller Verwandten und Freunde. Tante Marie-Rose war aus Paris gekommen, und man hörte sie vor Ergriffenheit schluchzen, als Suzette den Schwur leistete, durch den sie nun mit Max vereint war. Es war eine schöne Zeremonie, und beim Verlassen der Kirche wurde ein Freudenfeuer entzündet. Wieder nutzte man auf dem Hof die Scheune, um alle Gäste empfangen zu können, und Marcel kümmerte sich eigenhändig um die Hochzeitstorte. Man feierte bis spät in die Nacht, dann zog sich das Paar in den Gasthof zurück, wo ein Zimmer die beiden erwartete. Über Stunden hinweg ließen sie ihren Blicken und ihren Händen freies Spiel, während sie sich gegenseitig entdeckten, begierig und versunken alle Kurven und Winkel erkundeten. Max war so zärtlich und so auf ihr Wohl bedacht! In dieser Nacht wusste Suzette aus tiefster Überzeugung, dass sie es niemals bereuen würde, ihn geheiratet zu haben. Er war der Mann ihres Lebens.

»Ich bin so glücklich«, flüsterte sie erfüllt, bevor sie einschlief, den Kopf auf seiner Brust.

In den ersten Monaten ihrer Ehe schwebten sie auf einer Wolke des Glücks. Marcel war es gelungen, den Preis so herunterzuhandeln, dass Max und Suzette die Eigentümer von La Mercerie werden konnten.

»Es ist eine sehr gute Investition«, vertraute er seiner Tochter am Tag ihres Einzugs an.

»Ja, ich hoffe, dass dieses Haus über Generationen hinweg im Besitz der Familie bleiben wird!«, erwiderte Suzette schwärmerisch.

Eugénie nahm sie gerührt in den Arm. »Dein Vater und ich sind so stolz auf dich! Als wir uns damals in der Zone zum ersten Mal begegnet sind, hätte niemand so etwas für möglich gehalten, da bin ich mir sicher!«

Marcel lächelte zufrieden und auch ein bisschen wehmütig. »Ach ja, das Tanzlokal am Pont de la Vallée! Es war wirklich ein langer Weg bis hierhin.«

Suzette war glücklich. Das, was sie sich am meisten gewünscht hatte, war Wirklichkeit geworden. Sie wohnte mit dem Mann, den sie liebte, in einem hübschen Haus, das nach Blumen und Bohnerwachs duftete. Ja, sie war wunschlos glücklich.

Der Sommer kam und mit ihm die heißen, sonnendurchfluteten Tage. Max hatte Ferien, und Suzette hatte zwar gerade einen wichtigen Vertrag mit einer Plattenfirma unterzeichnet, wurde aber erst im Herbst wieder in Paris erwartet. Sie hatten alle Zeit der Welt. Sie liebten sich oft, konnten nicht genug voneinander bekommen. Im Haus nahmen sie nach und nach die Zimmer in Besitz und richteten sie geschmackvoll ein. Dabei hörten sie auf dem Grammophon Schallplatten, am liebsten Maurice Chevalier, Édith Piaf, Yvonne Printemps ... und natürlich Tino Rossi. Den Sonntagnachmittag verbrachten sie gern mit Francine und Corentin, die ihr erstes Kind erwarteten.

»Was ist eigentlich mit euch?«, fragte Francine einmal. »Wann kommt denn bei euch Nachwuchs?«

»Nicht sofort«, antwortete Suzette, die es hasste wie sonst nichts auf der Welt, sich bei diesem Thema rechtfertigen zu müssen.

Max und sie hatten sich nämlich darauf geeinigt, noch zu warten. Sie wollten erst eine Weile zu zweit ihr Glück genießen. Sie waren doch noch jung und hatten das ganze Leben vor sich! Im Übrigen hatte Suzette keine Lust, ihre Karriere auf Eis zu legen, dafür war es zu früh.

»Großer Gott, du bist vielleicht modern!«, bemerkte Francine. »Bist ja auch in Paris groß geworden. Da sind die Leute anders als wir hier.«

»Aber deshalb vergesse ich trotzdem nicht, wo ich herkomme«, entgegnete Suzette, etwas verärgert über ihre Bemerkung.

Francine lächelte. »Na, zum Glück, altes Haus! Ich würde mir Vorwürfe machen, wenn ich dir dafür erst einen Bubischnitt verpassen müsste, so wie früher, als wir sechs waren!«, lachte sie und hielt sich plötzlich mit beiden Händen den Bauch, weil das Baby einen Purzelbaum geschlagen hatte.

»Da hast du's!« Suzette klatschte in die Hände. »Dein Baby hat gehört, wie du dich über seine Patentante lustig machst, und das gefällt ihm nicht!«

Wenn sich die vier Freunde nicht gegenseitig einluden, spazierten sie gemeinsam die Uferböschung entlang. Sie breiteten im Gras eine Decke aus, spielten Karten, aßen Käse, tranken Wein und badeten in den friedlichen Wassern der Creuse. Manchmal stieß Pierre Beauvais dazu, Max' Freund, und so kam es auch, dass er ihnen seine Verlobte Patricia vorstellte. Das Leben war friedlich und schön, sie genossen es in vollen Zügen. Nichts hätte diese angenehmen Momente trüben können.

Doch dann, am 3. September, erklärte Frankreich zur allgemeinen Überraschung Deutschland den Krieg. Sofort wurde die Mobilmachung verkündet: Alle Männer zwischen achtzehn und fünfunddreißig wurden in den Kampf geschickt. Der Schock war so groß, dass Suzette fast in Ohnmacht gefallen wäre. Das konnte doch nicht sein! Niemals hätte sie einen neuen Krieg für möglich gehalten! Doch nun war das Undenkbare wahr geworden. Die Männer wurden wie vor fünfundzwanzig Jahren ins Gemetzel geschickt. Suzettes Vater war zum Glück nicht betroffen, aber Max, Arthur und Gaspard waren wehrpflichtig, genauso wie Pierre und Corentin.

Die ganze Welt ging aus den Fugen, auch die von Suzette. In der Nacht schmiegte sie sich schluchzend an die Brust ihres Mannes. Zwei Tage später begleitete sie ihn ins Dorf, wo die Männer von einem Überlandbus abgeholt und zum Bahnhof von Tours gebracht wurden. Max nannte dem Soldaten, der neben dem Bus wartete, seinen Namen und Vornamen. Wie betäubt ging Suzette wieder zu ihrer Mutter und zu Léontine.

»Ich war mir sicher, dass sie so etwas nicht mehr wagen würden!«, brach es aus Eugénie heraus. Sie konnte sich gar nicht mehr beruhigen. »Anscheinend hat ihnen das eine Mal wirklich nicht gereicht.«

Es war ein drückend heißer Tag. Als man sich umarmte und küsste, konnten die Frauen und Kinder ihre Tränen nicht mehr zurückhalten. Der Abschied war herzzerreißend. Suzette hatte Bauchkrämpfe, aber sie musste sich zusammenreißen und Max Mut machen, koste es, was es wolle.

Er kam noch einmal zu ihr und drückte sie an sich. »Ich muss gehen, Liebes«, sagte er sanft.

Suzette schluchzte auf. »Versprich mir, dass du zurückkommst!«, flüsterte sie verzweifelt, als er sich anschickte, in den Bus zu steigen, dessen Scheiben blind vor Dreck waren.

Max nahm ihre Hand. Mit unruhigem Blick sah er sie an.

»Ich liebe dich, Max.«

Er vergrub das Gesicht im dichten Haar seiner Frau, sog ein

letztes Mal den Duft ihres Lavendelparfüms ein. »Ich liebe dich auch, mein kleiner Stern«, flüsterte er. »Wir werden einfach kurzen Prozess mit den Boches machen.«

Mit feuchten Augen ließ er sie los und stieg mit den anderen in den Bus. Suzette nahm auch Arthur und Gaspard fest in den Arm. Kurz darauf setzte sich der Bus mit einem Ruck in Bewegung.

Die Männer fuhren davon. Nach zwanzig sorglosen Jahren ließen sie ihre Frauen zurück, Frauen, die Angst hatten und doch stark waren.

34

Oktober 1942

Suzette hatte gerade Francines Haus verlassen, da lief laut schreiend ein Junge an ihr vorbei: »Sie sind da!« Er rannte weiter die Hauptstraße hoch, und weil die Dorfbewohner ihn nur verwirrt ansahen, fügte er hinzu: »Die Boches! Sie kommen!«

Während sich die einen ängstlich in ihren Häusern verkrochen, überwog bei den anderen die Neugier, und schon tauchten Menschen in den Hauseingängen auf. Suzette stand immer noch wie erstarrt auf dem Bürgersteig. Ein deutscher Konvoi? Bisher waren sie davon doch einigermaßen verschont geblieben!

Nach langen Monaten, in denen Suzette unter der Abwesenheit ihres Mannes gelitten und sich um ihn gesorgt hatte, war ihr das Glück zuteilgeworden, dass er zurückkam. Und nicht nur er, sondern auch Gaspard, Arthur, Pierre und Corentin. Es grenzte an ein Wunder. Am 10. Mai hatten die Deutschen die französische Armee im Norden mit einem Überraschungsangriff in die Flucht geschlagen. In diesem »seltsamen Krieg«, wie man ihn nannte, waren zwei Millionen Männer gefangen genommen worden. Nur wenige Wochen später, am 14. Juni, hatte der Einmarsch der deutschen Truppen in Paris eine Massenflucht hervorgerufen, als Millionen Zivilisten auf dem Land Schutz suchten. Zum ersten Mal in ihrem Leben hatte Suzette erlebt, dass ihr Vater mit den Nerven am Ende war, weil er nicht wusste, wie es um die Patisserie Rossignol stand. Er konnte erst aufatmen, als ihm Maurice, der den Laden führte, versicherte, dass er unter allen Umständen bleiben werde. Am 22. Juni dann, zwei Tage nachdem deutsche Bomben auf Tours niedergegangen waren – Suzette befand sich gerade bei ihren Eltern –, hatte Pétain im Radio in Direktübertragung den Waffenstillstand verkündet. Er übernahm die Macht über das Land und schaffte bei der Gelegenheit auch gleich die Französische Republik ab.

»Das ist eine Kapitulation!«, hatte sich Eugénie empört. »Ein Skandal! Wer hätte von einem Kriegshelden so etwas erwartet?«

Anstatt den Kopf hängen zu lassen, waren viele Franzosen dem Aufruf des Generals de Gaulle über die BBC gefolgt. Nach und nach war über verschiedenste Netzwerke der Widerstand im Land organisiert worden. Die Deutschen hatten umgehend die Loire überquert, um in Tours eine Kommandostelle einzurichten, doch in Cressigny, das unweit der freien Zone lag, war bis jetzt noch alles ruhig gewesen. Der Ort lag zwar genau zwischen Tours und Poitiers, war im Prinzip aber uninteressant. Und so hatte das Leben weiter seinen Lauf genommen, trotz heftiger Rationierungen und trotz des harten Winters, der seit Jahren einer der kältesten war. Max und Suzette waren wieder zusammen und ihre Liebe genauso innig wie am ersten Tag. In ihren Augen war dies das Einzige, was zählte.

Tatsächlich hörte Suzette nach einigen Minuten Motoren brummen, kurz darauf rollten einige Motorräder mit Beiwagen, ein Auto und mehrere Lastwagen mit lautem Getöse durch den Ort. Verblüfft sah Suzette ihnen nach. »Sie sollten lieber nach Hause gehen!«, rief ihr eine alte Dame von oben durchs offene Fenster zu. »Draußen ist es gefährlich für eine hübsche Frau wie Sie.«

Suzette schlug die Warnung in den Wind; stattdessen lief sie schnurstracks zur Boulangerie. Hinter der Schaufensterscheibe sah sie ihre Eltern aufgeregt hin und her gehen. Eugénie war so außer sich, dass ihr ein paar Strähnen aus dem dicken, dunklen Haarknoten gerutscht waren. »Wird das denn nie ein Ende haben?«, rief sie, als Suzette die Tür öffnete.

»Die sind doch nur durchgefahren«, versuchte Marcel, sie zu beruhigen. »Ich wüsste nicht, warum sie sich plötzlich für Cressigny interessieren sollten.«

Eugénie schüttelte finster den Kopf. »Madame Lambert hat mir vorgestern gesagt, in den Wäldern hätten sich junge Leute versteckt, um dem Pflichtarbeitsdienst zu entgehen. Wenn die dreckigen Deutschen die kriegen ...«

»Die Jungs kennen sich in den Wäldern doch viel besser aus«, schaltete sich Max ein, der aus der Backstube kam.

Ohne sich um die mehlige Schürze zu scheren, die er um die Taille trug, flog ihm Suzette in die Arme. Nach seiner Rückkehr vom Schlachtfeld hatte Max das Medizinstudium unterbrochen, um zu arbeiten. Er hatte gut daran getan, denn die meisten Studenten wurden nach Deutschland in Arbeitslager geschickt. So kurz dieser Krieg auch gewesen war, er hatte aus Max einen Mann gemacht, dem es nicht an Entschlossenheit fehlte. Olivier, der Bäcker der Boulangerie, war als Kriegsgefangener in Deutschland gelandet, und so hatte Marcel den Schwiegersohn unter seine Fittiche genommen und ihn in die Geheimnisse des Brotbackens eingeweiht, auch wenn sie sich mittlerweile mit einer Mischung aus Mais-, Rogggen- und Gerstenmehl arrangieren mussten.

»Ich frage mich, ob die gekommen sind, um die Juden zu holen, die hier in der Region leben«, sagte Max. »Anscheinend bringen sie sie auf Zügen weg.«

»Soweit ich weiß, lebt in Cressigny kein einziger Jude«, erwiderte Marcel. »Allerdings habe ich trotzdem die schlimmsten Befürchtungen. Es scheinen ja doch sehr viele Deutsche gekommen zu sein.«

»Was soll aus uns werden, wenn sie sich doch hier einquartieren?«, murmelte Suzette. Sie fürchtete, dass man ihr Haus beschlagnahmen würde. Es hatte nicht nur vier freie Zimmer, sondern galt auch als eins der schönsten Häuser in der Umgebung. Niemals würde sie ihr behagliches kleines Nest von deutschen Stiefeln beschmutzen lassen.

»Wir werden Widerstand leisten!«, sagte Eugénie entschlossen.

Die deutschen Soldaten und Offiziere nahmen schließlich zehn Kilometer weiter Quartier. Sie hatten Informationen bekommen, denen zufolge eine wichtige Résistance-Gruppe in der Gegend aktiv war, und setzten nun alles daran, die Gruppe auszuheben.

Suzette beruhigte sich wieder, aber das sollte nicht von Dauer sein. Als sie eines Nachmittags Kartoffelsuppe kochte, waren Max und seine Freunde in der Küche und unterhielten sich. Sie hörte, wie die jungen Männer darüber sprachen, dass sie sich der von einem Priester geführten Gruppe anschließen wollten, in der Arthur und Onkel Gaspard bereits aktiv waren.

Suzette legte den Holzlöffel neben den Herd und drehte sich um, die Hände in die Hüften gestemmt. »Seid ihr von allen guten Geistern verlassen?!«, rief sie.

Max hob beschwichtigend die Hand. »Das Risiko ist gering, mein Herz. Wir sollen uns ja nur umhören und auf dem Laufenden halten. Für Sabotageakte braucht es Helfer, die ihre Ohren aufsperren.«

Die feindliche Besatzungsmacht erfüllte Suzette zwar mit Abscheu, was vielen im Ort nicht anders ging, aber die Vorstellung, Angehörige zu verlieren, war noch sehr viel abscheulicher.

»Und ihr glaubt, dass euch nichts passiert, so direkt vor deren Nase?«

»Diese dreckigen Boches sollen sich wieder verziehen!«, schaltete sich Pierre ein. »Bloß weil Pétain so ein Waschlappen ist, überlassen wir denen doch nicht unser Land! Dafür gibt's zu viele Kollaborateure, die begeistert mitmachen.«

»Eben! Was ist, wenn euch einer von denen denunziert?«

Seit die Deutschen das, was von der Demarkationslinie noch geblieben war, überschritten hatten, weitete sich der Widerstand aus, während paradoxerweise auch die Zusammenarbeit mit dem Feind zunahm. Tante Marie-Rose nutzte ihr Geld, um jüdischen Familien zu helfen, und hatte Suzette von willkürlichen Hinrichtungen erzählt, zu denen es bei Strafexpeditionen der Nazis kam.

Einer ihrer engen Freunde war ohne jeden Grund erschossen worden. Oder man verschwand nach der Verhaftung einfach von der Bildfläche. Während die deutschen Besatzer anfangs noch als höflich wahrgenommen worden waren, herrschte nun großes Unbehagen. Die Leute hatten Hunger, man musste morgens in aller Herrgottsfrühe aufstehen, um darauf hoffen zu dürfen, ein mageres Stück Fleisch zu ergattern. Derweil ließen es sich die wohlgenährten Nazis in den Cafés gut gehen. Das hatte Suzette vergangene Woche mit eigenen Augen gesehen, als sie zu ihrem Auftritt im Théâtre de l'ABC nach Paris gefahren war. Künstler konnten, wenn es notwendig war, in den Genuss eines Passierscheins kommen. An jenem Tag saßen viele Soldaten in den Zuschauerreihen. Es hatte sich scheußlich angefühlt, für diese Leute zu singen! Weshalb sich Suzette nach der Vorstellung auch schnellstens davongemacht hatte, nicht dass noch jemand den Wunsch äußerte, sie kennenzulernen. Diese Nazis waren das reinste Gift und für die bleierne Stimmung verantwortlich, die sich über die Hauptstadt gelegt hatte. Von den Bürgersteigen hallten die knallenden Absätze deutscher Stiefel wider, und die meisten kleineren Straßen waren abgeriegelt. Beim Anblick des flatternden Hakenkreuzes am Eiffelturm und am Arc de Triomphe war es Suzette eiskalt über den Rücken gelaufen. Überall hingen Plakate mit Propaganda; Hitler als Retter Frankreichs war allgegenwärtig.

Suzette sah ihren Mann herausfordernd an; sie wartete immer noch auf seine Antwort.

»Ich weiß, dass du Angst hast«, sagte er leise. »Aber wir müssen Frankreich befreien.«

»Und dafür unser Leben riskieren?«, erwiderte sie mit tränenerstickter Stimme. »Überall werden Männer erschossen, weil sie die falsche Seite gewählt haben. Ist es das wert?«

Schweigend sahen sie sich an. Dann räusperte sich Pierre und sagte: »Ja, Suzette. Wenn das der Preis ist, der gezahlt werden muss, werden wir nicht zögern. Frankreich muss Frankreich bleiben.«

»Fernand Girard, der Grundschullehrer, ist seit einem Jahr Mitglied der Résistance«, fügte Max hinzu. »Und er lebt immer noch.«

Sie würden nicht klein beigeben, dachte Suzette und seufzte resigniert. Sie war hin- und hergerissen zwischen der Angst, ihren Mann zu verlieren, und dem Stolz darauf, dass er und die anderen zu allem bereit waren, um das Land aus dem eisernen Griff Deutschlands zu befreien.

»Francine will auch mitmachen«, sagte Corentin plötzlich. »Gegenüber den Frauen sind die Boches nicht so misstrauisch ...«

Suzette zuckte zusammen. »Francine? Was zum Teufel will sie tun?«

»Flugblätter verteilen.«

»Möge Gott uns behüten«, murmelte Suzette und wandte sich wieder ihrer Suppe zu.

Dass die Männer Kopf und Kragen riskierten, mochte ja noch angehen. Aber dass ihre Freundin jetzt auch noch sich selbst und damit ihre ganze Familie in Gefahr brachte! Suzette konnte es einfach nicht begreifen.

Im Laufe der nächsten drei Monate hörte Suzette kein Wort mehr über die Résistance. Sie wusste, dass sich Max und die anderen manchmal auf dem Hof der Familie in der Scheune trafen, mehr aber auch nicht. Ihr Mann sprach nicht darüber. Es war das erste Mal, dass er ihr Dinge verschwieg; und sie fand einfach keinen geeigneten Moment, ihn danach zu fragen. Max war immer so lieb! Er hätte sein letztes Hemd hergegeben, um einem Mitmenschen zu helfen. Manchmal fragte sich Suzette, wohin diese Opferbereitschaft noch führen würde.

Nachdem sie eines Abends zu den Klängen des Grammophons getanzt und sich anschließend geliebt hatten, lagen sie nackt im

Bett und genossen den glücklichen, erfüllten Moment. Sie hatten eine ganze Pastete verzehrt und dazu Schwarzdornlikör getrunken, den Augustine heimlich herstellte. In diesem Augenblick waren sie so entspannt, dass sie den Krieg fast hätten vergessen können.

»Du erzählst mir gar nichts mehr von euren Aktionen«, sagte Suzette plötzlich leise und strich Max mit dem Zeigefinger über die Brust.

Sekundenlang starrte er zur Decke. Plötzlich zog er sie fest an sich. Als er sich wieder von ihr gelöst hatte, sagte er: »Das tue ich, um dich zu schützen, Liebste. Du kannst nichts gestehen, was du nicht weißt. Für den Fall, dass die Jungs und ich gefasst werden.«

Bitter enttäuscht setzte sich Suzette im Bett auf, während Max sich eine Zigarette anzündete. Nachdenklich betrachtete sie den Rauch, der zwischen ihnen schwebte. Die ganze Geschichte missfiel ihr zutiefst, aber Francine hatte ihr erklärt, dass jede Aktion von Bedeutung sei. Sie hatte ihr sogar vorgeschlagen, beim Verbreiten der Flugblätter mitzumachen. Aber Suzette hatte nicht den Schneid gehabt, ja zu sagen, und jetzt fühlte sie sich nutzlos und auch ausgeschlossen. Selbst ihre Eltern hatten begonnen, sich auf ihre Weise am Widerstand zu beteiligen: Sie backten Brötchen für die Menschen, die im Untergrund lebten. Suzette wusste, dass man ihr die Feigheit nicht übelnahm, aber allmählich beschlich sie das Gefühl, dass sie etwas, das für die Freiheit ihrer Heimat unverzichtbar war, einfach ignorierte.

Das alles hätte sie Max gern erklärt, doch plötzlich klingelte es an der Tür.

»Erwartest du jemanden?«, fragte sie beunruhigt.

Ihr Mann runzelte besorgt die Stirn. »Nein«, antwortete er, während er sich rasch anzog. »Ich schaue nach, wer es ist. Bleib du hier.«

»Vielleicht solltest du besser nicht aufmachen, Liebster!«

Doch er stieg schon die massive Eichentreppe hinunter. Sekunden später hörte sie seinen überraschten Ausruf und konnte verstehen, dass er sich mit einem Mann unterhielt. Die Stimme, die sie nur gedämpft hörte, war ihr unbekannt, aber immerhin konnte sie keinen deutschen Akzent ausmachen. Suzette schlüpfte in ihren marineblauen, grob gestrickten Pullover und in Max' alte Hose, die sie für ihre Größe passend gemacht hatte.

Die beiden Männer standen inzwischen im kleinen Wohnzimmer vor dem Kamin, in dem ein Feuer prasselte. Beide wandten ihr den Rücken zu.

»Guten Abend?«, sagte sie fragend, als sie in den Raum trat, der ihr Lieblingszimmer war.

Vor dem Krieg hatte sie ihn mit einem bequemen, weiß bezogenen Sofa und mehreren Bücherregalen ausgestattet, die Francines Vater Paulin nach Maß für sie angefertigt hatte. Ein großer Teppich bedeckte einen Teil des Bodens, und in der schönen Jahreszeit stellte Suzette immer einen Wildblumen- oder Tulpenstrauß auf den Couchtisch. Und dann war da natürlich noch das Klavier, das neben dem Fenster an der Wand stand, eine kleine Verrücktheit ihrerseits. Sie beherrschte das Instrument nicht besonders gut, konnte ihm eigentlich nur relativ holprige Töne entlocken, aber beim Üben gab ihr das Klavier an ihrer Seite Sicherheit.

Max und der Besucher drehten sich gleichzeitig zu ihr um. Suzette musterte den Mann unverhohlen: Er war von mittlerer Größe, hatte breite Schultern und ein kantiges Gesicht, aus dem zwei schwarze, durchdringende Augen hervorstachen. Er war nicht im konventionellen Sinne schön, aber Suzette war sich sicher, dass er bei den Frauen Erfolg hatte.

Max legte ihr einen Arm um die Schultern. »Ich möchte dir meinen Jugendfreund vorstellen, André Doucet. André, das ist meine Liebste, Suzette.«

Der Mann ging einen Schritt auf die beiden zu und schüttelte

Suzette fest die Hand. »Sehr erfreut. Ich habe schon viel von Ihnen gehört.«

»Ach, ja?«, fragte sie überrascht. Er sah nicht aus wie jemand, der sich für die Oper interessierte.

»Von Max' Eltern«, sagte er, als wäre es eine Selbstverständlichkeit.

Suzette sah ihren Mann fragend an; sie hoffte auf eine Erklärung für Andrés Kommen. Soweit sie wusste, hatte ihn bisher noch nie jemand erwähnt.

Max wirkte mit einem Mal verlegen. »Komm, setz dich, Suzie.« Er wartete, bis sie auf dem Sofa saß.

»André kommt aus Tours«, sagte er dann. »Er lebt dort seit einigen Jahren, aber nun musste er fliehen, weil die Deutschen hinter ihm her sind. Seine Frau und seine Tochter sind bei meinen Eltern untergebracht, bis sich die Lage wieder beruhigt hat.«

Um seine Frau zu schützen, war André also nicht bei ihr geblieben, was Suzette ja nur befürworten konnte. Doch sie hatte immer noch nicht verstanden, worauf Max hinauswollte. Sie schaute zu André, der inzwischen in einem der Sessel saß und seine Handflächen nervös aneinanderrieb.

»Was haben Sie denn so Schlimmes verbrochen, dass die Deutschen Sie suchen?«, fragte sie.

»Nun ja, ich ...«

Er hielt inne, fürchtete offenbar, zu viel zu verraten.

»Du kannst meiner Frau vertrauen«, sagte Max und wandte sich zu Suzette. »André ist Mitglied der Résistance. Die Boches haben ihn beim Entfernen eines Propagandaplakats erwischt.«

Suzette erschauderte. »O Gott ... Sind Sie verhaftet worden?«

So ein Vergehen wurde mit mehreren Monaten Haft, wenn nicht gar mit der Todesstrafe geahndet. Vieles war unter den Nazis verboten. Es war nicht mehr erlaubt, eine Waffe, ein Radio oder einen Fotoapparat zu besitzen, man durfte nach Einbruch der Dunkelheit kein Licht mehr anmachen und nach einundzwanzig Uhr nicht mehr das Haus verlassen. Die Kino- und Theatersäle waren den Deutschen vorbehalten, ebenso die besseren Lebensmittel. Wenn man bei einem Verstoß gegen eine dieser Regeln erwischt wurde, waren die Chancen, es unbeschadet zu überstehen, gering.

André räusperte sich. »Ich konnte fliehen«, antwortete er. »Aber jemand hat mich verpfiffen und denen meinen Namen gesagt. Ich konnte gerade noch ein paar Sachen zusammenpacken und meine Familie in Sicherheit bringen. Wenn es die freie Zone noch gäbe, könnte ich dorthin fliehen.«

Suzette nickte. Was für eine unerträgliche Situation. Seine Frau hatte sicher große Angst, an ihrer Stelle wäre sie außer sich vor Angst.

»Ich mag mir gar nicht vorstellen, was Sie gerade durchmachen«, sagte sie mitfühlend. »Wo wollen Sie denn jetzt hin? Doch sicher nicht wieder zu sich nach Hause?«

Die Antwort gab ihr Max: »André wird hier bei uns bleiben. Wir werden ihn verstecken.«

Im ersten Moment hielt Suzette es für einen Scherz. Doch dann wurde ihr klar, dass ihr Mann es ernst meinte. Diese Großzügigkeit passte zu ihm! Sie wusste, dass es keinen Sinn hatte zu protestieren. Einen Mann fortzuschicken, der sich in Lebensgefahr befand, war im Übrigen auch für sie schwer vorstellbar.

Der Alltag gestaltete sich jetzt anders. André wurde auf dem Dachboden einquartiert, zu dem man über eine Falltür Zugang hatte. Licht spendete eine Glühbirne, die von der Decke hing. Die Mahlzeiten nahm er gemeinsam mit ihnen ein, Max wollte nicht, dass er ein Einsiedlerleben führte. Suzette versuchte, sich gastfreundlich zu zeigen, aber wenn sie zu dritt bei Kerzenlicht in der durch schwere Vorhänge abgedunkelten Küche zu Abend aßen, hatte sie das Gefühl, dass ein Damoklesschwert über ihnen schwebte. Ja, ihr Leben hing nun an einem seidenen Faden.

Eine Denunzierung, eine Hausdurchsuchung, und es wäre aus und vorbei. Aus Vorsicht zogen sie nur die Familie und die Résistance-Freunde ins Vertrauen. André fasste sich schnell wieder ein Herz und verließ sein Versteck, um an den Aktionen teilzunehmen, die nachts liefen. Dem Widerstand war jeder rebellische Geist willkommen.

Arthur sah das allerdings kritischer. Als Suzette eines Sonntags mit ihren Eltern und ihrem Mann auf dem Hof zu Mittag aß, sprach er mit ihnen darüber.

»Hört mal her«, fing er an, als der von Onkel Gaspard geangelte und von Augustine zubereitete Fisch auf dem Tisch stand. »Ich sag das nicht gern so direkt, aber meiner Meinung nach setzt euch André einer Gefahr aus, wenn er nachts das Haus verlässt. Die Boches könnten ihm heimlich bis zu dir folgen, Suzette.«

Max sah ihn etwas verärgert an. »André ist vorsichtig«, sagte er dann. »Wir sind zusammen groß geworden, und ich versichere dir, dass er zuverlässig ist.«

Arthur wirkte nicht überzeugt. »Oh, das bezweifele ich nicht, zuverlässig, meinetwegen. Aber zu hitzig. Neulich hat er sich wieder über einen unserer Jungs aufgeregt, der Schiss davor hatte, eine Bombe zu legen.«

»So ist er eben«, verteidigte Max seinen Freund. »Er war schon immer kompromisslos. Man kann es ihm doch nicht übelnehmen, dass er immer das Beste rausholen will.«

Arthur verzog das Gesicht. »Mag sein, aber es ist nicht gut.«

Einen Moment lang herrschte Stille.

»Wir sollten ihn hier bei uns verstecken«, sagte Augustine schließlich. »Im Heuboden.«

»Also wirklich, Maman, ist dir eigentlich bewusst, was du da sagst?«, protestierte Eugénie. »Ich will nicht, dass du erschossen wirst. Hier in der Gegend haben sich so viele junge Leute versteckt, da schauen sich die Deutschen natürlich gerade auf den Höfen um. André ist bei Suzette sehr viel sicherer.«

Die alte Dame verdrehte die Augen. »Denkst du, die machen mir Angst, diese unseligen Deutschen? 1914 haben die uns nicht gekriegt, und jetzt werden die es auch nicht schaffen. Nein, die machen mir keine Angst. Ach ja, übrigens, wisst ihr, was der kleinste Schweinestall ist, den es auf der Welt gibt?«

Verdutzt sahen alle sie an.

»Die deutsche Uniform!« Sie lachte spöttisch. »Da passt nur ein Schwein rein ...«

Suzette gluckste, was weniger an dem Witz lag als an der verschmitzten Miene ihrer Großmutter. »Um auf André zurückzukommen«, sagte sie dann, »das sehen wir, wenn meine beiden Konzerte vorbei sind.«

Und damit wandte sie sich wieder ihrem Teller zu.

Bisher hatte Suzette dem Freund ihres Mannes vertraut, aber Arthurs Befürchtungen weckten Zweifel in ihr. André würde sie niemals verraten, da war sie sich sicher, aber was wäre, wenn die Deutschen gegen sie und Max Verdacht schöpften?

»Wo singst du eigentlich?«, fragte Gaspard.

»In Paris und in Tours, bei Wohltätigkeitsveranstaltungen.«

Max, Gaspard und Arthur sahen sich an.

»Das könnte eine Gelegenheit sein, die Liste weiterzugeben«, sagte Gaspard.

»Ausgeschlossen!«, widersprach Max vehement.

»Suzette ist zu sensibel«, pflichtete Arthur ihm bei. »Wir können sie da nicht reinziehen.«

»Wovon redet ihr?«, fragte Léontine, die sich über die Geheimniskrämerei der Männer ärgerte.

Suzette warf ihrer Tante einen dankbaren Blick zu. »Da es ja offenbar um mich geht, solltet ihr mich vielleicht in das Gespräch einbeziehen! Oder?«

Arthur saß aufrecht auf seinem Stuhl, den Rücken fest an die Lehne gedrückt. Er wirkte aufgebracht. Inzwischen war er zweiundzwanzig und arbeitete seit der Rückkehr von der Front beim alten Mareuil, wo er kaum zu tun hatte, denn viel wurde nicht mehr ausgeschenkt. Glücklicherweise war Arthurs Mitarbeit in der Bar dennoch als notwendig eingestuft worden, weil seinem Chef mit dem Alter die Kräfte ausgingen. Dies hatte Arthur bisher vor dem Pflichtarbeitsdienst bewahrt.

»Da gibt's nichts zu bereden«, knurrte er, die Arme vor der Brust verschränkt.

»Suzette sollte sich selbst eine Meinung bilden«, schaltete sich Gaspard wieder ein und begann, seiner Nichte zu erklären, worum es ging. »Wir haben einen Kontakt in Tours, der auf eine Namensliste für gefälschte Ausweise wartet. Das Problem ist, dass keiner von uns ihm die Liste bringen kann. Es könnte Verdacht erregen, verstehst du? Den Chefs wäre es lieber, wenn eine Frau das übernehmen würde.«

»Soll Francine es doch machen«, sagte Max schroff. »Sie verbreitet doch eh schon Flugblätter, für sie wäre es insofern nichts Neues.«

»Corentin ist dagegen«, erwiderte Arthur. »Und er hat recht, es ist zu gefährlich.«

Mit klopfendem Herzen sah Suzette ihren Onkel an. »Du möchtest mit anderen Worten, dass ich diese Liste übergebe. Richtig?«

»Suzette …«, zischte Max, was Gaspard ignorierte und nickte. »Du würdest uns damit einen großen Dienst erweisen. Diese Papiere können vielleicht Leben retten. Die meisten Betroffenen sind Kinder.«

Suzette holte tief Luft. Was er von ihr verlangte, war keine Kleinigkeit. Einen flüchtigen Mann bei sich zu verstecken, war eine Sache, aber kompromittierende Dokumente zu transportieren … Aber war es nicht auch eine Gelegenheit, sich endlich nützlich zu machen?

»Ich werde darüber nachdenken«, versprach sie.

Eugénie warf ihrem Bruder einen bösen Blick zu. »Es macht dir also nichts aus, denen deine Nichte zum Fraß vorzuwerfen?«

Gaspard schlug mit der Faust auf den Tisch. »Ich dachte, du wärst auf unserer Seite!«

»Das bin ich auch. Aber das hier ist ein riskanter Auftrag.«

»Wär's dir lieber, dass Suzie mit dem Feind zusammenarbeitet? Ninie, als du so alt warst wie sie, hättest du nicht eine Sekunde gezögert, dieses Risiko einzugehen, ich kenne dich! So wie du jetzt ja auch jeden Tag ein Risiko eingehst, wenn du für unsere Sache Brot abzweigst.«

»Ja, aber hier geht es um meine Tochter und nicht um mich! Sie riskiert dabei ihr Leben!«

Eugénies Blick flackerte, und sie hatte Tränen in den Augen. Suzettes Geburt war mit so starken Blutungen einhergegangen, dass sie danach keine weiteren Kinder mehr hatte bekommen können. Suzette war ihr wichtiger als das eigene Leben.

»Das reicht jetzt!«, rief Suzie aufgebracht. »Ich habe mich doch noch gar nicht entschieden!« Die Sache war nicht auf die leichte Schulter zu nehmen, und sie musste alle Eventualitäten in Betracht ziehen.

Marcel, der sich bisher jedes Kommentars enthalten hatte, legte seine Hand auf ihre Hand. »Tu das, was du für richtig hältst, mein Schatz. Niemand wird dich verurteilen, wenn es dir zu viel ist.«

Die Worte ihres Vaters taten Suzette gut. Denn sie war sich wirklich nicht sicher, ob sie den Schneid haben würde, das zu tun, was Onkel Gaspard von ihr erwartete.

Eine Woche später jedoch geschah etwas, wodurch Suzettes Zögern in wilde Entschlossenheit umschlug. Mitten in der Nacht kam André völlig aufgelöst nach Hause. Max und Suzette fuhren aus dem Schlaf, als es plötzlich laut an ihrer Schlafzimmertür klopfte.

»Was ist los?«, fragte Suzette beunruhigt, während sie den Gürtel ihres Morgenmantels zuband. Max zündete die Petroleumlampe an.

André trat ins Zimmer. Sein Gesicht war kalkweiß. »Wir haben Mist gebaut«, sagte er. »Die Boches haben Corentin geschnappt.«
»Was?«, rief Max. »Wie konnte das passieren?«
André ließ sich auf einen Stuhl sinken und erzählte, wie sie zusammen aufgebrochen waren, um deutsche Autos in Brand zu stecken. Auch Corentin war an der Aktion beteiligt. »Die Boches haben die Brände schnell bemerkt und Alarm geschlagen. Wir konnten noch im Wald untertauchen – alle, bis auf Corentin. Den haben sie geschnappt.«
Auf der Flucht war er über eine Baumwurzel gestolpert und hatte sich anscheinend den Knöchel verstaucht.
»Oh, mein Gott«, flüsterte Suzette, die vor Angst sofort weiche Knie bekam. »Francine und die Kinder müssen sich in Sicherheit bringen.«
André schüttelte resigniert den Kopf. »Die hat man bestimmt längst aus dem Bett gezerrt.«
Die ganze restliche Nacht machte Max Kontrollgänge ums Haus, um sicherzugehen, dass niemand André gefolgt war. Suzette, die zu aufgewühlt war, um sich wieder schlafen zu legen, tigerte zwischen Wohnzimmer und Küche hin und her. Kein Soldat tauchte bei ihnen auf.
Arthur dagegen wurde gleich am nächsten Tag festgenommen. Jemand hatte seine Personenbeschreibung abgegeben. Es folgten drei Tage voller Angst. Gaspard, Léontine und Eugénie fuhren nach Tours, wo die Verdächtigen befragt wurden. Als man sie dort empfing, zögerten sie keine Sekunde, eine Falschaussage zu machen: Der junge Mann habe den Hof den ganzen Abend nicht verlassen. »Dass Sie ihn festhalten, ist nicht rechtens«, sagte Gaspard, wie er hoffte, in ruhigem Ton.
Der vor ihnen sitzende Offizier erklärte, ein Zeuge habe behauptet, ihn am Ort des Sabotageaktes gesehen zu haben.
»Der Mann muss ja irrsinnig gute Augen haben, dass er den Jungen im Dunkel der Nacht erkannt hat!«, konterte Eugénie.

»Warum war der Zeuge um diese Uhrzeit überhaupt draußen unterwegs? Ist das nicht verboten?«

In Ermangelung von Beweisen wurde Arthur freigelassen. Sein verschwollenes Gesicht zeugte von den brutalen Methoden der Deutschen, die ihn einem Kreuzfeuer von Fragen ausgesetzt hatten. Als er auf dem Hof eintraf, stellte Suzette voller Entsetzen fest, dass er nicht nur eine aufgeplatzte Lippe und zwei blaue Augen hatte, sondern auch Blutergüsse am ganzen Körper.

»Die wissen, dass die Résistance hier in der Gegend große Unterstützung hat«, erzählte er ihnen. »Und die ärgern sich, dass sie das nicht in den Griff kriegen.«

»Laut BBC sind sie bald am Ende«, verkündete Eugénie. »Hitler steckt anscheinend eine Schlappe nach der nächsten ein.«

Arthur nickte, während er den letzten Schluck seines Ersatzkaffees trank. »Ja, das macht so die Runde. Dass die Scheiß-Boches angeblich doch nicht so unbezwingbar sind.«

»Trotzdem sind sie sehr aktiv, und wir müssen dafür sorgen, dass wir ihnen weiter den Wind aus den Segeln nehmen«, erwiderte Max. »Du machst doch noch mit, Arthur, oder?«

»Natürlich, was für eine Frage! Du glaubst doch nicht, die verdreschen mich einmal, und schon hör ich auf!«

Zwei Tage vergingen. Dann erfuhren sie, dass man Corentin erschossen hatte, um ein Exempel zu statuieren. Trotz Schlägen und Folter hatte er nichts verraten, hatte sich geweigert, seine Kameraden ans Messer zu liefern. Wenn er überhaupt einmal den Mund aufgemacht hatte, dann nur, um zu schwören, dass seine Frau, die sich ebenfalls einem brutalen Verhör unterziehen musste, in nichts eingeweiht war. Die Boches hofften, dass die Hinrichtung eines braven Familienvaters die anderen zum Nachdenken bewegen würde. Fassungslose Stille lag über dem Dorf. Aus Furcht, der Nächste zu sein, verkroch man sich in seinen vier Wänden. Francine wurde der Leichnam ihres Mannes übergeben, damit sie ihn geräuschlos beisetzen konnte. Die junge

Witwe weinte Tag und Nacht, es war ein herzzerreißender Anblick. Zu dem Schmerz, dass sie den Mann ihres Lebens verloren hatte, kamen die körperlichen Qualen – man hatte ihr mehrere Rippen gebrochen. Wegen der Kinder gab sie sich Mühe, nicht zusammenzubrechen. Entsetzt über Corentins Ermordung rückte die Gruppe um Francine noch enger zusammen.

André schwor, dass sie für den Kameraden Rache üben würden. »Das werden die uns büßen, diese Scheißdeutschen. Die machen wir einen nach dem anderen platt!«

»Und ich helfe euch dabei«, sagte Francine mit zusammengebissenen Zähnen. »Damit Corentins Tod nicht umsonst war!«

Anfangs hatte Suzette nur furchtbares Mitleid, aber allmählich kam auch bei ihr die Wut, und sie begann, innerlich gegen das monströse Verhalten der Nazis aufzubegehren. Für wen hielten die sich? Wie konnten sie einfach so über den Tod Tausender Männer entscheiden, ganze Familien zerstören und das Volk mit den Füßen treten? Suzettes Hass kannte bald keine Grenzen mehr.

»Ich werde die Liste überbringen«, erklärte sie Max eines Abends, zwei Wochen vor ihrem Konzert.

Sie waren im Schlafzimmer, wollten gerade ins Bett gehen. Max schwieg lange, ihre Ankündigung hatte ihn offenbar überrascht. Schließlich nahm er sie in den Arm und drückte sie so fest an sich, dass es weh tat. Suzette begriff, dass er wütend war. Wütend, weil er sie nicht davon hatte abbringen können. Aber es war eine zwiespältige Wut, in die sich auch Erleichterung mischte.

»Ich nehme an, dass dich nichts mehr davon abhalten kann?«, flüsterte er, bevor er sie wieder losließ.

»Versuch es gar nicht erst. Ich muss es tun.«

Max legte seine Stirn an ihre und sah sie aus seinen blauen Augen durchdringend an. »Versprich mir, dass du vorsichtig bist, mein kleiner Stern. Ich liebe dich so sehr.«

Mit einem lustvollen Schauer begann Suzette, ihren Mann mit

Küssen zu bedecken. »Ich liebe dich auch, Max«, flüsterte sie und schob sich die Träger ihres Nachthemds von den Schultern.

Ihren nächsten Aufenthalt in Paris nutzte Suzette, um sich im Jardin du Luxembourg mit Marie-Rose zu treffen. Die deutschen Soldaten spazierten dort umher, als ob der Park ihr Eigentum wäre, und zögerten auch nicht, den hübschen Mädchen nachzupfeifen oder sie zu fotografieren.

»Schau ihn dir an, diesen menschlichen Unrat!«, empörte sich Marie-Rose. »Uns verbieten sie den Besitz eines Fotoapparats, aber selbst haben sie natürlich alles Recht der Welt.«

»Manchmal verteilen sie sogar Bonbons an Kinder, um sich bei denen anzubiedern«, fügte Suzette entrüstet hinzu. »Das ist widerlich.«

Als sie auf einer Bank Platz nahmen, fiel ihr auf, dass Marie-Rose einen anderen Mantel trug als sonst. Der hier war beige, sehr klassisch und eher einfach gemacht. Das erstaunte sie, Marie-Rose hatte doch immer auf Chanel geschworen!

»Warst du Chanel etwa leid?«, fragte sie.

Marie-Rose nahm ihre Zigarettenspitze heraus und schüttelte den Kopf. »Die alte Chanel schläft mit einem ranghohen Gestapo-Mann. Ich weigere mich, der weiter mein Geld zu geben.«

»Warum macht sie das?«, empörte sich Suzette.

»Manche Leute kennen keine Skrupel. Denk doch nur an Sacha Guitry oder den Schauspieler Raimu ...«

»Du meinst, die kollaborieren?«

»Nicht unbedingt, soweit ich weiß, aber sie schauen gern weg, um weiter auftreten zu können, wenn du weißt, was ich damit sagen will.«

»Na ja, sie müssen auch ihr Brot verdienen«, wagte sich Suzette vorsichtig vor.

»Na und, ist das ein Grund? Würdest du in Deutschland auftreten?«

Nein, das würde sie nicht, räumte Suzette ein.

»Das hätte mich auch gewundert. Es gibt immerhin auch Künstler, die der Versuchung widerstehen, Geld hin oder her. Dein Tino Rossi ist so einer.«

»Ja, anscheinend hat er sich geweigert, *Maréchal, nous voilà* aufzunehmen, dieses dumme Lied zu Ehren von Pétain. Wirklich, ich bewundere ihn. Übrigens wollte ich auch etwas Vertrauliches mit dir besprechen.«

Marie-Rose hörte Suzette aufmerksam zu, als sie ihr von Gaspards Mission erzählte.

»Wenn du dir sicher bist, dass du es tun willst, kann ich dich nur dazu ermutigen, Suzie.«

Suzette zögerte. »Also, um ehrlich zu sein, sterbe ich jetzt schon vor Angst. Aber ich muss es tun! Ich ertrage es nicht mehr, diese Nazi-Dreckskerle herumstolzieren zu sehen. Allerdings habe ich noch keine Ahnung, wo ich diese Liste am besten verstecken soll.«

Marie-Rose lachte, aber weil Soldaten näher kamen, setzte sie rasch wieder eine ernste Miene auf. Sie wartete, bis die Männer sich entfernt hatten, dann sah sie Suzette mit einem unschuldigen Lächeln an: »Du wirst feststellen, meine Hübsche, dass der Büstenhalter die beste Erfindung der Welt ist!«

35

Sei tapfer, du schaffst das, ermahnte sich Suzette innerlich.
Vor dem Spiegel strich sie ein letztes Mal ihre Frisur glatt und verließ den Raum, der ihr als Garderobe diente. Sie trug ein dunkelgrünes Kleid mit Knopfleiste und einem schmalen braunen Gürtel, der die Taille betonte. Das Grün brachte Suzettes bernsteinfarbene Augen zur Geltung. Sie würde wie vereinbart vor den Ärmsten der Armen singen, die so vielleicht für eine Weile ihren traurigen Alltag vergessen konnten. Das Rote Kreuz hatte die Veranstaltung organisiert. Niemand würde sie verdächtigen, es war völlig ausgeschlossen, dass sie in Schwierigkeiten geriet.

Als Suzette auf die Bühne stieg, wurde sie sofort mit Beifall begrüßt. Innerlich wie erstarrt, gelang es ihr trotzdem zu lächeln. Die Angst schnürte ihr die Kehle zu, und in ihrem Kopf überschlugen sich die Gedanken. Sie hatten alle möglichen Vorsichtsmaßnahmen getroffen, aber was wäre, wenn etwas schiefging? Ihre größte Sorge war, dass sich ein Spion im Saal befand oder, noch schlimmer, dass deutsche Soldaten auftauchen würden, von einem Spitzel informiert. Sie hatte ja gesehen, was man mit Arthur und Francine gemacht hatte, und Corentins Ermordung war ihr ins Gedächtnis eingebrannt. Das alles war extrem beunruhigend. Suzette schluckte. Sie durfte ihre Mission nicht aus den Augen verlieren. Nach dem Auftritt würde es ernst werden. Die Kontaktperson war schon da, saß irgendwo hier im Saal. Suzette kannte weder ihren Namen noch ihr Gesicht, man hatte ihr nur gesagt, dass es eine Frau sei, weshalb die Übergabe auch in der Damentoilette stattfinden würde.

Als das Orchester das erste Chanson anstimmte, schlüpfte sie in die Rolle der Suzie Rossignol: Kristallklar erklang ihre Stimme.

Während sie sang, wagte sie es kaum, sich zu bewegen, denn sie wusste, dass bei jeder Bewegung ihre Halskette glitzerte und den Blick auf ihr Dekolleté lenkte – dorthin, wo sie die zusammengefaltete Liste versteckt hatte. Ihr Auftritt dauerte eine Stunde. Während sie ein Repertoire aus bekannten Chansons sang, zwang sie sich, an ihre Großväter zu denken. Der Gedanke, dass die beiden in den Schützengräben gegen den Feind gekämpft hatten und siegreich zurückgekehrt waren, machte ihr Mut. Sie würde sich ihrer würdig erweisen. Als sie fertig war, schenkte ihr das Publikum donnernden Applaus. Suzette erklärte sich noch bereit, Karten mit ihrem Foto zu signieren, dann eilte sie zu den Toiletten und schloss sich in einer Kabine ein. Sie spürte ihren Herzschlag bis in den Hals und war völlig außer Atem, obwohl sie sich bemüht hatte, nicht zu schnell zu gehen.

Das ist die Angst, dachte sie. *Jetzt weiß ich wirklich, was Angst ist.*

Die Tür zur Damentoilette ging auf, Suzette erstarrte. Kam da jemand, um sie zu verhaften? Sie hörte das Klappern von Absätzen, die langsamen Schritte einer Frau. Suzette hielt die Luft an, als die Schritte vor der Nachbarkabine innehielten, und lauerte auf das Erkennungszeichen. Die Frau trat in die Kabine und begann zu pfeifen.

Un rossignol vint sur ma main ...

Sofort begann auch Suzette, den Refrain zu pfeifen, griff dabei in ihren Büstenhalter und zog die gefaltete Liste heraus. Sie kniete sich auf den Boden, schob sie auf die andere Seite, betete aus tiefster Seele, dass sie nicht in eine Falle getappt war. Die Frau nahm die Liste, offenbar ohne einen Blick darauf zu werfen, denn schon knarrte der Riegel, und die klappernden Absätze entfernten sich. Was für ein befreiendes Geräusch. Suzette atmete lange aus und lehnte sich an die Wand, um sich zu beruhigen. Sie hatte es geschafft! Sie hatte es wirklich geschafft!

Beim Verlassen der Toilette sah sie im Spiegel, wie bleich sie war. Arthur hatte recht: Sie war viel zu sensibel. Aus ihr würde nie eine Kriegsheldin werden.

Zu ihrer Überraschung lobte man in der Familie allerdings ihren Schneid. »Bei der Vorstellung, dass es in dem Saal vielleicht von Nazisoldaten wimmelt, habe ich am ganzen Leib gezittert!«, gestand Éugénie.

»Ich hab's auch mit der Angst gekriegt, Maman«, sagte Suzette. »Um ehrlich zu sein, bin ich mir nicht sicher, ob ich so was noch einmal durchstehen würde.«

Das Leben nahm wieder seinen normalen Lauf. In der Résistance ließ man den Mut nicht sinken. Die Männer schafften es, sich den Durchkämmungsaktionen der deutschen Patrouillen zu entziehen und ihre nächtlichen Sabotageakte gegen Fahrzeuge und Bahnlinien fortzusetzen. Die Treffen fanden im Hinterzimmer des Cafés des alten Mareuil statt. Obwohl Suzette in Tours so große Ängste ausgestanden hatte, beschloss sie, auf ihre Weise weiter zu helfen. Um mitten in der Nacht Flugblätter zu verteilen, fehlte ihr der Mut, aber sie erklärte sich bereit, Pläne und andere wichtige Papiere zu Hause unter dem Deckel ihres Klaviers zu verstecken. Die von der Résistance gelieferten Waffen und Geräte verbarg man im benachbarten Wald. André harrte immer noch auf dem Dachboden aus; er war entschlossener denn je, den Feind zu vernichten. Den Widerstandskämpfern war es gelungen, ein Dutzend Soldaten in einen Hinterhalt zu locken. Im Kugelhagel der Jagdgewehre hatten alle Deutschen den Tod gefunden.

»Seid ihr wirklich gezwungen, sie zu töten?«, fragte Suzette eines Abends, als sie in der schwach beleuchteten Küche gemeinsam aßen.

»Ja, Liebes, es geht nicht anders«, antwortete Max. »Wenn wir sie am Leben lassen, kennen sie kein Erbarmen.«

»Deutschland liegt in Trümmern«, fügte André hinzu. »Stalingrad war der Anfang vom Ende. Aber je schwieriger ihre Situation wird, desto gefährlicher werden sie. Wir müssen uns verteidigen.«

Sein Ton duldete keinen Widerspruch. Suzette sah das Flackern in den Augen der beiden Männer, und es verhieß nichts Gutes. Sie waren fest entschlossen und würden es zu Ende bringen.

An einem schönen Juninachmittag, Suzette stellte gerade einen Strauß Wildblumen in die Vase und hörte dabei eine Platte von Maurice Chevalier, klingelte es an der Tür. André, der lesend in einem Sessel saß, sprang sofort auf.

»Ich gehe auf den Dachboden«, flüsterte er. »Warte so lange, bis du aufmachst.«

Wieder wurde geklingelt, nun bereits etwas ungeduldiger. Suzette hatte einen Kloß im Hals. Max konnte es nicht sein, er war in der Boulangerie. Hatten die Deutschen etwas über sie herausgefunden? Nein, an so etwas wollte sie nicht denken, nicht an so einem schönen Tag. Wahrscheinlich war es Francine. Oder ihre Mutter.

Nachdem sie sich vergewissert hatte, dass von André nichts mehr zu sehen war, öffnete sie die Tür und erstarrte: Vor ihr stand ein Deutscher. Der Mann trug trotz der Hitze einen langen schwarzen Ledermantel und glänzende schwarze Stiefel. Seine Uniform samt Eisernem Kreuz ließ keinen Zweifel zu.

»Monsieur?«, fragte Suzette mit zitternder Stimme und musste sich dabei am Türrahmen festhalten.

»Oberleutnant Heinrich Angermüller«, stellte er sich mit schneidendem Akzent vor. »Sie sind Madame Lagarde?«

Er sah sie aufmerksam an. Oder bildete sie es sich nur ein? Suzette holte blinzelnd Luft. »Was kann ich für Sie tun?«

»Ich arbeite für die Gestapo, Madame«, antwortete er und reichte ihr ein Formular. »Ich wurde als Verstärkung hierher beordert, um die Terroristen zu bekämpfen, die in dieser Gegend aktiv sind, dies ist eine amtliche Beschlagnahme.«

Er deutete auf das Formular. Suzette schüttelte ungläubig den Kopf, sie war sich nicht sicher, ob sie ihn richtig verstanden hatte. »Eine Beschlagnahme?«, wiederholte sie.

»Ich werde bei Ihnen wohnen.«

»Wie bitte?« Sie sollten einen deutschen Offizier bei sich aufnehmen? In ihrem Haus, wo sie einen gesuchten Widerstandskämpfer versteckten? Unmöglich!

»Meine Männer und mein Sekretär sind in einem anderen Haus untergebracht«, fuhr der Oberleutnant fort, »aber ich muss allein sein, wenn ich abends nach Hause komme. Man sagte mir, Ihre Villa sei groß genug, um mich zu beherbergen, und ...«

Den restlichen Satz hörte Suzette nicht mehr. Ihre Ohren waren plötzlich wie verstopft, und ein schwarzes Loch schien alle Luft um sie herum aufzusaugen. Sie wurde ohnmächtig.

Als sie wieder zu sich kam, fiel ihr als Erstes die Stille auf. Sie lag auf dem Sofa, draußen sang eine Amsel. Dann bemerkte sie einen würzig-herben Geruch, der per se nicht unangenehm war, hätte er sie nicht an das Eau de Toilette eines Mannes erinnert, der plötzlich vor ihrer Tür gestanden hatte und ...

»Oh, nein!«, stöhnte sie und fuhr hoch.

Schon tauchte Heinrich Angermüller auf, der sie offenbar gehört hatte. »Sie sind wieder zu sich gekommen«, stellte er lächelnd fest. »Sie sind eine sehr sensible Frau. Möchten Sie ein Glas Wasser trinken?«

Suzette strich rasch ihren Tweedrock glatt, ihr Herz klopfte wie wild. »Sie sind noch da«, antwortete sie mit leiser Stimme.

»Ja, Madame. Ich habe mir in der Zwischenzeit erlaubt, meinen Koffer zu holen. In der oberen Etage habe ich ein Zimmer gefunden, das wohl passen dürfte. Ihr Schlafzimmer werde ich Ihnen selbstverständlich weiter überlassen.«

Fassungslos über seine Ungezwungenheit sah sie Angermüller an: Er war ein echtes Mannsbild, wie er da vor ihr stand, schlank, muskulös und bestimmt einen Meter neunzig groß. Das helle Haar soldatisch kurz, graue Augen, ein ebenmäßiges Gesicht, das Lächeln freundlich. Keinesfalls älter als fünfunddreißig.

»Wie lange werden Sie bleiben?«, fragte sie.

»Das weiß ich nicht. Wir arbeiten unermüdlich daran, diese Verbrecherbande zu zerschlagen. Vielleicht haben Sie diesbezüglich irgendetwas gehört?«

Nervös griff sich Suzette an den Kragen ihrer Bluse. Wollte Angermüller sie auf die Probe stellen?

»Nein«, erwiderte sie, und es kostete sie Mühe, ihre Stimme unter Kontrolle zu halten. »Diese Aufwiegler interessieren mich nicht.«

»Das ehrt Sie.«

Suzette gelang es, sich nicht anmerken zu lassen, wie sehr der Auftrag, den dieser Mann erfüllte, sie anwiderte. »Es wundert mich, dass Sie entschieden haben, in Cressigny Quartier zu beziehen. Sollten Sie nicht eher in Tours sein, um die Verdächtigen zu verhören?«

»Das überlasse ich den anderen. Mich interessiert es mehr, diese Leute vor Ort aufzustöbern.«

»Und wo sind Ihre Hunde?«

In der Regel waren die Männer von der Gestapo nicht ohne Schäferhunde unterwegs.

»Sie sind bei meinen Soldaten, Madame.«

Seine Umgangsformen waren geradezu liebenswürdig; jeder Beobachter hätte geschworen, dass der Mann gerade ein freundliches Gespräch über Gott und die Welt mit ihr führte.

»So«, sagte er dann und schlug die Hacken zusammen. »Ich werde meinen Koffer weiter auspacken und anschließend zu meinen Männern zurückkehren.«

Kaum war der deutsche Offizier samt seinem Citroën wieder verschwunden, rannte Suzette die Treppe hoch, um sich zu vergewissern, dass André noch in seinem Versteck war. Glücklicherweise war dem so.

»Was für eine Scheiße«, sagte er, als Suzette bei ihm war.

»Ich weiß gar nicht, was wir jetzt machen sollen«, klagte sie. »Ich war so in Panik, dass ich zusammengeklappt bin. Du darfst den Dachboden keinesfalls verlassen, sonst sind wir geliefert.«

Nach getaner Arbeit kam auch Max nach Hause – noch vor Angermüller. Als Suzette ihm die Situation erklärte, sah er sie entsetzt an. »Ein Boche, hier bei uns! O Gott!«

Er ging sofort nach oben, um mit André über eine Strategie nachzudenken. Jetzt, da ein Gestapo-Offizier bei ihnen wohnen würde, kam es nicht mehr in Frage, nachts das Haus zu verlassen. Sie konnten die Sperrstunde von nun an nicht mehr unterlaufen. Sie mussten sich außerdem schnellstmöglich der kompromittierenden Unterlagen entledigen, die sie im Klavier versteckt hatten. André brachte einen Teil davon im Keller unter, den Rest holte Arthur ab. Als die Résistance-Chefs über die Situation informiert waren, versprachen sie, dass André in gut zwei Wochen falsche Ausweispapiere bekommen würde.

»Ist das denn wirklich machbar?«, fragte Suzette, als Max es ihr erzählte.

Erschöpft ließ er den Kopf auf die Rückenlehne des Sofas sinken. »Ja, die Jungs haben alles, was sie dafür brauchen. André wird Corentins Stelle im Gasthof übernehmen. In zwei Wochen kündigen wir Angermüller an, dass einer meiner Cousins bei uns wohnen wird.«

Suzette erschrak. »Das ist unvorsichtig! Wenn André falsche Papiere bekommen kann, soll er damit woanders hingehen.«

»Nein, Suzie«, erwiderte Max mit fester Stimme. »In einem Haus, in dem ein Offizier einquartiert ist, wird es nie im Leben eine Durchsuchung geben, es sei denn, wir machen irgendeinen wirklich dummen Fehler. André ist hier in Sicherheit, vertrau mir.«

Er schwieg einen Moment, dann fügte er hinzu: »Die Jungs bauen übrigens darauf, dass wir Angermüller umgarnen und Informationen aus ihm rauskitzeln.«

Dieser letzte Satz war für Suzette wie ein Schlag ins Gesicht. »Ich werde mich auf keinen Fall mit ihm anfreunden«, erklärte sie, stand auf und verließ den Raum.

Die folgenden Tage waren die wohl seltsamsten, die sie je erlebt hatten. André und Max achteten wie die Schießhunde darauf, jede noch so kleine Unvorsichtigkeit zu vermeiden. Angermüller fuhr frühmorgens in seinem Wagen davon und kehrte spätabends zurück, nachdem er mit den Offizieren zu Abend gegessen hatte. Er war also häufig abwesend und auch sonst sehr diskret, dabei stets ausgesprochen höflich. Am ersten Abend brachte er ihnen sogar wunderbare Schweinekoteletts mit, weil sie seit Monaten keine mehr bekommen hatten, denn der Verzehr von Schweinefleisch war grundsätzlich den Deutschen vorbehalten. Der Oberleutnant benahm sich wie ein vorbildlicher Gast. Er half Suzette, wenn sie allein war, beim Tragen schwerer Gegenstände, machte jeden Morgen eigenhändig sein Bett und achtete darauf, das Badezimmer immer in sauberem Zustand zu hinterlassen. Im Übrigen plauderte Angermüller mit ihnen, als wäre die ganze Situation völlig normal.

Eines Morgens jagte er ihnen allerdings einen gehörigen Schrecken ein.

»Ich weiß jetzt, wer Sie sind«, sagte er aus heiterem Himmel, beugte sich vielsagend zu Suzette hin und wartete auf ihre Reaktion.

Suzette, die gerade begonnen hatte, eine dünne Schicht Margarine auf ihre ausgetrocknete Brotscheibe zu schmieren, hielt inne. Die Anspannung war mit Händen zu greifen.

»Was wollen Sie damit sagen?«, kam Max seiner Frau zu Hilfe.

Der Deutsche brach höchst amüsiert in Gelächter aus. »Wenn

Sie sehen könnten, was für Gesichter Sie machen!«, rief er. »Wissen Sie, ich bin ein großer Freund der Oper. Und trotzdem ist mir erst gestern Abend klar geworden, dass ich im Haus der Sängerin Suzie Rossignol wohne!«

Vor Erleichterung seufzten Max und Suzette innerlich auf.

»Ja, das stimmt«, erwiderte Suzette. »Das bin ich.«

»Das hätten Sie mir sagen sollen, Madame. Ich hoffe, dass ich irgendwann einmal in den Genuss kommen werde, Sie singen zu hören.«

Suzette schenkte ihm ein höfliches Lächeln, während sie sich innerlich schwor, dass sie niemals vor den Truppen des Führers auftreten würde. Eher würde sie sterben. Kaum war Heinrich gegangen, lief sie zur Toilette und erbrach ihr gesamtes Frühstück. Sie litt schon seit einiger Zeit unter Übelkeit und verlor zusehends an Gewicht, was sie auf den Stress zurückführte, den die Anwesenheit des Deutschen bei ihr auslöste. Knapp zwei Wochen, nachdem Angermüller bei ihnen eingezogen war, unterzog sie sich schließlich doch einer ärztlichen Untersuchung. Als der Arzt sie abgehört hatte, lächelte er und sagte: »Nun ja, meine Liebe! Sie sind schwanger, und zwar schon mindestens im zweiten Monat.«

»Was?«

»Das ist ja großartig!«, rief Max beglückt.

Suzette sah ihren Mann entgeistert an. Natürlich war sie auch glücklich, dass aus ihrer Liebe bald ein Kind hervorgehen würde, aber war es in diesen schwierigen Zeiten, in denen nun auch noch ein Nazi unter ihrem Dach lebte, nicht der größte Irrsinn, ein Baby in die Welt zu setzen?

Ihre Familie teilte diese Meinung nicht. Marcel und Eugénie kamen vor Freude die Tränen, als sie erfuhren, dass sie Großeltern wurden. Mit diesem Kind, das im besetzten Frankreich gezeugt worden war, würden sie alle das Leben feiern.

»Man sollte es auf den Namen ›Freiheit‹ taufen!«, rief Augustine, als man ihr ankündigte, dass sie Urgroßmutter werden würde.

»Ihr scheint Angermüller zu vergessen.« Max rührte in seinem Kaffee und zog dabei eine Grimasse. »Wir dürfen ihn nicht provozieren.«

»Ihr hättet ihm einfach das Haus überlassen und zu uns ziehen sollen«, schimpfte Gaspard der Form halber.

»Kommt überhaupt nicht in Frage!«, empörte sich Suzette. »Das ist mein Haus, und ich weigere mich, es zu verlassen.«

»Habt ihr nicht mal drüber nachgedacht, ihm im Schlaf die Kehle durchzuschneiden?«, fragte Léontine.

Max lachte. »Damit die ganze Kavallerie bei uns aufkreuzt? Nein, danke.« Und mit ernster Miene fügte er hinzu: »Wir werden uns zusammenreißen müssen, und das noch eine ganze Weile.«

Als sie Heinrich über die Schwangerschaft informiert hatten, wurde er noch zuvorkommender. Wenn er für mehrere Tage verschwand, kehrte er jedes Mal mit Lebensmitteln zurück, die schwer zu beschaffen waren: Schokolade, Milch, Kartoffeln, Butter, Zucker.

Anfangs wollte Suzette nichts davon annehmen, weil sie der Meinung war, dass andere es dringender bräuchten als sie. »Ich kann das nicht, jedenfalls nicht, solange andere französische Familien darauf verzichten müssen.«

»Es ist für das Baby, Madame«, beharrte der Oberleutnant. »Damit es groß und stark wird.«

Suzette wollte die Süßigkeiten Francines Kindern geben, als Abwechslung zu den Heringsfilets und den mit Vitaminen angereicherten Keksen, die von der Regierung gestellt wurden, um Mangelerscheinungen zu verhindern. Doch ihre Freundin, die genau wusste, woher die Sachen kamen, lehnte sie kategorisch ab.

»Von diesen Dreckskerlen nehme ich nichts!«, zischte sie. »Corentin würde sich im Grab umdrehen. Schön für dich, wenn du deren Hilfe annimmst, ich mach das nicht.«

Als Suzette einmal in der Boulangerie war, um beim Bedienen der langen Warteschlange zu helfen, die bis über den Bürgersteig ging, erzählte sie ihren Eltern, wie sehr es ihr widerstrebte, von den Lebensmitteln des Deutschen zu profitieren, während andere praktisch verhungerten.

»Max sagt, dass es zu meinem Besten ist, aber ich habe das Gefühl, dass ich das Spiel der Deutschen mitspiele. Francine zeigt mir jetzt schon die kalte Schulter. Das belastet mich sehr.«

»Ich sehe das genauso wie dein Mann«, sagte Marcel. »Wir sollten nicht vergessen, dass die Soldaten auch Menschen sind, die Familien haben. Angermüller hat wahrscheinlich Kinder.«

Eugénie geriet sofort in Rage. »Wie kannst du so etwas sagen? Bei den Gräueltaten, die sie begehen! Die haben mittags keine ausgehungerten Menschen vor der Tür stehen, denen sie beibringen müssen, dass es kein Brot mehr gibt!«

»Ich weiß«, seufzte Marcel. »Es ist eine zwiespältige Situation.«

Max fand die perfekte Lösung. Er nahm die Süßigkeiten, die Suzette nicht haben wollte, und verteilte sie unter den jungen Männern, die sich in der Umgebung versteckt hielten.

Inmitten dieses Aufruhrs erhielt André seine falschen Papiere und verwandelte sich in Léon Fleury. Als Max Heinrich erklärte, dass einer seiner Cousins bei ihnen unterkommen würde, hatte der Deutsche nichts dagegen einzuwenden.

»Es ist Ihr Haus, Maxime. Ich habe nicht darüber zu entscheiden, wen Sie hier empfangen oder nicht ... solange es kein Mitglied der Résistance ist, natürlich«, fügte er lachend hinzu und brach zur Arbeit auf.

Als Eugénie, die gerade bei ihnen war, dem Oberleutnant nachblickte, schien sie alles andere als erfreut. »Was ist das nur für ein seltsames Früchtchen«, murmelte sie. »Es gefällt mir nicht, wie er dich anschaut, Max.«

»Glaubst du, er hat mich im Verdacht?«

Auf der Suche nach einer Antwort sah sie ihn einen Moment lang forschend an. »Nein«, erwiderte sie schließlich. »Im Gegenteil, ich glaube, dass er dich mag. Passt auf, ihr beiden. Wenn so etwas nach außen dringt ...«

»Da besteht keine Gefahr, Maman«, schaltete sich Suzette ein. »Er ist alles andere als ein Freund für uns.«

Eugénie warf den beiden wieder einen merkwürdigen Blick zu, dann nickte sie. »Ja. Das glaube ich dir, Liebes.«

Am nächsten Morgen warteten sie, bis Heinrich das Haus verlassen hatte, dann holten sie André vom Dachboden.

»Jetzt muss ich mit dem Kerl auch noch reden, es wird immer schlimmer!«, sagte er. Sein Hass auf die deutschen Soldaten war grenzenlos.

Max und Suzette verboten ihm, sich auch nur irgendetwas anmerken zu lassen. »Du musst dich ganz normal verhalten.«

»Was ist denn heutzutage überhaupt noch normal?«

Es war eine sehr komplizierte Situation für André, der alles darum gegeben hätte, seine Frau und seine Tochter endlich wieder in die Arme schließen zu können. Über Max' Eltern kamen zwar regelmäßig Neuigkeiten, aber die Trennung war trotzdem hart.

Eines Abends im Juli kam Heinrich zu Suzette in die Küche. Er sah so ernst aus, dass sie Angst bekam. »Ist alles in Ordnung, Monsieur Angermüller?«, frage sie in möglichst natürlichem Ton.

»Nun ja, ich muss für nächste Woche ein Abendessen mit den anderen Offizieren organisieren«, erklärte er ihr. »Und zwar hier bei Ihnen.«

Suzette fiel der Schwamm aus der Hand, mit dem sie gerade ihr Wachstuch abgewischt hatte. »Aber ... ich ... Dafür habe ich doch gar nicht die nötigen Vorräte«, entgegnete sie.

»Machen Sie sich darüber keine Gedanken, die besorge ich

schon. Und Sie müssen auch nicht kochen, darum kümmert sich jemand anders.«

Was Suzette erleichtert als Aufforderung verstand, an dem betroffenen Abend ihr Haus zu verlassen. »Gut, dann sage ich meinen Eltern Bescheid, dass wir den Abend dort verbringen.«

»Nein, nein, Sie werden sich zu uns gesellen, mit Ihrem Mann und Ihrem Cousin. Es geht darum, Ihnen für Ihre Gastfreundschaft zu danken. Und meine Männer freuen sich auch schon darauf, Sie singen zu hören.«

Suzette schluckte. »Ich weiß nicht, ob ich mich in Gesellschaft Ihrer Freunde wohlfühlen werde«, antwortete sie, um Zeit zu gewinnen. »Und ein Auftritt, jetzt, wo ich schwanger bin …«

Sie legte schützend eine Hand auf ihren Bauch, der von Tag zu Tag dicker wurde.

»Ein Lied wird genügen, Madame, seien Sie beruhigt.«

Suzette gelang es mit Mühe, ein Seufzen zu unterdrücken. Sie hatte ihm nichts entgegenzusetzen. Es wäre hilfreich gewesen, ihn besser zu kennen. Dann hätte sie auch seinen Blick besser deuten können.

»Wissen Sie«, erklärte Heinrich mit leiser Stimme, »so schön finde ich es auch nicht, Teil einer Besatzungsarmee zu sein.«

Erstaunt über dieses Geständnis, erwiderte sie dennoch: »Das hat Sie aber nicht daran gehindert, Karriere zu machen.«

Er lachte. »Sie sind mir gegenüber sehr reserviert, Suzette. Ihre Gefühle schimmern deutlicher durch, als Ihnen lieb sein kann.«

Sie wollte ihm nicht den Gefallen tun, Angst zu zeigen. Und so beschloss Suzette mit einer Unerschrockenheit, die ihr eigentlich fremd war, dem Oberleutnant die Stirn zu bieten: »Ich habe nichts gegen Sie persönlich, Monsieur Angermüller. Ihr ganzes Verhalten in unserem Haus ist höchst ehrenwert, man merkt, dass Sie eine gute Erziehung genossen haben. Sie sind jederzeit außerordentlich höflich.«

Heinrich lächelte amüsiert. »Aber?«

»Ihre Soldaten haben den Mann meiner besten Freundin erschossen, um ein Exempel zu statuieren. Er hat im Gasthof gearbeitet. An... Léon hat dort seine Stelle übernommen. Verzeihen Sie mir also, wenn ich Sie nicht freundlicher empfangen habe. Aber jedes Mal, wenn ich die beiden vaterlosen Kinder sehe und ihre Mutter, so jung und schon Witwe, bricht es mir das Herz.«

»Das ist sicher sehr belastend, aber was kann ich daran ändern? Wir müssen für die Einhaltung der Ordnung sorgen, so ist es nun einmal.«

Stumm sahen sie sich an. Die Stille war bleiern.

Schließlich ergriff Heinrich wieder das Wort: »Ich bin nicht empfindlich, ich nehme Ihnen das nicht übel. Was allerdings nicht unbedingt auf die Männer zutrifft, die den Abend hier verbringen werden. Passen Sie also gut auf sich auf.«

Seine Worte klangen nicht wie eine Drohung, eher wie eine Warnung. Als er feststellte, dass Suzette dem nichts mehr hinzufügen würde, schlug er die Hacken zusammen und ging.

»So ein Dreckskerl!«, rief André, als er und Max wieder zu Hause waren.

In harschem Ton hatte Suzette ihnen die Szene geschildert und dabei mit wütenden Schritten das Wohnzimmer durchmessen.

»Komm schon, Suzie, beruhig dich«, sagte Max. »So dramatisch ist es nun auch wieder nicht.«

Suzette und André sahen ihn entgeistert an.

»Soll das ein Witz sein?«, erwiderte Suzette. »Du weißt doch, was uns jetzt blüht: Die anderen werden uns vorwerfen, dass wir mit denen zusammenarbeiten!«

»Aber wir haben doch gar keine andere Wahl, Angermüller hat es angeordnet. Unser Haus wurde beschlagnahmt, und das bedeutet, dass er hier tun und lassen kann, was er will. Er könnte auch einfach entscheiden, uns rauszuschmeißen.«

»Nein, dieser Abend darf einfach nicht –«

»Dieser Abend ist vielleicht eine gute Gelegenheit, ein paar

Informationen abzugreifen«, fiel ihr André ins Wort. »Ich bin auch nicht begeistert, mich diesen Leuten anzubiedern, aber Max hat recht, wir haben keine andere Wahl.«

Für Suzette wurde das Abendessen ein Alptraum. Angermüller hatte in einem Nachbardorf eine alte Frau rekrutiert, die sich um die Speisen kümmerte, und im Esszimmer eine Nazifahne aufhängen lassen. Der Anblick war so abscheulich, dass Suzette gleich wieder übel wurde. »Heil Hitler!«, hallte es um neunzehn Uhr durchs Haus, als die neun Offiziere eintrafen und ihren rechten Arm der Fahne entgegenstreckten. André, Suzette und Max sahen sich aus den Augenwinkeln betreten an. Einer von Heinrichs Kollegen, dick und so viereckig wie ein Panzer, trank viel und schielte ständig auf Suzettes Dekolleté. Die Nahrung, die andernorts fehlte, gab es hier nun im Überfluss: Kalbfleisch, Spargel, Kartoffeln, die unterschiedlichsten Gemüsesorten und eine Sauce Hollandaise mit Sahne. Dazu verschiedenste Käsesorten und zum Nachtisch Crème Brûlée und eine Tarte au Chocolat. Die Nazis waren laut, Champagner und Wein flossen in Strömen. Suzette hatte Angst und war verstört. All diese aufgeblasenen, arroganten Boches, versammelt in ihrem geliebten Haus, verursachten ihr solche Übelkeit, dass sie ihren Teller kaum anrührte. Mehrmals begegnete ihr Heinrichs Blick; er wirkte unerschütterlich und unterhielt sich mit Max, als wäre ihr Mann die wichtigste Person auf der ganzen Welt. Gleichzeitig schien er Suzette ständig im Auge zu behalten, als fürchtete er einen Ausrutscher ihrerseits. Angewidert von der ganzen Situation, zwang sie sich dennoch zu lächeln. Irgendwie schaffte sie es, ein *Ave Maria* zu singen. Die Deutschen klatschten laut Beifall. Als sie wieder Platz nahm, wäre sie vor Selbstekel fast in Tränen ausgebrochen.

»Ich hoffe, Sie sind nicht zu erschöpft?«, erkundigte sich Heinrich, er schien besorgt. »Ich verspreche Ihnen, dass die Männer nicht ewig bleiben werden.«

Warum musste er sich eigentlich immer wie ein perfekter Gentleman benehmen?

Als Suzette am nächsten Nachmittag die Boulangerie verließ, kam ihr in einer Gasse Francine entgegen. Sie trug ein langes, schwarzes Kleid und hatte das Haar zu einem nüchternen Knoten hochgesteckt. Sie trauerte noch um Corentin. Als sie und Suzette auf einer Höhe waren, ließ sie wie erwartet ihrem Zorn freien Lauf. »Na, wie war euer Fressgelage mit den Boches? Habt ihr neue Freunde gefunden?«

Natürlich wussten alle schon Bescheid.

»Hör auf, Francine! Du weißt ganz genau, dass ich keine andere Wahl hatte.«

Ihre Freundin machte keinen Hehl aus ihrer Verachtung. »Red keinen Unsinn! Dass du gratis essen kannst, kommt dir doch gerade recht!«

»Das ist einfach nicht fair von dir!«, brauste Suzette auf. »Wenn ich mich geweigert hätte, dann hätten sie uns rausgeworfen! Was sollte ich denn deiner Meinung nach tun?«

»Ihnen deine verdammte Bude überlassen! Genau das hätte ich an deiner Stelle getan! Und dann hätte ich das ganze Ding in Brand gesetzt, während das deutsche Schwein im Bett liegt und schläft.«

Suzette sah sie traurig an. »Es macht mir keine Freude, dass Angermüller in meinen vier Wänden wohnt, aber ich kann nichts dagegen tun. Wir leben in gefährlichen Zeiten.«

Francines Blick war schlimmer als eine Ohrfeige. »Denkst du, mir wäre noch nicht aufgefallen, dass wir in gefährlichen Zeiten leben?«

Suzette wusste, dass es nichts brachte, weiter mit ihr zu diskutieren. Ihre Freundin war immer noch gefangen in ihrer Trauer. Und Suzette war sich ja selbst nicht mehr sicher, ob sie immer die richtigen Entscheidungen traf. Traurig und verstört stieg sie die grüne Anhöhe hoch, um zum Hof zu gelangen. Der Hof war der einzige Ort, an dem sie Trost finden würde. Arthur und Augustine saßen in der Küche und verlasen gerade die Brombeeren, die sie gepflückt hatten.

»Du siehst aber angeschlagen aus!«, sagte Arthur, als Suzette durch die Tür kam.

Sie ließ sich auf einen Stuhl sinken und erzählte von den Vorwürfen, mit denen Francine sie überschüttet hatte. »Wenn ihr wüsstet, wie grauenvoll es inzwischen für mich ist, in meinem eigenen Haus zu wohnen!«

»Ach, Liebchen!«, versuchte ihre Großmutter sie zu trösten. »Jeder weiß doch, dass ihr in eurem Haus nichts mehr zu sagen habt. Und ich hätte denen auch nie im Leben meinen Hof überlassen, wenn sie ihn gewollt hätten.«

»Francine wird noch an allen ihre Wut auslassen«, bekräftigte Arthur. »Irgendwann wird sie dann kapieren, dass hier jeder getan hat, was er konnte. Wir sind doch auch nur Menschen.«

36

»Sag mir, dass du allein bist, sonst kann ich für nichts garantieren!«

Suzette deutete mit einem erschrockenen Blick in Richtung Treppe. »Nicht so laut, Maman, Angermüller ist im Badezimmer.«

Eugénie war ohne Vorwarnung in die Küche hereingeplatzt, wo ihre Tochter gerade den Frühstückstisch abräumte. Ihr gerötetes Gesicht und ihre verheulten Augen verrieten, wie aufgewühlt sie war.

»Ich pfeif drauf, ob er mich hört oder nicht!«, entgegnete sie, ohne die Stimme zu senken. »Diese unseligen Boches haben Charlaine umgebracht!«

Einen Moment lang schwieg Suzette überrascht. Dann rief sie: »Was? Deine Cousine?«

Eugénie schluchzte auf und nickte. Suzette schenkte ihr eine Tasse Kaffee ein, bevor sie darauf drängte, mehr zu erfahren. Ihre Mutter blieb an die Tischkante gelehnt stehen. »Die sind in dem Krankenhaus aufgetaucht, wo Charlaine arbeitet ... Sie hatten Befehl, die jüdischen Kinder abzuholen, die dort behandelt werden.«

»Grundgütiger«, flüsterte Suzette.

Eugénie blickte auf die Tasse in ihrer Hand. »Charlaine ist dazwischengegangen«, fuhr sie schließlich fort. »Sie hat sich denen in den Weg gestellt. Einer von diesen Gestapo-Typen hat ihr wohl eine Ohrfeige gegeben. Worauf sie ihn angespuckt hat.«

Von da an waren die Dinge aus dem Ruder gelaufen. Charlaine hatte erst einen Fausthieb abbekommen, dann einen kräftigen Stoß. Sie war gestürzt, und ihr Kopf war hart auf dem Steinboden aufgeschlagen.

Mit erstickter Stimme fuhr Eugénie fort: »Einer von denen hat weiter auf ihren Kopf eingetreten, obwohl sie sich längst nicht mehr gerührt hat. Sie hatte innere Blutungen. Und in der Zwischenzeit haben sich diese Dreckskerle die Kinder geschnappt!«

Auch Suzette konnte ihre Tränen nicht mehr zurückhalten. Das Grauen nahm einfach kein Ende. Diese Kinder waren doch völlig unschuldig! Und Charlaine hatte es nicht verdient, so zu sterben!

»Dieses beschissene Leben«, flüsterte sie.

Eugénie hob den Kopf und sah sie an. »Nein, diese beschissenen Deutschen«, widersprach sie. »Charlaine ist gestorben, weil sie völlig richtig gehandelt hat. Sollen sie doch in der Hölle schmoren ... Selbst das wäre noch nicht genug.«

Suzette schwieg, denn an der Tür war ein Räuspern zu hören. Die beiden Frauen fuhren herum: Im Türrahmen stand Heinrich und sah sie mit ernster Miene an. Was hatte er von ihrem Gespräch mitbekommen? Eugénie tat instinktiv einen Schritt in Suzettes Richtung, als wollte sie ihre Tochter beschützen.

Heinrich nickte kurz. »Mein herzliches Beileid, Mesdames«, sagte er dann.

Eugénie starrte ihn wortlos an, aber ihr Blick sprach Bände. Einen Moment lang fürchtete Suzette, dass ihre Mutter ihm sagen würde, er solle sich seine Beileidsbekundungen sonst wohin stecken. Heinrich senkte als Erster den Blick, und Eugénie holte tief Luft.

»Ich muss gehen«, sagte sie zu Suzette. »Pass auf dich auf, mein Schatz. Und du weißt ja, wenn du zu uns kommen willst ...«

Noch einmal warf sie dem Deutschen einen vernichtenden Blick zu, dann drehte sie sich auf dem Absatz um. Auch Heinrich drehte sich um und ging, um weiter seinen Geschäften nachzugehen, als wäre nichts geschehen.

Im Frühherbst und dann noch einmal im Dezember war Heinrich drei Wochen lang unterwegs. Suzette empfand es jedes Mal als große Erleichterung. Die himmelschreiende Ungerechtigkeit von Charlaines Tod hatte bei ihnen allen etwas ausgelöst. Es fiel Suzette zunehmend schwer, den Umgang mit Angermüller noch als angemessen zu betrachten. Seit diesem Drama fühlte sie sich in seiner Gegenwart immer unwohler; Empörung und Widerstand gärten in ihr, die Atmosphäre war beklemmend. Leider konnte sie ihn ja nicht vor die Tür setzen. Eugénie weigerte sich fortan, ihre Tochter zu besuchen.

»Nachher bringe ich ihn noch um.«

Wer Eugénie kannte, wusste, dass es keine leeren Worte waren. Der Schmerz zerriss ihr das Herz. Charlaine war ein ungeheuer wichtiger Mensch für sie gewesen, und sie fing an, Suzette Geschichten aus ihrer gemeinsamen Zeit in der Zone zu erzählen.

Wenn Heinrich fort war, nutzten André und Max die Gelegenheit, wieder an den nächtlichen Touren teilzunehmen. Der Plan war, Eisenbahngleise zu zerstören, doch die Sache war kompliziert, weil die Deutschen immer wachsamer wurden und unablässig auf Patrouille gingen. Trotz der bedrückenden Situation wollte Suzette ein friedliches Weihnachtsfest im Kreis der Familie feiern. Das hatten sie bitter nötig. Und so kamen alle auf dem Hof zusammen, wo sie gemeinsam Cidre tranken und Lebkuchen aßen, natürlich vom Schwarzmarkt. Was für ein Luxus.

Am 16. Januar 1944 tat Serge seinen ersten Schrei. Neun Stunden lang hatte Suzette gelitten, um dieses fast vier Kilo schwere, kerngesunde Baby zur Welt zu bringen.

»Der wird groß!«, freute sich Max, die Augen feucht vor Rührung. »Du hast mir das wunderbarste Geschenk gemacht, das es gibt, mein kleiner Stern«, fügte er hinzu und küsste seine Frau.

Nach und nach kam die ganze Familie vorbei, um das Neugeborene zu bewundern. Auch Heinrich sprach seine Glückwünsche aus, doch er wirkte besorgt. Ausgerechnet er, sonst immer so jovial, wirkte in letzter Zeit bedrückt und sprach voller Wehmut von seiner Familie. So erfuhren sie auch, dass er in Bayern aufgewachsen war, wo seine Eltern und seine beiden Schwestern immer noch lebten.

»Die Wälder meiner Heimat fehlen mir so!«, sagte er.

»Und Ihre Frau doch wahrscheinlich auch«, erwiderte Max höflich.

»Ich bin nicht verheiratet.«

Suzette bemerkte den seltsamen Blick, den er ihrem Mann zuwarf, aber sie wusste nicht, wie sie ihn deuten sollte. So oder so reduzierte sie den Kontakt zu dem Deutschen auf ein Minimum, denn es verging kein Tag, ohne dass sie an Corentins und Charlaines grausamen Tod dachte.

Eines Abends, Heinrich war noch nicht vom gemeinsamen Essen mit den anderen Offizieren zurückgekehrt, erklärte André, dass Deutschland dabei sei, den Krieg zu verlieren. »Angermüller wird verletzbar. Wir sollten jetzt etwas wagen.«

Max runzelte die Stirn. Offenbar teilte er diese Ansicht nicht. »Wir sollten nicht zu schnell agieren. Der kleinste Fehler könnte uns zum Verhängnis werden.«

Suzette legte Serge in seinem Tragekorb schlafen und ging wieder zu den Männern, die vor dem Kamin saßen.

»Ich habe Angst, dass er uns umbringt, wenn es wirklich nicht mehr gut für die Deutschen läuft«, sagte sie. »Wir wissen doch alle, wozu sie fähig sind.«

Max legte ihr den Arm um die Schultern und zog sie an sich. »Wenn er uns töten wollte, hätte er es längst getan, mein Herz. Ich habe allerdings auch das Gefühl, dass er in letzter Zeit verunsichert ist. Ich glaube, es ist der richtige Moment, ihm Informationen zu entlocken.«

André schüttelte energisch den Kopf. »Ohne mich. Ich kann nicht freundlich mit dem Kerl umgehen, und daran wird sich auch nichts ändern.«

»Ich auch nicht«, sagte Suzette. »Nach allem, was die verbrochen haben.«

»Ich hatte auch gar nicht vor, dieses Opfer von euch zu verlangen«, erwiderte Max beschwichtigend. »Aber wisst ihr noch, ich hatte doch diese Idee, eine Babyschaukel zu bauen ...«

Suzette und André sahen ihn skeptisch an und nickten.

»Es ist komisch, aber ich habe das Gefühl, dass Heinrich meine Gesellschaft sucht. Ich könnte ihm also vorschlagen, mir mit der Schaukel zu helfen, was haltet ihr davon?«

»Glaubst du denn, du kannst ihn zum Reden bringen?«, fragte André.

Max zuckte die Achseln. »Es ist jedenfalls einen Versuch wert.«

Suzette schlang die Arme um ihn. »Aber pass bitte auf, Liebster! Ich mag mir gar nicht vorstellen, was er unserem Kind antun könnte, wenn er uns jetzt auf die Schliche kommt.«

»Wenn ich merke, dass er misstrauisch wird, bringen wir Serge zu deiner Mutter«, versprach er ihr.

Maxime setzte seinen Plan unverzüglich um. Heinrich schluckte den Köder, jedenfalls in Teilen, denn er war diszipliniert genug, sich nicht zu echten Vertraulichkeiten hinreißen zu lassen. Dafür genoss er es ganz offensichtlich, im Schuppen Zeit mit Max zu verbringen. Eines Abends im März schlug er ihm von sich aus vor, noch ein bisschen an der Schaukel weiterzuarbeiten, obwohl es schon dunkel war.

»Und die Sperrstunde?«, fragte Max erstaunt.

Mit einer gönnerhaften Geste legte ihm Heinrich die Hand auf den Arm. »Betrachten Sie mich als Ihren ›Passierschein‹, Max!«, lächelte er. »Ich würde mich sehr freuen, wenn die Schaukel noch fertig wird, bevor ich gehe.«

Suzette horchte auf. Hatte Angermüller etwa vor, bald zu gehen? Was wäre das für ein Glück! Sie wagte es kaum, darauf zu hoffen. Als Max dann tatsächlich mit Heinrich das Haus verließ, zwinkerte er seiner Frau kurz zu. Fünf Minuten später kam André aus seinem Zimmer herunter, in das er sich immer häufiger zurückzog, um dem Nazi aus dem Weg zu gehen. Es war schon schmerzhaft genug, ohne seine Familie leben zu müssen – dann auch noch mit dem Feind unter einem Dach zu wohnen, überstieg eigentlich alles, was für ihn noch zu ertragen war.

»Wo sind die beiden?«, fragte er überrascht, als er Suzette allein antraf.

»Heinrich wollte an der Schaukel weiterarbeiten«, sagte sie.

Misstrauisch hob André eine Augenbraue. »Aha, du benutzt seinen Vornamen? Sag mir nicht, dass du auch anfängst, ihn nett zu finden.«

»Also, wirklich, André, wie kommst du denn auf so etwas! Und warum eigentlich ›auch‹?«

»Vergiss es.«

Aber Suzette ließ sich nichts vormachen. Die Hände in die Hüften gestemmt, baute sie sich vor ihm auf. »André Doucet, du kennst mich inzwischen gut genug, um zu wissen, dass ich Sachen nicht einfach vergesse. Du sagst mir jetzt sofort, was für Hintergedanken du hast.«

André ließ seufzend die Schultern hängen, als hätte ein unsichtbares Gewicht daran gezogen. Er kapitulierte. »Also gut, wie du willst. Es gibt Leute, die glauben, dass Max uns verrät.«

Suzette musste sich an einer Stuhllehne festhalten. »Schämst du dich nicht, solche Unterstellungen zu verbreiten?«

»Such nicht bei mir die Schuld«, protestierte André. »Ich gebe nur das wieder, was man mir gesagt hat.«

»Und wer ist ›man‹? Doch hoffentlich nicht Arthur? Oder Gaspard?«

Bei dem Gedanken drehte sich ihr der Magen um.

»Nein, im Gegenteil, die beiden stehen zu ihm und sagen, dass er auf unserer Seite ist. Aber andere haben Zweifel, darunter einer der Chefs.«

Enttäuscht und aufgebracht rief Suzette: »Mit so einem Haufen Hornochsen werden wir nie gewinnen! Und du? Glaubst du denen?«

»Ich weiß nicht recht. Es ist schon ein bisschen komisch, wie viel Zeit die beiden gemeinsam mit dieser Schaukel verbringen. Und ist dir mal aufgefallen, wie Angermüller ihn ansieht? Wie ein vernarrter Backfisch.«

»André!«, rief Suzette pikiert, obwohl auch ihr das etwas merkwürdige Verhalten des Oberleutnants seit Eugénies Bemerkung aufgefallen war.

»Das geht jetzt schon seit zwei Wochen so. Und Max hat noch keine einzige Information aus ihm rausgeholt«, insistierte André.

»Und das reicht dir, um an seiner Loyalität zu zweifeln?«

»Ich frage mich einfach, was die wirklich im Schuppen machen ... Und es gibt nur eine Methode, das herauszufinden, Suzette: hingehen und nachschauen.«

Sie wollte ihn zurückhalten, aber André riss sich von ihr los und zog seinen Mantel an.

»Tu das nicht! Damit handelst du uns nur Ärger ein!«

Er drehte sich um. »Den Ärger handelt sich dein lieber Mann ein, wenn mein Verdacht stimmt.«

Da der kleine Serge friedlich in seiner Wiege schlummerte, überlegte Suzette nicht lange, sondern zog ebenfalls ihren Mantel an. Sie war fest entschlossen, zu beweisen, dass Max nicht gemeinsame Sache mit den Deutschen machte. Dafür waren die Überzeugungen ihres Mannes viel zu tief in ihm verwurzelt.

»Warte, ich komme mit.«

Sie schlichen aus dem Haus, durch den Garten und versteckten sich hinter der halbwegs dichten Baumgruppe in unmittelbarer Nähe des Schuppens. In der feuchten Kälte spürte Suzette, dass ihre Haare an der Kopfhaut klebten.

»Ihr Haus wird mir sehr fehlen«, sagte Heinrich gerade und reichte Max dabei ein Brett.

»Muss ich das so verstehen, dass Sie uns bald verlassen werden?«, fragte Max.

»Es kann sein ... Und ich bedaure es, weil ich hier viele Dinge lieb gewonnen habe.«

Dabei schaute er Max wieder so seltsam in die Augen, dass Suzette sich an den Beginn ihrer Liebesgeschichte mit Max erinnert fühlte. Es war ihr peinlich; als wäre sie dabei, ein hässliches Geheimnis aufzudecken.

»Siehst du«, flüsterte André. »Der Boche ist schwul.«

Schon lag ihr ein empörter Kommentar auf der Zunge, doch als sie die Reaktion ihres Mannes hörte, besann sie sich anders.

»Ich kann Sie gut verstehen«, sagte Max, der offenbar immer noch nicht merkte, was Heinrich für ihn zu empfinden schien. »Es ist wirklich ein Privileg, an so einem schönen Ort zu leben.«

Er richtete sich auf, um zwei Holzteile zusammenzufügen, und sah Heinrich in Erwartung einer Antwort an.

»Sie sind ein Glückspilz«, erwiderte der Deutsche mit einem Lächeln, dem eine gewisse Erregung anzumerken war.

Max legte entspannt sein Werkzeug aus der Hand, wobei er Heinrich unbeabsichtigt streifte, und wandte sich wieder zu ihm. »Das stimmt. Ich bin wirklich ein Glückspilz. Ich habe eine Arbeit, ein schönes Haus und eine talentierte Frau, die mich liebt. Und die ich liebe«, erwiderte er ebenfalls lächelnd.

Es war genau dieser Ausdruck, der Suzette jedes Mal dahinschmelzen ließ, dieses unwiderstehliche Lächeln, das ihm selbst gar nicht bewusst war. Heinrich beugte sich noch näher zu ihm hin. Plötzlich legte er ihm eine Hand auf den Arm. »Und was ist mit mir, Maxime, liebst du mich?«

Und noch ehe Max reagieren konnte, zog er ihn an sich und presste die Lippen auf seinen Mund. Schockiert befreite sich Max aus der unerwünschten Umarmung.

»Was ist denn mit Ihnen los?«, schrie er.

Auch Suzette hätte fast aufgeschrien. Sie schob sich ihre Faust in den Mund, um es zu verhindern. Ihr Herz klopfte wie wild, und sie zitterte am ganzen Leib.

»Oh«, sagte Heinrich. »Das ist wohl immer noch besser als ein Kinnhaken.«

Max musterte ihn, als wäre er verrückt geworden.

Heinrich deutete mit einer ausholenden Handbewegung auf den Schuppen, in dem sie standen. »Als Sie mir vorgeschlagen haben, Ihnen zu helfen, dachte ich ... Nun ja, ich weiß nicht, ich dachte mir, vielleicht gibt es ja eine winzige Chance, dass Sie meine Gefühle erwidern.«

»Ihre Gefühle?«

Max war wie vor den Kopf gestoßen, völlig fassungslos, Suzette kannte ihren Mann. Verlegen rang sich Heinrich zu einem Geständnis durch: »Wissen Sie, es ist nicht einfach für mich, dem Führer zu dienen, obwohl ich das bin, was ich bin: von der Gesellschaft ausgestoßen. Und bisher habe ich meine wahre Natur auch immer verbergen können.«

»Ich werde nichts sagen, wenn es das ist, was Sie befürchten«, erwiderte Max, der das Gespräch schnellstmöglich beenden wollte. »Aber machen Sie so etwas nie wieder mit mir.«

Einen Moment lang sah Heinrich ihn nachdenklich an. »Sie haben mir vom ersten Moment an gefallen, Maxime. Ich habe mir Vorwürfe gemacht, Sie zu lieben, weil ich auch für Ihre Frau eine große Sympathie hege, ganz gleich, was sie denkt. In anderen Lebensumständen hätten wir Freunde sein können.«

»Reden Sie mir bitte nicht von Freundschaft.«

Suzette sah, dass Max sich angewidert abwandte. Heinrich wirkte angeschlagen, doch das hinderte ihn nicht daran weiterzusprechen, jetzt in festerem Ton: »Mir ist nicht verborgen geblieben, woran Sie beteiligt sind. Ich habe die Flugblätter gelesen, von denen Sie glaubten, Sie hätten sie gut versteckt. Und ich habe bewusst darüber hinweggesehen. Insofern, ja, ich denke doch, dass ich das Recht habe, von Freundschaft zu sprechen.«

Suzette erstarrte. Neben ihr war auch André blass geworden. »Er hat den Keller durchsucht, dieses Arschloch!«, flüsterte er.

Im Schuppen ließ sich Max nicht aus der Ruhe bringen. »Ich weiß nicht, wovon Sie reden«, sagte er.

»Natürlich wissen Sie nicht, wovon ich rede«, erwiderte Heinrich, der plötzlich erschöpft wirkte. »Wie auch immer, ich bin abkommandiert worden und werde Sie in zwei Tagen verlassen. Dann wird es hier niemanden mehr geben, der Sie schützt, seien Sie sich dessen bitte bewusst.«

Max bemühte sich, keine Miene zu verziehen. »Ich brauche niemanden, der mich schützt.«

»Na, dann, umso besser. Aber wenn ich Ihnen einen guten Rat geben darf, meiden Sie in den nächsten zwei Wochen die Wälder in der Gegend von Loches.«

Worauf er sich mit einem kurzen Nicken von Max verabschiedete und ging. Suzette und André hatten gerade noch genug Zeit, aus ihrem Versteck zu huschen und vor ihm das Haus zu erreichen.

Heinrich verabschiedete sich genauso, wie er gekommen war: als vollendeter Gentleman, der sich für die Störung durch seine Anwesenheit entschuldigte. Am Tag seiner Abreise kamen Marcel und Eugénie, weil sie fürchteten, dass er auf ihre Tochter und ihren Enkel losgehen könnte. Doch so etwas lag Angermüller fern; er überließ ihnen sogar Konserven und alkoholische Getränke.

An der Haustür sah er Suzette aus seinen grauen Augen lange an. »Ich weiß, was Sie im Schuppen gesehen haben, Madame«, sagte er. »Und ich entschuldige mich dafür. Aber betrachten Sie mich bitte nicht als verantwortlich für das, was Ihrer Cousine zugestoßen ist.«

Außerstande, ihm eine Antwort zu geben, schloss Suzette schmerzerfüllt die Augen. Max machte sich große Vorwürfe, besonders seit er André hatte schwören müssen, dass er die Résistance nicht verraten hatte. Die ganze Geschichte erschütterte ihn zutiefst, und er wusste nicht mehr, was er von Heinrich halten sollte, der sie trotz seiner Position die ganze Zeit geschützt hatte. Dieser Krieg laugte sie alle aus.

In diesem Moment tat Eugénie einen Schritt auf Heinrich zu und musterte ihn abfällig. »Da das Haus meiner Tochter nun nicht mehr beschlagnahmt ist, verlassen Sie es bitte, Monsieur.«

Und Heinrich ging, verletzt, ohne sich noch einmal umzudrehen.

»Ist im Schuppen etwas vorgefallen?«, fragte Eugénie, während sie den Wagen des Deutschen davonfahren sahen.

Suzette seufzte matt. »Du hattest recht: Angermüller hat Max sehr gemocht.«

Im Laufe der folgenden Monate zeigte sich, dass die Lage der Deutschen immer kritischer wurde. Während die Männer ihre nächtlichen Aktionen fortsetzten, streifte Suzette tagelang durch die Gegend, um Flugblätter zu verbreiten. Sie ließ Serge bei ihren Eltern und radelte los, die Blätter im Innenfutter ihrer Umhängetasche versteckt. Francine hatte sich ihr gegenüber wieder beruhigt und begleitete sie meistens. Die beiden wirkten wie zwei Freundinnen, die schwatzend und lachend eine Fahrradtour machten. Manchmal fuhren deutsche Autos an ihnen vorbei, doch sie wurden nie angehalten und kontrolliert.

»Ganz im Süden, in der Aquitaine, ist die Hölle los«, erzählte Francine eines Tages. »Angermüller ist anscheinend dorthin versetzt worden, und er geht wohl brutal gegen die Résistance vor.«

»Ist es so schlimm?«, fragte Suzette mit bebender Stimme.

»Der lässt regelrechte Folterknechte für sich arbeiten. Es gibt immer mehr Verhaftungen, der Widerstand ist geschwächt. War ja im Grunde ein Glück, dass er sich in deinen Mann verguckt hat«, fügte sie hinzu und verzog angewidert das Gesicht.

Suzette zitterte bei dem Gedanken, dass sie wahrscheinlich wirklich mit knapper Not davongekommen waren. Wenn Heinrich sich nicht in ihren Mann verliebt hätte, wer weiß, was dann aus ihnen geworden wäre. Die anderen Leute aus der Widerstandsgruppe hatten genauso überrascht reagiert wie Suzette, aber wenigstens hatten sie begriffen, dass Max kein Verräter war.

Im Juni merkte Suzette, dass sie wieder schwanger war. Nach Einschätzung des Arztes war sie im ersten Monat. »Es wird wieder ein Winterkind, aber diesmal werden Sie wohl im Februar niederkommen.«

Sie freuten sich über diese Neuigkeit und stießen mit dem Champagner an, den Heinrich ihnen dagelassen hatte. Von der Front kamen gute Nachrichten: Die Normandie war dank der von Churchill und den Alliierten durchgeführten Operation Overlord befreit worden. Es gab also Grund zur Freude!

Doch schon bald sollte Suzette erfahren, wie vergänglich das Glück ist. Je weiter die Alliierten vorrückten, desto blutiger wurde die Unterdrückung durch die Deutschen. Am 9. Juli verhaftete die zweite SS-Panzer-Division »Das Reich« in Tulle Hunderte von Männern und erhängte 99 von ihnen, um anschließend weitere 149 zu deportieren. Am nächsten Tag metzelte ein Regiment derselben Panzer-Division im Dorf Oradour-sur-Glane fast sämtliche Einwohner nieder. Suzette weinte sich die Augen aus dem Kopf. Es war unfassbar. Wie konnten solche Gräueltaten geschehen? Warum töteten diese Monster plötzlich Männer, Frauen, Kinder und Greise, ohne irgendeinen Unterschied zu machen?

»Diese widerlichen Boches!«, schrie André ein ums andere Mal. »Es wäre besser gewesen, diesen Angermüller umzubringen, das habe ich schon immer gewusst.«

Max war am Boden zerstört. Er sah die Entschlossenheit der Deutschen und wusste, je mehr sie sich in die Enge getrieben fühlten, desto erbarmungsloser würden sie vorgehen. War Heinrich an den Massakern dieser unschuldigen Bevölkerung beteiligt? Die Frage quälte ihn. Er hatte das niederschmetternde Gefühl, nicht genug getan zu haben.

Mitte August lag er eines Nachts in Suzettes Armen und weinte. »Wir haben ein Monster bei uns aufgenommen. Ich kann nicht mehr in den Spiegel schauen.«

Sie drückte ihn fest an sich und wiederholte das, was er selbst immer gesagt hatte, wenn sie zu zweifeln begann: »Wir hatten keine Wahl, Liebster, und wir haben uns auch nicht angebiedert. Unsere Taten sprechen doch für uns, ich bin stolz auf dich und auf alles, was du getan hast.«

Suzettes bedingungslose Liebe gab Max wieder Kraft, und er war nun entschlossener denn je, den Feind zu besiegen. Als er am 18. August von einem geheimen Treffen zurückkam, erzählte er, dass in seinem Geburtsort Maillé Verstärkung gebraucht werde.

»Wir rechnen mit Kampfhandlungen.«

Eine Woche zuvor hatten die fünfhundert Einwohner des kleinen Orts einem kanadischen Piloten geholfen, sich zu verstecken. Die Nazis suchten ihn überall und waren extrem angespannt, weil die Bahnlinie, die durch den Ort führte, regelmäßig von der Résistance sabotiert wurde. In dieser Gemengelage war für die nächsten Tage auch noch ein Fallschirmabwurf von Waffen geplant. Höchste Vorsicht und Aufmerksamkeit war also geboten. Vierzig Kilometer trennten die beiden Dörfer, aber man hielt über unterschiedliche Kanäle Kontakt. André wollte nach Maillé fahren, um Frau und Tochter zu holen, denn es beunruhigte ihn, dass nun beide Seiten dort ihre Truppen zusammenzogen. »Ich kann sie doch jetzt nicht im Stich lassen, sie brauchen mich.«

»Du läufst Gefahr, geschnappt zu werden«, warnte ihn Max. »Die Boches werden bald kapitulieren, es lohnt sich, noch zu warten.«

Tatsächlich waren bereits Hunderte von Soldaten über die Nationalstraße 10 auf dem Rückzug, doch es gab noch sehr viele, die die Stellung hielten. Die Wohnungsdurchsuchungen häuften sich, man zerrte die Leute aus ihren Häusern und Geschäften, weil Gerüchte umgingen, sie seien Widerstandskämpfer. In Cressigny versuchte man sich einzureden, dass man noch in Sicherheit war, doch wenn Arthur und Onkel Gaspard schliefen, lag die Schrotflinte immer griffbereit, und Suzette verbarrikadierte bei Einbruch der Nacht alle Hauseingänge. Max und André hatten ausreichend Munition, um sich zu verteidigen, aber Suzette lebte trotzdem in Angst um Serge und das ungeborene Kind.

Am 25. August gegen neunzehn Uhr, Suzette war gerade mit ihrem Sohn im Garten, tauchten plötzlich die Schwiegereltern am Tor auf. Sie waren totenbleich. Suzette führte sie in die Küche; sie rechnete mit dem Schlimmsten.

»Was ist passiert?«, fragte sie und dachte sofort an Andrés Familie. Es lag auf der Hand, dass etwas geschehen war. Louis und Roberte kamen nie unangemeldet und schon gar nicht in einem derart aufgelösten Zustand.

»Es ist grauenvoll«, flüsterte Louis. »Grauenvoll.«

Er wiederholte das Wort mehrmals, wie eine Litanei.

Max' Mutter drückte ihren Enkel an sich und brach in Tränen aus. »Die Deutschen haben das ganze Dorf massakriert!«

Voller Entsetzen hörte sich Suzette den Bericht ihrer Schwiegereltern an, der immer wieder von Schluchzern unterbrochen wurde. Am Vortag hatte ein Spitzel die Nazis vor einem Hinterhalt in der Nähe von Maillé gewarnt. In der Nacht war es dann zu Scharmützeln gekommen, bei denen es in den Reihen der Besatzer Opfer gab. Die Deutschen hatten sich dann wohl zu einem Gegenschlag entschlossen.

»Heute Morgen haben sie das Dorf umstellt«, berichtete Louis. »Es waren so um die dreihundert Männer ...«

Zunächst hatten sie die Höfe in Brand gesteckt und waren dann weiter in den Ort vorgerückt, wo sie auf alles schossen, was sich bewegte, sogar auf Kinder und Säuglinge. Das 196. und das 197.

Sicherungsregiment waren dann in die Häuser eingedrungen, um die verängstigten Bewohner mit Bajonetthieben, Brandbomben und Handgranaten niederzumetzeln. Dieses Morden hatte bis etwa vierzehn Uhr gedauert. Nach dem Rückzug der SS war es mit Hilfe einer deutschen Kanone, die achtzig Granaten auf das Dorf abfeuerte, fortgesetzt worden.

»Oh, mein Gott«, flüsterte Suzette. »Wie habt ihr euch retten können?«

»Wir waren doch für zwei Tage bei meiner Schwester in Châtellerault«, antwortete Max' Mutter schluchzend.

Sie erzählte, dass sie schon auf der Rückreise waren, als der Zug vor Maillé plötzlich stehen blieb. »Da haben wir alles erfahren. Der Bürgermeister und der Pfarrer haben mit den Boches verhandelt. Sie haben dann den Überlebenden eine halbe Stunde Zeit gegeben, um zu fliehen. Das Dorf ist immer noch umstellt.«

»Was ist mit Andrés Frau und seiner Tochter?«, fragte Suzette.

Ihr Schwiegervater schüttelte niedergeschlagen den Kopf. »Wir wissen nicht, ob sie fliehen konnten.«

Am nächsten Tag gaben die Soldaten den Zugang zu Maillé frei. Endlich kamen die Rettungskräfte zum Einsatz. André brach zusammen, als er erfuhr, dass seine Familie nicht überlebt hatte. Max weinte mit ihm wie ein Bruder.

Man zählte 124 Tote, darunter 48 Kinder und zwei Neugeborene. Max' Eltern standen tagelang unter Schock. Ihr Laden war ausgebrannt. Es waren düstere Wochen, und das Grauen hörte nicht auf. Im Département Indre, nur dreißig Kilometer von Cressigny entfernt, wurden die Hindus der englischen Armee, die in deutsche Kriegsgefangenschaft geraten waren, damit beauftragt, die Straßen für den Rückzug freizumachen. Vier Tage nach dem Massaker von Maillé erreichten sie die Gemeinden Martizay und Mézières-en-Brenne, wo sie als Reaktion auf die im Hinterhalt liegenden Résistancekämpfer mit Brandsätzen,

Plünderungen und Morden Angst und Schrecken verbreiteten. Pierres Schwester, die dort mit ihrem Mann lebte, wurde vergewaltigt.

Nach diesen Tagen beispielloser Gewalt wurde die Touraine am 1. September endlich vom Joch der deutschen Besatzung befreit. Die Schulkinder pflückten auf den Wiesen Blumensträuße, und vielerorts wurde wieder die Trikolore gehisst. Die Menschen schrien vor Freude und applaudierten. Frankreich war wieder da! Das alles beobachteten die Freunde mit bitteren Gefühlen und blieben den Feiern fern. André, für den der Tod seiner Frau und seiner Tochter ein grausamer Verlust war, begann von Rache zu reden. Es kam zu Auseinandersetzungen mit Max, den er wieder des Verrats verdächtigte und sogar so weit ging, ihn zu beschuldigen, mit »diesem deutschen Drecksschwein Angermüller« in Kontakt geblieben zu sein.

»Vor lauter Schmerz verlierst du den Verstand!«, verteidigte sich Maxime. »Ich schwöre dir bei meinem Leben, dass ich nichts, aber auch gar nichts von ihm gehört habe!«

»Dann erklär mir bitte mal, warum deine Eltern wie durch ein Wunder just am Tag des Massakers nicht in Maillé waren!«, schrie André verbittert. »Ich bin mir sicher, dass du gewarnt worden bist!«

Als Suzette das hörte, flammte solche Wut in ihr auf, dass sie André anherrschte, seine Beschuldigungen einzustellen oder ihr Haus zu verlassen. Woraufhin er die Treppe hochstieg, seine Sachen zusammenpackte und Türen schlagend ging. Er fand Zuflucht bei Pierre, der über das Trauma, das seine Schwester erlitten hatte, noch nicht hinweggekommen war. Gaspard und Arthur versuchten, die Wogen zu glätten, vergeblich. Auch der Grundschullehrer, Fernand Girard, verwandte sich für Max, doch die Männer wollten nichts davon hören.

»Die stehen noch unter Schock«, erklärte Eugénie ihrer Tochter, als sie eines Nachmittags gemeinsam spazieren gingen. »Denk an Francine in der ersten Zeit.«

»Bei ihr ging die Feindseligkeit nicht so weit.«

Nachdenklich strich Eugénie am Wegrand über die Weizenähren, die aus den Feldern ein goldenes Meer machten.

»Vielleicht kann sie mal mit den beiden reden«, sagte sie dann. »Neulich haben wir sie abends bei Pierre aus dem Haus kommen sehen.«

Überrascht sah Suzette ihre Mutter an. »Komisch, von dem Besuch hat sie mir gar nichts gesagt ...«

»Vielleicht hat sie ja versucht, Max zu verteidigen. Es ist noch gar nicht so lange her, da hat Blanche mir mal gesagt, dass Francines Reaktionen unberechenbar geworden sind. Corentins Tod hat sie tief getroffen.«

Der Sommer ging zu Ende. In den darauffolgenden Wochen bemühten sich die Menschen, Normalität herzustellen und wieder ihren gewohnten Tätigkeiten nachzugehen. Da Max sehr unter dem Verlust seiner Freunde litt, stürzte er sich in Arbeit, während Suzette wieder anfing zu singen. Eines Sonntags Mitte Oktober tauchte Francine in La Mercerie auf. Nachdem die beiden eine Tasse Kaffee getrunken hatten, schlug sie Suzette vor, am Fluss spazieren zu gehen.

»Ein bisschen frische Luft wird den Kindern guttun.«

»Gern, aber nicht so lange«, antwortete Suzette. »Meine Eltern kommen heute Abend zum Essen.«

Ein Schatten huschte über Francines Gesicht. »Oh, das wusste ich nicht. Ich wollte euch nicht stören.«

»Was redest du da!«, lachte Suzette. »Du störst mich nie, ich freue mich doch über deine Gesellschaft.«

Munter setzte sie ihre Baskenmütze auf und legte Serge in den Kinderwagen. »Ich frage Max gar nicht erst, ob er mitkommen will«, erklärte sie ihrer Freundin. »Er arbeitet gerade in seinem Gemüsegarten, das dauert meistens Stunden.«

Sie seufzte in gespielter Verzweiflung und ging, um Max Bescheid zu sagen. »Wir kommen nicht so spät zurück«, versprach sie ihm.

»Lasst euch ruhig Zeit, mein Schatz. Ich bin ja da, wenn deine Eltern kommen. Francine hat recht, ein kleiner Spaziergang wird euch guttun. Aber pass auf, dass du dich nicht zu sehr anstrengst.« Er streichelte ihr zärtlich über den runden Bauch. »Ich will ein Baby, das mindestens so robust ist wie unser Serge.«

»Ich finde, Monsieur Lagarde, dass Sie ganz schön anspruchsvoll sind!«, entgegnete Suzette und gab ihm einen Klaps auf die Schulter.

»Geh lieber, sonst komme ich noch auf unkeusche Ideen«, sagte er verschmitzt.

»Du bist mir vielleicht einer«, lachte sie. »Bin schon weg, Liebster!«

Suzette und Francine spazierten auf den Wegen ihrer Kindheit. Francines Tochter Sylvie fragte, ob sie nicht Pilze sammeln könnten.

»Ich hab den Korb nicht mitgenommen, Süße!«, antwortete Francine, und Suzette lächelte über die Normalität dieses Gesprächs: Eine Mutter und eine Tochter, die einfach so, ohne Angst vor den Deutschen im Wald spazieren gingen. Das war man gar nicht mehr gewohnt!

»Wie geht es dir?«, fragte sie ihre Freundin, als die Kinder mit etwas Abstand vor ihnen herliefen.

Francine zuckte die Achseln und richtete die Aufmerksamkeit auf ihren Sohn. Mit seinen zwei Jahren tapste der kleine Dominique so gut er konnte hinter seiner Schwester her.

»Insgesamt besser«, sagte sie nach einer Weile. »Der Schmerz des Verlusts geht nicht weg, aber man lernt, damit zu leben. Leicht ist es nicht, vor allem, wenn man allein zwei kleine Strolche großziehen muss.«

»Denkst du, dass Max euch verraten hat?«

Eigentlich hatte Suzette die Frage gar nicht stellen wollen, jedenfalls nicht so, aber der Drang war übermächtig, und nun hatte sie es doch getan.

Anstatt zu antworten, zündete sich Francine eine Zigarette an. »Ist doch wurscht, was ich denke, Suzie«, stieß sie zusammen mit dem ersten Rauch hervor.

Ihre Worte, die wohlüberlegt waren, verletzten Suzette. Doch sie ließ sich nichts anmerken und ging weiter. Die beiden unterhielten sich über dieses und jenes, sprachen über den Alltag, der langsam zurückkehrte. Niemand zweifelte mehr daran, dass Deutschland früher oder später kapitulieren würde. Die Sonne begann unterzugehen, und sie machten sich auf den Rückweg.

Als sie noch etwa 600 Meter vom Haus entfernt waren, gluckste Serge im Schlaf, und Suzette lächelte. Plötzlich zerriss ein Knall die Stille, so laut, dass alle zusammenzuckten. Auf den Schuss folgte erstauntes Schweigen, bis das Geschrei des aus dem Schlaf geschreckten Babys abermals die Stille zerriss.

Kurz darauf war in der Ferne das Geräusch eines Autos zu hören, das mit aufheulendem Motor und quietschenden Reifen davonfuhr.

Suzette erstarrte, ihr Lächeln war erloschen.

»Max!«, flüsterte sie, von einer schrecklichen Ahnung erfasst. Panisch rannte sie los zum Haus, während sich Francine um die Kinder kümmerte. Sie hastete durch alle Räume, aber Max war nicht da. In der Küche sah sie die Spuren eines Kampfes und lief ins Freie. Ihre Schritte führten sie zur Scheune. Und dort fand sie ihn schließlich, ihren Mann, niedergestreckt in einer Lache aus Blut. Seinem Blut. Seine schönen blauen Augen starrten leblos zur Decke. Suzette hatte das Gefühl, in tausend Teile zu zerfallen.

»Nein!«, schrie sie, und es war kein menschlicher Schrei. Der Schmerz nahm ihr die Luft. »Nein!«, wiederholte sie und sank vor ihm auf die Knie. »Max! Wach auf, Liebster!«

Sie hätte nicht zu sagen vermocht, wie lange sie so auf dem Boden kniete und den leblosen Körper ihres geliebten Mannes schüttelte. Irgendwann betrat auch Francine die Scheune. Als Suzette aufschaute, sah sie den Blick ihrer Freundin, der über Max' sterbliche Hülle wanderte. Ein kalter, eiskalter Blick. Jetzt was alles klar. Sie hatten sich gerächt.

»Du Miststück!«, brüllte sie, sprang auf, stürzte sich auf Francine und schlug mit den Fäusten auf sie ein. »Du hast es gewusst! Du hast mich absichtlich weggelockt!«

Francine gelang es, sich loszureißen, aber sie antwortete nicht. Ihr Schweigen war ein Geständnis.

»Wer?« schrie Suzette. »Wer hat ihn umgebracht? War es André? War es Pierre?«

»Das alles tut mir leid, Suzie«, stammelte Francine und rannte davon.

Suzette stand mitten in der Scheune und blickte ihr nach, wie sie zum Wohnhaus lief, um ihre Kinder zu holen und zu Hause Zuflucht zu suchen. Als zwanzig Minuten später Suzettes Eltern eintrafen, stand sie immer noch da. Um sie aus der Scheune zu bewegen, musste Marcel sie in die Arme nehmen und forttragen, wie er es mit einem Kind getan hätte.

»Nein!«, schrie Suzette. »Ich will bei Max bleiben!«

Vor Entsetzen selbst noch wie gelähmt, murmelte der Vater seiner Tochter tröstende Worte ins Ohr, während er sie im Wohnzimmer auf das Sofa legte. Dann ging er hoch, um sich um Serge zu kümmern. Eugénie übernahm den Platz an der Seite ihrer Tochter und wiegte sie in ihren Armen.

»So einfach werden die nicht davonkommen, Suzie«, flüsterte sie.

Oben summte Marcel seinem Enkel mit brüchiger Stimme ein Lied vor.

Suzette wusste, dass ihr Leben nie wieder so sein würde wie vorher. Sie wusste, dass sie denen, die ihren Mann getötet hatten, bis in alle Ewigkeit grenzenlosen Hass entgegenbringen würde. Und als wollte das Baby in ihrem Bauch dem Drama eine lange Nase drehen, wählte es ausgerechnet diesen Moment, um seine Mutter zum ersten Mal zu treten.

Suzette brach in herzzerreißendes Schluchzen aus. Eugénie, ebenfalls in Tränen aufgelöst, nahm sie noch fester in den Arm. Es war das stumme Versprechen einer Mutter. Das Versprechen, immer für ihre Tochter da zu sein. Und so ließ Suzette dem größten Kummer ihres Lebens freien Lauf.

37

Julia, 2013

Ich ließ das Tagebuch sinken, vollkommen aufgewühlt von dem, was ich gelesen hatte. Mir blieben noch sieben oder acht Seiten bis zum Ende, aber ich brauchte eine Pause. Es war drei Uhr morgens, und ich war in Tränen aufgelöst. Jetzt verstand ich besser, warum meine Großmutter nicht aus der Vergangenheit erzählen wollte; das Drama, das sie erlebt hatte, war zu schmerzlich, um darüber zu sprechen. Was sie durchgemacht hatte, erfüllte mich mit tiefer Trauer. Nie hätte ich gedacht, dass in diesem zerbrechlichen Körper einst eine junge Frau mit so unglaublichem Schicksal gesteckt hatte. Erst die Karriere als Sängerin, dann ihre wenn auch geringe Beteiligung an der Résistance und schließlich die Ermordung ihres geliebten Mannes und der Verrat ihrer besten Freundin ... Woher hatte sie die Kraft genommen, nach alldem wieder aufzustehen? Ich hatte schon von den bisweilen etwas übereilten Säuberungsaktionen nach der Befreiung gehört. Von Erschießungen aufgrund eines bloßen Verdachts. Aber ich wäre nie auf die Idee gekommen, dass mein Großvater einer dieser zu Unrecht Hingerichteten gewesen war!

Das Tagebuch unterm Arm, ging ich in die Küche, um ein Glas Wasser zu trinken. Unten war alles ruhig, die nächtliche Stille nur durchbrochen vom gleichmäßigen Ticken der alten Penduluhr. Ich zog einen Stuhl heraus und setzte mich, um die letzten Seiten zu lesen. Suzette hatte etwa zwei Wochen nach Maximes Tod wieder zu schreiben begonnen.

André hat es gewagt, hier aufzutauchen, als ich den Kleinen gerade zum Mittagsschlaf hingelegt hatte. Zuerst wollte ich ihn gar nicht hereinlassen, aber er hat angefangen zu rufen, und ich hatte Sorge, dass er Serge Angst einjagt, also habe ich nachgegeben. Er war blass und hatte dunkle Schatten unter den Augen, aber von mir würde er kein Mitgefühl bekommen. Da ich ihm keinen Platz anbot, ließ er den Blick durchs Zimmer schweifen. Erinnerte er sich in diesem Moment daran, was Max und ich für ihn getan hatten? Gut möglich. Als ich ihn fragte, warum er hierhergekommen war, um mich zu quälen, sagte er, er wolle, dass ich die Wahrheit erfuhr.

»*Die Wahrheit*«, *schrie ich ihn an,* »*ist, dass ihr nur ein Haufen Verbrecher seid! Max war anständig und verlässlich. Im Gegensatz zu gewissen anderen.*«

Meine Stimme war so schneidend, dass ich dachte, er würde anfangen zu weinen.

»*Du hast ja keine Ahnung, was für eine Bürde ich trage*«, *jammerte er.*

Ich erwiderte nichts darauf. Ich hätte ihm gerne an den Kopf geworfen, dass er keine Ahnung hatte, durch welche Hölle ich ging, seit sie mir Max entrissen hatten, doch dann erinnerte ich mich, dass er es nur zu genau wusste, denn die Deutschen hatten dasselbe mit seiner Familie getan.

Ich hätte mir am liebsten die Ohren zugehalten, als er mir erzählte, Pierre hätte an jenem Morgen erfahren, dass seine Schwester, die, die vergewaltigt worden war, ein Kind erwartete.

»*Er war völlig außer sich, und trotz allem verstehe ich ihn. Es muss furchtbar für seine Schwester sein, ein Kind aufzuziehen, dass sie niemals lieben kann. Versetz dich mal in seine Lage.*«

Ich reagierte nicht darauf, war nicht bereit, auch nur das geringste Mitgefühl zu zeigen. Anschließend, gestand mir André, hatten sie mehrere Flaschen Wein getrunken und immer wieder durchgekaut, was ihnen die verfluchten Nazis alles genommen hatten.

»Und irgendwie wollten wir plötzlich, dass jemand für all den Schmerz bezahlte.«

Natürlich hatten sie den Schuldigen schnell gefunden: Max war aus ihrer Sicht zumindest mitverantwortlich für all das Schlimme, das sie erlitten hatten. Deshalb hatten sie beschlossen, ihn sich zu schnappen, aber angeblich nur um ihm eine Abreibung zu verpassen. Wer's glaubt ... Nimmt man ein Gewehr mit, wenn man nicht die Absicht hat zu töten? Und dann hatten sie Francine gebeten, mich abzulenken. Dieses hinterhältige Miststück!

Je länger André sprach, desto stärker wurde der Drang, ihm ins Gesicht zu spucken. Er fing doch tatsächlich wieder davon an, wie eigenartig es sei, dass meine Schwiegereltern dem Massaker von Maillé entkommen waren. Er war überzeugt, dass Max sich mit Angermüller zusammengetan hatte, um die geplanten Aktionen der Résistance zu verraten. Ich wusste, dass es nur die wirren Reden eines gebrochenen Mannes waren, der seine Frau und seine Tochter verloren hatte, trotzdem brüllte ich ihn an, dass er mein Haus verlassen soll. Er leistete keinen Widerstand, aber in der Tür drehte er sich noch einmal um und sagte: »Ich war nicht derjenige, der geschossen hat, Suzette, das schwöre ich dir. Ich konnte es nicht.«

Ich musste an mich halten, um ihn nicht zu schlagen. »Wozu erzählst du mir das? Hoffst du allen Ernstes, dass ich dir verzeihe?«

Da ist er ohne ein weiteres Wort gegangen. Danach habe ich so viel geweint, dass ich das Salz meiner Tränen immer noch auf der Zunge schmecke.

Heute Morgen war Fernand hier, der Lehrer. Er hat mir gesagt, dass er nie an Max' Schuld geglaubt hat.

»Weißt du, Suzie, meine Frau und ich, wir haben eine jüdische Familie versteckt. Es gab natürlich nur wenige, die davon wussten, aber Max gehörte dazu. Er hat uns nicht denunziert, ob-

wohl er Angermüller alles hätte erzählen können. Arthur und ich haben versucht, die anderen zu überzeugen, dass er kein Verräter war, aber ich glaube, der Kummer hat ihnen den Verstand vernebelt.«

All das wusste ich bereits, aber es tat trotzdem gut, es zu hören. Dann hat Fernand mich gefragt, was ich nun vorhabe. Das Einzige, was ich sicher weiß, ist, dass ich dieses Haus nicht behalten kann. Es war mein kleines Stück Horizont, aber das ist jetzt für immer verdorben. Hier erinnert mich alles an das Glück, das ich verloren habe. Jedes Mal wenn ich zur Scheune gehe, sehe ich den Leichnam meines Liebsten, seine schönen Augen, die mich so in ihren Bann geschlagen hatten, leer und leblos. Ich leide bis ins Mark, bis in die Tiefen meines Seins, mein Herz ist zerfetzt. Ich muss fortgehen, sonst werde ich verrückt.

Auf den folgenden Seiten erfuhr ich, dass Suzette ihr Haus verkauft hatte und auf den Bauernhof zurückgekehrt war, wo im Februar 1945 Méline zur Welt gekommen war. Anfangs saß sie ganze Tage nur reglos am Küchenfenster und starrte blicklos hinaus. Nachts weinte sie hemmungslos. Ihre Verwandten halfen ihr abwechselnd, sich um die Kinder zu kümmern. Sie wusste um ihren Zustand, denn sie schrieb, wie sehr es sie quälte, dass sie nicht aus ihrer Trauer herausfand. Arthur kümmerte sich liebevoll um sie, schlug ihr Spaziergänge über die Felder vor, wie früher. Doch das half nicht, ihren Schmerz zu besänftigen, zumal es nicht zur Anklage kam. Man verschloss die Augen, was die Säuberungsaktionen anging, ermunterte sogar diskret dazu. So blieb Suzette nicht einmal die Hoffnung, dass die Schuldigen bestraft würden. Kurz nach dem Waffenstillstand kam Eugénie eines Tages zu ihr und befahl ihr energisch, sich zusammenzureißen.

Noch nie hatte ich Maman so entschlossen erlebt. Papa war gar nichts dagegen. Ich nehme an, Léontine hat sie geholt, weil ich wieder einmal nichts gegessen hatte. Maman hat sich vor mich hingestellt und mich gezwungen, sie anzusehen. Sie hat mir von Paris erzählt, von der Zone, von den elenden Bedingungen, unter denen Antoinette und Théodore gelebt hatten, als sie damals dort angekommen war.

»Du hast Angst vor der Zukunft, das ist verständlich. Das ging mir damals genauso, auch wenn die Umstände nicht vergleichbar sind. Aber zu leben heißt, sich seiner Angst zu stellen, Suzette! Also reiß dich zusammen und Kopf hoch!«

Und so bekämpfte meine Großmutter ihren Schmerz, indem sie sich mit aller Kraft in ihre Karriere stürzte. Die Bühnen in Paris und auf der ganzen Welt hatten nur auf sie gewartet, und ein paar Jahre lang akzeptierte sie alle Tourneen, die man ihr anbot. In der Sowjetunion und den Vereinigten Staaten wurde sie gefeiert, und sie verdiente viel Geld, von dem sie einen Teil an die Familie schickte, die sich während ihrer Abwesenheit um die Kinder kümmerte. Doch trotz allem konnte sie sich nicht über ihren Erfolg freuen. Ihr Verlust wog zu schwer. Sie vermisste ihre Kinder, sah sie kaum aufwachsen. Obwohl sie ständig von Bewunderern umgeben war, fühlte sie sich allein. Marie-Rose, die Frankreich endgültig den Rücken gekehrt und sich mit ihrem Mann in Amerika niedergelassen hatte, schrieb ihr regelmäßig. Sie meinte, dass es vielleicht keine kluge Entscheidung von Suzette gewesen war, wie eine Besessene zu arbeiten, aber es war wohl ihre Art, mit der Trauer umzugehen. Suzette merkte selbst, dass sie nicht mehr mit dem gleichen Elan bei der Sache war wie zuvor, aber sie wusste nicht, ob sie eines Tages den Mut aufbringen würde, wieder ein normales Leben zu führen.

Ich blätterte erneut eine Seite um. Es war die vorletzte. Der Eintrag stammte aus dem Jahr 1952. Nach einer triumphalen Tournee durch Kalifornien hatte Suzette zwei Jahre kein einziges Wort geschrieben.

Letzten Monat ist Mémé Augustine gestorben. Ich habe in Paris alles stehen und liegen lassen, um bei der Beerdigung dabei zu sein. Alle haben geweint, es zerriss einem das Herz. Sie hatte trotz der beiden Kriege ein schönes Leben, aber traurig ist es dennoch. Während der ersten dreißig Jahre meines Lebens war Mémé da – das ist so lang und gleichzeitig so kurz! Natürlich hat mich alles an Max' Beerdigung erinnert. Alle beobachteten mich verstohlen, warteten auf ein Schluchzen oder gar eine Ohnmacht. Zum ersten Mal seit diesem furchtbaren Herbst 1944 habe ich es geschafft, den Friedhof zu betreten und zu seinem Grab zu gehen. Ja, ich hatte Tränen in den Augen, und ich spüre immer noch den Riss in meinem Herzen. Max hat dort für immer seinen Platz, aber es ist nicht mehr dieser alles verzehrende Schmerz. Die Zeit geht vorbei, die Seele vernarbt.

Francine war auch bei Mémés Beerdigung. Sie hat sich ganz hinten in der Kirche versteckt, aber ich habe ihre Gegenwart sofort gespürt. Unter anderen Umständen hätte ich sie vielleicht an den Haaren nach draußen geschleift, aber aus Respekt vor meiner Familie und ihren Eltern, die nichts dafür können, habe ich sie ignoriert und mich abgewandt, als sie mir ihr Beileid aussprechen wollte. Auch Maman weigert sich, mit ihr zu sprechen. Sie hat sie sogar geohrfeigt, als Francine es eines Tages gewagt hat, die Patisserie zu betreten, um Brot zu kaufen. Es ist nicht viel, aber es tröstet mich.

Im Übrigen werde ich mich wohl an den Gedanken gewöhnen müssen, dass wir uns bisweilen über den Weg laufen; Arthur hat mich gebeten, seine Frau zu werden, und ich habe Ja gesagt. Sein Antrag hat mich überrascht, zumal er mir gegenüber nie das geringste Anzeichen von Verliebtheit gezeigt hat. Doch er hat gesagt, er liebt mich. Natürlich ist es keine große Leidenschaft, aber immerhin ist es ihm ernst. Im ersten Moment war ich völlig überrumpelt. Wie er sagt, träumt er davon, eine Familie zu haben, da er ja ein Findelkind war. Aber er möchte mir auch hel-

fen und mir ein stabiles, verlässliches Zuhause geben. Im ersten Moment habe ich ihm geantwortet, dass ich nicht aus Schwäche diesen einfachen Weg wählen will. Er weiß, wie sehr ich Max geliebt habe.

»Du bist nicht schwach«, hat er darauf erwidert. »Ich habe noch nie jemanden gekannt, der so entschlossen ist wie du. Sieh doch nur, wie du dich aus den Tiefen aufgerappelt hast! Aber manchmal verpasst einem das Leben solche Schläge, dass man eine feste Schulter braucht, an die man sich lehnen kann. Und ich möchte gerne diese Schulter sein, nicht nur für dich, sondern auch für Serge und Méline.«

Ich weiß, es wird nie etwas Intensives sein, wie ich es mit Max erlebt habe, aber wir haben uns gern, also spricht nichts dagegen. Ich brauche einen Neuanfang, und die Kinder brauchen einen Vater. Sie kennen und mögen Arthur. Er hat vor kurzem die Bar vom alten Mareuil gekauft und will alles dafür tun, dass wir glücklich sind.

Gaspard und Léontine haben beschlossen, ins Limousin zu gehen und dort auf einem anderen Hof neu anzufangen. Maman hat ein wenig protestiert, aber ich verstehe, dass sie Lust auf eine Veränderung haben. Meine Eltern haben Gaspard seinen Anteil abgekauft und wollen auf den Hof ziehen. Dort haben sie mehr Platz als über der Patisserie.

Die Jahre vergehen, die Zeiten ändern sich, das ist nun mal so. Vielleicht wird ein neues Leben beginnen, wenn ich nach Cressigny zurückkehre. Dennoch werde ich nie das Böse vergessen, das dort geschehen ist. Drei Menschen verfluche ich auf ewig: Francine Hénault, André Doucet und Pierre Beauvais. Ich werde sie bis zu meinem letzten Atemzug hassen.

Das sind die letzten Worte, die ich in dieses Tagebuch schreibe. Ich werde es für den Rest meines Lebens aufbewahren, um mich daran zu erinnern, was sie mir genommen haben, falls ich ihnen gegenüber jemals nachsichtig werden sollte.

Danach kam nichts mehr. Suzette hatte ihr Tagebuch dann vermutlich ins Geheimfach des Sekretärs gelegt, und dort war es geblieben, bis ich es sechzig Jahre später gefunden hatte. Ich dachte an all die Menschen, die Teil ihres Lebens gewesen waren und von denen nur noch die Namen auf den Grabsteinen existierten. Marcel, Eugénie, Gaspard, Arthur. Fernand Girard, ihr Freund, der Lehrer, der Bens Großvater war. Das wusste ich, weil er mal in die Schule gekommen war und mit uns über die Résistance gesprochen hatte. Die Einzigen aus dieser Zeit, die noch lebten, waren Suzette und André, der alte Mann, der mich gewarnt hatte, nicht in der Vergangenheit zu wühlen.

Kein Wunder ... Jetzt weiß ich auch, warum!

Er war an der Ermordung meines Großvaters beteiligt gewesen, und keiner der Schuldigen war vor Gericht gekommen. Bei der Vorstellung wurde mir übel. Ich fand es unerträglich, dass die Polizei sich kein bisschen um die Angelegenheit gekümmert hatte.

Mit einem Mal riss mich die Stimme meines Vaters aus meinen Gedanken.

»Wieso schläfst du nicht?«, fragte er, überrascht, mich mitten in der Nacht in der Küche vorzufinden.

Hastig schlug ich das Buch zu, obwohl es nichts mehr nützte. »Ich habe ein altes Tagebuch von Suzette gefunden.«

Mein Vater nahm ein Glas aus dem Schrank und hielt es unter den Wasserhahn. Er wandte mir den Rücken zu, sodass ich sein Gesicht nicht sehen konnte.

»Und du hast es gelesen«, sagte er.

»Ja. Ich weiß jetzt, was mit deinem Vater passiert ist.«

Er kam langsam auf mich zu und setzte sich ebenfalls, die Augen noch ganz verschlafen.

»Verdammt«, seufzte er. »Ich dachte, sie hätte es vernichtet.«

Ich sah ihn erstaunt an. »Du wusstest von dem Tagebuch?«

»Ja ... Wo hast du es denn gefunden?«

Ich erzählte ihm, wie ich zufällig das Geheimfach im Sekretär entdeckt hatte.

Er nickte nachdenklich. »Dann muss sie es später dort versteckt haben.«

»Was meinst du mit ›später‹?«

»Irgendwann hat Méline es in Mamans Schrank gefunden, als sie sich eine Jacke von ihr leihen wollte. Sie wusste natürlich, dass Arthur nicht unser Vater war, aber es war ein Schock für sie, auf diese Weise die Wahrheit zu erfahren.«

»Das glaube ich gern.«

»Vor allem das mit André hat sie sehr getroffen«, fuhr er fort. »Zufällig hatte sie ihn zwei Jahre zuvor am Gymnasium als Englischlehrer bekommen. Sie mochte ihn sehr, weil er ihr immer die besten Noten gab, auch wenn es nicht gerechtfertigt war.«

»Nicht zu fassen! Glaubst du, das war eine Art Wiedergutmachungsversuch?«

»Wahrscheinlich. Ein paar Tage nachdem sie das Tagebuch gefunden hatte, hat sie mich angerufen. Sie war total aufgebracht. Ich war damals schon in Paris und studierte. Am Wochenende danach bin ich nach Hause gefahren, und Maman hat uns alles erklärt. Wir mussten ihr schwören, dass wir nie wieder darüber sprechen würden ... und wir haben uns daran gehalten.«

Ich sah ihn an, vollkommen erschlagen von all den Dingen, die ich erfahren hatte. Und ich konnte ihm nicht mal vorwerfen, dass er mir nichts davon erzählt hatte; was Geheimnisse anging, war ich nicht viel besser.

»Das alles ist unglaublich ... Wie hat Mémé es ausgehalten, hier zu leben, so nah bei den Mördern ihres Mannes?«

»Pierre Beauvais ist kurz nach dem Krieg weggezogen. Und die beiden anderen haben sich bemüht, ihr aus dem Weg zu gehen. So paradox es klingen mag, sie hat uns gesagt, von dem Moment an, als sie die Bar übernommen haben, hat sie Ruhe und Frieden gefunden. Das war Arthurs Verdienst.«

»Haben sie sich geliebt?«

Während meiner Kindheit waren mir die beiden als Paar vollkommen normal vorgekommen, und die Zuneigung zwischen ihnen war deutlich zu spüren gewesen.

»Ja, auf ihre Weise haben sie sich geliebt«, antwortete mein Vater. »Meine Mutter hat es nie bedauert, dass sie ihre Karriere aufgegeben hat. Für sie zählte nur noch ihre Familie. Und wir waren glücklich.«

Alex und ich begannen direkt mit den Renovierungsarbeiten. Und ich akzeptierte schließlich, dass Ben uns dabei half. Er war in seinem Bereich sehr kompetent, und es wäre schade gewesen, auf sein Wissen und seine Erfahrung zu verzichten. Er zeichnete uns die gewünschten Pläne, und wir konnten uns um die Kostenvoranschläge kümmern. Es war ein sehr seltsames Gefühl, mit ihm zusammenzuarbeiten. Sein Lächeln entwaffnete mich, und ich suchte ständig seinen Blick, ohne zu wissen warum. Dennoch wurde ich den Gedanken nicht los, dass er bei der Trennung mir gegenüber nicht ganz ehrlich gewesen war. Andererseits war das alles vierzehn Jahre her, also konnte ich ja wohl meinen Stolz beiseiteschieben und freundlich zu ihm sein.

Eines Morgens rief Maud mich an. Jemand hatte ihr erzählt, dass ich mit Loïc im Paddock gewesen war, und das hatte ihre Neugier geweckt.

»Keine Sorge, ich will dir keine Eifersuchtsszene machen, aber ich dachte, dir wäre klar, dass er nicht ganz sauber ist.«

Bei der Vorstellung, dass sie denken könnte, ich hätte ein Techtelmechtel mit Loïc, musste ich lachen.

»Bei unserem Treffen ging es eher um Erpressung als um Liebesgesäusel«, erklärte ich ihr. »Dein Ex ist wirklich ein Teufel. Für Geld würde der alles tun. Und er scheint es uns ziemlich übelzunehmen, dass wir das Haus nicht verkaufen.«

»Er muss immer widerlich sein, er kann nicht anders«, seufzte sie. »Ich habe ein schlechtes Gewissen, weil ich ihm deine Nummer gegeben habe. Er hat behauptet, er müsse ganz dringend etwas mit dir besprechen, aber ich bin nicht auf die Idee gekommen, dass er dir Ärger machen wollte.«

»Ach, halb so wild. Er hat sich seither nicht mehr gemeldet, wahrscheinlich ist er schon an etwas anderem dran.«

Bei unseren Besuchen hielten wir Suzette über alle Arbeiten auf dem Laufenden. Ich wagte es nicht, sie auf das Tagebuch anzusprechen, denn das würde bei ihr sicher schmerzliche Erinnerungen wecken, und sie verdiente es, ihren Frieden zu haben. Doch sah ich sie jetzt mit anderen Augen. Genau wie Eugénie war meine Großmutter für mich zu einer Heldin geworden, einer starken Frau, die sich ihrem Schicksal gestellt hatte, um ihren Schmerz zu überwinden. Ich war stolz, zu dieser Linie zu gehören, stolz, die Patisserie unserer Familie wieder zum Leben zu erwecken. Mehr als einmal dachte ich lächelnd an Monsieur Rossignol, den kleinen Pariser Patissier, der sich bestimmt nie hätte vorstellen können, wofür sein Name eines Tages stehen würde: berühmte Windbeutel, eine talentierte Sängerin und ein Erkennungszeichen in der Damentoilette während der Besatzungszeit.

»Seit wann pfeifst du Kinderlieder?«, fragte Alex mich eines Tages, als wir dabei waren, oben in den Zimmern die Tapeten abzureißen.

Es war der 1. Juli. Die letzten zwei Wochen waren nur so dahingerast.

»Ich habe gepfiffen?«, erwiderte ich mit Unschuldsmiene, um Zeit zu schinden.

Ich hätte ihm gerne vom Tagebuch unserer Großmutter erzählt, aber ich hatte Angst vor seiner Reaktion. Bisher hatte ich bei ihm nicht gerade für gute Laune gesorgt, und wenn ich ihm plötzlich eröffnete, dass ich nicht nur in Suzettes Privatangelegenheiten herumgeschnüffelt hatte, sondern dass obendrein unser Großvater ermordet worden war, konnte es durchaus sein, dass er mich achtkantig rauswarf. Wir hatten es geschafft, uns darüber zu einigen, wie wir uns die künftige Patisserie vorstellten, und das wollte ich nicht gefährden.

»Hmm«, sagte er schmunzelnd, »vielleicht hat es ja damit zu tun, dass Ben morgen vorbeikommt, um uns zu helfen.«

Statt einer Antwort riss ich energisch ein Stück von der scheußlichen orange-braunen Tapete ab. »Red keinen Unsinn, Alex.«

»Was kann ich denn dafür, wenn ihr wie zwei Magneten umeinanderkreist, die es nicht schaffen zusammenzuknallen?« Vielsagend schlug er mit der Faust in seine Handfläche.

»Ich hoffe, Tania gegenüber bist du romantischer, denn der Vergleich bringt mich nicht gerade zum Träumen.«

»Du verstehst schon, was ich meine.«

»Ich verstehe vor allem, dass sich die Arbeit nicht von allein macht, also hau rein!«

Natürlich gingen mir seine Worte nicht mehr aus dem Kopf, und kurz darauf verzog ich mich unter einem Vorwand nach unten in die Küche. Im Grunde hatte Alex recht. Falls ich mich rein zufällig allein mit Ben in einem Zimmer befände und er mich versehentlich gegen eine Wand drückte und seine Lippen auf meinen landeten ... Ein Schauer durchlief mich.

Reiß dich zusammen, du dumme Nuss!

Ben hatte keinen Platz mehr in meinem Leben, Punkt. Wenn er mich hätte zurückerobern wollen, wäre er es anders angegangen als mit einem »Ach, übrigens, was ich dir noch sagen wollte, meine Mutter ist schuld, dass wir nicht mehr zusammen sind.«

Mir die Wahrheit zu sagen, hatte ihn sicher befreit. Er machte eine Existenzkrise durch, seit er sich von Madison oder Beverley oder Samantha getrennt hatte, aber es gab kaum etwas Ermüdenderes als einen Mann, der mitten in metaphysischen Betrachtungen steckte.

»Hallo, ist jemand da?«

Ich erschrak, als ich Loïcs Stimme erkannte. Was wollte der

denn schon wieder hier? Eilig lief ich aus der Küche. Er stand im Eingang der Bar, siegessicher und mit seinem charmanten, berechnenden Teufelslächeln.

»Dich habe ich gesucht, Julia. Ich wollte fragen, ob du über unser kleines Arrangement nachgedacht hast.«

Ich musterte ihn mit halb zusammengekniffenen Augen. Diesmal war ich das Raubtier und er die Beute, auch wenn ihm das noch nicht klar war. Mit einem Nicken ging ich auf ihn zu, um ihm für einen Moment das Gefühl zu geben, er hätte mich in der Tasche.

»Ja, ich habe darüber nachgedacht, Loïc.«

Er wirkte so von sich überzeugt, dass es fast schon komisch war.

»Sehr gut«, erwiderte er zufrieden.

Er hatte angebissen. Perfekt. Fehlte nur noch, dass er sich eine dicke Zigarre anzündete, sich die Hände rieb und sagte, er habe gewusst, dass ich vernünftig sein würde.

»Ich habe darüber nachgedacht«, fuhr ich ruhig fort, »und die Antwort ist nein.«

Sein Lächeln erlosch. »Was? Aber, Julia, interessiert es dich denn nicht, wie dein Großvater gestorben ist?«, fragte er drängend.

»Doch, aber wie es der Zufall will, habe ich es bereits selbst herausgefunden. Und ich weiß, dass deine Großmutter in seine Ermordung verwickelt war. *Meine* Großmutter hat nämlich ein Tagebuch geführt, in dem alles aufgezeichnet ist.«

Loïc entgleisten die Gesichtszüge. Doch er fing sich rasch wieder. Er hob den Kopf und sah mich mit zornfunkelndem Blick an.

»Du hältst dich wohl für ganz schlau, was? Wart's ab, du wirst deine Meinung schon noch ändern!«

Dann machte er kehrt, und ich sah, wie er sich mit großen Schritten entfernte. Ich freute mich zwar, dass ich ihm die Tour vermasselt hatte, aber mir war klar, dass ich mich in Zukunft vor ihm in Acht nehmen musste.

Mit einem Seufzer drehte ich mich um und wollte zurück in die Küche, erstarrte jedoch mitten in der Bewegung. Alex stand im Türrahmen, und seine Miene ließ keinen Zweifel daran, dass er alles mitangehört hatte.

»Was soll das heißen, Großvater ist ermordet worden?«, fragte er mit tonloser Stimme.

38

Ich hatte wirklich ein ausgeprägtes Talent, mich in unmögliche Situationen zu bringen. Meinen Cousin anzulügen, hätte wenig Sinn gehabt, also bedeutete ich ihm, mit in die Küche zu kommen und sich zu setzen, dann erzählte ich ihm, was Suzette durchgemacht hatte. Erstaunlicherweise reagierte er gar nicht so wütend, wie ich befürchtet hatte. Er murrte ein wenig, weil ich ihm das alles nicht schon eher gesagt hatte, aber offenbar hatte ich bei ihm echtes Interesse geweckt.

»Ich dachte mir schon, dass es da ein Geheimnis gab«, gestand er mir. »Suzette hat mit uns nie über die Vergangenheit gesprochen. Dabei tun doch alle Großmütter nichts lieber, als Geschichten von früher zu erzählen.«

»Stimmt, außer unserer. Jetzt wissen wir, warum.«

»Hast du das Tagebuch dabei? Ich würde es mir gerne mal ansehen.«

»Ich gebe es dir morgen.«

Am nächsten Tag war Ben schon da, als ich kam. Ich zögerte, das Tagebuch aus meiner Handtasche zu nehmen, weil ich es unpassend fand, ihn in unsere Familiengeschichten zu verwickeln. Doch Alex fragte ohne Umschweife, ob ich es mitgebracht hatte, und so beugten wir uns, anstatt uns um die Fliesen zu kümmern, über die Seiten mit Suzettes Handschrift. Ich spürte, wie betroffen mein Cousin war, als er diesen Teil ihrer Lebensgeschichte entdeckte.

Er stieß einen Seufzer aus. »Wenn ich daran denke, dass sie durch die Hölle gegangen ist, und ich habe mich wegen meinem Schlamassel wie ein Idiot aufgeführt!«

»Das konntest du ja nicht wissen, Alex. Ich habe mich auch

viel zu lange selbst zerfleischt. Aber jetzt sind wir beide wieder auf einem guten Weg. Und umso mehr, als wir nun unsere Familiengeschichte kennen.«

»Wie stark Suzette und Eugénie waren.«

»Ja, und wir können das auch«, sagte ich und sah ihn voller Wärme an.

Ben gesellte sich zu uns, als er Fernand, den Namen seines Großvaters hörte, und wir erzählten ihm von der Freundschaft zwischen unseren Großeltern. Ich war gerade bei der Schilderung des Mordes, da klingelte Alex' Handy, und er ging nach draußen. Ben, der an der Spüle lehnte, sagte, er habe ein paarmal gehört, wie sein Großvater von einer Abrechnung sprach, ohne jedoch irgendwelche Namen zu nennen.

»Aber da er Alzheimer hatte, habe ich das nicht weiter ernst genommen.«

»Keiner von uns konnte ahnen, was damals passiert ist.«

Ben trat auf mich zu. »Er war doch nicht an dem Mord beteiligt, oder?«, fragte er besorgt.

Ich schlug das Tagebuch an der Stelle auf, wo Suzette Andrés Besuch schilderte, und schüttelte den Kopf.

»Im Gegenteil, er hat immer an Max' Unschuld geglaubt.«

Ben las, was meine Großmutter dazu geschrieben hatte. Als er den Kopf hob, lächelte er.

»Ich bin froh, dass er nicht darin verwickelt war. Du hast auch so schon genug Gründe, sauer auf mich zu sein.«

»Ich weiß, es ist hier Brauch, sich die Missetaten der Vorfahren über Generationen hinweg vorzuwerfen, aber ich kann das trennen.«

»Ach, wirklich?«

Er sah mich mit leisem Spott an, und sein Blick schien mich herauszufordern. Der Duft seines Rasierwassers, vermischt mit dem des Tagebuchs und des alten Hauses, brachte mich einen Moment aus der Fassung, und ich begann, mir alles Mögliche vorzustellen ... Herrje, die Sonne, die durch die Fenster schien, hatte mir wohl das Hirn verbrannt!

»So!« Ich drehte mich um und schaltete den Deckenventilator ein. »Wir sollten uns mal langsam an die Arbeit machen.«

Alex kam wieder herein, und wir konnten loslegen. Ich ließ die beiden allein und kümmerte mich um das Badezimmer. Ben hatte eindeutig eine zu verwirrende Wirkung auf mich. Mit einem Mal musste ich an den schrecklichen Alptraum denken, den ich zweimal gehabt hatte. Und wenn das Grauenvolle hinter mir, auf das Ben zeigte, einfach die Vergangenheit war? Das Unbewusste konnte so erfinderisch sein! Manchmal hatte ich das Gefühl, dass Ben und ich durch ein unsichtbares Band verbunden waren, das trotz allem nie gerissen war. Und das war viel zu gefährlich. Gegen fünf machte er Schluss, und ich ging wieder hinunter zu Alex.

»Du liebst ihn immer noch, stimmt's?«, fragte er, als er mich sah.

Seine unverblümte Frage brachte mich aus dem Konzept, und ich musste einen Moment überlegen. Mit einem einfachen »Nein« hätte ich nicht nur ihn, sondern auch mich selbst belogen.

»Es ist alles so seltsam«, seufzte ich. »Eigentlich müsste ich ihn hassen. Oder mit alldem abgeschlossen haben. Ich dachte auch, das hätte ich. Aber etwas an ihm zieht mich immer noch an, so blödsinnig das auch ist.«

»So was lässt sich nicht einfach abstellen, Julia. Erholt man sich je wirklich von der ersten großen Liebe?«

»Ich bin doch keine zwanzig mehr.«

»Wenn man füreinander geschaffen ist, spielt das Alter keine Rolle«, erwiderte er und begann, sein Werkzeug zusammenzuräumen.

Ich zog eine Grimasse. »Entschuldige, Alex, ich breite hier mein Seelenleben vor dir aus, und das nach allem, was ihr durchgemacht habt, du und Tania ...«

»Das haben wir inzwischen hinter uns«, sagte er lächelnd. »Es geht mir besser, seit wir mit diesem Projekt begonnen haben, und das ist Tania nicht entgangen. Und Léo auch nicht«, fügte er mit einem Lachen hinzu. »Du hast sogar Taylor Swift auf der Liste ihrer Idole den Rang abgelaufen.«

Mit einer theatralischen Geste legte ich die Hand aufs Herz und säuselte: »Davon habe ich schon immer geträumt!« Dann wurde ich wieder ernst. »Ich bin wirklich froh, dass wir das zwischen uns aus der Welt geräumt haben.«

»Jetzt musst du nur noch Ben eine zweite Chance geben, dann ist alles wieder in Butter!«, sagte er augenzwinkernd.

Ich verpasste ihm einen Schlag mit dem Geschirrtuch, der Suzettes würdig gewesen wäre.

Die nächsten zwei Wochen verliefen in einer angenehmen Routine. Léonore, die Ferien hatte, kam regelmäßig, um uns zu helfen. Sie konnte es kaum erwarten, ihr Zimmer im fertigen Zustand zu sehen, und steckte uns mit ihrer Begeisterung an. Auch Méline und Paul halfen uns öfters, und mit vereinten Kräften kamen wir recht gut voran. Abends aßen wir oft alle zusammen im Garten bei Kerzenschein, untermalt von fröhlichem Gelächter. Cressigny hatte erneut mein Herz erobert, und ich fühlte mich dort immer mehr zu Hause.

»Hatte ich dir nicht gesagt, dass du einen neuen Lebenssinn finden würdest?«, neckte mich Aurélie eines Tages am Telefon. »Du bist genau wie die Heldinnen in diesen Feelgood-Romanen.«

Am 9. Juli brachte sie ein bezauberndes kleines Mädchen zur Welt, die Romain und sie Aya-Lise nannten, ein guter Kompromiss zwischen ihrem Wunsch nach einem japanischen und seinem nach einem altmodischen Namen. Ich machte also einen Kurzausflug nach Paris, um mein Patenkind kennenzulernen, und nahm bei der Gelegenheit gleich meine ganzen Backformen mit. Ich hatte beschlossen, noch eine zweijährige Ausbildung als Patissière dranzuhängen, um mir das nötige Basiswissen zu erarbeiten. Das war zwar nicht notwendig, um das Geschäft zu eröffnen, aber es würde mir helfen, mich sattelfester zu fühlen. In der Zwischenzeit versuchte ich, Marcels Windbeutel und einige andere Leckereien nachzubacken. Mein Vater warf mir vor, ich würde dafür sorgen, dass er wieder einen Bauch bekam, nachdem er ihn gerade so erfolgreich losgeworden war. Währenddessen ging ich Ben aus dem Weg und suchte gleichzeitig seine Gegenwart. Nachdem er uns die Pläne gezeichnet hatte, gab es für ihn eigentlich keinen Grund mehr, zu uns zu kommen. Dennoch tauchte er trotz der Renovierungsarbeiten an seinem eigenen Haus immer wieder auf, um etwas zu verputzen, zu streichen oder abzuschleifen. Es war mir unangenehm, dass er unseretwegen seine Baustelle vernachlässigte, andererseits zwang ihn ja niemand dazu. Und wenn er kam, hatte das doch sicher etwas zu bedeuten, oder nicht?

Das bedeutet, dass er ein hilfsbereiter Mensch ist. Bilde dir bloß nichts ein, meine Gute.

Ein schöner Sommer kündigte sich an. Die ersten Touristen kamen, und ich erkannte, welches Potenzial unser Standort hatte. Sie liebten es, die blumengeschmückten Hausfassaden zu fotografieren, darunter auch die von Méline mit den hübschen veilchenblauen Fensterläden und den Kletterrosen.

»Wir sollten beim Rathaus darum bitten, dass sie uns Pflanzen geben«, verkündete ich eines Morgens, als ich in unseren zukünftigen Geschäftsraum trat. »Wir brauchen auch Rosen vor dem Haus.«

Wir wollten die Fassade in einem eleganten Rot streichen, und auf dem Schild sollte in altmodischer Schrift »Patisserie Rossignol« stehen, mit einer Nachtigall daneben. Wenn sich darum noch Rosen rankten, wäre es perfekt. Alex war sofort angetan von meiner Idee, und auch Suzette war begeistert, als ich ihr bei meinem nächsten Besuch davon erzählte.

»Es wird noch schöner als in meiner Erinnerung!«, sagte sie strahlend.

Kurz bevor ich mich von ihr verabschiedete, musterte meine Großmutter mich aufmerksam, wie sie es an dem Tag getan hatte, als sie herausfinden wollte, ob es mir wirklich so gut ging, wie ich behauptete.

»Du siehst aus, als würdest du mich gleich etwas fragen, Mémé«, sagte ich lachend.

Ihre Lippen verzogen sich zu einem Lächeln. Womit würde sie wohl diesmal kommen?

»Du hast mein Tagebuch gefunden, stimmt's?«

Ich fühlte mich ertappt. Aber ich konnte unmöglich so tun, als wüsste ich nicht, wovon sie sprach.

»Ja«, gestand ich widerstrebend. »Woher weißt du das?«

Alex oder mein Vater hatten mich doch nicht etwa verpetzt?

»Ich habe es mir gedacht, als du mich nach meinem Sekretär gefragt hast. Ich war überrascht, dass du dich plötzlich dafür interessierst.«

Okay, an meiner Subtilität muss ich wohl noch ein bisschen arbeiten.

»Ich wollte dich nicht damit belasten, Mémé. Deshalb habe ich nichts gesagt.«

»Komisch, obwohl ich ja eine große Anhängerin des Vergessens bin, musste ich seither immer wieder an die Vergangenheit denken.«

»Ich verstehe sehr gut, dass du diese Geschichte für dich behalten wolltest. Was du durchgemacht hast, war sehr hart.«

»Ja, das war es. Manchmal dachte ich, ich würde mich nicht mehr davon erholen. Ich habe André, Pierre und Francine aus tiefster Seele gehasst. Aber das Alter lehrt einen, was wirklich wichtig ist. Das alles ist lange her.«

Überrascht runzelte ich die Stirn. »Willst du damit sagen, du hast ihnen verziehen?«

»Nein, so weit würde ich nicht gehen. Aber in mir ist einfach kein Platz mehr für Hass. Es war eine andere Zeit, und sie haben auch viel Leid erfahren. Das entschuldigt nicht, was sie getan haben – ich erinnere mich noch immer mit aller Deutlichkeit an den Schock, den ich verspürt habe, als ich Max' Leichnam fand … Aber ich möchte lieber in der Gegenwart leben.«

»Warum hast du dann das Tagebuch aufgehoben? Papa hat mir erzählt, dass Méline es mal gefunden hat.«

»Méline!«, sagte Suzette mit Zärtlichkeit in der Stimme. »Als sie jung war, ist sie immer losgesprungen, ohne vorher zu schauen, wo sie landen würde.«

Sie verlor sich einen Moment in ihren Erinnerungen, dann antwortete sie auf meine Frage: »In meinem Tagebuch stand die Geschichte meiner Liebe zu Max. Wenn ich es vernichtet hätte, hätte ich das Gefühl gehabt, ihn ein zweites Mal zu töten. Ich konnte mich nicht dazu durchringen, zumal ich kaum Fotos von ihm besaß; die waren während der Besatzungszeit verboten.«

Meine Großmutter wies auf ihren Nachttisch, auf dem das Hochzeitsfoto von ihr und Arthur stand.

»Da drunter steht eine Schachtel. Hol sie mal.«

Ich tat, wie mir geheißen, und gab sie ihr. Sie nahm ein paar Aufnahmen heraus, die sie wie kostbare Schätze aufbewahrt hatte. Lebensschnipsel in Schwarzweiß. Die Hochzeit 1939. Die beiden mit ihren Freunden bei einem Picknick am Fluss, lächelnd. Ein Porträtfoto von Max, auf dem man seine langen Wimpern und seinen tiefgründigen Blick sah. Meine Großeltern strahlend vor La Mercerie, als das Haus noch gepflegt aussah. Ich war zutiefst gerührt, dass sie mir dieses Geschenk machte und mir ihre Reliquien zeigte, die sie so sorgfältig vor neugierigen Blicken bewahrt hatte. Ich dankte ihr von ganzem Herzen. Doch eine Sache beschäftigte mich noch. Ich erinnerte mich vage an Gaspard und Léontine, denen ich als Kind ein paarmal begegnet war und die längst nicht mehr lebten, aber ich wusste nicht, was aus Marie-Rose in Amerika geworden war. Ihre Freundschaft mit Eugénie hatte mich sehr berührt. Die Charakterstärke meiner Urgroßmutter stammte zumindest zum Teil aus der Zeit, als sie auf der einen Seite ihre Cousine gehabt hatte, eine vom Elend gehärtete Seele, und auf der anderen Marie-Rose, eine Feministin vor der Zeit. Eugénie! Wäre ihr Leben ohne den Einfluss der beiden dasselbe gewesen?

Meine Großmutter erzählte mir, dass Marie-Rose fast hundert geworden war.

»Ihr Sohn hat mich Anfang der Neunzigerjahre von ihrem Tod unterrichtet. Im Lauf der Zeit hatten wir uns immer seltener geschrieben, und unsere Familien haben sich schließlich aus den Augen verloren.«

Am Abend des 14. Juli traf ich mich mit den anderen, um mir das Feuerwerk anzuschauen. Das Fest anlässlich des Nationalfeiertags fand immer noch am selben Ort statt wie früher. Es war ein seltsames Gefühl, dass ich gewissermaßen in die Fußstapfen der jungen Suzette trat, die kurz davor war, sich in Max zu verlieben. Und, wenn auch auf indirektere Weise, in die von Eugénie, die Marcel in dem Tanzlokal in Malakoff kennengelernt hatte. Nun, da ich ihre Geschichten kannte, begleiteten mich meine Vorfahren, wohin ich auch ging.

Der Holzboden war aufgebaut und mit Lichterketten geschmückt worden. Von der einen Seite wehte der Geruch nach Brötchen mit Merguez herüber, von der anderen der nach Waffeln mit Puderzucker. Ich hatte mein kurzes rotes Leinenkleid an und trug die Haare offen. Léonore war glücklich, dass ihre Eltern sich wieder verstanden, Paul und Méline tanzten, und mein Vater unterhielt sich mit Colette, die sich zu unserem Grüppchen gesellt hatte. Ein Stück weiter stand Maud an der Bar, die von Nathan bedient wurde. Wie zu Suzettes Zeiten schlichen die Jugendlichen umeinander herum, wurden rot und stotterten und verdeckten dann ihre Verlegenheit hinter lautem Lachen. Nichts konnte die Süße dieses Abends zerstören.

Als es dunkel wurde, ging ich hinunter zum Fluss. Ich kannte die perfekte Stelle, von wo aus man das Feuerwerk sehen konnte, ohne in dem großen Gedränge zu stecken, das sich gleich ein Stück weiter bilden würde. Von dort bei der kleinen Befestigung hatten Ben und ich als Kinder immer das Spektakel verfolgt. Ben ... Warum musste ich nur ständig an ihn denken? Die ersten Knaller ertönten, und der Himmel schmückte sich mit bunten Feuergarben, die sich im Wasser spiegelten. Es war wunderschön und wie ein krönender Abschluss nach den bewegten letzten Monaten.

Mir stiegen Tränen in die Augen, doch ich blinzelte sie hastig weg, als ich hinter mir im Gras Schritte hörte. Ich hielt den Atem an, aber ich wusste, dass ich nichts zu befürchten hatte. Ich hatte auf ihn gewartet, hatte gehofft, dass auch er sich an diesen Ort erinnern würde.

»Du bist da.«

Ich drehte mich nicht um, aber ich ahnte, dass er lächelte. Dann spürte ich seine Hände auf meinen Schultern.

»Ben ...«, protestierte ich ohne Überzeugung, den Blick in die Ferne gerichtet.

Immer noch dieser Drang, vernünftig zu sein ...

»Sag nichts, Julia«, flüsterte er. »Ich möchte dich einfach nur spüren und an nichts anderes denken.«

Von einem Wirrwarr an Gefühlen überwältigt, lehnte ich mich an ihn. Ohne ein einziges Wort betrachteten wir aneinandergeschmiegt das Feuerwerk. Ben war schon immer jemand gewesen, der gut schweigen konnte. Als die letzte Garbe erloschen war, drehte ich mich zu ihm um.

»Mir ist ein bisschen kalt. Bring mich heim.«

Ich musste ihm nicht erklären, wohin ich wollte. Immer noch schweigend fuhren wir zu La Mercerie. Als wir in der Halle standen, verflochten sich unsere Blicke. Mein Herz begann wie wild zu schlagen. So, wie er mich ansah, bestand kein Zweifel daran, dass er dasselbe empfand wie ich. Ich trat auf ihn zu, um ihm zu verstehen zu geben, dass ich ihn küssen wollte. Ben legte sanft die Hand auf meine Wange.

»Bist du sicher, Julia?« Seine Stimme war nur noch ein Murmeln.

»Und du?«, fragte ich, ebenfalls ganz leise.

Unsere Lippen waren nur noch Millimeter voneinander entfernt.

»Ich kann dagegen ankämpfen, so viel ich will, du bist einfach die intelligenteste, schönste und dickköpfigste Frau, die ich kenne. Und ich liebe einfach alles an dir, genau wie früher, vielleicht sogar noch mehr.«

Bei seinen Worten überrollte mich eine Woge des Verlangens. Er küsste mich, und ich grub die Hände in sein Hemd und erwiderte gierig den Kuss. Wie wunderbar vertraut sich seine Lippen anfühlten. Es war, wie nach Hause zu kommen. Seine Arme umschlangen mich, und ich war trunken vor Begehren.

»Lass nicht zu, dass ich dich je wieder verliere«, flüsterte er heiser, und da kapitulierte auch mein letzter Rest Vernunft.

Am nächsten Morgen weckte uns nicht die Sonne, sondern Simba. Der Golden Retriever sprang aufs Bett, das unter seinem Gewicht ächzte.

»Runter!«, protestierte Ben wenig überzeugend.

Der Hund rollte sich auf den Rücken und zappelte mit den Beinen in der Luft.

»Gehorcht aufs Wort!«, spottete ich und schmiegte mich an Ben.

Er küsste mich auf den Kopf.

»Also habe ich nicht geträumt«, sagte er mit einem wohligen Seufzer. »Du bist wirklich hier, in meinen Armen.«

»Komme ich dir denn so unwirklich vor?«, zog ich ihn auf.

Simba drängte sich zwischen uns.

»Er ist jedenfalls sehr real!«, erwiderte Ben lachend.

Ich betrachtete ihn voller Zärtlichkeit. Mir war, als müsste meine Brust vor lauter Glück zerspringen. Wie sehr hatte mir das gefehlt! Um ehrlich zu sein, war ich auch nicht ganz sicher, dass all das wirklich war, aber es fühlte sich so gut an!

»So!«, rief ich und stand auf. »Das mit der Romantik ist ja schön und gut, aber ich habe Hunger. Hast du was zum Frühstücken da?«

Ich zog sein Hemd an, was ihn zum Lächeln brachte.

»Wie ich sehe, hast du deine Gewohnheiten beibehalten«, bemerkte er und stand ebenfalls auf.

Unten bereitete ich rasch einen Waffelteig zu und warf einen Blick auf mein Handy. Alex hatte mir in den frühen Morgenstunden eine SMS geschickt.

Kommst du nachher auf die Baustelle, oder hat Ben dich zu sehr erschöpft? ☺

Offensichtlich konnten sich alle denken, wie und wo ich meinen Abend beendet hatte.

Vom Duft des Waffelteigs angelockt, kam Simba an und bettelte.

»Lass dich nicht von seinem ausgehungerten Blick täuschen«, warnte mich Ben, als er hereinkam. »Er ist ein gewiefter Schauspieler.«

Während ich Simba betrachtete, musste ich an die verschiedenen Hunde denken, die mein Vater im Lauf der Jahre gehabt hatte. Schade, dass er sich nach dem Tod des letzten nicht wieder einen neuen Gefährten zugelegt hatte, das hätte ihm so gutgetan!

»Woran denkst du?«, fragte Ben, umarmte mich und küsste mich auf den Hals.

Ich hob den Spatel. »Daran, dass du mich in Ruhe lassen musst, wenn du Waffeln haben willst«, erwiderte ich drohend. »Nein, im Ernst: Ich dachte daran, wie gut es meinem Vater täte, wenn er wieder einen Hund hätte.«

»Was denn für einen?« Er wandte sich um und setzte Kaffee auf.

»Keinen, der so groß wird wie ein Pony. Davon abgesehen bin ich für alles offen.«

»Die Hündin von einem Freund hat vor ein paar Wochen Junge gekriegt. Cockerspaniel. Meinst du, das wäre was für ihn?«

»Weißt du, dass du wunderbar bist, Ben?«

»Natürlich«, erwiderte er ohne jede Bescheidenheit.

Während wir aßen, ließ ich den Blick durch die Küche wandern. Was für eine seltsame Vorstellung, dass meine Großmutter hier gewohnt hatte.

»Max' Tod erklärt, warum Méline damals nicht wollte, dass wir hierherkommen«, sagte ich. »In gewisser Weise prägt die Erinnerung einen Ort. Was geschehen ist, verschwindet nie ganz.«

Ben nickte. »Seit du mir von dem Drama erzählt hast, überlege ich, die Scheune abzureißen.«

»Das ist eine gute Idee. Und was soll stattdessen dorthin?«

Ich kannte ihn gut genug, um zu wissen, dass er eine so große Fläche nicht einfach ungenutzt lassen würde.

»Ein Wintergarten würde mir gefallen. Glas, Schmiedeeisen, Korbmöbel.«

»Sehr romantisch. Ganz anders als die Scheune, aber das ist auch gut so. Schließlich hat es hier ja nicht nur Dramen gegeben, sondern auch Schönes. Also sollte man das Positive bewahren.«

»Was das Positive angeht, mache ich mir keine Sorgen«, sagte er mit funkelndem Blick.

Eine weitere Woche ging vorbei, dann zwei, dann drei. Das Geschäft machte große Fortschritte. Für den Fußboden hatten wir

Fliesen mit altmodischem Muster ausgewählt, und die Handwerker stellten den neuen Tresen auf, zusammen mit den Vitrinen. Nun mussten wir uns die Küche vornehmen, um sie für den Betrieb der Patisserie umzubauen. Auf meine Bitte hin beschrieb mein Vater mir die, in der Marcel gearbeitet hatte.

»Er hatte nur zwei kleine Arbeitsflächen und einen Ofen. Damals waren die Standards natürlich nicht dieselben wie heute.«

»Und wo genau war die Patisserie?«

Das hatte mir bisher noch niemand gesagt.

»Neben der Schule, dort, wo jetzt der Parkplatz ist. Damals gab es dort mehrere kleine Geschäfte. Als Eugénie 1977, zwei Jahre nach Marcels Tod, beschloss aufzuhören, hat die Gemeinde das Grundstück gekauft.«

Ich konnte gar nicht genug von unserer Familiengeschichte bekommen. Je mehr Alex und ich erfuhren, desto stärker wurde unser Wunsch, unseren Vorfahren Ehre zu erweisen.

Abends ging ich oft zu Ben. Wir gaben uns große Mühe, die verlorene Zeit aufzuholen. Meine Familie wusste über uns Bescheid und freute sich. Mein Vater hatte Tränen der Erleichterung in den Augen, weil er überzeugt gewesen war, dass er alles zwischen uns kaputtgemacht hatte. Er lächelte, summte und kümmerte sich sogar um seinen Haushalt. Ich erkannte ihn kaum wieder! Ich nahm an, dass Colette zum Teil dafür verantwortlich war, denn als ich eines Morgens nach Hause kam, meinte ich, sie verstohlen vom Garten meines Vaters in ihren huschen zu sehen.

Anfang August, als wir auf dem Rasen lagen und in der Abendsonne vor uns hinträumten, teilte Ben mir mit, dass er seiner Mutter von uns erzählt hatte. Ich stützte mich auf meinen Ellbogen, um ihn anzusehen.

»Und was hat sie gesagt?«

Ich bemühte mich, ruhig zu wirken, aber ich war ziemlich nervös.

»Nicht viel«, erwiderte er. »Sie hatte es sich wohl schon gedacht. Sie ist nicht gerade vor Begeisterung in die Luft gesprungen, aber gebrüllt hat sie auch nicht.«

Ich verstand es einfach nicht; was hatte sie nur gegen mich? Bens Großvater war nicht an der Ermordung meines Großvaters beteiligt gewesen, also wo war das Problem? Trotz allem versuchte ich es mit Humor.

»Dann warten wir mit dem Sonntagsbesuch wohl besser noch ein bisschen.«

Er nahm mein Gesicht zwischen seine Hände und zog mich zu sich. »Aber diesmal bleiben wir zusammen, ganz egal, was passiert. Ich liebe dich, Julia.«

Vor uns leuchteten die Mauern des Hauses golden im Sonnenlicht. Es war nicht alles perfekt, aber es schmeckte schon verdammt nach Glück.

Eines Morgens kam Ben auf meine Idee zurück, meinem Vater einen Hund zu schenken.

»Die Welpen, von denen ich erzählt hatte, sind jetzt alt genug, du kannst sie dir ansehen. Yoann erwartet dich.«

Da er an dem verabredeten Tag nicht mitkommen konnte, gab er mir die Adresse von seinem Freund, in einem Dorf etwa fünfzehn Kilometer von Cressigny entfernt. Léonore, die Tiere liebte, flehte mich an, sie mitzunehmen.

»Vielleicht kann ich meine Eltern ja überzeugen, auch einen zu nehmen, wenn sie süß sind?«

Ich konnte ihr nicht widerstehen, und so kam sie mit mir.

Seit zwei Tagen goss es in Strömen, und die Temperaturen fühlten sich entschieden herbstlich an. Es war sechs Uhr abends, als wir losfuhren. Es schüttete so sehr, dass ich trotz der Scheibenwischer kaum etwas sehen konnte, und ich verfluchte im Stillen das elende Wetter. Der Himmel war so dunkel, dass ich die Scheinwerfer einschalten musste. Dicht hinter mir fuhr ein anderes Auto mit Fernlicht, das mich blendete.

»Warum überholt der denn nicht, wenn wir ihm zu langsam sind?«, maulte Léo.

Der Wagen kam noch näher.

»Spinnt der, oder was?«, rief ich genervt.

Ich hupte wie wild, um ihm zu Verstehen zu geben, dass er sein Fernlicht ausschalten sollte. Vergeblich.

Léonore drehte sich mit zusammengekniffenen Augen um. »Das sieht aus wie der Renault von Loïc.«

Fast hätte ich eine Vollbremsung gemacht. Mir pochte das Blut in den Schläfen.

»Loïc? Bist du sicher?«, fragte ich, wie erstarrt vor Angst.

»Ja, ich glaube schon. Papa hat neulich gesagt, dass er sich ein neues Auto gekauft hat, obwohl er praktisch pleite ist.«

Ich warf einen Blick in den Rückspiegel. Alle meine Sinne waren in Alarmbereitschaft. Aber mit dem Regen und dem blendenden Licht konnte ich den Fahrer nicht erkennen. Der trat plötzlich aufs Gas, und ich dachte, er würde uns rammen. Mein Magen zog sich zusammen, und ich zitterte am ganzen Körper. Um der drohenden Kollision auszuweichen, riss ich das Steuer herum. Das Auto geriet ins Rutschen, kam von der Fahrbahn ab und stürzte die Böschung hinunter.

Léo schrie.

Ich schrie.

Kopfüber, wie in einer grauenvollen Achterbahn, dann plötzlich nichts mehr. Reglosigkeit und Stille.

»Julia?«, rief Léonore panisch.

Sie lebt. Danke, lieber Gott. Sie lebt.

»Ich hole uns hier raus, mein Spatz. Ist mit dir alles okay?«

»Ich glaube, ich habe mir den Kopf gestoßen. Meine Tür geht nicht auf.«

»Meine auch nicht«, stellte ich beunruhigt fest. »Bleib am besten ruhig sitzen, Léo. Ich rufe Hilfe.«

Stöhnend schaffte ich es, mein Handy aus der Hosentasche zu

ziehen. Mein Akku war fast leer; ich musste eine Entscheidung treffen, und zwar schnell. Ich wählte die Nummer meines Vaters, weil ich Angst hatte, dass das Gespräch abriss, wenn ich einen Rettungswagen rief. Nach dem dritten Klingeln ging er dran.

»Papa, ich bin's«, brachte ich mühsam hervor. »Ich habe einen Unfall gehabt.«

»Was? Wo bist du?«

Ich versuchte, mich zu orientieren.

»Ich weiß es nicht. Irgendwo südlich von –«

Mein Handy erlosch.

39

Ich kam mit ein paar leichten Prellungen davon. Léonore musste in die Röhre, weil sie sich tatsächlich am Kopf verletzt hatte, aber zum Glück war nichts Schlimmeres passiert. Als die Scheinwerfer der Rettungswagen in meinem Sichtfeld aufgetaucht waren, hatte ich das Gefühl gehabt, eine Ewigkeit wäre vergangen. Tatsächlich hatten sie jedoch nur zehn Minuten gebraucht, um uns zu finden. Mein Vater war ihnen gefolgt, und ich fiel ihm in die Arme, nachdem sie uns aus dem Auto befreit hatten. Wir hatten großes Glück gehabt. Mein Auto war hinüber, aber das war eine Lappalie im Vergleich zu dem, was hätte passieren können, wenn wir nicht angeschnallt gewesen oder gegen einen Baum gefahren wären.

»Sie müssen einen Schutzengel gehabt haben«, sagte einer der Sanitäter zu mir. »Nachdem Ihr Vater uns angerufen hatte, kam noch ein zweiter Anruf, der uns den Ort des Unfalls mitgeteilt hat.«

Die Polizei befragte mich, wie es zu dem Unfall gekommen war, doch leider konnten sie Loïc nicht zur Rechenschaft ziehen. Sein Wagen hatte meinen nicht berührt, er hatte mich nicht von der Straße gedrängt. Ich hatte lediglich die Kontrolle über mein Auto verloren, weil ich in Panik geraten war. Und wenn Loïc auf dieser Version der Ereignisse beharrte, konnte ihm niemand etwas anderes beweisen.

Alex war vollkommen außer sich. »Dieser Scheißkerl hätte beinahe meine Tochter umgebracht!«

»*Ich* hätte sie beinahe umgebracht«, erwiderte ich, von schrecklichen Schuldgefühlen geplagt. »Schließlich saß ich am Steuer.«

»Es ist doch glasklar, dass er nicht zufällig hinter dir hergefahren ist, Julia.«

Obwohl ich wusste, dass es vielleicht nicht gerade klug war, ging ich, ohne irgendjemandem etwas davon zu sagen, zwei Tage nach dem Unfall zu Loïc. Ich war stinksauer und entschlossen, ihn zur Rede zu stellen. Meine Angst vor ihm war völlig verschwunden. Er wohnte in einer Neubausiedlung am Ortsrand. Als er mich erblickte, verlor er die Fassung. Ich sah, dass er ein blaues Auge hatte, aber in dem Moment wollte ich einfach nur meiner Wut Luft machen.

»Du verdammter Mistkerl!«, brüllte ich ihn an. »Was sollte das?!«

»Ich wollte das nicht, Julia«, stammelte er. »Ich hatte nicht vor, euch etwas anzutun, ich schwör's.«

Ich musterte ihn voller Verachtung. »Ach nein? Komisch, es sah aber ganz danach aus.«

»Ich ... Ich wollte dir nur einen Schreck einjagen. Ich hätte nicht gedacht, dass du so eine Panik kriegst.«

Widerstrebend musste ich anerkennen, dass er ehrlich zerknirscht wirkte.

»Ich war total fertig, als ich gesehen habe, wie dein Auto von der Straße abgekommen ist«, fuhr er fort.

Ich lachte trocken. »Soll das vielleicht eine Entschuldigung sein? Du hättest uns töten können, Léo und mich! Glaubst du, damit ist alles wieder gut?«

»Ich weiß, ich habe Mist gebaut«, sagte er verzweifelt. »Aber ich habe den Schreck meines Lebens gekriegt, das musst du mir glauben! Ich habe sogar einen Rettungswagen gerufen.«

Das bestätigte, was mir der Sanitäter gesagt hatte: dass noch ein zweiter Anruf eingegangen war. Dem gab es nichts weiter hinzuzufügen. Obwohl ...

»Du bist so ein Idiot, Loïc. Fällt dir nichts Besseres ein, als dein Leben zu verpfuschen? Du hast ein Kind, verdammt noch mal!«

Ich hielt inne und deutete auf sein blaues Auge. »Ein schiefgegangener Erpressungsversuch?«, fragte ich sarkastisch.

Loïc schob die Hände in die Hosentaschen. »Gestern hatte ich Besuch von deinem Vater und Alex«, murmelte er.

»Oh.« Ich musste mir ein Grinsen verkneifen. »Da ist anscheinend jemandem die Faust ausgerutscht.«

»Na ja ... War wohl verdient.«

»Würde ich auch so sehen«, erwiderte ich. »Lässt du uns jetzt in Ruhe?«

»Ich versprech's.«

Der Teufel schien besiegt zu sein.

»Na«, seufzte ich. »Hoffen wir das Beste.«

Mit Bens Hilfe verbrachte ich einen Nachmittag damit, den Geschäftsraum zu streichen. Alex und ich hatten einen neutralen Farbton gewählt, um mehr Freiheit bei der Einrichtung zu haben. Wir wollten das Foto von Marcel und Eugénie aufhängen und auch Suzette eine Hommage erweisen, indem wir einige ihrer Schallplatten rahmten. Die Atmosphäre sollte ein wenig altmodisch sein, im Stil der Dreißiger- und Vierzigerjahre.

Ich stand auf der Leiter und schwitzte vor mich hin. Die Sonne war zurückgekehrt und strahlte noch erstaunlich warm durch das Schaufenster. Ben schlug vor, etwas trinken zu gehen. Mit Simba an unserer Seite überquerten wir den Platz und gingen zum Paddock. Wir bestellten beide einen Eistee und setzten uns auf eine Bank vor einem Haus, das sehr hübsch mit Efeu und weißen Rosen bewachsen war.

Ben trank gierig und seufzte dann vor Wohlbehagen. »Wie schön es hier ist!«

»Merkst du das jetzt erst?«, zog ich ihn auf.

Doch mein Lächeln erstarb, als ich den Kopf wandte. André war wieder da. Er kam direkt auf uns zu, erstaunlich schnell für sein Alter. Ben nahm meine Hand, um mich zu beruhigen.

»Loïc hat mir gesagt, dass du über alles Bescheid weißt«, legte der Alte los, ohne uns auch nur zu begrüßen.

Überrascht starrte ich ihn an. »Loïc?«
Was hat er denn damit nun wieder zu tun?
»Loïc Hénault«, präzisierte er.
»Danke, ich weiß, wer Loïc ist«, erwiderte ich spöttisch. »Es wundert mich nur, dass er sich Ihnen anvertraut hat.«
Einen Moment lang wirkte André ebenfalls verwirrt.
»Oh. Also weißt du doch nicht alles.«
Ratlos sah ich zu Ben. War der Alte verrückt geworden?
Offensichtlich nicht, denn er fuhr fort: »Am besten fange ich wohl am Anfang an. Ich habe Francine nach dem Krieg geheiratet, 1950. Wir hatten es nach und nach geschafft, uns von unserem früheren Leben zu verabschieden, und wir mochten uns. Ich bin dann Englischlehrer geworden und habe ihre Kinder wie meine eigenen großgezogen. Somit betrachte ich Loïc also als meinen Enkel, obwohl sein Vater aus Francines erster Ehe stammt.«
Jetzt wurde mir einiges klar! André und Loïc waren also tatsächlich eng verbunden. Ich stand von der Bank auf und ging einen Schritt auf ihn zu.
»Haben Sie Loïc losgeschickt, um mir zu drohen?«
Er wich meinem Blick aus, schüttelte jedoch den Kopf. »Nein, so was hätte ich doch nie getan! Und du kannst mir glauben, ich hab mich ganz schön geschämt, als ich das mit der Erpressung und dem Unfall gehört habe. Dein Vater und Alex hatten ganz recht, ihm eine zu verpassen. Aber ich will keinen Ärger.«
Ich lachte bitter. »Sie haben sich gegenüber meinem Großvater wie ein Ungeheuer verhalten, aber Sie wollen keinen Ärger? Großartig.«
»Ich dachte mir schon, dass du mich verurteilen würdest. Von Anfang an habe ich gesagt, du bist genau wie Suzette. Genauso rachsüchtig.«
»Dazu habe ich ja wohl auch allen Grund.«
Der alte Mann seufzte. Er wirkte müde. »Francine und ich ha-

ben die Menschen verloren, die wir am meisten geliebt haben. Und Pierres Schwester ...«

»Ist vergewaltigt worden, ich weiß«, beendete ich den Satz für ihn. »Aber das rechtfertigt nicht, was Sie getan haben. Max war unschuldig!«

Offenbar war ich laut geworden, denn Ben legte mir die Hand auf die Schulter. »Julia.«

Zwei Passanten blieben stehen, bereit einzugreifen, falls diese beiden jungen Leute – sprich wir – den armen, wehrlosen alten Mann angreifen sollten.

André zuckte mit den Schultern. »Du kannst nicht wissen, wie du an unserer Stelle gehandelt hättest. Dieser Krieg hat uns alle verändert.«

Er hatte sich seine Wahrheit zusammengezimmert, und in seinem Alter würde er keinen neuen Blick auf die Dinge mehr zulassen. Aber ich war noch nicht bereit, Ruhe zu geben.

»Soll heißen, er hat Ihre schlimmsten Seiten zum Vorschein gebracht. Wenn ich daran denke, dass keiner von Ihnen für dieses furchtbare Verbrechen bezahlt hat ...«

Der Alte riss die Augen auf, als hätte ich etwas vollkommen Unsinniges gesagt. »Francine und ich haben doch wohl hundertfach bezahlt! Allein die Sache mit Mélines Balg ...«

Ich erschrak. Wie kam er denn jetzt auf meinen Cousin?

»Ich wüsste nicht, was das mit Alex zu tun hat.«

»Ich meine nicht Alexandre, sondern den anderen. Thomas, ihren ersten Sohn.«

In mir schien alles zu erstarren. Das musste ein Irrtum sein.

»Méline hat nur einen Sohn«, sagte ich.

»Ach, du heilige Einfalt!«, seufzte André. »Das weißt du also auch nicht.«

»Was weiß ich nicht?«

»Nein, meine Kleine. Es ist nicht an mir, dir diese Geschichte zu erzählen.«

Damit drehte er sich um und ging. Ben und ich standen wie vom Donner gerührt da.

»Meinst du, das war ein Bluff?«, fragte Ben.

Mein Gefühl sagte mir das Gegenteil.

»Ich glaube, wir sollten mal mit meiner Tante reden«, sagte ich und steuerte auf die einstige Bar zu, um meine Sachen zu holen.

Keine zehn Minuten später standen wir bei Méline vor der Tür.

»Oh, hallo, ihr zwei!«, begrüßte sie uns lächelnd. »Was führt euch her?«

Sie trug eine Schürze, die Haare zusammengebunden und ihre Brille auf der Nase, und sie hatte gewiss nicht die leiseste Ahnung, was auf sie zukam.

»Bist du alleine?«, fragte ich und stellte meine Handtasche auf einem Stuhl ab.

Verwundert sah sie erst mich, dann Ben an. »Ihr seht ein bisschen seltsam aus. Aber um deine Frage zu beantworten, Julia, ja, ich bin alleine. Léonore ist mit ihren Freundinnen am Fluss, Tania arbeitet, und Paul ist mit Alexandre losgefahren, um Farbe zu kaufen.«

Sie stellte einen Krug mit Zitronenwasser auf den Tisch und füllte drei Gläser.

»Wollt ihr mir nicht erklären, was es mit euren ernsten Mienen auf sich hat?«

Jetzt klang sie wirklich beunruhigt, aber ich wusste nicht, wie ich das Thema anschneiden sollte. In meinem tiefsten Innern hoffte ich immer noch, sie würde mir sagen, dass André nur ein alter Lügner war, aber daran glaubte ich selbst nicht, und ich hatte Angst vor dem, was kommen würde.

Ich holte tief Luft. »Wir haben den alten Mann wieder getroffen.«

»Hat er dich so durcheinandergebracht, Liebes? Er war schon

immer ein Spinner. Hör am besten gar nicht auf seine Lügengeschichten.«

Durch Bens Blick ermutigt, erwiderte ich: »Er klang aber, als meinte er es ernst.«

Ohne weiter darüber nachzudenken, sagte ich ihr, dass ich das Tagebuch ihrer Mutter gefunden hatte. Sie hörte mir schweigend zu, runzelte aber die Stirn, als ich wiedergab, was André uns erzählt hatte. Ich schluckte und hatte Mühe, den letzten Satz hervorzubringen.

»Er hat gesagt, dass ... dass du vor Alex noch einen Sohn hattest.«

Méline wurde schlagartig blass. Dann seufzte sie.

»Es ist wohl an der Zeit, dass du es erfährst.«

»Es stimmt also? André hat nicht gelogen?«

»Nein, Liebes. Er hat die Wahrheit gesagt. Thomas ist vierzehn Jahre vor Alex auf die Welt gekommen.«

Thomas ... Plötzlich sah ich wieder die Kinderzeichnung vor mir, die ich in einer Schublade von Suzettes Sekretär gefunden hatte und die mit diesem Namen unterschrieben war.

»Ist er ...?«

»Ja, er ist tot. Mit dreizehn hatte er einen schlimmen Unfall. Ein paar Jungen, die älter waren als er, terrorisierten ihn und andere Kinder aus der Schule. An dem Tag war Thomas mit Delphine Girard verabredet, der Tochter des Schulleiters.«

»Mit meiner Tante?«, fragte Ben überrascht.

Méline nickte. »Es war eine Falle. Die Jungen haben ihm aufgelauert. Ihr wisst ja, wie die Gerüchte in so einem Dorf verbreitet und ausgeschmückt werden ... Nach allem, was ich weiß, haben sie ihm gegenüber wohl behauptet, sein Großvater Max hätte was mit einem Deutschen gehabt. Thomas hat rot gesehen, es kam zu einer Rangelei, und dann haben sie ihn gejagt. Delphine ist damals in die Bar gerannt gekommen; sie war völlig aufgelöst. Ich habe sie angeschrien und geschüttelt, bis sie mir gesagt hat, wo Thomas genau war. Als ich dort ankam, war er von dem Baum gefallen, auf den er sich geflüchtet hatte. Er war bewusstlos.«

Ich sah, wie sie schluckte.

»Die Sanitäter konnten ihn wiederbeleben, aber bei dem Schädeltrauma, das er erlitten hatte, war ein wichtiger Bereich in seinem Gehirn beschädigt worden. Danach hat er Persönlichkeitsstörungen entwickelt. Wir mussten ihn einweisen lassen, weil er für sich selbst und andere zur Gefahr wurde. Obendrein war ich zu der Zeit mit Alex schwanger.«

»Großer Gott, das ist ja furchtbar ... Aber warum hat André gesagt, sie hätten bezahlt?«

Méline trank einen Schluck von ihrem Zitronenwasser.

»Weil Jacques, der Anführer der Bande, niemand anderes war als der Sohn, den er mit Francine bekommen hatte. Er kam erst spät, zehn Jahre nachdem sie geheiratet hatten ... und er war der sprichwörtliche Prinz, er durfte alles. Am liebsten tyrannisierte er Kinder, die jünger waren als er. So wie Thomas.«

Ich nickte nachdenklich. Ein weiteres Puzzleteil hatte seinen Platz gefunden.

»Wie ging es dann weiter?«

»Ich habe Anzeige erstattet, und Delphine war bereit, als Zeugin auszusagen. Jacques kam in ein Erziehungsheim in Poitiers. Seither verfolgt er eine brillante Karriere als Sozialfall. Daran hat André natürlich schwer zu kauen.«

»Und Thomas?«, fragte Ben sanft.

Méline holte tief Luft. »Das Eingesperrtsein hat ihm schwer zu schaffen gemacht. Eigentlich wollte er Patissier werden und das Geschäft übernehmen. Eugénie hat es schließlich verkauft, als klar wurde, dass es keine Hoffnung mehr gab. Wir haben ihn jede Woche besucht, aber es ging Thomas immer schlechter. Schließlich hatte er während eines psychotischen Schubs einen Herzinfarkt. Das war im März 1990. Da war er sechsundzwanzig.«

Das Jahr, in dem mein Vater ausgetickt war und meine Mutter betrogen hatte. Alles hing zusammen. Méline wischte sich eine Träne von der Wange.

»Ich war in der Bar, als die psychiatrische Klinik mich angerufen hat.«

Ich legte ihr tröstend den Arm um die Schultern.

»Weiß Alex das alles?«

»Nein. Wir wollten ihn schützen. Ich hatte Angst, die Bürde wäre zu schwer für ihn.«

Also noch ein Geheimnis. Aber ich konnte Méline gut verstehen.

»Wer war denn der Vater von Thomas?«, fragte ich. »Darüber hast du noch gar nichts gesagt.«

»Nun ja, das ist der unangenehme Teil der Geschichte«, sagte sie leise. »Sein Vater ist dein Vater, Ben.«

1963 ist Méline achtzehn Jahre alt. Sie ist groß, dunkelhaarig und sehr hübsch. Sie liebt den Sommer, weil die Zeit stehenzubleiben scheint, sie liebt es zu tanzen, sie liebt die Chansons von Françoise Hardy, die Farbe Gelb, die Bücher von Truman Capote und Françoise Sagan, die Filme von François Truffaut und die aus Hollywood. Sie möchte aussehen wie Audrey Hepburn, sie ist impulsiv und strotzt vor Lebenslust, und sie genießt die Sorglosigkeit ihrer Jugend.

Doch an diesem Septembertag stapft sie voller Zorn durch die Gassen des Ortes. Die Kirchturmuhr hat gerade eins geschlagen, das ganze Dorf macht Mittagspause, alles ist still. Ihren tragbaren Plattenspieler in der einen Hand, eine Tasche in der anderen, ist sie auf dem Weg zu Fabienne. Arthur und ihrer Mutter hat sie gesagt, sie würde bei ihrer Freundin übernachten; deren Eltern haben nie etwas dagegen. Méline braucht Abstand. An diesem Morgen hat sie, als sie sich aus dem Schrank ihrer Mutter eine Strickjacke holen wollte, ein seltsames kleines Buch mit Le-

dereinband gefunden. Voller Neugier hat sie darin gelesen. Doch was sie dort erfahren hat, ist schrecklich: Ihr leiblicher Vater, der noch vor ihrer Geburt gestorben ist, ist in Wirklichkeit bei der Befreiung Frankreichs erschossen worden. Und das Schlimmste ist, dass André Doucet daran beteiligt war. Méline ist, als hätte sie eine Ohrfeige bekommen. Sie mochte Monsieur Doucet gerne; er war vor zwei Jahren ihr Englischlehrer am Gymnasium. Bei ihm hatte sie immer gute Noten. Und obendrein sah er nicht übel aus. Doch jetzt hasst sie ihn. Und sie ist wütend auf ihre Familie, weil ihr niemand etwas davon gesagt hat. Maman behauptet, es sei nur zu ihrem Besten gewesen. Sie sagt, über vergangenes Unglück zu reden, beschwert nur die Herzen der anderen. Wie konnten sie ihr das alles verheimlichen?

Auf einmal hört sie hinter sich das Motorengeräusch einer Ente. Dann ein Hupen. Es ist Jean-Marc, der Sohn des Schulleiters. Er ist drei Jahre älter als sie, aber sie verstehen sich gut. Sie war mit einer von seinen zahlreichen Schwestern zusammen in der Klasse.

»Wohin willst du denn mit dem ganzen Zeug?«, fragt er, als er auf ihrer Höhe ist, und hält an.

Jean-Marc ist stets zuvorkommend. Maman sagt, er ist genau wie sein Vater, großzügig und hilfsbereit. Er studiert in Tours und kommt in den Ferien immer nach Hause. Plötzlich hat Méline eine Idee. Sie wird nicht zu Fabienne gehen.

»Nimm mich mit«, sagt sie und öffnet die Beifahrertür. »Irgendwohin, weit weg von hier.«

Jean-Marc lacht. Die Sonnenstrahlen tanzen auf seinem muskulösen Arm, der das Steuer hält.

»Du bist minderjährig«, erwidert er. »Nachher heißt es noch, ich hätte dich entführt.«

»Red keinen Quatsch!« Sie verdreht die Augen. »Meine Eltern kennen dich doch. Außerdem habe ich ihnen gesagt, dass ich bei Fabienne bleibe. Also, was ist, fahren wir?«

»Zu Ihren Diensten, Mademoiselle!«

Jean-Marc fährt los. Méline erzählt ihm, was sie herausgefunden hat. Es tut ihr gut, darüber zu sprechen, zumal ihr Freund zuhört, ohne sie zu unterbrechen. Er ist ein ruhiger Typ. Sie rollen über die Landstraßen, aber das reicht ihr sehr bald nicht mehr.

»Ich will das Meer sehen«, verkündet sie unvermittelt.

Jean-Marc fragt sie, ob sie den Verstand verloren hat. Das Meer ist fünf Stunden entfernt. Doch Méline beharrt darauf, sie verspürt den unwiderstehlichen Drang, die salzige Luft einzuatmen. Er willigt ein, unter der Bedingung, dass sie anschließend sofort wieder umkehren. Méline gibt ihm Geld für das Benzin. Unterwegs unterhalten sie sich weiter. Sie öffnet ihren Plattenspieler, legt ihre Lieblingsschallplatte auf und singt aus vollem Hals zusammen mit Françoise Hardy: »C'est le temps de l'amour / Le temps des copains et de l'aventure ...«

Jean-Marc lächelt und summt leise mit. Wegen der Vibrationen des Autos springt die Platte immer wieder, und sie lachen sich schlapp. Méline weiß, bei ihm kann sie einfach so sein, wie sie ist. Kilometer um Kilometer fährt die Ente zum Klang der Musik. Schließlich halten sie in einem kleinen bretonischen Hafen. Auf dem Kai füttern Kinder die Möwen. Der Himmel ist noch eine blaue Kuppel, aber nicht mehr lange. Der Tag neigt sich allmählich. Sie gehen ein wenig spazieren, und Méline saugt gierig die Meeresluft ein. Als es dunkel wird, setzen sie sich auf die Terrasse eines kleinen Restaurants. Das Wasser vor ihnen ist schwarz wie Tinte, und die Luft riecht nach Algen. Méline fröstelt ein wenig, trotz der Strickjacke ihrer Mutter. Sie essen Austern und schauen zu, wie die Möwen über die Felsen hinwegsegeln. Die Kellnerin bringt ihnen eine Karaffe kalten Rosé. Sie hält die beiden für ein frisch verheiratetes Paar, und sie korrigieren sie nicht.

Bevor sie sich auf den Heimweg machen, möchte Méline durch den Sand gehen. Sie schlüpft aus ihren Ballerinas und *läuft los, wieder mit dem Lied von Françoise Hardy auf den Lippen. Jean-Marc versucht, sie zur Vernunft zu bringen, doch sie lässt sich in den nassen Sand fallen; schließlich tut er es ihr gleich. Außer ihnen ist niemand mehr draußen unterwegs; der kleine Hafen schläft.*

»Weißt du was?«, *sagt Méline und legt den Kopf auf seine Schulter.* »Wenn du da bist, fühle ich mich weniger beschissen.«

»Méline! Wenn deine Mutter dich hören könnte ... Die bringt mich um, wenn sie rauskriegt, dass wir hierhergefahren sind.«

Méline richtet sich auf und dreht sich zu ihm. »Lass meine Mutter, wo sie ist, und küss mich.«

Er protestiert, doch als ihre feuchten Lippen seine berühren, spürt er, dass er es nicht schafft, sie wegzuschieben. Als sie merkt, welche Wirkung sie auf ihn hat, schmiegt sie sich eng an ihn.

»Du begehrst mich«, *sagt sie lächelnd.*

»Das ist eine ganz normale Reaktion«, *verteidigt er sich.* »Du bist schön, Méline, aber es kann gut sein, dass wir es später bereuen.«

Sie legt einen Arm um seine Taille. »Später ist mir egal.«

Schon erforschen ihre Hände seinen Körper. Nein, er kann nicht widerstehen. Drängend, gierig lieben sie sich dort auf dem Strand, im Schein des Mondes.

Ein wenig später im Auto fühlt Jean-Marc sich bereits unbehaglich.

»Ich fahre nächste Woche zurück nach Tours.«

Méline zuckt mit den Schultern.

»Ich bin nicht in dich verliebt, falls du dir deswegen Sorgen machst.«

Sie musste die Wut loswerden, die sich in ihr angestaut hatte. Jetzt fühlt sie sich besser, und untermalt vom Brummen des Motors schläft sie ein.

Bei ihrer Ankunft in Cressigny beschließen sie, nie wieder darüber zu sprechen.

Schweigen erfüllte den Raum, als Méline geendet hatte. Ben war bleich wie der Mond, und ich fühlte mich wie aus einem langen Koma erwacht. Desorientiert. Reflexartig griff ich nach seiner Hand, aus Angst, dass er mich nach diesen Enthüllungen ein zweites Mal verlassen würde. Doch er stieß mich nicht zurück, im Gegenteil, er verschränkte seine Finger mit meinen.

»Thomas war also mein Halbbruder«, stellte er fest. »Wusste mein Vater davon?«

»Nicht von Anfang an«, erwiderte Méline. »Als ich erfuhr, dass ich schwanger war, hatte er Cressigny bereits verlassen. Ich wollte nicht, dass er meinetwegen sein Studium abbrach, und vor allem wollte ich ihn nicht heiraten. Ich hatte ihn gern, aber ich liebte ihn nicht.«

Sie erzählte uns, dass sie dann nach Paris gezogen war, in die Wohnung über der Patisserie.

»Natürlich hat Serge keine Ruhe gegeben, bis ich ihm gesagt habe, wer der Vater des Babys war. Er hat sich furchtbar aufgeregt und wollte nicht glauben, dass es ganz allein meine Schuld war. Er meinte, Jean-Marc hätte meine Schwäche ausgenutzt, was völlig idiotisch war.«

Schließlich war Méline 1974 nach Cressigny zurückgekehrt. Da war Thomas zehn gewesen.

»Das Land fehlte mir zu sehr, das Pariser Großstadtleben war nichts für mich … Womit ich nicht gerechnet hatte, war, dass Jean-Marc drei Jahre später auch in das Dorf zurückkam. Da war Thomas gerade in die Psychiatrie gekommen. Als er den Tratsch hörte, begriff er sofort, dass Thomas sein Sohn war.«

Das war ein harter Brocken für Jean-Marc gewesen, und er hatte es Méline zunächst sehr übelgenommen, dass sie ihm nichts gesagt hatte.

»Doch schließlich hat er begriffen, dass unsere Eltern darauf bestanden hätten, dass wir heiraten. Aber das wollten wir beide nicht. Im Rückblick ist mir bewusst geworden, dass ich Thomas den Vater vorenthalten habe, aber wir waren damals so jung und einfach noch nicht bereit. Dieses Kind war das Ergebnis meiner Impulsivität, also musste ich auch die Verantwortung dafür übernehmen.«

Jean-Marc hatte Corinne, mit der er gerade zusammengezogen war, alles gestanden. Ben war damals noch nicht geboren.

»Deine Mutter hat mich anfangs als Bedrohung für ihr Glück empfunden«, gestand Méline ihm. »Und in der Tat konnte Jean-Marc in der ersten Zeit kaum an etwas anderes denken.«

Das war nur zu verständlich. Am Tag seines Unfalls war Thomas mit Delphine verabredet gewesen, Jean-Marcs jüngster Schwester. Natürlich hatten die beiden nicht gewusst, dass sie seine Tante und er ihr Neffe war. Das musste für alle Beteiligten noch ein zusätzlicher Schock gewesen sein.

»Irgendwann beruhigte sich das Ganze«, fuhr Méline fort. »Doch als Thomas starb, rissen all die alten Narben wieder auf.«

Sie bestätigte mir, dass das für meinen Vater der Auslöser für seinen langen Abstieg in die Hölle gewesen war.

»Serge war Thomas' Pate. Die beiden hatten viel Zeit miteinander verbracht, als wir in Paris waren. Thomas' Tod hat ihn sehr mitgenommen.«

»Und das war der Grund, warum er am Abend meines zwanzigsten Geburtstags so wütend auf Jean-Marc war und es dann an Ben ausgelassen hat«, schloss ich.

Sie nickte. »Sobald er getrunken hatte, kamen die ganzen alten Geschichten wieder hoch.«

Ich schwieg eine Weile, dann sagte ich nachdenklich: »Das war auch mit ein Grund, warum Maman damals wegwollte. Warum sie mich entwurzelt hat, wie sie es in ihrem Brief nennt.«

Wieder nickte Méline. »Für sie war es auch keine einfache Zeit. Sie sagte damals, das Dorf würde uns noch alle fertigmachen. Sie hatte Angst davor, was du vielleicht erleben müsstest, wenn du dabliebest.«

Drei Stunden später ging ich, in Gedanken noch ganz bei Mélines Geständnis, mit Ben am Fluss spazieren. Er hatte gerade mit seinen Eltern gesprochen und wirkte ruhig.

»Ich hatte den Eindruck, dass ich sie von einer Last befreit habe«, sagte er zu mir. »Mein Vater meinte, sie hätten mich schützen wollen, indem sie mir das mit Thomas verschwiegen hätten. Anscheinend gab es damals einen unglaublichen Aufruhr im Dorf. Delphine hatte solche Schuldgefühle, dass sie in den Süden gegangen und nie wieder hierhergekommen ist.«

Ich lächelte unsicher. »Ich nehme an, der Argwohn deiner Mutter mir gegenüber hängt mit alldem zusammen.«

»Ja. Sie hatte Angst, dass du die Wahrheit herausfindest und mir alles erzählst. Was für ein Jammer – all die verlorene Zeit, wegen nichts!«

»Man kann es deinen Eltern aber nicht verübeln, Ben. Sie waren überzeugt, das Richtige für dich zu tun. Genau wie meine Tante, indem sie Alex nichts gesagt hat.«

»Meinst du, er verkraftet den Schock?«

Vermutlich erfuhr mein Cousin genau in diesem Moment die ganze Geschichte.

»Der erholt sich schon wieder, da habe ich gar keinen Zweifel.«

Er war von Liebe umgeben und hatte Tania und Léo. Mehr brauchte er nicht. Somit endete dieser Tag mit einem Gefühl der Hoffnung. Méline war erleichtert gewesen, dass wir nun Bescheid wussten.

»Ihr habt eine Zukunft im Licht verdient«, hatte sie zu uns gesagt, bevor Ben und ich gegangen waren.

Daraufhin hatte ich sie gefragt, wie sie es geschafft hatte, ihr Licht nicht zu verlieren.

»Ich nehme an, wenn man ein Kind verliert, verliert man auch den Glauben daran, dass das Leben schön ist.«

»Ja, es hat eine Weile gedauert, bis die Wunde anfing, sich zu schließen, aber ich hatte ja Alex. Ich durfte mich nicht zu sehr in meiner Trauer vergraben. Das zerfrisst einem das Herz.«

Und so hatte sie beschlossen, wieder die Farbe Gelb zu lieben, den Sommer und die Chansons von Françoise Hardy. Und zu lächeln. Ich fand es unglaublich tapfer, dass sie eine solche Prüfung überstanden hatte!

Ich blieb einen Moment stehen, um den Fluss zu betrachten. Die Sonne ging gerade unter und streichelte die Wasseroberfläche mit ihrem orange-goldenen Licht. Ben schlang von hinten die Arme um mich und legte das Kinn auf meinen Kopf. Ich fühlte mich geborgen bei ihm. Für einen Moment war ich ganz im Hier und Jetzt, ohne mich um irgendetwas anderes zu scheren.

»Ich glaube, dieser Sonnenuntergang ist der Beweis dafür, dass es Happy Ends wirklich gibt«, murmelte er. »Und unser Happy End werden wir gemeinsam schreiben.«

Ja, davon war ich überzeugt. Diesmal zeichnete sich die Zukunft strahlend ab. Mein Herz war erfüllt von einem unglaublich schönen Gefühl der Bestimmung, dank Marcel, Eugénie, Suzette, Max und den anderen.

Das Licht unserer Tage strahlte hell, und jetzt war alles möglich.

EPILOG

Drei Jahre später

Maman,
es ist ein sehr seltsames Gefühl, Dir nun meinerseits zu schreiben. Ich bin in dem kleinen Hotel in Sauzon, wo Du so gerne gewohnt hast, wenn Du in der Bretagne warst. Morgen werden wir mit dem Boot rausfahren, um Deine Asche ins Meer zu streuen, wie Du es Dir gewünscht hast.

Ich höre Dich schon schimpfen: »Na, endlich! Ich habe schon nicht mehr daran geglaubt!«

Du weißt, wie sentimental ich bin; ich brauchte einfach Zeit, bis ich mich bereit fühlte. Traurig bin ich natürlich immer noch, aber ich muss zugeben, allmählich kommt es mir seltsam vor, mit Deiner Asche zu leben.

Sie sind alle mitgekommen, um Dir Lebewohl zu sagen: Papa, Méline, Paul und Ben. Alex ist in Cressigny geblieben, schließlich muss sich ja einer um den Laden kümmern, die Patisserie Rossignol ... Du hättest Alex bei der Eröffnung sehen sollen, er hatte ganz feuchte Augen und hat gegrinst wie ein Honigkuchenpferd. Ich war total im Stress, um alles im Blick zu behalten, und zugleich war ich wahnsinnig glücklich! Alle, die da waren, strahlten vor Freude. Maud hat die Eröffnungsfeier zum Anlass genommen, um ihre Beziehung zu Nathan offiziell zu machen. Aurélie ist als Überraschungsgast mit der Kleinen aus Paris gekommen (sie ist übrigens wieder schwanger und kabbelt sich schon mit Romain wegen des Namens). Wir waren alle etwas nervös, als Loïc auftauchte, aber seit Papa und Alex ihn sich vorgeknöpft haben, spurt er offenbar, was keiner hier im Ort für möglich gehalten hätte.

Suzette war auch da; wir durften sie für den Tag aus dem Heim holen. Sie war so gerührt, als sie das kleine Universum sah, das Alex und ich wiedererschaffen hatten, dass mir die Tränen kamen. Sie war diejenige, die das Band vor der Tür durchgeschnitten hat. Ach, Mémé ... Die kleine Nachtigall ist leider letztes Jahr davongeflogen. Sie hatte im Schlaf einen zweiten Schlaganfall. Die Gemeinde hat beschlossen, ihre Karriere als Sängerin wieder publik zu machen, und ihr im Museum einen Bereich »Suzie Rossignol« gewidmet. Ihre Fans strömen nur so herbei, um das Dorf zu sehen, in dem sie gelebt hat. Wenn Du wüsstest, wie sehr sie mir fehlt! Aber ich bin sicher, ihr zwei feiert da oben kräftig und lauscht dem Gesang von Tino Rossi.

Nein, das ist keine Träne, die da aufs Papier gefallen ist, das ist nur Kondenswasser von meinem Glas.

Auf jeden Fall ist unser Geschäft ein Erfolg. Die Leute lieben die Choux Rossignol, und es gab schon mehrere lobende Zeitschriftenartikel darüber. Papa meint, Eugénie wäre begeistert gewesen! Wir sind so stolz darauf, die Erben dieser Familie zu sein, die so viel erlebt und durchgemacht hat! Alex meint, wir sollten einen zweiten Laden hier in Sauzon eröffnen, und wir halten auch schon Ausschau nach einem großen Ferienhaus für uns alle. Aber glaubst Du, die Bretonen würden eine Patisserie schätzen, in der es keinen Kouign-amann gibt?

Maman, Du hast mir mit Deinem Brief einen schönen Streich gespielt. Ich hatte mich auf meinem Weg verlaufen, und Dir ist nichts Besseres eingefallen, als mich in die Touraine zu schicken, damit ich mich mit Papa versöhne. Kein besonders toller Plan, wenn ich ehrlich bin, aber – er hat funktioniert, und dafür möchte ich Dir danken. Mit Deinem Brief hast du mir die Tür zu einem Abenteuer geöffnet. Dem des Lebens. Ich habe die Vergangenheit ans Tageslicht geholt und dabei meine Zukunft gefunden.

Ich verdanke Eugénie und Suzette sehr viel, aber auch Dir. Du hast mir beigebracht, dass jeder seine eigene Geschichte schrei-

ben kann. Ich glaube, das ist der Zauber des Daseins. Und dieser Zauber hat mir erlaubt, Ben wiederzufinden. Die Liebe geht manchmal seltsame Wege.

Viel kann ich Dir nicht mehr schreiben, weil mir der Platz ausgeht, aber ein paar Dinge will ich Dir noch sagen. Mélines Bed and Breakfast ist ein großer Erfolg, aber das überrascht Dich sicher nicht. Wir beliefern sie mit Gebäck, denn was Kuchen angeht, hatte sie ja schon immer zwei linke Hände. Colette und Papa sind zusammen, auch wenn sie so tun, als wären sie es nicht. Das läuft jetzt schon drei Jahre, und alle wissen Bescheid, aber wir spielen das Spiel mit. Papa verwöhnt Irma, die kleine Cockerspaniel-Hündin, die er sich zugelegt hat, nach Strich und Faden. Er nennt sie sogar »mein Baby« – nicht zu fassen, oder?

Und von Deiner Wolke da oben hast Du sicher auch gesehen, dass Ben und ich zusammen in La Mercerie wohnen. Wir haben Suzettes Klavier mitgenommen, weil mir die Vorstellung gefällt, dass es im Krieg als Dokumentenversteck gedient hat. Ich mag das Haus, und ich hoffe, wir werden viele schöne Erinnerungen schaffen, jenseits der Dramen, die sich hier abgespielt haben. Wir haben es nach unserem Geschmack gestaltet, aber es hätte auch Suzette gefallen, mit dem anheimelnden Duft nach Blumen und gewachstem Holz. Die Scheune gibt es nicht mehr; Ben hat dort einen wunderschönen Wintergarten errichtet. Ich sehe schon vor mir, wie unser Kind darin herumhüpft.

Denn du wirst Großmutter, Maman. In meinem Bauch wächst ein Baby heran. Da staunst du, was? Mir gefällt die Vorstellung, dass dieses kleine Wesen ein Stück von uns allen in sich trägt. Und es wird wissen, dass ohne Deine Entschlossenheit nichts von alldem möglich gewesen wäre. Wenn es ein Mädchen wird (wovon ich überzeugt bin), werden wir es Eugénie nennen. Aber behalte das noch für Dich.

Ich hab Dich lieb, Maman, und Du fehlst mir.
Julia

DANKSAGUNG

Dieser neunte Roman war für mich ein langes und schönes Abenteuer. Ich habe ihn seit 2013 in mir getragen, deshalb auch mein Entschluss, den zeitgenössischen Handlungsstrang in dieses Jahr zu legen. Ursprünglich hatte ich ihn als eine Art Thriller geplant, und so habe ich ihn auch meiner Lektorin vorgestellt, woraufhin diese etwas sagte wie: »Bist du sicher?« Sie kennt mich eindeutig sehr gut, denn wie sich zeigte, gelang es mir nicht, in ein düsteres Genre zu wechseln. Meine Figuren brauchten Licht, dieses Element, das die gesamte Handlung durchzieht ... Und das wünschte ich mir auch für sie. Deshalb danke, Laury-Anne, dass du mir die richtige Frage gestellt und ein weiteres Mal an mein Projekt geglaubt hast! Willst du den Pitch für meinen Roman für 2053 hören? ☺

Danke an das ganze Team von Charleston, das mich nun schon seit fast sechs Jahren unterstützt und mir immer wieder sein Vertrauen schenkt! An Karine, für unsere unglaublichen Abenteuer, die bisweilen in der Notaufnahme enden; an Pierre-Benoît, Danaé, Alice, Caroline, Laure, Valentine, Stefania, Aurélien und all die anderen, die dafür sorgen, dass aus meinem Manuskript ein hübsches Buch wird, nämlich das, was Sie jetzt in den Händen halten. Danke an Christine, meine Korrektorin, für ihre aufmerksame Lektüre und ihre Vorschläge – nächstes Mal werde ich Jagd auf die Adverbien machen, versprochen!

Wie ich schon angedeutet habe, ist *Das Licht unserer Tage* für mich ein ganz besonderer Roman. Dass er in der Touraine spielt, kommt daher, dass ich das Glück hatte, als Kind ein paar Jahre dort zu leben. Während ich daran schrieb, habe ich immer wieder gerne an meine Klassenkameraden aus der Zeit gedacht, mit denen ich ganze Nachmittage lang auf dem Rad die Gegend erforscht oder einfach nur gespielt habe. Von manchen habe ich die Spur verloren, mit anderen bin ich immer noch in Kontakt, deshalb an dieser Stelle: Danke Lucie, Charlotte, Émilie, Jonathan, Aurore, Maude, Adélaïde und euch anderen für diese schönen Erinnerungen.

Ein ganz besonderer Dank geht an Amélie, die mir von dem Dorf Chédigny erzählt hat, sowie an meinen Vater, meine Schwester, Steeve und Armaël, die bereit waren, mit mir an einem mörderisch heißen Augusttag in dieses lichterfüllte »Gartendorf« zu fahren. Cressigny ist ein fiktiver Ort (bitte verzeihen Sie mir!), aber Chédigny war zumindest teilweise die Inspiration dafür. Gleichzeitig hatte ich auch Yzeures-sur-Creuse im Kopf, wo ich damals gewohnt habe, die Wiege der Sängerin Mado Robin. Als Kind war ich fasziniert von ihren Kleidern, die in dem Museum ausgestellt waren, das die Gemeinde ihr gewidmet hat. Ich lade Sie ein, ihre außergewöhnliche Stimme kennenzulernen. Auf YouTube gibt es jede Menge Videos. Suzettes Karriere als Opernsängerin ist natürlich eine Anspielung darauf.

Ganz sicher wäre dieser Roman nicht derselbe geworden ohne die lieben Menschen drum herum. Deshalb möchte ich von ganzem Herzen Clara und Stan danken, dafür, dass sie sich als Probeleser zur Verfügung gestellt haben. Wenn sie gemault haben, dann nur, weil die Fortsetzung nicht schnell genug kam. Ihre Eindrücke und unser Austausch waren sehr wertvoll für meinen Schreibprozess. Das machen wir bald wieder! Die Fotografien von Albert Kahn haben mir sehr geholfen, das Paris der 1920er Jahre auferstehen zu lassen, und ich danke meiner Freundin Fanny, die mich mit einer ausführlichen Dokumentation dazu versorgt hat.

Wie Sie sicher bemerkt haben, spielt die Patisserie eine zentrale Rolle in meiner Geschichte. Ich esse unglaublich gerne Kuchen, aber meine Kenntnisse darüber, wie man sie herstellt, sind äußerst bescheiden. Wenn ich es geschafft habe, dass Ihnen beim

Lesen das Wasser im Mund zusammengelaufen ist, dann verdanke ich das Stéphanie Bienvenu (@stephanie_bienvenu auf Instagram). Danke, dass du dir die Zeit genommen hast, mir von deiner wunderbaren Leidenschaft, deiner Idee des perfekten Windbeutels und dem Apfelkuchen deiner Großmutter zu erzählen! Außerdem danke ich ganz herzlich Élisabeth Bergerot, die mir erlaubt hat, ihr Rezept als Inspiration für Léos Geburtstagskuchen zu verwenden. Sie finden ihre göttlichen Kreationen in der Facebook-Gruppe »Dis, maman, c'est quoi le dîner?«.

Danke an all die Buchhändler:innen, Leser:innen, Bibliothekar:innen, Blogger:innen und Instagrammer:innen für ihre nicht nachlassende Begeisterung, an die Marketing-Teams, dank derer meine Romane ihren Platz in den Buchhandlungen gefunden haben, und an meine Anhänger:innen, die sich die Zeit nehmen, mir zu schreiben, was meine Worte, meine Geschichten, in ihnen auslösen. Ich verdanke euch allen so viel!

Zu guter Letzt danke an meine Familie, insbesondere an meine Großmutter, die mir von klein auf immer wieder von ihrer Kindheit während der Besatzungszeit erzählt hat, und an meine Freunde. Auch diesmal kann ich euch leider nicht alle namentlich nennen, weil ich sonst noch mindesten zehn weitere Seiten bräuchte, aber ihr wisst, wie viel mir eure unerschütterliche Unterstützung bedeutet.

Ich möchte diesen Roman Michel widmen, der uns leider während der Durchsicht des Textes verlassen hat. Dich zu kennen, war sehr bereichernd, und ich werde nie deine kleinen Anekdoten vergessen, die immer voller Humor waren.